诺贝尔文学奖得主
帕特里克·怀特作品

VOSS

Patrick White

探险家沃斯

［澳］帕特里克·怀特 著

刘寿康　胡文仲 译

目　录

第一章 / 001
第二章 / 027
第三章 / 049
第四章 / 076
第五章 / 098
第六章 / 131
第七章 / 166
第八章 / 178
第九章 / 239
第十章 / 263
第十一章 / 323
第十二章 / 359
第十三章 / 378
第十四章 / 433
第十五章 / 458
第十六章 / 470

诺贝尔文学奖授奖辞 / 495
人的意志与严峻的自然
——《探险家沃斯》译后记 / 499

第一章

"小姐,外边来了一个男人,要见你姨父。"露丝说。

说完,她气喘吁吁地站在那儿。

"什么样的人?"姑娘问,她正在绣一朵很难绣的花,需要看仔细。她迎着光举起小绣花架,"是一位绅士吗?"

"我不知道。"女仆说,"看上去像是一个外国人。"

不知道什么缘故,这个女人显得十分呆笨。她说话的时候,肥大的乳房上下起伏,或是一声不响地站在那里,那沉默的样儿准会给陌生人留下深刻的印象。在她所侍候的或和她交谈的人当中,有些比较敏感的人不愿意看她,那是因为她的态度似乎有点别扭,或者仅仅是由于她的兔唇让他们看了感到很不舒服。

"一个外国人?"她的女主人说,考究的衣服发出了响声,"这只能是那位德国人。"

现在该姑娘发号施令了。起初她总是犹犹豫豫的,不过最后她会很有主见地、很好地尽到她的责任。她不大愿意主动这样做,因为她更喜欢独自沉思默想。这是她的性格,但很少为人所知。

"我怎样招待这位德国绅士呢?"兔唇女仆问道,嘴唇动得很吓人。

不过这位纯洁无瑕的姑娘没有看见。姑娘从小受到很好的教育,再说,也不愿意看女仆焦虑的眼神。她严肃地皱起眉头。

"姨父至少再过一个钟点才能回来。"她说,"我想,现在还没有开始布道呢。"

她是鼓起勇气假装头疼,不去做礼拜的,而这个奇怪的外国人居然在礼拜天到别人家来,这真让人生气。

"我可以把这位先生带到你姨父的书房去。不会有人到那儿去的,"女仆说,"只是我们没法儿知道他会不会偷东西。"

这位矮胖女人的扁脸显得老练、世故,一副不诚实的模样;不过,自从她成为道德的奴隶之后,便养成了从旁观察的习惯。

"不,露丝。"姑娘说,态度是这样坚决,甚至鞋尖都重重地踩在衬裙上,使它们互相摩擦发出嘶嘶的响声,而外面的硬挺、鲜艳的深蓝色裙子也跟着响了几声,给她的决定添了点儿力量,"我看得很清楚,这事儿是躲不开的。那样做很不礼貌。你要把那位绅士请到这儿来。"

"如果这样做是对的话。"细心的女仆大胆地绕着弯儿说。

姑娘绣花时本来很仔细,可是现在竟发现多绣了几针。咳,天啊!

"还有,露丝,"现在她已经完全镇定下来了,"我们谈过一会儿之后——时间不要太长也不要太短,要正合适——你就把葡萄酒送上来,外加一些姨妈昨天做的饼干,饼干就在壁橱架上。用不着最好的酒,次一点的就行了,那种酒据说也不错。不过露丝,你要记住,不要等太久。要不,上茶点的时候,姨父和姨妈正好来了,那么多的事挤在一起,一定会显得乱糟糟的。"

"是,小姐。"露丝说,这不干她的事,"你自己也喝一杯吗?"

"你可以给我来一杯。"姑娘说,"我吃块饼干。陪不陪他喝酒,现在还很难说。"

女仆的裙子已经动起来了。她穿了一身棕色衣服,这对她那矮胖的身材最合适不过了。

"噢,还有,露丝,"姑娘喊道,"把沃斯先生领进来的时候,别忘了通报姓名。"

"沃斯先生?那位先生名叫沃斯吗?"

"如果来的是那位德国人的话。"姑娘回答,现在屋子里只剩她一个人埋头端详她的绣花架了。

她坐在里面的那间屋子相当大,屋里摆了许多颜色柔和的家具,虽然有不少地方也摆了条纹镜子、镶了珠子的凳子或雕花的玻璃器皿,而且从半开的百叶窗射进来的阳光使它们闪闪发光,但是这些家具还是把屋子弄得阴沉沉的。闷热的春天开始了,姑娘在等待客人的时候,用手帕轻轻地擦了擦上嘴唇。她那深蓝色的衣服在阴暗的屋子里几乎看不出来轮廓了,它像一团闷火,只有整洁的袖子下面露出的手腕和衣领上边美丽的脖颈还可以看得见。人们说,她长了一张鹅蛋脸。至于她是否漂亮,乍一看很难说;虽然她应该是,也可以是漂亮的。

姑娘名叫罗拉·特雷维延。听到临近的脚步声,她开始激动起来了。不过我们看不出她在谛听,也看不出她激动;她是不会流露出来的。其实,最强烈的痛苦与快乐都是最不外露的。比如说,最近她不能再像从前那样诚心诚意地信仰上帝了。关于上帝的威力和慈悲,她从小就不断地受到家庭女教师和她的好姨妈真挚的教诲。她是怎样背叛上帝的呢?这就很难解释了。也许是由于她自己胡乱探索,因为和她说话的都是些天真无知和十分慈爱的人。然而,她想,现在她快要成为一个可以称为理性主义者的人了。如果她不是那么骄傲,也许胆子会小一些。她知道这种想法已经酝酿了好几年,当然,在做出决定以前,她失眠了好几个晚上。还是一个小女孩的时候,她对宗教教条就已经有些怀疑,也许是由于它们枯燥乏味。她被大惊小怪和小题大做的宗教信仰弄得喘不过气。不过,她相信摸得着的东西,比如说,她相信森林,以及森林里的那些回响,相信明朗的阳光,相信水。甚至到今天,她还会狂热地做数学题,只是为了能够得到一些刺激,为了求得答案,增长知识。她阅读了许多在这个遥远的殖民地能够弄到的书籍,她觉得自己似乎已经尽美尽善,没有必要再去创造一个和自己同样的形象了。这样的形象,只需在镜子里,只需在像眼下这间黑暗的大屋子中模糊不清的镜子里就能找到。不过,虽然她具有这种惊人的自负的性格,她却也乐于把自己的经验和思想跟相似的人一起分享,如果有这种人的话。但在她熟悉的小圈子里却找不到理性的亲属,在她自己家里就更不用说了。她的姨父是一个在钱财方面很大方的商人,但首先他是一个男人;她的姨妈艾美只知道把家里弄得舒舒服服;她的表妹贝尔,倒可以和她谈些悄悄话,不过只是属于玩笑方面的事儿,因为贝尔年纪还小。因此,实在找不到合适的人。既然没有人帮她的忙,她只好自己坚强起来。

罗拉·特雷维延想起自己的处境,对着镜子深深地陷入沉思,在这一瞬间,她把姨父的客人忘得干干净净。因此,当这个相当随便的女仆露丝·波申走进房来通报"小姐,沃斯先生到!"的时候,她感到很难为情。

女仆关上了门。

镇定的姑娘和陌生人在一起,她的可爱的喉咙有时会感到发干。她也会喘不过气来,担心事先准备好的话会说得颠三倒四,即使不至于让别人觉得可怕,也会让别人觉得惊奇。但事实并非如此,在陌生人面前,她是很镇静的,有时甚至显得很威严。

"请你原谅我的姨父,"罗拉·特雷维延说,"他还在教堂里。"

她那宽大的裙子在地毯上扫过,和衬裙一起发出沙沙声。她向他伸出冰凉的手。他只好也伸出手来,不过太激动了,动作有些粗鲁。

"我等一会儿再来吧。也许不会超过一个钟点。"消瘦的陌生人发出重浊的声音,房间的陈设使得他很烦躁。

"他们很快就会回来的。"姑娘回答,"在他们回来之前,我知道姨妈希望我在很好地招待你。"

她是很善于对付这种生活琐事的。

这个烦躁的德国人用一只手擦他夹克的口袋,发出了刺耳的声音。

他含含糊糊说了些什么。

"谢谢。"他说。

他的声音很不清楚。她听了这慌张的、带浓重口音的话,不由得笑了,就像一个仁慈的上司那样。

"在这样炎热的天气旅行之后,"她安闲地说,"你一定需要休息一下了。你的马,我会派个人去……"

"我是走着来的。"德国人回答,他只好说实话。

"从悉尼走来?!"她说。

"只有四公里,最多,也超不过四点二五公里。"

"不过很乏味。"

"我已经习惯了。"他说,"它很像德国那些贫瘠的地方,全是沙地,就像马克·勃兰登堡。"

"我没有到过德国,"镇定的姑娘说,"可是我觉得从这儿到悉尼,一路上十分单调,即使坐马车也会感到这样。"

"你常到郊外去吗?"沃斯问道,他找到了一个摆脱困境的话题。

"不,不常去。"罗拉·特雷维延说,"你知道,我们有时乘车去野餐,有时骑马。我们和朋友们在郊外的田庄上消磨几天。在乡下待一个星期可以改变改变生活,不过我总是喜欢回到这所房子里来。"

"你缩在家里,这太可惜了,"德国人说,"你们的国家是非常美妙的。"

他率直地指责她的看法肤浅；对此，她自己也有点怀疑。有时她自己也这样认为。她对这个国家还有些害怕，因为她没有别的祖国，只好认它为祖国。但这种恐惧心理和某些梦一样，是她永远也不肯承认的。

"噢，我知道我很无知。"罗拉·特雷维延笑着说，"女人就是这样的，而男人常常让她们明白这一点。"

她在给他一个机会。

可是这个德国人没有抓住这个机会。别人，比如说驻扎在这儿的英国军官或年轻的地主，都是抱着找老婆的目的，像匹小马似的从乡下跑到这儿来的。他却不认为自己有笑的义务，也许这并不可笑。

罗拉·特雷维延看见德国人胡须乱蓬蓬的，觉得他挺可怜。这些胡须很粗硬，而且颜色漆黑。

"我不是经常对事物理解得很透彻的，"他说，"更不是什么都理解。"

他要么是疲倦了，要么就是还在对某些事情或措辞生气，也许只是对屋子不满。这间屋子无疑会让陌生人感到不舒服，它富丽堂皇，但却是冷冰冰的，虽然房屋的主人从来没有想把它弄成这个样子。

"你到这个殖民地很久了吗？"罗拉·特雷维延用平板、客套的声音问。

"两年零四个月。"沃斯说。

她坐了下来，他也跟着坐下来了。他们几乎是以相同的姿势坐在对称的位置上，同样的椅子摆在宽大的窗户两边。现在他们可以说是"舒舒服服"的了。只是男人的裤子在骨骼粗大的膝盖上绷得太紧，细心的姑娘看见他的裤腿已经被鞋跟踩破了。

"我已经在这儿住了这么久，"她几乎是做梦似的说，"我不想计算共有多少年，更不用说多少个月了。"

"波恩纳小姐,你不是在这儿出生的吧?"德国人问。

他觉得不那么拘束了。

"我姓特雷维延,"她说,"我母亲是波恩纳太太的姐妹。"

"那么,"他说,"你是她的外甥女。"

他松开了紧握的瘦骨嶙峋的双手,毕竟这位外甥女曾经也算是个异乡人。

"我的父母全都去世了。我出生在英国。到这儿来的时候……"她咳嗽了几声,"年纪很小,什么都记不清了。哦,当然,我也记得一些事情,不过都是些小孩子的事儿。"

姑娘的柔弱使男人又恢复了自信。他更深地埋进椅子里。

现在阳光开始射进这间考究的屋子里了,另外还传进了鸽子的咕咕声和飞虫熟悉的嗡嗡声。接着,矮胖的女仆也回来了,手里端着一个托盘,上面放着饼干和葡萄酒。第三个人的呼吸声打断了他们的交谈,直到玻璃酒瓶中晃动的葡萄酒平静下来,宛如一块宝石。

房间里终于恢复了宁静。

即使出现了这个服装破旧、高颧骨、指关节粗大的陌生人,也不能破坏宁静的气氛。当然,姑娘知道每逢星期天早晨,别人去了教堂之后,家里总是这样的。因此,这只能给人以暂时的安慰。声音,哪怕是很小的声音也总是会闯进来的。她自己已经快要被过去的声音弄得恍恍惚惚的了。母亲的微弱、苍白的声音——她永远不能把它和某一个具体的人联系起来。她在往前走。他们说,这些温柔的声音合上了灵柩的盖子并决定了她的命运。往前走,但到哪儿去呢?楼梯是冰冷的,朝下走,朝下走,周围闪烁着蜂蜡的光辉,一直走到早晨来临、大门敞开,这时凯特已经用沙石把梯级打磨光滑了。可怜的、可怜的小姑娘啊!别人的怜悯和别人的声音,别人的亲吻(有些还带着泪水)使她得到了温暖。上尉还常常把她裹在大衣里,使她几乎成了他的一部分——是他的心,还是他的晚餐?他一会儿发布命令,一会儿给她讲故事,一切都充满了盐和男人的气味。小姑娘爱上了数不尽的星星,或者他那温暖的粗大衣,或者睡眠。船上的帆缆在轻轻地摇摆,星星都镶上了毛边儿。睡了,醒了;开了,关了;太阳,月亮;世界就是这样运转的。在一顶散发着麝香石竹香味的女帽下传出令人感到温暖的声音。她说,我是你的艾美姨妈,这是你在新南威尔士的新家,罗拉,可怜的孩子,我相信你会喜欢这间屋子的。我们选了浅色的窗帘,因为它会让屋子显得豁亮一些。这声音使人暂时相信,情况永远会这样。

"请原谅,"罗拉·特雷维延说,向前弯下身子,用手去拧圆酒瓶颈里的塞子,不知是玻璃还是她的话发出嘎嘎的声音,"我忘记给你倒酒了。"

客人在椅子上不大情愿地移动了一下,仿佛他应该拒绝他心里愿意接受的东西似的。不过,他还是说:

"谢谢。① 不,也许来一点点,是的,来半杯吧。"

他向前挪了挪身子,接过那闪光的装满酒的杯子。他洒了一滴酒,这,特雷维延小姐当然没看见。

他的喉咙突然被酒和久远的往事哽住了,因为在最快乐的时候,他宁可变得伤感些。有时他甚至鼓励自己这样做,为的是看看它会产生什么样的效果。现在,往事变成了一个个畸形的气泡,就像仓库的一扇扇玻璃窗,年迈的父亲在仓库里向学徒和职员发号施令,而淡黄色的木材散发出的甜香给人以安全感,并使人想起一切美德,再没有比那个满是山形墙的小镇更安全的地方了。不论天气如何,不论是白天还是晚上,他都要跑到外面去,他几乎是跑步越过荒原的,几乎把肺都胀破了。奇形怪状的大树有时会抓住他的衣裳。随风飘动的矮树,在朦胧的月光下,仿佛总是那副模样。这儿

---

① 原文为德语。

还有别的陷阱——突然出现的大片沼泽地,拖着黑色漫延,吸去他靴子发出的声音。在读书的时候,他是一个有名的好学生,人们希望他成为一个伟大的外科医生,这对他也正合适,可是他突然憎恶起那些发抖的人体来了。后来听说他要做一个大植物学家。他学习过于投入。有一种吞食昆虫的百合花特别引起了他的兴趣,因为它能够这样巧妙地、干净利落地收拾掉那些讨厌的害虫。他有不多的几个朋友,他对百合花的着迷成为他们的笑柄。起先他很烦恼,不过后来他决心把它往好处想:被人误解有时还是值得的。比方说在读某些书的时候,他会突然把它们放下,默默地坐在他那正方形的屋子里,在蜡烛旁咬手指甲。那时,宁静纯洁的世界平坦得像一块手帕,也容易对付。最后,他知道他不得不用靴子踩在老头子——信任他的父亲——的脸上了。他被迫采取了许多粗暴的手段来保护自己。他的母亲在那绿色瓷砖上刻着狮子和浮雕的火炉旁哭泣。后来他终于赢得了自由,他到外面去旅行,他的父母送给他一些小包裹,与其说是礼物,不如说是对他的责备。德国的绿色的森林开始流动了,黄色的平原展开了,然而,他对这种自由的性质和目的反倒怀疑起来了。路旁排列着整齐的树木。当他站在地球的北半球,他的靴子陷进不毛之地的沙砾中时——他从前常常逃出家,横穿海德①,见到的也是这样的沙砾地——他就更加怀疑了。然而这样做的目的和性质从来也没有被揭开过。人类的行为是一系列的横冲直撞,即使有时意识到这一点,但要走的道路是早已确定了的。

想到这儿,沃斯的思路突然中断了,他做了一个有礼貌的手势——这是他在什么地方学来的,然后清了清嗓子,严肃地向特雷维延小姐说:

"祝你健康!"

---

① 德国最北面的石勒苏益格-荷尔斯泰因县下属迪特马尔申县的县府。

她带点辛酸地微微一笑，再一次拧了拧圆酒瓶的瓶塞，并且为了礼貌起见，向他举起杯子，呷了一口闪光的酒。

想起姨妈，她笑了。

"我姨妈认为，"她说，"应该做的事必须做。但即使是这样，她还是反对姑娘们喝酒。"

他没有明白她的意思，不过他觉得她很漂亮。

她知道自己是漂亮的，不过并不总是如此，只是在某个瞬间、某种光线之下才好看。通常情况下，她的脸看起来瘦长又倔强。

"这里真是不错。"沃斯终于说，喝了酒，不那么拘束了。他坐在椅子上转动着身体，朝四周看了看，透过半开的百叶窗，看见外面的树叶在翩翩起舞，还有小鸟、阳光，但他的目光总还是回到这间集中他的心思的屋子里来。

这里有许多东西是并不需要的。他一边看着她的脖颈，一边想，他绝不需要这样美丽的女人。他看见自己的屋子，看见自己躺在一张铁床上。有时一种令人无法忍受的美感也会袭上心头，但从不曾变成具体的幻景。他躺在床上，闭上苍白的眼睑，等待着一个特殊的命运时，他也不为此感到后悔。他感到心满意足。

"你一定得去看一看花园，"特雷维延小姐说，"园艺已经成为姨父的一种爱好。就连博坦尼克植物园，我都怀疑它有没有收集到这么多的灌木。"

他们就会回来的，她心里说。很快就会回来的，但还是太慢了。天啊，这个古板的人真让人受不了。

姑娘开始扭动着她的脚脖子，她的绸衣发出滑稽的光芒。她细细的腰身完美无瑕。可是她不满意自己刚才采取的态度，认为那样做也是迫不得已的，该受到谴责的是他。她心里说，他这个人虽然挺可怜，裤子都拖在地上了，但他属于比较优秀的那类人。为了自己消遣，她开始在心里构思了几句话。这些不冷不热的话，准会使德国人向她求婚的。有两个人曾经向罗拉·特雷维延求过婚,一个是准备乘船回家的商人,一个是相当富有的牧场主。准确的说,这两个人差一点向她求婚——因为那两个男人胆子都太小,没敢提出来。看来,她过于蔑视男人,她姨妈担心她是一个冷冰冰的人。

正在这时,传来了车轮碾过潮湿的石板路的嘎吱声,皮鞭声和汗湿的马的气味,接着就是远处嘈杂的人声,越来越近了。

"他们来了。"罗拉·特雷维延举起了一只手说。

这个时候,她的确漂亮极了。

"啊,是真的吗?①"沃斯抱怨地说。

他又感到烦躁了。

"你不上教堂吗?"他问。

"我有点儿头痛。"她回答,垂下眼睛,看着粘在裙子上的饼干屑——那是为了尊重客人,陪他吃饼干时掉下的。

他问这个干什么?她不喜欢这个消瘦的人。

可是这时,人们都拥进来了,把屋子占满了。这类坚固的石头房子,表面上,它们鼓励人们沉思默想,思想可以像影子一样穿过它们,自由自在地悄悄地溜出去;然而,在这种房子里,寂静会变成一尊雕像,出其不意地对人们进行嘲笑,甚至对说话的人也不例外。它让大家清楚地知道:无论在什么时候,这些屋子永远不属于梦想家,而属于太阳的子孙。他们大踏步走了进来,立刻就把百叶窗统统打开了。

"是沃斯先生吗?认识你我非常高兴。"

说话的是艾美姨妈,她身上穿了一件最新式的考究的灰色女大衣。

"沃斯吗?正是时候,"姨父说,一边把硬币和钥匙弄得叮当响,"我们几乎以为你不来了。"

---

① 原文为德语。

"沃斯！啊，真想不到！你什么时候回到城里来的，你这个浪子？"拉德克利夫中尉问道，贝尔·波恩纳管他叫汤姆。

贝尔年纪还小，来了客人，家里还不希望她出来多应酬，但她能够笑得很美、很天真，现在她就是这样笑的。

他们刚刚到家，都有一点儿上气不接下气。女士们解开帽子上的带子，对着镜子整理仪容；先生们在搜索一些雅俗共赏的笑话。

沃斯有点儿像个稻草人。

罗拉·特雷维延看见他站在那里，笨拙地扭动着身子。她自己一点忙也帮不上。她已经退到一边去了。她知道没有人能帮他一把。

"很抱歉，波恩纳先生，我来早了，"德国人鲁莽、急躁地说，"没有考虑到你们礼拜天的习惯。可怜的特雷维延小姐接待了我，让她受了三刻钟的罪。"

"她一定会很高兴这样做的。"艾美姨妈说，皱着眉头吻了吻她外甥女的前额，"可怜的罗拉，头痛好些了吗？"

但姑娘没有回答，只是挥了挥手，便走开了，走到一个可以被人忘记的地方。

艾美姨妈的心思大多浮在脸上，所以几乎总是可以看得出来的，很明显，尽管她同情这个外国人，但她更关心的是：由于她外甥女的疏忽大意，给他拿出最好的葡萄酒来了。

于是波恩纳太太便去收拾托盘，虽然托盘里的细颈瓶子不会给她任何答案。

"现在既然你已经来了，沃斯，"她的丈夫说，有意地把钱摇得叮当响，因为怕露出过去的寒酸样儿，"现在既然你来了，我们就可以凑在一起，商量许多细节了。当然，我会把我经营的任何东西提供给你，但在你购买别的商品时，我也乐于提出一些意见——比方说粮食，沃斯。除了我提出的地方，不要到别处去买。我不是说市面上到处都是尔虞我诈,我的意思是,你知道,生意不好做啊。我已经与几条船的船主商量过,弄条船至少可以把你们一伙送到纽卡斯尔。是的,你可以从这一切看出我一直在关心你的事儿。无疑,你一定已经对许多问题仔细考虑过了,虽然还不到告诉我的时候。顺便提一提,上星期五,我接到山德逊先生一封信,他准备在你旅途的第一站招待你。噢,事儿不少呐。我们真要离开这些女士们,"这位布商庄严地清了清嗓子说,"到一边去谈一谈。"

可是现在还不是时候。这两个人都希望对方不要用眼神轻易无情地对自己下判断。他们的眼睛都是蓝的,不过蓝得不同。沃斯常常迷失在自己眼中的风景里,就像鸟儿消失在蓝天里。可是,波恩纳先生的眼睛却总不会离开他熟悉的事物很远。他立足于地上。

"我得说,我很高兴再见到你,老沃斯。"拉德克利夫中尉说,可是看不出他有什么高兴的样子。

他的眼睛具有第三种蓝色。拉德克利夫中尉人很漂亮,但不成熟,将来多多少少会成为他未来的岳父的样子,贝尔·波恩纳之所以爱她的汤姆,也许就是由于这个缘故。

"你到哪儿去啦?"中尉对这个并不重要的朋友追问道,"在丛林里迷失了?"他并不希望,也不需要听他的回答,"你是和塔普一起回来的吗?我听说他整颗心都沉醉在一位学吹长笛的姑娘身上了。"

"姑娘家吹长笛可是挺特别的,也不大合适。"波恩纳太太不得不说话了,"如果有人不愿意学钢琴,要求学别的,那还有竖琴呢。"

"不错,我又住在可怜的塔普家里。"沃斯说,这时,他几乎已经被人弄得要发火了,"我没有迷路,虽然我进入丛林地区了。我是说进入人口比较多的丛林地区。最近我到北部海岸去了一趟,去收集有趣的植物和昆虫标本,我还去了莫尔顿湾,和摩拉维亚兄弟待了几个星期。"

沃斯一直都很坚定沉着。他的身体确实微微地有些晃动,但磨损的裤腿暂时是被地毯遮住了。他心里想,干渴、寒热和劳累对一个人个性的危害要比其他人带来的危害小多了。他记得在山谷里的时候,从山上落下一块沙岩石,朝他砸了过来,擦破了他的手,然后越过他砸断了树枝,压死了一棵小树。致命的岩石,由于它坚硬刚强,倒给了他新的活力,让他怀着一股子顽强精神继续前进了;但人们的闲话,虽然是仁慈的、庇佑他的话,甚至和他没有多大关系的话,也会把他气个半死。

"有一天,我们一定得去那里旅行,贝尔。"汤姆·拉德克利夫说。这事他已经和他的未来的新娘子提起过了,"我是说到莫尔顿湾去。"

虽然他对旅游并没有多大兴趣,但两个人消失在遥远的某个地方——这好处他是看得清清楚楚的。

"是的,汤姆。"贝尔懒洋洋的、静静的同意说。她的上嘴唇有些金黄色。

这些年轻人有一种习惯:喜欢你看着我,我看着你。好像这样就可以找到一扇门,进入更亲密的内心世界。她依然相当幼稚,激动得有点透不过气。她有蜂蜜般的肤色,不过嗓音有点沙哑。这些特点以及美妙的身段,贝尔·波恩纳将会传给她的许多子孙,她被塑造成这样,也是为了这个目的。

"沃斯,你准会掀起一阵探险热潮的。"波恩纳先生笑着说,他这个人善于打开局面,也喜欢挽着别人的胳臂往前走,"请到这边来,"他说,"女士们在用晚餐之前要打扮一下。"

罗拉·特雷维延看见他们两个人终于聊在一起了。姨父对这个真在行。她打了一个呵欠,但这引起德国人的反感,因为他素来不喜欢别人为他设想种种前景,要他选择。他后背健壮,甚至可以说肌肉发达,这冲淡了衣衫褴褛的印象。现在她看不见他的脸了,但她记得很清楚,刚才竟让他用那双罕见的浅蓝色眼睛凝视着自己。

不管怎样说,两个男人走了。男人们一旦决定离开,走起来总是从容不迫的。他们走进一间较小的屋子,人们有时称它为"波恩纳先生的书房",里边当然有一张书桌,不过上面光秃秃的,只有几件他妻子送给他的没有用处的礼物。在富丽堂皇的压花红皮桌布上整齐地排列着几件雕花的银器。地名词典、年历、布道书、礼仪书和莎士比亚全集在散发着霉气,并且制造出各种颜色和谐、形状悦目的影子。这间屋子的一切设备都是为了读书用的,只是它的主人对书不感兴趣。当星期天饱餐了一顿牛排之后,可能是商情使他昏昏欲睡,也许风湿病正在折磨着他,这时他就把帕勒硕彼先生从城里带来的发票和分类账很快地翻一下。波恩纳太太对这个书房寄托着很大的希望。它洁净得令人感到骄傲,可是也使某些人望而生畏,而这位商人则是在自己店铺的密室里会感到更自在。

"现在我们可以商议了。"波恩纳先生说,本想加上"秘密地"三个字。

他对密谋有一种热爱。就像那些参加共济会的成年人,或是用血来签名字的孩子。此外,在这个衣衫褴褛的德国人面前,他开始感觉到恩主对被保护人的权威。用殖民地的标准来衡量,他算是富有的。他做的是实实在在的生意,他贩卖爱尔兰亚麻布、瑞士平纹细布、锦缎,还有粗麻布、法兰绒、绿台面呢和印度斜纹布。他用最好的薄金片镶出"艾德门·波恩纳——英国布商"这个招牌,而女士们——军官和牧场主的夫人们——乘坐四轮四座马车和四轮轿式马车沿乔治大街到他这来,她们向这位可敬的商人行礼。说到原因,他几次说起著名的 G 夫人曾推心置腹地和他商量过几次,而且还赏脸收下他一块桌布和几条亚麻布床单。

因此,艾德门·波恩纳有资格伸长腿坐在他那石头房子的令人敬畏的书房里。

"这样艰巨的探险工作,你确信已经做好准备了吗?"他现在敢于这样问了。

"当然。"德国人回答。

他有才能,这是很明显的;同样明显的是他的恩主看不出这一点。

"我相信,你明白这意味着什么,是吧?"

"如果我们讨论这件事的意义,波恩纳先生,"德国人说,留意着每一个字,就像它们是无比美好的小鹅卵石似的,"我们也许会得出不同的结论。"

粗壮的波恩纳先生在红桌子的对面大笑起来。他买到了他不能完全理解的东西,这使他很开心。这样,他也就买到了十分雅致的东西,穿在身上,像皮肤一样合身;在他来说,这是理所当然的,而别的人都羡慕不已。波恩纳先生渴望尝一尝受到别人忌妒的滋味,因此他的鼻子变得更敏锐了。

"我是被迫到这儿来的。"沃斯漫不经心地接着说。

"这很好,"商人说,把屁股朝前挪了挪,坐得更舒服些,"我相信这是出于热情,你有这种热情,这很好。我可以做一些具体的工作,提供一些粮食和装备。奥斯波雷号的船主会把你们送到纽卡斯尔,如果你们在他启航之前做好上船准备的话,莱茵塔那边有山德逊照顾你,吉尔德拉有波伊勒·吉尔德拉。那里是你最后的一个前哨基地,这是我们原先决定了的。这几位先生自愿慷慨地赠给你一群牛,波伊勒告诉我,除了牛群,他还将送给你绵羊和不少的山羊。不过科学的装备嘛,沃斯,你就得自己准备了。另外,你已经招募了合适的人和你一起去干这伟大的冒险事业了吗?"

德国人把胡子尖咬在嘴里。如果不是因为他感觉有些被冒犯的话,也许仅仅是因为消化不良感到的不适。

"我会做好准备的,"他说,"一切都安排好了。我已经雇好四个人了。"

"谁?"提供资金的人问道,这次探险是他和另外几个爱冒险的市民出钱赞助的。

"你不认识。"沃斯说。

"到底是谁?"布商坚持地问,想到竟有他不认识的人,他的虚荣心可受不了。

沃斯耸了耸肩膀。和谁搭伙,在他并无所谓。在前几次短短的探险中,和他做伴的是一片静寂,还有皮革的摩擦声以及他那唯一的马匹的叹息。

"罗巴茨,"他说,说出来其实是不必要的,"他是一个英国小伙子。我们在船上认识的。他为人善良,单纯。"

但这些都是多余的话。

"还有勒·墨舒尔,"他说,"我们也是同船来的。佛兰克如果不去寻死觅活,倒是一个很有能力的人。"

"妙极了!"艾德门·波恩纳笑着说。

"还有波尔费雷曼。你会赞成他加入的,波恩纳先生。他是一个出类拔萃的人物,一个鸟类学家。他还是一个基督教徒,有着伟大的信念。"

"我相信,"布商说,心里舒服一点了,"我相信我的朋友波林格认识波尔费雷曼。不错,我听说过他。"

"还有特恩诺。"

"特恩诺是谁?"

"唔,"沃斯说,"特恩诺是一个工人。他要求我们带他去。"

"你相信他是一个合适的伙伴吗?"

"我相信我能够带领一个探险队横跨这个大陆。"沃斯回答。

现在他像一块岩石,悬在商人头上,商人比什么时候都感到不安,不知道他卷入了什么漩涡,不过也挺兴奋。

可是他还是要谨慎从事,这是他的天性。

"山德逊有两个人要推荐给你。"他说。

现在轮到沃斯保持警惕了。似乎有许多不知名的人从这间富丽的屋子角落窥视着他,就像那种躲在树丛里的人一样。他不信任这些毫无表情的脸。一切外界的东西他都不信任。他最喜欢寂静,它像空间或是自我的潜在可能性那样无边无际;他也不信任那些他为了讨好恩主而选中的人,不过,至少他觉得他们是弱者;唯一的例外是那种能够适时地为了他人贡献自己的力量的人。

"在一个大团体里,肯定会产生争论,我希望能够设法避免。"

"你要去一年或是两年,这谁也不知道,反正是很长的时间。在这期间,有机会吸取不同的意见,对你是有好处的。长途旅行很费体力,你们队里有些人可能会被迫退出,其他的人继续前进,我们必须面对这种凄惨的现实。你同意我的观点吗?这也是山德逊先生的观点,他相信这些人对探险队会有用处的。"

"他们是谁?"阴沉的德国人问道。

商人立刻把冷淡误认为屈服了。他脸上的表情变得开朗了,他朝前坐了坐,满怀得意、精神抖擞地说:

"这里面有年轻的安格斯。你会喜欢他的。他在莱茵塔附近拥有一片值钱的产业。一个很有气魄的小伙子——我认为这样一个和蔼可亲的人绝不能说是鲁莽的。前几年他到过达铃坡地,那时他很想深入西部去寻宝,尽管那时情况不太妙。"

"还有,"艾德门·波恩纳对着他的象牙裁纸刀说,那是他的妻子在他生日时放在他书桌上的,而他从来没用过,"还有嘉德。我没有见过他,不过山德逊先生保证他是一个品行端正、身强力壮的人。另外,他还很能解决问题。在一个常常得不到必需品的地方,这种人是最有用的。据我所知,嘉德是一个极能适应环境的人。因为他不是自愿到这儿来的。换句话说,他是一个罪犯。当然,现在已经被释放了。我相信把他放逐的理由是很荒唐的。"

"他们总是这样荒唐。"沃斯打断他说。

商人怀疑沃斯可能在什么地方给人抓住过,心里有点嘀咕。

"我们这里的大多数人都杀过人,"德国人说,"不过,波恩纳先生,如果您也是因为杀了人,而被流放到新南威尔士这里来的,那不是很荒唐吗?"

波恩纳先生没有别的办法,只好一笑置之。他决定从深水里撤出来。他用那把精致而结实的裁纸刀轻轻地敲击一块铺在喷香的皮桌布上的细长帆布。

"要是我问你看过地图没有,沃斯先生,我想你会觉得我有点冒失吧?"

这里,确实有一张蹩脚的地图,画得十分草率。

"地图?"沃斯说。

这可真是一个无边无际的梦,他从梦中惊醒了。在这位布商用象牙刀子戳着海岸线的时候,连他本人都感到这个梦境的无边无际。

"地图?"德国人重复说,"我要先画一张地图。"

有时,他的傲慢会转变成单纯和诚恳,虽然旁人很难判断,对他不熟悉的人就更看不出来了。

"能够提出一个好的主意确是一件好事。"商人笑着说。

他那诚实的脸上的肌肉颤动起来了,就像喝醉了酒,他几乎像唱颂歌那样读这份材料,向第一次记录下来的地名、零星散落的人类居住地和河流的神话寻求帮助。

波恩纳先生看到的是河的名字,但沃斯看见的是河流。大河奔腾,波涛汹涌,他顺流而下,在冰冷的水草中漂浮;或者在黄色的小坑上干渴而死,和绿色的浮渣一起腐烂。

"你看有多少事情需要考虑呀,"商人平静下来了,"光阴似箭,光阴似箭!① 哎呀,吃晚饭的时间到了,这给我们提供了一个极好的例子,来说明我想要说明的问题。"

于是他拍了拍那个奇怪的,但相当讨人喜欢的被保护人的膝盖。不错,是奉承。艾德门·波恩纳年轻的时候,曾经是一个不学无术、忍饥挨饿的穷光蛋,现在却受到另一个人的奉承,这个人,整个外貌都显示着似乎轮到他忍饥挨饿了。

现在整幢石头房子都充满了铜锣的嗡嗡声,因为杰克·斯利波从院子里走进来把大锣敲响了。他光着臂膀,肌肉十分发达。露丝·波申走进走出,有时端着盘子,有时空着手,目不斜视地只管做她自己的事。

"你一定饿了。"波恩纳先生深信不疑地说。

"什么?"沃斯问道,也许是不想做出决定。

"我敢说,"商人加重语气说,"你准可以吃得下你那一份。"

"我什么都没有准备。"德国人回答,他又感到不自在了。

"对一盘第一流的牛排和布丁,有谁需要做准备啊!"商人说,已经兴奋起来了,"波恩纳太太,"他喊道,"我们的朋友在这儿吃晚餐。"

"我原来就这样想,"波恩纳太太说,"露丝已经多加了一个盘子了。"

两个人向着波恩纳太太走过去,实际上是向着一群人走过去。现在他们聚集在一间凉快的大厅里,在黄石地板上倒换着脚。冰凉的石板地吸收了年轻人的欢笑和谈话,他们谈天说地,只是为了交谈。汤姆和贝尔两个人有时就几个钟点几个钟点的这样闲聊。帕勒硕彼和他的妻子后来也来了。波恩纳太太管帕勒硕彼叫 P 先生。他是她丈夫的左右手,是星期天必不可少的人物,必要时,也被她拿

---

① 原文为拉丁语。

来取笑。P先生是一个秃顶的人,胡须有点像一对死鸟。他的妻子——她曾当过家庭女教师——是一个十分谨慎的人,不管是挑选披巾还是在有钱人的家里都极其谨慎。P氏夫妇躲在不显眼的地方等待着,但轻松自在,在长期的谨小慎微的实践中,他们已经很熟练了。

"谢谢你,我要走了。"沃斯说,他生气了。

照波恩纳太太看来,他是一个没有礼貌的人。

照P氏夫妇看来,他是一个外国人。

照罗拉·特雷维延看来,他反正是一个和自己完全不相干的人。他绝不是为我来的。那么他为谁来的呢?她不由得进一步想道。

欢笑和社交场合有时会让这个姑娘感到有点自怨自艾,可是她从来不求别人把她从孤单中解救出来,现在她故意不去看沃斯先生。

"你要走了?"主人大声嚷道,好像嘴里含着一个土豆。

"如果沃斯先生一定要走,"波恩纳太太说,"那真是我们的一个损失。"

"你真是作了一首坏诗!"贝尔笑着说,吻了吻她妈妈的脖子。

只要家里有人在座,这位姑娘就不大出来照顾客人。

"再给P先生来点牛肉!"拉德克利夫中尉大声喊道,即使在心情好的时候,他也要作弄别人。

"请告诉我,为什么要给P先生?"P太太小心地抗议道,不过同时发出吃吃的笑声来取悦她的雇主,"难道他是一头狮子吗?"

每一个人都笑了,连P先生也在死鸟胡须下面露出了牙齿。他是一个很有心计的人。

当然,沃斯差不多已经被遗忘了。

"我已经和别人约好了。"沃斯说。

其实对那些并不需要你解释的人是没有必要去解释的。

从杉木房门飘过来的香味引起了人们的食欲,黄旗①让大多数人无法忍受了。

"那么,要是沃斯先生已经和别人约好了……"波恩纳太太说,有意拉那个不会和别人周旋的人一把。

"这太遗憾了,老沃斯!"那位活泼的中尉说,他早就想摆脱这个不需要结交的朋友了。他冲进餐厅,一刀扎进牛腰肉,欣赏红色的肉汁从肉里流出来。

但这家的主人感到自己有责任说两句什么话。即使是高高在上,也得给他两句临别赠言。

"我们一定要保持联系,沃斯。你明白我的意思:每天都见见面。有不少事情需要做出决定。每天早晨我都在我的事务所里。要是商量那件事,下午来也行。不过你得来呀。"

"那当然。"德国人回答。

过了一会儿,他走了。这时谈笑风生的女士们走进了餐厅,谈论着布道的情况还有她们的帽子。先生们不假思索地侍候她们就座。不管这个德国人有多么美好的梦想,可现在却心事重重地穿着厚皮靴在沙砾路上走着。屋子里那些和他毫不相干的,甚至听不清楚的声音似乎都变成对他的批评。他加快了步伐,上身朝前倾斜,姿势更加笨拙。

他是一个粗野的人,有些人甚至觉得他是个肮脏的人。

沃斯沿着这条沙砾路往前走,一路上他自己也觉得很肮脏。在这种时候,别人还给了他自由,但他又成了自己躯体的牺牲品。因此,他拼命地快步往前走,仿佛瘸了一般,有些蹒跚。在波恩纳家的另一边,有几间和波恩纳家相似的大房子。人们可以从房子的百叶

---

① 检疫旗或传染病船旗。在这里,意思是客人们还未得到允许进入餐厅。

窗缝朝外窥视。月桂树形成的栅栏,傲慢地反射出耀眼的光芒。它们扎根于沙砾地,生长在散乱、顽强的本地灌木丛中,在那里站稳了脚跟;再加上设备完善的房子,有钱人家就利用它们来防止可疑的人侵入,或杂乱的本地灌木丛蔓延。

沃斯转了一个弯儿,离开了那个地方。风沙似乎让他感到舒畅了一些。风离开了海洋,甚至离开了平静的海湾和海莴苣,在他下山时,吹动了他的胡子。左边有一间小石屋,出售小块腌肉、干瘪发皱的苹果和甘草。一个老太太在窗旁盯着他看,但沃斯没有理会。另外有几间小石屋和店铺,还有一家小酒馆,酒馆外面有几匹拴在一个圆环上的马,但这些沃斯也没有理会。他沿着车辙往前走。那些连海风也刮不跑的苍蝇使他十分恼火。他的胡须在风中飘动。他很健壮,在户外显得精力充沛,然而他却受到别人的羞辱。他迈着极大的步子往前走,时不时着急地朝着右边的树林望去,但那里好像并没有什么重要的目标。在市镇外面,一路上长满了灌木丛,透过树丛,可以看见闪烁的海湾。它像某些人的眼白一样兴奋地闪着光。海水无法给人以慰藉——至少在那种情况、在那种光线之下。

这样,这个外国人走进了市镇,走过大教堂和一些简陋的房屋,坐在花园里的一棵深色的树下,希望很快进入自己的世界:沙漠与梦幻的世界。不过他安静不下来,他开始轻轻地抚摸一根根树枝、一簇簇短草和一堆堆他的丑陋的石头。他的脸也皱缩了起来。

那边碰巧来了一位头发斑白的老人,身上穿了一件粗斜纹布衣裳,头上戴了一顶破旧的海狸皮帽,慢慢地嚼着一小块干瘪的面包。他看着这个陌生人,递过去一点面包。

"吃吧,"老人一面满意地嚼着,一面请他吃,"吃了之后,你会舒服一点的。"

"可是我已经吃过了,"德国人说,把一双受到打扰的眼睛转过来对着老人,"我刚刚吃过饭。"

于是身穿粗斜纹布衣裳的人走了,地上给小鸟留下一串面包屑。

在大树下面的德国人立刻受到又一次节食的折磨。不过那是一种训练,是这个国家给他准备下的、接受伟大的考验与成就的一种训练,是他理应受到的。心不在焉的人们在沙砾地上行走,吃面包,或坐在屋子里吃肉,这些房屋是在不牢固的石头地基上建筑的。这时,这个清瘦的人,坐在一棵歪歪扭扭的大树下面注视着大地,他熟悉每一片枯草,甚至连蚂蚁身上的关节都很熟悉。

他使自己相信,懂得这些,就可以懂得一切。于是他躺下了,睡着了,深沉地呼吸着这个展现在他面前的新国家的闷热的空气。

"唔,你觉得他这个人怎么样?"波恩纳先生问道,一边用一块讲究的餐巾擦嘴。

"今天证实了几个月前我和他相见时得到的印象。"拉德克利夫中尉说,"他是一个疯子,不过是无害的。"

"噢,汤姆,瞧你说的,"波恩纳太太说,她现在心境很好,"你这话没有一点根据,至少现在看不出来。"

不过汤姆对这个人并不关心,这样的人对他毫无用处。

"你真的打算让这个人到那种可怕的地方去探险吗?"波恩纳太太问她丈夫,"他这样瘦,而且,"她说,"他已经迷路了。"

"妈妈,你说'迷路',这是什么意思?"贝尔问道,拉着妈妈的手,因为她喜欢摸那些戒指。

"唔,他是迷路了。"波恩纳太太说,"他就是迷路了。他的眼睛,"她说,"找不到路。"

她在探索直觉告诉她的事。

但露丝·波申送进来一个大苹果馅饼,这对某些人来说要比这件事重要得多。

"不用担心,"商人一边看他妻子把绿色的、热气腾腾的苹果从馅饼里剔出来,一边说,"还有别的人一起去,为他开路。"

"当然,"波恩纳太太说,她喜欢一切金黄色的馅饼,特别是丁香味的,"我们没有工夫去了解沃斯先生。"

"罗拉了解他,"贝尔说,"罗利①,给我们说说。他是怎样的一个人?"

"我不知道。"罗拉·特雷维延说。

波恩纳太太心想,她并不了解罗拉。

帕勒硕彼夫妇咳嗽了几声,重新在酒杯里斟上酒,刚才他们就是用这些酒杯愉快地品酒的。接着,馅饼碎片的周围陷入了一片寂静,直到特雷维延说:

"他不像别的人,不想在这个国家发财。他不是一个一天到晚只谈钱的人。"

"我们都是凡人"她的姨父说,"这是一个很有前途的国家。看见了机会,谁不马上抓住?谁不想发家致富?"他的嘴角突然露出残酷的表情,补充道,"这个国家!"他整个嘴都在抗议了。

"啊,这个国家!"他妻子叹了口气。她想起了别的事,替自己的情况担心。

"他被这个国家迷住了,"罗拉·特雷维延说,"那是一眼就看出来的。"

"他有点不正常。"中尉用单调的声音接着说。

"但他不害怕。"罗拉说。

"又有谁害怕了?"汤姆·拉德克利夫问道。

"每一个人或者说大多数人还都在怕这个国家,不过不说出来罢了。我们对这个国家还不了解。"

---

① 罗拉的昵称。

中尉哼了一声,他不需要了解什么。

"我可不愿意骑马深入内地。"贝尔承认,"在那儿会遇到许多黑人,还有沙漠、石头,还有骷髅,他们说那是死人的骷髅。"

"不过,罗拉和那个入迷的沃斯先生是不会害怕的,不是吗?"拉德克利夫问道。

"我一直都在害怕,"罗拉·特雷维延说,"我认为要想认识这么陌生、这么难以理解的东西,恐怕还得过些时候。虽然我在这儿生活,但这不是我的国家。"

汤姆·拉德克利夫笑了。

"这也不是那个德国人的。"

"是他的,因为他对它存有梦想。"年轻女人回答。

"你说什么?"

她浑身颤抖,说不出一句话来。

她的姨妈艾美心想,这可不像罗拉。

"我们在这儿谈论我们的殖民地,仿佛在这以前它并不存在似的。"波恩纳先生不得不说话了,"或者仿佛它现在已经变成了一个完全不同的东西了。我不知道你们在谈些什么。我们不是小孩子。我们只要看一看已经取得的进步就够了。看看我们的家和公共建筑,看看我们行政官员的献身精神和那些开发土地的人们的辉煌成就。嗨,就说这间屋子吧,看一看丰盛的晚餐剩下的东西,我不知道有什么可害怕的。"

"不必担心,罗拉。"艾美姨妈说,"你的头好一点了吗,亲爱的?"

"你怎么问起我的头来啦?"

大家疑惑地看着她。有些人的眼光甚至暗示她和那个德国人本质是一样的。

"噢,我的头,"她想起来了,"是的,不,我想它已经好一些了。"

不过他们刚刚离开饭桌,她就径直回到自己房间去了。

第二章

　　苏塞克斯街还没有严密整齐到公鸡不能打鸣的地步。使劲拉车的短鼻子公牛在呼吸着混浊的城市空气,从音乐教授塔普家里传出来的凌乱的琴声。教授的家坐落在大街的中段。房子本身相当庄重,但设计和建筑都很笨拙,缺乏石头建筑应有的富丽堂皇,因为它是石头建的,它就如实地露出了当初砍凿它所费力气的痕迹。受到风雨侵蚀的墙上有几个铁凿子留下的疤痕,活像青黑色的肋骨。在某些光线照射下,这所粗矮的房子使人想起各种各样的灾难。房间倒还不错,虽然在潮湿的夏天会出现蜈蚣,木板上会长霉,照顾房主塔普和房客的汤普逊老太太会开始抱怨筋骨痛。她抱怨得多凶呀!但塔普是很幸运的,他的朋友建议他找一个据说是没有家累的正派的寡妇来帮忙。当然,她有儿子,但都散居在远方,在分给他们的土地上开垦、居住。汤普逊太太衣着朴素,品德高尚。塔普猜想这位老太太一定是到这儿来的第一代汤普逊。傍晚的时候,老太太经常打扮得整整齐齐,来给可怜的塔普讲汤普逊家的故事。塔普听了这么多遍,甚至都可以给她提词了。但这样做,也许他们两个人都得到了安慰。

　　塔普——这位音乐教师,是一个并非多才多艺的、比较沉默的单身汉。他是一个矮小、忧郁、皮肤白皙的人,有一双瘦小、白净、潮湿的手,在这几乎人人都长着干巴黄茧的地方,伸出来很难为情。他创造的全都是音乐,为此他不断地表示歉意,希望别人不要叫他解释他为什么要这样做。因此,每当他经过旅馆门口,听到从里面传出来的笑声时,他都加快步伐,匆匆而过。他希望世界上有一个理想的地方,那里用音乐做国语。虽然他教授钢琴,早晨到几家有钱的人家去授课,但为了娱乐,他也吹长笛。优雅、响亮、透明的音符在这支没有前途的木管乐器上飘散,从窗户飘下去,逐渐消失,使路过的牛群摇动尾巴,醉汉向耶稣做祷告。塔普吹长笛的那些日子,这所粗矮的房子便充满了音乐。有时,行人经过这条布满泥泞和尘土的街道,会感到愉快一些,而不去思考为什么。

佐哈恩·乌里屈·沃斯躺在一张铁床上。他向音乐教师租了两间楼上的房间,其中之一就放着这张铁床。对他来说,教师的音乐也是表示敬意的一种方式,他不时举起一只手,文雅地对某些乐句表示感谢,但由于他和音乐之间有一段很大的距离,他多半都敬而远之。现在常有人来找他了,他们或直接登上窄窄的楼梯,或在街上等待,坐在上马石或台阶上——要是那位德国人碰巧不在家的话。在这种时候,汤普逊太太就会解释说,他出去忙乎那个伟大的探险事业去了。而且她让客人明白,要不是必须谨慎小心,她就会把这事的性质告诉他的。不过,上去吧,亲爱的,让自己舒舒服服的,咱们活得够长的了。她对她喜欢的人会这样说。或者她会命令那些她怀疑的人:等一等,让我提醒你,这是绅士的房间,不是斗鸡场,你要是在台阶上歇歇脚,你会发现它是挺干净的。天晓得,每天都打扫,而且天气也允许我们打扫。

德国人不在家的时候,哈利·罗巴茨总得在台阶上等待。并不是老太太不喜欢这个孩子,只是无法和他亲近,因为这个可怜的家伙长了一张大嘴和微红的面颊。她虽然是,或希望自己是一个基督徒,但也不想由于过分同情每一个蠢孩子,而损害自己的健康。一个寡妇所能忍受的事情是有限度的。

那年春天的一个傍晚,街上的积雪已经融化,路上和蔼可亲的行人友好地彼此问好。塔普的学生观赏了夕阳的灿烂景色,哪怕是刹那间的。哈利·罗巴茨来找沃斯。他跑上楼去,因为沃斯在家,所以没有受到汤普逊太太的阻拦。孩子走进屋去,看见他的朋友正在看一张单子。单子上列有绳子、水袋和其他工具。另外,面粉存量也在增加,直到现在,德国人还在向别人推荐的商行订购面粉。

"先生,是我。"孩子喘着粗气说,一边转动着那顶初到这个殖民地时从小贩手里买来的袋鼠皮帽。

"什么事?"德国人问,继续舔那支削得很好的铅笔的一端。

"没什么事,"孩子说,"什么事也没有,我只是过来看看。"

德国人没有像对别人那样对孩子皱起眉头。可怜的哈利·罗巴茨不是一个碍事的孩子。他那双大眼睛反映出他心中真实的想法。沃斯和他坐在一起就像坐在静静的池水旁边,思想可以更加开阔。

如果说哈利缺乏机智,他却有其他优点,而且他很有臂力。他的皮肤很白,肩膀宽厚。举一个例子:德国人有一个放衣物的红木箱子,箱角包着黄铜,箱子的搭扣是铜的,把手也是铜的。当时,沃斯站在伦敦河的码头上,看着他的箱子、绿色的水和发出恶臭的腐烂的水果。在实际困难面前的无能为力使他经常感到阵阵羞惭。晚上,发出潺潺流水声的绿色河流上的灯光全部熄灭了,他好像已经毫无办法了。这时,哈利不请自来了。他从黑暗中钻出来,问了问情况,就像箱子是帆布做的似的,抡起来就扛在了肩上。他愿为关心他的人效劳。他简直有点喘不过气来了,不是因为箱子太重,而是由于热情。难道他不是和这位绅士同船到这个新地方来的吗?那天晚上,在黑暗的船上,在摆动着的信号灯下面,满肚子学问的沃斯感到自己很虚弱,而在他身旁的无知的孩子却很坚强。

沃斯到哪儿,哈利就跟到哪儿。德国人给他讲飞鱼的身体结构,告诉他星星的名字。要么,哈利就表演武艺。他光着膀子,白皮肤在热带地区显得那么耀眼,他拿大顶或把链子拉断,这并非出于夸耀,只是以此报答沃斯的教导。

哈利总是在沃斯身边,沃斯逐渐也就习惯了。后来,到了悉尼,哈利当上搬运工,一有空就去找沃斯,只要他在家,就跑上楼去,像刚才那样,一口气地说:

"是我,先生,哈利,我来了。"

同一天的傍晚,勒·墨舒尔也来了。沃斯知道来的是佛兰克。他的脚步是缓慢而沉着的。他有点郁郁不乐。他呆呆地看着一只蜘蛛,或栏杆上的木纹,或透过一扇朝后院开的、凹进去的小窗往外看。后院里有小桶、铁器、常春藤和一件上面画了一只黄眼睛的绿上衣。佛兰克·勒·墨舒尔看了没多长时间,谁也不知道他看这些东西干什么,他对外界事物不能马上有所反应。他的皮肤是黄色的,薄薄的嘴唇在黄皮肤中显得发黑,凹进去的眼睛有一对浅黑的眼睑,他的鼻子不像许多人那样多肉,看起来有点傲气。

"你能告诉我,"当他们站在船的白色甲板上时,勒·墨舒尔问道,"你是怀着一个什么特殊目的到这个鬼地方来的吗?"

"是的,"沃斯毫不犹豫地回答,"我要横跨大陆。我非常希望了解它。为什么这样,我也和你一样搞不清楚,你不了解我,因为前天我们才认识。"

他们继续望着这个无边无际的大海。

"我也可以问问你为什么到这个国家来吗?勒·墨舒尔先生,对吗?"

沃斯对这个年轻人怀有比较亲切的感情,说起话来因而比较和气。

"目的?到目前为止,毫无目的。"勒·墨舒尔说,"不过也许以后会知道的。"

玻璃般辽阔的海洋显然是不会知道的。

他们在起伏的波涛中站稳脚步时,德国人感到和这个年轻人更加接近了。要是我对这事不那么入迷,沃斯心里想,在这个海上,我也会感到是毫无目的的。

这个黑黑的、相当优雅但傲慢的年轻人不像哈利·罗巴茨那样缠着沃斯,他只是时不时来一下。佛兰克没有常性。自从他来到悉尼,他被几家商店雇用过。他也曾在亨特谷给一个移民干活,甚至当过马车的车夫,不过不管什么时候,他都把靴子擦得锃亮。他的背心还是挺像样的,而且引起了旅馆那些使他厌烦的人的评论。他不愿意长时间听别人谈话,他要考虑自己更重要的事情。有时他会一声不响地溜走,使得那些对自己的职业感到骄傲的、正在说话的人很快就对他产生了反感。他也是一个虚荣心很强的人,甚至暗示自己比别人受过更多的教育,这当然也是实话。不久就有人发现他写了一首哲学诗,详细的情况谁也不敢问他。不过大家都知道他喜欢喝甜酒,喝醉之后喜欢谈上帝。他在富有魅力的黑暗甜蜜的词句里摸索,但直到早晨两点,还是一无所得。一无所得。如果说他变得冷嘲热讽但还没有怨天尤人,那是因为他还怀着一线希望——希望他会得到启示,知道在上帝全面的安排里,他将扮演什么角色。

一天傍晚,暮色茫茫,沃斯在管区北坡水边的灌木丛和乱石堆里碰见勒·墨舒尔,时间和地点看来都挺合适,于是他便问道:

"你已经知道你到这儿来的目的了吗,佛兰克?这个问题我们在船上就曾经讨论过的。"

"不,还没有,沃斯先生。"难以理解自己的目的的佛兰克浑身不自在地说。

他开始扔石子。

"我猜想,"他补充说,"在我死之前,我都不会知道。"

沃斯坐在灌木丛和较大的乱树丛当中的空地上,听了这话,对这个年轻人更加热情了,因为他知道和自己做斗争是什么滋味。在逐渐暗下去的黄光下面,德国人抱着膝盖的双臂就像柳树那样精瘦,他不需要肥肉。

勒·墨舒尔继续扔石子,石子撞在涯石上发出刺耳的声音。

接着,沃斯说道:

"我有一个建议。我的计划逐渐成形了。他们打算让我率领一个探险队到达铃坡以西的内陆去探险。镇上有几位绅士对这件事发生了兴趣,愿意给我提供必要的支援。你愿意参加吗,佛兰克?"

"我吗?"勒·墨舒尔惊奇地说。

他猛力扔出一块石子。

"不,"他慢慢地说,"我还不大愿意现在就去送死呢。"

"要想成功,就有必要毁灭自己。"沃斯说。

他了解这个年轻人就像了解自己阴郁的思想。

"这我知道,"佛兰克笑道,"不过我可以在悉尼死得更他妈的舒服一点。你看,先生,"他热切地接着说,"我没有你那样崇高的理想。我先在沟里折腾一阵,从远处瞭望星星,然后再翻过身去。"

"那么你的天赋呢?"德国人说。

"什么天赋?"勒·墨舒尔问道,把最后的一块石子扔在地上。

"这以后才能发现。每一个人都有一种天赋,虽然它不总是能被人发现,特别是那些被日常琐事束缚着的人。这个国家我已经很熟悉了,在这个混乱的国家里,可能比较容易丢开无关紧要的东西,去探测无限的空间。你大概会被烧死,被撕得粉碎,受到许多原始的、可怕的折磨,但你将发现你的天赋。这种天赋有时你会觉得你是具备的,而且你不会说它使你害怕。"

天黑下来了。年轻人受到怂恿,并不怎么害怕——他的心跳使他什么都听不见了,不过因为他是一个爱虚荣的人,他感到很得意

"你讲了不少了,唔,不要再说了。"勒·墨舒尔抗议说,"你简直是疯了。"他说。

"随你怎么说好啦。"沃斯说。

"你的探险队打算什么时候出发?"

这话问得太荒唐,他故意让它显得很荒唐。

"一个月,两个月,还没有决定。"黑暗中传来沃斯的声音。

他不再感兴趣了。他甚至对可能获得的成就感到厌烦。

"那么好吧,"勒·墨舒尔说,"万一我决定和你一道去呢?至少我要好好想一想。我有什么好损失的呢?"

"你知道得比我清楚。"沃斯回答。

虽然他觉得他了解这个年轻人,他还是那么说了。

现实问题谈完了,他们在黑色草丛发出的抚慰的沙沙声中离开了那个地方。两个人有点累了。德国人开始想到那个物质世界,那是自我主义的他所拒绝的世界。在那个世界里,男男女女坐在圆桌旁吃面包,他承认,有时他实在饿得要命,但无边的黑暗却使年轻的佛兰克·勒·墨舒尔十分激动,他不愿意走近有亮光的地方,在那种地方,人类的本性,特别是他自己的本性,会被暴露出来的。

当然,他后来又恢复了冷嘲热讽的假面具。那天傍晚,他戴着这个假面具走上楼梯,发现沃斯在家,屋子里还有那个讨厌的孩子——哈利·罗巴茨,他正在那儿捉窗台上的苍蝇。

哈利抬起头看了看。因为他有时听不懂佛兰克·勒·墨舒尔的话,再加上别的原因,他不相信这个人。

"啊,佛兰克,"沃斯一边伏案工作一边说,他敢于马上就试一试他的力量,"你既然已经下定决心,我相信你一定会怕我偷偷地溜走吧?"

"我想象不到我会这样快乐。"勒·墨舒尔说,而且在某种意义上,他说的是真话。

因为他对什么事都是模棱两可的态度。

沃斯笑了。

"你得先和哈利谈一会儿。"他说。

他带点炫耀地挑选了一支钢笔和一张很干净的大信纸,给一个商人写信。他喜欢让别人焦急地等待他,这和他的地位很不相称。

"唔,哈利,我们谈什么呢?"

在和哈利、随便哪一个年轻人或逞能的小伙子谈话时,勒·墨舒尔就会故意用深色的嘴唇做出一副嘲讽的模样。这是为了防御。他知道年轻人能够更清楚地了解别人的思想。而这个白痴……

"你说呢?"他歪着脖子问哈利。

"我不知道,"哈利闷闷不乐地说,用食指压扁了一只苍蝇。

"在我们应该团结起来的时候,你总不肯出点力,哈利。"勒·墨舒尔叹了一口气,坐下来,伸直两条相当漂亮的长腿,"你准会成为澳大利亚的一大废物。"

"你在我心里不值半文钱。"哈利说。

"这话至少很坦率。"

"而且我不是废物,不管这个词是什么意思。"

"那么你是什么?"勒·墨舒尔问道,虽然他已经很厌烦了。

"我不知道。"哈利说着看了看四周,想找别人帮忙。

不过沃斯还在读信,不知道有没有听见。

哈利·罗巴茨不知道他的保护人会不会帮他,心里就更加烦恼了。他的清醒的头脑掠过一阵阵紊乱和模糊的想法。我是什么人?我应该做一个什么样的人?他笨重的皮靴变成了凄凉的重负,他的粗糙的夹克突然发出牲口的气味。不在沃斯先生身边的时候,他什么也不是,但是即使他在沃斯身边,别人也看不起他。有一次他打开了他的保护人的柜子,抚摸挂在里边的衣裳,甚至把鼻子埋进黑色的皱褶里,以此得到安慰,但这是过去的事了。现在他面对勒·

墨舒尔先生提出的可怕的问题:他是一个什么样的人。

"实际上,你也许比自己知道的要敏锐一些。"他的敌人叹了一口气,摸了摸自己的脸蛋。

他的脸上有几处伤痕,那是剃须刀在最初出现的皱纹上留下的。那天下午他的脸几乎是柠檬色的。上帝呀,他干什么要来呢?他讨厌自己的皮肤,年轻人想起他童年时躺过的干草堆、牛奶的香味和天真纯洁的心境。他从哈利·罗巴茨的无邪的眼睛里看到一点那样的纯真,感到很气愤,仿佛那是一个他永远不会再退回去的避难所。

现在他也得依靠这个德国人了,但德国人却在不停地读他那封可恶的信,同时还咬他的手指甲。必须说,没用力咬,也许是在咬一只特殊的手指甲吧。佛兰克·勒·墨舒尔在某些方面是有洁癖的,他讨厌这种习惯,不过也只好看下去,等下去,因为他无权提出抗议。

"哈利,请你替我把这封信送给马具工奥哈罗兰先生,他住在乔治大街。现在先不送,明天早晨再说。"沃斯说。

他知道些什么了吗?不过,他不愿意揭露别人的弱点,除非这样做对他特别有好处。

"你们听到我有了好消息一定会很高兴的。"他说。

他说话的语气很快活,带着外国腔,可能是从哪一个活泼的老太太那儿学来的,学她用男人的腔调和男人谈话。因为这不是他自己的本色,听起来就让别人不舒服。

哈利·罗巴茨绝望地用眼睛观察情况,探索一些他不能理解的东西,他喜欢触摸他的保护人。有一两次他已经触摸到沃斯,而且也没有被沃斯发现。

"我不相信这可怕的探险真的快要实现了。"勒·墨舒尔咕哝说。

回到现实世界之后,他对一切依然漠不关心,身前的两条长腿显得那么霸道。

"在两周之内,我们五个人就要登上奥斯波雷号了,"沃斯说,"带着我们主要的必需品,驶往纽卡斯尔。从那儿我们朝山德逊先生的庄园莱茵塔进发。"

在读书、写字的时候,德国人戴了一副精巧的眼镜。

"我们五个人?"勒·墨舒尔有点不高兴地说,"当然,这里边有波尔费雷曼。噢,对了,我忘记了特恩诺。"

"我想,特恩诺很快就要来了。"

"我们要像你说的那样骑马走吗?"哈利·罗巴茨问道。

"也许骑骡子。"沃斯说。

"也许骑骡子?"

"不过我想每一个人都会有一匹马。骡子用来驮东西。但这要由山德逊先生和吉尔德拉的波伊勒先生来决定。"

这些是要由别人来决定的,不过这只是无关紧要的物质的东西。因为这个缘故,他常常瞒着他的朋友们;也因为这个缘故,一个男人和一个男孩继续在这间逐渐黑下来的屋子里等待着精神食粮。但他用的是言不由衷的快活的语言。为了装假,他那苍白的脸甚至都有点发红了。可是最后,我还是要当他们的领袖的,他心想,因为人们知道我将证明我有能力胜任。尽管"证明……有能力"这个短语说来容易,但那也得碰上机会。灵感总是突然闪现,用以掩饰真相。它不像腌鲱鱼那样,被放在桶里,一条一条往外拿。屋子越来越暗了,在那个模糊不清的镜子里,他的脸比所有的东西显得都重要,这并不使他感到惊奇。一高兴他就会忘记那两个很不相同的信徒。他们两个人的确很不相配,只有一点相同的地方,那就是:全都十分需要他。

塔普的老管家一路叹着气登上楼梯平台,手里端着房客的晚餐——一个很不错的甜面包,还有一杯甜酒。这酒,房客知道它像软木塞一样淡而无味。

"竟然坐在几乎是漆黑的屋子里!"汤普逊太太用跟孩子和男人说话的声调说。

接着,她点燃了一对蜡烛,把它们放在一张摇摇晃晃的小杉木桌上,德国人把托盘也放在那里。过不多久,屋子里便亮了起来。

沃斯在吃饭。他不会请两个侍从吃点什么的。在奇异的灯光下,现在他们距离他太遥远了,他们毫不害羞地、贪婪地盯着他和从他嘴里掉出来的面包屑。

"好吃吗?"汤普逊太太问,她是靠她的绅士们的赞美活着的。

"棒极了。"德国人理所当然地回答。

事实上,他没有停止思考,事情愈快办完愈好。不过他的回答使她很满意。

他看上去真像一只贪吃的猪,佛兰克·勒·墨舒尔心想,一只德国猪。他对自己这种想法很感惊奇。

"你应该吃得慢一点,"老太太说,"有一位太太告诉我,一口饭应该嚼三十七次。"

他是一个漂亮的男人。

"把身体吃得胖一些。"

他的脸很瘦,额头露出青筋。她想起她所有护理过的病人,特别是她的丈夫——他来到海边不久就被肺病夺去了生命。

她叹了一口气。

塔普走了进来,手上拿着一瓶酒和几只酒杯。他知道沃斯不会拿出什么东西来,因为他一向就是那样的。音乐家并不怪他。伟大的人物可以不拘小节。如果德国人不是一个伟人,他的房东却希望他是。塔普曾写过一首钢琴和长笛的奏鸣曲。他从不敢说这是他的作品,只是对他的学生们说:"这支小曲子,我们不妨排练一下。"

他一向很谦虚,今天晚上他还有点忧郁。

"热了一天,"他说,"现在南风又钻进人的骨头。"

汤普逊太太正想接着说这个殖民地的气候这样那样不好,却听见她认识的一位太太在街上喊她。

"不是刮东风就是刮西风。啊,老天爷,真是可怕极了!可是没风的时候,人们很快又盼望着刮风。这个地方让人十分矛盾。"她只来得及说这么几句。

沃斯已经坐回原处,正在剔掉牙齿上的甜面包屑。他还打了一个嗝,仿佛是一个人独自在想心事。

"我在这儿,几乎没有遇到一个不认为国家把自己毁了的人。"他说,"没有人知道他可以按照自己的意愿塑造国家。"

"这儿不是我的祖国,"塔普说,他把酒倒进杯子里,"我到这儿来纯粹是一件意外的不幸。"

这就是他的想法,他喝了一口酒。

"老实说,也不是我的。"勒·墨舒尔说,"我只能认为这是命运在和我开玩笑。"

"我是抱着崇高的理想到这儿来的,"塔普说,想到自己的处境,心里不由得烦躁起来,"我错误地认为,我可以把美好的东西灌输到野蛮的心灵中去。这里,甚至绅士们,或被人认为是绅士的人们,都吃羊肉吃得麻木不仁、昏头昏脑了。"

"我看不出这个国家有什么不好,"哈利·罗巴茨大着胆子说,"它没有让你们挨饿。自从来到之后,我没有挨过饿,这让我很高兴。"

说完这话,他没有勇气再说下去了。他一口气把紫色的酒咕嘟嘟地灌进肚子。

"这样说,哈利一切都好啰。"勒·墨舒尔说,"他是用肚子来观察的。"

"我觉得挺满意。"气愤的罗巴茨说。

总有一天他会鼓起勇气把这个人干掉。

"我呢,哈利,"沃斯说,"我要冒昧地把它称作我的祖国,虽然我是一个外国人。"他对大伙加上一句,因为人有一个站起来为大家否定的事物辩护的习惯,"虽然目前我对我的祖国了解得很少。"

他不喜欢谦卑,别人却希望他这样。

"我们欢迎你。"塔普叹了口气,虽然甜酒已经使他高兴起来了。

"你瞧,哈利,"勒·墨舒尔说,"你有一个同胞了,他会和你一样热爱祖国,和你一起去拥抱最后一只鬣蜥的。"

"佛兰克,不要折磨他。"沃斯说,并不是因为他觉得欺侮不会说话的动物是一件残忍的事,而是他想好好地欣赏属于他私人的表演。

哈利·罗巴茨竟感激得落下了泪。像所有爱别人的人那样,他自作多情地误解了对方的意思。

至于沃斯,他在继续和前途做斗争。在他未来的事业中,他并不期望得到别人的爱,因为一切温和和柔顺的东西都是很容易受到伤害的。他不相信这些东西,不过矿物的结构却永远是奇迹的泉源。比方说,长石就是极其美妙的,而他自己的名字从他嘴里说出来就像水晶一样美妙。如果他要把那个名字永远留在世上,而让他的躯体被名字吞没,那就不如葬身在沙漠里,这是一个地地道道的抽象概念,不会引起子孙们的柔情。他既不需要热情的赞美,也不需要爱。他是个完人。

领袖看着他的部下,不知道他们是否知道自己的想法。

不知是谁跌跌撞撞地爬上这所房屋的陡峭的楼梯。砰砰的脚步声引起了大家的注意,接着他冲进了房门,烛泪滴了下来。

"是特恩诺,"沃斯说,"他醉了。"

"我不是你们所谓的清醒,"那人承认说,"但也还没有醉。威士忌产生了一点影响,那玩意可以烂掉你的肚肠。"

"我不会让它伤害我。"德国人说。

"一个人没法控制他的天性。"特恩诺坐下来忧伤地说。

他是一个又高又瘦、尖酸刻薄的人。此外,由于总是窥视别人在干什么而又要表示自己不屑于这样做,眼睛有点斜视。尽管他给别人留下了十分丑恶的印象,他的身体却很强壮。这两个月他在砖厂工作,在皮肤的裂缝和衣服的皱褶里,几乎总可以发现一些砖粉。

"我有新消息,"沃斯对他说,"不过我几乎可以相信,你对它是不会感兴趣的。"

特恩诺大声嚷道:"你不会为了我的天性,把我扔下吧!人们不能为他的天性负责!不论谁都会对你这样说的。"

"如果我要你,那是因为你的天性将来不会得到很多的鼓动。"

沃斯对那些被社会唾弃的人十分敏感,因此对他产生了怀疑。但在特恩诺清醒的时候,他有一种天生的机智,这使他不致失掉勇气。一个机智的人是有用的,尽管最初用不着他。

"沃斯先生、先生,"特恩诺醉醺醺地说,"我要使出浑身的力气,我要干脏活,我可以吃草。"

"太明显了,又是一个叛教的人。"佛兰克·勒·墨舒尔说完站了起来。

任何物质的东西,只要是他厌恶的,便要踩在脚下。他不愿意和特恩诺接触,不过在骑着马穿过高高的黄草原时,他们的马镫可能碰在一起形成友谊的前奏曲,或者躺在地上闻着蚂蚁的臭味,在星空的下面做着相似的梦,这时他们翻转的身体可能会互相接触。

这位德国人会心肠软到收留这个人吗?要么他是一个大傻瓜?

不过,沃斯不肯给他一丝线索。

"塔普先生,"德国人说,"如果我已经掌握了音乐的艺术,我就要创作一首曲子,曲中各种乐器代表人们各种互相矛盾的性格。"

"我认为,用一阵阵美妙的音乐来表达完美典型的无比崇高要更好一些。"天真的音乐家说道。

"不过要理解这样的曲子,你得先找到完美的典型,但这你永远办不到。除此之外,如果你写出这样的曲子,那么即使它不是荒谬绝伦,至少也是很单调的。"

特恩诺双手捧着困惑的脑袋,大声嚷道:"噢,噢!上帝保佑我们!"

然后他想起了勒·墨舒尔的话,转过头看着怒气冲冲、准备走开的墨舒尔说:"叛教,嗯?"因为刚才墨舒尔说的话刺痛了他,"如果路边的水沟能够作证,你呀,尽管你能说会道,你也不是什么圣人。我看见你穿着一件并不高明的背心,上边还有泥巴,在大树下和女人调情,还滔滔不绝地和别人高谈阔论。按照你自己的说法,你还和一个正在做准备工作的疯子订了合同,准备到地狱去走一个来回。"

接着特恩诺大笑起来,朝着听他讲话的男孩使劲挤了挤眼。

"如果我是那个人,而且我喝醉了,那么除了喝醉之外,我什么都不可能记起来。"勒·墨舒尔说,他的软鼻骨可以看得清清楚楚。

"我们不是唯一的罪人,不是吗,孩子?"挤着眼睛的特恩诺急忙说。

他觉得有必要把男孩拉到他这边。二对一总好一些。

"我愿意承认我喝醉过。"勒·墨舒尔说。

"这是事实。"闷闷不乐的男孩说,一旦他学会了这种游戏,他就乐于享受和别人结伙的乐趣。

"有时是需要喝醉的。"勒·墨舒尔皱起眉头说。

"嚅,嚅!"特恩诺大笑着说,"你去告诉蚯蚓吧!好像它们不知道潮湿的滋味似的。"

"可是还有干旱,特恩诺,蚯蚓藏在泥土里,它那迟钝的头脑是不会知道的。它活得很愉快,很盲目,没有精神生活。能够发生在你的蚯蚓身上的最糟糕的事是:它也许会爬到地面上来,被人踩死。"

"你是一位绅士,"特恩诺一个字一个字地说,"你的话我没有全听懂,不过我对它有所怀疑。"

勒·墨舒尔有时用鼻子笑。

"我要揭穿你。"特恩诺说。

他站了起来。暂时成为他朋友的哈利·罗巴茨也一起站了起来。这个愿望是很强烈的。屋子里充满了这种高涨起来的激怒的情绪,它似乎是压倒一切的。

沃斯说话了。

"我对个人之间的争执不感兴趣。"他说,"谁喝醉了、谁是疯子、谁不忠诚,这些,无论如何,都是次要的。佛兰克,更使我痛苦的是我自己蠢到这样地步:一旦心里有一个理想,便像蚯蚓那样,不管地下有多黑,都一头钻进去。你们,特恩诺、佛兰克,是这个奇怪的、似乎是不可想象的理想的一部分。它使我痛苦,因为我不能摆脱它,以及它本身的和它带来的一切困难,我不能。现在请你们离开这间屋子,你们忘记这是我的屋子了。你们还忘记了,大街是属于本镇所有居民的。我们再见面的时候,我相信你们能够容忍彼此的缺点,因为我们得在一起生活很长的一段时间。"

后来谁也不记得曾经看见过他的这种脸色,可是他们记得他的话,这些话就像是用金属铸成的。他们还记得,他用脚踢起地毯上的一个小硬泥块,使它撞在护墙壁上发出巨大的响声。

他们全走了,连可怜的塔普也走了。他原想留下来边喝酒,边和他谈一些哲学上的问题的。沃斯走到后屋,很快地脱下衣服,像往常一样,什么都不想,直挺挺地躺在床上,睡了。他立刻就忘掉一切,进入了梦乡。的确,没有人能够破坏他的理想,不管他们费了多大的力气。有人吐出几句废话,有人把他们干巴巴的灵魂像弹子那样咳出来,但毫无用处。他的理想扎根于沙土——他的柔软的双脚向它致敬,这理想像花岗岩一样坚定,不受外界影响。只有波尔费雷曼能影响他,不是吗?他看不清他的面容,但他出现在整个梦境之中。沃斯在床上辗转反侧。这是一个十分潮湿的夜晚。他全身都泡在汗水里,他挥动着双手,想把自己解脱出来。

第二天和接连几天的早晨,万里无云,阳光灿烂。街上布满恶作剧的沙砾,扬起了红色的尘土,使得阳光更加刺眼。沃斯戴着城里人戴的黑色高帽到处奔波。他决定采购奥哈罗兰先生的驮鞍。他和一个名叫庞尔斯先生的人谈妥要买他的六分仪、棱镜罗盘、气压表、温度表和别的各式各样的仪器。够吃两年的面粉直接从巴顿先生的面粉厂送到船上。

星期四那天,像他在日志上写下的那样,他"和波尔费雷曼见面"了,波尔费雷曼和沃斯在一起待了些时间。他们在博坦尼克植物园散步,有时谈话,有时沉默,谨慎小心地熟悉对方,考虑一些在未来许多个月的共事中可能发生的问题。

波尔费雷曼比沃斯矮,但他那真诚质朴的表情好像使他变得和许多人同样高了。他的脸上的皮肤往常是棕色的——和其他白皮肤的人受到阳光曝晒之后一样,不过由于生了一场病,现在有点苍白,脸上的轮廓也模糊不清。深陷的浅灰色的眼睛在深色的眼睑下显得十分坦率。虽然上唇没有留胡须,但棕色的连鬓胡子却把脸的下部完全遮盖了。他很注意衣着,但不是出于虚荣心。他穿了一身灰衣服,只是深浅不同。相形之下,德国人暖色的上衣和看起来像雕塑似的黑裤就显得十分邋遢。实际上,在他们散步的时候,沃斯时不时难为情地掸掸袖子,还轻轻地拢了一两次领带。

"波尔费雷曼先生,你身体已经好了?能够参加这次旅行了?"他问道,同时不知想起了什么,皱起了眉头。

"我身体很好。"

面对着明亮的阳光,英国人的脸上经常会现出一副惊愕的表情,仿佛阳光太强烈了。

"我的朋友斯特兰的妻子和女儿们给我吃鸡蛋和奶油,不知吃了多少个星期了。这真是一件不幸的事,虽然马跌倒的时候,我只不过扭了一下后背。我承认开头我是有点担心,一直担心有一天会出什么事,背部受伤,变成残废。不过,你看,我现在完全好了。"

沃斯也面对着阳光,脸上被晒得露出了笑容。或者说,嘴上的皮肤收紧了。他很快地嘬了一下嘴,给波尔费雷曼一个他在注意倾听的印象。

"而且,"这位鸟类学家温和地接着说,"也许要过相当长的时间,才会有人邀请我去参加另外一个这样的探险队。这种机会,我想公爵本人也会感兴趣的。"

波尔费雷曼先生是一位英国公爵的雇员。这位公爵由前王朝封的爵位,脾气很坏。他什么都收集,从宝石、乐器到鸟类和老虎的剥制标本。在他那帕拉弟奥式①的家里,公爵大人很少看他的珍藏,只有在心血来潮的时候才会打开个抽屉,朝一窝可怜的蛋壳看上一眼,或者用一串穿在一起的蜂鸟来取悦他的情妇。可是他喜欢收集,喜欢占有。等到有一天他对这些没有生命的东西厌倦了,便下令把它们很快地包扎起来,交给国家。

波尔费雷曼先生曾经被这位公爵派往新南威尔士。如果说他的使命十分怪诞,职业的尊严却不允许他承认这一点。他是一个科学家,献身于科学,如果不是为了宗教信仰,也是为了感到安慰。可以说,他那信赖别人的天性,以崇尚实效的形式架起了一座桥梁,使他的生命的两岸得以沟通。尽管它们各有不同的地区特征,而且很

---

① 指受十六世纪意大利建筑家帕拉弟奥(Andrea Palladio)风格影响的建筑型式。

少有人觉察到其间流淌着汹涌的怒潮。

沃斯先生和波尔费雷曼先生一边谈、一边走,现在他们站立在博坦尼克植物园的一条用带树皮的木头造成的小木桥上。不管是否乐意,命运反正把他们连在一起了。

沃斯先生说:"我深信你有许多机会,波尔费雷曼先生,在达铃坡地西部的处女地上进一步满足你的恩主的心愿。我只是担心你的身体。"

他们站在这座难看的桥上,显得相当可笑。他们朝桥下看着,不过没有注意桥下有些什么东西。事实上,那有一堆奄奄一息睡莲叶。

"我的身体,"波尔费雷曼先生说,"一直过得去。"

"我看得出来,你有坚强的意志。"沃斯笑着说。

由于某种原因,沃斯清楚,他希望能够摆脱波尔费雷曼。

"我的意志并不重要,沃斯先生,这是上帝的意志,我应该做他指定我做的某些事情。"

沃斯感到有些不快地耸起了肩膀,接着又恢复了常态,站在较矮小但通情达理的波尔费雷曼身旁。波尔费雷曼的灰色眼睛还在凝视着那些枯萎的莲叶。

"波恩纳先生会喜欢你这种想法的,"沃斯说,"他认为我召来了一群流氓,没有使探险队具备足够的道德气氛。波恩纳先生像大多数的物质上很有成就的绅士一样,追求的是道德上的名声。"

德国人本想多说几句俏皮话,不过他的本性是不会开玩笑的,甚至他的笑声都显得那么不自然,连他身后靠着的两三棵香蕉树的树叶都摇晃起来。

"你看。"波尔费雷曼指着落在桥栏杆上的一只翅膀透明的飞虫说。

这种飞虫一生都在发着各种色彩的闪光,他似乎被它们迷住了,几乎没有听见沃斯的话。

沃斯感到很高兴,但还不满足。如果能够有充分的信心就好了。他缺乏信心,并不是由于自己的盔甲不够坚固,而是由于显然无力去削弱那个伙伴的力量,认识这一点当然是不愉快的。

但这个念头只闪现了一下。波尔费雷曼活生生地站在那里,用他那粗大的手指指着飞虫,在他心目中,它就是一切。

飞虫很快就飞走了,两个人开始谈一些实际问题,沃斯同意第二天就带波尔费雷曼去见波恩纳先生。

"他是一个杰出的人物,你知道的。"沃斯说,"慷慨,信任别人,是一个极好的恩主。"

波尔费雷曼只是笑了笑,就像是在他那发青的沉思的圆脸上掠过一片疾病的阴影。

"住在这个很不安全的城市里,亲爱的朋友,你要多多保重。"他们在大门口的阳光下分手时,沃斯亲切地说。

他可以表现得很亲切,而且很想做得更亲切。虽然牙齿有点歪斜,他还是笑得很迷人。他扶着他朋友的胳膊,这在他来说,是一种颇不寻常的姿态。

他们分开了。波尔费雷曼在这种幻想的世界里总是很快乐的,他逍遥自在地慢慢地走着。可是沃斯忙着去办什么事,疾风抽打着他的裤脚。

在那天以后,德国人悄悄地思考上帝的意志。他觉得,总的来说,培养信仰是女人在照管厨房和熨烫衣服之外要做的事。他想起了波恩纳先生的外甥女——一个拘谨的,说不定还是挺势利的姑娘,她一定会遵照为妇女制定的一般宗教模式来信仰宗教的。也许她比许多人更冷静一些,雅致一些。另外有少数男人不知羞耻地装出一副谦卑的样子。他们只知道自私自利,这样的人很可能沉溺于淫逸的生活。沃斯没有像他们那样,因而觉得很骄傲,但有时也会怨恨自己没有体验过这种生活。他们竟然将自己混同于上帝的形象！他想起来都觉得恶心。这是些阴柔的男人。然而他热切地回忆起波尔费雷曼和老穆勒的眼睛，想着一定不能接近这两个人，要和他们冷冷地保持一段距离。

就这样，他不停地走着，天色黑下来了。

有时他又想起穆勒兄弟。年初的时候，沃斯曾到莫尔顿湾附近的摩拉维亚教会去做客，在那里待了几天。那时正是收割季节。不管为时多么短暂，收割过的田野充满了寂静的色彩。田野的景色像是刻画出来的：那里有修道院杂役僧的白色低矮的小屋，细长但苗壮的灰色树木和晒得黑黑的笨拙的儿童。他们全都在田野里收割。有些妇女手持草耙或叉子在耙干草，或者把干草叉给站在大车上的丈夫。连那两位牧师都来了，他们脱下黑袍，换上非常素静的灰色工作服。所有的人都在工作。

建立了新拓居民区的穆勒兄弟的形象在众人当中十分突出，这里阳光与阴影交错，空气中飘浮着干草的芬芳，大地充满了美好与宁静，这种气氛恐怕确实是从这位老寂静主义①教徒的灵魂中散发出来的。

"我来和你们一起干！"沃斯喊道。实际上，在此之前他来了之后都只是烦躁不安地游荡。揪揪树叶，咬咬麦秆，手里拿着一本书，但怎么也看不进去。

没有人问他为什么不参加劳动，不过现在这位客人自己脱下了他那不合身的衣服——把破旧的上衣扔到一边，解开有洞的衬衣领子，卷起袖子，露出肌肉发达的胳臂——迅速地站在穆勒兄弟旁边，狂热地耙起草来。有一个朝马车上扔饲料的妇女甚至嘲笑这位客人的狂热，不过其余在场的人都很平静地接纳了他，理所当然地认

---

① 起源于十七世纪的天主教的一种神秘主义教派。

为即使他的动作明显的不合规格,但这也是符合神的安排的。

沃斯曾经一连好几个晚上和这位老牧师一边喝着加蜂蜜的羊奶,一边做纯理论的争论。这时,在劳动的热情中,他大声喊道:

"我开始看到万物存在的证据了,穆勒兄弟。我可以感觉到大地的模样了。"

他叉开双腿,气喘吁吁地站在那儿,仿佛这样,大地就可以真的呈现出一些真实的模样,而且还在他脚下颤动似的。

不过那位老人继续在耙干草,并且眨巴着眼睛,仿佛眼睛里飞进了沙子或者呆呆地不知在想些什么。

接着,沃斯宽宏大量地说:

"兄弟,我们争论了这么几个晚上,而且有时我还善意地挑了你的错儿,可是不要以为我有一点点贬低上帝的意思。"

他开心地笑了。晒黑了的脸显得那么漂亮、和气,此外,他还叉开腿跨立在大地上。

"啊。"老人叹了一口气,他原先也可能会以翻晒干草为职业的。

他倚着耙站在那里,身后是落日的金色晕轮。

"沃斯先生,"他说,丝毫没有批评他的意思,"你不尊重上帝,因为他不像你。"

这些日子,大家都在谈论这个伟大的探险队,因此,出发之前,沃斯在悉尼街上行走时,步子更快了。商人们搂着他的肩膀,仿佛他们和他有些关系,或者想从他那里得到一个极其重要的消息。由仆人或姨妈陪伴的年轻姑娘们,经过他身边时,眼睛看着自己的裙边,但过后便立刻告诉她的欠敏锐观察力的同伴:那个人就是探险队的沃斯先生。

这样,在探险家看来,悉尼整个城市都涂上了一层厚厚的灿烂的釉料。

第三章

在这之后不久,波恩纳家的女仆露丝·波申突然病倒了。一天中午,波恩纳太太和小姐们刚刚吃完中饭——因为当天下午波林格家还要请她们到外边去野餐,所以中饭吃得很清淡,只吃了些冷火腿、泡菜、白面包和一点榅梨果子冻——露丝便倒在地上了。她穿了一件棕色长袍,活像一个塞满东西的布袋,不同的是,她在动弹、呻吟、作呕,不过没有呕吐。波恩纳太太是诺福岛人,她想起了在长长的冬夜里,母牛经常掉进沟里,躺在那里呻吟,离家那么远,声音如此单调。看起来简直无法可想。

可是,现在露丝躺在地上,一半身体在饭厅里,一半身体在通往餐具室的过道上,得立刻为她做点什么。

"露丝,亲爱的!露丝!"年轻的姑娘们喊道,她们一会儿跳起来,一会儿跪在地上,轻轻地拍露丝的手背。

"我们得点一根羽毛,"波恩纳太太做出决定。

可是罗拉小姐跑去拿来她的墨绿色的嗅盐瓶,那是一个名叫查提·威尔逊的姑娘送给她的,她们经常互相访问,互赠礼物。

露丝闻了很久那种凉凉的气味之后,头痛得几乎裂成两半。她突然一边哭,一边呻吟着坐了起来,交叉着棕色的手,浑身颤抖。

"露丝,亲爱的,请告诉我们,你已经好了。"贝尔恳求说。她满脸泪痕,害怕极了。在街上看见痛苦的人,不管他受的什么苦,她都会为他流泪的。"别哭了,露丝!"

不过露丝不是在哭,说她哭是不确切的,她是像畜生那样在哼哼,在咬她的兔唇。

"露丝,"艾美姨妈终于冷冷地说,这不像她的为人,"剩下的东西伊狄斯会来收拾的,你一定要去躺下休息。"

艾美姨妈的脸和声音都显得很疲倦,不过也许是因为露丝打碎了盐瓶。那是一对瓦特福特瓶子中的一个,本不该拿出来使用的,现在她在捡碎片。她感到痛苦,也许是因为这个缘故。

后来,她那个还跪在地上的外甥女罗拉·特雷维延发现了另一件事。这真伤脑筋。不久,连贝尔也知道了,她年轻,但也不小了。三个女人的直觉使她们知道了这个秘密。

她们知道这个刑满释放的女仆露丝·波申怀孕了。

露丝一获得自由就到波恩纳家来工作了。由于道德观念,这个商人不会雇用一个小偷小摸的罪犯。不过,他经常说,如果他们被释放了,他们就有可能是无辜的。如果他们被关在牢里,那么理所当然,他们一定有罪。

在露丝看来,坐牢不坐牢全都一样。她自己认为,命运的影响更为深远、更为可怕,因为它是无形的锁链。不过这并不影响她的性格。虽然受到束缚,她还是跟一头牛一样工作。波恩纳先生布置假山的时候(后来假山弄得非常好看),她一筐筐地抬石头和土,在沙地上留下深深的脚印;而杰克·斯利波和别的孩子却在抱怨、拖延,倚在什么东西上,甚至躲在一旁。露丝并不是非得干重活不可,也不用做夜工,可是在年轻的姑娘们晚上去参加舞会,或去听演讲,或听音乐的时候——她们常常这样——她就坐在那里等她们回来,肥胖的下巴垂到胸前,双手叠在一起,放在肥胖的大腿上,像一只扁桃。姑娘们回来时,她会一下子跳起来,还没有睡醒,也没有笑容,但挺高兴地帮姑娘们脱衣服。即使罗拉小姐不愿意,她也要替她梳头发。

"别弄了,露丝,"特雷维延小姐会这样说,"够了。"

可是露丝还是梳下去,仿佛这是她的神圣的责任,她的女主人只好为了头发而继续当她的囚犯。

因为露丝生得很丑,不讨人喜欢,她就想用这种方法拉拢别人,不过罗拉·特雷维延还是没法喜欢她的女仆。当然,她对她很好。她送给她旧衣服,照顾她的身体。她还特别努力朝她微笑,露丝立刻就很感激。别人对她好,使她浑身都表示出感激,可就是她的身体令人讨厌。

杰克·斯利波的情况也是这样。波恩纳先生把他打发走了之后,总是管他叫"另一个家伙"。因为这个人来历不明,他只做一些零碎活,比方说,刷锅、拍地毯。虽然不合他的胃口,他却被分派在花园工作,在紧急的关头,当吉姆·波冉提斯患支气管炎躺倒的时候,他甚至临时找来一件号衣,替东家赶马车。但是不管让他干什么,杰克·斯利波总能找出时间在院子里闲逛。他坐在松垮低垂的胡椒树下,抓抓胳肢窝,悄悄地嚼上一口烟草。这,罗拉是不会忘记的。她还看见他把一口闪光的烟汁吐在柔软的月桂树上。为了便于活动,他常常把袖子卷到肩上,消瘦但结实的胳臂显出了膨胀的青筋。有时,罗拉不得不经过院子,每当她走过时,总可以看见他浑身上下都是斑斑点点的——有片片阴影,也有点点阳光。必须承认,她经过的时候,尽管他态度傲慢放肆,但总是和她打招呼的。因此,如果她看见那个人在那儿,她一定转身绕开。杰克·斯利波最后还是进了拘留所。酒把他毁了。他们说,逮捕他的那天,连他呼出来的气都可以用火点着。因此,给他判了刑。波恩纳先生去看他时说,对他雇用的人他是一向支持的,但因为他不赞成杰克的行为,只好把他解雇,甚至在判刑之前就想解雇他了。那家伙只是笑了笑。他用手腕擦擦多毛的鼻子说,反正他原来就打算走的。

杰克的结局就是这样。

不过露丝却留下来了。她的乳房在棕色的衣服里抖动着。罗拉·特雷维延感到很不高兴。因为她要经常和她接触,这使她很苦恼。她要像对杰克·斯利波那样,不去看她。她有点儿绝望和厌恶地对自己说,她之所以这样,是由于她不愿意接触这些仆人的身体。如果把这种想法说出来,她的姨妈会怎么想呢?别人是不会老被这一类想法缠住的。我要把这些东西整个忘掉,她下了决心,难道我太古板了吗?她苦恼彷徨,不知道怎样才能改变她的天性。

如今,不幸的露丝遇到了这样的灾难,罗拉·特雷维延就更加苦恼了。当生活恢复正常,餐桌上的东西已经搬走,瓦特福特盐瓶最小的碎片也已经找到时,她的态度是十分严峻的。不过没有人注意到,因为她惯于隐藏自己的感情,只有那些不单靠眼睛来观察的人才能发现。

艾美姨妈没有看见,她正用一条美丽但没有什么用的小手帕捂着颤抖的嘴唇。艾美姨妈说:

"姑娘们,我要十分强调地说,这事只能我们自己知道。幸运的是餐厅不直通厨房,这样,卡西和伊狄斯就不会产生怀疑。这事当然要告诉波恩纳先生,他也许会出个好主意。在这样做之前,我们什么也不要做。"

"我们忘记波林格家的野餐会了,妈妈。"贝尔说,她听见那个古老的时钟敲响了。

贝尔无论遇到什么灾难都能平静下来。她正当那种年龄。

她母亲噘了一个嘴花。

"哎呀,不错,"她说,"波林格太太准要生气了。马车原定在三十分整出发,如果波冉提斯先生能睡醒的话。露丝,"她喊道,"叫伊狄斯跑去找吉姆,提醒他把马车赶到这儿来,咳,我们要迟到了。"

罗拉·特雷维延马上去换衣服,其实她不喜欢一切野餐。风很大,树都吹弯了。树影婆娑,满园一片绿色。她皱起眉头,拍拍袖子或捋捋头发,她经常在花园树丛中散步,那里有已经长得很好的山茶花树,一切完善的大花园所具备的许多杂乱的黑灌木丛它也有,还有树干上长着鳞片的土产纸皮树。花园的一头种了一些竹子,那是一个船长从印度带来送给波恩纳先生的。原先只有几棵,现在已经长成小竹林,它使附近一带充满了柔和的声音。即使在一个无风的夜晚,也可以清楚地听到竹子之间轻柔的对话声,间或还有竹竿之间的碰撞声和人的声音。有些过路行人爬过墙头,躺在那里吃猪蹄和求爱。有一次,罗拉在竹子旁边发现一顶女帽——一顶艳丽俗气的女帽。有一次她还碰见露丝·波申。是我,小姐,女仆的身影说,屋子里太闷了。接着露丝便从竹林里挤出去了。有时,那里会人声嘈杂,还有神秘的灯光。竹子旁边潮湿的地面被压了下去。那里传来男人自信的话声和女人的呼吸急促的喘息声。我把你吓坏了,小姐,有一次杰克·斯利波这样说着从地上站了起来。他原来是用胳膊肘支撑身子躺在地上的。他抽着烟,罗拉感到喘不出气来。

　　现在这个年轻的姑娘用手托着腮对着镜子。她身穿鲜绿色的衣服,脸色苍白,但很漂亮。艾美姨妈认为,如果罗拉脸色好一些,她就会成为一个美人儿。她建议她的外甥女在进屋之前先把手帕丢在地上,当她弯下身子去捡手帕时,血液就会冲到脸上来了。

　　"罗拉!"贝尔喊道,"马车来了,妈妈在等着你呢。波林格太太的脾气你是知道的。"

　　罗拉·特雷维延抖了抖她的披巾,她确实漂亮,有自己的特色。现在因为想起了什么,或因为花园里吹动树木的风变大了,脸上有点发红。针叶树的叶子从窗户飞进来,落在地毯上。竹子发出干巴巴的叹息。

大家在马车上坐好之后,波恩纳太太摸了摸玉石,想了想楼梯平台的窗户有没有关好。这时马车已经沿着马路跑了一程,跑到长有南美杉树的拐角。你看怪不怪,那位讨厌的沃斯先生竟然出现了,他手里拿着帽子,头上布满汗珠,在轻快地朝前走着。

天啊!每一个人都喊道,甚至拉起手来。

不过他们还是停下了车子,他们不得不这样做。

"下午好,沃斯先生。"波恩纳太太从车里伸出头来说,"这真想不到。你可真会捣乱,你知道,尽做一些出人意料的事。不先来一个便条。波恩纳先生不在家。"

沃斯先生张了张嘴。他的嘴唇因为赶路有些发白。他的神情显示出他正在想心事,还没有清醒过来。

"不过波恩纳先生,"他终于说出话来,"也不在铺子里。他们说,他走了,回家去了。"

他突然要说外国话,这使他对外国话十分反感。

"没错,他走了,"波恩纳太太愉快地说,"可是没有回家。"

偶尔,她是会恶作剧的。

贝尔咯咯地笑个不停,并且转过脸去看这辆黑色马车的华丽装饰。在这个有衬垫的车厢里,它们被人保养得很好。

"他们这样乱讲,我感到很抱歉。"波恩纳太太接着说,"波恩纳先生到派帕角参加我们的老朋友波林格的野餐会去了,等一会儿我们就可以在那儿见到他了。"

"我没有什么重要的事。"沃斯说。

他甚至显得有点儿高兴。外甥女坐在马车上研究他的脸,就像研究一块木头。

她坐在那儿,半闭着眼睛观察他的发根和皮肤上的毛孔。不过是很客观的。

"这给你添了多少麻烦呀!"波恩纳太太说。

"没什么,我没有什么了不起的事儿。"

沃斯又戴上了帽子。

"不如你上车来,就这么办。"波恩纳太太说,她很兴奋,很喜欢自己的办法,"对,你一定要上来和我们坐在一起。过一会儿你就可以把你的情况告诉波恩纳先生了。他一定会感兴趣的。"

于是,踏板被放下来了。

现在感兴趣的倒是沃斯了。那天他到这儿来并没怀着什么目的,只是想和他的恩主见见面,却没有想到会遇到这些女人。

他碰痛了头。

然后他被充满了女人香味和声音的车厢吞没了。他狼狈地把膝盖紧紧地并拢,免得碰到裙子,可是这些裙子却给人许多温柔的暗示。

他发现他坐在那位漂亮的姑娘——贝尔身旁,她合拢双手坐在那儿不停地咯咯地笑着。对面是她的母亲,还有那位外甥女,她们文雅地轻轻摇晃着。虽然他认识外甥女的面孔,但却想不起她的名字。不过,这并不重要。他们在车子里轻轻摇晃着。车子来到一个地方,一股腐烂的海生动物的恶臭冲进车窗,弥漫了全车。贝尔小姐咬着嘴唇,转过脸,臊得通红。另外两位女人好像并不在意。

"真想不到,"波恩纳太太突然活跃起来说,"不久以前,有一位绅士——我忘记他姓甚名谁了——带着太太乘坐四轮马车,他们在南山路上遇到一个丛林土匪。他追上来,把这对倒霉的夫妇身上一切值钱的东西抢个精光。"

每一个人都在听,但谁都不认为它是专门讲给自己听的,他们轻轻地摇晃着身体,觉得自然会有人出来负起谈天的责任。至少波恩纳太太已经尽了她的责任了。她愉快地朝窗外看着,这种表情是她在第一次乘坐自己的马车外出时学会的。至于丛林土匪嘛,她本人从来没有碰到过,也不相信她的愉快的生活将来可能会那样粗暴地被破坏。丛林土匪只不过是小说的素材而已。

现在马车转过弯,沿着通往派帕角的沙石路驶下去。车轮仿佛是在凸凹不平的岩石上颠簸。规规矩矩的乘客们立刻感到骨头仿佛都要散架了。柔软的身体不光彩地互相碰撞,乱成一团。在某些场合下,这可能是挺滑稽的,不过此刻由于某种原因,不得不严肃一些。因此,这位庄重的姑娘脸上露出了严肃的表情,从而使别人脸上的表情也严肃起来。她把裙子十分小心地,从盖着德国人粗大膝盖的黑色粗布衣服那边拉了回来。

波林格家的几个小孩子忽然从灌木丛里跑出来带路。他们一边跟着马车跑,一边笑,一边朝着新到的马车的窗口叫嚷,甚至没有礼貌地盯看那个陌生人,可能觉得波恩纳家不太重视这个人。无论到什么地方,波林格一家总是先到的。尽管,或正是由于波林格太太富有(她丈夫有钱,她本人也有钱),她感到有必要自我克制一些。可是她却会手里拿着怀表走来走去,很粗暴地对别人喊叫,让他们做好出发的准备,不过这一切都是出于善意的。发脾气是她表达热情的一种方式。她对丈夫要求十分严格,和他在一起时总是大声嚷嚷,不断地要证明她具有他所不具备的过人的才能。他以宽容的爱来对待她的这种做法,最近给了她第十一个孩子,使她平静了一些。

"啊,你们终于来了。"波林格太太嚷道。她和他的助手们已经在灌木丛后边,在围成一圈的马车和轻便双轮马车当中把食物摆放开了。

她说话的声调带着训斥,只是不至于失礼罢了。她的身边,像往常一样,站着她的长女乌娜。

"不错,亲爱的,"波恩纳太太说,最近发生的事使她变得难以相信的呆头呆脑,"如果我们来晚了,那是因为家里发生了一点小麻烦。我怕也许你已经等急了。"

波恩纳一家下了马车,姑娘们热情地亲吻,虽然乌娜·波林格一直认为罗拉是一个傻瓜,更糟糕的是,她是一个有头脑的傻瓜,因此不可信赖。一般说来,乌娜喜欢男性,不过她极有教养,即使写日记,也不肯承认这一点,更不用说告诉她的朋友了。现在她拿强烈的阳光做借口,假装没有看见那位绅士,或说男人。他是和波恩纳家一起来的,看起来也是一个非常傻的大傻瓜。像往常一样,乌娜·波林格立刻算了一道有关两个傻瓜的简单的算术题。

波恩纳太太发觉她不能再拖延说明德国人同来的原因了,于是说道:

"这位是沃斯先生——探险家。他不久就要到丛林去了。"

开头那么郑重其事,听下去却不免有点滑稽。因为不管波恩纳太太也好,波林格太太也好,你都不能希望她们会认真对待一件和她们的生活漠不相关的事。

"先生们在那边,"波林格太太说,希望摆脱困境,"他们正在讨论什么问题呢。庇特先生来了,还有沃布恩·麦克阿利斯特先生和一两个孩子。"

许多孩子在来回奔跑,衣裳被树枝钩住。灌木丛林充满了欢快的笑声。

沃斯希望能够想自己的心事,在某种程度上的确也这样做了。他在想心事的时候看起来很可怕。他的帽子都已经磨出绒毛,身上的衣服质量不高——黑色,有棱有角。除了他自己,谁也不知道拿他怎么办。

于是,波林格太太和波恩纳太太怀着希望朝绅士们所在的地方望去。

"你们这些姑娘陪沃斯先生到那边去,"波林格太太提出坚决的要求,她在征募一支坚定的队伍,"我和波恩纳太太聊聊家常。"

"我们一定要去吗?"乌娜问道,尽管没有抉择的余地。

她们全都大大方方地走了。她们的长裙在沙滩上扫出几条小道道,把落枝拖得竖立起来,把蚂蚁永远地扫出了它们的行驶线。

"你喜欢野餐吗?"乌娜·波林格问道。

"有的时候喜欢,"贝尔回答,"那要看……"

"拉德克利夫中尉在哪儿?"乌娜问。

"今天下午他值班。"贝尔骄傲地回答。

"噢。"乌娜说。

她是一个长得挺高的姑娘,很容易嫁出去,不过目前没有什么明显的急于出嫁的理由。

"你见到瓦利安特的诺顿上尉了吗?"乌娜问道。

"还没有。"贝尔打着哈欠说,她不想再征服什么人。

贝尔采取了直截了当、高人一等的态度,因为乌娜·波林格是她不愿意理睬的那种姑娘,只不过是勉强应酬罢了。整个野餐确实也充满了勉强应酬的味道。有几个孩子张开发亮的嘴唇大声喊叫着,拉拉扯扯、跳来跳去地跑来了,直到这时贝尔才高兴起来。他们觉得她是他们的一个新伙伴。那些游戏不久以前她还在玩,现在也还在留恋。不久,狂风就把她和几个蹦蹦跳跳的孩子,在树丛中刮得东歪西倒了。她的血液急剧地流动着。她那相当沙哑但很健康的喉咙大大地放开了,她自己也在高声喊叫。

"贝尔竟有这样强的体力。"乌娜叹息说,她旁边只有罗拉和那个外国人。

"你也跑和跳吗? 沃斯先生?"她带点恶意地问。

"对不起,你说什么?"德国人问道。

"如果需要,在非常秘密的场合,"罗拉·特雷维延说,"在没有人看见的时候,他是会又跑又跳的。我真的相信。"

正在想心事的沃斯,出其不意地被拉回到现实世界中,很难理解她的话的全部含意。不过,他心里明白,这个漂亮的姑娘是站在他一边的。她没有看他,而是用一只海豹皮手筒凌空比画着来描绘某一个人物。这皮手筒是她带出来预防多变的天气和更难以预料的危险的。

她姓特雷维延,他想起来了。她是罗拉,那个外甥女。

这是一个愉快的日子,大风和烈日穿透了她的墨绿色的衣服,使它闪闪发光。她的性格总是不稳定的,如今她正从牢笼里逃出来,但对可能发生的变化却一无所知。她并不知道自己具有这样丰富的情感,这种天真无邪使她的脸上流露出一股热情,那是平日所没有的。与此同时,阵阵脆弱的海浪也正围绕着崖石耸立的海岬起伏跳跃,并沿着它蹒跚前进。现在可以清楚地听到海的声音了。当他们从树丛中走出来时,他们都睁不开眼睛。罗拉·特雷维延在微笑。

"男人们在那边。"乌娜有点阴郁地说,依然眯缝着眼睛,因为那边所有的男人,她全都认识。

另外几个人手搭凉篷朝那边看。透过海面上的反光,看见年纪比较大的绅士坐在金色的崖石上,年轻人脱掉了帽子,男孩子在摔跤或扔石子。这位穿黑衣服的男人出现在这样美丽的下午——这个戏剧性的场面实在是他们意想不到的。

"我们最好下山去,"罗拉说,"把沃斯先生交给他们。"

"可是我会打扰他们的。"德国人抗议说,"他们在谈些什么呀?"

"谈男人们经常谈的事呗。"罗拉说。

"谈生意。"乌娜提醒说。

有些场面是沃斯无法适应的。

"还有英国邮船,还有天气。"

"还有蔬菜和睡眠。"

他们坚定地朝着那群男人走去。姑娘们由于怕脚脖子扭伤,说话时也不再装出一副自信的样子了。在这种情况下,她们会接受一点儿帮助的,而沃斯的腕子却是很有力的。他这样做倒不是为了表现骑士风度,而只是为了找点事情做做。

他们总算走到了。下边有许多双眼睛,朝上面看,露出白眼珠来。因为他们还拿不定主意该怎样接待他们。

只有波恩纳先生不顾初交的隔膜,拍着受他保护的人的肩膀,非常热情地喊道:

"欢迎你,沃斯。如果我没有建议你采取你自己原先决定采取的步骤,那是因为我觉得你可能不大在行。我是说,你相当顽固。不过我认为,每一个人都可以为别人做点儿事,只是有没有机会罢了。不管怎么说,你到底来了。"

波恩纳先生对每一个需要的人,都不吝惜他的那些好听的话。

有几个厚脸皮、眼光冷漠的年轻人,叉开双腿站着,使劲和这个陌生人握手。但是两个年纪较大、地位较高的绅士只是清了清嗓子,挪了挪坐在石头上的身子,因为他们的肚子太沉,关节不大灵活。他们一位是波林格先生,另一位是大家不熟悉的庇特先生。

接着,有人给大家解释沃斯是怎么来的。沃斯常常微笑,急于表示友好,可是看起来倒像是肚子饿了。

"他是上帝派来的使者,"罗拉说,用的是在那种场合不得不用的、很不自然的声调,"我们用他来防御丛林土匪。"

年轻人放纵地大笑。熟悉罗拉·特雷维延的人不喜欢她——她只知道读书。

波林格先生和庇特先生不忙着笑,他们持怀疑态度,因为原先的谈话被打断了。那是由他们主持的,是一种难以理解的、充满陈词滥调的谈话。

波恩纳先生满面通红。他为他的德国人感到骄傲,但更多的是感到羞耻。人们把秘密的礼物公布于众,却没有获得成功,就会感到恼火,就会做各种微妙的尝试,公开谴责他们原本珍重的礼物。

"你们知道,沃斯将要领导我们组织的这个探险队。支持它的人有山德逊、吉尔德拉的波伊勒,另外还有一两个人。达费尔顿的年轻的安格斯是探险队的一员。"这几句话是专门讲给那几个和这位年轻的地主年龄相当、脾气相近的听众听的。

大多数的年轻人全都穿着最考究的紧身衣服,他们表示怀疑地笑着。他们交叉着胳臂,衣缝和肌肉都发出了响声。

"这是一件伟大的工作,"鼻子不通气的波恩纳先生说,"说不定会载入史册,如果他们能够把自己的骨头带回来的话。是不是,沃斯?"

每个人都笑了。波恩纳先生也不再恼火了,因为他只微微地动了一下刀子,便宰杀了他要献祭的羔羊。

对于别人的话,必要的时候,沃斯总是能够"听不懂"的。不过伤口会感到刺痛,特别是空气里含有盐分的时候。在充满阳光和海水的巨大的舞台上,他一边微笑,一边眯紧眼睛。有些人可怜他。有些人看不起他,因为他是一个打扮得很可笑的外国人。他气得发抖,发现没有一个人认识到他的力量。在火与石把平庸的、畜生般的人化为灰烬之前,他们永远不会认识到石头和火的力量。这是一句最没有力量的、最坦率的话,但它最接近真理。

波林格先生清了清嗓子,因为他的财富给了他在其他人面前受到重视的权利。他要慢慢地说,而且要长篇大论地说。

"不过,根据我们收集到的证据——请注意,这些证据是没有多少价值的——我觉得,仅仅由于探险队受到那些所谓无知的人的袭击这一点,就足以证明这个地方对任何有计划的发展都十分敌视。我们已经知道沙漠喜欢跟历史作对,喜欢按照自己的规律发展。我说过,我们对内陆一无所知。其实,内地说不定美得像一个真正的天堂。这谁都说不准。但我相信,沃斯先生,你在那儿将会发现几个黑人、几只苍蝇和一些类似海底的景物。这就是我的谦卑的意见。"

波林格先生的肚子不像他那么谦卑,咕咕的响起来了。

"你到过海底吗,波林格先生?"德国人问。

"什么?"波林格先生说,"没有。"

不过,他的眼神已经沉入不可辨识的深处了。

"我没有去过,"沃斯说,"当然,除非是在梦中。因此探险的前景非常吸引我。即使未来只有大片沙漠也是极其玄妙的,我也很感兴趣。"

他把握在手里变了色——从淡紫变到紫色——的小石子朝上一扔,在它碰到阳光之前,把它截住。

这几个强壮的小伙子瞧着德国佬大笑,交叉的胳臂把衣服的后背绷得更紧了。

可怜的波恩纳先生十分羞愧。他真想把这个家伙推到一边去,并且打算将来只在私下里会见他。当然,这一次会面不是他的过错。

他想到他的妻子,又朝他的外甥女皱起眉头。

罗拉·特雷维延这时正在用她的脚趾跟踪一条海虫的丝带般的、长长的踪迹,仿佛这是一件很重要的事。在这美妙的下午,一切都是很重要的:迟钝的海葵张开了嘴,交错的浮木树根在浅水滩上来回漂荡,沙土把紫红色的泡沫吸下去,而太阳,头顶上的太阳把他们晒得发晕。她穿了一件在天气比较凉快时才穿的厚衣服,自然会感到太热了,结果,她听到的一个个字都变成一个个巨大的圆砣。德国人说话时她没有抬起头,但听到它们落下来,并且觉得形状是挺可爱的。一切都距离她决心追随的理性标准非常远,她的思想变得模糊不清,甚至和别人一样了。但这没有关系,这很可爱。她愿意坐在一块石头上听别人谈话——不是任何个人的谈话,而是一些孤立、神秘、富于诗意的词句。对于这些词句,她用梦中得来的见解一个人独自玩味。她已经化为乌有,像空气溶解到空气里那样,体会到一种感官刺激的意味，因为它难以觉察，所以也同样强烈。

她对阳光和大海产生的这种影响微微地笑了笑，太阳使她脸色红润。她看见她的裙子边儿被海水浸湿，形成一个个黑色的扇贝形状，看上去不那么整洁了。

"我说，罗拉，"威利·波林格走过来说，"这次野餐，我们没有赛跑，没有赛跑的野餐不能称为野餐，你不这样想吗？"

威利·波林格是一个孩子，或者说是少年，或者为了表示礼貌，我们称他为青年。他松松垮垮，或者说还没有坚强起来。他长了一张湿润的、宽宽的，但显然是好脾气的嘴，到现在为止，没有一个人认为自己能够理解他的眼睛。他最近才到他父亲和叔叔们的公司去工作，他们是当掮客的。他在那儿当勤杂工或下级职员，不过仍然觉得自己挺了不起。

"你真的认为赛跑是必要的吗？"罗拉问道。她过去参加过赛跑，但现在因为感到十分无聊，正在用脚趾跟踪海虫的踪迹。

"唔，不，并不是非要赛跑不可。不过，别人在野餐的时候，不是都要赛跑的吗？"威利说，他非常想和别人一样。

"你真傻，威利！"罗拉笑了，懒洋洋的，但显得很可爱。

威利也笑了。

他喜欢和罗拉在一起，享受他们那个小圈子里的笑话和情趣。有一次，他画了一幅她的像。他并不是爱上了她。他还没有想过这事，只是她的形象使他的心灵受到巨大的冲击，使他感到忧伤。后来，由于他的绘画是一种徒劳的、痛苦的工作，由于他一再失败，很快他就放弃了。

"不，"他在这个愉快的时刻大声喊叫，"并不是非要赛跑不可。不过每一个人都在等着呢。孩子们都在等着。让我们做点什么吧。"

然而罗拉不肯参加。

波恩纳太太希望威利·波林格大几岁,这样问题也许可以简单一些。双方接近了,事情就会自然而然地解决了,而且,就算威利长得不漂亮,他可是一个有前途的长子。不过波林格太太想的和波恩纳太太可不一样。她本人非常富有,自然要追求与财富相称的东西。此外,她私下里有一种想法,那是绝不会说给别人听的——她觉得罗拉·特雷维延很狡猾。

有一个黄黄瘦瘦的青年开始给大家讲他在坎登的美利奴羊群流行着寄生虫病的故事。比他年纪大的人听他诉说时,眼睛里流露出同情。在听了那个德国人令人讨厌的、疯狂的话语之后,换换话题,他们感到很高兴。德国人虽然处境艰难,但仍然站在那儿咬手指甲。

最后,波恩纳先生也对羊群的故事发生了兴趣。他说:"我情愿一个子儿都不要,抓住他的领子把他赶到海滩的那一头去。"

"可是,我们总得做点什么呀。"威利·波林格抗议道,"如果不赛跑,那么,我一定得想出个什么主意。要么让他们捡些浮木,摞起来,升起一堆篝火。"

"这事让你这样焦急吗?"罗拉·特雷维延问道。

不错,是这样的,不过现在他还不知道罢了。

"他们正在白白地把下午浪费掉!"

他的嘴巴在颤动,正要说些什么,还是正要笑?不过终于又闭上了。

在他还是一个小孩子的时候,威利·波林格就认为许多事情都要靠他来决定;但这是些什么事,他还弄不清楚。到现在为止,他的努力只限于极力模仿他那个阶级的举止行为和表现那个阶级的特点,并通过这种途径来认识自己。但他什么都没弄清楚,因此就去研究一张普通桌子或厨房椅子的简单朴素和惊人的美,并且认识到,如果不解放思想,那么,在某种意义上,这种美是会让他继续感到迷惑不解的。有时他会像一个癫痫病人那样挣扎,想要冲出去。他的处境使他手心出汗,四肢发黏,动作比平时更加迟钝。人们常常笑话他。他是一个怪物、一个梦游人还是什么?人们对此还没有定论。将来,等人们弄清楚后,很可能会避开他。

贝尔灵机一动,解决了威利当下的问题。她跑了过来,旁边还有两个波林格——两个小姑娘,她们抓住她的飞舞的裙子,但更喜欢的是抓住她那富有灵感的身体。每当她突然站住,她们就会用热乎乎的手拉紧她的腕子。贝尔已经脱下帽子,金色的头发垂了下来。她的皮肤也是金色的,在皮肤下面可以清楚地看到血管。在她呼吸的时候,几乎就像是没有穿衣服似的。

"等一等,贝尔!等一等!"小姑娘们喊道。

"等等我们。"另外几个小姑娘也在大声喊。

啊,贝尔解放了。罗拉·特雷维延看到这个情景,自己更想展翅飞翔了。

贝尔手里攥着从深红色的洗瓶刷子上随意揪下来的一截,看起来真像一个燃烧着的火把。她的裙子里兜着几个光滑的红灰色的鹅卵石,一块扁平的红瓦片,还有一块被流水冲洗得十分好看的绿玻璃。

"我们上哪儿去呀?"

小姑娘们的声音虽然文弱,但却很迫切。

有几个男孩停止了互相折磨,在后边追赶这些姑娘,要看个水落石出。

"我们要盖一座神殿。"贝尔大声说。

青春活力掩盖了害羞的心理。除此之外,她自己的确也很年轻。

"谁都以为贝尔只有十二岁。"每天早晨给她妈妈准备插花的乌娜·波林格抱怨说。

"什么神殿?"有人尖声喊道。

男孩子急于知道。

"一座女神神殿。"

"什么女神?"

沙土在飞舞。

"我们还没有决定。"贝尔回过头大声说。

许多信徒开始掘沙土。沙土飞扬,发出叹息声。有些男孩子一边跑,一边把帽子抛上天空,听任它们轻轻地落在沙滩的金色的褥垫上。

"贝尔真是疯了。"威利·波林格不大赞成地说。

事态的发展已经不受他的控制了。事情往往是这样的。他跟在贝尔的信徒们的后边,停下来捡海螺,并且舔了舔发光的咸贝壳。虽然他还没有学会听天由命,可是他的感觉器官会采取每一个相应的措施使他得到补偿。

至少,坐在石头上闲谈的男人们不再是至高无上的了。这一点是很清楚的。他们已经失掉了一些光彩。这一点,乌娜和罗拉都知道。德国人也许知道,也许不知道,不管怎么说,他本身是一个男人。

当然是需要男人的,不过他们不也是挺令人讨厌的吗? 乌娜·波林格争论说。

乌娜和罗拉开始把自己摆脱出来。

"沃布恩·麦克阿利斯特,刚才讲寄生虫的那个人,是人们公认的新南威尔士最值钱的那一片产业的主人。"乌娜想起这事,兴奋起来了,"根据大家的说法,他一定是非常富有的。"

"噢。"罗拉说。

有时,她把下巴埋在脖子里,但又觉得它还不够低,或者她觉得它还不够。

"除了那份产业,沃布恩·帕克在新英格兰某一个地方还有一些产业。可怜的孩子,他的父母,"乌娜人云亦云地继续下去,"在他还是婴儿的时候就都去世了,因此,一开头他就注定要得到一大笔遗产。另外,他还有几个叔叔,他们要么没有孩子,要么是单身汉。有了这些人,沃布恩的条件就太优越了。"

罗拉听着沃斯踏在柔软的、叹息着的沙土上的脚步声,心里感到十分羞愧。乌娜朝四面看了看,只看见了那个无足轻重的沃斯。

"他是这样一个好人,一点也没被人宠坏。"乌娜说,她听到过不少有关他的故事,"脾气好极了。"

"这么多的优点,我可受不了。"罗拉请求她不要再说下去了。

"怎么啦,罗拉,你这人有多怪呀。"乌娜说。

在她想起罗拉是一个怪人之前,她的脸有点儿红了。再没有比保守更令人讨厌的了,乌娜对她的朋友了解得很少。不过,因为她们两个都是女孩,她们当然是截然不同的。乌娜知道她从来就没有喜欢过罗拉,而且毫无疑问,会一直不喜欢她的。虽然有许多理由可以使人们相信,她们还会继续做朋友的。

"为了表现与众不同,你就故意蔑视那些值得赞美的东西。"恼火的乌娜抗议说,"这种情况从前我也见过,有些聪明人就是这样的。"

"噢,亲爱的,你简直让我抬不起头了。"罗拉·特雷维延只说了这么一句。

"不过,波林格小姐赞美像麦克阿利斯特那样一个极好的结婚对象,是完全正确的。"沃斯赶上去说。

两个姑娘被吓了一跳,停止了争论。

"我并没有把他完全想成那个样子。"乌娜声明。

事实上,她的确是这样想的。不过,如果撒谎是为了保住名誉,那就不算撒谎。

"而且,"她补充说,"人们忍不住要猜测将来谁会得到他。"

"不错,"沃斯同意说,"麦克阿利斯特显然是一位国家栋梁。"

他一边走,一边踢沙子。沙子带着一股风,发着蓝光飞射出去。

"我路过他的那片产业,"他说,"看见了他的房子。它经得起时间的考验,也不怕蛀虫。"

乌娜高兴得脸上通红。

"你进去过吗?"她问,"你看见家具了吗? 人家说他的家具豪华极了。"

罗拉不知道为什么感到那么忧郁。她非常怀念大海的波涛。那些滚烫的千姿百态的岩石和瘦削的松树令她心醉神驰。想起这些,她的肩膀都感到有些抽紧。

"我不想……"她开始说。

沃斯踢起来的、正在消失的沙子非常迷人。

"你说什么?"乌娜严肃地问。

"我不想和石头结婚。"

乌娜不舒服地笑了笑。

尽管罗拉并不知道她要的是什么,但只有她自己明白,她内心充满了不满情绪,因为这种情绪是不理智的,因而也是最可悲的。

"那么你宁愿要沙子啰。"沃斯问道。

他弯下腰,抓起一把沙子,把它扔出去。它们闪闪发光,有一些还刺痛了他们的面孔。

沃斯也笑了。

"差不多是这样。"罗拉说,现在她话音里带着讽刺了。

她是第三个发出笑声的人,仿佛有了这种自由,她就不再隶属于任何人了。

"沙子全被刮跑之后,"沃斯笑着说,"你会后悔的。"

乌娜·波林格开始觉得她不理解他们的谈话了。因此当她母亲结实的身体在灌木丛边出现时,她高兴极了。她母亲显然是在找人帮助她收拾碗碟杂物。

沃斯和罗拉下意识地跟在后边。他们不大清楚该做些什么。他们突然觉得在空间和时间上都有一个巨大的、需要填补的空隙。奇怪的是,两个人对这种处境都没有感到不安。要是当天下午早些时候发生这事,情况就不一样了。他们的谈话、他们的沉默以及海边的空气巧妙地在他们身上起了作用,使他们发生了变化。

在阳光下,他们舒适地垂下头,默默地感到彼此的存在,发现在波林格的这个野餐会上,他们两个人是最相像的。

"波林格小姐是很幸福的,"沃斯说,"因为她住在石头房子里,婚姻也有保证。"

"我没有什么不幸福的,"罗拉·特雷维延回答,"至少,不幸福的感觉一下子就会过去。尽管我将来会怎么样,现在还很不清楚。"

"你的未来要靠自己创造,"沃斯说,"意志决定未来。"

"噢,我有意志力,"罗拉很快地说,"不过我还不知道怎样去用它。"

"女人也许会知道得晚一些。"沃斯说。

当然,她看得出,他会让人十分讨厌,但她可以忍受。阳光使他们涂上了金色。

"也许是这样吧。"她说。

罗拉·特雷维延确实相信男女之间的区别比通常人认为的要少一些,但由于她一直没有和别人交流过思想,她不敢谈自己的想法。

现在他们绕过一堆斜倚着的岩石,四周非常安静。松树向他们伸出长满暗绿色细长针叶的枝子。两个人都在想自己的心事,没有什么不好意思,也不需要戒备。

"这次远征,沃斯先生,"罗拉·特雷维延突然说,"你这次远征完全是凭个人的意志。"

她转过脸非常热情地看着他,如果是在别的场合,他会感到惊奇。

"不完全是这样。"他说,"我将要受好几个人的约束,另外我的恩主们认为,必须带去牲畜和有用的行李。"

"如果我一个人徒步去,"他忽然加上一句,"我知道,那要好一些。不过跟别人说这些没有什么用处。"

他咧开嘴笑的时候面孔显得更瘦,更不匀称了。他的嘴唇很薄,在旱季到来之前就开裂了,嘴角还缺了一颗牙。总而言之,他并不吸引人。

"你不会让你的意志毁掉自己的。"她不是询问而是率直地对他这样说。

现在她是这样坚强。他虽然没有表示感谢,但此时此刻心里是很感激她的。他想象她把他的头抱在胸前,用坚定的双手紧紧地抱着他。但他从来不依靠别人的力量,而愿依靠自己的幻想。

"你的关心使我十分感动,特雷维延小姐。"他笑着说,"在那些荒凉的地方,想起你的话,我会很感激你的。"

他想让她动心。

但她交叉着手指,不受魔鬼的诱惑。

"我不相信你会感激我,"她讽刺地说,"正如我不相信我已经完全了解你了。不过我将来会的。"

他们继续在大树的黑树枝底下散步,看起来,两个人好像一般高。人们正在举行野餐当中的一个最庄严的仪式,空气中弥漫着燃烧的树枝和开水的气味。人们笑逐颜开,提出备受欢迎的意见。这时,他们来到了那片空地。两个迟到的人脸上的表情暗示着他们心里都有一些见不得人的秘密,只不过没有人注意罢了。

那些抄近路从岩石堆爬上来的人聚集在一起。一个女家庭教师和两个儿童保育员受到波林格太太的催促,在忙着用餐。小男孩用马车夫专门为他们削尖的树枝插着排骨在火上烧烤,发出绿树皮和肉的混合香味。姑娘们吹着热茶,梦幻般注视着水波向外扩散。女士们勉强地坐在铺上毛毯的凳子上,那是从家里带出来安置在草丛上的。她们正在小口小口地吃着薄薄的三明治,同时揪住披巾,不让它被风吹掉。

现在,人们也许已经注意到那个德国人仍然站在罗拉·特雷维延身旁。不再是为了保护她,还不如说占有了她。他显得掌握了主导权,而对于姑娘来说并没有感到什么不愉快。她吃着递来的食物,不过并不抬头看他。

只有一次,她看着他的手腕——袖口盖在上边,把茸茸的黑毛压了下去。

"我刚才说,家里出了一点小小的麻烦。"波恩纳太太向大家吐露她的秘密,一边甩动着她那不听话的披巾使气氛更加神秘,"它也许比我说的更严重些,以后会知道的。露丝·波申真让我们担心。"

"噢,老天爷。"波林格太太呻吟说,仿佛她身上某一部分感到不舒服似的。

她在等着听下文。

波恩纳太太按住了披巾。

"出于道义上的考虑,波林格太太,我就不细讲了。"

不过,她当然会讲的。

两位太太很感兴趣地坐在不牢固的椅子上,琢磨这件事将来会怎样发展。

罗拉·特雷维延看见露丝穿着棕色的衣服站在那儿,她的膝关节紧紧合拢,兔唇十分吓人。

"够了,谢谢你,沃斯先生,"罗拉说,"一点都不要了。"

她怀着这样的决心走开了,然后她站到了别的地方,站到一群脏孩子当中去了。

"你看,罗拉。"杰茜·波林格说,"你看我把排骨啃得多干净呀。"

"她是一只小狗。"厄内斯特说。

接着,他们就打了起来。

罗拉有了做点什么的机会,感到很高兴,于是立刻以她特有的机智和坚定的态度,把他们分开,劝说他们,安慰他们。她说:

"杰茜,听我说,没有必要哭哭啼啼的。在这罐热水里把手指头洗干净,用手巾揩干。好了,谁都知道你是一个讲道理的小姑娘。"

露丝·波申带来了用毛巾包着的一个小铜罐,里边装满了热水,就像它有多宝贵似的。她把热水倒进放在脸盆架上的脸盆。露丝·波申拿起梳子给罗拉梳头发。她抓起罗拉的一缕长发,朝外朝下,长距离地挥动胳臂。她机械地不停地梳着,有时梳子背碰到了她两个肥大的乳房。

罗拉·特雷维延朝四面看了看,不可能看不见那个德国人站在灰暗的灌木丛中。他的干裂的嘴唇因为吃了奶油变得湿润一些,在阳光下也显得丰满一些。阳光和他粗密的胡子交织在一起。

啊,小姐。杰克·斯利波说,你是为了呼吸新鲜空气到这儿来的。好了,现在起了微风,你听见树叶丛中的风声了吗?不管竹子哪一部分产生摩擦,在竹林里听到它的声音,总让人觉得凉快一些。不过,夏天的时候,还会听到昆虫的鸣声。在花园的那个角落,还会听到男人和女人的声音,让人简直喘不过气来。满月的月亮也不能泄露他们的秘密。那里有一股强烈的、刺激人的、腐烂的气味,而脑子里的神秘的黑根神经节,却不断地使人想起那面,在涂了漆的旗杆上高高飞舞着的、几乎要被风吹掉的破白旗。

"到这儿来,罗拉,"波林格太太说,"人多好办事,有那么多东西要收拾。我们要来不及给孩子们洗澡了。"她又加上一句,并且看了看用细链子挂在身上的一块小小的白珐琅表。

穿着嫩绿色外衣的罗拉·特雷维延,犹豫不决地站在一边想心事。她脸色苍白,额上、发根都闪烁着点点汗珠。比较细心的伙伴很可能看出她羞愧的心情。因此,她高兴地接受了波林格太太的建议,动手帮助家庭教师阿贝小姐把叉子堆在一起,把盘子擦干净,把其他的东西包扎起来。这样,她就可以看不见那个德国人了。可是她的内心依然在想着他那男性的嘴唇,上面长了点汗毛的细长的腕子。动作再快一点儿,这些印象也许就会消失了。于是她就使劲地干起来。她觉得他实在讨厌。

回家的路上比来时更加令人难以忍受,因为在密闭的车厢里又挤进了姨父。现在他不必为沃斯感到脸红,而变得谈笑风生了。他雇用德国人是为了让他去探险,当他可以公开地赞扬探险事业的时候,他很喜欢这个德国人。为了强调自己是他的恩主,为了加强说话的分量,他轻轻地拍了拍被保护人的膝盖。

可是沃斯只哼了一声,便转过脸朝车窗外边瞭望。所有的人对别人都感到了厌烦,只有波恩纳先生还感兴趣。他是一个永远不会变瘦的胖子。

当他们来到拐向泼滋角的拐角时,沃斯立刻朝前挤了挤说:

"请让我在这儿下车吧。"

"不,不,沃斯。"波恩纳先生抗议说,充满了热情的声音暗示着别人必须服从,"跟我一起回家,到家之后再让吉姆送你回去。"

可惜的是,他那热情的建议很像一道命令。

"不必了。"沃斯说,他在和那扇讨厌的车门搏斗。

车门和他作对,他的手指甲都撕裂了。

波恩纳太太嘟嘟囔囔地说了句什么来表示不满。

"如果你叫车子停下来,我就在这儿下车了。"沃斯的喉咙里发出声音来,重复他的要求。

他非常想从马车里逃出去。

波恩纳先生大声喊叫,也许还带点脏话,终于引起了坐在马车夫座上的吉姆·波冉提斯的注意。车子停下来的时候,他朝前探了探身子,用一只手指头碰了碰妨碍沃斯自由的车门。

被围困的乌鸦终于突破重围。虽然僵硬又蹒跚,他终究成功了。黄昏的最后一线阳光把大部分物体变大了。罗拉心想,如果他不是那么傲慢,这个人一定会显得很可笑。尽管这傲慢很可怕,但却救了他。他的眼睛在美丽的夕阳下骄傲地闪闪发光。

"今天我过得很愉快,十分感谢。"他说,但颓丧地合起双手,"为了这愉快的一天,谢谢你,波恩纳太太。"他又加了一句。

他没能彻底逃脱。各种各样的话还在包围和纠缠着他。

艾美姨妈听了他的话当然感到很舒服,她又说了一些客气话。

波恩纳姨父认为,外国人只能听懂大声嚷嚷的话。这时还在小声地谈论他对某一个人的看法。

"波恩纳先生,只要有重要的事,我会跟你联系的。"沃斯说,不去看波恩纳的脸,"现在时间太紧,你的好意我无法承受。"

他微微一笑。

"如果我成了一个负担的话。"

每一个人都感到很惊奇,只有沃斯例外,他像是挺开心的,正在那儿深深地呼吸着黄昏的空气。他觉得,没有人能理解他刚才所受的痛苦,就连他的鼻孔都露出对他们的轻蔑。

"我再一次表示感谢。"他说,完成了一套只有他自己才会觉得重要的礼节。

他鞠了一个躬。

罗拉看出来,他这是只是向自己鞠躬罢了。

在马车嘎吱嘎吱地往前走的时候,这些古怪的行为自然会受到议论。而这位在夕阳下走着的德国人也满肚子的不高兴。马车里有三个人在聊天。这三个人正在发表幼稚的意见。第四个人保持沉默。

罗拉没有说话,因为她感到羞耻,就像她自己也被牵连在内似的。一件不愉快的事情发生之后,敏感的目睹者会承担罪责,感觉到自己有赎罪的必要。因此,这个年轻的女人就痛苦而激动地坐在她那个闷热的角落里。如果这时他们没有到家,马车没有突然驶进发出嗡嗡声的走廊,她会觉得快要闷死了。她知道她必须为德国人的傲慢自大付出代价,在某些方面蒙受羞辱。她可以感到她的指甲在刺痛自己,刺痛自己的自尊心。

在薄暮中等待着他们的露丝·波申,这时走出来打开车门,把踏板放下,让主人们下车。

第四章

傲慢自大的人不大容易实行自我改造的计划。有些人很年轻的时候,就觉得自己受不了自我改造的耻辱。有些人发现他们对于理性的追求只是停留在理论上,并不想去实行。只有很少数顽强的人会费力地挣扎着前进,冲出他们的虚荣的花花世界,走进苦行和丰收的沙漠。

罗拉·特雷维延就属于这第三种类型。她受到极好的照顾,就像一个被公认为具有美好天性的人那样,闲在那里备而不用。她皮肤洁净,不十分美,但很有个性。她的衣着让人看起来很舒服,带一点忧郁,但对她正合适。家里没有别人能够用力求雅致、避免浮华的意大利字体,写出更得体的悼词或更有技巧的文章了,她是全家的秀才。令人吃惊的是,在别人看来,她满肚子的学问不是由于勤学,主要是出自本能。那位商人给姑娘们聘请了足够与他家社会地位相符的女家庭教师,不用说,另外还加上一位法国女教师和一位音乐教师。外甥女虽然法语学得不错,但很谦虚,这给人留下了深刻的印象。在黄昏,她姨妈招待客人时,人们会敦促她用她美妙轻柔的手法弹奏门德尔松和费尔德的钢琴曲。

如果说她是一个自命不凡的人,她还不至于做得太过分,甚至忘乎所以。因此,在别人眼里她是一个聪明的人。但知道自己的毛病,并不等于能够矫正这种毛病。她被各种各样的、忧郁孤独的感觉所包围,说不定会永远摆脱不掉。如果我迷失了方向,那么谁还能得救呢?她这样想是够自高自大的。她非常想为别人赎罪。面对着这种迫切的需求,她不承认祷告是合理的、无可争辩的解决办法,又不能放弃自己的意见,至少,不能全都放弃。对着镜子,咬着她那美丽的嘴唇,她说:当然,我有一股子劲儿,如果不是傲气,就是什么别的。或者,她会补充说,这会不会就是意志呢?

一天早晨,罗拉的窗帘还没有打开,阳光还被挡在外边。她闭紧嘴,决心接受最初阶段的自辱考验来锻炼自己的意志。因为她一早就在考虑这件事,所以露丝进来打开窗帘时,这位年轻姑娘的脉搏正在猛烈地跳动着,两个腕子也都软弱无力。

姑娘看着两条粗壮的胳臂伸出去,抓着窗帘猛地一拉;接着,把屋子整理好,把水罐放在面盆里,把掉在地上的一两样东西捡起来放在原处。做完这些,露丝说:

"小姐,你昨晚没睡觉。"

"我不认为我没睡觉,"罗拉回答,"你怎么看出来的,露丝?"

"噢,我心里明白。有些事不用看,心里就会明白的。"

"你是下定决心要迷惑我啊!"姑娘笑着说,但又立刻皱起眉来,因为她觉得她的仆人要用直觉来严厉批评她了。

"我是一个简单的女人。"露丝说。

罗拉转过脸去。黄色的光线让她睁不开眼睛。

"我不知道你是一个什么样的人,露丝。你从来没有告诉过我。"

"啊,姑娘,你在利用我的无知呢。"

"怎么利用?"

"我怎么能告诉你我是什么样的人呢!我不是一个有学问的人。我只是一个女人。"

罗拉·特雷维延很快地站了起来。她很想打开一个碗碟橱,看一看里面。她的感情自然不会被这样一个合理的动作和碗碟、杯子所扰乱的。不过,重要的事情是不会让人心里平静的。因此,她还是看着露丝,看见她的嘴唇在挣扎。在痛苦的时刻,甚至只是在一个不安的时刻,创伤也会像新伤口那样裂开的。

现在她们两个人都站在厚地毯的中心。她们几乎全都没有穿什么衣服,很可能冷得发抖。当然,就姑娘来说,她的睡衣相当薄。

"小姐,"露丝用平日惯用的方法来关心她的小主人,"早晨依然是挺冷的。"

两个女人轻轻地互相摸了一下。

"不很冷。"罗拉·特雷维延打了一个冷战,不管是心灵上,还是肉体上的任何亲近,都仍旧使她不舒服。

她走到屋子的另一边,一面梳着夜间弄乱了的头发。

"露丝,"她说,"你现在要当心一点了。不必要的时候,不要使劲儿,不要抬重东西,也不要跑着下楼。"

她的话又笨拙又难听,而且很冷淡。她觉得很难为情,但她没有学会怎样说动听的词句,到头来也没有说出什么合适的话。

"你可不要伤着啊!"这话说得挺可笑的。

露丝喘着粗气,她在整理东西。

"我不会伤着的,"她终于说,"我经历过更糟的情况,在年轻的时候曾经就那样躺着任人处置。"

她不想逃避。

"我要抗拒一切别人想加给我的痛苦,也不想使别人痛苦。"姑娘说,这对她来说依然是一个意志和理论的问题。

这相当奇怪的处境,使得她仿佛是在对自己,或对一个和她无关的人说话。因为她已经开始重视别人封闭的灵魂,同时也就悄悄地敞开了自己的灵魂。

"我没有想到会受苦,"露丝·波申说,"那时我是一个年轻的姑娘,在一个大公馆里做事。我记得,是在酒窖里工作,我的上司是一个你能遇到的最正派的女人。那是一个令人愉快的地方。春天时节,花儿都开了。小姐,你真该去看看,那真是一幅完美的图画。对啦,也许我太相信别人,指望太多了。咳,一切都过去了。我爱上帝赐给我的孩子,但我不愿让他受苦。这是他们所不理解的。他们说这种事只有怪物才做得出来。他们全都认为判我终身流放是相当轻的。可是他们没有像我一样怀着我的小男孩,也没有心事重重地一夜夜地躺在床上。唔,问题就在这里。我并不想受苦,那时候不想,现在也不想——你也会这样说的。不过灾难偷偷地来了,而且穿上各种伪装。小姐,你认不出它。你将来会明白的。"

过了一会儿,在做完她该做的事之后,这个矮胖的女人走出了罗拉·特雷维延的房间。姑娘依然心烦意乱。毫无疑问,露丝的故事使她很感动。但让她感到不安的,主要是她现在所分担的危险。

因此,在这之后,当艾美姨妈在家里走来走去,不知道拿露丝怎么办才好的时候,她的外甥女对此却毫不知情。

"你一向这样聪明,罗拉,"波恩纳太太抱怨说,"脑子里装满了好主意,可是你一点也不肯帮忙。我也不指望从波恩纳先生那里得到帮助,他让那个德国人弄得太狼狈了。不是出了这事儿,就是出了那事儿,我承认我都快要发疯了。"

"我们来想想办法,姨妈。"罗拉说,她脸色很苍白。

可是思想,本该是一种灵感,现在却在凝固。

艾美姨妈说,罗拉变得迟钝了。姨妈的脑子里又增加了这个新的烦恼。

后来,她想出了一个好办法,既很简单,又没差错。至少波恩纳太太认为是这样,因为治愈她自己也就可以治愈她的病人。她要举行一次晚会。它能恢复所有人的精神,镇定所有人的神经,包括像德国佬这样神经紧张的人。波恩纳太太喜欢宴会。在宴会上,一个人的心情甚至可以传给蜡烛的火焰,这使她很愉快。她喜欢一切美丽的、五彩缤纷的东西,甚至喜欢忧郁的果皮、酒糟、宴会的片段,它们使人想起一些往日的魅力。不管是作为前景还是回忆,宴会使她有点儿醉醺醺的——这是一种打比喻的说法——因为波恩纳太太不喝烈酒。除非在一个十分特殊的场合之下,她才喝一口香槟;或者在炎热的傍晚,来一杯美妙的掺白兰地的混合甜酒;或者在某一个早晨,为了陪客人,喝上一点极好的马德拉岛葡萄酒,或一点蒲公英酒。

"波恩纳先生,"她严肃地说,歪着头,生怕别人感觉不出来,"你想过没有,离沃斯先生和他的朋友们出发的日子只有一个星期了。从你的地位,还有我们,作为你的家属,只有用某种方式来庆祝一下才合乎情理。我一直在想这件事。"她说。

"什么?"她丈夫说,"除了我已经做过的之外,我对那个德国人再不感兴趣了。让我们之间的关系保持平平淡淡的吧。这事真令人讨厌。如果再加以粉饰,且不说要花上一笔钱,也显得有些虚伪了。"

"我知道,"波恩纳太太说,"他是很令人失望。不过我们先不要去管沃斯先生是一个什么样的人。我愿意看到你得到公正的评价,也看到它——我说不清楚它是什么,只能说它是祖国的一件大事——得到足够的重视。"

她不知道她能否说服她的丈夫,但她成功了,心里感到很高兴。

她的丈夫十分惊奇,他改变了态度。

波恩纳太太自信但轻轻地咳了一声,然后把那面她打算插在她的论点高峰上的旗子打了出来。

"由于几个人的慷慨大方,我们创造了一件历史功绩。"她接着说,"亲爱的,不要否认。你,只有你,才有这种灵感。"

"它是灵感还是灾难,"波恩纳更加和蔼地说,因为这事关系到他自己,"尚待分晓。"

"我想现在,"他那位有见识的太太说,"我们可以举行一个小的宴会,或者不是宴会而是一个很简单的活动。几只鸡、一块牛腿肉,还有几样可口的小菜、一两瓶美酒。至于沃斯先生的朋友嘛,我不打算全部请,因为有些人,据我了解,不过是些普通人。我只请一两个合适的,和太太、姑娘们打惯交道的朋友。贝尔有一件别人还没有见过的新衣服;罗拉,当然,穿什么都好看。"

于是波恩纳先生渐渐被她说服了,最后吻了她的前额。

波恩纳太太在星期五订好了计划。这一天正好是远征队计划乘船到纽卡斯尔的前一周。星期五下午,吉姆·波冉提斯给汉姆雷特套上马鞍,带上特雷维延小姐用漂亮的意大利字体写的请帖,到沃斯先生、塔普先生和波尔费雷曼先生的住处。他们觉得请这些人是合适的。还有一位何利尔小姐——在需要一位额外的女士时,人们就去请她。何利尔小姐是一个家境不很富裕的中年妇女,不过精神确实非常充沛。她善于倾听别人谈话,有时她会把很好的主意灌输到他们的脑子里,让他们立刻把她的建议变成自己的想法。另外,这位女士是远征队的一位赞助人——莱茵塔山德逊先生的远亲,请她参加宴会是很合适的。最后,还有汤姆·拉德克利夫。如果波恩纳太太的客人名单上没有这个中尉的名字,那是因为他和某一个人几乎不断联系。大家认为不用请,他自会来的。

这些人就是下星期三要邀请的客人。

这是一个有风的夜晚。贝尔·波恩纳来到,或者说走进她表姐的屋子,让她看她那身闪光的衣裳。这件衣裳发出纯白的光,在她身上滚动、闪烁。她的胳臂和手穿过闪光摆动着,使任何敢于来犯的阴影都变得柔和起来。她的头发也闪闪发光——颜色不纯,但很动人,仍旧浸透着阳光,充满了阳光的气味。

"噢,贝尔!"罗拉看见贝尔的时候喊了一声。

姑娘们非常热情地亲吻着,但还不至于弄乱衣服。

"可是它不合身,"贝尔说,变得悲观失望了,"我会把它撑破的,你看吧。"

"而且会把我们给毁了!"罗拉大声说。

她们一起大笑,没有道理地、声嘶力竭地、发疯地大笑着。简直把她们笑死了。

"至少何利尔小姐不会看见,"罗拉突然边笑边嚷道,嚷的声音太大了,"即使你穿上最破烂的无袖衬衫和衬裙她也看不见,她受到的教育太严格了。"

"别闹了,罗拉。"贝尔恳求道。

她在擦眼泪。

"别再闹了,罗拉。真的,你别再闹了。何利尔小姐也许看不见,不过别人是会看见的。我相信什么东西都瞒不过沃斯先生的眼睛。"

她们几乎立刻感觉到,应该想到她们自己的年龄,于是叹着气,打扮起来了。

如果罗拉不如贝尔那样引人注意,那是因为她美丽而端庄。这一点大家逐渐清楚了。贝尔使人陶醉,像任何一朵怒放的鲜花,而罗拉却需要到适合自己的气候里才肯开放。她穿了一身孔雀蓝的衣服,这种颜色在强光下并不好看,只有在幽暗的地方才像闷火那样慢慢地显示出它的美,把她的手臂和肩膀更神秘地衬托出来。她的头美如宝石,不过颜色较深一些。她具有某些与众不同的特点,它们容易被人忽略,因为人们还没有学会欣赏。

"咱们下去吧,"贝尔建议,"在妈妈下去之前,清清静静地喝点什么来鼓鼓勇气。"

于是,两个姑娘带着一身薰衣草香水和滑石粉的香味,顺着楼梯到下面去了。这是一部回转楼梯。她们的胸前别着山茶花束。她们挺直身体,唯恐一时冲动或动作过猛,会使花瓣枯黄变色。

那天晚上,什么事都可能发生。两盏大灯把客厅变得像一个完美的、光辉灿烂的鸡蛋,很快就把所有的客人都装在里面了。这些客人都是等待着被孵化的——通过彼此交谈来完成孵化。不过这种事情也许不会发生吧。尽管眼睑比较世故,用沉默的血管来围住眼球,人们的眼睛还是流露出期待和希望。声音的白色细线一直交叉缠结,掺进去的男人的声音使纤维更加强韧了。不过没有人说心里话。话题转变了,说话的人站在那儿对发生的事微笑着,把顺口胡编的话说出来,甚至带着几分诚意。不过,在那样早的时辰,这依然是一个相当残酷的梦。

汤姆·拉德克利夫突然出现在那个可怕的梦里,这时才使大家回到现实中来。他满面红光,巨大的财富是他充满自信的最好的依据。贝尔那件令人惊奇的衣裳扫过他的皮肤时,使他感到一阵忠诚的战栗。别的人,也有他那样的忠诚,都同意贝尔是第一美女。

即使沃斯先生,也会为怀念麦田和熟透的苹果而感到痛苦。

"我很少为我离开了德国而感到遗憾。"他对何利尔小姐说,"虽然我会突然发现,我渴望再一次到德国去过一个夏天。德国的原野不像其他国家的那样倾斜,曲曲弯弯的溪流缓慢地在坡上流淌。树木实在太绿啦,即使布满尘土也是这样。还有河流,啊,奔腾的河流呀!"

于是,杰出的何利尔小姐感到十分伤感了。

波恩纳太太给沃斯先生看一件他意料不到的东西。她想起了一本书,那是一个女家庭教师留下的。显然,这很可能是一本德国诗集。

"你看,"她说,高兴地笑着,像是在往上空撩气泡。

"啊!"沃斯喘着气,低下头。

但他显然很高兴。

他开始读这本书。罗拉意识到这又是一个梦,不过性质不同罢了。它是一个在灯光鸡蛋里的梦,他们在里边还没有来得及孵化。

沃斯在朗读,也许是在大声说梦话:

在苍白的海滩,
我孤单地坐着,惆怅迷惘。
夕阳低低地坠落,将血红的
光辉洒在水上。
海流推动着
白色的潾潾波浪,
*泛起白沫,越来越近,越来越响……*①

他突然合上了书本。

"那上头说的什么,沃斯先生?"波恩纳太太问道,"你一定得告诉我。"她提出抗议。

"是呀,"何利尔小姐恳求道,"请给我们翻译出来吧。"

"诗歌可经不起翻译,它太私密了。"

"你太不客气了。"波恩纳太太说。她对于不了解的东西,总想弄个水落石出,简直到了有点病态的地步。

罗拉这时背过身去了。她和德国人拉过手,微笑过,不过不是那种心心相印的微笑。她不希望这样。当他为回忆所感动时,他变得多愁善感。事实上,现在他就是这个样子。她很高兴晚餐已经摆好,他们可以把注意力转移到实际的事情上面去了。

除了卡西把牛排做得太老之外,一切都很好。波恩纳先生皱起眉头。菜很丰富,露丝动作非常熟练,她戴上她那条最好的围裙,肚

---

① 原文为德语。

子还不太显。另外,还有一个年纪相当大的人,是从住在同一条街上的阿屈狄肯·恩狄科特那边借来的。阿屈狄肯的仆人是一个很庄严的人,穿着一身仆人制服,戴着一双棉手套。只有过一次,他把棉手套的大拇指伸进了汤里。此外,还有一个不露面的伊狄斯,有一次门后传来他的"呜——呵"的声音。在回家之前,他会把吃剩的布丁一扫而光的。

沃斯的胃口很好,他认为一切都是理所当然的。罗拉不认为事情本来就该这样。她发现自己对他使用刀叉的方法很感兴趣,不由得心里很烦恼,下决心努力不去看他。

"我很想知道,小罗拉心里在想些什么。"汤姆·拉德克利夫说,他不久就要变成她的亲戚,颇有点得意。

要是被别人,至少是被那些没有用的人所憎恨,他会感到挺开心的。

不过,罗拉那个时候并不恨他。

"如果我真的信了你的话,你可能会后悔的。"她回答,"因为我并没有特别想到什么,换句话说,就是几乎一切都想到了。我想,如果一个人能够坐在一群谈话的人当中,而不必参加谈话,那该有多幸福!人们只有在不必负责任的时候,才会说出同情别人的话。遇到那种场合,我总是忍不住要收集这一类的谈话的。就像有些人喜欢收集奇形怪状的石头一样。接着,我想到那碟美丽的梓榠果子冻,就是今天傍晚我经过厨房时所看到的。接着,如果你还想听,我想到的还有何利尔小姐的石榴红胸针,我知道那是她的一个姐姐给她。而且,我很愿意想象它像果冻一样可以吃。再就是沃斯先生朗诵的诗歌,我在某种意义上——虽然不是以字面上,是有所理解的。此刻,我看见波尔费雷曼先生盘子里的鸡腿,不由得想起死人骨头——人们相信那是一只狐狸,是从坟墓里挖出来的。有一次我和露茜·柯克斯在扁里奇墓地散步,正好看见。我不像露茜那样感到不舒服。使我害怕的倒是想到死,而不是死人的骨头。"

波恩纳太太怕外甥女说话越过习俗的界限,用嘴巴和餐巾的角来对她发出一些细微的信号。不过罗拉自己也不想再说下去了。她最后的一句话显然就是结束语了。

"老天爷,谁说这些有学问的年轻姑娘不是恶魔啊!"汤姆·拉德克利夫说,现在轮到他憎恨了。

这些想法冒犯了他的男性尊严。

"对不起,汤姆,你真是自讨苦吃。"罗拉说,"将来你可不要再这样冒险了。"

"你在一个快乐的场合竟有这样可怕的想法。我深感遗憾。坟墓里一个死人的骨头!"何利尔小姐说,"波尔费雷曼先生给我讲了令人非常愉快的、真正有趣和有益的鸟的故事。"

波尔费雷曼满脸忧郁的表情。

事实上,他和鸟儿在一起感到最快乐。在他看着何利尔小姐闪光的牙齿时,他是想到这一点的。不过他错了,他知道他毫无道理地错了。有些人不能接触蜷缩的死鸟的身体,而他,却必须学会克服一时冲动,不要在那些面慈手软的人面前退却。

这时仆人送上了甜点:一篮极脆的焦糖,大块大块的蛋白酥。当这个高大肥胖,但相当细心的女用人把榅桲果冻摆在他们面前时,沃斯觉得它确实是一道好看的点心,石榴红的果冻上面有些淡绿色菱形白芷,白芷上面有一颗相当难看的五角星。

德国人看着那位外甥女,她整个晚上都在躲着他。不过直到那个时候,他好像也没有想到要引起她的注意。丝毫没有讥讽的意思,他向她微笑地问道:

"如果你没有理解这首诗的字义,你怎么理解这首诗呢?"

罗拉·特雷维延微微地皱起眉头。

"你自己提出了一个不肯翻译诗的借口,这个借口应该到处可用。"她回答。

这时,餐桌上的每一个人,都正忙着讨论问题,没有听见德国人和姑娘的谈话。在波林格野餐会以后,今天是他们两个人第一次见面,关系要比罗拉所希望的亲密得多。

不过,她回报了一个微笑,说:

"你得允许我保守自己的秘密。"

他不知道她说这话是有诚意的呢,还是只是一般女孩子的说法。他看见在烛光之下,她的脸闪闪发光,不是由于一个年轻姑娘的歇斯底里,就是由于她具有她所暗示的那种敏感性。除非他知道其中的奥秘,否则姑娘这样敏感是会遭到他的轻视的。

他不时看着她,而她却低下头,知道将来一定会发生某种意想不到的事,前景是很可怕的。

在宴会的过程中,女士们离开了喝酒的先生们,人们都有点厌烦了。这时波恩纳太太跑到塔普先生跟前,笑着问能不能请他表演。显然请他赴宴只是为了此刻的需要。因为一向如此,所以他对此既不惊讶也不生气,只是长长地松了一口气。如果宴会的主人仔细想想,他们会感到不快的。不管怎么说,波恩纳太太正在创作雕像,她有本事把隐藏在肌肉里的大理石诱导出来,因此,她的客人都动不动地坐在椅子上。波恩纳太太控制了局面,心里相当得意,只有音乐和人的思想使她困惑。事实上,现在她正站在客厅里,脸上露出迷惑的表情,是对那些偏离正道的事物迷惑不解。如果她能正确地指出它的错误,如果她能把永恒变成石头,那么她就会坐在她那些她最喜欢的椅子上,把身旁的一切都安置好,把脚搁在一张镶上珠子的小凳子上。

塔普先生弹了又弹。他有为自己弹琴的坏习惯,不过还得敦促何利尔小姐表演。她终于同意表演那支需要在琴键上来回优雅地交叉双手的曲子。

接着,就得让汤姆·拉德克利夫唱《爱情的魅力》。他有一副洪亮的男低音嗓子。真正的热情涨满了他的红外衣,并且使放在珍品橱架上的一些玻璃器皿和瓷器发生了振动。贝尔·波恩纳脸色有些忧郁苍白。

中尉唱道:

> 姑娘,看着我的脸,
> 坚定、严肃,不要做鬼脸!
> 姑娘,看着我,现在我要你,
> 快快回答,回答我的问题!
> 姑娘,坚定地看着我的脸,
> 小狐狸,啊,切莫做鬼脸!

此刻,贝尔既不是肌肉也不是大理石。她被一团最温柔缠绵的云雾包围了,并且和它溶成一体。如果能够保持这种云雾翻滚的恍惚状态,那将是一种永恒的幸福,可是她那务实的天性把她引了出来并且离开了这个地方。她沿着那条以一所房屋为中心的沙砾小环行道散步,那所到处显示着富裕、风雅的爱——当然还有爱——的房屋,正是她长大成人的家。现在,爱她的人沿着同一条小道来了,他散发着熟悉的马卡发油的香味,他也许以另一副样子出现,用仿佛七个婴儿的嫩皮肤来蹭她,直到贝尔羞得满脸通红,而那些期待着的人也都看见了。

一开头就很吸引人的纯黄色的灯光,在送上茶点之前,发出了跳动的玫瑰红色。落在餐桌上的花瓣向上反射出它们的光彩。巨大的,已经有些残缺的玫瑰花散发着香味,吐出了黏性的雄蕊。天气相当热。

部分是为了这个原因,罗拉·特雷维延冲过飞蛾群走到放石水缸的庭园里,那里的天竺葵已经被人踩烂了。不过,如果有什么东西比那个令人发腻的狂欢的屋子更令她厌恶,那就是这黑夜的沉闷气氛了。在她漫步的时候,灯光依然伴随着她。然而,再往前走就没有灯光了,她犹豫起来。很可能,这所一直很结实的房屋和它所有的家具,以及它们的整个历史都是自以为很了不起的;而夜晚,和野蛮人的肉体一样潮湿闷热、和星星一样遥远辽阔的夜晚,将会被自然规律所战胜。

听天由命,在虚无的黑暗中游荡的年轻姑娘,突然撞在一个结实的人体上,而立刻清醒过来。

"请原谅,特雷维延小姐。"沃斯说,"你也出来吸吸新鲜空气了。"

"我吗?"罗拉说,"不错,天气很闷热。这个季度头几个炎热的晚上是让人很不舒服的。它是这样变化无常,甚至有些危险。再过半个小时,说不定会刮起大风,刮得我们发抖。"

他们被朦朦胧胧的黑夜所包围,这已经使她烦恼了。在那边,海湾的附近,还有一片长满灯芯草的沼泽地。据说最近有一个年轻人到那边去找贻贝,得了热病,死了。

不过,沃斯对特殊的地带现在并不感兴趣。

他想知道这个姑娘不诚实到什么程度。

他一向不肯承认自己不诚实,便对别人是否诚实十分注意。

罗拉知道自己跑出来,并没有什么强有力的理由,她无法替自己辩护,说不定自己甚至是有罪的。

"我正在想象你在这个家里是怎样生活的,"沃斯说,看着那蜂巢似的窗户,其中有一些,里边有几个黑暗的人影。它们在被黄色的灯光笼罩之前,暂时隐藏在黑暗之中,"你做床单吗?"

他是真的感兴趣。现在她的生活似乎的确对他产生了一些影响——什么影响,他说不清。

"你做糕点吗?给床单缝边吗?要不,在这些屋子里读小说,早晨接待朋友,接待那些细腰身、装模作样的女士?"

"每一样我们都会做一些。"劳拉承认道,"但我们和忙碌的昆虫可不一样,沃斯先生。"

"我没有这个意思,"他笑着说,"我只是习惯这样和别人交谈。"

"那么,一个男人去想象可怜的、料理家务的女人怎样生活就这样困难吗?这有多奇怪!要么,你是一个怪人?"

"我不了解别的男人的心情,因此我不能比较准确地、诚实地回答你。"

不过他仍然要保持自己的信念。

"我相信,我能了解大多数男人,"年轻的姑娘温柔地说,"有时,我们卑微如昆虫的女人有这种好处:在窝里忙碌的时候,我们有数不尽的机会沉迷在幻想之中。"

"就拿我来说吧,你是怎么幻想的?"

他相信,她会告诉他一些荒谬的事,不由得笑了起来。但无论她说什么,他都愿意听。

"我们再走走好吗?"他邀请道。

"在这样黑的地方散步很不安全。"

"你习惯了之后,就不会觉得了。"

这是真的,阴暗的黑夜渐渐发出光来了。一方面几乎什么都还在隐藏着,另一方面又似乎可以看见东西了。

男人和姑娘在草地上走着,草丛仍然体贴地躺在他们脚下。光滑的、几乎是冰凉的树叶抚摸着他们的脸和手背。

"这些是我姨父青年时代,第一次来到澳洲时种植的山茶花。"罗拉·特雷维延说,"有十五个不同的品种,还有一些是变种的。这是最大的一株。"她一边说,一边摇晃它,仿佛它是一个没有生命的物件,她对它非常熟悉,现在又十分需要它,"它的花是白色的,不过你知道其中有一支开的是大理石花纹的花朵,就像账簿边缘的花纹。"

"真有趣。"他说。

海绵般的黑夜包围着他们。这是在黑暗包围中的一个含糊的回答。

"那么,你不打算回答我的问题了?"他问道。

"噢,"她说,"你瞧,我刚才说的话有多蠢!不过,它倒是相当真实的。"

"那么就请你告诉我吧。"

"谁听到真话都会不高兴的。你也不例外。"

现在,他们两个人全都知道那件事就要发生了。

因此,当她说话的时候,不可避免的预感使得她的声音听起来像是在读一本笔记,只不过这本笔记是写在她的脑袋里罢了。她在脑袋里,用黑夜提供的隐形墨水写下她的备忘录。当她把它读出或说出来时,两个人都很清楚地意识到,在他们相识的那天,她就开始编写她的备忘录了。

"你是个广袤又丑陋的人,我可以想象出一片沙漠,"罗拉·特雷维延在重复这些话,"上面散布着石头,偏见的石头,还有,是的,甚至还有仇恨的石头。你如此的孤独,所以你被沙漠的远景迷惑了。在沙漠里,你会觉得挺合适,甚至会感到挺得意。你有时和别人说几句亲切的话或念几句诗,这些人很快就会意识到他们的幻想已经达到什么程度了。你做的一切都是为了你自己。当你有了人的感情时,你是相当满意的。如果这种感情在别人身上点燃火花,这也会使你感到满意,但我认为在你的经历中,最使你满意的是仇恨,或者甚至仅仅是使性格软弱的人痛苦。"

"你是不是恨我?"沃斯在黑暗中问道。

"我是被你迷住了,"罗拉·特雷维延笑道,她的回答坦率得让人并不觉得她不正派,"你是我的沙漠!"

他们的胳臂轻轻地接触过一两次。他感到她十分兴奋,或者说十分激动。

"我很高兴我不需要你的忠告。"他说。

"不需要,"她说,"你不需要任何人的忠告!"

这个年轻姑娘有这样强烈的感情,使他感到很惊奇。他觉得在这种情况下,后悔可能是多余的了。没有什么可后悔的。不过他不打算享受这种柔情。除此之外,他对自己也还没有失去信心。

他在黑暗中咬着自己的手指甲。

"你感到烦恼,"他说,"因为你想可怜我,但又办不到。"

"如果真是这样,我就一定会感到烦恼了。"她冲动地说道。

"你愿意在祷告中提到我吧?"

这时,罗拉·特雷维延在黑暗的花园里迷失了。但她心想:自己也是一个骄傲的人,而且对已经中止了的祷告仍然有些反感。

"我不祷告。"她烦恼地说。

"啊,"他立刻说,"你不是无神论者吧?"

"我不知道。"她说。

她开始从那个最大的花丛里摘下一枝山茶花,一路上撕那些炽热的花朵,现在它们已经成为一团团可怜的东西了。她一边走一边撕,仿佛它们不是花瓣而是一些死气沉沉的东西,就像吸墨纸那样。

"无神论者不信神,往往是由于一些可耻的原因。"沃斯说,"最可耻的是,他们本身缺乏崇高的思想,不能想象出有一个上帝。"

他身上闪闪烁烁地发出微光。年轻姑娘预料将要起风了,现在她模模糊糊地感觉到已经起风了。天上的星星在颤抖。树叶互相撞击着。

"我能告诉你,"罗拉说,"原因很简单、很实在,纯属个人想法。因为这种经历通常是不让别人知道的,当然是要经过相当痛苦的思考。

天色愈来愈黑了。

"不过,被他们遗弃的上帝是从人类卑鄙的构思中产生的。"沃斯继续说,"他很容易毁灭,因为他是按照人类自己的形象构思的。这很可怜,因为这种毁灭并不能证明毁灭者强大。无神论者在毁灭自己,你不明白吗?"

"你要我明白,我毁了自己。可是你,沃斯先生,"罗拉喊道,"我关心的是你。眼看着别人也要遭到同样的命运,这更令人难堪。"

在一阵热情的冲动下,他们的手相遇了。她抓住了他的手腕。两个人的动作都很笨拙、僵硬。他们叉开裹在朴素的衣裳里的双腿站着,为的是更好地抓住旋转的地球。

"我发现,我们两个人没有共同的地方。"沃斯回答。

他又变得冷冷的了,不过还很克制。她把他的手腕抓得很紧。

"由于骄傲,我们都可能要受到诅咒。"罗拉说。

他推开了她,不考虑一个歇斯底里的年轻姑娘的整个处境。他擦了擦嘴唇。他的嘴颤动了,那是因为愤怒,绝不是因为软弱。他深深地呼吸着。晴朗浩瀚的天空点缀着闪烁的星星,他在星光下深深地呼吸着。在他身旁的女人做出了某种温柔顺从的暗示。

真的,罗拉·特雷维延觉得她不会再进一步,不管上帝可能给她什么启示。

"为了某些知识分子的虚荣心,你决定舍弃上帝。"沃斯说,她知道现在在他的脸上会露出微笑,"不过我向你保证,你要自食其果的。"

这是真的。他让她明白了这一点。

"我觉得你现在怀疑我,"他继续说,"不过我真的相信上帝,这你必须明白。虽然我是怀着骄傲的心情来礼拜上帝的。啊,谦卑,谦卑!这是我特别讨厌的东西。此外,我的上帝不存在谦卑的问题。"

"啊,"她说,"现在我明白了。"

这是很清楚的。她看见,他站在自己的光辉灿烂的沙漠里,被耀眼的光芒包围着。当然,他自己是不可能毁灭的。

这时,她开始怜悯起他来了。她在姨父家里曾经有过很长的一段时间的顾影自怜。永远慷慨的姨父的实利主义,容易使人产生自我怜悯。现在她不再顾影自怜了,爱好像又回到她身边,而且还带着谦卑的感情。她的弱点使人感到愉快。

"我很为你担心,"她说,"面对着这次旅行将要遇到的新情况,你还是这样骄傲,实在令人担心。"

"我没有给自己设定界限的习惯。"

"那么,我就要学会为你祷告。"

"啊,我这下加倍地抓住你的错了,"他笑道,"你是一个爱的使徒,为了满足自己的好奇心,装成一个无神论者。可怜的特雷维延小姐!你的祷告会像小白纸片那样跟随着我横跨澳洲大陆。我可以看见这些撕碎的纸片在空中飞舞,因为我现在确实是知道你是祷告的了。"

"我失败过,但我会吸取教训。"

这些简单的想法被许许多多的困难所包围,很难从她那贫乏的心田流露出来。

他抚摸她,把手放在她肩上,他们知道他们又回到自己的肉体里了。

"你不觉得很冷吗?"她立刻说,浑身颤抖着。

"你在花园里迷失了,他们就要来找你了。"

"他们玩得太高兴了,顾不上我们。"

"今天晚上,我让你感到很讨厌吧。"德国人说,仿佛他刚刚想起这件事。但她并没有生气。她恢复了信仰,他的缺点甚至使她高兴。

"我们很轻率,"他说,"胡乱闯入对方的私生活。"

她微微一笑。

"我知道你笑了,"他说,"为什么笑?"他问,自己也笑了。

"使我高兴的是我们自己。"她回答。

"那么,我们不是表现得很出色吗?"

"噢,我敢说是的,笨得出色。"

那天晚上,这位身穿暗色孔雀蓝衣裳的,美丽而又怕羞的年轻姑娘,以及她那女人的热情和迷惘的灵魂在黑暗的花园里挣扎扑腾,企图挽救自己(我们且不说是屈服),却因肉体得到笨拙的满足而都给毁了。

"我早就不再设法表现自己的感情了。"她多情地叹道。

男人打了个哈欠。

他知道,他喜欢和这个年轻姑娘在一起。她疲倦极了,现在正以她受到的严格教养所允许的程度,穿着鞋子自自然然地站在那里。

"在我还小的时候,"姑娘说,仿佛这是很久以前的事了,"我写日记。噢,我什么都写,什么都写。几乎没个够。我读它的时候觉得有多骄傲啊!后来,我再也写不下去了。我会睁大眼睛呆呆地看着一页白纸,而它却远比空虚的我更富有表达力。"

男人又打了个哈欠。不过他不是厌烦,而是非常快乐。刚才发生的事情使得他也很疲倦,不过身体的疲乏却使他把这件事牢记在心。

"我在这次的探险途中,"他说,"自然要记日记,以后你会看到它,一步一步地跟着我前进的。"

现在他不再那么骄傲,变得像个孩子似的了。

"探险队的官方日记。"年轻姑娘喃喃地,但并带嘲讽地对这个疲倦的孩子说。

"不错,是官方日记。"他表示同意,庄重地重复说。

很明显,她将怀着女人对男人的成就所产生的兴趣,去读他的日记。

啊,我一定要为他祷告。她说,因为将来他会需要的。

她在黑暗中不再说话了,他莫名其妙地感到很高兴、很满足。

接着,波恩纳太太从灯光中出现了,她对着黑暗的花园皱起脸,想把它看清楚。

她喊道:

"罗拉!罗拉,亲爱的,你在哪儿?罗——拉。"

她的外甥女觉得她有责任走到她姨妈跟前去。离开的时候,她轻轻地摸了摸沃斯的手。他拿不定主意要去还是留下,不过还是立刻就跟着她走了。

他们几乎同时走到亮处,像是在夜游。艾美姨妈这样觉得。

"好孩子,你要冻僵了。"她开始抱怨,并且皱起眉头。

但她像是没有看见沃斯。

"在这种危险的大风里……"

和那个讨厌的男人在一起。

她整了整看不见的围巾,来抵御她在这种情况下产生的苦恼。

"何利尔小姐特别想听你弹奏那支费尔德的梦幻曲,就是到快要结束的时候,非常好听的那一支。你知道,我非常喜欢它。"

他们走进玫瑰屋,姨父用他的双手做成三角形,向双眼中闪烁着决心的波尔费雷曼先生解释殖民地已经存在宗派主义者(虽不能说是罗马天主教徒)的危险势力了。奇怪的是,宗教上的事情竟会使波恩纳先生变得面红脖子粗。

罗拉·特雷维延立刻坐在钢琴后边,无精打采地演奏起费尔德的梦幻曲。

德国人跟着两位女士走进屋子,站在那儿咬嘴唇,丝毫没有注意他自己的笨拙,甚至是使人烦恼的姿势。他在倾听,或者看起来像是在倾听,仿佛音乐提出了一些超过它本身的,令人愉快而又平凡的思想。然后他走进去粗鲁地坐了下来。后来,何利尔小姐对一个朋友说,他一屁股坐在一张直立沙发上,沙发简直承受不住了。他坐着,或者说伸开手脚躺在那里,用手间歇地摸他的额头和闭上的眼睛,在罗拉离开了钢琴之后,他还有点儿恍恍惚惚的。

  他这样度过了剩余的黄昏,自己也说不准在想些什么。他愿意奉献给别人点什么。奉献什么,他也说不清;只要他能够,只要他不是一开头就故意残忍地毁掉自己,他是愿意奉献的。音乐停止之后,在这间明亮的屋子里,依然闪烁着音乐的微光,闪烁着他已在向前跋涉的极远的远方。

第五章

　　佐哈恩·乌里屈·沃斯和他的伙伴要乘船到纽卡斯尔去的那天早晨,环形码头上聚集了不少朋友和好奇的陌生人。这是他们企图横跨大陆的第一个阶段。早晨的天空宁静晴朗。几乎一连刮了三天的大风,现在才停了下来。不过,它还会再刮的。那些凭直觉就知道这种事的人说:当天下午晚些时候就会刮起来的,非常可能把奥斯波雷号送出海口。

　　因此,人们尽管看见绿色的海水在大船和扁平的小船边懒洋洋地流过去,应该失掉出海的信心了,但他们在这个可爱的早晨依然从容地、信心十足地做好准备。生活变得仁慈了。再不会有人被钉死在任何一棵这样可爱的树上,这种树在北部海岸是很多的。目前,很显然,到处都充满了一种宁静的美,即使是人类制造的东西也不例外。房屋比较简单、比较舒适,看来,只是为了初步达到他们的作用。其次,便是那条瘦长的船。船上弥漫着新鲜的焦油、大麻和盐的气味,还装载了带着泥土的土豆种子。这条船将要把探险队送上遥远行程中没有风险的第一段,由于它和艺术、科学有着某些微妙的联系,因而有所改进。它的风帆是永远不可能,或看起来不可能出问题的。

　　大多数用具都已经运上了船,有的是昨天晚上运上去的,有的在今天一清早。这时,醉鬼们还没有在街上游荡,母牛拖着丰满的乳房还在朝着城边顺序前进。沃斯把头伸进冰冷的汗衫时,天上还有星星。他的皮肤很快就绷紧了。他那双极易与单纯的人沟通的浅色眼睛,使穿着睡衣和他告别的汤普逊太太哭了。可是,当然啰,在所有的这种场合,她总是想起故去的人。塔普戴着睡帽,喘着气,也十分感动。他和他的房客握手,不过他坚持一定要送他上船。后来,沃斯爬上了由一个爱尔兰刑满释放者驾驭的两轮轻便马车,乘车到码头去。城里没有清除干净的杂草上面落满了露水。

整个早晨,沃斯在船上走来走去。当他走过伙伴们的身旁时,有些人和他说话,问他该做些什么,请他指示。有些人没有看见他,不过认为他一定会在船上。他们的领袖的确是在那儿。他为将来苦思冥想,一夜之间竟然瘦了。从各个角度来看,这件事都极其伟大。那些头脑简单到希望他对这事做些解释的人,会突然使他大发雷霆,把背朝着他们。这使那些朴实的人迷惑不解。在他走下甲板,逐渐消失时,别人只看见他的头和肩,心里松了一口气。因为他们无法和这样一个人搞好关系,但即使是这些人,也希望他在船上,虽然他们看不到他,讨厌他。还有一些人仍然感到一阵阵苦恼,他们对他又是妒忌,又是爱。

哈利·罗巴茨是在他的领袖到达之后第一个来到船上的。他被大家所忽视。如果不是那天早晨晚些时候看见禽类学家波尔费雷曼,处身在那种美好但使人茫然的场面中,他一定会感到不知所措的。鸟类学家打算把几个粗糙的标本箱子搬上船去。一个冷嘲热讽的马车夫把那些箱子扔在码头上转身走了。这种情况总是会激起哈利的热情和感激。他只有在为别人服务的时候,才觉得生活有意义。

他于是跑了下来,他的靴子能允许他跑多快,他就跑多快。他纯朴的灵魂接受任何人的比他强的意志。他相当笨拙地碰了碰帽

子说:

"啊,波尔费雷曼先生。先生,如果你同意,我可以搭一把手,帮你搬运那些东西。这里一切对我来说都很陌生,这样消磨时间比较有意义。"

有些人觉得哈利·罗巴茨有点奴性。事实上,那个小镇就有一些人咒骂他。可是他认为,这些批评家做出的唯一正确的判断只有:他的皮肤变得斑驳而且颜色加深,如今变成纯古铜色的了。而以前却是粉红色的。否则这个孩子会毫不在乎地继续献身,因为这是他的天性。

"唔,哈利,谢谢你,你太客气了。就请你帮帮忙吧。"鸟类学家说。他觉得很意外。

看起来,鸟类学家毕竟是一个拘谨的小人物。毫无疑问,如果没有必要露面,他会整天整天地躲在一边。在目前的准备和等待阶段,他躲在一旁想心事,只有在缆绳已经解开、水手们此呼彼应、马车后退、新水手骂娘、大家汗流浃背时,他才会出来。现在,他那双灰色的眼睛朝四面张望,然后看看男孩子建议为他搬运的那个箱子。有一个水手的脸颊抽搐了一下,不过只是一下,而且是隐隐约约的。

"这些箱子放在骡背上是不安全的,但我还是要带着它们。因为在别的方面,它们对我很有用处。你明白吗,哈利?"

"我明白,先生。"男孩子说。

他并不明白,不过他觉得有了些信心。这很好,很温暖,将来他会感到满意的。

这样想难道错了?

男孩子朝前面看,但看不见什么人。他觉得,刚才享受温暖的阳光,浪费了时间,真是罪过。他在什么地方听别人说过:一个人首要的责任是受苦。

不过这位绅士似乎没有听说过这个教诲,他弯下身子,打开箱盖,解释这样设计的种种好处,并笑着暗示这是他自己设计的。

"我要剥一些鸟皮,而这些地方是用来装鸟皮的。"波尔费雷曼先生说,"这些小间隔是用来装鸟蛋标本的。孩子,你是哪儿的人?"他问道。

孩子没有回答,他也许正在全神贯注地看箱子。

"你不是伦敦人吗?"鸟类学家猜想道。

哈利·罗巴茨开始小声地回答。

"是那一带的人。"他说。

好像那有什么关系似的。现在蓝天也令人讨厌了。

"我们是老乡。"相当老练的波尔费雷曼先生说,作为掩饰,他以大人希望孩子具备的那种热情继续说下去。

那时,两个人都知道这种热情是假的,都知道他们已经是同等的人了。他们也许很愉快,在蔚蓝的天空下,他们可能会更快地融在一起。也许会烧成灰烬。

站在码头上,他们知道那个过去了的、阴暗的、有条不紊的生活是不重要的。他们已经到了这样的关头:要么不同程度地瞎混,要么成为大大小小的英雄。他们发现了这一点,不由得站在海边上战栗起来。他们背后是粗野霸道的城镇,它在人们建筑的地基(是在不毛之地上建筑的)上骚动。什么都还没有开始,什么都还没有建成,只不过是存在着希望罢了。

这种隐隐约约的感觉当然不过只有几秒钟,哈利·罗巴茨把他那顶破烂的袋鼠皮的帽子猛地往后一推,用一个手指刮了一下鼻子,说:

"先生,这东西换不了一件衬衫。"

他开始把散发着新鲜木头气味的箱子摞起来。只凭体力,他就可以称为一个巨人了。为此,他感到有点骄傲。可是那位相当敏感的鸟类学家却始终保持着谦卑的态度。男孩子的动物天性使得他能够从显示体力上得到安慰,而鸟类学家却被迫担起整个渺茫未来的无形担子,他内心是清楚这点的。

很快,他们便在甲板下面寻找起地方来安置那些箱子,男孩只求有人带路。男人对陌生的环境更为敏感,也就显得犹豫不决。沃斯正在和大副、水手长谈场地和备用品的问题,他停了下来,朝那不相称的一对看了一会儿,想起伦敦河的情景。这种情景,现在仿佛又重演了。他意识到波尔费雷曼也是一个软弱的人。

最后,鸟类学家和男孩把他们的箱子放在马笼头包和驮鞍堆旁边一个黑暗的角落里。他们的关系现在被迫中断了。哈利已被派定了工作,现在要去搬运别的东西了。波尔费雷曼开始在多毛、粗趾的水手当中漫无目的地走来走去。这些水手全都有应付困难的办法和智慧。真的,只是由于波尔费雷曼性情谦让,他的体力才得以保存。有些水手开始意识到这一点,他们刚才把他那显然是很虚弱、无用的身体推来推去,现在不知道怎样才能补救他们犯下的错误。

有个水手,显然是认为只有彻底坦白才能恢复平静,便决心把一个从来没有告诉过别人的秘密向别人坦白。他想了一想,又仔细看了看这位绅士的面孔,深深吸了一口气,吐了一口痰,扔下他正在修补的风帆,把波尔费雷曼带到一边。

水手说,在他准备提到的那个晚上,他喝了不少酒。他倒不是一个酒鬼,只是偶尔多喝了些,那天正是这样。他正在城外离他朋友家不远的地方走着,突然看见朋友的妻子经过。他的神智还清楚,还不至于做出什么不体面的事(到现在为止,他还没有醉过),他陪伴着朋友的妻子走了一段路,谈了一些使双方都很愉快的话。后来,好像在一棵大树下面躺了下来,彼此都得到了肉体的享受。

他后来睡着了,水手说,在快乐或罪恶的困惑中睡着了。他醒来的时候,那个女人已经走了。

现在使他苦恼的是:那是不是一场梦?因为每逢他遇到朋友的妻子,她都没有任何表示。他应该怎么想呢?水手看着身边这个陌生人问道。他把秘密告诉他是没有什么顾虑的。

"如果对在梦中发生的事,弄不清是真是假,那么这依然是你良心上的一个问题。"波尔费雷曼回答说,"因为你想干梦中的事。"

但水手感到不安了。

"那么,无论怎么样,这个人都逃不脱了。"他说,把手放在胸前,抓胸膛上的毛。

"不过,如果这是真的,"他接着说,开始得到了一些安慰,"如果那个女人果真也干了这事,那么她和我一样有罪。而且,她和没事人一样。"

"如果那个女人也真的干了这事,"波尔费雷曼说,"她就是一个坏女人。"

"如果是一场梦呢?"水手沉思地问。

"那么,你就是一个坏人。"波尔费雷曼说。

"不过,这仍然是一个很好的梦。"水手说,"而且,如果她一在梦里表现得那样主动,我知道在现实里她也会真愿意的。"

绿水轻轻地抚摸着木船船身,发出梦幻般的音乐,这种伴奏使得水手的话显得颇有道理。

波尔费雷曼心想:即使我认为他不道德,我也不能谴责他。这个人比他那模棱两可的问题更重要。他们肘碰肘地站在舷樯上,通过交谈,实际上这个问题好像已经解决了。

他们这样站着,波尔费雷曼想起了他和沃斯站在博坦尼克植物园的小桥栏杆旁谈话的情景。他知道他不愿意回忆这件事,或者,直到现在,他还像水手那样,认为它存在着第二种可能性,以此来安慰自己。他开始明白沃斯是一块又臭又硬的石头,真理必须用自身去撞击,才能存在下去。如果我要证明自己是对的,他说,我就得谴责道德去爱那个人。

水手开始感到有些别扭了。

"不过,你不会把我往坏处想吧?"他问道,"不完全这样想吧?"

波尔费雷曼偷偷地看水手张开的毛孔,心里希望一切的纠纷都能像这个单纯的水手这样单纯。

"听了你的故事我感到很高兴,"他说,"希望能从你那里学到点东西。"

水手感到很迷惑,便又去做他原先做的事——修补风帆。

波尔费雷曼听到有人叫他,看见他的同伴勒·墨舒尔走过来了。他穿了一条淡黄色的裤子和一件蓝上衣,上面钉着刺眼的扣子,在这种地方,显得有点花花公子的味道。

"那么,我们终于动身了。"勒·墨舒尔说,不过没有露出一点平日那种嘲讽的口吻。

"是的。"

波尔费雷曼微笑了,但没有马上从自己的心事中摆脱出来,专心和这个年轻人交谈。

年轻人还是那样泰然自若。不论是因为早晨光辉灿烂,还是因为人们亲切友好,反正勒·墨舒尔觉得事业这样开头会有一些结果的。他顺着这个思路谈了他的想法。

但鸟类学家清了清嗓子。

"现在谈这事还为时过早。"

"你是一个老手,并且小心谨慎。"勒·墨舒尔回答,"而我才刚刚开始。那些想法是我的幻想或缺点。除了沉迷在那里边,我很少有什么成就。"

波尔费雷曼很难想象没有献身精神的生活,便问道:

"不过,佛兰克,请你告诉我你有什么成就。我不相信你就一事无成。"

"我总是准备积极地工作。"勒·墨舒尔嘲讽地回答,"我有一个目标,要是能够做到就好了。我们是不是可以这样说,我一生都在不断寻找出路。因此,我不打算告诉你我的过去。它太零碎,你听了会晕头转向的。而这个殖民地对任何一个像我这样的人都是注定要不幸的。前景可能就是这样。当我做着黄金梦,或梦见在一个内陆海上漂浮着热带鸟的时候,我怎能做美利奴绵羊生意,从它们身上赚大钱呢?有时,仿佛这一切过错和犹豫、我身上一切最大的不幸,全都聚集起来形成一个坚固的核心,并且我将会创造出一些极美的东西。我管这叫作'我的牡蛎梦'。"

接着,他笑了。

"你以为我喝醉了,波尔费雷曼先生,你不相信我的珍珠。"

"你手里拿着珍珠来我这里,"那位平静的人说,"我能够看见,可以摸到,我就相信。"

勒·墨舒尔并没有觉得为难。这天早晨,天空闪闪烁烁,漂浮不定,这种时刻它倒很像颗珍珠。听着工厂单调的响声,珍珠色的远方传来的车辆声和人声,他对自己从前居然能够憎恨这个友好的城镇,觉得十分诧异。不过受到离别的影响,这城镇终于像风景那样,可以被看清楚了。过去看到的是幻影,是瘴气。莫尔顿湾新种的无花果现在张开了手掌形的叶子。两个土著妇女,身穿最破旧的汗衫,一声不响地坐在码头旁边的土地上,在煤火上烤她们捕来的鱼。这幅遗憾的图画里还插进了一个卖热羊肉饼的小男孩,他把羊肉饼放在一个木头箱里,一边走、一边叫卖,并且四处张望、东游西荡,同时还用手挖他的扁鼻子。这个小男孩不想在任何别的环境中生活,他属于这个地方。

这个场面引起的怀乡病折磨着佛兰克·勒·墨舒尔。他担心,他所放弃的现实说不定正是他一向希望得到的。

尽管波尔费雷曼不想这样,但他还是很讨厌这个年轻人(他答应自己,以后一定改正)。现在,他高兴地注视着一群骑着马到这边来的人。他们已经越过几条在东坡上逐渐消失的街道,开始穿过码头前面的白色广场。

"我必须离开你一会儿,佛兰克,"他说,和善地掩饰他内心的轻松,"去和正走来的几个朋友说几句话。"

勒·墨舒尔默默地同意他应该这样做,他又恢复了他那阴暗忧郁的天性。波尔费雷曼有他自己的朋友,不再是他的朋友了。朋友和意向一样,他永远拥有不了多久。因此,他阴沉忧郁地看着波尔费雷曼走下跳板去和他们相会,成为那个场合的一个积极分子。连波尔费雷曼都会这样,勒·墨舒尔真想对着他这位过去的朋友的端正和无知的后背咒骂。他知道,由于某种原因,这样咒骂鸟类学家是没有用的。

这一群人越来越显示出他们也是一些相当重要的人物。他们的马匹闪闪发光,马头上的额毛随风飘动,马具上闪光的圆环和链环发出丁零当啷的声音。马匹怀着希望,张大鼻孔,喷着白沫。他们越走越近。水手们乘机观察马上的一位绅士和两位女士。他们的后面有一个穿红衣服的军官,骑马的技术十分高明。如果说他的马很厉害,那么军官比它更厉害。军官的意图不大清楚,但他的表演却十分精彩。

有一位女士,年轻漂亮,穿了一件高价的骑装,策马往回跑,扬起了一溜尘土。

"汤姆!"她喊道,"噢,你一定要当心,汤姆!"

她哄小孩似的亲热地说,没有一点烦恼的迹象,仍然是恋爱中的声音。

军官回答时没有说粗话,他控制住愤激的心情,声音里颤动着男性的温柔:

"这是整个新南威尔士最暴烈的一头畜生!"

他夺拉着湿润的充满男性气概的嘴,用尽全力猛拉了一下马嚼子。

他们继续往前走。

那位年纪比较大的红脸绅士,趾高气扬地坐在他的新浸软的马鞍上。他用肌肉发达的小腿控制他的壮健的驽马。他的帽子是用最好的水獭皮做的,稳固地握着缰绳的手显出他的权威。这位绅士睁开宽容的眼睑,朝四周看看,看看船、看看那些卑下但装船还算合适的人——这就是这位戴高帽的绅士的坦率、民主、友好的表现。多年曝晒在阳光下,使他对人比较和蔼。也许,这就是使别人怀疑他不是主人的首要原因吧。

他们继续往前。

第二位年轻的女士骑着一匹黑牝马,位置比较靠边,对她的马满不在乎。黑牝马高高昂起漂亮的头和脖颈,注视码头旁边混乱的景象。她异常平静地骑在马上,似乎希望这样可以不被人看见,但反而引起了注意。

至少那些更为好奇的水手和工人,把他们贪婪的视线从他们能够理解的琐事转移到了这位小姐身上。其他人则专注于自身和自己的所思所想。这位小姐,虽然仰起脸,谨慎地朝太阳或生活微笑,却只是遵照某些博爱的学说行事,也许这是因为在这个时候有必要这样做吧,这些人朝她皱起眉头,不是因为愤怒,而是因为全神贯注,就像他们搔皮肤上的疣、捉头发里或其他熟悉部位的虱子时那样。毫无疑问,他们害怕不能接触的东西。这位年轻姑娘,骑着她的黑马跳上船舷,很容易使他们感到惊奇和受到伤害。

但与此同时,这位姑娘——她不会超过二十岁,也许二十多一点点——尽管她那柔软光滑的脸十分冷静自信,在某些方面却也显得有些犹豫。她不轻易讲话,就像女士们在一切场合上应该做的那样。她那僵硬的黑色骑装把她包了起来。

"这是一个伟大的场面,罗拉。"健壮的绅士说,这句话,更多的是说给他自己听的。

"我想这些船一定会给每个人留下深刻印象的。"顺从的姑娘回答。

我真是个乏味的人。她这么想着,咬着苍白的嘴唇。想起自己的内心时不时会燃起一种几乎能引起大火的火苗,就觉得很不是滋味。不幸的是,起作用的正是这种时刻。于是她悄悄地扭弯手里的缰绳和一条短柄马鞭——那是一件美丽可笑的小东西,柄头是珍珠母做的。她随身携带,因为这是她从小就认识,但再也没见过的一位老人送给她的。她很珍惜对他的记忆。不过这是一条没有用的马鞭,这,几年前她就知道了。

"这是一位冷面姑娘。"刚才和波尔费雷曼说话的那个水手说道。

"我没有你那么好的眼睛,狄克,我看不清楚。"他的伙伴说,"不过,她是一位小姐。"

"冷面孔就是冷面孔,小姐不小姐都一样。"

"有些东西,狄克,你知道,有些东西是你碰不得的。"

"没有我碰不得的东西。"

"他们不会理你的。"

"我认为我有普通人的权利。"做美梦的水手嘟嘟囔囔地说。

"好吧,狄克,"他的伙伴说。"我不反对你说的这种权利,只是有些犄角她们不会往里钻的。这位小姐要和绅士在一起,他们会像榫头那样相配。你就是这个命。"

"哈哈!"这位梦想家笑了,"然而,事情就是这样的。"

"是这样的吗?"他的伙伴说。他的思想方法和长年在海上的生活所形成的习惯,使得他从土里土气提高到具有单纯朴素的理解力。"你就像一只大猫,狄克。这正是女士们不喜欢的,她们不喜欢一只离群的雄猫围着她的裙边蹭来蹭去。女士们喜欢谈恋爱。你可以看得出这位小姐和她们没有什么不同。"

"不过,她怎么见得在谈恋爱呢?你怎么知道的?你的眼神不好,她又坐在马上,离你相当远,而且你是第一次看见她,嗯?"

"她们生来就是这样,在她们不看书、不吹她们手套尖时,她们就用谈恋爱来消磨时间。我从窗户外边看见过她们。我看见她们写信,戴假发。在那种时候,狄克,你可以明白她们想干什么。"

"唔,"狄克下了结论,"你毕竟是一个狡猾的家伙。从窗户看进去。"

穿过码头前耀眼的白色空地的马队,此刻正在那些还没装上船的板条箱和货物堆的另一边走动。那边有一堆堆散乱的、早就在那儿的观众,男人们在温暖的阳光下脱掉了上衣,他们的女人穿什么衣服的都有。骑手们停下来了,在和鸟类学家互相问候,鸟类学家已经来到他们的马镫前了。

"我可以想象得出你们在这种场合下的情绪,波尔费雷曼。"那位商人说。

别人告诉波恩纳先生,在特殊的场合下人们是怎样做和怎样想的,波恩纳便以为人人都是这样。他自己也按照这种相当基本的,甚至是刻板的行为准则来行动,有时兴高采烈,有时庄重严格。会有人不断地为这种人写初级历史教科书和报纸的。

现在他很感动,他的情绪和这个场合很协调。他认为别人也一定会同样感动,不过即使他们不是这样,他也不在乎。他自己的感情是如此强烈,不需要别人给他再鼓劲。

波尔费雷曼张了几次口,找不到不至于得罪人的话。

"太匆忙了。"他终于说道,但没有再说下去。

不过,这位商人并没有期待他回答。

"只欠风了,"他着急地说,"一点儿风都没有,要么小得不值得一提。"

他那匹活跃的马不停地转圈,他可以审视这个地方的各个角落。

"他们告诉我,说不定下午三点会有变化。"波尔费雷曼说,他知道说这话有多么不必要。

"有变化,风?"商人想起来了,"噢,是的,下午三点钟经常会刮起燥热的北风的。"

他立刻耸了耸肩膀,仿佛那件极其讲究的上衣不合身,或身体哪儿不舒服。也许是风湿病吧。

"不过沃斯在哪儿?"他问道,向四面看了看,希望看不见他。

"沃斯先生在下面。"波尔费雷曼不打算对朋友不忠诚,不过他微微地笑了,"他在监督他们把装备放好。"

"在展开一场德国人的准确性和神秘主义之间的斗争。"拉德克利夫友好而不无恶意地笑着说,"不知道哪一边战胜。"

虽然他现在没有在想晚宴上和罗拉·特雷维延的谈话,但内心的矛盾还没有消除。他会忘掉痛苦的原因,但还在继续痛苦,就像一个睡着的人伸出手去打一只真实的蚊子,但打完之后总是回到那更吸引他的梦中去。蚊子继续在嗡嗡叫。汤姆·拉德克利夫认为,如果罗拉是那只蚊子,根据梦中人的推测,沃斯便是蚊子的刺。

因此他必须采取行动来保护自己。

"涉及沃斯的事,"中尉笑着说,"我宁可把钱花在理论的云端,而不愿花在实践的刀刃上。"

"我不得不承认,这儿看不到什么秩序。"虽然他没有朝四面看看,商人却突然鲁莽地说出这么一句。

沃斯竟然成了批评的对象,这使波尔费雷曼觉得可怕。如果是他批评别人,也决不会公开地那样做,而且只是在他很不高兴的时候。

"也许他的办法和别人的不一样。"他的原则性使他不得不说话了。

人们不谈新鲜事儿的时候有多沉闷呀！贝尔·波恩纳叹息道。她开始东张西望，目光停留在一个小男孩身上，他正在很大声地啃着一个红苹果，这给了她极大的美感。

"不，"波恩纳先生发觉自己的疏忽之后说，"他是和别人不一样。怎么不一样，将来自有分晓。你的信心鼓舞了我，波尔费雷曼。我原先对沃斯先生的信赖是对的。"

波尔费雷曼为这位商人难过，这位先生觉得嚼牛排要比咬文嚼字痛快得多。

"不管怎么说，"站在地上（这当然是一个不利的条件）的人说，"沃斯先生对自己充满了信心，这是最主要的。"

讨论差不多到此为止了，在几个观众听来，就像是在听月亮上的语言。波恩纳先生下了马，把缰绳交给了他的下级——波尔费雷曼，然后到处转了转，看了那些现实的东西之后，很快就完全恢复了精神。这位富翁又回到了物质世界，高兴得容光焕发。

听了他们谈话的罗拉·特雷维延感到很高兴，因为那个鸟类学家，看上去很不显眼；她甚至认为是没有个性的，除了必要的几句客套话之外从来没有和她深谈过。他竟然是那个人的维护者，而那个人，总的说来——是的，尽管她并不想这样想——她是看不起的。现在她不顾那个德国人，觉得非常想和他的这位朋友交谈了。她跟自己说，这全然是出于对他精神力量的钦佩。因此她在等待时机。

机会很快就来了，但事情做得有些丢丑。后来她又想到，一个愚蠢到前阵子在花园里做出那种丢丑的事的人，当然也会做出这种事。现在，这个的确是比较次要的了，然而同样令人不快的事情发生了。

罗拉·特雷维延拿在手里的漂亮鞭子偶然失手,掉在波尔费雷曼先生的脚边,但任何一个看见的人都会认为这显然是故意的。毫无疑问,他弯下腰,满脸通红地、很有礼貌地把鞭子还给它的主人。

"这鞭柄,我看是东方式样的。"波尔费雷曼说。

他很快地把它变成具有科学趣味的话题。

"不错,我相信是印度的。这是小时候一位船长送给我的。他是我姨父的一个朋友,他的船有时在悉尼停泊。"

年轻的姑娘目不转睛地盯住这条使她丢脸的鞭子,但精神很难集中。她那缩紧的喉咙涌起了一阵阵难以忍受的热浪,而且她也记不清为什么想和这个男人谈话。不管谈话时有多谨慎。

"这种东西拿出来用是挺可惜的,说不定会把它弄断呢。"波尔费雷曼说,"把它放在橱里不是更好吗?"

觉察到年轻姑娘心里十分烦乱,他就故意夸大了对这条鞭子的关心,这使她更加难过,也引起他怀疑她有什么难言之隐。没有理由认为,他今天在她心目中占据的位置比晚宴那天更重要。他也不允许自己相信,她在任何方面利用他。波尔费雷曼是一个有点凭直觉认识事物的人。虽然尊重,但不了解女性。

罗拉继续看她的小鞭子,她觉得一切都不十分如意。不过她不再那么苍白了,她的面颊和嘴也显得鼓起来了,也许是由于自怜的缘故吧。

"它没有多大用处,"她说,"也不特别美。我已经不大注意它,只是带着它罢了。你知道,这是出于习惯。起先我挺高兴,因为它很不寻常,而且是外国货。我喜欢想象我能够到国外去游览,比方说到这件礼物的产地去。我梦想到东印度群岛、毛里求斯和桑给巴尔去。名字应该就是符咒,波尔费雷曼先生。我总希望,经常念叨一些地方,有一天就能到那里去了。"

在他们谈话的时候,她的黑牝马一直在刨地。她站在离马不远的地方,看到有些泥土落到她的裙子边上。

"但我没有如愿。很可能我永远不会出去旅行了。噢,当然我是满足的。我们的生活常常有小小的变化。我只是忌妒那些可以随意旅行的人罢了。"

"甚至这样的旅行吗?到处是尘土、苍蝇和垂死的马匹?"

年轻姑娘举起一只手,像是在挡住耀眼的阳光,或擦掉脸上的灰尘,慢慢地说:

"当然,这我理解。我不是一个只知道空想的人。"

她相当勉强地笑了笑。

"我知道会遇到危险的。不是吗?"

他看得出来,她开始对他进行探索,就像怀疑他身上什么地方藏着一把刀子似的——一把为她准备的刀子。

"这种性质的探险永远是有危险的。"波尔费雷曼冷淡地说。

"不错。"她说。

她的嘴唇现在已经充满了别的感情,变得又薄又干了。

"噢,我欢迎危险,"她说,"一个人不应该希望避免牺牲。对每一个人,机会都是均等的,难道不是这样吗?"

"是的。"他说,心里有些惊讶。

"那么,"她勉强地笑了笑,"只要机会都是均等的。"

可是看到的和听到的一切都没有能说服波尔费雷曼。

"虽然我不关心马,"她承认道,拍了拍她的牝马的脖颈,"可是对人就不一样了。即使是不大信或不信宗教的人,他也会创造他自己的逻辑。"

她的话带着如此强烈的反感、轻蔑或敏感,甚至在马身上的手都在颤抖。波尔费雷曼看到她手套上的针脚。

"因此,他们是不大值得怜悯的。"她说,或者不如说是恳求。

想起了花园里,由于亮光或由于疲乏,她体会到的那一阵满足。

在魔鬼离开了她之后,任何垂死者干裂的嘴唇都是很可怕的。

姑娘的嘴唇是干裂的,尽管她很年轻,波尔费雷曼惊讶地注意到这一点。

接着,海港大放光明,起了风,尘土飞扬。整个海岸都布满了沙石和云母的碎片。从城里来了几辆马车,车身上的油漆和金属闪闪发光。它们越来越近,带来了信神或不信神的人,以及他们的妻子。她们穿着显示财富,当然也是显示地位的衣裳。

于是,波尔费雷曼和特雷维延小姐很快便被老一套的招呼和欢笑所包围,成为这条欢乐的小河中的黑色的漩涡。在波尔费雷曼能够适应之前,他们用几乎是深陷的眼睛打量四周。当然,他先适应了,因为他和他们关系不那么深。他觉得他和任何人都不发生关系,只给人保守秘密,直到最后大爆炸把所有的秘密都变成散落的尘埃。他注意看年轻姑娘的头发,她把耳朵前面那些娇嫩的地方的头发向后拢——虽不完美,但很光滑,看起来有些暗淡。

"你的朋友来了。"他微笑地说,拉了一下握在手里的马缰,"我得让你接待他们了,我还有一两件事要去办。"

"朋友?"她重复地说,仿佛从黑色的梦中醒过来,"我没有很熟的朋友。当然我是说,我们有不少相识的人。"

她用警觉的眼睛朝四面看。

接着,她注意到不安地跺着脚的那个小个子忧郁的眼睛——他终于说服了一个小伙子接过她姨父的马缰。

"我十分感激你,"她说,"我将记住我们的谈话。"

"你有什么收获吗?"他轻声问。

现在她感到很轻松,因为他要走了。

"一些不能用语言来表达的东西。"她说。

现在她变得像木头似的,不想再挣扎、再表现自己了。她好像变得十分谦卑、悔恨、娇小甚至有些驼背,而她原来是骄傲地坐在烈马上的。

"罗拉,"贝尔坐在她那匹温顺的老骟马背上喊道,"魏德斯一家都来了,还有克比斯一家,耐莉和波莉·麦克摩兰也来了。可怜的耐莉扭伤了膝盖,坐在马车里不能下来。"

贝尔·波恩纳看了又看,把人群收进眼底,她的眼睛总是渴望看见那些不很熟悉的人。

"沃斯先生本人来了,"拉德克利夫中尉宣布,"为了这个场合,他把胡子都刮干净了。"

罗拉猛一转身,因为转得太猛,马受了惊,往旁边一跳。不过她坚定地坐在马上。这些,波尔费雷曼都看见了,还看见她有一双十分秀丽的手。

中尉听到了一声长长的、痛苦的吸气声,但没有说出来。

"坐好了,罗拉!"他大笑着说。

他多么不喜欢她那薄薄的嘴唇呀。从那里,不时会朝他射出锋利的话语,不过现在却紧闭着。

"罗拉,你控制得住它吗?"吓坏了的贝尔喊道。

"可以。"罗拉在马上小声说,她的牝马现在比较安静了,不过还在颤抖。

她朝波尔费雷曼看去。他从相当拥挤的人群中退出时,感到像是在做梦。梦中自己被水淹没,而且逃脱不了,无法抗拒地下沉着。

啊,罗拉在同一个梦里。她一边喊,一边伸出戴着黑手套的手:你是我唯一的朋友,而我却够不到你。

虽不得已,他还是丢下她走了。她雕像似的继续坐在被制服了的马上,它那复杂的血管跳动着血液和挫折。

沃斯现在正在人群中走动,他恢复了权威、风度,甚至感到快乐和善于处世了。他注视着恩主们的眼睛,迫使他们垂下目光。这给他们留下深刻的印象,也让他们高兴;使他们相信,他们在他身上的投资是安全的。

女士们呢,有些人发抖了。他经过的时候,袖子碰到她们。有一次,他竟出人意料地吻了一个富商老妻的手,她快活地缩回手,向四周张望,发出咯咯的笑声,露出了两边牙齿的隙缝。

他是一个什么样的人呢?人们在猜想,他们永远不会知道。如果他是一个塑像而不是人,他们真的会毫不在乎,因为他可以满足他们把一件东西立在柱子顶上的愿望。柱子竖在广场或公园里,用来纪念他们获得的成就。此外,他们宁愿给他竖立铜像,也不愿去研究他的灵魂,因为一切隐秘的东西都让他们不舒服。即使是在一个从事具有历史意义的冒险的早晨,基色明亮,他那被鞋跟踩坏了的裤脚上也缝上了阴影。

不过,他的脸表现出来的却是坦率和欢乐。

"不,不,不,克比斯先生,"他说,"如果我失败了,我要把你的名字和你的年轻妻子的名字写在纸上,封在一个瓶子里,埋在我身旁。这样,你们的名字就要在澳大利亚土地上永垂不朽了。"

他甚至把死亡和永生也变成笑话,好让人们在阳光下为之大笑。

这些单纯坦率的言谈使他自得其乐。他觉得极其无知的人们并没有受到伤害,他也不可能去爱他们。他用舌头舔他那笑着的嘴唇。

有些在场的人拍拍他的背,只是为了接触他。

没错,他感到很快乐。

只有一次,沃斯问自己:现在发生在我身上的一切都是真的吗?我,一个小男孩,在一堆浮云和树枝交织成的网下,鞋底紧贴着海德的土地的小男孩。

码头上阳光灿烂。这是可爱的、抒情的、春天的太阳,现在它还没有变成一面铜锣。

波恩纳先生已经散完步回来了。他站在德国人和他自己的几匹马之间。他的背宽阔结实,他的小腿十分丰满。如果不是经过考虑,认为这样做显得太可悲,罗拉真想躲到她姨父的背后。

"你要利用每一个机会寄回快信,好让我们了解情况。"他在向他的仆人发号施令。按照他的习惯,用许多不同的方式,再三重复同一件事情来增加自己的信心。

沃斯微笑着点头,以使这个自认为是主人的人高兴。

当他从中尉的马旁经过时,他还拍拍中尉的膝盖;照她们希望的那样向年轻的女士们举举帽子。那天早晨,谁也挑不出他一点毛病。

罗拉·特雷维延注意到:他的视线总是不高过马鞍盖。不过她没有指责他这种做法,事实上她是十分高兴的。她在流汗。她的脸一定是很油腻的。她闭紧了嘴,这就使她的面孔显得长且固执,她在镜子里看到这副面孔时,常常都会很不痛快。经过长时期无效的寻求之后,她开始觉得这是她最具有特色的表情了,可是却没有意识到美是必须使别人惊奇的东西。

她坐在马上,认识到自己既浅薄,又难看。这使她十分难过。

波恩纳先生一直想办法把德国人带到一边,和他亲切地交谈,在众人面前占有他。他变得越来越反常:皱起眉毛,哆嗦着他那张大脸盘上的下颚,用脚后跟轻轻地跺地,弄得马刺叮当响,还突出了肥胖的小腿。

最后,他终于成功了。

"我希望你觉得我可以信赖,"他说,把德国人逼到一辆粗木手推车前边。车上放了几个褐色的南瓜,其中有一个裂开了,露出耀眼的金黄色。"你可以提出任何要求,我愿意考虑。比方说,你的家人,你没有提起过他们。不过,你知道,这是我的责任。你只要告诉我他们的住址就行了。在你到达莱茵塔之后,你可以给我写封信,提出任何个人的要求。"

这些话表达得不好,但却是真诚的。波恩纳先生人很诚实,但不总是谦逊的。他戳戳德国人的上衣翻领,希望通过接触产生一种比较亲近的关系,至少围观的人是感动了。他们的脸上露出羡慕的表情,因为他们很欣赏这位市民的勇气,他竟然用手去戳这个外国探险家的身体。波恩纳先生的担心消失了。他现在真心爱这个人,虽然他有时显得十分讨厌,而且骨瘦如柴。他用自己的手和宽宏大量所创造的新关系,使他感动得眼睛都潮湿了。

这种关系并没有让沃斯不痛快,因为他根本不相信。它甚至说不上荒唐,它只是不真实。

他拨弄着金色南瓜的瓜子,心里在考虑着商人提到的有关他家人的话。

"我的家庭,"他开始说,一边把南瓜的尖瓜子排列整齐,"我很久没有和他们通信了,你不认为投生在谁家是很偶然的吗?尽管起初我们尽力说服自己不是这样的,因为我们还很弱小和迷惑不解,对于受到的亲切关怀十分感激。我们还没有学会承认命运和子宫之间没有什么关系。"

波恩纳先生看着那双清澈的眼睛,不明白他说了些什么。

"噢,唔,"他说,"不过,是这样吗?是吗?谁知道?"

反正波恩纳先生不知道。

"不过,到时候我想我会写信的。我的父亲年纪大了。他是一个木材商人,他也许已经死了。我母亲是一个多愁善感的人。她的母亲是瑞典人,家里摆满了彩绘时钟。啊,是的。[①]"他说,"在不同的时间打响。"

仅仅是思想感情引不起共鸣这一点,就预示着他将会感到很苦

---

① 原文为德语。

恼。他闻到了冬天的老屋炊烟的气味,闻到了人情世故——一种可怕的、恼人的暴政——的气味,而他正在向它屈服。

对过去的不满使他闷闷不乐。他抬着头,看着那个曾经用手撕着山茶花瓣的姑娘的脸。一时间,他们的心又搏斗起来,他又体会到拒绝她为他祷告的那种令人伤感的乐趣。

罗拉·特雷维延本想显得谦卑一些,但看起来更像是骄傲地坐在马上。

她是一个冷漠的、硬心肠的姑娘——他下了结论——而我几乎爱上了她。

阳光却不像他这般带有偏见。

于是罗拉·特雷维延不得不转过脸去,避开使她的眼睛闪闪发光的注视,也许是避开那个填满她整个幻想领域的德国人。她的眼睛仿佛在说:我毕竟太软弱了,受不了折磨。

他也把脸转过去,不再感兴趣了。

正在这个时候,来了一辆官气十足的敞篷四轮马车。人群朝两边分开,让这辆马车通过。这辆马车的侍从对最坚韧不拔的激进分子也会故意怠慢的。有些人看到马车上的金饰,和黑漆车厢上摇晃着的闪闪发光的红色装饰,更是张大了嘴。

有些人坚持说,来的是市长本人。

但比较熟悉内幕的人对这种愚昧无知表示蔑视——他们竟以为市长会乘没有卫队的马车到这儿来。

那些最了解情况的人,那些和这家有接触的人——哪怕他们有表亲在市长家只吃过一次饭——说,大人患了重伤风,躺在床上。这位是费泽斯通郝上校,在探险队动身的时候,他代表市长到这儿来了。

事实上,上校是带了几个不知名的年轻尉官来的。他们出身高贵,皮肤粉红,十分恭顺。不过,上校却是一个固执己见、严厉刻板、皮包骨头的人。他等着别人把德国人带来,因为这是一个任务,别人建议他要表现得十分庄严。他的情感隐藏在络腮胡子后面,不过也许不完全是这样。可以看得出他是一个英国人。

市长阁下希望沃斯先生和探险队获得成功并平安归来。上校说,消瘦的脸上毫无表情。他脸上没有毛的地方是深紫色的。

他用戴着手套的一把骨手握了握德国人的手。

费泽斯通郝上校说了不少别的事。真的,在腾出了一块地方之后,上校做了一次讲话。他按照给他准备好的讲稿,讲了上帝、土地、国旗和我们杰出的年轻的王后。许多庄重和有鉴别力的、围在上校四周的人,给他得体的讲话增加了分量。比方说,至少有三个议员、一个主教、一个法官,还有军官、探险队的赞助人和一些市民。他们的财富已经开始使他们为上流社会所接受,尽管他们有着不幸的过去,使用刀叉时也改不掉笨拙的姿态。重要人物的头顶是光秃的,僵硬的脖子低垂着——表示在谦卑地聆听。这是一个非凡的情景,而且忽然间也显得很动人。因为所有这些穿着呢绒和亚麻布衣服、具有高尚的英国血与肉的人,连同他们的因受到生活恩赐,暂时依附在他们身上的气球般的灵魂,竟然会忽然变成硬纸板或小木偶一般。他们的重要性逐渐消失了,蓝色海浪的大舌头、土生土长的树木和笼罩一切的天空统治了一切。

于是,德国人沃斯和别人一起听关于土地、国旗和杰出的王后的讲话,至少是听讲话的声音。他以自己是外国人为借口,不去理会讲话的内容,自然露出一副嘲讽的模样。他不得不把视线从人群转移向天空。任何别的态度都会是虚假的。不过,另一方面,其他在场的人再没有一个对广阔蔚蓝的天空感兴趣了。

费泽斯通郝上校讲完了最后的一句话,人们用歌声和忠诚的帽子保佑了王后。一个名叫查理·塔沙姆,有着粉红面颊的年轻中尉(汤姆·拉德克利夫记得他的名字)的佩刀缠住了一位显贵,这时,沃斯先生才清醒过来。他像平时那样,摆出一副生硬、厌恶的面孔,他被人带到市长阁下的使者跟前,在他身旁的是波尔费雷曼先生和佛兰克·勒·墨舒尔。波恩纳先生和探险队的其他赞助人也被接见了,也许不如说有那么几个赞助人被接见了,因为他们经常和上校一起吃饭,有时还喝得烂醉。

接着,一匹马嘶叫起来,撒下了香粪,生活又恢复了原状。

现在观众又活跃起来了,尽力把探险队的队长从别人的掌握中卷走。波恩纳先生知道,他终于控制不了他的玩物了,便开始生起气来。他觉得他的慷慨大方并没有受到足够的赞美,如果当初他不这样慷慨,今天的盛大集会也就不会举行了。

"好了,波恩纳。"上校说,他站在波恩纳先生的附近,觉得现在该对殖民地的居民说些不拘礼节的愉快的话了。暂时,他和他们是共命运的,"现在你我这样的凡人做不了什么事啦,完全要听上帝和风的了。"

"噢,风吗?"波恩纳先生大声说,忧郁地望着天空,"要它来吹满风帆,那要看它愿意不愿意了。我们得待在这儿来来回回地唠叨这些话,一直唠叨到明天天黑。到处的风都是这样的。"

上校对他的见解微微一笑,他除了公事上需要之外,五分钟也不打算多待。

"那么,全靠上帝了。是吗,波恩纳?"

他把他的中尉叫来,让他去叫车子,以便他离开这个嘈杂的混账人群,去吃晚饭。任务完成了,他架起了二郎腿。马车门关上了,上校带着他的官阶和他那个阶级的优越感,用浓眉下的眼睛扫视四周,就连上帝也不会不同意他这样做的。

接着,马车把他送走了。几乎每一个人,当然也包括波恩纳先生在内,都感到很高兴。

波恩纳先生感到他不必再承担什么责任了,便决心给什么人找点麻烦,他决定用这种办法:

"我们在这儿是多余的,"他说,"因为我们已经表示过敬意。所以让我们相信,我们可以溜走了。"

"噢,爸爸!"贝尔喊道。

"我要绕过那家店铺。帕勒硕彼是一个很好的人,不过到他死的那天,他也得要别人给他拿主意。"

"可是,爸爸,船,"贝尔恳求道,她又变得像一个小姑娘了,"我们看不到它出航了!"

波恩纳先生没有说:让船见鬼去吧。

"你,拉德克利夫,把女士们送回家去。波恩纳太太这会儿一定正在等着她们呢。"

中尉目前还必须装出一副规规矩矩的样子,他答道:

"是,先生。"

"那么,至少,"贝尔抗议道,"让我们和沃斯先生握握手,不管我们是不是特别喜欢他,他还是我们的朋友嘛。爸爸,你当然也认为只有这样做才对吧?罗拉?"

可是罗拉说:

"如果姨父要去和他握手,我想我们就不必再做什么了。"

"每一个人都好奇怪呀。"贝尔说。

她这才感觉到,有些地方她是不能介入的。

"我希望我是自由的,"她停下来,并且朝那边指着,"像那个黑妇人一样。我就要留下来等着起风。如果需要,我可以等上一个夜晚,等着船开航。"

"你把它看得那么重吗?"汤姆·拉德克利夫问道,他第一次感到贝尔令人厌烦,而且心里明白以后还会出现这种情景。

"不是的!"她嚷道。

"贝尔,你把自己搞得太兴奋了。"她父亲说,他不认为他有必要理解他的女儿或外甥女。

"船对我倒没有多大意义。"贝尔说。

她是被生活灌醉了。神秘的醇酒从她热爱的人们的灵魂里流出来,但他们是谁,也许她永远不会知道。

"我并不关心那条船,"她固执地说,"也不关心船上任何人。你呢,罗拉?"

罗拉·特雷维延低下了头。

尴尬的处境被沃斯化解了。他走上来,出人意料的,自然而又体贴地对波恩纳先生说:

"我很抱歉我的出航给你带来很多不方便,不过我还没有学过呼风唤雨。"

波恩纳先生已经开始怀疑,自己能够对什么施加影响了,他甚至怀疑他是否能控制他的女儿。他大笑着说:

"我们正要溜走,在现在这种情况之下,你可能都不会发现。"

德国人用力握住波恩纳先生的手,这使后者更为他的处境,为人们对他的态度难过。

"我会记住你对我的好意的。"沃斯说。

他可能喜欢上这个平庸的人了。

波恩纳先生感觉到这一点,心想:我可不给他这个机会。

"如果你需要什么,"他赶紧说,"就请告诉我们。"

他心里想的是打包用的针。

贝尔现在比较快活了,因为现在这样的道别更加私人。

"你可以给我寄一根黑人的长矛,"她喊道,并且哈哈大笑,"上面还沾着血的。"

她的嘴唇又嫩又红。她热血沸腾。她脑子里出现一幕幕的图景。

"真的,我一定记住。"这位大探险家大声回答,而且也笑了。

"再见,汤姆。"他接着说,抓住中尉的手。中尉从马上弯下腰,相当粗野地伸出手以防止任何感情的流露——你无法理解外国人。

"再见,老沃斯,"汤姆·拉德克利夫说,"我们在你们回来的时候要适当地举行狂欢晚会。在五年之内。"

最后一句话,他得大声叫喊,因为他那匹高头大马开始又蹦又跳了。每逢汤姆·拉德克利夫站在舞台的中心,他的马就会这样。

"五年之内。"他的结实的牙齿闪闪发光。

唾沫四溅。

"带着飘洒到胸前的胡子。"沃斯笑着说,难以置信地改变了自己的脾气来迎合他朋友爽快的脾气。

这些话都是在他和别人握手时说的。贝尔·波恩纳的手指在他的手指上滑了过去。他认为和妇女,甚至年轻的妇女握手是理所当然的,不过总是将其作为计划以外的事。

"汤姆,求求你,当心一点儿!"贝尔·波恩纳求他说,"那匹可怕的马!"

有一个妇女惊叫起来——她的脸被马尾扫了一下。她的嘴里感到一种粗劣、刺痛的尘土味道。她的帽子也歪了。

人们都在安慰她,沃斯在微笑地观看,对这个恶作剧感到挺高兴。这事他也参加进去了,意外地充当了一个次要的,但挺愉快的角色。这时,他来到特雷维延小姐的跟前,握了她的手,手套使得她的手显得很冷漠。沃斯被周围的动静与色彩、骚动与欢笑,以及那个被可恶的马尾巴扫了的好女人的狼狈相所吸引,他只是敷衍地在和别人握手。

她的手在他的手里停留了一个说得过去的短暂的时间,罗拉便把手抽出来了。如果沃斯没有注意到,那是因为他被别的东西吸引住了。

没有理由不是这样。罗拉对自己说,不过打了一个冷战。

"贝尔,"她喊道,声音苍白,尽力使它仅仅比四周的嘈杂声高一点点,"什么都说过了,咱们回家吧。"

这群人很快就骑马走了。沃斯目送他们,意识到他没有和罗拉·特雷维延说话。他看着她后颈上的一卷头发,它没有显示出什么。她的肩膀也没有显示出那个奇妙的晚上,在花园里显示出的力量。

他站在人群当中舔他的嘴唇,似乎要大声喊几句最后的话。但说些什么好呢?而且他的话当然不可能传得那么远。不过,当佛兰克·勒·墨舒尔来找他决定几件必须要决定的事时,他脸上的线条确实显得有些放松了。

"佛兰克,我不在的时候,你不能偶尔做出个决定吗?"他问道。

"你这是什么意思,先生?"迷惑的勒·墨舒尔吃惊地说,"我的决定什么时候被采纳过?"

可是沃斯只是哈哈大笑。

整个上午,人们都在那里游荡,在等待起风。有些人诅咒满地的尘土;有些人喝醉了,有被拘留的危险。有一个人尤其醉得厉害,他的帽子没有了,但无论如何不肯扔掉一个小桶,把它像婴儿似的抱在怀里。

有一个坦率的人说,明天早晨他会感到羞耻的。

"这是我自己的事儿,"这话被他听见了,他回答道,"这是最后一次了,所以别管我。"

"你们这种人总是说,这是最后一次。"有一位女士说,"我根据自己的经历和我丈夫的情况知道的。他就是喝酒喝死了的,可怜的人。"

"我不会醉死的,"那人流着口水说,"如果我死了,那也死得痛快。"

这位女士病态地喜欢过问她过问不了的事儿。她在用力嘲她那几颗剩下的牙齿。

"这真是一件丑事。"她说,对这种事,她可不能听之任之。

"啊,这不是特恩诺先生吗?"走上前来的哈利·罗巴茨插话说。

"现在谁在骂我呢?"那人抗议,"啊,是你,孩子。"他低声说。

"我们全都把你忘了,特恩诺先生。如果起了风,你就不能去探险了,船就开走了。"

"命运不是这样给我安排的。"特恩诺说,"风是向着我的。难道会反对我?会吗?"

两者兼有。他从肚子里喷出一股强烈的酒气,那位为他担心的女士只好飞快地逃走了。

"来吧,特恩诺先生,"男孩说道,"你很不像样儿。安安静静地跟我上船去,躺一会儿,你就会好多了。"

"我没有什么不舒服。"特恩诺坚持说。

但他还是费劲地跟男孩儿走了,然后他抱着那个小桶从一个舱口掉了下去,却没有摔断脖子,躺在那儿了。

只有一次,那是当天下午晚些时候,船开航时,他从梦中惊醒,大声喊道:

"沃斯先生,你在要我们的命!劳驾把刀子给我。啊!黄油!黄油!还轮不到我去死呢。"

于是他从梦中醒了过来,把得救的生命留到将来。

将来?罗拉·特雷维延想到将来就受不了,虽然目前——目前一群骑马的人正在前进——在某种程度上仍然是一个不愉快的梦。不管怎么说,他们正在回家。他们剐蹭着茶树。从乌鲁慕陆升起一股烂鱼的臭味。一个爱尔兰人——水手长的妻子,从小棚屋里跑出来问他们有没有奥斯波雷号的消息。水手长的妻子后面跟着几个小男孩,一个婴儿伏在她的背上,她对那种生活充满了信心。

拉德克利夫先生把她们护送到波滋角之后,那些年轻的女士们便脱下骑装,穿上宽松的长衣服,显示出一种个人特有的自然的美。

她们在那儿吃了一顿冷肉、面包加蜂蜜的午餐。但那个梦不断地困扰着她。罗拉·特雷维延张开嘴咬那片涂蜜的面包时,想起了水手们吃鱼时露出整排发黑的牙齿。她用来抹黄油的刀子,刀柄又脏又滑,很可能是马蹄做的。

后来,两个表姐妹来到罗拉的房间。

"我要休息了。"罗拉说。

"我也是,"贝尔说,"我和你一起躺在这儿。"

这是她从来没有做过的。

这样,两个姑娘躺下了,她们即使睡得很不舒服,彼此也感到相当愉快,她们一半想现在、一半想将来,但永远是忧心忡忡的。贝尔摸着她那赤热的脸,就连她也意识到,将来不会是像过去那样的蒙蒙薄雾,而是硬得像大理石那样的。它正在逐渐形成。

汤姆,她说,男人一次又一次地恋爱,但他们永远只爱自己。

你真想逃避吗?他问道。你不会的,虽然有时我希望你会这样。要逃避的是罗拉,她已经装上风帆启航了。

贝尔·波恩纳坐了起来。

"它已经启航了。"

但说话的是露丝·波申。

"什么?"贝尔问道,她的脸看上去像是午后潮热。

"噢,小姐,那条船——奥斯波雷。"露丝说,她匆匆忙忙地走了进来,手里端着一盘蜜饯金橘。

罗拉仍然躺在那儿,陷入一种层层不安的思绪中。她蜷曲着手,如果它没有颤动,还会让人以为那是雕像呢。

"小姐!罗拉小姐!"露丝喊道,"那条船。它有多漂亮呀!"

贝尔轻轻地推了她表姐一下。

清醒的两个女人意识到,由于某种原因,这事和这个还在熟睡的女人有着更密切的关系。

罗拉·特雷维延醒了。用胳臂撑起身子,站了起来,一声不响、毫不犹豫地走到长阳台上。她那条在下午令人感到十分凉爽的、浅色的裙子在她身后飘动着。

那条船真的驶来了。

风把奥斯波雷送出港口,吹向海角。蓝色的海水现在泛起了涟漪,到处都是白色的小浪花。它变成一只清清楚楚、长着毛皮的动物,但看着还只是有点淘气,因为淘气的心情才形成不久。奥斯波雷仍然处于巅峰状态。到现在为止,它还没有摇晃。

"是的,他们已经起航了。"罗拉用清晰、喜悦和平淡的声音说。

说话的时候,她的表情也是淡淡的,就像起床时脸上淡淡的喜悦的表情,痴呆而坦率,并不怎么隐蔽。

"噢,我要为他们祷告。"露丝·波申大声说,她手里拿着那个装金橘的浅盘子。

"不过,你不认识他们。"贝尔说,她觉得她的女仆对那些人的关心当然是很荒唐的。

"我用不着认识他们。"

"他们也许并不需要你的祷告。这是很可笑的。"

露丝没有回答。

三个女人看着那条船。

罗拉·特雷维延把她那件乳白睡衣的袖子卷了上去,好像它很重似的。

"你觉得波尔费雷曼先生好不好?"贝尔·波恩纳问道。

"从与他很少的接触中,我觉得他非常好。"她的表姐回答。

"不过,他不大说话。"

"他只说必须说的话。"

三个女人看着那条船。

"我想他是一个很有教养的人,"贝尔说,"不是一个无知的殖民地野人,像我们似的。"

"噢,小姐!"露丝抗议。

"可是他很和气,"贝尔接着说,"和气的人是不会在乎小事的。"

"噢,贝尔,不要瞎说八道!"罗拉说。

"我说得不对吗?"

"你说得全对,虽然离了题。"

三个女人看着那条船。

过了一会儿,把贝尔小姐的过失揽到自己身上的露丝·波申,捧着肚子轻轻地说:

"我看见船只已经启航了,便送来几个金橘给你们尝尝。"

她把上面放着两把叉子的盘子放在小竹桌上,然后轻轻地走了。

两个姑娘心里感谢她,但没有说出来,因为她们都说不出话来。

风和海使缓慢的航船颠簸不已。一阵阵有时清新、有时温暖的海风,打破了花园的平静,把松树和茉莉花香送到长廊那边。这两个年轻的姑娘说不出是苏醒还是沉醉,心里充满了一种强烈的忧伤。她们的身体在薄薄的长袍中战栗,她们的心灵受到最厉害的创伤,她们幻想出来的全部景象变得清楚而跳动,美丽而忧郁。

然而罗拉·特雷维延觉得,她生活中最重要的时刻却是模糊和丑恶的。和那个德国人在花园里发生的事,使她感到说不出的丑恶、痛苦和不妥。她没有办法不想这件事,在想的时候,嘴里产生了一种怪味——仿佛掉了一颗牙,血正在渗出来。她咬着嘴唇,又想起那天早晨在码头上说话时,他露出来的相当尖的牙齿。

后来,贝尔终于被潮湿的、刮风的下午弄得不知所措,开始感到不安了。

"罗拉。"她非常温和地说。

她决心要向她的表姐靠拢,而后者却决心要疏远她。

贝尔再也受不了啦。她既害怕,又很想和她所不理解的东西混在一起。那东西也许就是未来,因而也是她必须面对的。

"罗拉,"她问道,"我们怎么啦?出了什么事啦?"

她哭了起来,紧靠着她表姐神秘的身体。

"没有什么,那是你的幻想。"罗拉说,用她的声音和全部力量来抵抗不适。

持续的接触让她受不了。

但两个人都抗拒不了那天下午的那股子力量。她们被赶到一起,互相同情,寻求庇护。

"告诉我,罗拉,"贝尔喊道,"出了什么事啦?"

她的热泪刺激了另一位的较凉的皮肤。

"我没法儿说,"罗拉喊道,"本来就没有事……没有可告诉你的事儿。"

她们在走廊上、在普通树木粗糙的臂膀里、在大风的怀抱里彼此安慰,都觉得好了一些。光线照亮了小竹桌上的金橘,把它们变成珍贵的宝石,它们完美的形象给她们提供了更多的希望。

第六章

奥斯波雷号停泊了。如果在航行中,特恩诺一直没有从他那醉醺醺的睡梦中醒来;如果他没有差一点就神经错乱,唠唠叨叨地说什么他有一把刀子,一定得立刻把它找出来的话,那么,这一段航程一定是平淡无奇的。他搜索他的箱子,翻腾他的东西,终于找到了它。这把刀子有黑色骨柄和相当好的刀刃。他坚持说,这是一件不祥之物,是在一个离奇的场合下得到的。他十分狂暴,直到他跑到船边,把刀子扔进海里,才变得安静一些。船继续朝前航行,开到了纽卡斯尔。

探险队是在傍晚的时候上的岸。安排好由山德逊先生来接他们。他把他们带到郊区的一家旅店,说那里比较安静。没有人反对,在这种时候,他们只能任人摆布。沃斯和山德逊先生同乘一辆马车。他们还没有找到生动的语言,只是说些干巴巴的话,那并不能沟通思想感情,彼此都感到很尴尬。在他们走进旅店的院子时,他们宁愿保持沉默,不再交谈。不过两个人都没有生气,而且因为要面对旅店乱糟糟的局面,他们倒比较亲近了。他们下了马车,走到一片黄色的灯光下面,这里有烤肉和尿的气味。一条猎犬在狂吠,一个他们躲不开的醉鬼给他们提出了一堆含糊不清的建议。

他们在旅店逗留的时间是非常短的。因为山德逊先生准备了马匹,他打算请他们第二天早晨就到他的莱茵塔牧场去,这要走好几天。探险队从悉尼带来的装备随后用牛车从容地运去。

沃斯接受了这个最合理的计划。在上岸第二天的早晨,他率领他的车队和主人一起从纽卡斯尔出发了。谁都没有年轻的哈利·罗巴茨那样兴奋,他以前从来没有骑过马。过了一会儿,他从所在的高地眺望移民们的肥沃的土地,用力去闻从那片神秘的蓝色灌木丛发出的芳香。在他们走近蓝色灌木丛时,它挺立在他们面前,默默地包围着他们,不久之后,他们只听到金属的撞击声和小鸟的啼鸣。哈利的大腿痛了起来,因为在炎热的天气下,它们无休无止地、单调地,像钟摆一样摆动。

"噢,上帝。"他呻吟着说,从一边挪到另一边,想减轻点疼痛。

但疼痛并没有减轻。到处都是牧草,到处都是灌木丛。赤热的阳光照射在哈利·罗巴茨的脸上,钻进了他刺痛的脑袋。

沃斯对这个地方并不陌生,他曾经从莫尔顿湾和北部经陆路回来过,不过,在这样重要的关头,他还是像第一次到来时那样观察一切事物。这一带是比较平坦的"疗养"地区。因此,他用满意的眼光巡视着四周,大口大口地呼吸最简单的"药物"。他们的马踏在大路的石头上,击出了刺目的小火花。他们有时离开小路,不再沿着灌木丛,而是抄近路在铺满树叶的小道上行走。四周是一片静寂,但并不是无边无际的荒凉旅途中火山般的寂静。德国人有过在那种地方行走的经验,而且累得要死,他更深地陷入沉思,更深地进入弯弯曲曲的黑荆棘丛。从前,已经有人在这片灌木丛中烧出一条通路。长满毛的树身上露出了淡淡的伤疤。沃斯现在只是顺着这条路走,并且几乎接受这是最好的办法。众神的世界变成了人的世界。其他人在他后边走着,大部分低着头成纵列往前走。他们的咳嗽不再使他烦躁了。在他前边,是他那有教养的东道主的瘦长的后背。

"这地方大部分被分成小块小块的占领地。那就是说,在到达莱茵塔和达费尔顿的边界之前都是这样的。达费尔顿是劳尔夫·安格斯的产业。"山德逊解释说,寂静有时让他不舒服,他觉得他有责任指导他的客人。

在有些开辟地,面孔红红的野孩子会走近小道,流着鼻涕站在那里。由于天生好奇,他们的嘴角都弯了起来。他们穿着手工呢的套衫,显得更加呆板。他们的身上永远带着一股气味。他们当然不会说话,免得破坏了哪怕一点点面前的幻景。他们站在那儿,用坚韧的蓝眼睛,或热情的褐眼睛观看马队,直到最后一匹马的尾巴也消失在视线中。然后,这些孩子跟着马队朝前跑,跳过黄色的马粪堆,一边喊、一边闻,仿佛他们早就认识那些骑马的人。他们一直是无所畏惧的。

他们的母亲比他们稍好一点儿,不那么羞怯。她们跑出来,令用厚木板或树枝建筑的小屋都摇晃起来,把胳臂上的肥皂泡甩掉,或者把刚刚喂过奶的肥大乳房塞回棕色的紧身胸衣里。虽然她们起初挺热情,现在却突然停下来,嘴里喃喃地说些脏话,在被扰乱了的静寂中站立着。走出来和外界的使者谈话的,应该是她们的丈夫。于是,牧场主自己出来了,脚上穿着在冬天晚上补好的靴子。他们的喉头僵硬地移动着,谈了一些有关天气、牲畜和庄稼的话题。就像过去他们费力地从灌木丛和石堆里开辟出一条生路那样,他们现在从少得可怜的词汇堆里开辟出几个字来。

沃斯显得容光焕发。

"我们可以看得出他们都是些好人。"他说,"他们全都是自由移民吗?"

"有一些是,有一些是刑满释放的人。"山德逊转过头来回答,"两种人都有,每一种里都有好人和坏人。"

因为他为人比沃斯好,所以他也少一些瞬间的幻想。德国人那时充满了革新的热望,愿意相信所有的人都是好人。

"不用说,是有这种区别。"他表示同意,但带着一种被肤浅的朋友误解的苦痛情绪说,"如果你注意看一个美丽的年轻姑娘的皮肤,你也许会看见一两个瑕疵。比方说,一块微微发炎的皮肤,毛孔上甚至有一个脓包。但这不能否定她美丽的本质。你不同意吗?"

"如果这是一个本质的问题的话。"山德逊回答,表现出恰如其分的庄重态度。

他的位置使沃斯只能看到他的后背。上文说过,那是一个长长的、庄重的、有教养的后背。

山德逊是一个文化程度相当高的人。他热情地追求真理,因而没有知识分子那种爱卖弄的习惯。在别的时代,这个地主很可能成为一个僧侣,再进而成为一个隐士。在十九世纪中期,一个英国绅士和忠实的丈夫并不像他那样行事。因此,他离开了贝尔格拉维亚,到新南威尔士来,用别的方法来约束自己。因为他很有钱,而且是第一批来的移民,他拥有一片很好的土地。赢得了这种世俗的荣誉之后,他这种阶级的人,也许都免不了谦卑起来。除了读书之外,他和他那位端庄的妻子过着最简单不过的生活。他认为,在蜡烛点燃之后便是一天中空闲的时间了。人们不赞成山德逊家这样做,无疑它显得荒唐又怪异。山德逊夫妇有整排整排的书——皮封面的书,书籍永远吸引他们。他们为彼此挑出几段书中的文字,仿佛它们是几块嫩肉,读过之后容光焕发,就像是肉体得到了满足。除了这点之外,一个男人就不可能有什么地方和别人不同了。山德逊和任何别的基督徒一样照料他的牛群和羊群。如果他比大多数人更富有,人们也不会觉得有什么不平。他和妻子用许多体贴的难以觉察的方式替他们的雇工洗脚。

"我们现在离你们的庄园还有多少英里?"沃斯时不时地问。

山德逊就告诉他一遍。

"我很想看看。"沃斯总是这样说。

没有到过的地方可以使人着迷,因为你可以希望从那里得到最后的安宁和幸福。因此,沃斯容易犯错误的那面性格渴望看见莱茵塔,并且赋予它只有在最美妙的幻景里才能找到的魅力——走进它那神话般的殿堂,点燃壁炉的烈火。沃斯在马上重复着它的名字,这名字在他心里闪闪发光。

山德逊容忍了他的客人提出的那些古怪的问题,因为关于客人的怪癖,事先他已经听到过不少。虽然提供消息的人说的话,似乎并不太符合事实。德国人脸上没有表情。真想不到,他看起来好像很单纯。他们继续往前走。在这样晴朗、平淡的春天下午,这位地主弄不清他原先想看到的是什么样的热情的表示,但他自己的心里容不下阴暗的东西。他们骑着马渡过清可见底的小河。阳光把无知的草丛弄得斑斑点点。在这种阳光之下,他觉得,一切秘密都一定会暴露的。但他不能责备这个德国人,因为他的天性和自己不同。

在那个时间、那个地点,他们之间没有什么不同。这也是真的。沃斯这时充满了令人惊叹的优雅和克制。他顺着来路骑回去了解他的队伍的情况,指出有趣的地形,征求意见和提出建议,然后再回到地主的身后,在那里接受他这位新朋友的亲切友情,这种友情似乎是他永远渴望的。

除了山德逊,所有的人都多多少少感觉到了这一点。

自己的偶像模仿地主的性格来欺骗地主,这使哈利·罗巴茨很高兴。沃斯先生被证明是一个正直的人,所以这不是盗窃。不过勒·墨舒尔和特恩诺却嗤之以鼻,就像小狗被人用好听的话哄了过去,然后挨了一脚似的。波尔费雷曼看着、听着,在科学地研究人类品行和相信人类是正直的那种天性之间挣扎。为了证实人类正直,他甚至愿意证明自己是错的。

接近黄昏的时候,探险队从山上下来,他们来到一个河谷。在那里,棕色的河水潺潺流淌着,棕色的鱼在石头上打瞌睡。现在,这些马全都精神百倍地竖起耳朵,拱起脖子。它们沿着这愉快的山谷走出来时,都很激动。它们显得很有把握。真的,甚至陌生人都会受到它们的感染,产生信心,感到快要到家了。

不多时,家里养的牛都跑出来围观。一个年轻的牧羊人正在把拖着生殖器在三叶草丛上吃草的有角公羊赶到一起。不过吸引沃斯的却是山谷本身。矿石的光辉在夕阳中更加灿烂了。棕色渐渐隐退,银色的矿脉在溪谷中赫然耸现,一块块蓝宝石和紫水晶的矿石在山上闪闪发光。直到马队绕到堡垒的后边,极其宏伟的美景才被遮住。

"啊!"沃斯看到这个景色大声喊了起来。

山德逊几乎是腼腆地笑了。

"在那边山上的那堆石头就是'塔',这个地方就是因此得名的。"

"一点不错,"德国人说,"它是一个堡垒。"

此刻,它是无与伦比的。黄昏的紫色薄雾在塔下漂浮,这种美景几乎使沃斯沉醉了。回忆的片段在他脑海里飞过,使得他很难欣赏这种美景,这使他终于没有沉醉,但也像在一个从木筏上其他淹死的尸体里爬了出来的人似的狼狈。

山德逊扔给他的几句简单、笨拙的话,也帮助他回到现实中来。

"你可以看见那片庄园了。在那边柳树林里。那是我们剪羊毛的棚屋,在榆树旁边的是一家店铺,还有男人的小房子。你看,我们这个村子还真不小,他们甚至在盖一座教堂呢。"

一团团雾或烟,和那紫色的阴影纠缠在一起。一群狗冲了出来,扬起一片尘土,它们和马队混到一块儿,拼命地吠,直到几乎被自己的舌头窒息。不过马队的人一声不响,他们刚刚经过极其壮丽的山河,而且在期待着结识新的朋友。有些人心里很害怕。年轻的哈利·罗巴茨流着冷汗,打着寒战。特恩诺已经清醒了好几天,他怕由于自己变得毫无防备,也许逃不脱未来的危险。连波尔费雷曼也都意识到那天他没有祈祷,一定会把在路上取得的进步丧失掉,在路上取得的进步也许只是虚幻的。因此他畏缩不前,如果能躲开他的伙伴就躲开他们。

一个身穿灰衣、围着白围裙的女人,手里抱着一个小姑娘走过来了。她庄严、温柔地说:

"沃斯先生,欢迎你到莱茵塔来。"紧接着,又带点慌乱地微笑着说,"当然欢迎你们每一位。"

山德逊跳下马来,轻轻地吻了他妻子一下。这个很难断定有多大年纪的女人显然振作起来了。可以看得出,她一时忘掉了其他应该做的事了。于是她的丈夫喊了一声,来了两个马夫,把柳树叶分开,把马匹牵了过去。

"来吧,沃斯,它们会有人照料的。"山德逊说,"你那么喜欢马鞍吗?到里边来,我们希望能够让你舒服。"

"好的。"沃斯说。

不过,他仍继续坐在马上,闭紧嘴巴在沉思。

佛兰克·勒·墨舒尔意识到,毒蛇甚至已经偷偷地溜进了这个天堂。他叹了一口气。

每一个人都觉得要出什么事了。

"我不想麻烦你到这种程度,山德逊先生。"德国人张开嘴巴回答,"想到这么多的人走进你的屋子,给你增添麻烦,就会让我很不安。我觉得,我和我的伙伴们在附近扎营,用自己的毯子,再生上篝火。这样好一些。"

山德逊太太看着她的丈夫。他的脸色变得苍白。

"我可不这样想。"山德逊先生说。

德国人却这样想,因而他快乐得眼睛发光。现在看来,他们靠近莱茵塔时所得到的美感是悲剧性的。最后的片段在薄暮中破碎了。他不该沉醉在感官的喜悦里,现在必须为之付出代价。

那些对这样的苦行迷惑不解的人发出呻吟,在马上扭动着身子,那些比较能领悟的人闭上了嘴。

"可是,床铺都已经拍松软了。"困惑的山德逊太太鼓起勇气说。

沃斯咬紧了牙关,因为他伤害了别人,而且更伤害了自己。

连令人钦佩的山德逊先生能不能把他们引出困境都很难说。波尔费雷曼深深地叹了一口气,开始朝前倾倒,滑下马来。大家大吃一惊,赶快采取行动。每一个人都动起来了。除了波尔费雷曼本人,每个人都松了一口气。

"他病了吗?"山德逊太太问道,"可怜的人,可能是累坏了。"

他们把不省人事的波尔费雷曼抬到屋子里去的时候,沃斯想起了不久以前,他的这位同事不久之前有一次差点从马上摔下来。虽然他自己说没有什么,但沃斯却认为他还没有完全恢复健康,不宜参加探险。沃斯不断地用手帕擦脖子,但心里很不自在。他的解释带着吓唬人的味道。

他们走到走廊那边,那是一个失掉光泽的黄褐色低矮结构,柱子和窗框被都涂上了白色。这时,来了一个结实、强壮的汉子,把这个失掉知觉的人抱了起来。虽然没有人请求他这样做。

这在山德逊先生看来,是一件很自然的事。

"这位是波尔费雷曼,鸟类学家。他晕倒了。"他对这位陌生人解释说,"他病好没有多久。请你把他送到拐角的那个房间去,这样,我和我的妻子就离他不远,可以照顾他了。"

波尔费雷曼被安置在一间陌生的房间之后,过不多久,便恢复了知觉。他首先想到的是找一个可以表示歉意的人。他的床头前面站着一个结实的汉子,他刚想说话,这个汉子就走了。

鸟类学家的晕倒至少解开了那个结,因为在随后的慌乱、解释和友谊里,沃斯和勒·墨舒尔同意了住在大宅里,而哈利·罗巴茨和特恩诺也被马夫带到后边去了。没有人再提起沃斯提出的奇怪的反对意见。他自己也可能忘掉了。将来,当他痛苦地回想起他过去所有的任性举动时,他也许会想起这件事。

在那所房子里,有些在晚上开的花很快就会连根枯萎。孩子们在屋子的石板地上你喊我、我喊你,边跑边笑。女仆捧着黄面包和熨得很挺的餐巾来了,几只狗冲着烤肉的香味发出哀鸣。大家将要在这间大而低的屋子里就餐,用桉树枝生起了火。明亮、金色的火光在几盏柔和的油灯端来之前,闪闪烁烁地在白布上形成各种图案。最后,由于虚荣心驱使,山德逊太太梳了一个和平日不同的发型,拿进来了一盏灯和几支家制的蜡烛,放到壁炉上。

在他们等着的时候,山德逊先生给沃斯、勒·墨舒尔和他自己斟酒。

"是用我们自己种的葡萄酿的酒。"他解释说,"自给自足是我的目标之一。"

接着,他把他们的注意力吸引到各种各样的碗和罐子上。那是他自己用当地的黏土做的模子,他太太在上面画了图案,在自己的窑里烧出来的。如果说,陶器的鲜明色彩和朴实造型在他们试用的高温下有的熔化,有的变形了;那么,也使得它们更加生动了。

这就是充满了餐厅、充满了整个莱茵塔住宅的精神,一种令人很感动的精神。因为攀登到,或几乎攀登到顶峰是十分艰难的。偶尔的失败不能阻挡山德逊一家获得成功。这也许就是使他们达到完美的原因。

"我衷心祝贺你们在这片荒野里取得的惊人的成就,"沃斯说,他嘴里的酒很辣,"而且,我忌妒你。"

山德逊回答得相当生硬。

"谁想获得成功都可以办得到。"

沃斯懂得这点。

"不过,不同的人成就不同。很不幸,我可不愿意造一栋坚固的房子,照住在这种房子里面的人那样生活。"他开始大口喝酒,"这就是为什么使我烦恼的原因。"他说,"这种房子,正直的人是能够把它彻底摧毁的,我们当中有一些人就是这样做了。"

他放下了酒杯。

"我用英语表达不出心里的想法。"

山德逊太太比她丈夫感觉到的——他允许自己感觉到的——要多一些,她脸上露出忧郁的神色。她把瘦削但有力的手放在炉火上面,它们看起来像是透明的。她说:

"现在是其他人该到的时候了。"

勒·墨舒尔也坐在炉边,甚至也像他们的女主人那样觉察出沃斯的情绪,弯下腰把一个小姑娘抱了起来。

"你最喜欢什么?"他问道,不带一点玩世不恭的味道,那原是他在和无所不知的儿童打交道时,用以保护自己的方式。

孩子毫不犹豫地回答了:

"甜馅饼。"

在他举起她时,她严肃地抚摸他的脸,她的目光使他沉醉。在屋子里所有使人沉醉的东西——炉火在劈劈啪啪的响,狗在做着追兔子的梦——当中,也许这是最醉人的了。这时,安格斯冲了进来,打破了这个梦。

很显然,冲进来的是安格斯。他几乎做什么都可以得到原谅,甚至他的财富和无知。只有最愤愤不平的人才不肯原谅他。因为对于漂亮、笨拙、健忘的年轻人,再加上他还拥有纯种马和猎犬,是不能要求他担责任的。因为他非常坦率,令内向的人觉得保守秘密是一种罪过,于是赶快改正态度,也变得坦率起来。他为人十分和气,红头发、面色红润,笑起来特别天真。"显然,你来晚了,劳尔夫。"山德逊没有抱怨,"不过我想守时是过去的美德了。"为了沃斯,他加上一句,"这是第二个劳尔夫。我是第一个。"

想到复制出另一个自己——甚至想到连名字都完全一样,主人好像十分得意。

沃斯带点警惕地接待这个漂亮的年轻人,想起已经答应了安格斯参加他的探险队。不过他没有表示出来,而安格斯也觉得最好不要提起这个协定。他们站在那儿和主人谈话时,两个人在心里彼此打探对方着。

"我想,是不是把嘉德叫来。"山德逊太太终于决定了。

铃声在沃斯心里回响。他想起波恩纳先生提到过的那个罪犯,德国人意识到这是令他最头痛的事。

波尔费雷曼很快就来了。他步子不稳,嘴唇虽不颤抖,但却是褐黄色的。站在他旁边的,是那个他刚到此地时就照顾他的粗壮汉子。

"你觉得我们这样办好吗?"山德逊问道。

"很好,"波尔费雷曼微笑地说,"我只是一时虚弱。没有事儿。我在一张很好的床上睡了两个小时,嘉德先生很亲切地用调羹喂我甜酒。"

原来这个粗壮汉子就是嘉德。

他现在就在那儿,离波尔费雷曼的胳臂肘不远。他好像主动地充当了护士,而病人也很自然地接受了这种安排。

他们把嘉德介绍给沃斯,两个男人握了手。

这个从前的罪犯在各个方面都很成熟,像他这种体型和气力的人能如此成熟就更加令人注目了。事实上,他是一个力量和灵巧的结合体,很像那些被时间、天气折磨和扭曲成畸形的大树。但每一次天气变化时,它们的叶子依旧颤动,而且经常散发出微妙的幽香。

他头发斑白,后颈露出深深的皱纹。很难估计他的年龄,但他并不老。他很安详,甚至善于辞令。人们觉得他很可能学识渊博,虽然他不肯卖弄,即使用铁钳子,也挤不出什么东西。并不是他不相信别人,而是在某一个时期里他受到了不公平的待遇和轻视,这使得他闭紧了嘴巴。对于从死人的坟墓里站起来,到现在为止他还不肯承认这是一个奇迹。也许他不愿意,也许他真的不是。

"现在我们都到齐了,我们先坐下吧。"山德逊太太建议,"我相信你饿了吧,安格斯先生?"

"我一天到晚肚子饿。"随和的年轻人说,不过他没有多说话。

因为山德逊太太正在给客人们安排座位。

"你,安格斯先生,请坐在那儿,而嘉德先生……"

安格斯的手碰到椅背的时候,脸上呆呆地有点发红。而嘉德先生看起来带点忧郁和嘲讽的味道——他从前经历过这种场面,体会过这种感觉。

沃斯意识到,他们就要和这个从前的罪犯坐在一起了,而这件事占据了年轻地主的整个心灵,排斥了其他一切思想或感情。德国人不知道,在坦率的时候他会不会承认他犯下的罪行比嘉德的多。他觉得将来遇到痛苦时,也许从中可以得到一些安慰,但他很快就扔掉这个念头。他自己也产生了反感。嘉德是罪犯,他倒不在意,但对他的为人却已经怀疑起来了。

"那么,来吧,"山德逊先生烦躁地说,"难道没有人打算坐下吗?"

他确信他们不敢不坐,因为毫无疑问,他们知道他比他们高一等,因而对他抱有敬意。于是每个人都毫无怨言地坐下了。

姑娘们端来一大碗汤和厚厚的、朴实的盘子。

"我知道嘉德先生是这一带的一个牧场主。"德国人并没有真的非难他。

他装出一副亲切的面孔,但准备好仔细观察他有没有可以看得出的创伤。

这个刑满释放的人只是转动着眼睛、张着嘴巴。他希望这家主人出来帮助他,山德逊先生立刻就这样做了。

"嘉德先生在我们的旁边有几英亩地,"他解释说,"因此,你看,我们是近邻。我们很幸运,因为这就意味着我们可以得到他的帮助和指导。"

嘉德开始喝他的汤,那是牛奶土豆汤,加上一点甜香草,喝了让人很舒服。罪犯觉得山德逊夫妇保护他是理所当然的,或者说看起来像是这样。有一些在场的人,从那个时候起就改变了对他的看法,认为他们自己也会替他讲话的。不过嘉德继续喝他的汤。别人的意见不再影响他了。

大家都很享受他们的晚餐。他们吃了一大块脆的、起皱的烤羊里脊,一碟鱼和加了香料的梅子。渐渐地,每一个人都觉得谈得挺愉快。

夜色渐浓,这不是一个讨论重要问题的夜晚。这天晚上的灯光和情绪都含蓄地说明这一点。山德逊太太小心地使她的客人不谈正事,并且自己也开始尽情享受。她想起了年轻时代的宴会,又有音乐,又有游戏。她满面红光,频繁地望着她的丈夫——他是用自己的方式来防止客人们发生矛盾的。他谈他们在莱茵塔的生活,从乘坐牛车到达那儿开始讲。所有的东西都装在牛车上,白色的皮肤最初是被晒伤了,接着起了水泡,最后结了疤。但最重要的是,他们被日常生活形成的牢固的习惯,永远绑在他们的土地上了。许多朴素的形象非常生动地进入听众的心中,留下了深刻的印象。他讲到野生动物、一支他喜爱的枪、在山上他找到的冷泉,或一条他无法驯养的野狗。有一次,他骑马穿过一片欧洲蕨,马蹄踢到一个人类头骨,大概属于某个罪犯——他从海边的村庄逃出来,去寻找他们这些不幸的人以为的在北部存在的天堂。

说故事的人用这样超然的态度把那个头骨拿出来给大家看。劳尔夫·安格斯几乎感到自己的眼眶里长出了柔软的欧洲蕨。

嘉德也默默地注视着这个头骨。沃斯有时感到,他的沉默是最可怕的。

过了一会儿,这群人散开了。有些人在闪烁的火光下聚成几个小组,有些人在那儿打瞌睡,不时眨巴着眼睛。这时,德国人走到稍微靠边坐着的罪犯面前,决心和他谈谈。他用前臂支着身体,靠在墙上,交叉着腿站稳。他一直这样靠着,但却笨拙地郑重其事地说:

"告诉我,嘉德先生,你在这儿有土地,却愿意离开它。探险队需要你离开它多久就多久,是吗?"

他想给罪犯设下一个圈套。

"不错,"那个结实的汉子回答,"我有一个能干的老婆和两个从小就能吃苦的孩子。"

这个回答里面没有一点可以怀疑的地方。

"你一定很想去从事这种探险。"沃斯说。他一直看不起嘉德。

这个探险家想起了上次旅行的时候,看到一大块石灰石,大自然把它变得几乎像是人的形状,同样也有着乏味和郁郁不乐的模样。

罪犯说:

"他们已经告诉你,我对这个国家的西北部已经取得了一些经验。我认为,利用那点经验为殖民地服务是我的责任。"

"尽管帝国对你有些不公道,是吗?"

德国人对这样难以理解的性格真的很感兴趣。虽然他对反常的人十分了解,但这个人有点古怪,连他也难以理解。于是,他继续看着这个刑满释放犯,仿佛他们的位置颠倒了。在这块土地上,嘉德才是外国人。

嘉德抖动着嘴唇。

"尽管……是的……尽管。"他回答,没有看沃斯。

"过一阵子,我会很高兴地对你有更深的了解。"

刑满释放犯歪了歪嘴,发出了遗憾或怀疑的声音。沃斯由于他自己的缺陷,没有觉察。他相信,自己能够学会了解嘉德。这种想法看起来的确是不切实际的,因为岩石不能了解岩石,石头和石头无法结合,它们只能互相碰撞。而沃斯,似乎有点像是次等的石头、更脆的石头、神经过敏的碎片、黑色矿物沉淀,它的用途是不容易确定的。

嘉德表白说:

"我是一个单纯的人。"

沃斯觉得,"单纯"可以理解为"最最复杂"。

"不过,我保证竭尽全力,可是我只能提供我的双手。你知道我没有受过值得一提的教育。我没有读过书,我只能做些实际的事。另外,我有一种'丛林感觉',那是经过考验的。因此,先生,简单地说,这些就是我的条件。噢,我忘记提耐力了。不过,这是用不着说的。我到现在还活着。"

所有这些话都是一句一句沉闷地堆上去的,就像石头。

沃斯原来一直看不起这个灰白头发大脑袋的人,现在却感觉不出自己高他一等,而是不时地感到很不安。他需要完完全全的自由,而这个沉重的负担已经开始威胁到他了。因此,他神经质地咬他的小胡子,由于决心反抗这种威胁,他的嘴感觉很苦。他一面感到头昏脑涨,一面想象着自己进入了那个广阔的、他期待着的天地。不管那地方是一片沙石荒漠,是朦胧的群山,还是妖娆的森林,但总是他的。他的灵魂一定要先体验一下,由那条极其痛苦的通道进入那个天地深处的滋味,就像体验某种精神上的初夜权①那样。他朝

---

① 封建领主对领地内的妇女在新婚之夜蛮横索取的权力。

四周看看，相信没有一个人探索自己的心灵的程度，会深刻到能够得到他这种经验的深度。也许罪犯是个例外，沃斯无法了解他的内心。罪犯曾经在地狱里受过锻炼，而且，像他说的那样——活下来了。

山德逊先生对人们交谈的范围十分敏感。现在，他站了起来，把剩下的木柴踢到一起，把一两条狗吓了一大跳。他建议客人们去休息，为的是明天早上能够精力充沛地检查他们的行装。年轻的安格斯马上跳了起来，像他来时那样骑马回到自己的牧场去。同时，也避免马上开始和嘉德同行。因为这两个人都只是傍晚骑马赶到这儿来，和探险队其他人员认识一下的。这些人至少要在莱茵塔住上一个星期，在那儿休息、挑选马匹和收集在旅途上驮行李的骡子。

当安格斯的马在黑暗中消失之后，山德逊先生手持灯笼站在房前的台阶上，引导其他的客人到大门口去。他身旁只有沃斯和波尔费雷曼，因为勒·墨舒尔发现了一个他乐于承担的使命，正在帮助女主人把几个熟睡的孩子抱到他们的床上去。

今天晚上早些时候，由于癖好，一直避开别人、保持沉默的波尔费雷曼现在望着星星说：

"我很高兴我的天文知识十分贫乏。"

"为什么？"沃斯问道。

"如果了解星星就会破坏了它们的形象。"

沃斯对这样一个不值一驳的说法嗤之以鼻，这样一来，他也许会永远看不起波尔费雷曼了。

德国人自己也和别人一样欣赏星星的诗情画意，不过是以不同的方式。波尔费雷曼的愚昧、荒唐的言语使沃斯心里十分恼火，那些他碰巧注视着的星星也朝他发出冷冷的闪光。

"今天晚上又要有霜冻了。"山德逊先生打着冷战说，灯笼也跟着颤抖了。

"你没有事吧,先生?"嘉德低声问道,同时碰了碰波尔费雷曼的臂肘。

"噢,是的,我比什么时候都好。"波尔费雷曼说,忘掉了早先的不舒服。

这两个人彼此为对方着想,他们说话的声调显示出这一点。沃斯知道他们之间已经建立了某种感情的联系。

他几乎体会到一种孤立的恐慌——人们是永远不会向他道别的。他又走下一步,想看看罪犯和鸟类学家脸上的表情。

那是他怎么也想象不到的。波尔费雷曼现在正在回想,那天晚上罪犯给他送去半铁盆的水,一块黄色的粗肥皂。并且,虽然这位谦卑的人侍候了他,他们却都慢慢地感觉到在彼此的眼里,他们是平等的。

现在,沃斯的视线从一张脸转到另一张,想看出他们之间令人费解的秘密,但没有成功。灯光和柳树在摇曳。

因此,他装出过分热情的声音说:

"再见,嘉德先生。在我们出发之前,我会抽一天去找你,我想看看你的土地。"

可是罪犯只嘟哝了一句,骑上马,走了。

我以前为什么那么愚蠢?德国人问自己。依赖别人的人不是强者。在他进屋的时候,他想起了他是很看不起波尔费雷曼的。

山德逊一家和他道晚安时,看出他又有点儿烦恼了。

显然,沃斯很少参与这些礼节性的场合,也很少看主人的脸。主人终于走开,回到自己的屋子里去了。

"你觉得沃斯先生能够忍受作为一个探险家的痛苦吗?"他的妻子问。她正在蜡烛旁梳头发。

"他不断地受到这么多精神上的折磨,大概能行。"丈夫回答。

"不过,一个伟大的探险家是应该能够超脱一般人的痛苦的。

至少,在他的伙伴们的眼里是这样。"

"这就是使他痛苦的地方。并不是他有一般人的痛苦,而是别的人会这样认为。"

"我怕他也许是病了。"山德逊太太猜测说。

她走过来把脸贴在丈夫的脸上。别人的生活没有他们这样美好,有时会使她感到有罪。特别是现在,在这样的金色烛光下。

"你观察得这样细致吗?"她丈夫笑着说。

"用不着观察,可以感觉出来。我希望可以治好他的病。"

"石头不会给他更深的创伤,太阳也不会比人类的同情更使他干枯。"她的丈夫深情地故作庄重地说。

沃斯住进了山德逊夫妇能够提供的最好的房间,床上铺着干净精致的床单,上面还有马鞭草的香味。他不久就感觉不到自己的肉体了,然而那些思想却乱得像嗡嗡乱飞的绿头苍蝇。群山立刻将他拥抱起来。他见到过的一切,现在只要用手一摸就都活了。于是他用手去摸那些见过的小山,它们是软软的,这并不使他感到惊奇。生活当中那些应该受到指责的、令人作呕的、可怕的东西,在梦中是可以容许,甚至是人们希望得到的。它们可以帮助你解决问题,同时也可以使你的希望破灭。他拿起那只手,把手纹大声读出来,不在意它上面说的到底是什么。那里也有小山。它们是不会移动的。这是爱之山。他听到自己的声音说,仿佛这是最为自然的。她说,我把黏土放进窑里,它就在里边焙烧,虽然它微不足道,却可以炫耀一辈子。他粗暴地把手扔掉,它粉碎了。即使在梦中,他也被事物的表面现象欺骗了,拿错了手。在这儿呢,她没有恶意地说。又给他一只,那是没有焙烧过的。它是白面做的,但非常明显,它仍然非常像真的手。于是他把它藏在怀里,不敢再看它,直到她从马上弯下腰来。那个胸部高耸,差一点被马踩了又被黑马尾扫了牙齿的女人,开始大声地呼喊"罗拉,罗拉",求她帮助。不管那个女人愿不愿意,那一切全都发生了。事实上,她被愚弄了。罗拉在微笑。这件事他俩全都知道。后来,怎么会把名字给忘了?用手一摸就能知道的名字。还有像生硬的、粗制的罐子那样的脸,怎么也给忘了?那个名字是罗拉。但除了名字,别的全忘了,面纱被吹起了,刮着风。覆盖群山的,不是同样的面纱吗?那些白色的文字是:啊,棉纱。①但是还有什么?

天色微明,家里有了动静的时候,沃斯醒了。他趴在床上,脸埋在枕头里。枕头的无知的鸭绒在和白日争夺他。他在那里躺了一会儿,努力回忆他的梦,不过没有想起来。起先他很不高兴,后来他想,反正是做过梦,这就得了。于是他继续躺在床上,而这逐渐消失的梦还没有完全离开他。他认为他之所以感到十分幸福,是这个梦造成的。至少那个时候,他觉得是这样。

山德逊先生自己拿来一罐热水,把它放在盆里。他知道在细小的地方侍候他的客人是正确的,他乐于这样做。不过他没有去和德国人打招呼,因为时间还太早。在这种时刻,语言可能会损害十足的生活乐趣。

沃斯躺在那里,聆听这家人开始忙他们的事情。有的姑娘在谈她们乡下人的平淡的梦。她们咻咻地笑,你打我、我打你、你说我、我说你,直到她们的女主人喝住她们,叫她们去拿扫帚和水桶。她们愈来愈卖力地工作,德国人听到她们刷洗器皿和水溅出来的声音;听到女主人经过过道时,裙子发出的有条不紊的声音。

后来的那几天,莱茵塔清新的空气在沃斯身上所起的影响,差不多可以达到主人希望的程度了。沃斯由和蔼可亲的山德逊先生陪同,骑着马慢慢地在围场里走动,他检查马匹、骡子和几头他们需要带到北方去的牛。另外,在达铃坡地的波伊勒先生那边,还给他

---

① 原文为德语。

们准备了一群绵羊和一群山羊。

当他们的领袖忙着办这些事的时候,探险队的其他人员用不同的方法来消磨时间:补衣服、写日记、打瞌睡、给鱼找苍蝇、嚼多汁的长草叶,或者和雇工以及山德逊太太不信任的女仆闲聊。不过在沃斯出现时,他们会很快地站起来,热心地执行他的命令。现在,他们好像觉得他的命令是完全合理的了。他一来,他们就不用负任何责任了。这种时候他们最高兴,他们用不着动脑筋,可以眯着眼睛晒太阳了。他是领袖嘛。

有时,德国人也显得像位父亲一般。这对他来说简直是不可思议的。在他第一次长出白胡子时,他的可靠性就增加了几分;眼角的皱纹当然是和善的标志;眼睛本身使别人对他产生信心。这种信心,在人们受雇之前是先要再三考虑的。

他们在莱茵塔逗留期间,有些人就已经把自己的心里话告诉了德国人。比方说,哈利·罗巴茨就告诉德国人:他的父亲如何用链子绑住他的脚脖子,把他吊在煤火上,看他汗流满地。第二个是特恩诺。在他谈到肯提许城的家的那天,猛烈的阳光使得他说话时出奇的慢。他说,人们暗示他,他住的那所房子死过人。人们在那所房子的平台和楼梯上看看自己、看看他,直到他受不了他们的目光,离开家,自愿地跑到这个国家来。而别人是被迫到这儿来赎罪的。特恩诺说完之后,斜着眼睛看沃斯。在那种时候说这番话可能有些鲁莽,不过太阳实在太厉害了,他也顾不上后悔了。

沃斯受到他们的信任,立刻把它珍藏起来。因为它很有价值,也因为它使他对坏蛋们在病态的社会上散布的罪恶产生反感,不愿参与。此外,这种反感也驱使他去争取更多的信任。

不过,有一个人却不肯对他说心里话——那就是佛兰克·勒·墨舒尔。

德国人发现,自从他们来到莱茵塔之后,他便很少看见这个年轻人,而且有一次竟然把这个想法说了出来。

"你消磨时间的方式,佛兰克,真是很神秘。"他说,而且对他微笑着。

这个年轻人感到很窘迫。

"我怎么说呢?"他回答,"不管我做什么,我都不保密。"

他这样说,是因为有些事情是要保密的。

"我和你开玩笑呢。"德国人和气地说,"现在是休整的阶段,你回来休息是对的。"

不过,他注视着这个年轻人。过了一会儿,这个年轻人就走出去了。

在佛兰克·勒·墨舒尔到达这里的第一天晚上,看到了他听说过,但没有见过的壮丽景色,他就开始变了。西坠的夕阳把一切艰难困苦都变得柔和了。不过夜幕还没有落下来,黑夜倒是像年轻人的心脏和脉搏的搏动那样向外喷射,去占领那个它想占据的群山。只有那所奇妙的房子在反抗。那天晚上,他跑到外边去看每一扇窗户透出来的灯光和烛光。孤独使这些谦卑的灯光很吸引人,并且感动人。于是,白天开始为自己辩护了。芳草发出沙沙声,显得温柔动人。有一个小孩用脸贴他的脸。壮丽傲慢的太阳只不过是一个简单的圆,似乎他可以进去。结果是他眼睛看不见了,心里被照亮了。

最后,有一次,他跑进那个凉爽、安静的屋子,那是他做客期间的住房,他在背包里寻找一本旧日记。由于没有什么重要的事,他已经停止记日记了。他在那里坐了一会儿,用手指抓住日记本。这样,他开始写日记了。

他开始写下一切以前没有经历过的事。他的弱点愈来愈明显了,不过他写的是鲜花、群山和情话之类。这是他以前从没有写过的,由于这个原因,它确实是很纯朴的。诗歌被写出来的时候,在纸上发热、发光。他终于写了诗歌。虽然在这方面他比较强,可他还是把诗藏了起来,怕别人会说这是他的一个弱点。他常常把它拿出来,如果其中有一些枯死了,那么他就会另辟光明的通路。他的诗歌永远在变化,就像给他诗意的外在世界。不过它的结构是不变的。

因此,他是真正的强者。

有时,他很想把他的力量告诉别人,但没有这样做。

沃斯看得出来,佛兰克在隐瞒一些事情。

在他们离开那儿,朝西北方向进发的前两天,德国人不得不骑上马,朝着他们说是嘉德的家的那个方向驶去。光秃秃的平原上,有一条模模糊糊的小道。在一群栗色马中间,有几只傻乎乎的绵羊,用笨拙的蹄子朝马上的人踩脚,并且用后脚站立起来。一个牧羊人站在用枝条造的茅屋门前朝这边看。灰色的小道渐渐消失,变成了一条灌木丛中的小路。这条小道以前可能是一条穿过碎石和树林的小溪。在白天,这地方使沃斯很愉快,但嘉德从山德逊家回去的那天晚上,他一定只能靠天意和他那匹马的本能了。沃斯不再为赶路动脑筋了,只是凭他的感觉往前走。他抚摸那些靠近他的树皮,它们确实离他很近;他可以看见结疤的伤口上讨厌的痂,蚂蚁在须根当中爬过去。他还唱歌呢,用本国的语言唱,唱些有关阳光和瀑布的美丽动人的歌曲。因为歌中文字不多,或者有些词他很熟悉,它们一再出现。这样,就强调了歌的形式,加强了它们在这个寂静灰色的丛林里神妙的作用。

现在,小道已经通到一个尖峰耸立的山脉。那里满地都是烧毁的残干,小道突然急剧地转弯,穿过一堆磨得很光滑的石头,陡峭地向下倾斜。沃斯的马鞍冲向马肩头。清醒的雄阉马在下坡之前,先用四条腿支撑住了身体。一切的确都是头朝下的,地势就是这样向下倾斜的。一群山羊停留在那儿。这群牲畜蹄声卡嗒,到处拉屎,犄角乱顶,把灌木剖开,或者啃吃青草叶。它们用黄眼睛只看了骑手一眼,便冲了下去、下去、下去、下去,下到最低的地方。不久,就看不见它们摆动的尾巴了。

马儿相信小道是会通到什么地方去的,便顺着小道朝前走着。但这地方本身却像神话一般,只见一大群小鸟一声不响地在树叶中乱飞,大多数都是黑鸟。这样柔软的东西能够打破寂静,真是一件怪事,但它们却打破了;仅在树叶中飞行,便明显地打破了。

沃斯高兴得脸上放光,如醉如痴得像击铙钹那样拍手。这时他忘记了歌词,只是用粗哑的男低音把他的喜悦心情唱出来。它不会玷污神殿的,因为歌是献给神的。

不错,上帝啊,他想起来了。他唱了这首歌,就像吹喇叭似的哇哇地唱了这首歌。

他那受到灵感的头脑,曲折地、慢慢地这样想:甚至连深渊都会通向那个宝座的。他挺直了肩膀,躺在摇摇晃晃地往下走的马背上。从这个人的脸上看得很清楚:他相信他自己的神。他是不是相信所有的人也都这样,这就不大清楚了。他甘心情愿地接受进一步的考验,在这之后,如果需要,就去牺牲。

我崇拜你。突然响起了冷漠的姑娘的声音。

在花园里和他搏斗的就是她,她想用基督徒的诡计,或提出给他祷告来征服他。

那时她说,我要为你祷告。

"耶稣啊!"他喃喃地说,声音甜蜜、温柔、可怜,因为那是无济于事的。

他笑了,大声地说了起来。

几乎在同时,沃斯感到他在马鞍上坐直了身子,因为没有必要再往后倒了。他们已经来到山麓,有一个妇女正在注视着他。

老阉马站在平坦的石围场底,就在山脚下。整个石围场几乎都被悬崖包围着,但可以看见这个相当大的袋子般的石围场一点点地、逐渐地通向一个壮丽的蓝色平原。

但是在此刻,却是眼前的情景引人注意。那位妇女站在那儿张望,模样就像那些牲口——像那匹从山上下来的马,也像那群棕色的山羊。它们又庄重地在自己的牧场上聚在一起了。

"我在找一位名叫嘉德先生的人。"沃斯说。除了嘉德,这里的人他全不认识。

"啊,"妇女激动地说,"这儿是他的家。可是他不在。"

"不过,他会回来的吧?"

"是的,"她说,"噢,是这样。"

她站在一间房屋前面,我们或者可以管它叫茅舍。它是用退了色的厚木板建造的,厚木板已经和周围树木的枝干融合在一起了。厚木板之间涂上了黄色的泥土,不过也因为受到风吹雨打而变成大自然伪装的一部分了。只有炊烟还显示出一些住人的迹象,它从烟筒里冒出来,不断地变换着形状。

"也许你就是他的妻子?"沃斯问道。

那妇人正在把一条嫩枝拉弯,等它折断。这时她说:"是的。"

她意识到已经过了一会儿了。

"我正在做奶油,"她回答,或者说是随意抛出一句话,"我不能停下来。你可以把马拴在那边。"

她绕到茅舍的另一边,或者可以说是重重地跺着地走过去的。她是一个用意志来代替文雅的胖女人。有几只山羊跟在她后面。她走进一个小点的茅舍,里面很快就传出来奶油在木制搅乳器里翻滚搅拌的声音,不悦耳,但有创造性。

沃斯立刻用麻木的双腿走到小茅舍跟前。他很想仔细观察这个妇女,仿佛她是一头牲畜。不过,她确实也是。

这时,她已经把奶油从搅乳器里拿出来,又挤又压,用有力的双手把它弄碎。她不只是单纯地劳动,而是乐在其中。那堆乳白的奶油上面还有一颗浑浊的汗珠。

"他过不了多久就会来的。"在准备好做一次不寻常的谈话之后,她说,"他带着两个男孩去给小羊打印记去了。昨天本该就结束的,只是快完的时候,天已经黑了。"

说完她就停住了。她的喉咙收紧了,身上所有的气力都集中到那双红红的手上。

"奶油为什么是白色的?"沃斯问道。

"那是山羊奶。"她笑了。

几只山羊跑进来了,它们在咬这个陌生人的扣子。

"他就要去参加这次伟大的探险了。"妇人停了一会儿又接着说,"你知道,去找一个内陆海,也许是去找金子?"她笑了,因为她心里很明白。

"这是你丈夫告诉你的吗?"陌生人问。

"我记不清了。"妇人说,一边用肩头来蹭她的脸,也许是脸上有根头发。或一只蚊子,"我不知从哪儿听来的。人们在谈论这事,从他们那儿你可以听到消息。"

"你丈夫走了,你怎么办?"

"做我一直做的事呗。"

她在冲洗奶油。泼溅水的声音不会让寂静包围她多久的。她把奶油弄碎,又揉在一起,变成坚固的一团。

"我要待在这儿,"她说,"一辈子。"

"你不想经历一些新的生活吗?"

陌生人的话引起了她的怀疑——他是一个受过教育的绅士。

"我还需要知道些什么呢?"她一边问,一边呆呆地看着她那块黏奶油。

"要么去重访那些你喜欢的地方?"

"啊。"她说,抬起了头,垂下来一道阴影。她调皮地做了一个在酒馆的角落深深吸口气的姿态,但几乎马上就闭上了无神的眼睛。

"不,"她阴沉地说,"我不爱别的地方,不管怎么样都不想再回去了。这是我的家。"

当她再抬起眼睛的时候,他相信她说的是真话。她的眼神决不会泄露她心中向往的真貌。那是一双诚实的眼睛,乌黑的、像牲口的眼睛。它们透过石杉,观看外面一切美好的东西,却不想做任何解释。

"他却是待不住的。"她活泼地笑着说,"他是一个男人。男人懂得的比较多,而且想知道更多的东西。他有一个观察星星的望远镜。要是你问他,他就会给你讲有关星星的知识。我对它们不感兴趣。星星!"她笑了起来,"他很安静,可是深沉。坐在火炉旁边,按着指关节。我永远学不会他懂得的所有的东西,也不去问。他还制造东西!他可以装配枪支,还可以修理钟表,不过那只钟被他修坏了。这不是他的过错。他说,有个重要的零件不见了。现在我们只好观察太阳。"

她开始用宽木拍拍打奶油,奶油上面出现细小的晶粒。

"先生,即使他们考虑一百年,也再找不到一个比他更适合当这个探险队队长的人了。"

陌生人挨了重重的一巴掌。

妇人又抬起了头,就像刚才闪现出来的那样,在她的诚实当中,又突然露出了狡猾。

"也许你对探险感兴趣,所以来找他,是吗?"

"是的,"陌生人说,"我叫沃斯。"

他滑稽地把脚后跟啪的一下合拢起来,妇人从此把这声音和他联系在了一起。

"啊,我听说过你。"她的声音小下去了。

"先生,"她率直地说,"我是一个不会说话的女人,所以有点胡说八道。这是我的一个缺点。在那些日子里,他们为此惩罚了我。

我经常被人打报告,不过没有人能够说我不干活儿。"

她拍打奶油。

沃斯笑了,他向门外望去,说:

"我相信,探险队队长来了。"

"先生,"妇人绕过那张结实的板凳,下定决心地说,"他决不会要求当队长的。先生,真的,这是我的想法。因为不管怎么说,所有的男人早晚都会当领导的,即使是最坏的人也一样。他们天生就要当领导。他们各有不同的专长,不管是把蜡烛一枪打灭,是寻找水源,还是捉老鼠。你要是让他们获得荣誉,就做对了。相信我的话吧。"

这时,她的丈夫走近了,旁边是他的儿子,两个魁梧的小伙子,全都光着上身。三个人身上都有血迹和小羊羔的腥味。

德国人和罪犯碰头的时候,谁都不知道该说些什么。

罪犯的儿子知道这不关他们的事,便站在那儿抚摸自己的皮肤,脸上变得很呆板。

母亲走到屋子里边去了。

"我骑着马过来,因为我想看看你这块地方。"德国人说。

"我这块地方不值一看。"罪犯回答。

他把客人带到家里人听不到他们交谈的地方,因为他和家人谈话时,态度和现在完全不一样。

"我喜欢看看别人,看他们是怎样生活的。"沃斯说,"这样比较容易了解他们。"

罪犯大笑起来,直线般的嘴一直咧到耳朵边。

"我不值得了解。"

他的神色很内疚,但也可能有点儿高兴。

他们走进了一个苗圃,树苗摇动着,弯垂着,欢迎人们来这里散步。树林的那边有一间小屋,每逢到了剪羊毛的季节,这一家人就在那儿剪羊毛。它很简陋,用同样的灰色厚木板钉成,有让羊出入的过道,通向下面有用枝条和劈开的木柱做的围栏,就像在英国的羊圈那样。在一个拐角上,有一个很像绞刑架的东西,上面有绳索和滑轮。这样的一种装备不禁让人想象:在美好的傍晚,它耸立在地上,直指穹苍。不过那天白云朵朵,夕阳灿烂,不是这种意境。

"那个绞架是做什么用的?"沃斯重拾谈话。

"绞架?"那汉子恶狠狠地问,眼睛都红了。

接着,他看到了沃斯所指的东西,便像往常一样和气、镇定地解释说:

"那是我们杀牲口的地方。你可以把一头羊,或一头牛绑在上面。"

就像商量好的那样,他们继续沿着平原的边缘走,不过一路都在大山的阴影里。牧场主有意把他的客人带到一个大裂缝旁边,现在已经很清楚了。这里是泉水聚成的,一个琥珀色的水池。黑色的石块、绿色的蕨、苍白的脸,这一切都在水镜上起伏。嘉德脱下衬衣,跪下来,用一块原来就放在石头上的粗肥皂洗去身上的羊血。

他是个强人,沃斯惊讶地想道。比较起来,这个人沉默的力量比他结实的身体更强一些。

"刚到这儿的时候,"嘉德梦幻般地说,"我们只有这一点东西。"他抹上蛮不错的肥皂,"我是说,我们是沿着通向南部的平原,乘一辆运货马车来到这里的。当然,我们有一把斧子、一袋面粉、铁锹和其他东西。我们有床垫,但没有贵重的东西。我从来就没有过值钱的东西,只有一条金链,在家乡街上被人没收了。"

他正在往脖子和胳肢窝涂肥皂,这使他的梦显得柔和、微妙。

"后来,我们找到了这眼泉水。"

它确实和较少为人知的珠宝一样富有魅力。(赞美黄玉和月长石的诗歌,难道不比歌颂钻石的更引人怀念过去吗?)沃斯看着那些泉水不断从它们中间涌出的鹅卵石，真想捡一个放进口袋，就像他还是一个男孩时那样。

"不久，我就成了这眼泉水的主人了，"嘉德一边涂肥皂一边说，"我常到这儿来坐上一个黄昏。"

一个个圆圈在可爱的水面上扩大，使人觉得，也许它就是世界的中心。

"那你愿意为了一个可能一无所得的理想，扔下这一切——一切你找到的、一切你创造的东西吗？"沃斯问，声音和他的脚步声一样轻柔。他在长满蕨的棕色弯道上轻轻地走着。

他的心思非常缜密。

嘉德既快速又粗野地冲洗着身体，一谈到这个问题，他便转过身子，去找他的衬衣。德国人看见，那汉子的后背有难看的紫色伤疤和不体面的新生的白肉。

"是的。"嘉德说。

他在看水面。

"这些不是我的。"他说，"就像以前，有人在街上向我摇晃的那条金链一样。如果他们把猫带到我跟前，我也会明白这些骨头再也不属于我了。噢，先生，我不会失掉什么，相反可以得到一切。"

那个结实的身体和平静的心灵，仅仅流露出一点点略微不安的迹象。他催着他的客人走了。他们越过那片相当粗糙的、长满灌木丛的草地，绕过一片开荒地。地里有一个石头平台，台上有一张三脚桌，桌上摆着罪犯的妻子提到的那个望远镜，它比沃斯想象的要大一点。

"那是什么？"虽然他明明知道，但还是这样问。

嘉德低声地回答：

"那是一架望远镜，"他说，"是我装备起来观察星星的。不过你什么都看不见，它太弱了。"

他催着客人往前走。他不愿意再谈下去了,而且对他武断的推测感到羞耻。他是以体力充沛和善于解决实际问题而知名的。正是这些特点使他受到山德逊先生的重视。

他们来到茅舍和马匹跟前时,沃斯伸出手说:

"后天我们在莱茵塔那里集合。"

"后天见。"嘉德笑着说,露出了结实的牙齿。

现在,他们喜欢彼此了。

天色已经暗下来,沃斯没有耽搁便上了马。不久,就爬上了横在那里和山德逊一家之间的陡峭的山岗了。

当天晚上,这家的主人们告诉了他一些嘉德的历史,不过很不连贯,因为他们是把零零碎碎的事凑在一起的。他们承认,有些地方是互相矛盾的。他们说不准嘉德是因为什么罪被流放的。一到了这个殖民地,他就受到极其残暴的对待,并被派去做最重的体力活儿。他曾经逃过一次,但还在低山坡上就被抓回去了。考虑到依然在逃亡的其他人的命运,他好像受到了上帝的关照。另外一次,他被卷入一场暴动。暴动者们都被当场击毙,而嘉德却蒙混过关,又一次。看来他得到了上天的青睐。作为在莫尔顿湾早期开拓殖民地的一个不幸的人,他在那儿遇到了他的妻子,她也是一个罪犯。有人怀疑,他们的婚姻没有受到神父的祝福。如果这是真的,那也没有阻止他们在极其潮湿的莫尔顿湾的很高的牧草遮蔽下第一次的牵手,和以后多年的结合。刑期后一半,嘉德一家在悉尼的一个军法检察官家里服役,过得比较快活。而且就在检察官的家里,由于检察官的建议,他们得到了赦免。

这个故事使沃斯略微有一点兴趣,但并不十分浓厚,因为这不是他亲眼看见的。

不过,波尔费雷曼却十分感动。

"我很难忘掉,"他说,"第一次遇到这个人的情景。也很难忘掉,他在照顾一个从某种意义上来说给他带来种种不便的人时,表现出的基督般的谦卑精神。"

沃斯猛地摇了摇头。

"波尔费雷曼先生,你的多愁善感很可能会引起发病。不管你对这个人多么同情,你要替一个重罪犯承担罪责是没有道理的。必须承认,他是犯了罪的,不论是轻罪或是重罪。"

波尔费雷曼看着沃斯。

"我不能为了你,或任何人克制自己的信念,沃斯先生。"

沃斯站了起来,他的黑靴子发出吱吱的声音。

"我讨厌谦卑,"他说,"难道一个人竟这样卑贱,必须像虫子一样在地上爬吗?如果这是忏悔,那么它比罪恶更丑恶。"

他显得很激动。在烛光下,他的皮肤呈暗黄色。他那颜色更深的嘴唇有点歪扭。

波尔费雷曼没有回答。他把双手握拢,像一个神圣的圆球。

后来,沃斯动了怜悯之心,但主要是对他自己。他有些笨拙地环顾那间他们在那儿谈话的、半明半暗的屋子。用银线穿过烛台洞垂挂下来的水晶球发出了微弱的叮当声。

现在,除了叮当声,一切都很安静,沃斯有点勉强地向山德逊太太表示歉意。发生刚才的事时,她半转过脸去,显然感到很不愉快。

她没有理会沃斯的道歉。不过,她很友好地说:

"在你睡觉之前,我建议你喝一杯热牛奶。这对一个过于劳累的人会产生奇迹的。"

沃斯不想接受她的劝告。但这时,他的眼神对她表示出谢意。

她又一次看出,他是个某种类型的英俊男人,她相信他渴望得到救赎。她不知道会不会有一天,把这想法告诉她丈夫。

当天晚上,沃斯梦见了山羊奶。罪犯的妻子要用它来塑造一张脸。但那是谁的脸?他迫切想知道。这种愿望使得他汗流浃背。

做了这个没有结果的梦以后,过了许久,他还躺在那里——在灰色的,与他无缘的睡眠中辗转反侧。

第二天,他们在莱茵塔的最后一天,天气很好。在这种时候,人们总是立下遗嘱,许多事情都被宽恕了。他们和小孩子一谈几个钟头。那一天,山谷从来没有这么美丽过,太阳也从来没有这么快就下山了。山谷披上了金色、蓝色和紫色的长袍。

傍晚时分,沃斯走到幽灵般的鳝鱼河旁。从昨天起,他心里就清静下来了,甚至感到有点谦卑,那是波尔费雷曼称之为美德的品格。潺潺的河水在石头上打漩,他站在友好的棕色的河水旁边,回过头眺望一个地方。那里,有一所由人类满怀信心和期望,用双手建造起的房屋。看起来,像是在河边建造的。沃斯被这种纯朴的力量所吸引,牵动了怀念故乡的愁肠。这种纯朴,他通常会斥之为无知,或怀疑它是用来掩盖狡诈的。

沃斯注视着这所设计粗陋,但很漂亮的房屋。它的物质结构开始消失了,窗户射出模糊的灯光。这时,他想起了坐在琴旁,弹奏一些不出名的小夜曲的那位年轻姑娘的胳膊肘。她脸上毫无表情。尽管她端庄文雅,表面冷静;尽管她有一张冷冷的嘴,热情的眼睛,小耳朵。这些细小的地方,直到最后的一条半透明的曲线,现在他都能记得一清二楚。但她最大的力量,却贮藏在她那相当顽固的、单纯的性格之中。她自己也许并不知道,他现在才发现。因此,同样的,在那不幸的花园里(那时,她确实是一个僵硬的女人,有点难看,但很有威力),她的话——由于笨拙纯朴——就更加动人。很可能像他害怕或希望的那样,给了他当头一棒。

他继续想那个年轻的姑娘,在河边的时候,她僵硬的胳膊肘在黑暗中发出微光。后来,时间不早了,他也累了,便爬上高坡,回到那所房子去了。

那天晚上,沃斯在他的旅行袋里找出纸和装笔的盒子。在一对烛光能够照到的地方,他在一张铺着桌布的简便的小桌子旁边坐了下来,山德逊太太在上面干过活儿,开始给那些只要有可能就希望与他保持联系的恩主们写信。信写得相当浮夸,那是他们希望,也是他所擅长的。

他写完这些信之后,几乎马上又拿起了笔。如果是被人在公共场所看见,就会让人觉得他有着强烈的意图——如果这样说并不太矛盾的话,而且不可思议地缺乏控制自己的能力。

沃斯不顾一切地在白纸上写道:

亲爱的特雷维延小姐:

在这种时候接到我这样的信,你一定会感到奇怪。但我对你的回忆,加上这个村庄美丽而又宁静的环境(在这里,我们受到主人无微不至的照顾,甚至过了几天诗一般的懒散的生活),我的脑海里闪现出有意识的思考和感情的片段,使得我不能不拿起笔给你写这封信。因为,在这个伟大的探险队认真负责的准备工作中,在旅途上,在到现在为止的种种令人愉快的生活里,我一直感觉得到你对我的友谊和对我们的事业真挚的关怀。我自己也把我们的友谊看得很重,虽然,开头它显得无关紧要,在命运为我们两个人安排的生活道路上也不占主要地位。

如果我不知道你具有巨大的精神力量和洞察力,不知道你已经适当地抓住了我某些基本性格,我绝不敢用这种亲密的口吻给你写信。命运的恩赐是不能拒绝的。我打算完成的事必须完成。我知道在我的朋友当中,有的人几乎每天都被环境中野蛮的石头绊倒,但一位坚强和有判断力的朋友——就像我遇到的那一位,就会做好准备,不至于毁灭。

物质上,我无可奉献。不过我相信,我的任务必将完成。

这一点，我可以用任何数量的金子或契约来做保证。亲爱的特雷维延小姐，请不要为我祈祷。但我想请你在思想上、意志的锻炼上，每天每时都和我在一起，直到我胜利归来。

同时，我还要请你允许我用必要的、正式的手续写信给你的姨父波恩纳先生，请他允许我向你求婚。

现在已经很晚了，我没有更多的话了。我们明天要提着灯笼出发。如蒙俯允，我就可以在吉尔德拉接到你的信了。吉尔德拉是波伊勒先生在达铃坡地的产业。请慎重考虑各种可能发生的事，但又不要过分慎重，因为吉尔德拉是我最后的机会了。

我还希望从吉尔德拉给你详细报道，我在那个地区遇到的有趣的植物和动物群，以及我们在旅途中的表现。现在我要把这封信交给山德逊先生了。他的人定期乘马车从纽卡斯尔到这儿来，我希望我的信可以从那儿尽快地、安全地送到你那充满柔情的手里。

你的最恭敬的
佐哈恩·乌里屈·沃斯
于莱茵塔，一八四五年，十月

次日清晨，友谊的灯光令人感动地在露水和黑暗中徘徊，坦率的声音提出离别的劝告。这时，这群人开始向北移动了，他们打算越过新英格兰。现在正遇上好季节，大地依然保持着惊人的绿色。有的地方，绿中带一些灰色；有的地方是蓝灰色，那蓝是炊烟或远方的蓝色。这是一些充满生气和富有诗意的日子。健壮的马匹、跌跌撞撞的牛，甚至讨厌的骡子都没有做出可以立刻令人遗憾的事。人们呼唤自己的伙伴，声音鞭打着蓝色的天空；要么他们就一声不响，对自己微笑，在金色的阳光下，在上足油的马鞍上打瞌睡。在开阔

地带,他们挤在一起往前走,而在灌木丛中就变成单行。在这个阶段,他们还彼此相爱。在灿烂的阳光下,不这样是不可能的。马镫唱出了人们的希望。

探险队继续往前走,沿途的居民都跑出来表示友好。害羞的人就待在附近,显出又恭敬、又好奇的模样。所有这些人都怀着一个特殊的目的:看一看这个外国人。但即使是最勇敢的人也不敢去和他谈话,因为他说的话太特别了。不管他多么小心地去模仿他们的语言,当地的居民还是愿意和探险队别的成员说话。他的出现就足以让他们感到够光荣的了。外国人本身倒觉得无所谓。他坐在马上,专心致志地想他的心事。他的眼光越过众人的头顶,傲慢地望着整个田野。他那双眼睛看到的是:群山和河谷静静地躺在那里,但有所期待,要么就用树叶和绿草的涟漪向太阳——它们的新郎——表示敬意,直到所有的景色都充满了使万物融化在一起的金色的光芒。

沃斯对新交往的渴求是经常的,而且是劳神费力的。不过,虽然他由于过分的感官享受而筋疲力尽,但这一段时间内,他却感到十分快乐,而且,也使每一个人莫名其妙地感到快乐。

第七章

探险队一离开,波恩纳先生的烦恼也随之消失了。现在它已经成为历史,也就和个人无关,他可以欣赏它的意义了。波恩纳先生这样的人认为:我们过的生活并非历史的一部分。生活太涉及个人了,而历史却不是这样。于是,这个商人又回到个人的享受中——住宅、家庭、交易、设备以及相当多的活期存款。如果顾客或朋友提到探险队的事(事实上波恩纳先生是亲自负责探险队的),他就一笑置之。像他这么热心、执拗和信奉实利主义的人,他的笑只能说是淡淡的一笑,然后滔滔不绝地——在口袋里的钱币的叮当声中——大谈这样一次探险的历史后果。不过,感谢老天爷,这和他没有直接关系,十字军东征对他来说并不比这事离得更远。毫无疑问,他会给十字军捐款的。同样,如果别人提出要求,他也会继续支援探险队的;但那是用现金来支援,而不是自己精神上受折磨。一方面,他赞成任何拯救别人灵魂的尝试;一方面,却又耽于自己的舒适生活。

物质和精神两方面的舒适生活,很容易在商人安乐的心灵里混淆起来,激起商人设计他的宅邸的灵感:用石头建造房子。到现在为止,房屋从未摇晃过。作为一所住宅,它并不十分壮丽,但却很实用。有时,甚至好像会碰巧引起人的想象力,尽管四周围着过多匀称、闪光的灌木丛。比方说月桂树,还有姨父初到这儿时种下的山茶花。园艺学这门科学并没有能够赶走这个地方的幽灵,土生土长的植物的枝叶仍然在侵入这片土地。这里有香味强烈的纸皮树和各种橡胶树,还有引人注意的寂静:一片浓荫的树木意外地把人们的眼睛,从过量的物质享受中吸引了过来。另外,鸽子也常常悄悄地送来诗一般的音乐。有时,可以看到年轻的姑娘们从用网拦住的花坛里采集草莓,或者在一间装有花格窗的,夏天用的小屋子里做针线活,或者和军人玩槌球。不过只是在傍晚时分——当槌球的弓形小铁门在鲜嫩的草地上,映出长长的影子的时候。

留意的人知道,波恩纳的花园是年轻的姑娘们喜欢去的地方,特别是那位外甥女。她个性比别人孤独,喜欢养花。当然,是像高贵的小姐们那样养花,只在天气条件允许的时候。早晨和傍晚,可以看到她把春天的玫瑰剪下来,放在女仆为此带来的敞开的长花篮里,女仆几乎总是跟在她的身后。人们说,特雷维延小姐提出许多往往是不合理的小要求,那是只有傲慢和爱摆架子的年轻人才会做的。

她和贝尔小姐很不一样。在那些沉闷的日子里,没有一点变化。如果踩烂了几片樟树落叶,让香味出来,贝尔小姐就会大声喊叫,用扇子扇自己,把头发捋回去免得它碍事,但她并不逃走。这些,墙外的过路人都看见了。贝尔小姐一直是光彩夺目的。大风终于来了。在灰蒙蒙的下午,大旋风袭击着樟树。这时,贝尔小姐就会抓住裙子,迎风跑去,把风吞进肚子,让它吹进衣服;甚至大声喊叫,直到她妈妈或表姐阻止她,她才住声。没错儿,贝尔小姐是一个活泼的人。

这样,花园生活和路上行人的想法融在一起。摇曳的轻纱和茂密的树叶迷住了那些好事的人。模糊的声音随着他们传到市区远处。几乎总是女人的声音,她们热衷于那些女人热衷的事,因为她们总得消磨时光呀。

"天啊,要不是我给每个人都写了信,"贝尔会这样说,"我现在就该写信了。"

她已经给所有的人都写了,不过她也从别的姑娘那里接到许多报告消息的信。

"我不知道我该给谁写。"在这个时候,罗拉回答。

她们坐在那间夏天用的、有花格窗的小屋子里。从那里,中国紫藤垂下它那嗡嗡响的、摇摇晃晃的头。

"不过,有的是人嘛。"贝尔说,"查提·威尔逊、露茜·柯克斯和耐莉·麦克摩兰,还有别的人。"

"我也找不到足够的话题。"

"这无关紧要,"贝尔说,"只要写就行了。"

虽然汤姆下午会来,日子仍然显得沉闷。

"爸爸没有接到探险队的信,这使他感到很奇怪。"贝尔为了摆脱沉闷,喋喋不休地说,"当然,他不会指望沃斯先生会这样有礼貌。但他以为,至少山德逊先生会给他消息,至少是那一个阶段的消息。"

"还早嘛。"罗拉提醒她说。她正在从新近想到的角度来给花园写生。

"还有波尔费雷曼先生,"贝尔说,"波尔费雷曼先生可以写,也应当写。"

她没有看她的表姐。

罗拉冲花园皱着眉头。

"那不是他的责任,他不是探险队的领导。"

"亲爱的罗莉。"贝尔叹了一口气,抱着她表姐的一只手,就像抱一只猫。

"你真好笑,贝尔。"罗拉笑道。透视画法对她来说可是个难题。

"不过,你也觉得波尔费雷曼先生是很有礼貌的。船启航的那天,你自己承认的。"对贝尔·波恩纳来说,她表姐是一个迷人的神秘角色。不管是在夏日小屋里写生,还是向那些爱慕她的人告别,都显得很神秘。"妈妈认为,他是这样一个和蔼可亲的人。"

"十分和蔼可亲。"罗拉同意。

"甚至汤姆也觉得——因为我问过他——波尔费雷曼先生非常好,也许体质弱一点。不过,身体不大好可以使一个人关心别人。"

罗拉觉得很有趣。

"这也是汤姆的意见吗?"

"不,是妈妈的。"贝尔忸怩地说。

"那么,你们谈论了波尔费雷曼先生啦?"

"亲爱的罗拉,你可以让我这样快乐。"贝尔抚摸她表姐的手。

这真叫人恼火。她可以这样强迫她所爱的人,去吃她自己没有尝过的糖果。

但罗拉笑了。她抽回她的手,拿起铅笔,在纸上重重地画了一条长长的黑线,几乎横穿过这张纸。

"你把你的画给毁了。"贝尔喊道。

"是的,"罗拉说,"这是一幅枯燥乏味的画。"

她把画揉成一团,故意气她亲爱的贝尔。

那些日子,每天都可以听到罗拉妩媚动人的笑声。天气虽热,但并非不能忍受,空气中充满了石竹的清香,和一阵阵桉树碎叶的气味。它们被风吹散了,又在一阵强风里和玫瑰花的香味混在一起。真是令人沉醉的日子。窗户、阳台上的柱子和门框上的顶华,都戴上绿色的花环以兹庆祝。

庆祝什么?别人不知道,只知道有什么值得庆祝的事。他们想从罗拉身上找到一些迹象。她走进花园,走进凉快的花圃;或在一阵沙沙的裙子声中突然在门口出现;或在棚架下面,拖着一个斑驳的影子;或突然打开窗户,双臂向上朝着窗框伸出,悬在空中。窗框上,葡萄藤上绿色的叶梗闪着微弱的光。她做这些事的时候都满怀欣喜,但没有流露出来。她的嘴角显露的,与其说是微笑,不如说是惊叹。

　　罗拉自己还没有领会那个季节的全部意义,只觉得它比往常充实。在她剪那长而尖的花蕾,或者傍晚就要掉下来的肥大花朵时,那些玫瑰花突然显得与她个人的境遇相关起来。她得把它们全采下来,甚至正在开花的大花朵也得采下来。

　　"你会弄一团糟的,小姐。"露丝·波申提出过一次抗议。

　　她提着花篮。

　　"不错,"罗拉说,"我知道。"

　　"啧、啧!"褐色的妇人感叹道,"桌子和地毯上面全都是玫瑰花瓣啦。"

　　可是,姑娘已经被玫瑰花弄得眼花缭乱了。她不停地剪下那些大朵的花,上面还有蜜蜂在发出嗡嗡声。她弯下腰去够别的花时,整个脸上都映照着玫瑰花的颜色,她不得不垂下眼睑躲开玫瑰花的注视。后来她被钩住了,这是一棵更老、更多枝、更笨拙的灌木,长着结实的黑色枝条。她动弹不得。不管她怎样摇动顽固的枝条,用尽了办法也寸步难行。她无可奈何地笑了起来,因为自己无能而生气。她大声喊道:

　　"帮帮忙,露丝!你在哪儿?来帮我想个办法吧!"

　　于是,那妇人放下花篮,很轻松地就把她的女主人解救出来了。

　　虽然满脸通红,姑娘还是笑着,因为她真的有些恼火。

　　"你看到我的衣服哪儿撕破了吗?"她问道。

　　"看不见,"露丝回答,"不过我相信肯定有的。"

　　妇人屏住呼吸,提起了花篮。采花不是她的事,不过她喜欢这样做。自从她肚子慢慢大了起来,家里的人都很迁就她。

不过,刚刚走到阳台上的波恩纳太太却皱起眉头往下看着。她的心里总忘不了露丝。

有一次,波恩纳太太在一个出乎意料的,而且不合适的时刻来找她的外甥女。当时,她正在练习一支新曲子。波恩纳太太坐在她旁边,就在那儿对她说:

"我们真得好好想一想,对露丝该怎么办了。我知道有一位劳德堤尔太太,她为那种处境的女人创立了一个机构。我说不准是怀孕期间还是产后。那是为那些不幸的儿童设立的。不过,我一定得和波林格太太商量商量,好好想想这件事。"

说完之后,艾美姨妈直直地盯着她外甥女的脸,仿佛她是一棵隐藏了什么东西的大树,而不是一个在练习和弦的年轻姑娘。

"是的,姨妈,当然啰。"罗拉说,她弹得很吃力。

罗拉这样自私,真叫波恩纳太太叹息。

"没有一个人肯帮助我。"她喃喃地说。

于是,她就走了。

现在,罗拉可以看见她姨妈在阳台上往一顶干净的帽子上穿丝带,但眼睛却看着露丝。

露丝朝那边看看,看见了、明白了——很少有她不明白的事——她说:

"那是波恩纳太太,她也许要我替她做点什么。"

"我想不是的。"

对露丝·波申的问题,罗拉·特雷维延曾仔细想过,但没有把她的结论说出来。她不像她姨妈那样发愁,虽然她知道这事关系到她个人,甚至比露丝和姨妈的关系更密切。因此,为了自己,她会继续考虑这件事,尽管她已经不那么相信理智。她将做好心理准备,或者说,准备好接受意料不到的事。这种近乎自然的、专注的心情一直持续着,特别是在这个种满大玫瑰的花园里,旁边站着这个怀孕的女人的时候。在这个时候,地上的两个影子连在了一起。金色的阳光重重地压在她的肩上,姑娘可以感觉到妇人的脉搏在她自己的身上跳动。因此,她比以前什么时候都镇定、平静而快乐,一切听其自然。当她朝着那所房屋慢步走去时,她打开阳伞挡住炫目的光线,虽然被暴烈的阳光笼罩,她对她们共有的躯体很有信心。她终于相信:躯体一定会感知唯一真正解决问题的办法。

在阳台上的波恩纳太太,意识到她自己能力有限。她把丝带拧紧,戴过上了浆的帽子,然后走进屋子去了。

"他们还没有听到那个德国人的消息呢。"露丝·波申说。她的习惯是陈述事实,而不是提出问题,避免说错话的可能。

"还没有。"罗拉·特雷维延回答。

她露出了牙齿,仿佛有些震动。也许是由于阳光太强烈吧,她的齿尖是透明的。

"还没有,"她说,又含糊地加上一句,"不过,我们也许会在今天晚上收到信的。"

虽然她说得比原来打算的慢一些,可是在她心里,这句话却一下子蹦了出来,就像是打了一个冷战似的。她的嘴发干。

"啊,我搞不清那个人是怎么回事。"露丝说。

"怎么?"罗拉问道,"搞不清?"

"也许是听不懂他的话吧。不过我想,他的话有一半,他自己也不懂,即使说的是德国话。"

罗拉没有回答,只是在仔细听呼吸声、脚步声和停顿——无声的停顿最大声。

"他的眼睛我也不理解。"露丝轻轻地说,"如果没有其他办法,你就该通过一个人的眼睛去理解他。"

她清了清嗓子,因为她说得太多了。

她们穿过温室回屋里去。温室里有小石松,叶子上摇晃着水珠,锯齿形的棕榈树叶上挂着蜘蛛网丝。在这里,两个女人热得喘不出气来。她们仿佛从玻璃墙上挂满水滴的室内游过,只有脸孔浮在大片植物的上方。她们的身体困难地穿过绿色的阴暗地带,那里,长满茸毛的树枝在摇摆。

"如果不用理智,"罗拉说,"我就能理解他。"

她沉醉了。

"即使我不能同意他的见解,我也能理解他。"

另一个女人困难地吸了一口气。

她们走进屋时,姑娘在感受到凉爽的极乐中把双手放在太阳穴上。当她不能理解他的时候,她就为他祈祷。这几天夜晚的幸福遭遇令她昏了头,而祈祷也产生于迷茫。

那天晚上,波恩纳先生很早就回来了,这是他近来形成的习惯。他走进玫瑰厅,碰巧第一个遇到的是他的外甥女——她正穿过这间屋子,到餐具室去办点事。在感情方面,这个商人是一个形式主义者。因此,在这必要的时刻,他吻了她一下,然后说:

"今天,纽卡斯尔邮轮终于带来了探险队的消息。他们已经到达山德逊一家那里了,也许前几天还在那儿。他们现在一定已经离开那儿,到达铃坡地去了。"

"就这些。"他加上一句,听起来口气相当轻蔑。

事实是:如果在日常事务里挤进了别的事,即使是预料到的事,或盼望长久的消息,都会让波恩纳先生生气的。

"他们都好吧?"罗拉问。

"他们都精神抖擞。"姨父纠正她说,"不过,说真的,现在为时尚早。他们还生活在肥沃的土地上。"

他很高兴,因为他在自己的家里,人们没有受苦的可能。

年轻姑娘的脚步迈过大厅的石板地,发出了冷漠的,和个人无关的声音。

"噢,罗拉,和我的信一道来的还有一封信,是同一个人——沃斯先生写的。你最好拿去。"

"一封信。"她重复说,但没有露出惊奇的模样。在继续往前走之前,她把信接了过来。

在她做完她打算做的事之后,罗拉·特雷维延径直走到她的屋里。那间屋子虽然向她姨妈和表妹开放,但已经有了许多她自己的秘密,她不怕再加上一些。因此,她坐了下来,揭开火漆封印、打开信纸,开始快速地读信。

当天晚上,在吃甜食时,他们谈论收到的消息。波恩纳太太问道:

"从他的信上看来,你可以说沃斯先生对他工作的进展情况,终于表示满意了吧?"

波恩纳太太老是认为除了她自己,别人总不满意的。

"是的。"她丈夫说(他想说的好像是"不"),"我想,他不喜欢带嘉德去。特别是现在,他已经见到他,而且找不出任何反对他的理由。"

"嘉德是一个什么样的人呀?"波恩纳太太问道。

"我听山德逊说,他是一个非常安静、非常理智的人。他像狮子那样勇猛,而且为人勇敢、身体强壮。"

"那么,是他身上的'狮子'引起沃斯先生反感的啰?"贝尔说。她对他们的谈话感到厌倦,便想装成一个傻乎乎的小女孩来寻开心。

她那放在洗脂钵上面的手,不雅地滴着早熟的桃子的汁液。

"因为说不定,那只狮子会把他吞掉。"她吃吃地笑道,"不过,可怜的狮子,我希望它的猎物比骨头和黑头发好一些。"

"贝尔!"她母亲皱起了眉头,"一个快结婚的姑娘还不会吃桃子!"

波恩纳先生动了动嘴巴,好像嘴里有一个桃核。

"那有可能。"他同意地说。他自己说不定会打开网,去帮助狮子。"不过,从罗拉的信上,"他接着说,"我们可以得到什么印象呢?"

"罗拉的信?"波恩纳太太和贝尔问道。

"是的。"商人说,"沃斯先生很客气,这次也给罗拉写了一封信。你没有告诉她们吗,罗拉?"

这位年轻的姑娘微微地动了一下她的盘子。盘子里装的是毛茸茸的桃子皮,在灯光下几乎是血红色的。

"不错,我是接到了一封信。"她回答,"那只不过是一张短简、表示友谊的信,写了一些客气话,没有什么确实的消息。我觉得,没有必要把这种大家都不感兴趣的东西告诉别人。"

对波恩纳太太来说,这很特别。

对贝尔来说,这是闲暇时,人的动物本能要探索的东西。

可是波恩纳先生认为,他发现了外甥女身上不同寻常的沮丧迹象。不知道为了她,也为了大家的安全,应不应该刺痛她。另外,作为矫正的措施,家里人使她痛苦一下,可能是一种温和、愉快的消遣方式。

在这之后,他们马上推开椅子,走进了另一间屋子。

原来就充满了美感的日子更加美好了。我当然知道,罗拉·特雷维延心想。不过还是感到迷惑。沉重的大朵玫瑰花,碰撞着钻进棚架下面的人。熟透的、芬芳的桃子在长长的叶子里颤动,落到地上——它们太重、太熟了。看来,当脚踏着缠结的草往前走的时候,好像踩着肉一样。不过,是很舒服的,还染上了桃子的香味。

或者,当她闭上眼,他们一起骑着马在小山之间向北走。有的小山青绿柔软,山上的嫩玉米穗在他们身旁飘动。有的坚硬碧蓝,有如蓝宝石。这两个好幻想的人骑着马朝前走,他们的牙齿闪闪发光,他们隐藏着爱的脸当然转向对方,而且时不时收到对方随意而意味深长的一瞥。他们的谈话化入了微风、玉米的沙沙声和小鸟欢快的啼鸣,不为人知。他们继续往前走,所有的金属的声音——比方说,马镫、马嚼子——都缠在一起了。旅途中,皮革的气味相当强烈。晚上,头就枕在温暖、潮湿的马鞍上。闭上眼睛用手去抚摸马鞍的前鞒,把它磨得如象牙一样光滑。

这是罗拉·特雷维延感到非常幸福的一段时间,好像这是她所感到的唯一的幸福。当然,如果她睁开眼睛,在眼睑的另一边,就会有许多可能发生的事,正在等待着机会来伤害她,但她没有睁开。

但写信的时候,她才需要睁开眼睛。她意识到她还没有写信。

一天下午,她坐在书桌前,百叶窗关上了。即使在这里,也弥漫着这个季节的芬芳:鲜艳的玫瑰、发出沙沙声的玉米,还有丁香。她开始写信了。这比她预料得容易,仿佛她已经掌握了一种精湛的艺术技巧。词语犹如雕琢大理石时落下的碎屑那样,落在纸上:鲜明、深刻而且坚定。

她摇晃着信纸,让它风干,然后叠好、封上。做完之后,她哭了一会儿,觉得心里好了些。在温暖的下午、在百叶窗后面,她在床上躺了一些时候,直到那个女人来了,并且问道:

"小姐,你不下来吗?来了几个客人。先是司马特法官的太太,现在又来了波林格太太和乌娜小姐。她戴了一顶粉红色的帽子。"

这位姑娘过去很难忍受她的女仆接触她,因为这样的接触一定会引起肉体上的反感。这时,却突然伸出手去抱住这个大肚子女人的腰,把脸埋在她的围裙里,贴着那个睡着了的胎儿。她要表达出什么样的感情,那是很难说清的。

"啊,小姐!"露丝·波申嘶嘶地说。这种非正统的举动,比肚子上的刺痛使她更吃惊。

过后,她们两个人都会高兴的。不过此刻,姑娘意识到自己刚才做了一件奇怪的、不雅观的事,便从床上跳起来,换上一件比较好的衣服。

罗拉从楼梯下去的时候,第一个看见她的是乌娜·波林格。她坐在客厅里的一张椅子巾扣得很紧的、滑溜的小椅子上,从出入口看见罗拉下楼——往下、往下、往下。无疑,从这时开始整个下午,她都要扮演女主人的角色。乌娜·波林格屏住呼吸。她原来就一直恨罗拉·特雷维延,现在就比什么时候都更恨她了。

第八章

现在,那些长得很高的草都已经快干枯了。因此,一阵风吹过,它们就发出更响的叹息声。风把草吹得弯下身子,形成褐色的波浪,浪顶上飘浮着最后幸存的花朵。它们都已经枯萎,被波浪压到下面去了。马和牛羊整天在这个草的海洋里游泳。木桶滚来滚去,发出咯咯的声音。牲畜整夜地啃食露草,而在人们的梦中,草海的波浪和梦的波浪很快就融为一体了。狗蜷缩在草窝里,竖起毛、打着战,在它们自己的梦中飘浮。

德国人认为,他们一定已经是在吉尔德拉的附近了。第一个证实他的看法的,是那些狗。一天傍晚,探险队正在前进,那些狗悲嗥起来,喘着气,一再抬起腿来。它们的肌肉已经消瘦了,眼睛鼓着。这时,没有更多的警告,草原上便出现了外乡狗的尾巴,接着便是身体。这样,两群狗汇到一起,它们默默地、紧张地绕着圈子、彼此窥测,等待着信号。

探险队的人们在原来已经是宽边的帽子外边手搭凉篷。最后,他们当中的一个人——那是嘉德,说他看见一个人骑着马从草海中游过来了。其他人的眼睛很快集中到这个人的身上。他用大腿紧紧地夹牢他的强壮的栗色马,在红光中朝这边走来。他腰身挺直,在马鞍上的举止恰如其分地强调了他的地主权威。这个人脸上的红褐色,在夕阳中更加显著了。

他终于来到了,勒住了马。这匹疑惧的马喷着响鼻。

"我叫波伊勒。"这汉子从厚嘴唇里吐出这句话,稳健地伸出一只手。

"吉尔德拉的波伊勒。"沃斯加上一句。

"不错。"

见面之后没有更多的寒暄,波伊勒先生掉转马头,顺着原路,陪伴探险队往前走。这群大汗淋漓的马、规规矩矩的骡子、哞哞叫的迟钝的牛和干渴而又浑身疼痛的人,一齐朝着吉尔德拉进发。到达的时候,西方一片血红。前边的住房几乎全都已经坍塌,从那里窜出几个人影,看上去活像几根活动的黑棍。他们从新到的客人手里接过马缰。缭绕的炊烟,大路上牲口扫起的尘土和夜雾混在了一起。一切都那么混乱,以致万物合为一体的黑夜的降临,也不能给人多少安慰。

布雷恩顿·波伊勒先生是那样一种男人:他们要打破与生俱来的一切优越条件,因为他们觉得,那会使他们受到谴责,而他们受不了这种耻辱。因此,这位牧场主把荷马①作品的书皮撕下来垫桌子腿。另外,还有其他继承来的书,甚至那些他在喜欢空想的年轻时代买下的书,现在都用来当作引火物。最多也就是丢在一边,让虫子、尘土和霉菌去和它们做伴。在他那白天见太阳、晚上透星光的房子——或者说是没有油漆过的木板棚里,有几件光滑的爱尔兰银器和带麻点的铁器摆在一起。前者被相当粗暴地敲凹了,好像因为它太雅致了而有意弄坏的。泥土上布满了面包皮和面包屑。小鸟和老鼠肯定能从这堆垃圾里弄到点什么。不过有些就被扔在那儿,让时间去把它化为尘土;或者为了满足布雷恩

---

① 公元前十世纪前后的希腊盲诗人,著名的作品有《伊利亚特》和《奥德赛》。

顿·波伊勒粗野的要求,那些黑人妇女用她们坚硬的双脚把它们踩成了泥。

"这就是我的宅第。"波伊勒说,一边摇晃着一个灯笼,这使屋子也晃动起来。在他说话的时候,嘴边的两个酒窝忽隐忽现。"沃斯先生,我建议你和一两个人睡在这个地板上,好让我享受到和你们谈话的乐趣,而其他的人就让他们在自己的帐篷里尽情享受吧。这儿有不少拼命用硬烧饼和肉撑饱肚皮的黑人,他们可以帮你们点忙。喂,杰姆。这个魔鬼跑到哪儿去啦?"他嘟囔着,又喊着跑到外边,使得附近的草木全都被他那捣乱的灯笼照得疯狂地摇晃起来。

被丢下的沃斯和波尔费雷曼,站在只有骨架的木板棚里,这里充满了很硬的陈面包和桦木的气味。这是文明社会给予他们的最后的款待了,但他们并不感到遗憾。

后来,两个裸露得像黑夜一样的尖嗓门的黑女人,在桌子边摆上一大块腌牛肉和一些土豆。他俩和主人吃饭的时候,主人便把谈话引向他渴望的话题,或者更确切地说,从他那依然美妙的喉咙里吐出许多词句,和在别人面前不便说的许多见解。

"我到这个鬼地方已经十年了。"布雷恩顿·波伊勒说,一边用一只难看的铁杯子痛饮朗姆酒,他好像很喜欢这种酒。"我干得不错。"他说着,被杯子里的漩涡迷住了,"和大多数人一样,而且将来要比他们更好。不过到头来,围绕着一个人的明显的贫困,才是引人注意的东西。这一点,许多人不愿意明白,他们也不肯承认。深深地暴露自身可恶的天性,不仅是一种压制不了的愿望,而且是必要的。"

他敞开了衬衣,露出胸上的毛,朝前坐了坐,用手撑着头,抽动着嘴把话语或精力释放出来。

"要剥到最后的一层,"他打着哈欠说,"永远会有一层又一层更加微妙的、难以捉摸的东西。当然啰,每一个人都有使他自己着魔的东西。你们的,好像是要征服远方,但同样是要征服远方更深的层次,要征服不可抗拒的灾难。我可以保证。"他说,用两个绷紧的手指敲着桌子,"你们将会有一切机会在西边得到满足,在石头和荆棘丛中。唔,我可以保证。任何一个着魔的人,都可以在澳大利亚中部用一个黑人的头骨和他自己的血,来举行重大而且古老的弥撒仪式。"

"胡闹的年轻人!"他笑了,主要是对自己,然后又叹了一口气说,"啊,老天爷!"

一直在倒换着脚的波尔费雷曼想去睡了。愈来愈闷闷不乐的沃斯也觉得,这是一个摆脱困境的办法。

"如果你们很想睡……"布雷恩顿·波伊勒说着,朝地上吐了一口唾沫。

他的两位客人走到他们的铺边,钻进了毯子。他自己出去办最后的几件事。

这间屋子的骨架是这样的:到了晚上,它十分像一具歪斜的骷髅。因此,沃斯长时间地躺在那里,看骨头笼子另一边的星星。

同时,波伊勒先生回到了壁炉架后边——他喜欢称之为"皇家寝宫"的屋子,那是这所房子仅有的另一个房间。他在里边跌跌撞撞了好一阵子,发出牲畜的声音,探索黑夜的特性。他的床上,好像似乎充满了咯咯的笑声。

波尔费雷曼已经睡着了,但沃斯继续呆呆地望着那些不眠的星星,渐渐地不知自身为何物。

第二天早晨,当主人和贵宾一起站在阳台上时,我们可以把两个人比较一下了——至少可以比较外表,因为他们的心灵暂时还看不出来。现在,布雷恩顿·波伊勒让人想起那些没有加过工的红色大土豆——样子不错,不过很硬,上面盖了一层红土。这和他尽力用外貌来掩盖那些残存的贵族痕迹很相似。他的头和喉咙都清楚地存留着那些痕迹。不过在他说话的时候,或者在任何等待的场合,他总是用手搓揉裸露的前臂皮肤上积结的红土。这可能给了他一些快乐,不过他的眼睛——那双总是绿色的、冷冷的眼睛,是不会公开地表达他的情感的。

简陋的阳台上布满了劈碎了的木片,站在主人旁边的德国人似乎也穿上了伪装。他经过风吹日晒,变得又黑黄又干巴,现在很像一个深奥难解的黑树根。他的第一个身体是一个肉感的身体,希望受到别人的抚摩,肌肤相亲。除非在迫不得已的时候,他不会选择这第二个身体,并且要十分小心。沃斯站在那儿舔嘴唇,如果有人向他表示亲切,他会拒绝的。和所有人——特别是布雷恩顿·波伊勒在一起的时候,他觉得大自然更具有吸引力:难得静止的草海,灰色和黑色的歪扭的大树,永远渴望变蓝的天空;在这种景色里,他总会成为中心。

这两个人显然等待着出现什么人,或发生什么事。主人在阳台边上保持平衡——因为他必须等待,心里很烦,似乎一不小心就会摔下来。他那很难控制的、摇摇晃晃的身体使他显得很滑稽。

"我不能说,这些黑人是不会犯错误的向导和可靠的伙伴。"波伊勒先生说,"和所有的土人一个样,他们会逃得无影无踪,或者在厌倦了现在的身体时,他们就会变成蜥蜴。不过,这两个人了解此地往西相当远的地区和部落。或者说,他们是这样告诉别人的。当然,诚实的标准有所不同。"接着,他想起来了,又加上一句,"可是你不懂他们的方言。杜格尔德——年纪比较大的那一个——会说几句英语。不过你们不可能畅谈的。"

"在一般情况下,"沃斯回答,"语言不通也得打交道。"

接着,这两个人傲慢地彼此看着和嘲笑着。他们皱起脸、瞪大眼睛,谁都认为自己占了上风。

在他们恢复原状之前,两个黑人绕过房子走过来了。他们的光脚踩在地上只发出很小的,但很特别的声音。德国人一听,马上就知道来的是谁了。

"现在,既然他们已经驾到了……"波伊勒说。他并没有真的生气,如果他吼叫起来,那只不过是他在和黑人打交道,是让他们明白他的意思,"你,杜格尔德;你,杰基,"他说,"我跟你们说,这位沃斯先生要到很远的地方去。"他用胳膊朝西方一挥,"很好的新地方,对我们大家都有好处,黑人和白人。你要紧紧地跟着沃斯先生,听见没有?即使倒下了,也得这样,你们这两个老叫花子。"

说完之后他笑了,又用非常英国腔的黑人语言对他们说了几句话。他们恭敬地听着,就像听任何种类或形式的指示那样。

那个比较老的土人态度非常严肃和拘谨。他穿了一件看上去很旧的、沾满粉末的燕尾服,但其中的一个燕尾较短。他的黑皮肤随着岁月增长,生出许多很细的、灰暗的皱纹,下身除了一块本色的树皮布遮住那个适当的地方外,就再也没有束缚它的东西了。他的同伴也是用同样的一片布把身体遮住了一部分,否则他就是一丝不挂,露出年轻人的油光光的皮肤和一张扁脸了。这个人,杰基,的确很年轻。他站在那儿,像姑娘一样敏感,眼睛看着别处。但所有的细节全都被记牢了,他用皮肤来听,用颤抖来做出反应。你不能直接和他讲话,他也不回答,只有通过他的代言人——杜格尔德。

在别的场合,沃斯会喜欢和这些人谈话的。别人不在场时,他和黑人会用皮肤和沉默来交谈。正如尘土不是不可理解的;而经过几个小时的接近之后,也可以理解树枝发出的信息。然而由于布雷恩顿·波伊勒在场,德国人就因为是个欧洲人,甚至因为是一个人而成为受害者。因此,他从那摇摇晃晃的踏板走了下来,以他那相当僵硬的习惯步法朝着老黑人走过去,说:

"这是给杜格尔德的。"

这是一颗他偶然在口袋里找到的黄铜扣子,是从一件紧身短军衣上掉下来的。但他并不清楚这是谁的。

老人一动不动。用指尖捏住这个纪念品,似乎在心里隐约知道这位白人的神秘举动的意义。也许他是一根有思想的树枝,在被火净化之后,上面的灰已经冷了。他那多次划破和烧伤了的,覆盖着灰暗脆弱的灰的躯体站在那儿一动也不动,眼睛里是变幻的神话或烟雾。

相反,那年轻人过的是牲畜般的生活,皮肤闪闪发光,喉咙里发出轻快的声音。他在咯咯地笑,并且在咽唾沫。他可以把黄铜扣子吞下肚子。

沃斯想了一想,又把手伸进口袋,把随身带的折刀送给了杰基。

"给,孩子。"他不失尊严地友好地说。

不过,除非是从他的老师手里,杰基不曾拿到过任何东西。因此,他站在那儿呆呆地看着手里的刀子,快乐得发抖。

沃斯也似乎得到了升华。他的黑裤子上的许多皱褶看起来像是永远不会消失的雕塑品。

布雷恩顿·波伊勒觉得,这种场面虽然不能说是怪诞,却也有点出乎意料,所以非常想让它赶快结束。

他用手指戳了戳老头的肩胛骨说:

"这是值钱的扣子,你收好了。"

说完他吐了一口唾沫,松了松衣服。

波伊勒向沃斯建议,早晨他们应该去检查他为探险队选好的绵羊和山羊。在北边一两英里的一排池塘附近,大概可以找到它们。沃斯同意了。用不了多久,事情就很清楚了:他和主人仍在继续互相迁就。每个人都希望用这种办法把对另一方的冷漠掩盖起来;不过滑稽的是,谁的心里都明白,对方是知道他的做法的。可喜的是,两个人都没有真正讨厌对方。虽然布雷恩顿·波伊勒有些怪癖,但没有人不喜欢他;而他,除了讨厌他自己之外,是不会长久讨厌一个人的。

于是,他们从那个邈邈的吉尔德拉村出发了。沃斯已经渐渐适应了那个地方,因为他接受了主人的某些癖性。清晨烟雾弥漫的景色并不令人讨厌,甚至有些迷人。地面升起了一缕缕蓝色的炊烟,它们上面平躺着长长的一片白云。一小捆一小捆冒着烟的草暗示着:无论坚固的大地、棚屋和帐篷、铁器和打包麻布、肉和骨头,就连这位相当富有的布雷恩顿·波伊勒,将来都会幻灭的。他们骑着马离开了一堆混乱的棚屋,越过几间土人的小屋。黑女人站在屋前,红头发的小男孩手里拿着玩具标枪。炊烟在土著人的皮肤上飘浮,并且渗透进去。一个乳房低垂的、淡黄色的女人坐在那儿喂奶。

"肮脏的叫花子。"波伊勒先生咳了起来——那是被烟呛的,"不过,没有他们也不行。"

对主人来说,这是很明显的,所以沃斯没有搭腔。

两个人骑着马继续往前走,头上戴着帽子,脸上长满胡子。奇怪的是,两个人没有利用它们来作为伪装自己的工具。处身在这个色彩神秘的平原里,即使从前边来看,他们的身体也显得很小。他们的高头大马变得像儿童骑的小矮马似的。这是由于光线模糊了他们的轮廓,而远处更是一团刺眼的光亮。还有,一群鹦鹉突然飞了起来,化为发出咔嗒咔嗒声和尖叫声的白色、黄绿色的光线。树木也只不过是虚幻的东西,因为它们会很快地变成阴影,那也是变化无常的光线的另一种形式。

早晨晚一些时候,空气开始凝固了。两个骑手都受到了鼓舞,因为他们看见了刚才主人提过的那些池塘了。更准确地说,这些池塘应该叫作泥塘或百合花池,几只庄重的鹈鹕立刻鼓动双翼飞上蓝天,发出像篮子那样吱吱嘎嘎的声音。

"现在可以看见那些绵羊了。"牧场主指着那些羊说。

起先,这些肮脏的畜生在黄草丛里,几乎看不见;但后来都走了出来,跺着脚乱转。

"它们是很难对付的一群。"波伊勒说,"不过你的任务本来就不轻松,我很高兴你是这个队的头儿。"他不得不加上这么一句,一边咻咻地笑着,因为在许多方面,他还像是一个男学生。

"一个人想让别人相信自己有什么困难,几乎是不可能的。"沃斯说,"昨天你想给我们讲你的困境,你相信你说服我们了吗?"

"我?什么?"波伊勒惊叫,不知道自己糊里糊涂的是不是说了些不该说的话,甚至做了一些不该做的事,让别人抓住了。他觉得有这个可能,但记不起来了。"一个人晚上说的话是一个样儿,你知道,白天说的又是另一个样儿。"

他说,竭力回忆着,脸涨得更红了。

"我不知道你说的是什么。"最后他说。

在这样一个温暖美好的早晨,沃斯不愿意谈这事。

在他们说话的时候,成群的长满黄毛和皱纹的绵羊绕着圈子,你追我逃地乱跑。远处,两个黑人牧童丝毫没有要走近一点的迹象。

"那边,我想,就是山羊了。"

"什么?噢,是的,山羊。"波伊勒回答。

大约有一百只山羊聚集在第二个水塘的另一边。它们在倒下的树干上爬上滑下,伸长脖子去够那些没有枯萎的叶子,用角尖去挖稀少的几个树洞,用头去撞,或者做梦似的反刍。骑马的人走近时,山羊心里拿不定主意是跑还是留下。有些留下了。它们呆呆地朝上边看,嘴边带着微笑,直盯着人脸,甚至看到他们的心里,但态度却是很文雅的。

"原始山羊的后代。"波伊勒相当气愤地解释说。

"可能是的。"沃斯回答,他喜欢这些羊。

有一只老母羊这样彻底地探索了他的心灵,甚至发现了他的一些秘密。因为他实际上仅仅外表是一个人罢了。

他伸出手去拉它那稀少的胡子,可是它跑了。别的羊也闹哄哄地跟着全跑了,撒下一地黑色的羊粪。

"走吧。"波伊勒说。

尽管波伊勒并没有用某种方式攻击或谴责他的客人,但德国人仍然用和善的外衣来保护自己。他们骑马回家的路上,德国人问了许多问题,全是关于本地的动植物的情况的,都毫无例外表现出那种朴素、善意的口气。他的脸带着纯朴的微笑,眼角外边带着亲切细小的皱纹。

可是,波伊勒知道这里边颇有文章。他骑着马,回答着德国人提出的问题,但是心不在焉地用缰绳轻轻地打在马肩上。

他们逗留在吉尔德拉的期间,波伊勒试图从德国人手下的脸上找出一点线索,以便了解他们领袖的性格和意图。可是,即使他们知道,也不肯流露出来;要么就是因为处身在这种红褐色的风景里,他们变得迷迷糊糊的了。在他们忙着去完成分派给他的任务的期间,在做准备工作和休息的时候,这些人好像没有什么个人的活动——除非它是非常隐蔽的。波尔费雷曼头上戴着一顶棕榈木宽边帽,显得更小了。他用一条干净的白手帕来保护脖子和喉咙,不过这只能更暴露他自己的无知和娇气。他活像一个老太太,有时带着男孩罗巴茨和一两个土人去找各种鸟类样品,晚上便在烛光下洗或做标本。再没有比波尔费雷曼更单纯的人了。因此别人也很安静。嘉德忙着给马钉马掌,从后边只能看见他那巨大的臀部。别的人在润滑枪支、给皮革涂油、磨斧子或者钉扣子。

除了一两次例外,没有发生过什么麻烦事。比方说,有一次波伊勒显然是因为好奇,闯进了那些人的帐篷——佛兰克·勒·墨舒尔正伸着手脚趴在他的红毯子上,往一个笔记本上写东西。波伊勒是一个巨人,走进吊索很低的白油布帐篷时,不得不弯下腰,然后弓着背站在那儿。他的来意太明显了,他不想装成是偶然到这儿来的。他的手指都充血了。勒·墨舒尔放下笔,翻身把笔记本压在身下,不过没有用,因为波伊勒已经看见了。

"沃斯先生在哪儿?"波伊勒问道。

虽然他不是来找沃斯的,不过总是惦记着沃斯。

"我不知道,"年轻人回答,恶狠狠地瞪着闯进来的人,"他到外边什么地方去了。"他空洞地加上一句,可以看出说话的人刚刚醒悟过来。

波伊勒好像找到了一个机会,蹲了下来。

"你认识他很久了吗?"他问。

"是的。"勒·墨舒尔立刻回答,可又马上犹豫起来了,"唔,不是这样。"他改正道,用铅笔头戳了戳帐篷的接缝,"让我想想,我是在悉尼认识沃斯先生的。"

然后他的脸红起来了,感到很狼狈。

"比那还要早得多,"他说,"是在船工认识的。这样,时间就很长了。"

波伊勒更加疑心了。这个年轻人想隐瞒些什么呢?难道他参加了,或者还在参加那个德国人的罪恶活动吗?

勒·墨舒尔躺在那儿暗暗感到羞愧,对这个不速之客就更加反感。现在,在那天傍晚,在杜梅因的灌木丛下,他觉得他也沾染了一点他的领队的脾气,他一定不能让别人知道这些。事实上,他正在把写着自己心里最大秘密的笔记本藏起来。

波伊勒觉得可疑。但要抢走笔记本,就像连根拔掉别人的秘密一样不可能。

"我想带着枪到河边去,去找野鸭,我刚才看见它们往那边飞去了。佛兰克,你跟我去吗?"他问道。

他要杀生。

年轻人同意去,他翻过身子、抓起帽子。他俩都知道笔记本在毯子的褶层里,但从表面上却看不见。

于是他们朝着小河走去,从上次下过雨以来,小河差不多已经干了。烤人的热气像一个扁平的盖子压了下来。具有丰饶的黑土和大片地下财富的吉尔德拉,现在变成遍地尘土和臭泥,而布雷恩顿·波伊勒本人却愿意留在这里。

在这样的日子里,有一天,波伊勒走到沃斯跟前,近乎是在恳求参加探险队。他好像突然意识到,在不可预知的情况下死亡,比慢慢地腐烂要好一些。

不过,他没有提出要求,他们讨论了水袋的问题。

德国人知道,这个人有求于他,于是变得狡猾起来了。所有的人,只要意识到他的神威,早晚都会依靠他的。山德逊的邻居——年轻的牧场主劳尔夫·安格斯,害羞得像个姑娘似的来征求他的意见。在向北进发时,他那年轻人的盔甲和体力并没能掩盖他的无知。特恩诺卑鄙,哈利·罗巴茨是个笨蛋,但安格斯将来可能是一个很好的献身者。这头不信教的小公牛,在被驯服之前会抬起两只愚蠢的眼睛,朝天大吼大叫的。

在所有的人里,嘉德改变得最少。沃斯受到鼓舞,但也感到好笑。那天,当他看见罪犯把焦油涂在肿起来的马骸上时,这个德国人感到又欣赏又好笑——他的拉得那么长的上唇,就像一只准备起飞的大黄蜂。他看着那个弯着腰的人说:

"你在给它上药吗,嘉德先生?"

"是的。"后者回答,一边用那只没有沾上焦油的胳臂把一些飞虫赶走。

"你没有忘记涂油吧?"沃斯问道。

"没有。"嘉德说。

沃斯吹起口哨来了,吹的是一支昆虫音乐的小调。

"这太好了。"他说。

他继续吹着口哨,嘉德心里明白他打算在这里磨下去。这个罪犯是一个经验主义者,现在他对焦油的恶臭和把地面烫得更平的、无尽无休的高温倒喜欢起来了。

在那个季节,令人忧郁的月亮高悬在吉尔德拉的上空。那是一个平静的、大肚子的金色月亮。其他时候,还有一些难看的、青铜色的男性月亮,斜挂在天空,预示着灾难将要来临。一夜的风沙,就会出现一个苍白的月亮。有时,一团团云彩拂过它的脸,它就变成精致的玻璃仪器,上面的指针微微摆动,指出星星的命运。人的梦受到不同的月亮的影响。于是,他们把脸埋在怀孕的月亮妈妈的怀里,或者对威胁他们的,威胁到他们的男性气概的一切挥舞他们青铜色的拳头。不过,在磁性月亮的指针指引下,梦使他们感到困惑。厚毛毯使他们赤裸的身体感到很不舒服,他们在毯子里翻来覆去,白色的尘土从他们的手指缝里流出来。另一方面,有些人躺在那儿听着自己不停地眨眼的声音。

这就是波尔费雷曼在一个特别明亮的晚上遇到的苦恼。他睡不着,只好用回忆来消磨时间。他想起他住过的房子,他遇到的少数几次侮辱和一次巨大的快乐——一只白鹰在一棵枯树的树枝上拍动着翅膀,时间不长,但天空几乎被它的翅膀遮住了。

他又听到了那强有力的翅膀拍动的声音——它超过老鼠的吱吱声和睡在波伊勒肮脏的棚屋里的人们在梦中的呻吟,它几乎解救了失眠的波尔费雷曼。这时,沃斯起来了。他站在那儿。月光和黑夜在他身上划条纹,污浊的空气轻轻地、柔和地在他身边盘旋。波尔费雷曼觉得沃斯本人并没有动,是梦使他动了。也许是受到月光的欺骗,也许是由于看不清他的行动,突然之间他身首异处,脑袋好像挂在木墙的桁条上,还可以看见他的眼睛和嘴巴。波尔费雷曼打了个寒战。啊(他担心救世主只不过是一场噩梦),我的一生都在受骗。在赤裸裸的救世主的尸体,被月光裹尸布从恶臭的房间带出大门之后,这个神志清醒的见证人继续躺在毯子上,面对着自己的缺点和最大的错误。

但他惊奇地发现,这个不愉快的场面竟然结束了。月光把沃斯送回屋子。他往回走的时候,骨头发出吱吱嘎嘎的声音,皮肤发出铜绿的光。

波尔费雷曼差一点没伸出手去,使他们两个人恢复正常的关联。但他没有这样做,因为天气太冷了。

第二天早晨,他说:

"沃斯先生,你知道昨天晚上你梦游了吗?"

德国人正在穿袜子,背对着揭露他的人。

"我以前从来没有梦游过,从来没有。"他回答,但心里很不高兴,仿佛拒绝承认别人诬告他的罪行似的。

这时,波伊勒正从隔板那边走过来,一只手在搔胳肢窝,觉得有必要说几句话:

"沃斯,我们欢迎你越过人类弱点的大门。"

他终于高兴起来了。他想起后半夜,那个黄脸的婆娘怎样把她的肚皮紧紧地贴着他的。

但是沃斯却是嘟嘟囔囔的。他变得脸色发青。他整天都硬邦邦的很不友好。

他把所有的时间都花费在刻板的工作上。他跋涉在棚屋、帐篷和牲畜围场之间,两脚布满了尘土。现在,他又讨厌其他人了,特别是他允许围在自己身边的那些人,或者,更确切地说,像一个无知的傻瓜那样,不得不让别人围在自己身边。那些人的面孔没有表情,像许许多多风筝,被地面所束缚,最多也只能拖着尾巴,在暖和的空隙中摇摆。他们却能阻止他朝着预定的顶峰飞去。他不知道,别人已经用人类界限的绳索把他绑紧到什么程度,这使他愈来愈感到绝望。

他嘴里咬着钢笔,面前摆着记录行动和事实的日记。日记是他小心翼翼地保存着的。他手里拿着一张干净的、折起来的长方形窄纸片,用来挡住日记,不让灰尘落在上面,也不让别人窥视。这时,波伊勒走进房间来了,他嘎吱嘎吱地咬着一块干面包,身上散发着汗臭。他说:

"沃斯,我不想干预别人的事。不过我要告诉你,你这样耽搁下去,可是在失掉最好的季节。"

"不错,不错。"沃斯说,一面用骨瘦如柴的长手指捏住纸片,在日记本上面抖动着。他皱紧眉头说,"我们准备在两三天之内离开。我要写一个报告。"他又说。

"在任何方面,我都不愿说你无能。"主人说。他可以对任何一个人充满柔情,就连对这个瘦削的客人也是一样。这个人他并不了解,也不信任,有时甚至不喜欢。

波伊勒并没有对谁不满。作为一个充满肉欲的人,他最希望有个亲密的朋友,两个人坐在一个肥料堆上,肌肤相亲。

"老朋友,你要明白这一点。"他说,用手轻轻地拍德国人的膝盖。

尘土从敞开的门口冲了进来,把他的干净的纸弄脏了。他皱起了眉头。太阳快下山了,刺眼的夕照使他睁不开眼睛。

"我不打算多麻烦你,不会超过一两天的。"他重复说。

第二次说这些话,他知道他正在把一切都押出去。到了这个地步,他再不能为自己的人性弱点去责怪任何人了。他把自己的喉咙交给了她那条冰凉的、发光的长辫子,而且真的要被它勒死了。

"这话不错,"波伊勒说,"到那时索恩代克也该来了。从库班农刚来了一个黑人。索恩代克已经到库班农了。我想,如果要他们给你送什么东西,索恩代克会给你带来的。"

"这个索恩代克是谁?"德国人问,虽然他并不想更多地知道些什么。

"这很难回答。索恩代克只是一个普通人。来来去去。这里、那里的找点活儿干,他不重要,但很有用。给人带东西,比方说,邮件。"

黄色的朴素景色深深地使德国人感动。一瞬间,一切都很清楚了。前面有一些枯死的树,由于不怀怨恨而复活了,发出玫瑰红光。一切生命都要依靠光的薄唇,尽管它紧闭着,然而依然在世界的边缘喷射着火光。

"这可就方便了,在索恩代克来到之后,我马上就走。"

从来没有一个更重大的问题,是由这样一个显然是无关紧要的偶然事件来决定的。

"不过,别着急。"波伊勒笑着说。他开始怀疑,这个独特的朋友受到了别的刺激。

"噢,痛惜浪费的时间是很自然的,"沃斯耸了耸肩膀,回避正面回答,"而且希望设法补救。"

他这样解释了,但没有告诉主人他发现了一个真理,并被它深深吸引:每一样看得见的物体都是为了爱而创造的。即使是石头,为了土地,也变得光滑些。

当夜幕降落到为了圆满接待它而沉寂下来的世间时,德国人开始发抖、出冷汗。因此,在黑女人照例送来烧焦了的羊腿的时候,他对惊讶的主人说:

"今天晚上我不想吃饭了。我的肚子有点不舒服。"

他借口说英语不方便,避免做进一步的解释。

他一个人走来走去地过了一个或一个多小时,只有在弯下腰抚摸牧场的狗时,才停了下来。这些畜生很容易感觉出别人想对它们表示亲切。而且,真的,他对此十分感动。

他会软弱到什么程度呢?他没法不产生怀疑、恐惧,最后甚至愤恨。

在他们等待索恩代克的当儿,那个奇特的月亮仍然高挂在吉尔德拉的天空。就是在白天,它也会出现,像一只闭着的眼睛,表明那个地方有一个月亮。沃斯总是咬他的胡须和干裂的嘴唇。这些日子,天气多么干旱啊。尽管下了人们经常向你谈起的那场好雨,大地还是裂开了一个个大口子。德国人走到水袋那儿,用金属杯从粗帆布水袋里取出温水,喝了几大杯。他已经感到身体不舒服了。在等着索恩代克的时候,他感到膝盖骨后面有节拍的跳动。

在某一个早晨,这位领队突然发出几道命令:

"我要把所有要带走的牛、山羊和绵羊集拢来,赶到住宅附近。"他对波伊勒说,"杜格尔德和杰基,跟特恩诺和那个男孩一起走。劳尔夫,"他向那个年轻的牧场主说,"这些行动由我来指挥。明天我们就开始。"

"那么,你不等索恩代克那个家伙了?"波伊勒问道。

"是的。"沃斯说,"我敢肯定,他在傍晚之前一定会到达的。"

波伊勒听到这话相当高兴。

"你相信那个黑人已经动身了吗?"他慢吞吞地问道。

"嘉德先生,"沃斯喊道,走到外边去,那是一个空气清新的柔滑的、懒洋洋的早晨,"我希望你把所有的武器、工具、仪器等等都清点一下,不要忽略任何东西。你,还有佛兰克,把马匹、骡子都牵回来,今天晚上拴好。"

用不了多长时间,狗吠、孩子笑,缕缕尘土忽隐忽现地交织在一起,在吉尔德拉的光秃秃的土地上织成了图案。现在,哈利·罗巴茨胆子已经大到敢用踢马刺去踢马肚子,让它一下子窜出去,做出骄傲的、了不起的姿态。哈利瘦了一些,这是旅行的原因。然而,矛盾的是,他那空虚的面孔因那些旅行充实了。它们使他入迷,但也使他迷惑;他并不激动,也许永远会这样迷惘下去吧。

不管怎么说,现在哈利和他的伙伴正在策马前进,他们的计划见诸行动了。

嘉德立刻迈着军需官的大步子朝前走去,并且开始清点归他管的装备。佛兰克·勒·墨舒尔已经找到了那些骡子和马匹,以及放在离它们不远的树阴里的驮具。在它们跑到开阔、凉快的牧场之后,他再策马过去,用鞭子驱赶它们。这样它们就会朝着家宅飞奔,把平原的土地翻起来。它们跑进围场时,会来一个急刹车——几乎跪在地上。那时,天空可能是十分艳丽的。

天气很热,在别人出去聚拢牲口之后,嘉德有条不紊地进行他的工作。他有几张起皱的纸,用来画下自己的记号。他的嘴里含着一个铅笔头。在很久以前,他的一只大拇指被大锤狠狠地砸了一下——指甲碎了,长出了一个黄色硬块。现在,他在工作时,体验到一种真正的骄傲,那是出于对自己的工作的尊重。因为那些铁器、木器或玻璃器皿,对尘世生活起着巨大的影响。一把好的斧子或刀子会让他十分喜爱,他会很细心地磨快它们,并给它们上油。至于那些导航的仪器和那些与它们不可分割的神秘符号,就更使他崇拜了。它们永远指向那个他够不到的地方,它们的迷人的指针,可爱的颤动比蕨类植物还要灵敏。这一切都必不可少,都十分秘密,都是嘉德准备的,就像他自己的蕨窝里的泉水一样。

有时,他会朝那些仪器的玻璃上哈气,用手的柔软部位去擦它。比较起来,手指上显示命运的硬螺纹就没有那么柔软了。

可是现在他抱怨起来了:

"佛兰克,我找不到那个镶在木框里的大棱形的罗盘。"

"这么大的东西,搬不了多远。"勒·墨舒尔回答,他对这事不大感兴趣。

"不论什么东西,这些黑人都会偷的。这我倒不会觉得意外。"那位罪犯说。

他像所有的高大的人那样汗如雨下,但上嘴唇却存留着几点表示愤怒、焦急,甚至绝望的小汗珠。

他到处找那个罗盘。

"佛兰克,我失败了,找不到罗盘。"

然后,他走到土著人的小屋,咒骂那些躺在地上的黑女人。她们正在看彼此的头发,和红头发的孩子们一起玩笑,把他们弄翻在地。黑女人不懂他的话,但她们变得不高兴了。

对嘉德来说,丢失罗盘这样奇怪的问题,就像进入迷宫一样复杂。他从迷宫里疲惫地退了出来。

沃斯当然发火了,因为他预料到会出事的,虽然不一定是这件事。

嘉德走开了。

傍晚时分,其他的人骑着马回来了。他们正在饮马和卷起鞭子时,受到仔细盘问,不过没有一个人感到罗盘和自己有什么关系。最多觉得好玩,甚至有些人感到很生气,因为他们要把行李打开。

沃斯活像一个预言家,穿着一身黑衣服来到帐篷里,他说一定要找到罗盘。

波伊勒也过来了,他在木板棚那边已经问过那些黑人,而且相信没有人把棱形罗盘藏起来。

"这样就难以解释了。"嘉德喊道,把自己的马褡裢朝两边甩,给在场的人心里留下了两只绝望的大翅膀在拼命拍动的印象。

"我就像在做梦。"那个罪犯说道。

对于几乎所有的人来说,这情况确实是像既不相干,而又相干的梦。他们急需找到罗盘,可却呆呆地站在那儿。

就在这时,大家看见嘉德从自己的马褡裢里拿出了罗盘。

"可是我没有把它放在那里,"他惊愕地说,"没有理由那样做。"

他那刚强的脸变得软弱了。

"我想不出,"他加上一句,"任何理由。"

但他还会绝望地在他所记得的噩梦里寻找原因。

沃斯已经转过身子,走开了。事情结束了,如果不是对他绝对有利,也将对某一个人不利。不过,有时他渴望去爱那些他很想羞辱的人。比方说,他想起罪犯的妻子。她的纯洁巧妙足以使他无法证明她是在撒谎。他有点同情地想起,嘉德自己装备了一个望远镜,又觉得它和探索星球的目的不相称。想到人类的失败和人类的欺骗行为,德国人耸起肩,沉重地走过满地尘土的院子。找到罗盘所产生的羞辱,迫使嘉德走上了可悲的岔道。后来,他突然犹豫了,产生了幻想,他的宝座伤心地闪烁着。

回到帐篷之后,嘉德说:

"波尔费雷曼先生,我没有把罗盘放在那儿。"

"我相信你。"波尔费雷曼回答。

"没有理由这样做。"

总是有理由的。波尔费雷曼心里默默地纠正他,他要继续找出这个理由。

对鸟类学家来说,停留在吉尔德拉的期间是一个梦游的季节。他受到梦的控制,很可能是一个有关苦恼的月亮和沙沙的树影的梦。它已经被回忆用铅锻铸了,这个沉思的铸像代替他在玻璃月亮下面令人毛骨悚然地笨重地走着。不过,尽管波尔费雷曼留心观看——事实上,在他们继续前进以后很长的一段时间,他都一直这样做——沃斯却没有再梦游。

如今,在吉尔德拉,眼看就要发生什么事了。黑人从傍晚的空气里首先嗅出味儿来;有一半狗想大声嗥叫,另一半在彼此耍弄。接着有些白人(他们已经把脖子和脸上的尘土洗掉,散发着陈水和肥皂的气味,显出男子汉的、不加修饰的干净样儿)从帐篷里郑重其事地走了出来,宣布有一队人马正在逼近。远处已经响起气枪般的、陌生的狗吠声,吉尔德拉的狗也开始悲嗥,啃咬彼此的肩膀表示它们的欢乐和团结。

"那么,来的是索恩代克。"沃斯说。他没戴帽子就跑出去了,露出了白白的前额,简直像摘下了假面具。

"你要说得不对,那我就不是人。"波伊勒说。

波伊勒现在总是和颜悦色、无所谓和好说话的,尤其是变得很有趣。

这个小队以牲畜奔向目的地的勇敢精神,及时来到吉尔德拉。小公牛呻吟着停了下来,抬起眼睛、张大鼻孔,直到最后一刻都用脖颈来抵抗那沉重的牛轭。

索恩代克是一个骨瘦如柴、眼睛充血的人,他并没有表示出高兴的样子,他的性情是如此呆板和琐碎。他也没有十分注意那个人们一直在谈论的德国人,他只是把他负责带的东西交出去。除了吉尔德拉等待的供应之外,索恩代克还带来了一把他们忘在麦克肯兹先生牧场的斧子——探险队和这位先生一起在离他家几英里远的地方扎过营;另外还有一捆信,是给德国老大的,上边用绳子打了个蝴蝶结。

沃斯接到信,一边用它拍打着大腿,一边问索恩代克一些问题——一些直截了当的,有关他的旅行和天气的问题。索恩代克觉得挺有趣,粗声粗气地回答了。他从来没有看见过德国人,但决心不去看这一位。因此,他吐着唾沫、动着喉结,走到这儿、走到那儿地把小公牛放开。

沃斯很快就走进去,拆开了他的信。

信里当然有波恩纳先生的指示和一些无关紧要的话,还有来自山德逊的几句友好的话和报纸,以及一位女士送的防虫面罩——那是她亲自用绿丝线钩成的。

另外还有一封信,看来是特雷维延写的。

他读了和检查了其他一切东西,把几个消息告诉了主人。主人这时已经推开他的盘子。剔着牙,放着屁。沃斯撕开特雷维延小姐来信的封印,弯下腰,打开并抹平信纸;好像它已经皱到如此地步,必须用手抹平才能看清字迹似的。

他终于读了这封信:

亲爱的沃斯先生:

纽卡斯尔班轮前几天带来了你的信。本该早日回复,表示感谢。若回信到达你处花费了太多的时间,使你认为我不愿动笔,那么你应该考虑到距离那么遥远不是我的责任,何况我对您的来信还有要加以深刻的考虑,等等的苦衷。即使经过这样的思考,我承认我仍然不知道处于我这样境地的人应该怎样回答。因为,不征求别人的意见便试图做出决定是我的一个顽固的弱点,我恐怕至少暂时还不得不感到困惑。

至少可以这样说,你的来信是出乎我意料的。没想到,任何一个像你这样轻视人性弱点的人竟然会向一个具有这种弱点的人提出如此坦率的建议!因为我记得至少有一次,你毫不掩饰地指出,我是一个性格相当软弱的、可怜的人。我对自己也有类似的评价,无法反对你的判断;当真实的自我被自己尊敬的人所证实,那就会更加令人感到难堪。我不能否认你使我痛苦,但痛苦的后果或意义还有待于了解。同时,即使不发生别的事,我可怜的弱点也会谴责我傲慢的性格的。

傲慢确实是使我们认识对方的契机。我不记得以前有人敢这样伤害我的自尊心,除非他是在逞能。我觉得,男人如果发现自己的重要性不被他人承认,就会感到害怕。至少,您是不害怕的,但你对我这样冷淡,倒使我担心我是一个无足轻重和孤立无援的人。

因此，沃斯先生，我们已经到达这样一个阶段：要我把毁灭者当作救世主了！我必须盲目地相信你的热情，而它却不是我能从我们错综复杂的关系里弄得清楚的。我感到困惑，你不会相信吧？特别是，我对一个美德并没有超过许多我所蔑视的缺点的人，持续保持着病态的关心。

现在的问题是：两个有这样多缺点的人，能彼此正视对方吗，几乎像照镜子那样？你预见到可能出现的后果了吗？你也许没有把一个致命的怪物当成一只胆小的老鼠吧？

就我自己来说，决定抱着与自身最不相称的坦率，做好了与我们共同憎恨的东西博弈的准备，请注意是我们共同憎恨的东西。因为我尊重那些尽管你努力抑制，然而还是流露出来的某些古怪的人情味（比方说，在你读过诗歌或听过音乐，仍然闭着眼睛的时候）；正像我想克服我的缺点，不幸毫无结果而感到十分遗憾那样。

只有站在这种立场，让我说清楚，我们才能一起祷告，祈求得救；你才能要求我姨父接受你的意图，当然，如果你还打算这样的话。

无论如何，沃斯先生，我再一次感谢你那友好的来信，并且像从前一样为你的平安和幸福祷告。

你的真诚的
罗拉·特雷维延
于泼滋角，一八四五年十一月

波伊勒吃饱了饭，抽足了烟，愉快地打了一个瞌睡之后，睁开眼睛问道：

"我希望一切都好，是这样吧，沃斯？"

"为什么会不好呢？不会。"德国人说，他站了起来，把一些纸张

放错了地方,另一些掉在地上,"相反,我收到的全是好消息。"

他用绳子把纸张有条理地、紧紧地捆在一起。

"我很高兴,"波伊勒回答,"没有比含糊的消息更使人倒胃的了。因此,我很高兴不再收到信了,除非是白纸黑字的。"

"我的朋友没有一个用彩色墨水写信的。"沃斯说,"我想我很快就要睡了,波伊勒,好按原定计划早一点动身。"

现在,他走到外边的黑暗中去,表面上去给他的人下最后的命令,事实上是把自己藏起来。但是这真正的目的并没有达到,他在许许多多的星星的观看下,颤抖地拥抱过去。

回来之后,沃斯开始注意起波尔费雷曼——他一直都坐在那儿,自得其乐地画一朵插在锡罐里的美丽的大百合花。

"这是什么?"沃斯问。

"这是一朵百合花。"波尔费雷曼说,庄重地、聚精会神地注视着他的银白色的素描,"我在第二个水塘沿岸的红土路上找到的。"

沃斯对它的品种懒懒散散地瞎猜了一阵。

"它带着这样的种子吗?"波尔费雷曼问道。

沃斯眯起眼睛。这些种子形状很特别,形状像一对睾丸,附在少女般的花朵上。

德国人脱了衣服盖上毯子之后,便和波尔费雷曼一起回忆他们找到的其他非正统种子构造的植物标本。波伊勒现在已经睡了。这是一个在两个男人之间飘来飘去的、愉快而又催眠的谈话,里边有友情,而又不刻意。

也许,常常应当受到谴责的是我——波尔费雷曼下了这样的结论。他不愿意动一动,怕破坏了这种迷人的气氛。

"你不上床睡吗,波尔费雷曼?"沃斯终于打了个呵欠,"明天我们很早出发。"

"都是为了这朵百合花,"波尔费雷曼叹着气说,"我们说不定再也不会看到这样鲜艳的百合花了。"

沃斯打了个呵欠。

"这可能是很常见的花。"

"可能。"波尔费雷曼同意。

不知怎么的,他们像一对情侣,彼此补充着对方的话。

接着,沃斯就开始漂浮起来,后面的话也漂浮起来,文字需要些时间融化。但现在,百合花的文字却在完美的、夏天的水里流动,不管那是水,还是水的叶子。水流过的时候,黑色的根须就粘在嘴上。

现在他们挨得这么近地游着,腰部都贴在一起了,变成了百合茎。他们的嘴也一起淹没在同一条爱河之中。我现在还不希望这样;或者,不,不,不,决不。你会希望这样的。她说,如果你解剖那个词儿,检查它的话。"在一起"这个词儿里边填满了小细胞。可以用刀把它切开。它是一颗看得见的种子。可是我不这样做,所有的人情债都是痛苦的。佐哈恩·乌里屈·沃斯先生,除非你一样一样地把它们弄清楚。然而金子是使人痛苦的、压倒一切的,令人脑门冰冷的东西,因为它纯洁无瑕,谁都希望得到它。唯独要拒绝荆棘王冠。在它扎稳根之前,把那黑东西连根拔掉。不管怎么说,她为此谦卑地表示感谢。她跪在那儿,秀发笼罩一片生机之中:有时是皇家百合,有时是黑色腐烂的人形。

在某次停顿之后,睡着的人说不出话了,他的舌头变成一颗小卵石,毯子被踢到一边。他说:

我接受那些条件。是汗水使我看不见它们的。

你没有资格接受。女人摧毁男人,把他们变成圣人。

这是相互的。一切都是互相的。

他的舌头不肯松开。

这一点你说对了,嘴巴笑了。

两个人加在一起会在数量上占优势,但在事实面前,它们却输了。数量变得软弱无力了。

弱者更强。噢,沃……斯。

于是睡着的人坐了起来,更好地观察百合花的开口。不过他见到的是一片黑暗,并且闻到了烛芯发出来的烟味,因为波尔费雷曼做完了事,已经上床睡了。

于是沃斯又躺了下来,假装睡眠没有中断。因为他不希望人家告诉他,他在梦中说过话。他不知道是否真的幸福。罗拉·特雷维延信上的每一句话他都记得。她说话的声音仍在响着。他希望那个声音告诉他,下一步该做些什么,因为结婚本身不是目的。

第二天早晨,沃斯在衰草和霞光的夹道中向波伊勒辞行。由一群供人吃的牲畜和献身的人组成的队伍向前拥进时,波伊勒已经在那儿站了很久,脸上带着愁容,像一件被遗弃在生活边缘的东西。事实上,像是一只旧靴子。

事先没有什么迹象,天空突然裂开了。它像一颗灿烂的方形宝石照射着探险队,几乎把它圈定在辉煌的蓝色监牢里。探险队的进展和扬起的卑微尘土,开始显得相当可怜了。山羊对人类的极端鲁莽显然十分不理解;另一方面,绵羊可能对愚昧有些理解。瘦削的、阉过的绵羊在草丛中朝前挤着,在灌木丛上留下一些羊毛,它们已经不再叫唤了。高贵的人类在牛群周围转来转去,纠正它们的错误,长鞭经常缠住牛角。这些人在努力前进,不过在接近中午时,他们的意志不那么坚决了。而原先乱糟糟地挤在一起往前走的一群牲口,现在也累得筋疲力尽、稀稀拉拉的了。

因此,中午在一些刺槐树荫下休息之后,沃斯便把他的人召集到一起,把他们分成几部分:一部分管山羊和绵羊;一部分管牛;一部分管驮东西的牲口。从那时候起,他们就沿着波伊勒鉴别为"C—"的河床,时快时慢地前进。沃斯自己,与杜格尔德和杰基两个黑人在一起走。这样,暂时可以不必负更多的责任,可以为层出不穷的美景所鼓舞。

他与忠诚的仆人在一起时是最高兴的。

"你带上那件漂亮的衣裳是很傻的。"他对那个老土著说,"如果你送了命,你也将失掉你的衣裳。"

接着,他大笑起来。

老土著也跟着大笑,在灰马上轻轻地跳动。从来没有一个人这样和他说话。不管怎么样,这个白人的话里没有某些他所预料的东西,这使他不好意思。

现在白人唱起歌来了:

> 一个单纯的人骑着马向蓝天冲去……①

他停下来,想了想,继续唱道:

> 他的外衣随风飘荡,
> 他的白马和云彩一起
> 为荣誉奔驰……②

他很喜欢他的歌。他朝着蓝天唱道:

> 只是他那高贵的外衣撕破了,
> 碎片从天空
> 纷纷落下。③

那个年轻的土著一直在和他的老师杜格尔德闲聊,而杜格尔德

---

①②③ 原文均为德语。

却显得十分迷茫。

白人大笑。

"啊,杜格尔德,那些全都是废话,是胡说八道。①"

"胡说八道。"他加上一句,并问,"你明白'胡说八道'是什么意思吗?"

杜格尔德笑了,他很害羞。不过他们都很快乐。

现在光线变得比较柔和,可以看清更多的东西了。沃斯在想,最后他将怎样和罗拉·特雷维延谈;他们从来没有用真正谦虚的字眼来传达内心深处最现实的东西,比如说面包或水。这两个人被他们之间的矛盾所纠缠,用闪光的抽象概念做武器,彼此威胁,而忽略了生活上共同的需要。可是,现在我们可以互相理解了,他说。朝四面看了看。在这种时候,一切都显得很美满。干涸的小河里的坑重新充满了黄绿色的水;水上漂流的白浮草撞上灌木丛发出丁零丁零的声音;难看的大蜥蜴和优雅的鸟儿也多了起来。置身于这个无边无际的褐色的原野,通过光与影的密切结合,一切问题最后都会得到解决的。

他这个令人身心沉醉、充满希望的愿景,被那个年轻的土著打破了。他从马上滑下来,落在一小块光秃的土地上,然后用一根树枝用力打一样东西。他的皮肤在疯狂地闪烁着亮光。

"杰基在杀蜥蜴。"杜格尔德解释。

那真的是一只尾巴多节的短蜥蜴。它很快就慷慨地把生命献给咧着嘴笑的杰基了。它躺在那儿露出了颜色比较浅的肚皮,从打烂了的嘴里流出很少的一点儿黑血。

三个人骑着马继续前进。两个黑人在聊天。光着身子的杰基提着蜥蜴的尾巴,摇晃着它那僵硬的身体。

---

① 原文为德语。

"他要那只蜥蜴做什么?"沃斯问杜格尔德。

老头儿突然把一只瘦削的手指伸进嘴里。他的灰色的短髭都笑了起来。

"它真的好吃吗?"德国人问。

杜格尔德摇晃着刚才那只黑长的手指,表示不是这样。

"黑人嘛。"他笑了。

杰基也跟着笑了。

两个黑人在他身旁不远的地方骑着马缓步前进。看来,他那新王国的臣民比较喜欢和他保持一段距离。他们甚至在排挤他。他们不和他谈话,他们的声音和尘土混合在一起。

探险队开始遇见别的人了。起先只看见影子;随后,便是让人联想起树干的皮肤;接着,在河床的一个转弯处,毫无疑问地出现了一群满身尘埃的人。杜格尔德和杰基转过脸去,满脸怒容地骑在马上。有一次,老杜格尔德和前来的几个人谈了几句话,不过只是试探性的——很拘谨,也很冷淡。陌生的土著透过飞虫群和赶飞虫用的灰叶笤帚,注视着那个白人。探险家本想和这些人谈谈,适当地表示友好,接受他们致敬。可是他们不见了。有一两次他喊他的同伴,但他们显然装作没听见。现在他们骑得快一些了。速度一增快,就使白人的声音失去了圆润——它随着马的运动,微弱地忽隐忽现。如果他在马鞍上转过身去,试图直接和那些陌生的土著说话,他就会发现自己如同在向伴随着他们前来的那些影子打手势。

这当然是暂时的。新的希望使他相信,他能理解一切人的需要,甚至石头心灵的需要。在那种更柔和的光线之下,赤裸的石头也有希望是柔和的。

黄昏降临了,他决定在河弯那儿露营,并且派那两个土著去把他的打算通知探险队别的成员。这样,暂时只剩下探险队队长一个人了;接着,他吃到过分自信的苦头。这个静寂的穹丘什么都没有,甚至连张椅子都没有。于是他开始把木头拉到一块儿,折断树枝,砍碎灌木,生起第一堆篝火。不过,他并没有马上得到温暖、光明和安慰,只有一点相当令人失望的火苗。这是一堆很通人性的火。生火的人在那儿走来走去,他不能克服渴望与人性之间的矛盾。人性,看来几乎是无法逃避的,就像无法逃避那些人一样。他已经看见那些人扬起的尘土了。他烦躁不安地走来走去,同样扬起一阵尘土,他的踢马刺仿佛在谴责他的失策。

罗拉·特雷维延暗示他:我们必须尽量利用这些条件。

从他站立的地方,他可以看见她后颈乳白色的神秘部位,还可看见绕在黑色硬帽子上的,浅绿色面罩的带子。到现在为止,他还不敢摸她一下——除非社交礼节上的接触,或者是梦中随心所欲、无须解释的放肆无礼。人与人之间的关系错综复杂,正如茫茫沙漠。相处需要全部的勇气,她好像这样暗示。面前是他生起的一小堆篝火。它是怎样地在这姑娘微笑的脸上闪烁的呀!我们或者可以称她为女人,因为她正在变成女人。她的喉咙和肩膀都使人,或已经使人相信这一点。不过,他看不见她的眼睛。她说,那是因为你记不住。这是真的。他记得她,主要是通过彼此之间的谈话和思想交流,还有她那不露痕迹的辛辣的讽刺。因此她的形象一直是模糊的。在她把那张相当尖的脸(上面长了一双他已经忘怀了的眼睛)转过来的时候,也给人以希望。他没有鼓励她和他接近,因为她穿着旅行弄脏了的骑装,他怕看到一个不雅的印象。

这时,传来了人和牲畜的喊叫声。

劳尔夫·安格斯骑着马慢慢地跑出来,立刻就准确地报告了消息。

"沃斯先生,先生。"他说,他的砖红色的皮肤是很值得尊重的,"那些绵羊都累垮了,它们还落后一英里。"

"好,劳尔夫,"德国人回答,"今天晚上,你带着杜格尔德和杰基在离它们不远的地方扎营。现在已经很晚了,明天我们再考虑。"

罪犯嘉德从累极了的牛群后面走了出来,他也抱怨起来。

"我们早就应该支帐篷,先生,"嘉德说,不过仍然是很有礼貌的。

"不错,不错,"沃斯同意,"我们走得太远了。不早点露营是不对的。你说得对,嘉德。下次如果你给我提出提议,我一定采纳。"

嘉德没有想到,沃斯会用这种通情达理和面带微笑的方式来安抚他。

特恩诺的大腿擦破了,他在那儿嘟嘟囔囔的,除了他,谁见到篝火都很满意。牛群笨重地移动着,逐渐也停下来了,它们的头几乎垂到了地上。马在它们潮湿的腿上磨蹭着脸。一头骡子在啃树枝。而人呢,虽然渴得嘴唇都白了,也都跳下马来,立刻占据了昏暗的一角。

嘉德先生用水和好面,将面团放在灰烬里,后来又从那靠不住的灰堆里取出一个粗糙的大面包。这时,他们为自己切下大块的咸牛肉(那是吉尔德拉的波伊勒先生赠送的),喝下滚热的红茶,他们再也没有什么别的要求了。

"只是茶里没放奶,"特恩诺嘟囔道,"味道和药差不了多少。"

"要是你摸黑往回走一英里,"沃斯说,"到安格斯先生露营的地方,你可以弄到奶。特恩诺,如果你愿意这样费劲的话。"

有些人认为这是队长的一句玩笑话,因而笑了起来,可是特恩诺把苦茶叶吐了出来——这茶叶还带着金属的味道。

"可怜的老特恩诺,"哈利·罗巴茨笑道,"你运气欠佳,最好还是躺下睡觉。"

这孩子忍不住,仍在星光下继续大笑。这地方表面上看来很单纯,蒙蔽了他那单纯的心灵。他无牵无挂,没有过去也没有未来。他的狂欢之中的身体忘记了绷紧的衣服。

"睡吧,特恩诺!好吗?"

这个笑着的大孩子是这样的兴高采烈。

可是特恩诺却生气了。他心怀不满,但不是针对某一个人。

"好吧,我睡。"他回答,"我还能干什么别的呢?"

当天晚上,哈利·罗巴茨继续长时间地沉迷于他听到的和他自己说的笑话。另外,他枕在自己弯曲的手臂上,发现可以用一条线把某几颗星星连起来构成一个星座。这些星星即使没让他兴奋得发狂,也使他眼花缭乱。沃斯先生在船上教给他的星星的正式名称,他早就决定把它们忘掉,因为星星本身要比它们的名字亲切得多。后来,眼花缭乱的他变得迷惑起来了。他好像有好几天没有和沃斯先生讲话了。有人牢骚满腹地睡着了,在梦中舐着手——用狗舌头舐,舐光最后一颗给人以慰藉的盐粒。但与其说得到安慰,不如说十分烦恼。

他们四周的原野使他们个人的希望和恐惧都减少了,后来甚至都变得无足轻重。无限的日子展开在人们的面前,他们醒来,并且怀着对原野一片敬畏的感情迅速行动起来。到处都是露水。蜘蛛把灌木丛缝成一片。此外,还有最后的几颗令人难以忍受的、忧伤的星星,它们挂在透明的天空上,除了自然之力的作用,是无法令其消失的。

早餐吃的和中饭、晚饭一个样:咸肉或新近杀的牲口的肉;用脏水坑里汲来,或事先汲来存在帆布水袋里的水沏的茶。吃过了早餐,沃斯由嘉德陪同,记下仪器上的数字,估计他们所在地的位置。嘉德取出用布包好的颤动的仪器,它们是用玻璃、钢和水银制造的。仪器由嘉德保管。沃斯以一个上级的友好的态度,让他的下级的热情得到满足。他自己坐了下来,把一个大笔记本放在膝盖上,用黑墨水、精致的文字和数字写下他的传奇。有时,同样墨黑、同样精致的蜘蛛喝饱了露水,就在他的头发上爬行。然后它们被扫掉了。这些小虫子能使他非常不痛快。到了这个时候,空气中不再是露水的气味,又开始是尘土的气味了。人们扣紧马的肚带,撇着嘴在诅咒。太阳升高了,晒得人们的头皮紧缩。有些人皱眉蹙额,把眼睛移开,不再看那些闪光的仪器,沃斯和嘉德承认那是用以对抗天意的。不过,这些持怀疑态度的人仍会骑着马继续前进的,因为他们被委派做这件工作;又因为时至今日他们的身心都已经接受了行动的某种洗礼,而这行动是受到灵感启发的。

因此,他们继续向这个拥有他们的国度深处挺进,困惑地回顾他们过去的生活样貌。那时的他们酗酒,在宁静的树下睡觉,想着把灵魂献给上帝,或把刀子插进按照上帝做的模样——别人的身体。

后来,沃斯忽然从日记里看到明天就是圣诞节。出于某种自卫的本能,他没说出来,而他那些部下大多数依靠他来做出判断或计算,就会安静地在马上度过这一天。

波尔费雷曼知道这事,但他不是一个采取行动的人。相反的,他是一个观察家、一个生活的牺牲品,他在等着看。

对于沃斯来说,如果是自卫的本能警告他不要提圣诞节;那么,对于嘉德来说,却是坚持自己权利的本能使他没有忘记。自从他被鞭子和手铐折磨死之后,他时时渴望复活,在一个比当时更有希望的时机;现在他意识到,这个时刻已经到来了。过去那么多年,在他亲属的亲切关怀下,他都没有成功,那也许是因为他在那些亲眼看见他的痛苦的人的面前感到畏缩。然而在现在这帮人,甚至在这个老练的德国人面前,他可是一个石头般的人。这样就会比较容易——在合适的时机——打开自己,向其他人展示石头里各式各样意想不到的矿藏,甚至是藏在其中的整个人。

于是,这个刑满获释的囚犯在等待着。他总是策马向前,犹豫一阵,又绕回来。他一定要选择合适的时间,不过他知道,他快要说话了。他把边上的牛往当中赶,并观察德国人和波尔费雷曼所在的地方,他的衬衣已经被汗湿透,贴在老伤口和正在吃力工作的肋骨上,透明发光。两位绅士保持着后背挺着的姿态,什么都没有觉察;而忙于思索和照料牛群的嘉德像一尊雕像,阴森森地朝他们逼近。

他们碰巧进入一个由红石和石英雕成的山谷,里边有一条小河,相当动人。它是一条流动的小河,就像他们记忆里穿过湿草之谷的小河一样。炎热的天气似乎使各种各样美丽的树更碧绿了,有些长满茸毛或剑形叶子,有些慢慢地被丰满的素馨花树缠死。它们的枝干被素馨花树一圈一圈地围住。这些致命的花环在它们宿主的身上发出微光,立刻就产生了欢乐的气氛。它们的香气使空气令人陶醉。椭圆形的叶子散发出水汽。这里还有小鸟。空中充满了它们欢乐的啼鸣和飞翔的翅膀,它们尽情高歌,橘黄和深红的颜色在空中闪烁。不过也有一些比较阴沉的鸟,它们像可怕的利箭,静悄悄地射进人们的思想。

接近中午的时候,山谷变得窄得像脖颈。罪犯离开了他那勉强前进的、疲乏的牛群,策马向前。

他说:

"沃斯先生,我想现在快到圣诞节了。如果不是明天,就是这几天。"

然后,两个人都一声不响。

如果他这话意在嘲讽,波尔费雷曼这时也会说上两句来让他高兴高兴,但他不是。波尔费雷曼眼睛看着草,等待着。

"对,你是对的,嘉德。"沃斯说。

一群鸟尖叫着乱哄哄地飞上天空。

"是明天。"德国人准确地说。

潮湿、寂静、闷热包围着这些人。

"在这种环境里,"沃斯说,"你知道我不想提起这事。"

他的手软弱无力地垂了下来,仿佛他的身体也该受到谴责似的。

"但如果这个节日对你——嘉德本人或者对别人很有意义,那么我们当然要庆祝。"

"我希望庆祝圣诞节,先生。"嘉德说。

以前,他会看看波尔费雷曼的,甚至在上星期,他可能也会这样做的,但现在他不会。这个相当魁伟的人,伸开两条腿骑在有泥块的马上,目前并不需要别人支持。

相反的,倒是波尔费雷曼觉得有必要附和。他犹豫地说:

"我也希望庆祝圣诞节。"

这是很自然的,在这种完全解放的时候,任何一个基督徒都会希望参加到解放了的囚犯这边。不过沃斯害怕联盟,特别是一个可能会连累自己的联盟,他怀疑这里面有鬼。

"好吧。"他说,舔了舔嘴唇,痛苦地笑了笑,"那么,你有什么建议,嘉德?"

他等着听一些他不喜欢听的东西。

"我建议,先生,我们就在这儿停下来。这是一个好地方。"罪犯说。的确,这在他脸上也有所反映。这里有巨大的树叶和使人安慰的水。"如果你同意,我就宰一只绵羊,准备明天吃。我们做一两个布丁——不是真正的布丁,有点像,只是做做样子。先生,我不打算建议怎样来过圣诞节。每个人都有自己的想法。"

"我们可以做礼拜。"后来他认真地想了一下,又加上一句。

"至少,让我们先停下来。"沃斯说着骑到树荫下,扔下帽子,跳了下来。

嘉德担任了指挥。波尔费雷曼看见他面露喜色。在他的伙伴们靠近时,罪犯招呼他们,伸出粗壮多毛的胳臂,做着让他们停止前进、安排好牲口和行李的手势,这时他变成了一个能干的人。在他嘴巴周围的点点汗珠之间流露出希望的火花。波尔费雷曼意识到,天真无邪的力量能不断增长,感到很高兴。

后来,他被这丰富、罕有的绿色,日常的高温和刚才看到的心灵的挑战弄得筋疲力尽了,便来到树荫下的德国人身边。

"这景色不是非常壮丽吗?"沃斯问道,他在欣赏山谷的景色——仿佛是刻出来的红石以及和谐的绿色花毯。

波尔费雷曼表示同意。

"崇高而永恒,"德国人执着地说,"这个我能理解。"

鸟类学家意识到,这句话含有这样的意思:"因为我可以想象它属于我。"而且现在他已经学会观察别人的眼睛了。

"可是,硬是被这个人拖进他所坚持的可悲的迷信里,迷信耶稣基督!"

在德国人眼前升起的景象的确是很可怕的。受尽折磨的肌肉开始溃烂,灵魂出壳了,然后又扑腾着慢得令人窒息的翅膀缓缓地飞走,伴随着漫长的岁月。

一只大鹰飞下山谷时,特恩诺朝它开了一枪,但没有击中。他埋怨日光太耀眼了。

下午时分,沃斯继续记录着他们在内陆旅行的、丰富而令人满意的事迹,而且一直记到今天。他坐下来在膝盖上写日记时,灌木丛和他那件红法兰绒衬衣像是闷在火里——衬衣是他的朋友兼恩主艾德门·波恩纳的临别礼物。有时德国人的眼神看起来让人觉得,这火最后可能燃烧起来。烧毁他那瘦长的躯体,就像真火砰的一声冒出一阵烟,烧光了一片痛苦的灌木那样。而现在,他抬起头带着和蔼愉快的表情看他的部下准备宴席。

"你和我一样欣赏这种异教徒遗留下来的奇异的景象吗?"有一次他对波尔费雷曼这样说,并且笑了。

此时,嘉德抓住了那只羔羊,或者说肮脏的阉羊,把刀子捅进它的喉咙。血喷了出来,喷了笑着的旁观的人们一身。

嘉德自己全身溅满了那只挣扎着的羊的鲜血。后来,他把它那一动不动的躯体挂在一棵树上,把内脏掏出来。这时别人都躺在草地上,感受着汗粘在身上,安静地谈着天。有的人在想心事,有的人嚼肥壮的草茎。虽然表面上他们没有注意那个屠夫,可是却暗暗地在草地上围成一个圆圈,以嘉德为圆心。而嘉德正把胳臂伸进那只绵羊阴暗的肚子里。

沃斯从远处朝这边看,想起了海边的野餐会。那时他和罗拉·特雷维延谈了话,他们自己形成了一个圆圈。现在他明白,完美的东西总是圆的、封闭的,因此嘉德的圆圈是值得羡慕的。罗拉说,太晚了。(也可能是一阵微风突然吹动了发光的、土生的树叶说的。)眼前的一切,很快就在同样清澈的绿色中漂浮起来。她的身体被这绿色包裹。绿色的阴影几乎隐蔽了她的脸,她在这些男人当中走动,他们好像都认识她。大家都彼此相识,或从小相识,或出于本能;而他只是熟悉的路人。她看了他一眼,因为那是不可避免的。他看见她绿色的皮肤溅上了那只羊的血,她会为之大笑,和别人一起分享这个笑话。他继续用外国话表达着自己的意思——随便哪种他会说的外国话,包括他本国的语言。

罗拉·特雷维延十分清楚嘉德为筵席做的一切准备工作。在她看起来,这是很简单、很朴素的。他们用手抓肉,所有的人一起动手,这将是一个赞美的仪式。

太阳西下,筵席的准备工作已经完成。沃斯变得很生气,很消沉。

当天晚上,众人生好了火,挂在黑树上的、准备在圣诞节吃的绵羊躯体成了白色的长条。这时,嘉德拿出油,在平底锅里煎羊肝,煎熟之后,把它送到队长面前。

"这是一块很好的羊肝,先生,你看得出来。"

可是沃斯说:

"谢谢你,嘉德。我不能接受。天气太热了,今天我不吃晚饭。"

他没法吃,羊肝有膻味儿。

嘉德离开时,态度恭敬,一如既往,不过眼睛发光。他把羊肝扔给狗吃了。

剩下沃斯一个人的时候,他呻吟起来。他不会去学,也学不会谦卑,也不理解谦卑,虽然这是她在信中提出的条件之一;而她的信被他铭记在心。好一阵子,他双手捧着头坐在那儿。他感到十分痛苦。

除了狗抓地的声音和呜咽声外,夜晚很宁静,火变成了灰烬。草发出沙沙声,有人走近队长,黑暗中露出特恩诺的脸。

"我为什么要把这个人带来呢?"沃斯问自己。

"先生,你看看这个。"特恩诺请他看。

"那是什么东西?"沃斯问道。

他看见平底锅的锅柄。

"喔?"他问道,"这和我有什么关系?它有什么值得注意的吗?"

"是他。"特恩诺笑着说。

"谁?"

"那位厨子,或者说万能博士。全能的上帝啊!"

"我不感兴趣。你是傻瓜。特恩诺,睡觉去。"

"我并不那么傻。"特恩诺一边走,一边大笑。

他准是喝醉了,不过即使他不喝酒,肚子有时也会不舒服的。

沃斯准备睡觉时,心里仍然在生这个讨厌鬼的气——虽然烧起他怒火的是嘉德。他嘴里说是特恩诺,可是他心里明白那是嘉德。

特恩诺也知道,帐篷里好几个人都知道。

有几个人都已经打鼾了,可是嘉德枕在马鞍上心烦意乱,不能成眠。

"听我说,阿尔勃特,"特恩诺说,"你没有睡着,我听得出来。"

他转过身子,使他瘦长的身体靠近那个比较粗壮的人。他的长脸贴得很近。

"还想得起那个罗盘吗?在吉尔德拉丢了,或者说没丢,在你袋子里找到的那个？"

嘉德用不着回想，因为他根本没有忘记。

"是有人放在那儿的，知道吗？在一个有月亮的晚上，一位梦游的普鲁士绅士，不知不觉地把它放进袋里。"

"我不相信。"嘉德说。

"我也不相信。"特恩诺接着说，"他像月光一样赤裸裸的，和耶稣一样瘦。但他的眼睛没有骗得过在下。"

"你没有说出来，"嘉德说，"到现在也没有说。"

"以前我上过当，"特恩诺回答，"而这是值得的。"

"我不信，"嘉德说，"去睡吧。"

特恩诺笑了，把身子转了过去。

嘉德一动不动地躺着，直到骨头都僵硬了，但最后还是睡着了。

每一个人，或睡或醒，都没有忘记圣诞节即将来临，然后进入了更甜的梦乡。

不过，大约在午夜的时候，野狗开始嗥叫，惊醒了探险队的狗，它们很快就跟着嗥叫起来。夜更黑了，只有远方下暴雨的地方闪烁着黄光。一阵微风在万物的头顶飘过，伴随着越来越不安的守营犬的高声狂吠。

沃斯感到很不安，终于从床上爬起来，蹒跚地去寻找他们的两个土著向导。他朝着他们的残火堆走去，他们正对着火，野兽般地在地上打滚。从他们的眼睛可以看得出，他们的内心极其活跃。如果他能看出他们在想什么，就会更满意了。

杜格尔德——那个老人，马上把脸转过去，在别人还没张嘴之前说：

"我病了，病了。"

他用手揉着他那破烂可笑的燕尾服下的肚子。

"杜格尔德，也许你听到什么声音了？是野狗的声音吗？"

"不是狗。"杜格尔德说。

他解释说,那些声音是打算干坏事的黑人发出来的。

就在这个时候,下了几颗大雨点,突然传来了一阵践踏地面的咚咚声和草丛的沙沙声。

"那是牛。"沃斯说。

那可能是牛跑动的声音——那些在山谷深处放牧的,受了惊的牛群发出的声音。

"这个地方的黑人不好。"杜格尔德哼哼着说。

沃斯回到帐篷里,拿起一杆枪。他召唤那两个土著。

"你们到这儿来,杜格尔德、杰基。我们看看牛去。"

可是这两个人被火迷住了。他们在黑暗中转过脸,更专注地盯着炭堆,把脸往土地上蹭。黑暗可是邪恶的所在地,因此,他们聪明地躲开它。

沃斯继续深入山谷,走了好像相当远的一段距离,遇到的只是无边无际的黑暗和潮湿。有一次,一头母牛和一头小牛伸直前腿站住了,朝他喷鼻息,然后笨重地走开了。之后就再也找不到牛的影子了。

"毫无用处。"他说,心中憋着一股怒火,朝着牛群很可能去的方向开了一两枪。

他回来的时候,勒·墨舒尔和波尔费雷曼已经走出帐篷,他们是被枪声和狗的狂吠吵醒的。

"牛群有可能被黑人赶走了,"沃斯说,"目前我们毫无办法。"

杜格尔德和杰基在火堆旁边注意听着这些话。白人的声音可能是从地里发出来的。

这样,圣诞节到来了。

到了早晨,他们知道一大半牛群被赶走了。杜格尔德已经恢复了他原有的风度和少得可怜的智谋。他说,杰基想骑上他的马去寻找牛群,杰基对被偷的牛很感兴趣。沃斯把这个建议作为可以暂时采取的措施,虽然它并不是能使他们脱离困境的一个办法。

其他的人心里暗暗高兴,至少目前,他们不必在一个如此光辉灿烂的早晨去卖力了。早餐吃得相当克制,但大家很满意。吃完之后,哈利·罗巴茨拿出一面带来的旗子,把它绑在用树苗做的旗杆上,旗子相当潮湿。立刻就有人轻轻地哼唱起来,接着几乎所有的人都加入了,他们在唱《上帝保佑女王》。

身穿绯红衬衣的德国人饶有兴趣地观察他们,不过很和气。他本能地挺直了身体,虽然他并不赞同。

后来,波尔费雷曼拿出他的祈祷书,说他想做圣公会的礼拜。

沃斯说:

"波尔费雷曼,可能不是每个人都愿意用这种方式做礼拜的。每个人用自己的祈祷书、做自己的祈祷比较好一些。就这样吧。"说完他看着大家。

这并非全无道理,波尔费雷曼决定放弃自己原来的想法。

不久,一两个有祈祷书的人把书拿出来了,想照书本上的话做祈祷。在这个地方,野素馨花温柔地扼杀了人们的责任感,而最虔诚的祈祷也充满了死背书的味道。特恩诺坦率地在那儿削木头,他想起了以往的经验:要恢复精神,甜酒比祈祷有效得多。嘉德离开了那儿。

"这老家伙,"特恩诺性急地叫道,"你妈会怎么说呢?还没有祈祷完呐。"

"我有事儿,"嘉德含糊地说,"我要去烧羊肉。"

"那么,我也去,帮你点忙。"特恩诺建议。

可是罪犯没有给他鼓励,嘟嘟囔囔着蹒跚地走了。

"用不着,"他粗暴地说,"我有我自己的一套办法。中午准能做好。"

于是,劳尔夫·安格斯抬起头,眼睛离开了枯燥的书本,嘴巴里充满了口水。

不久,嘉德就被这神圣的灌木丛遮住了。他可以用手指甲在书上划道道,硬把这一行文字的意思挤出来,遇到真正开始学习的人在读书时,他总是赶快走开。所有填进他脑子里的零碎的知识,所有吞进肚子里的自己选择的,或被迫接受的、不成熟的生活经验,全都被极其神秘的文字变成最丢脸的事。文字不是生活的仆人,而生活倒成了文字的奴隶。别人书上的黑字,变成一群夺去人们自尊心的胜利的蚂蚁。因此,那天早晨,他在灌木丛里徘徊,终于从树叶和寂静中得到了安慰。

后来,他又高兴了。他很想表达出他那种愉快的心情,但他不能。他只有靠光滑的树叶落在他那长满短髭的脸上,只有靠寂静来表达。他用这种方式祈祷。在一个很短的时间里,他那被皮鞭赶跑了的灵魂又回到了他的身体中。他站在那儿,用受到灵感的眼睛注视着那些林下植物。

哈利·罗巴茨发现嘉德时,他已经在切割死羊了。他诅咒那些苍蝇。

"哇!"那个孩子反感地嚷道。

"怎么啦,哈利?"嘉德说,"不过是些蛆罢了。"

"我们的午餐搞得怎么样啦?"

"怎么,它会在你的盘子里的,就像我答应的那样。"

"上面还带着蛆?"

"蛆很容易去掉。"嘉德回答。

他甚至现在就动手敲掉它们了。

"肮脏的东西!"那个孩子喊道。

当然,天气如此闷热,羊肉已经有些发绿。

"你等着瞧吧,"罪犯哄他,"你会吃惊的。要是你不吃你的羊肉,我就吃我的帽子。"

不过,男孩并没有得到安慰。

"我直想吐。"他抱怨说。

"并非每一个人都天生容易呕吐的。"嘉德回答,"不过,哈利,我还是要求你不要把这事告诉别人。"

男孩没有破坏诺言,因为发生了别的事。

早晨的时候,来了一群黑人。开头,他们只在树干之间胆怯地偷看,一直在移动着,只能看见部分皮肤;后来,他们在帐篷的外围站住了,露出了身形。

"你看见过这样脏的种族吗?"劳尔夫·安格斯问道。他的体力和外表使得他对谁也不赏识——除了像他那样漂亮的人之外。

"我们还不了解他们。"勒·墨舒尔说。

他的怀疑与发现,很可能引导他走向智慧的老年。

"你是病态的,我相信,佛兰克。"安格斯说,并且大笑起来。

他十分赞成把这群讨厌的偷牛贼赶走。

黑人在留心观察。有些人聚精会神地一动不动,站得腿都发酸了,这种姿态甚至使他们显得很庄严。他们流露出一种渴望的心情。不过其他的人,特别是老年人,在来这儿之前可能在地上打过滚,他们的皮肤很像蜥蜴皮,灰黑色而且布满尘土。好几个在场的妇女的头发是被烧掉了的。妇女浑身上下全都光秃秃的,那些应该遮盖的地方都因为拔光了毛,裸露在外。不过,由于无知和倔强,似乎反而强调了拔毛妇女的朴素美德。因为她们再也没有什么可遮盖的了。

这当然会引起特恩诺一阵狂笑,他大声嚷道:

"勒·墨舒尔先生,这些女人你出什么价?"

勒·墨舒尔一声不响。于是他又说:

"是不是她们不合你的胃口?"

最后,他拿起昨天晚上还在他手边的铁锅的长柄,交给一个比较引人注意的黑人。

"你卖老婆吗?"他问道,"我买。不过要漂亮的,毛没有完全烧光的。"

这时,所有的人都对特恩诺产生了反感,他们也对那些使他产生这种想法的黑人不满。

黑人也被他那传达某种含意的手势弄得很不高兴。有几个男人发出了嘘声,锅柄被扔到地上。

接着就传来扭打和摔倒声,特恩诺的咒骂声和土人莫名其妙的话语,听到这些,德国人从帐篷里走了出来,干预了这件事。

"特恩诺,"他说,"你一向是照着我的希望来改正错误的。这些人是我的客人,你不去招惹他们,我就很高兴了。"

窃笑的人不再笑了。沃斯在场时经常是这样的——他那认真的态度会影响全场,成为大家认可的态度。

现在他走近那个根据本能拒绝了特恩诺建议的黑人,伸出手,拘谨地说:

"这是我的友谊之手。"

起先黑人不愿意,但后来他握住那只手,仿佛它是一件以货易货的、没有生命的东西。他把手翻过来,检查它的纹理、血管的结构和手掌的算命手纹。很明显,他估计不出它的价值。

这种奇异的礼节使每一个白人都大吃一惊,仿佛一切人与人之间的关系都要由沃斯和那些黑人给予新的估价。

后来,土人放下那只手。事情太复杂,他难以理解。虽然沃斯的同伴已经预料到结果会是这样的,但沃斯的友好表示竟然得到这样的结果,这使他感到有些悲伤。

"他们现在只会欣赏物质的东西。"他有点惊奇地说。

他错了,因为他固执地认为他们是这样的。他对他们的要求超出他们所能做到的。认识到他的错误之后,他立刻叫那个男孩去拿一袋面粉。

"先生,"劳尔夫·安格斯说,"至少让我们问问他们偷牛的事。"

杜格尔德和土人交换了几句秘密的不愉快的话。接着,出现了一片黑色的沉默,一切都显得十分神秘。

"他们不知道。"杜格尔德说,用的是失败时使用的懊丧的声音。

这时,男孩已经用力把面粉拖来了。沃斯让杜格尔德给他们解释它的用处。他简单地解释了,就像人们很不情愿地承认一个亲戚精神错乱似的。

黑人们在喋喋不休地谈论着,把手伸进面粉里,脸上露出了愉快的笑容。然后他们抓起袋子离开,笑着穿过山谷。在还看得见他们时,发生了一场相当幽默的争吵。许多双手用力拉面粉袋。有一个老妇人抓起一把面粉,把它洒在头上,她在那儿站了一会儿,满头满脸都蒙上面粉,像一个古代的新娘子。她尖叫起来,因为全身发痒。他们全都大笑起来,把面粉下雨似的洒光,然后拖着空袋跑,终于把它拖成了很不体面的破布。

如果这时烤羊肉的香味没有飘过来,那个送礼的沃斯很可能会对这种浪费感到痛心的。

"这是晚餐的香味。"哈利·罗巴茨嚷道,已经完全忘掉了早期准备阶段发生的事了。

嘉德挖了一条浅沟,在里边点燃木炭,把羊挂在上面。现在,金色的羊身上冒着油、流着汁,发出滋滋的声音。大块的熟肉立刻被切下来,分给全体队员。这一次,他们没有啃干净骨头,便把它扔给狗吃了。不久,他们就全都吃得饱饱的了,但依然想塞进一些硬布丁——那是嘉德临时用面粉和葡萄干揉成,在水里煮熟的。那天,就连这个也是好的。吃完饭,人们躺在草地上,添油加醋地讲过去的事。这些故事没有人会相信,但大家都听得心满意足。

就连沃斯也放低身份,透过亲切的薄纱,叙述他的往事。

"我记得,我父母的家里有一个绿色的炉子。它是用绿瓷砖砌成的,你们知道,上面有用后脚立起的几只狮子。可是它们看起来更像瘦猫,作为一个孩子,那时我是这样想的。"

所有的人都在听德国人讲。他们吃得动弹不得,圣诞节又使他们很快乐,就不再想听故事,而只想听听幻灯般的回忆片段。探险队里最单纯的人把自己融进这些静止的、不连贯的图景中去,仿佛这些都是自己脑子里的东西。

"圣诞节晚上,我们围着绿色的火炉坐下,有亲戚朋友,有靠友谊活下去的老妇人,还有我父亲的一两个徒弟。我们唱圣诞歌。每年都有一棵树。一棵枞树发出新砍下来的树干的香味。在欢乐的节日气氛中,在传递糖果和热酒的间隙,我要听听街上的声音。那是雪花,它把空空的街道一点一点地填满了,好像一直下到我们完全沉醉在圣诞节里。"

德国人停了一下。

"所以,"他说,"除了下雪,那边和这里也并非完全不同。这是很明显的——那边下雪。"

"还有,除了我们并没有沉醉。"嘉德觉得有必要加上一句。

有些人笑了,他们说这可不一定。在这种时候,他们并不注意这些。

"你们习惯吃些什么,先生?"哈利·罗巴茨问道。

"圣诞节吃一只鹅,圣诞节晚上总是吃一条大鲤鱼。"

"什么是鲤鱼,先生?"

相隔这么远,德国人怎么说得清呢?

晚上天气凉快了,享受过宴会的人从肉和梦的昏迷中苏醒过来之后,沃斯要求嘉德跟着他。他们骑着马,朝着杰基寻找丢失牛群的方向跑去。不久,他们驻扎的美丽山谷就无影无踪了。他们走进一个静寂的地方,在那儿,马匹不断地跌倒。因为它们踩进动物的洞穴或看不见的小坑里,在这脆弱的土地上一直陷到马髂骨。

在这艰难的旅程中,沃斯的马被一条蛇吓了一跳。奇怪的是,这是一条活蛇,因为这里一切东西看起来都是死的。马匹立刻用喷鼻、额毛和眼白来表示抗议。在它猛烈一跳时,德国人的左太阳穴和前额的一块地方被一棵枯树的枝子划破了。伤势并不严重,真的,如果不是因为鲜血流进眼睛,他都不会再去理它了。

"你应该处理一下,先生。"嘉德看见他的队长把血抹掉,便这样说。

"这没有什么。"沃斯回答。

沃斯皱起眉头,结果血又涌了出来,流进他的眼睛。

"等一等。"嘉德说。

令人惊讶的是沃斯服从了。他们勒住马,跳下来,罪犯拿出一条手帕。那是他最近在营盘附近的小河里洗干净的,他准备用它来包扎德国人的头。

我让他包扎吗?德国人拿不定主意。

可是他已经屈服了。他低下了头。他可以闻到这条起皱但干净的手帕的气味,那是在空闲的时候,晒在草地上的味道。他可以听到罪犯的呼吸,离得很近。

"太紧吗,先生?"嘉德问道。

虽然他是一个为别人服务的行家,但在这种情况下,他也时常会感到一种微妙的怯懦,致使灵巧的手变得笨拙。

"现在这样正好。"沃斯说。

德国人知道,人类很愿意把自己的肉体交到别人的手里。他打了一个冷战。

"你们说'有人在你的坟头上走动'①吗?"他笑着说。

---

① 这是无故打冷战时的一种迷信说法。

"是有这种说法。"罪犯回答,他以超然的态度来检查他的工作。

他们骑上马继续往前走时,沃斯心里在琢磨:他把自己交到她手里已有多深程度了?因为他觉得,她正在那儿微笑。她的嘴唇异常丰满而且热情。他一定是妥协了,因为他继续恬不知耻地关心她的欢乐,并从她的欢乐里得到自己的欢乐。他们沐浴在同一个光源里,那是从迄今还平淡乏味的土地中迸发出来的。

"我想,从现在起路会很不好走了,先生。"嘉德打断了沃斯的幻想,他艰难地稍稍走在前面。

"我对我们的伙伴很有信心。"德国人说。

他们继续骑着马朝前走。可能是傍晚的柔和宁静,使得他们两个人都很愉快。

不久,他们在一条干涸了的小河岸上碰到了杰基,他领着七头牛,也许丢失的牛群就剩下这几头了。

"你到处都找遍了吗?"激怒的沃斯大声吼道。

"全都找遍了。"杰基说,他认为这是白人要听的回答。

"明天早晨我们可以全体出动,四处搜查,"嘉德建议,"也许能再抓到几头。"

因为天色已经很晚,目前什么事都办不了,只能跟在找到的几头牛的屁股后面回营去。

第二天早晨,除了波尔费雷曼,大家都同意了罪犯的计划。波尔费雷曼忙着搞他在山谷时弄到的鸟类标本。他坐在一棵树下工作,用带叶的树枝把翅膀收拢得很好的鸟儿身上的苍蝇赶走。因此,德国人看见他时心里很恼火。

"也许你该留下来,波尔费雷曼,"他仔细考虑之后说,"抵挡可能会来的强盗。"

不过,他还是跟谁都生气,尤其跟吉泼——那条纽芬兰混血大母狗。它跑到他的马蹄下,被踩得尖声叫起来。

他们除了找到两头被砍死的小公牛之外,寻找丢失的牛群的行动没有什么结果。过了几天,他们决定拆掉帐篷,继续前进,不再找牛了。现在看来,在这个愉快的地方逗留,只有波尔费雷曼得益。因为圣诞节这个插曲已经过去,特恩诺发烧,还有两个人挨了虫咬。波尔费雷曼不得不努力隐瞒满意的心情,可是没有瞒过沃斯。

"最后的一条骡子被鸟的尸体压断了骡背,"沃斯嘟囔道,"那时,我们该怎么办?"

波尔费雷曼把它当作一句笑话。

他们继续往前走。

他们没完没了地在这驼峰形的、可恨的土地上行走。太阳把这片干枯脆弱的土地烧得非常靠不住。的确,它是这片大地的光秃的外壳。有些绵羊决定躺在地上死去。它们的尸体没有什么可贡献的,不过那些黑人还是把羊皮和内脏煎熟,把这些美味塞进喉咙。白人们的胃口被尘土破坏了,他们只吞下几片坚韧的大腿肉,或者习惯地啃干瘪的排骨。他们自己的胃也越来越干瘪。在黎明的曙光下,马和牛都用鼻子在地上搜索树叶和草的迹象,以及可以吸吮露水的小石窝。万物的幽灵在这里游荡,黎明时分,到达此地的人和畜生只不过使这片鬼世界增加一些东西而已。

不过这正是我们所预料的,德国人安慰自己。

他的脸变瘦了,他那淡淡的纯蓝色的眼睛对被事实证实了的情况看得更清楚了。

他们偶然遇到一群黑人——他们高高兴兴排着队越过这片灰暗的土地。黑人靠近了,笑着,露出雪白的牙齿。他们不像前面那些黑人,他们跑过来和杜格尔德和杰基打招呼。他们高兴地彼此问候,然后这人数不多的队伍七零八落地走进了茫茫的原野。女人们手里拿着网,抱着孩子,男人们却空着手。

后来,从杜格尔德那里才知道这群人是去吃本芽果①的。

"在什么地方?"勒·墨舒尔问,他觉得这些黑树意味着天堂。

"黑人要走很远,"杜格尔德回答,悲伤起来了,"许多人长眠了。"他加上一句。

于是,那些白人经过一些可能会成为他们自己长眠的地方,继续朝西前进——神秘的本芽果仿佛也被他们吃进了嘴里。

过了几天,他们来到了一个山岗——那里甚至有小山呢。山岗上洋槐灌木的树枝打在他们的背上,把他们打精神了。骡子开始闹腾了。下过羊崽的几只山羊的乳房被树枝割破了,它们有所有动物中最具理性的透明眼睛——一走进这个混沌世界的时候,就把一切看得太清楚了。然而在山岗较远的一边,好像有一条小河。或者说是一串小池塘,里边的水是棕色的,上面还有浮渣。探险队全速奔向那里,如果不是骑术高明又大声吆喝,他们很可能陷进水塘。

事实上,有两头更顽强的骡子陷了进去。他们抓住绳子的头一起用力往上拉,又用折断的树枝抽打它们的屁股,这才把它们拉了上去。

有一头骡子被树桩戳伤了,深红的血和稀泥在蹄子后边的丛毛上黏成一片。它得意扬扬地、一瘸一拐地走着。

沃斯抑制住厌恶的心情立刻向这头畜生走去,消瘦的脸上充满了决心,可是却很快四脚朝天地倒在了地上。他的脸甚至更瘦了。

大多数人好像被周围的景象迷住了,只有波尔费雷曼马上跳下马来,跑到他们的队长面前。

"怎么啦,沃斯先生?"

"它踢了我肚子一脚。这个魔鬼!"德国人扭歪了嘴唇,躺在那儿,勉强地说了这么一句。

---

① 澳大利亚大叶南洋杉的果实,和橄榄球差不多大,成熟后有烤栗子的味道。

这时,嘉德来到他身旁。他们把这个痛苦的人抬上山坡,放在一棵灌木的树荫下,罪犯在上面遮上一块帆布作为附加的遮阴。

因为德国人继续咬紧嘴唇,并且好像除了他本国的语言之外,什么也说不出来,嘉德做主命令大家停下。他们在那儿驻扎了好几天,以便治疗病人。因为特恩诺发烧、闹肚子,他坚持说是喝了羊奶的缘故;另外,还有那头戳伤了的骡子。

嘉德很快就把扎营的事安排好了。他派那个听话的杰基踏着一块圆木,用一只小锅去舀漂着渣滓的水。杜格尔德把树根拔出来,用力摇晃,从上头弄到一些清澈的水。不久,所有的人都稍稍恢复了精神。只有牲畜对它们的脏水不满意,它们站在那儿叫唤,低低地垂下头,用鼻子寻找天然的露水。

一天晚上,沃斯觉得不那么痛了,脸也不那么黄了,他派人把嘉德找来,郑重其事地向他表示感谢。

"感谢你的关怀和照顾,嘉德先生。"拘谨的沃斯说。他仍然像一个快要断气的死人那样垂着眼睛,躺在地上。

"一个人总得做他能做的事。"嘉德说。他宁愿和老虎打交道也不愿听别人说感激的话。

"可是没有水,"他突然说出这么一句。

一种十分丢脸的温情从他的嘴里流露出来。

真的,他不得不用充满浮渣的污水来煮那块给德国人热敷肚子的破布。德国人身上被骡子踢得一片青紫的这一部分,原先一定是乳白色的、很薄,而且是私密的。因此,在他为沃斯热敷时,不得不时常移开视线,朝外边的烟雾望去,以此来避免进一步窥视到他的隐私。他觉得那几乎是神圣不可侵犯的。

沃斯曾经在某些不那么裸露的场合下,感到比现在更加暴露。他藐视一切疾病、藐视体力,他甚至藐视(虽然是秘密地)嘉德服侍他时他感觉到的同情。他觉得身体衰弱不会降低他的能力。可是,嘉德的能力会不会因同情他而增长呢?

在嘉德把破烂的热布敷在他身上时,他继续观察这个罪犯。现在,他垂下眼睛对罪犯表示谢意,他说:

"我特别觉得你善于指挥。"

嘉德站在那儿。

"我没有指挥别人,不是有意的。"

"可是,我要为这个表扬你。"沃斯回答,更深入地观察嘉德。

"我是赶拢了几只骡子,"罪犯承认,"告诉其他人用木钉把帐篷钉好,杀一头牲口,派黑人去找水。因为我是一个讲究实际的人。"

"骡子必须被赶拢。而人,人必须被驱策,虽然他们不肯承认这个真理。"

罪犯激烈地反对这个论点:

"不对,人不是这样的。"

这个人浑身颤抖,好像身上的伤口又裂开了。

"好,嘉德,"沃斯笑着说,"我相信你没有这种野心。"

然而,在这个人走了之后,他却继续怀疑他在行使极大的权力,虽然他没有超出普通人的范围。因为同情——一种女性的美德,或者甚至说是一种世俗的魅力——无疑是人类所具有的,但它使意志受到限制。

因此,德国人现在很轻视他过去最希望做的事:拔掉女人腔的男人身上的鲸须,把他的嘴打烂。

啊!他大声喊,把脸往马鞍袋上蹭。

后来,他比较平静地躺在光秃秃的山脚下。他想到了那个同意成为他妻子的女人,所有纠缠不清的情欲都从他的身上和那些发育不良的树木身上消失了。这时,天空光辉灿烂,远处的田野有如幻象。土地与光线糅合在一起,他躺在地上轻轻地呼吸。他在想他的妻子——如果他为了柔软的金戒指而放弃火的王冠,那么他就可以在她的手中得救。这就是牢牢抓住他的、像铁一样冰冷的永恒的问题。

过了几天,沃斯能起来了。尽管他还不能挺直起衰弱的身体走路,他的意志却是昂扬的。别人的病也都好了。特恩诺除了发牢骚之外,别无他病。犯了错误的骡子,瘸脚也好了。德国人把嘉德和波尔费雷曼叫来,告诉他们,他决定明天早晨起程。

结束在长满灌木丛的山坡上无所事事的生活,确实使人高兴。每一个新的旅程,即使是走向荒野,也会令生活重新开始。因此,从午前到傍晚,人们都在活跃地做准备工作。

只有杜格尔德一动不动地蹲在盖满灰的一个小火堆旁。这个老黑人比以前更像一个灰人和烧焦的木头。他那脆弱的腿臀好像只要一碰,就可能碎裂。

"你怎么啦,杜格尔德?"德国人问道,"你不高兴吗?"

"黑人老啦,"老人用最苍老的声音说,"这个人太老了。"

他那骨头竖琴发出了多么悲伤的调子呀!

"这个人病啦,又老又病,想回吉尔德拉。这儿不是老人死的地方。"

"杜格尔德,我不会让你死的。"沃斯轻轻地安慰他。

"你让沃斯先生死了。你救不了杜格尔德。"老黑人回答,严肃地看着那个白人。

"我怎么会让自己死呢?"

"不是现在,还没有到时候。到时候,你就得死。"

沃斯觉得在火边的忧伤对话很有趣。

"你这个老鬼,"他大笑着说,"你会看到我们所有的人埋进土里的。"

于是,老人自己也笑了起来。

"不在这儿。"他无力地笑着说,"吉尔德拉好地方。求求你啦。"

他安静地很快地说,"我到吉尔德拉去。"

不过,德国人用手势否定了这种可能性,继续往前走了。

老人继续酝酿的,确实是一种预感和恐惧的疾病。他抱着灰白的头蹲在火堆旁。这块陌生土地上敌对的幽灵正在折磨着他。

人们知道明天就要起程,已经开始拆帐篷了。后来在营盘里,沃斯也感染了老黑人的一些忧伤的情绪。他开始四处察看,看看变黑的罐罐、汗液泡硬了的皮革用具,还有他用潦草的字迹记下的,关于旅途真实情况的那些怪神气的笔记本。他的手掌也感知到了前途的无依无靠。又到黄昏了,透明的天空布满了悠闲的茧状的云,它们容易碎裂、容易变形。不过,如果他能够,他愿意爬到它们里边去;因为不能,他只好继续在营盘里巡视。不管正在做什么,他的部下都抬起头来用孩子的眼光来观察他的脸。他们还没有学会不去看出现的事物。

沃斯已经很疲倦了,再说,他还没有完全复原。这时,便走到他自己的火堆旁坐了下来。

"杜格尔德!"他大声喊道。他已经下了决心,拿了纸张。

微风掀动那张硬纸,在他的膝盖上发出轻微的咔咔声——就像树皮或树枝那样。可是没有他的保护,微风就会翻动和折磨它,因为这样长久地保持着白色的纸张,是尘土所憎恶的。

老黑人来了。

"杜格尔德。"沃斯说,他现在有些急躁或者不高兴,"你听我说,明天你就到吉尔德拉去,明白吗?你骑特恩诺先生的马。这匹可怜的老马最好留在吉尔德拉。"

"不错,"杜格尔德笑了,"老人也同样属于吉尔德拉。"

"是这样。"德国人说,"不过,等一等。把杜格尔德的马给特恩诺先生。"

"是。"老黑人低声说,他现在准备宽容地牺牲其他一切。

"我写信,把信交给杜格尔德。"沃斯解释道。

这封没有诞生的信在他的膝盖上咔咔地响得多厉害呀。

"杜格尔德,把这封信交给波伊勒先生。"

他的话活像铅弹。

"现在,你明白了吗?"

"是的。"老人说。

黑夜叹了一口气。

剩下他一个人的时候,德国人铺开纸——整个黑夜都集中在它上面。他把纸铺在一个笔记本的硬面上,准备开始写信。他的膝盖发抖,不过,这是当然的,他生过病嘛。灯光在跳动。杜格尔德已经走了很久了,但沃斯还在信头上徘徊。如果他能控制自己,他就会查阅他的整洁的日记,抄下最近估计的位置。不过,这时他并没有控制自己,不知道自己现在在什么地方。这自然太古怪了,显得太空虚了。然而,他终于从一片空白中开始了他的信。他对一些词句可能产生的反应发出苦痛的微笑,这些词句所包含的感伤情调对他来说,依然是陌生的。

沃斯写道:

亲爱的罗拉……

这样亲热地称呼她,就像称呼很熟的人。他又犹豫了。他知道自己的那一部分——最弱的一部分,是为这个女人准备的。他是从几次冷冷的谈话和一次热烈的争论里了解她的。另外,他们还在闪现的直觉里、在梦中相会。不管这种认识是否足以证明他的态度正确(尽管从某些角度来看,这只是个人的看法,而且一直萦绕在他心头)。他用笔温柔地写下罗拉,并且这样写下去:

……你的信给我带来巨大的幸福。我不说它是唯一的幸福,因为我正在去完成一项同样伟大,并且已经在我心中存在了很久的、野心勃勃的计划。终于落在我身上的所有这些奖赏,有时使我不知所措。这一来,你可以看得出,你已经使我有点谦虚了。那是你十分赞美的,也是希望我具有的品德!如果别的男人具有这种品德,我并不赞赏;如果它发生在我身上,我就会认为是软弱;然而为了你,我都愿意接受。

来信中有许多对我的批评是可以辩答的。不过,不是在现在的处境下,因为我觉得那些争论比较适合在茶桌旁边进行;而在这里,我却没有可以在它后面进行辩论的那种家具。真的,我们几乎一无所有。因此,一切要由你的情感来决定。你说你的情感隐藏在争论之中,在这漫长的日子里,它使我得到这么多的、发自内心的快乐。罗拉,我独自坐在这个无边无际的原野里,终于感觉到我们的相爱是必然的、适当的。没有一座普通的房屋可以容纳得下我的感情,但这个巨大的天地,却永远使人滋长更多的渴望。

最亲爱的妻子,我过于武断了吧?像我这样生活和梦想的人,也许已经忘记某些伪装了。但这样影响深远的、壮丽的生活和梦想,即使你待在你那安静的屋子里,也一定能和我分享的。因此,我们正一同骑马越过这片原野,在这个漆黑的夜晚坐在一起。我伸出手去抚摸你的面颊(这不是第一次了)。你看,分离使得我们更加、更加接近了。也许,我们终于可以交谈,用简单的语言表达无法表达的思想了吧。

明天,我将把这封丢脸的信交给一个老黑人,让他带到吉尔德拉的波伊勒先生那里。另外,还有给你姨父的信——正式向他外甥女求婚,并把探险队进展的一切必要的情况向他报告。罗拉,我本打算延缓几时,好多享受一下我们的秘密。这样宝贵的秘密泄露太早,实在可惜。我疯了吗?这是我在这些沙漠的石堆里找到的金子。几天以前,我被骡子踢了肚子,相当痛。也许到现在我还有些精神错乱。

你不必担心我生病时没有受到照顾。我的首席天使(一个相当多毛的天使)是嘉德先生,他是一个刑满释放的罪犯、山德逊先生的邻居。我记得在你姨父家也曾提起过这个人。嘉德是一个人们称为"好人"的人。他不是一个真正的圣徒,不像波尔费雷曼先生。他是犹豫不决的,总是在试验他那没有把握的力量——不是用这种方式,就是用那种方式。他很招人爱,但我不能爱他,即使你希望我这样做。最亲爱的罗拉,我不能毁掉自己。我得留下来为前途奋斗,和石头搏斗,去攀登,如果需要,还得流血。是的,我不打算突然停下来,和嘉德、波尔费雷曼一起磨破膝盖,匍匐在神座的面前。至于你呢,当心夜!我要冒着引起你严厉反对的风险,把你抬高到更加理性的位置,站在我的身旁。

这样,我们就有了我们的幻想。佛兰克·勒·墨舒尔经历了一些重要的事,他不愿意让我知道。另一方面,哈利·罗巴茨一定要把一切都告诉我,他愈来愈单纯。有时我觉得我们疏远了。他那种单纯是这样的:他要么能够揭露极其神秘的事物,要么就变成一个白痴。

我没有描写看到的每一棵树、每一只鸟和每一个土著,那是因为,这些都是写给那些除了事实什么也看不见的人的。你呢,你要继续我们的旅行,一直走到最光荣、最艰苦的尽头。

奉上我的祝愿,并斗胆献上我的爱。因为距离已经把我们结合得那么紧。我知道这是真正的结合。在敢于想到肌肤之前,我们已经用软的和硬的骨头较量过了。

你的

佐哈恩·乌里屈·沃斯

早晨,缩小了的马队向西推进时,杜格尔德骑上了指定给他的老马。它脚力不好,肚子被肚带擦伤,还有鞍伤。剩下来的最后一群绵羊和一头笨重、颤抖的母牛蹒跚地走过去了。人们——有的恰当地,有的热情地,有一个下流地——向老黑人打过招呼了,可他仍然羞怯地站立在马镫上。现在,所有的人都过去了,只剩下尘土和沃斯。

"再见,杜格尔德。"德国人在马上说,他弯下腰,伸出一只手。

老人不太熟悉这种姿态。他用双手握着那只手,但马上又放开了;他被不同的肤色弄得不知所措,同时又快乐地笑了起来。他的脸上到处都是灰色皱纹的小月亮。

"你径直回吉尔德拉去。"德国人说,但把这道命令说得很宽容。

"好的,吉尔德拉。"老人笑着说。

"你不要闲逛、浪费时间。"

可是老人只能笑笑,因为时间并不存在。

德国人的脚心在马镫里感到很不舒服。

"你把那些信交给波伊勒先生,明白吗?"

"好的。"杜格尔德笑着说。

"信安全吗?"青筋鼓起的人问道。

"安全,安全。"衣衫褴褛的人重复着。

他把信装进他的燕尾服的一个口袋——那个地方显得挺白的。

"好啦,"写信的人大声说,"你还站在这儿干什么?走吧!"

黑人上了马。他用光脚跟踢马的肚子,赶着它蹒跚地走了。

于是,沃斯掉转马头,朝着众人走的方向奔去了。在这种时候,这个瘦子总是软弱无能地用希望欺骗自己。在太阳这个圆球突然被抛上天空之前,伟大而空虚的早晨是很可怕的。

杜格尔德继续他的旅程。几天来,他骑着老马慢慢地往前走。

老马常常发出叹息,不再用尾巴赶苍蝇。

老人终于心满意足了。他一边前进,一边唱歌:

　　水真好,
　　水真好……

这句话的真理不时渗进炽热的大地。

老人有时跳下马,来到残株跟前,挖出树根,撅断它,吸里面的水。有时,他把这些宝贵的树根切成一段段的,把水挤在手掌上,让老马啜饮。老马扭歪的嘴上的毛使他尽是皱纹的皮肤发痒,弄得他很舒服。

老人杀死并吃了几只大蜥蜴,还吃了一只暗褐色的小老鼠。因为他已经到了几乎可以吃任何东西的年龄。现在可吃的东西那么少,这真是一件憾事。

他体验到真正渴望的滋味,晚上经常颤抖,把身体伸向保护他的火堆。

一天下午,老马倒毙在干涸的河床上。这位黑人并不过分在意。如果有所不同,那只是负担减轻了一些。在离开那匹死马之前,他割下马舌,把它吃了。然后,他把马鞍上的一条马镫皮带扯下来,抡圆了,使那皮带末端的铁马镫在空中形成一个可爱的弧。

迟钝的老人的血管里渐渐又充满了美妙的生机,最近几周的麻木也逐渐消退。经过一段时间以后,他来到了一片有水有草的好地方。他走到一个湖边,在那里,黑女人扎下水去挖百合花根。他仿佛进入了梦境,这些妇女理应是他的同族——这在梦境中显得很自然。而且,当他蹲在水边,看她们的头发缠住百合花茎,黑色的乳房贴近白色的花萼时,她们一定会笑着和他聊天的。而部落的那些强壮的年轻猎人,手持长矛、木棒,叮叮当当地从硬木树丛中冲了出来,一定会对他表示轻蔑。但当他们意识到,老人拥有在经历过漫长而重要的旅程之后,才能获得的智慧和尊严后,他们就注意地听他讲话了。

只是他的燕尾服,如今变成了几条布带,不再那么有尊严了。结果,个子最高的猎人庄严地撕下一条布带——上面还有一个口袋。

杜格尔德想起了白人的信件,取回口袋,把信件拿出来。他的破烂的衣服被撕光了,他站在那里,露出皱褶的皮肤和树皮衣。如果那件衣服都不重要,那么他和白人在一起的那些日子呈现的良心又有什么重要的呢？一个牙齿闪光的年轻妇女,来到他身边,尝了尝封蜡的碎片。她尖叫一声,把它吐了出来。

杜格尔德带着点忧伤,非常庄严地打碎了信封上的封蜡,打开信纸,露出黑色的字。有些人失望了,因为他们只看见蕨根的图形。一个武士用矛扎在纸上。人们愈来愈不耐烦和不高兴,他们等着老人解释。

这些信纸含有白人想表达的思想,老人灵机一动解释道：忧伤的思想、坏思想、过于沉重的,或在某一方面有害的思想。它是从白人的笔里流出来的,写在纸上、送出去。

送出去！送出去！人群开始威吓和喊叫。

老人把信纸折起来。他以一个解说了神秘事物的人的庄严姿态,把它们撕成碎片。

它们是怎样飞舞的呀！

妇女在尖叫,逃避白人的坏思想。

有些男人在笑。

纸片像一群白鹦鹉,在他的四周翻飞,落在草地上。只有杜格尔德是忧郁和平静的。

后来,男人拿起武器,妇女拿起网子、袋子,抱起孩子,他们一齐朝着北方进发。在这种季节，那边有丰富的野外生活和很多山药。老头当然和他们一起走，因为他们是他的同族，而且他们要朝那个方向走。他们经过丰盛的草地，眼前的现实吸引了他们全部的注意力。

第九章

　　由于这个夏季特别潮湿,或者由于悉尼缺少绿色蔬菜(她也不想被人敲竹杠),波恩纳太太迫不及待地跑出家门。有时,她把身体不适——她不告诉别人,免得家人会笑话她——归咎于她的女仆露丝·波申怀孕所引起的,很难对付的处境。因为露丝仍旧和他们住在一起,身体很笨重,很丢脸。波恩纳太太把她的女仆的情况叫作"露丝病"。她简直受不了,就像是她自己陷入了这种处境似的。

　　"我知道,"波恩纳太太对她的朋友波林格太太说,"劳德提太太为堕落的女人办了一个收容所。可是,我去问了问,它不收那些——我们是不是可以这样说——身体上已经显示出自己堕落了的女人。"

　　波恩纳太太轻轻地拍着她的嘴唇。

　　"我真的不知道给你出什么主意。"波林格太太叹了口气,她自己合法地怀孕了,不可能对一个女罪犯的堕落真感兴趣。

　　"在一个正常的家庭里,"波恩纳太太抱怨说,"这样的事情是不会完全由一个人来管的。"

　　"噢,可是波恩纳太太,没有一个家庭是正常的。"波林格太太大声说,"不是这样吗?"

　　这没有给她应有的安慰。

"孩子们都是些小畜生,他们只想到自己。一只长毛垂耳狗都比他们好一些。"

波恩纳太太大吃一惊。

"我并不否认孩子们是可爱的小东西。"波林格太太勉强承认——她有很多孩子。

"没有人会希望,一个不懂事的孩子能提供成熟的意见。"波恩纳太太接着说,"但一个做丈夫的应该,而且也正是这样想的。"

"丈夫正是这样想的,"波林格太太同意,"不过那又是一种不同的想法。你我都知道,波林格太太,我相信,如果男人不是在很大程度上彼此气味相投的话,这些在国内谈个没完的机器就不可能被创造发明。我相信许多男人,甚至那些有名望的男人,本身就是机器。"

"真的吗,波林格太太?"波恩纳太太大声说,"我不会这样想波恩纳先生。虽然他和我的想法不一样,也不替我出主意。"

波恩纳太太又不高兴了。

"必须挑起露丝这个担子的是我。"

啊,露丝,露丝,永远是露丝。波林格太太叹了一口气。波恩纳太太变得相当令人厌烦了。

"我们得为这个可怜的人想个办法。"这位和气的朋友说,希望就此不再谈这件事。

波恩纳太太是一个有洁癖的人,如果不是家里人的提醒,她会把女仆赶出大门,设法忘掉这件事。在目前的情况下,她不敢这样做。露丝的前途问题继续不断地困扰着她那受折磨的心。

盛夏的一个下午,刮起了一阵燥热的北风,土生土长的树木丑得像恶魔,空气变成棕色。波恩纳太太的周期性偏头痛发作了,确实变得歇斯底里。她重重地坐在客厅的直背沙发上,那原是她用来招待客人听音乐的。她在一阵阵科隆香水的香气中低声啜泣。

"怎么啦,艾美姨妈?"她的外甥女问道,一阵旋风似的跑了进来。

除了笨重的露丝,那天下午只有她们两个人。因为贝尔坐马车到莲丁图书馆去了,波恩纳先生还在乔治大街的公司里;而卡西和伊狄斯却在可能刮大风的情况下,很不明智地和朋友去野餐了。

"怎么啦?"罗拉问道,轻轻地拍着她姨妈的手背。

"我不知道。"波恩纳太太回答。

因为一切都不顺利。

"没有什么,"她抑制着自己说,"是因为尘土,因为那些丑陋的树。我只希望把它们全都被砍掉。"

一阵阵怨恨涌上波恩纳太太的心头。

"都是因为那个露丝,"她喊道。这时刮过一阵至今从没刮过的最大的风,窗框发出咯咯声,"为了她,我们全都活受罪。为了露丝,除了熟朋友,我们不能在自己的家里接待客人;而贝尔,我真感到羞耻,她不得不看见这个讨厌的露丝。更不用说厨房的那个女孩子了,对她来说,这可能是一个会影响她一生的坏榜样。"

"喏,姨妈。"罗拉·特雷维延说,把自己的绿嗅盐瓶拿给她。

"那么,是因为露丝。"她加上一句。

"我不否认我心里很乱。"波恩纳太太哭着说,不过哭得不那么厉害了。

年轻姑娘坐了下来,在那张相当笨拙的小椅子上把波纹绸衣裳整理好,然后沉着地宣布(这也许是事先演习过的):

"我想,姨妈,我有一个办法。"

波恩纳太太嗅得太猛了,她的鼻孔被嗅盐呛了一下。

"啊,亲爱的罗拉,"她喘了一口气说,"我知道你会有办法的。"她咳了起来,"我相信你一直有一个想法,不知为了什么,你故意淘气。"

年轻姑娘严肃而平静地、轻轻地把灰色绸衣上的波纹弄平。

我不了解罗拉。波恩纳太太想起这事,心里很不安。

"你打算怎么办?"她问。

姑娘不慌不忙。她有一个相当成熟的计划。她不愿受到别人任何轻率做法的伤害。她在保护自己。

因此,她垂下了她那温柔而警惕的眼睑,同时,那张吸引人的面孔发出微笑——甜甜的微笑。艾美姨妈不得不承认:罗拉的面孔变得柔和了。

罗拉说:

"这是一个计划,也不是一个计划。至少,这是一个计划的开头,如果环境允许,就会得到发展。"

"噢,"波恩纳太太说,她希望有一个结实的箱子,把烦恼锁在里面,"我希望……这不是一个秘密的计划吧?"

"这很简单,恐怕你根本不会把它称为计划的。"

"告诉我吧。"波恩纳太太恳求道。

"除了开头,我无可奉告,因为结尾还没有到来。不过,作为开端,我已经把露丝从顶楼搬到那间备用的屋子去了。"

"搬进那间最好的屋子!"波恩纳太太咬着牙说。

"她会安安静静地待在那里的。我把每日三餐用托盘送到她那儿。根据露丝的计算,只不过是几天之内的事了。我已请好了一个接生婆,名声不错,是我四处打探才问到的。她住在乌鲁慕陆的一间小平房里,名叫蔡尔德太太。你一定会喜欢她的。"

"住进最好的屋子!"波恩纳太太大声喊道。

"怎么回事?"商人问道,他刚刚进来。

"那个可怕的女人,"他的妻子喊着,"让她——露丝·波申搬进了那间最好的屋子!罗拉这样干了,而且是背着我。"

波恩纳先生不喜欢干涉,他觉得自己家的前景不妙。他注意听衣裙发出的声音。这种局面使他为难——他被女人包围了。

"罗拉,"他开始说,利用一切可以利用的武器,"我不能相信你会这样轻率。"

波恩纳先生和大多数人一样,认为只有他才尊重别人。

"正相反。我对这件事考虑了很久,"可怜的罗拉回答说,"我一直有这种感觉,觉得自己仿佛也处在类似的境界:在一间顶楼里生孩子;也许更糟糕,是在大街上。"

"你要生孩子?"她姨父问,话里没有恶意。

"没有别的,罗拉患了一种病态的幻想症,波恩纳先生。"姨妈解释说,"噢,天呀!噢,天呀!"

姑娘的身体在沙沙响的紫灰色绸衣里面变得僵硬了。

"上帝呀,赐给我耐心吧。"她说,"如果真理不被接受,它就变成别人的幻想啦。"

"这别人,却是我们看作女儿的人!"艾美姨妈嚷道。

"这很明显,她愿意忘记这一点。"姨父加上一句。他没有像他应该做到的那样,给人留下深刻的印象。他经常发现自己跟在别人后头附和。

"一个人不高兴的时候,就确实会忘记。"罗拉承认这一点,"恐吓和不公平把所有舒适的好处统统遮盖了。"

窗外的树木在摇摆,棕色的世界在喘息。即使在这间讲究的房间里,尽管马毛呢和蒲苇极力声辩,灰尘还是落在镜子和平纹绸的纹理上,或是和女士们的汗水或泪水一道流下来。

因为天气愈来愈闷热,艾美姨妈又哭起来了。

"我不明白,"她抗议说,"在不必要的时候,一个人有什么必要去受苦。"

"可是我们不必受苦呀,艾美姨妈!"罗拉喊道。

有时,她很性急,眼睛扫视着四周,闪闪发光。

"你不明白我们将要迎进家来的,这条生命的重要性吗?不管它是什么出身,它都是一条生命。它是我的、你的、任何人的生命。它是生命。我为它感到十分高兴,也很害怕。怕有什么东西,什么轻率的举动会毁掉可怜的露丝——她现在还毫不关心她的婴儿。当然,她将来会的。在这期间,我必须保护它,不让任何人伤害它,直到它能够为自己说话。亲爱的姨妈,只要你耐心等待,终有一天能听见。"

波恩纳太太叹了一口气。

"我不能让自己违反理智、被你说服,罗拉。婴儿当然很好看,可是……"

波恩纳太太到现在为止,仍拒绝让这个婴儿在她脑子里形象化,也不肯闻一闻温暖的绒布的气味。

"那么,姨父,我向你呼吁。"罗拉无情地说。

在争论的时候,她的手攥成一个象牙拳头,但整个人又显得很温和。她在观察她的姨父,他每天傍晚都在花园里的山茶花丛中散步——那是他在年轻时种的。

"向你呼吁,姨父。"罗拉说。

"我吗?"波恩纳先生惊呼,无法逃避了,"我嘛,当然同意你姨妈的意见了。必须得承认,罗拉,你的论点是有一点道理的。我们必须承认你的人道主义观点。我不大同意你的那个比喻。你知道我是一个直率的人。"

"那么,看在老天爷的分上,把我的论点里的比喻删掉好了。"罗拉赶紧回答,"就让它变得坦率。让我们用爱来接纳这个可怜的孩子吧。这一个理由就够了。或者,如果不行,我就一个人来爱他。就当他是我的孩子。让我,让我这样做吧。"

"你太激动了,罗拉。"波恩纳先生说。

他的妻子苦笑了一下。

"我是激动，"罗拉同意说，"因为我怀着很大的希望。"

"我看不出，"波恩纳先生说。他会对发生的事忽然感到厌倦，事实上，他现在想的是他那杯兑水的朗姆酒，"除非我们违反宗教教导我们的戒律；我看不出，除了让这个误入歧途的可怜虫，在我们家生下她的孩子之外，还有什么别的办法。因为，现在来做一个又实际又人道的安排是太晚了，希望上帝到时候会引导我们脱离困境。我并不怀疑，我们可以找到一个诚实的女人愿意给孩子接生，特别是还有一点儿报酬。然而，这个不幸的母亲就更不好安排了。虽然对这件事，我相信上帝也会指引我们一条正确的道路的。"

罗拉·特雷维延垂下了眼睛。

"我不知道怎么说才好。"波恩纳太太承认。她不知该对丈夫的背叛生气，还是该为他的宽宏大量消气。

这位可怜的太太受了嗅盐的折磨，加上感情激动，眼睛都湿了。她那原本微微弯曲的、有些过时的刘海——淋了雨或吹过海风后都要重新打理，现在像死老鼠的尾巴那样挂在她的前额上。

"我不知道怎么办才好。"她说。

"亲爱的艾美姨妈，"姑娘安慰她，"你会好起来的，也会有办法的。"

她的姨妈继续坐在那儿，大腿上放着嗅瓶。这时，外甥女又说：

"我得请你把小瓶子盖上盖，否则嗅盐就跑光了。"

于是，特雷维延离开了她的亲戚。他们仍然是她的好家长，她真心实意地爱他们。

以她现在的心情来说，她可以爱一切人，真的，就像爱那个婴儿那样。她穿着一身激起美感的灰色波纹绸长裙，走到房子的另一头，不让她的成就感受到干扰。丝绸在歌唱。她的心情激荡。和迟钝笨重的女仆坐在同一间屋子里，这位小姐也并没有失去乐观。她在裁剪绒布，为即将降生的婴儿做衣服。她的钢剪在飞快地工作，她一边收集小片的带子和镶边,一边快活地东一句、西一句地闲扯着。女仆在听着,但反应迟钝。她愈临近分娩,就愈变得呆笨。如果她对女主人没有信心,恐怕她就垮掉了。

"现在风已经停了。露丝,我们到花园去散散步吧。"这位小姐做出如此决定。

女仆顺从地跟在后边。

她们在女主人选择的幽暗、复杂而神秘的小径上走着。在花园比较荒凉、长满灌木的地方走动时,两个女人的裙子挂上了落在地上的树皮和树枝。罗拉·特雷维延有时把本地树一卷卷的树皮剥下来,在碎裂之前将它们展开。有时,她把树叶扯下来,揉碎来闻。她的手发出蚂蚁的气味。

在这神秘的花园里,被它强烈的芬芳所陶醉,她觉得此刻她最接近那个没有出世的婴儿,最接近她丈夫的爱。黑暗和树叶把最亲密的人和最秘密的思想遮盖起来。她对自己说:很快他就会写信的。仿佛语言是必要的。这在钢笔碰到纸,纸在草地上变成最后的模样之前,她就已经对他绝对信赖了。傍晚时分,在花园里,他们互相信赖的身体隐隐约约地显现,形状在不断地改变,灯光使他们产生灵感,然后又熄灭了。他们也许会坐下,也许又会变成两个女人的形象,面对面地看着,其中一个试图想起她丈夫的眼睛。如果她以前能够看到它的深处,更深一些,足够的深,那该多好。

有一次,她感觉到胎儿在踢她,她咬了咬嘴唇想确认她的爱情的果实是不是真的。

"噢,真冷呀!"露丝·波申呻吟道,"真冷。"

恐惧迫使她把她的女主人拉回去。

"正好相反,"罗拉低声说,"今天晚上很暖和。事实上,是太暖和了。"

不过,她回到她真正的身体里来了。

于是,姑娘拉起女仆僵硬的、冰冷的手,回到屋子里去。

有一天晚上,露丝·波申坐在灯旁拿起一些放在腿上的针线活儿,找些事情做做,来安慰她的这位小姐。她突然抬起头来。一只残酷的手在她那张衰老的脸上刻上了更深的皱纹。灯光下面,这副面容比任何时候都更像是愚蠢的动物。

"噢,小姐,我受不了啦。"露丝喘着气说。

"你会挺过去的。"罗拉站起来说。

露丝咬紧牙关,灰色的汗珠顺着脸上的凹缝流了下来,好像已经喘不出气了。

"时候到了。"罗拉说。

"我不知道,"露丝回答,"至少肚子很痛。要是能够,我真情愿死掉。"

于是,罗拉派吉姆·波冉提斯驾马车去找接生婆。她很快就来了,带着一只手提皮包和世上无比正确的知识。

蔡尔德太太是一个矮小的妇女,她那双眼睛锐利漆黑,仿佛是从帽子上那些乌黑发亮的装饰品里掉下来的。出于策略的原因,她不理睬病人,而是向特雷维延小姐提出接生时需要的东西。这位接生婆一直在东张西望,仿佛她是一个家具商,而不是从事她这种特殊职业的人。因为蔡尔德太太知道:不管对方的眼神多么庄重,举止多么谦虚,家中结实的餐桌和印着图案的锦缎也得考虑在内。因此她就在心里计算起来。

现在,这位接生婆终于脱下帽子,脱掉外衣,屈尊去看看病人了。她跑到露丝面前,全部的发卷都发出了叮叮当当的声音,并且拧了她一下。

"你,波申太太,"这位快活的人嚷道,"你不会有多大麻烦的,明天晚上你就感谢上帝了。"

怀孕的女人把胳臂僵硬地交叉在肚子上,发出一声长长的、可怕的呻吟。

这使波恩纳太太全身发抖。她藏在离这儿比较远的,他们很少使用的那间小客厅里,希望在那儿可以听不到呻吟声。

接生婆发出啧啧的声音。

"好了亲爱的,你不要拒绝接受这样一个美妙的礼物。有一位尊敬的先生说过,女人确实应该受到保护。不过,我不认为你已经到时间了,除非是我不懂业务,但没有人能够这样说我。我猜测,还得等两个、三个,甚至四个钟头。小姐,我现在能吃点点心吗?我总是很早就吃饭,为的是随时可以出诊,因为夜晚的风好像会影响那些可怜的人。"

蔡尔德太太吃了一块喷香的羊排、一大块牛奶蛋糕,为卡西详细描述她被请去看危难病例的情况。这时,罗拉·特雷维延在做应有的准备工作。她现在兴奋极了。

"在那张漂亮的地毯上面!"波恩纳太太在较远的小客厅里悲叹。

"我铺上了报纸。"外甥女回答,"至少四层《先驱报》。"

可是,姨妈并没有因此放下心来。她的丈夫想起,他忘记把一个信息告诉一位朋友了,和气的波林格太太把女儿贝尔带走了——根据情况,需要在外边待多久,就待多久。波恩纳太太十分孤单,她一直在读一本布道书,此刻正在祷告——为那位可怜的受难者。也就是说,为她本人祷告。这样,她在闷热的屋子里、绿背镜子面前度过了黄昏。

一声大叫似乎把全家的窗户都震碎了,墙壁仿佛也要倒塌。再加上接生婆橡皮球似的,跳上楼梯发出的声音,让人脊椎旁的肉慢慢地往下坠。接生婆是一个很厉害的小妇人,看起来,她打算和生命较量整个晚上。

在那间备用的屋子里,亲切的灯光格外明亮。什么都被照得一清二楚,布鲁塞尔厚毛毯也不例外。接生婆让产妇坐在一张直背椅上。她那结实的长袍垂了下来,形成长长的、僵硬的褶子。姑娘原先希望受苦的是自己,可现在痛苦已经开始了,她却变得目瞪口呆,像一块石头。她两手紧紧地叉着腰,站在一边,静听命运之神在石板上写下产妇的命运。

只有接生婆在继续走动,她带着橡皮般的弹性在兜圈子。

"双手抓住椅背,亲爱的。"她指导她说,"你会为此祝福我的,如果你知道它的好处。"

不过,临产的妇人尖叫起来。

漫漫长夜布满了屋子。罗拉·特雷维延本想祈祷,但发觉她的心已经跳到嗓子眼了。

其至那头喊叫的牲畜,最后也不作声了。

蔡尔德太太把垂着不少精致鬓发的脸转了过去,在露丝·波申的长袍里笨手笨脚地乱摸了一气之后说:"如果你不是一个爱吵闹的小坏蛋,那么,就是婴儿的头引起了麻烦。"

母亲淹没在大海里,对这已经不在乎了。

尽管罗拉·特雷维延四肢僵硬,可她还是差点痛得叫嚷起来。她的喉咙痛得要裂开。她觉得她们全都会被黑夜闷死,这时,她们的面孔终于开始发生了奇异的变化。由于上帝垂怜,她们的青灰色、有生命的石头变成了肌肉。百叶窗透进暗淡的光线,照在了盖地毯的报纸上面。

早晨来了,我们又可以动了,我们得救了。如果声音不是继续冻结在她的喉咙里,罗拉·特雷维延一定会大声呼喊。无比的快乐和痛苦纠缠在一起,不断地纠缠、纠缠。

接着,黎明发出欢快的呼喊。因为它又活了。公鸡喔喔,白鸽咕咕,进入梦乡的人用梦把自己裹得更紧,在梦里干一番伟大的事业。红光沿着早晨的血管流泻。

在婴儿离开她的身体时,特雷维延咬着自己的面颊。

"好了,"接生婆说,"又平安又健康。"

"一个小姑娘。"她打着呵欠加上一句,仿佛她接下来的孩子是男是女都无所谓。

真正的母亲为了自己可怜的身体,低声哭着躲到一边。她刚才喝足了苦水,现在嘴里还是满满的,无法回答新生婴儿的哭声。

可是罗拉·特雷维延走上前来,抱起婴儿。她把婴儿沉浸在她的爱里,给她洗澡,用干净绒布把她包起来时,接生婆忍不住笑了起来。她说:

"你的脸都变形了,亲爱的,谁都会认为是你刚才生下这漂亮的小东西的。"

罗拉没有听见。一切肤浅的声音都被她自己的歌声吞没了。

后来,她抱着婴儿穿过这个弄得人懒洋洋的早晨,来到她姨妈选作修行的、离这儿相当远的屋子。波恩纳太太在一张椅子上打盹。她惊醒了,帽子掉了下来。她说:

"我知道在那可怕的叫嚷声中,我是不能入睡的;因此,我坐在椅子上等待。"

"婴儿在这儿。"罗拉弯下身子说。

"天呀,"艾美姨妈说,"是男是女?"

"是一个姑娘。"

"又是一个姑娘!"

波恩纳太太为她没有男孩而伤心,她喜欢想象:她照顾的是男孩,并且理解他们。

"那么,我们一定要尽力照料她,"她叹了口气,"直到她有了可靠的去处。"

至于这个婴儿,她似乎只是从一个房间来到了另一个房间。她仍然本能地蜷缩在保护她的、透明、粉红的、爱的蚕茧里;这种爱,模糊的未来是不可能对它产生影响的。

波恩纳太太热心地在睡熟的婴儿身上寻找不舒服、生病或威胁着她的危险的迹象,但只找到一两处擦伤。老天爷保佑这个婴儿,她是这么泰然自若地躺在罗拉的胳臂里。波恩纳太太仔细看罗拉的脸,感到有一点吃惊,就像在看一个奇迹。她不知道怎样去理解她。

罗拉不想解释自己的心情,即使对自己也不愿意。随之而来的那些日子,她简直累垮了,但很快乐。在那些日子里,一切以婴儿为中心。有一天早晨,花园里金光朦胧。她不忍心践踏落在她脚边的、柔软的玫瑰花瓣。为了不踩花瓣,她走了另一条路,虽然这样做会受到太阳的挑战。她负担的责任是十分有趣的。她是活盾牌,乐于承担阻挡最凶恶的攻击的任务。其他的痛苦,比方说,沙漠的太阳、没有写的信、男人的抚摸(他的手指关节会发出奇怪的声音)等等,在她抱着她的婴儿,沿着金色的通道往前走的时候,都会在她的心中动荡起伏。

毫无疑问,孩子是她的。她的生母也不反对——在关上百叶窗的最好的屋子里,她躺在闷热的枕头上。露丝·波申把一切都看成理所当然的。在别人提出要求时,她就接过孩子,给她喂奶。她会仔细看她长满皱纹的脸蛋。这是很明显的,她已经为某种极大的罪恶付出代价,但即使是最具说服力的教派,甚至她自己的婴儿,也不能使她相信自己的罪已经得到宽恕。苍蝇细线般的腿钉在婴儿的眼角上,椅子背后的毛饰带放射出中世纪的光彩。在这个冷冰冰的女人看来,这一切都只不过是美妙的雕塑。她的僵硬的嘴不肯动一动。她摊开双手,做出承受一切的姿势。

这位小姐开始为女仆的失职皱起了眉头。

"露丝,你看看婴儿脸上的苍蝇。那真是些讨厌的东西!它们会对她有害的。"她十分担心地责备她,"我们一定要请波恩纳先生从城里给我们带一块薄纱回来。"

她把用贵重的布包裹起来的婴儿抱起来,放在手臂上摇来摇去,或者让她枕在肩头上,听她发出吹气泡的声音。这位小姐很快就不再生气了。在哄女仆的孩子时,她忘记了惹人生气的女仆。婴儿身上的温暖使年轻姑娘容光焕发,心跳加速;而女仆,对婴儿美好的生活尽了她那一分力量之后,就心甘情愿地缩回到自己黑暗的躯体里,到命运安排的沉闷的日子中去了。

"你给婴儿起个什么名字?"贝尔·波恩纳问她的表姐。

"我不知道,"罗拉·特雷维延说,"我们得去问露丝。"

"可怜的露丝。"贝尔说。

"为什么你说她可怜?"罗拉马上问道。

贝尔笑了,她说不出来。

从波林格家回来之后,褐色的贝尔也变了。她是一只在通道中徘徊的母狮。她觉得,罗拉已经逃脱了,而她却孤独地留在空笼子里。

不过,罗拉常常想起往日,回过头亲切地看着贝尔。

"我们一起去吧,"她现在想赎罪,并且心里很激动,"我们去问问露丝。"

贝尔忧郁地笑了笑,同意一起去,但隔开一段距离。

"露丝,"罗拉很温柔地说,"你想管你的婴儿叫什么?"

露丝已经从床上起来了,但仍旧坐在这间凉快的屋子里,等待体力恢复。她一点儿没有犹豫。

"墨赛①。"她说。

贝尔大笑起来,而罗拉却脸红了。

"这是一个朴素的名字。"贝尔回答。

---

① 意思是怜悯。

"墨赛……没有别的了吗?"罗拉问道。

"没有。"露丝说。

她清了清嗓子,垂下眼睛,希望她们都离开。

"我能看见墨赛浑身上下都穿着灰衣服。"贝尔梦幻般地唱道。

因为未来本来就是梦。

"你抱墨赛一会儿,露丝。"罗拉建议,把包着她孩子的包裹递过去。

"她不如和你在一起,小姐。"露丝说,无动于衷并且很明确。

"你们俩很相称。"她又说。

这个皮肤灰暗的女人好像的确是用不同的材料做成的。

罗拉感到很苦恼。

"不过,如果别人笑话'怜悯'这个名字呢?"她不得不抗议,"我们不能给她再起一个名字吗?比方说,玛丽?"

"啊,别人!"露丝说。

于是,罗拉知道她自己一定是被嘲笑和轻视了。

由于这一次的接触,贝尔发现墨赛非常好玩,心就软了一些。

"一连串可怕的气泡!罗拉,把她给我。"她坚持地说。

"那么如果非叫'怜悯',我就去和姨父说说,请他和皮拉顿先生安排日子。"罗拉说,"没有什么理由不立刻举行命名仪式。"

"谢谢你,小姐。"露丝说。

于是,罗拉就去做了安排。

墨赛打扮好了接受洗礼的那天早晨,他们怀疑孩子的母亲睡过头了。后来,罗拉去叫醒她的女仆时,发现她已经死了。

露丝·波申把脸转到一边。枕头上沾满了血,她的舌头已经僵硬。事实上,这只可怜的动物已经蒙受过她最后一次的侮辱了。颈上别着玫瑰花的姑娘满怀着希望,容光焕发、气喘吁吁地跑来,结果却被死亡的热风吹得脸都黄了。好一阵子,她站在床边摩擦自己的胳臂。她痛苦地大口喘气,抚摸着死者还有活力的头发。这死去的女人,是她的朋友,也是她的仆人。

墨赛的命名仪式理所当然的延期了。一两天之后,人们把她母亲葬在三德山上。波恩纳一家坐上自己的马车到公墓去,另外还雇了一辆轻便马车。因为还要考虑到那位爽快的波拉姆顿先生,还有怀念爱尔兰的卡西和那位年轻的姑娘伊狄斯——为了参加葬礼,她第一次把发红的指关节塞进手套里。送葬的人身上发出新鲜的法式薄饼的气味,那是乔治大街那家铺子提供的;而那些比较脆弱的人,身上则散发着用来使自己坚强起来的酒精的味道。这些难闻的气味,很快就和公墓大门口的晒干的常春藤和干渴的水蜡树混在一起。那里还有一个骨灰瓮,有人把几个苹果扔在里面任它们腐烂。没走多会儿,贫瘠的沙地就很难通过了。特别是女人们。她们的鞋跟陷了进去,裙子拖在地上,艰难地往前走。甚至平常谁也拦不住的贝尔也觉得寸步难行了。那位商人也帮不了忙,他一边扶住他那苦恼的太太;一边心想,太阳正在把他的背烧出一个洞。至于波恩纳太太,她感到十分痛苦,倒不是为那个故去的女仆,而是眼前死亡的重量。因为在她挣扎着爬上松软的山坡时,想起了夺去她的亲朋好友生命的各种疾病。死神骑在人的肩上,并且走远了,不顾一位女士是否伤心。

刑满释放的女仆露丝·波申的墓地,选在公墓的一个比较偏僻的地方。不过,那位安慰人的波拉姆顿先生指出:整个公墓到时候全都会被开辟出来的。于是,他们零零落落地继续往那个小丘走去。路上有一棵树,大风或昆虫把叶子吃光了,只剩下了枝干,或者说骨骼。

现在,这群人站到坟墓的前面了,太阳和风争着占有那些黑色的衣服。这时看得最清楚的是罗拉·特雷维延。他们把那发亮的新棺材放进墓穴时,它摇摆了,撞到墙上了。接着,便是砰的一声和撒土的声音,以此回答一生都坚决不改傲慢态度的那种人。注意观察着的这位姑娘,把吹到嘴里的苦涩的头发甩到一边。透过将她们隔开的棺材盖,她似乎又看见故去的女人的可怕的身体(鼻孔一动不动,双手像是刻出来的)。但她自己有所期待的灵魂,或孩子的粉红色的嫩肉又会怎么样呢?每一粒铁石心肠的沙子都向姑娘暗示:她过去那些愉快的日子,在某种意义上都是虚幻的。

在那位消瘦的年轻牧师讲话时,一片片青紫色的云彩被风从海洋那边卷过来。一阵阵强烈的旋风,把地上的东西都刮起来了。一切都在动,送葬的人们低下头、站稳脚,免得被风吹得打转。

只有罗拉·特雷维延一动不动地站在一个小圆丘上。

罗拉是这样无情,艾美姨妈心里悲叹。她的身子在烫手的衣裳里颤抖,拼命地想从牧师的话里找点安慰。

不过,罗拉并不是无情,而是冷静。因为这时候,在她的周围,送葬的人们满脸都是说不出的忧虑,而他们头顶上的乌云也愈来愈浓。在她第一次发现,人世间的安全并没有保证,坚固的地球在脚下旋转时很震惊,随后又令她为之兴奋。后来,风把最后的一片血肉从姑娘的骨头上切下来,在残存的小骨头笼子里发出哨音。她甚至开始体验到一种强烈的快乐,为她的肉体永远不会遭到的创伤而高歌。然而,这也是它们的弱点。她的骨头继续追求世俗的爱,要把他的头骨贴着她的心原先所在的空腔。看来,美满的幸福一定要等到最后灭亡的时候才能得到。那时,会爱上加爱,无穷无尽的;最终爆炸,散在棕色的土地上,分不开,也分不清。

"对露丝,我们已经尽力了。"波恩纳先生说,否则每一个人可能还会继续站在那儿。

当罗拉回到现实中来,注意到他们为她的朋友做的那个小圆丘。这土堆似乎在指责她心中的欣喜,于是她提着沉重的裙摆,快步跟着别人走了。

他们一来到马车跟前,女士和仆人们立刻爬上马车。他们真的松了一口气,庆幸威胁着大家的暴风雨并没有爆发。他们目光空洞,避开彼此的视线;大家脸颊上的泪痕已经干了,皮肤绷得很紧。当吉姆·波冉提斯和马房的人勒紧缰绳时,波恩纳先生把牧师引到马车后边,付给他报酬。饥饿的波拉姆顿先生(他的名字和他的体型并不相符)①为了某种别的目的,刚才一直站在那儿;他倒愿意说出来,他毕竟也得吃饭呀。波恩纳先生给了他不少钱,因为他巴不得摆脱出来呢。年轻的牧师高兴起来了。死亡的阴影消失了,只剩下海风和马颈上的草料袋里被马的唾沫喷湿的细草料散发出的气味。

生活就这样简单地恢复了生机。波恩纳先生又在他那十分牢固的石头房子里,在那些井井有条的女人中间昂首阔步了。罗拉·特雷维延的婴儿在长大。她给她洗澡,给她擦粉,把她包紧,不过态度很谦卑。那是她最近学会的,或者可以说是重新显露的;因为谦卑很短命,只能在遇到苦恼时再生。

爱的周期和它也很相似。我能忘掉自己的丈夫吗? 罗拉问道,婴儿在玩她的下巴,她在喂她奶。不过,她真的忘了,常常是整天整天的,然后又感到内疚。这就像一个人对自己的长相早就习以为常并不会时时在意——至少她希望如此,她一边注视着镜中自己的脸一边想着他从来没有离远过。她说,看着自己的女性的面孔。再说,还有那个婴儿,那个占据她内心的爱的活见证。一个母亲是会这样说服自己的。

一天傍晚,在把婴儿放在摇篮里哄睡了之后,她离开房间,发现她姨父在客厅里和一个陌生人谈话。

波恩纳先生正说着:

---

① "波拉姆顿"英文为Plumpton, plump意为"丰腴的;微胖的"。

"如果你星期四到这儿来,我的信就写好了。"

看见他的外甥女,他接着说:

"罗拉,这位是巴格特先生。他星期五到莫尔顿湾去,可以想办法把信送到吉尔德拉。我当然要利用这个机会和探险队通讯了。沃斯说不定会找到办法和波伊勒先生联系,这谁也说不准。"

不一会儿,这个不太重要的客人就走了。

"只是出于礼貌,"罗拉壮着胆子说,"我也写一两行好吗?"

"礼貌不会让你吃亏的,"她的姨父心不在焉地同意说,"不过,即使是这样,有必要这样做吗?"

"亲爱的姨父,有许多不必要做的事也是挺好的。你并不靠朗姆酒加水生活,可是想到你喜欢它,却也让我高兴。"

"啊?"波恩纳先生说,"这话离题了。不过,写吧,罗拉,一定要写,如果这样会使你高兴的话。"

他在想别的事了。

"谢谢,亲爱的姨父。"罗拉笑了,吻了他,"我是想让沃斯先生快乐。"

说完她就走了。她情急智生地瞒过了她姨父,又高兴起来了。

星期四之前的几天,罗拉·特雷维延在她行走或坐下来看着她的裙边时,拟好了几篇热情、幽默、聪明,甚至完美的信。她说,很快我就把它写出来。然而,最后的一个晚上来临了,她脑子里却尽是一堆蠢话。

她坐在她那张小书桌前边。事实上,那是个为小孩做的淡棕色的小书桌。这是她姨父送她十五岁生日的礼物。她从一堆文具里拿出钢笔,大部分文具她从来没有动用过。她不小心弄掉了橡皮擦。她坐了下来,既僵硬又孩子气,几乎是闷闷不乐的。她预感这封信会是粗制滥造的,不过她还是用意大利字体开始写了,那是她流利、机械的写法:

亲爱的佐哈恩·乌里屈·沃斯：

　　我用了那么多的名字来称呼你,是由于我不敢向我特别喜爱的人表白我的内心,因为我的选择可能会暴露出你已经怀疑的某些弱点。我怕你会发觉我全身都是缺点,而我却希望你会为我的力量而称赞我!……

现在,她的血液开始奔流,双臂变成鸟翼。她的心变成一只园丁鸟,渴望能使单调平凡的东西变成美丽的贝壳和彩色玻璃。

　　我多么希望我的感情值得传递呀!只有一种天赋不能使我满足,我要祈求上天赐给我表达情感的能力。然后我要用钻石的光芒来迷惑你,虽然我倾向于相信我会选择不那么宝贵,但更加神秘的东西。月长石,我想,就是我要选择的石头了……

她感动了吗?她想是的,她喜欢这样的机会。她喜欢文字的字形和风格,甚至喜欢那些墨水滴。

　　我想象你一定对这封琐碎的信皱起眉头了。但现在,我已经开了个头,又感到快乐,我就不能对你否认写信的乐趣——几乎是不顾一切地。而你,对我简直是一无所知,可是(可怕的正是这一点)却完全掌握了我最秘密的部分。你拿到苹果重要的、完美的核心,包括(决不能忘记)果仁和鳞苞(我不知你怎么叫这些小东西)——那是一定得吐掉的。
　　就是这样,希望你继续把我往好处想,最亲爱的乌里屈(现在我连这个也承认了!),并且爱护我性格上的缺点。
　　我要告诉你更多的真话。我一直在想着你,想着你。直到最近,我十分难过地发现,你在我心目中已经不占最重要的地位了。不过,这个令人不安的发现却变成了好事。它使我明白你已经成为我的一个必不可少的部分。我真的相信你总是藏在我的梦里,在什么边缘的地方。虽然我很少见到你的脸,甚至分辨不出你的形状,我只知道那是你。我确实知道,就像我坐在你身旁,在大树下面似的。虽然我形容不出大树的形状,也背不出它们的拉丁学名,可是我摸过它们的树皮。

啊,老天爷,要是我能用简单的语言描述广阔的朴素的知识该多好呀!

我们彼此很接近,最亲爱的,会彼此勉励的。我只能做到这一点。

我得告诉你一件最近发生的悲惨的事,它影响了我们每一个人。也许你还记得一个名叫露丝的女仆——我姨父家里雇用的一个刑满释放犯。她最近生了一个孩子;和谁生的,这我不能说。她是一个漂亮的女孩儿,名叫墨赛。露丝产后几个星期便死了,她的身体一直没有得到恢复。现在我们确信,这是因为给她接生的是一个贪婪而又无知的接生婆。如今,我在照顾这个孩子,就像是我亲生的一样。除了你,她是我最大的快乐。亲爱的乌里屈,你能理解吗?她是我的安慰,我的爱的标志。

如果我继续过分地描述露丝之死,那是因为那天早晨是我发觉她死在床上,后来又去送葬。这在我心里留下了很深的印象。我们在一个难以形容的日子,在三德山上埋葬了她。那天天气炎热,阴云密布,还刮着风。当我站在那儿(我不愿意给你写这些东西,可它却是事实),当我站在那儿时,我的肉体变得多余了;但我对风、大地、远处的海洋,甚至我们可怜的、故去的女仆的灵魂似乎都更加理解了。顷刻之间,我化为乌有,又无所不在。我毁灭了,但又比阳光更强烈。因此,当我在枕头上发现死神的脸时,我也不怕了。如果我痛苦,那是因为明白了露丝的忠诚与苦难,而我以前爱她是很勉强的!

最后,我相信我已经开始了解这个伟大的国家。我们曾冒昧地称它为我们的国家,从我们埋葬露丝那天开始,我就满足于和它一起成长了。因为部分的我已经融化到它的里面了。你知道吗,一个国家的发展并非依靠几个地主和商人的兴旺,而是由于下层人民的牺牲。我现在可以把头靠在大地最难看的石头上,而感到心安理得了。

亲爱的乌里屈,我并非真的骄傲到自称谦卑的地步,虽然我不断地努力使自己变得谦虚一些。你也是这样的吗?作为一个男人,我知道你有资格更加骄傲,但我喜欢看到你谦虚一些,否则我会为你担心。两王不能并立。就连我也不会替你洗脚,即使我可能替基督洗。不管我多么需要你,这一点现在我是深信不疑的。让我们明白这个,一起来侍奉上帝吧。

我不知道有多少人忽略了"一起"这个词儿,认为这是理所当然的。让我来告诉你一件事。我傻到下决心把这个词儿用绒线绣出来了,我还没有决定拿它作什么用,只是为了让自己高兴,用某种花样来把它绣出来。首先,我把图案画在纸上,后来真的用不同颜色的绒线绣起来了:蓝色表示距离,棕色表示大地,深红色——唔,我说不出,只是我迷上了那种颜色。不过,当我绣的时候,这些字母很快就朝我发出光芒,它是那么强烈,最蠢的人也会明白它们的重要性的。于是,我把它放在一旁。现在它在一个黑暗的小橱里隐隐约约地发光呢。

最亲爱的,我们离得这样远,我不能做些什么来减轻你的痛苦,只有真正地爱你。如今,你已经离开了你所描述的富饶而好客的地方,也许到达了一个无情的沙漠。我祷告上帝使你不致满心疑惧。受到最严峻的考验的时刻,无疑是遇到含糊的琐事的时候,最后是会弄清楚的,只要我们能忍耐到那个时候。我们是为了这个目的彼此相许的。

虽然我自己的幸福并不完整,我们在这儿却继续享受一些小小的、不受干扰的乐趣:野餐,早晨的访问(我好像记得这是你十分蔑视的),一位名叫麦克汇特先生的人在艺术学校讲"印度的奇迹",我的艾美姨妈睡着了并且跌倒在地上。我的表妹贝尔·波恩纳在和拉德克利夫中尉结婚之前会拼命地跳舞,把脚都跳断的。我们已经忙着准备她的婚事了,婚礼将要在早春举行。从一切迹象看来,贝尔一定会得偿所愿的,因为她是这样可爱和美丽。我真希望这样,因为我很爱她。拉德克利夫先生正在办退伍手续,他们计划在亨特谷一块他已经选好的地方定居。我知道,那儿离你的朋友山德逊家不远。

现在,亲爱的,我只能祷告上帝,希望这封信送到你手里。我不能忙忙乱乱地写下去了,因为我的姨父已经在楼下叫我,巴格特先生(我们到莫尔顿湾去的信使)已经急着要走了。

我对你的好意和关心表示感谢,迫切地等待着你的来信。我知道,一有机会你就会立刻给我写信的。

你的永远真诚的
罗拉·特雷维延
于泼滋角,一八四六年三月

"罗拉!"他们在喊她,"罗拉,巴格特先生不能再等了。"

"我来啦,"罗拉冷冷地回答,她的声音震得玻璃窗格格响,"马上就来。"

可是她得先读一遍。

她大吃一惊。

"噢,"她不满地说,"我不会糟到这个样子吧。"

同时,她的手指头被封蜡烫出了泡。

马上,她的孩子气、啰唆、鲁莽、诅咒、装腔作势全都来了。它们像创伤(那是她永远在探索的)那样裂开了。

"罗拉!"

不过,那个时候,我是真心诚意的。她绝望地坚持说。

然而,她自己的想法并没有使她得到安慰。她从房间里走出来,手里拿着熄灭了的蜡烛。

第十章

最近有几只骡子不见了。它不像那些大灾难（比方说圣诞节前夕的盗牛事件和第一只绵羊躺在地上伸直脖子悄悄死去）那样，这件事被探险队的人轻轻放过了。他们正在骑着马朝西前进，每次的损失，理所当然，都会使他们负担轻一些；因此，也一定更容易接近那个谁也看不清的美好前景。

他们策马向前，终于来到一个陡峭的山脊，山脊上闪烁着斑斑点点的水晶。山脚下，几个黑人妇女用树枝挖甘薯。大家对这样的相逢都已经习惯了。黑人蹲坐在她们的腿臀上，抬起头瞪着走过的人。她们听说过，甚至以前看见过他们。这些女人曾经一度尖叫着跑走过。现在她们一边挠她们的长乳房，一边用粗糙的手，搭起凉篷，斜着眼看他们。不怕树皮，不怕泥浆——她们仔细观察这些浑身泥块、头发蓬乱的男人，他们身上的尘土散发的气味要比汗散发的还要多些，他们的眼睛像是干涸的池塘。至于那些男人，他们一心想着远方和未来，就像朝赤热黝黑的岩石缝里看一眼似的朝妇女们匆匆地看一眼，又继续往前走了。

似乎是经过某些化学作用，探险队分解为几个固定的部分。没有人否认沃斯先生是一个燃烧元素，能最先把障碍和冷漠烧掉；那个土生的孩子总是围着这位队长转，如果他不像古铜，那么就像水银;杰基总在杀生,或用鼻子去嗅出水洞,或觉察远方有炊烟,或从马上爬下来准备自由行动。

离先头部队不远,就是勒·墨舒尔和波尔费雷曼驱赶的备用马匹和驮东西的骡子。这两个人彼此很和气,很体谅,但不交流思想。波尔费雷曼不知道勒·墨舒尔信奉什么神。勒·墨舒尔和波尔费雷曼讲话时发音很清楚,他那深色的嘴唇露出鼓励的微笑,仿佛这个鸟类学家是一个外国人似的。唔,从他是那样的人的角度来说,他确实也是一个外国人。波尔费雷曼的皮肤覆了一层盐壳,显得更苍白,他很忧郁,似乎任何人的爱都能令他融化。每当他失败了,就会谴责自己。现在他相信他没有和别人交往的能力,这个缺点使他更痛苦了,因为他认为别人可能依靠他才能得救。

有时,波尔费雷曼会让勒·墨舒尔一个人来赶骡马,自己骑到前边,显然想去见沃斯。然后,谨慎地保持着一个距离,等待队长把他叫到前边去。可是德国人没有叫他。他看不起这个鸟类学家。理由很清楚,波尔费雷曼心里明白。他体质相当弱,导致不少缺点,加上长途跋涉,经常使他很苦恼。因此,他强迫自己去做各式各样的下贱活儿,来补偿他那不光彩的缺点。他用几把干土来把炊具上的油脂擦干净,把不论从什么地方找来的水滤掉浮渣,他甚至给特恩诺治病。特恩诺长了一身疖子,现在是一副人类最可怜最悲惨的模样。

鸟类学家让自己学会忍受这一切,于是沃斯说道:

"波尔费雷曼先生以耶稣基督的胸怀给疖子开刀。"

幸亏这种事只发生在他们休息的时候,那多是闪烁变幻的平原上偶然碰到的绿洲。大部分时间,人类的情感都被驮着探险队员前进的牲畜的行为弄得麻木了。

在备用马匹和驮东西的骡子后面有几头骨瘦如柴的牛,它们由嘉德和罗巴茨照料。这个罪犯很擅长哄一头萎靡不振的牲口。如果它们呆钝的眼睛没有继续闪烁着微弱的人类意志,这些讨厌的小公牛和一两头失去母亲的母牛早就会躺下了。和他的牛一样,这个汉子也消瘦了,不过他依然魁梧,因为他的骨头架子很大。他身子也重,经常换马,以便刚骑过的马匹可以得到休息。如果他的身体表现得不像其他探险队员那样虚弱,那是因为他年轻时受过锻炼。另外,他的心已经回到他的健康的身体里,并且主宰着一切。他把整颗心都放在探险队的事情上,同时照顾好他主管的牲畜。

除此之外,嘉德依然对自然形态很感兴趣。比方说,他会剥开树上的黑果子把种子弄出来;他会用粗糙的手去摩擦一根湿热的白骨,不管它是人的或动物的,仿佛在重新使它长肉;他还会踮起脚尖追踪地上的脚印来弄清它的形状和使命。做完之后,他就爬上马背,稳如磐石地坐在马上。太阳很少能使他向往未来。有时,看起来,嘉德自己就是大自然的一部分。

有一次,沃斯和杰基发现在某些树上有一个用长条树皮把多叶的树苗捆在一起做成的平台。他们还在研究它的时候,嘉德和哈利赶到了。

"这些死人。"土著的孩子解释说。他推测是土著把死人放在这样的平台上,放在那里让灵魂离开。

"所有的灵魂都会离开的,"黑孩子说,"所有的。"

他把双手在胸前合拢,做成一个尖头种子的样子,然后朝天空飞快地展开,用动作来解释温柔的、白色的灵魂真的飞走了,消失在蓝天的漩涡中了。他满面春风地微笑着。

那些听到和看见的人,骑着马继续前进时都在沉思。在这种环境里,人是很容易想到死亡的。

可是这位粗壮的嘉德,他的灵魂之所以得到满足,不是由于它离开了肉体,而是由于它回到了肉体。所以,他喜欢从生活方面来解释土著居民的幻想。他是和世俗的东西密切联系的,在他策马前进时,常常要为它们祈祷。因此,在他们开始爬那些石英山时,他想起他的妻子——那个女人满身面包和肥皂的气味,鼻子旁边有一个痣,上面长了三根小毛。现在,他觉得这些很奇妙,尤其在睡醒之前,想到他们共同生活的这些年头,就感到更奇妙了。然而,他在沉睡中获得了生命。这一点,他的几个儿子就足以证明。他们皮肤晒得金黄,骑着无鞍马到河边去,在烟雾弥漫的黄昏把羊群围拢,在合适的时候割下羔羊的尾巴,鲜血像小喷泉似的射进他们大笑着的嘴里。突然之间,他的肋骨,还有以前挨鞭打的伤口这时痛了起来。他几个伟大的儿子用爱的九尾鞭抽打他。

嘉德渴望世俗的爱。他的马镫相当重地撞了罗巴茨的马镫,膝盖撞了他的膝盖,因为他们正在并肩前进。

"走开点儿,孩子,"那汉子抱怨说,"你离得那么近,我们的马镫就要永远绞在一起了。"

那男孩垂下眼睛,挪开了。

"我不是故意的。"他不高兴地说。

"不管怎么样,这不安全。"嘉德说。

他逐渐喜欢起这个苏格兰孩子了。他说,这是出于怜悯。在营地,他给他切比较好的羊肉(饿死的羊)或晒干的牛肉,把它们放在孩子的盘子里便走开了。他们由环境促成的关系,总的来说是不错的,虽然孩子同意接受这种关系是因为他没有更好的选择;而这个汉子经常很不耐烦,而且有时还很看不起他的伙伴。

现在他们一起骑着马朝前走,男孩子好像还是在想最近发现的树上平台以及土著灵魂的飞升,因为他踌躇地、做梦似的小声说:

"嘉德先生,杰基放开手时,你看见它飞升了吗?"

"看见什么?"汉子问道。

"它像一只白鸟,飞得很快。"

"啊,你一直看见幻象。"汉子说。

孩子偷偷地笑了,用那束缰绳啪的一声打在马肩隆上。

"你没有看见吗?"他坚持地问。

"没有!"那汉子说。

一头小公牛绊了一下,倒下了。他们对它又推又踢,把它推了起来。它往前走的时候,嘉德恢复了谈话。

"哈利,你最好把这段关于鸟的经历告诉沃斯先生,他会感兴趣的。"

因为,如果蜂蜡只能是蜂蜡,那么它就经不住一挤;而嘉德只不过是一个人。

"不能告诉沃斯先生,"哈利说,"无论如何都不能。"

"沃斯先生理解这些东西的。"嘉德笑着说。

"所以我不能告诉他。"

"也许他会永远拿你出气。"

"是这样。"哈利回答。

很明显,一切可能性最终都显现为沃斯的样子。

嘉德像一块皮子那样沉默,他想给这个男孩一件礼物,并且想起了一只乌木柄的放大镜。他已经把它装到一个麂皮袋里,放进箱子多年了。

他们在永远是尘土飞扬的路上骑马、打瞌睡,在群山的岩石重叠的一边蹒跚地往上爬。嘉德伸出手在一棵树的树干上抓了点什么。

"给你,哈利,"他说,伸过去合拢的多毛的手,"送给你一件礼物。"

在没有乌木的地方,他只能退而求其次。

"这是什么?"男孩问道,伸出他的手,不过很警惕。

"不,"嘉德笑着说,布满尘土的脸也红了,"张开嘴,闭上眼睛。"

他的建议被采纳之后,他把一小块树胶扔进孩子张开的嘴里。

"噢!"哈利大声喊道,同时皱起眉头。

"不,"嘉德坚持,"嚼下去。"

他把同样的一块树胶放进自己的嘴里,表示对这东西很有信心——要么两人一起被毒死。

于是他们继续前进,一边嚼着树胶。它除了微微有点发苦之外,几乎是淡而无味的。不过,这件事使他们两个人多少都得到点安慰,并且加强了团结。他们轻轻地用脚尖去踢那些衰弱的牛的臀部,在耀眼的山坡上迂回。男孩猛一抬头,看见沃斯站在一个岩崖上——不是在看他,而是望着远方。

男孩注视着他的领队时,阳光照射在德国人周围的石头上,使人觉得他快要裂成碎片,化在阳光里了。他坐在那里,迷茫、天真;但这只不过是短暂的现象,他不是一个超凡的人。

"我们永远不会到达那种境界的。"悲观的哈利·罗巴茨小声说。

"他不希望你这样。"嘉德说。

这孩子很可能从马上跳下来,在石头上撞破他的膝盖。但事实上,他没有这样做,因为意识到这样会对他的领队不忠。他把剩下的苦味的(现在令人讨厌了)树胶吐了出来。

"最终,我要比任何人都更接近他。"哈利说,"我要坐在讲台下面,我要学语言。"

"这是疯话。"嘉德反对他说。

对刚才说的话,两个人都感到很不自在。因为,或许真相就是这样,或许只有一半符合事实,哪一样更糟糕,这就很难说了。

"疯话,"嘉德重复着,用他那只又硬又脏的手拍了马一巴掌,"先是小鸟,现在又是语言。哈利,你想学什么语言?德语?"他没法儿不笑起来。

"德语或任何一种语言都没关系。我要学会讲沃斯先生能听明白的话,把我的心里话告诉他。"

"那有什么用?"嘉德问,看着附近的一块石头。

他变得阴沉了。

"有的人能把它写下来,"男孩接着说,"但我既不能说,也不能写。不像勒·墨舒尔先生。他已经写了。我见过那本书。"

"噢?"嘉德说,"他写了些什么?"

"我怎么会知道?"被他激怒的哈利嚷道,"我只认识印刷体。"

于是,那汉子和男孩缓慢地挤进乱石丛中的马群里。

"他在写日记,"汉子终于做出判断,"像沃斯先生那样。"

"不是的,"男孩说,"他表情不一样,我看见过他写日记的样子。"

"那么,我相信有一天我们会弄清楚的。"那汉子叹息道。

"不是我们,"男孩冷笑说,"会弄清楚的是这儿的沙漠。书页到处飞,直到太阳把它们烧掉。我们不会在这儿了。"

"我不会死的,虽然我认不得几个大字,无法读书。"汉子透过那些不锋利的牙齿说道。

"我们全都会死的。"

"你疯了,哈利!"嘉德大声喊道。

"我知道我的头脑有些简单,"男孩承认,"不能把事情办好。"

他甚至把沃斯给忘了。当他再朝那边看时,沃斯已经去了别的地方,原来的地方只剩下剑般的阳光,朝着石英刺过去,并且轻柔地照射在天上羊毛似的柔软的云彩上。在长时间观看可怜的羊背上肮脏的羊毛之后,人们对这样柔软的羊毛简直是不能想象的。不过,随着下午的到来,云彩本身渐渐变得脏了、多了、难看了。

接近黄昏的时候,人、马、骡、牛都已经越过了山脊,聚集在一条向下延伸到平原的溪谷和一条干河床会合的地方。

"没错儿,准会下雨的。"人们说,眼睛已经含着闪光的泪水,嘴唇也饱满起来。马在悲鸣,牛用它扁平的鼻子呼呼地吸气。

人们希望河流能够恢复,打算就在那儿扎营,在必要的时候退到较高的地方去。

"不过,还有绵羊。"波尔费雷曼想起来说。

于是,沃斯把手一挥,把羊挥掉了。

"我们必须抛下它们。"他皱起眉头,"它们跟不上,它们浪费时间。"

因为要等相当久才会下雨,他甚至朝着云彩皱眉头。这些云彩会很快使他的皮肤恢复原状的。

"绵羊有了食料和水会走快些的。"嘉德提出这个意见。

"不,"沃斯说,"羊太少,不值得。"

一道绿色的闪电划破了棕色的天空。

"所有的绵羊都要杀掉。"德国人迎着雷声喊道,深深地吸了一口气,直到肺叶几乎都要撑破了。然后,他比较实际地加上一句,"谁也不会去拦阻劳尔夫和特恩诺给我们杀几只羊。我们可以晒干羊肉带走。"

山峦重叠,并且像是在晃动。

"一定要有个人去通知劳尔夫。"德国人继续喊道。这是必要的,因为这些人正在给马解肚带,解绳结,拴马腿,或者把简陋的方形帐篷铺开,来掩盖他们不愿重新越过山脊的想法。

"让我想想。"和暴风雨一样耀武扬威的沃斯思忖道。

在发现软弱的人时,他比什么时候都愤怒。如今,在这个棕色的暴风雨中,几乎所有的人都可能被他指责。

后来,很奇怪,他改变了方式。

"你,佛兰克,最好去一趟。"他命令勒·墨舒尔,但做得像是彼此之间有什么密谋似的。

他们开始合作不久,他就感觉到,这个年轻人有一种坚强的意志,或者说像一个恶魔,和自己不无相似之处。德国人脸上露出微笑,对他表示赞许,嘴唇染上了闪电的绿光。

不过勒·墨舒尔并没有报以微笑,他只是骑上马走了。他的马好像没有卸下马鞍,早就做好准备似的。

从一开头,骑手就驱赶他的马。在他前面的马,肩隆几乎都要脱白了。牝马开始艰苦地爬上山脊,它一直奔拉着耳朵,它的身体变成一块厚木板或骡子的身体。因为马与人类比较合理的行为相呼应,骡子却不这样。人和马穿过荒谬的棕色的黄昏往前走,黄昏提早了两个小时。乌云开始密布,它们交织在一起了;一团团地越来越黑,盘旋着,冲撞着,有的地方甚至被山岩顶端撕裂。雷声此起彼伏,他有时突然低下头来避开越来越近的暴风雨。这样一来,他的帽檐就变得更加可笑、下垂,敲打着眼睑,使他感到痛苦。

后来他脱下帽子,把它塞进了鞍袋。

他那缠结在一起的头发立刻飘动起来了。当风包围了他苍白的上额时,他好像减轻了一些做人的责任。他的嘴灌满了风,顺着气管灌下去,直到他完全被它支配了。他的心脏发出雷鸣,他的身体发射出锯齿般的闪电。

他用歌声来驱走风暴,到了山脊的另一边,朝下走时,他才遇到雨。最初是几条雨丝,接着便是冷冷的、灰色的倾盆大雨。他沉浸在神秘的雨里,被雨溶化了。他跑进裂缝,被大地吞没了。他被争夺,被分解,但三番五次地不知为什么,他又合为了一体,但并不是由于自己意志的力量。

安格斯和特恩诺爬到一块突出的岩石下面。它在山脚下好像就是一个不太舒服的小山洞。在夜幕下垂时,他们朝外面张望,看见佛兰克·勒·墨舒尔走下山坡。他们大声呼唤,他掉过马头朝着他们。牝马小心地找路前进。

这两张穴居人的脸和周围的岩石一样发光,因为在到达避难所之前，他们的皮肤都已经湿透了。在这个从天而降的信使看来，他们像人的部分反而令他厌恶。羊群在暴雨下挤成一群，其中有一些躺了下来，显然不打算再爬起来了。瘦弱的山羊侧身倒在石头和灌木丛上。在这场暴雨中最受惊吓的是这些山羊。

勒·墨舒尔在马上给他们传达了口信。

"唔，佛兰克，你最好拴上马，到里边来。里面不错，而且明天早上可以多你一个运羊肉的人。"

多亏有石屋顶和一些相当干燥的树枝，赶牲口的人甚至能够生起不大的一堆火，并且在湿柴劈劈啪啪的爆裂声中吃起了硬烧饼和带骨的肉块。他们是快乐的，从他们的眼睛里可以看得出来，不过这种快乐并不超出世俗范围，而勒·墨舒尔这时被无限广阔的空间所接纳，不愿踏进他们的小圈子。

"不，"他说，"我要马上回去。"

"你疯了。"安格斯大声喊道。他学会了爱惜自己有限的能力，作为头脑清醒的证明。

"你会在黑暗中跌断你那愚蠢的脖子的。"特恩诺尖声说，希望他的警告能促成这种可能。

闪电又跳跃了。绿色的骑手朝着下面石洞里的两个人类动物的脸看了一会儿。不过，风雨不让人开口，他一声不响地掉转了那匹瘦马。他也确实不知道怎样和这两个人说话，他对他们看得很透。他们太让他吃惊了。

牝马穿过岩石的尖齿往回走时，一边悲鸣，一边怀着希望。骑手放松缰绳，任凭它的本能引路。这时，他已经下沉了，好像是被什么东西包紧了无法挣扎出来，无法升到暴风雨上面。这时，沃斯出现了，离他不远，嘲笑他的失败，嘲笑他不能砍开岩石去发掘最后的秘密。我告诉你，佛兰克，他的老师说，你对理智的力量充满幻想。也许我能帮助你，我掌握了控制各种幻想的知识，也就是说，精神力量。的确,也许你已经猜到了,我是,我是,我是……

可是。这个年轻人已经在喧嚣的暴风雨中屈服。现在,在情感上,他未能领悟这个神圣的词,耳朵里只有阵阵雷鸣。于是他摇晃他那麻木的头,直到耳朵里发出咯咯的响声。

沃斯在笑。骑手可以看见他的嘴,因为雨已经消失在远处黑暗之中了。四周只有风在叹息,一切幻想中最可爱的那轮明月也悄悄地出现了。它的圆盘在旋转,消失了,又出现了,割断云彩的疯狂的白发。

在山顶上,牝马停了一下,摇晃着身体,昂起头,然后冲向那个它很有把握的地方。但在山顶上休息的片刻,沃斯和骑手的手相触了,他们的眼窝和牙齿同样发出了月亮的光和溶化的微光,在恶劣的现实面前,两个灵魂拥抱在一起了。

相似的人互相依恋,他们也许会得救,也许会毁灭。

沿着山脊的另一侧骑马往下走时,这个年轻人构思了一首诗。诗中描绘随着浑浊的雨水从月亮里掉下来的那颗种子,受到太阳双手的抚摸,生根发芽了。太阳扁平的手有着明显发肿的指关节,事实证明,它们是有创造力的,只要有人敢于接受它们的祝福。只要有人接受,他就会看见火的世界、冰的世界都是光的世界。于是,历史上第一次,第三颗黑暗的星球发出光来了。

山坡点缀着诱人的黑色大理石,在他让牝马把他驮下闪光的山坡时,月亮完全升起了。勒·墨舒尔浑身颤抖。他刚才曾把太阳抱在怀里,现在他在自己的月光中冻结了。他的牙齿磕磕碰碰的像含着糖块。令人啼笑皆非的是,任何得救的希望,都来自尘世。山脚下,一个小蜡烛头从帆布帐篷的后边发出一团模糊不清的微光。

更加具有讽刺意味的是:烛光来自沃斯的帐篷,他像一个有条理的人那样在写日记。其他的人,在这个阴雨和难熬的夜晚,都曾和黑暗搏斗过,但很快都进入朦胧的梦乡了。他们甚至不做任何安排,乱七八糟地挤在第二个帐篷里。

"是你吗,佛兰克?"沃斯喊道。

"是的。"勒·墨舒尔朝着有亮光的帐篷说。

"你传达口信了吗?"德国人说。

"是的。"

"羊群被丢弃之后,最后会怎么样呢?"沃斯问道,"你认为它们站在灌木丛中会意识到这个吗?比方说,当寂静穿过羊毛,钻进身体,它们会觉得更加寂静吗?另外,还有水和草,在它们倒下和死去之前,都要吃喝的。无论如何,羊这种死法是十分自然的。"

"不错。"

"我们将会享受到劳尔夫和特恩诺屠宰的羊的肉。如果有太阳,我们要把它们晒干。佛兰克,你想天气会允许我们把肉晒干吗?"

不过,勒·墨舒尔已经走了。

沃斯,剩下他一个人,继续写了一会儿日记。

还没有清醒过来的勒·墨舒尔把那匹疲倦的马拴好之后,便挤进了第二个帐篷。别的人正在里边睡觉,白色的肚皮在黑暗中浮现,另外,还有梦和鼾声。年轻人扔下他的潮湿破旧的衣服之后,用一条毯子把自己裹起来,不过仍在颤抖。他蜷缩着身子站在低矮的帐篷里,就像胎儿在子宫里那样。他在包裹里摸索,找到了一个小蜡烛头——那是很宝贵的——还有那个坑坑洼洼的火绒盒。火焰终于在烛芯上燃起来了,他躺了下来,不过仍旧浑身发抖。他咬紧牙关,看来是在热病中挣扎。

哈利·罗巴茨眯起眼看过去,看见勒·墨舒尔先生拿出他常常在上面书写的本子。哈利注意到,因为他身体摇晃和发抖,写得非常困难。有时他张大干渴的嘴大口吸气,为的是从苦难中得到一些安慰。分享着这同一个透明的子宫的男孩,非常想跃进一个他不理解但能感觉到的生活。月亮的牙齿在锯湿透了的帐篷,滑溜的土地不断地叹息;男人在痛苦地写,男孩兴奋得心儿直跳,但又很害怕。最后,勒·墨舒尔终于躺了下来,他的头靠在马鞍上,哈利·罗巴茨看见透明的手指把刺鼻的烛火掐灭。

没过多久,陡峭的山峰两边,就再没有一个人醒着了,因为安格斯和特恩诺很快就在发出嘶声的小火堆旁睡着了。

这两个人只是由于彼此欣赏对方的平庸,而变得难舍难分。结果没有一个人能理解他们之间的关系属于什么性质,两个人都觉得很高兴。消瘦的特恩诺不能直看,只能斜视,看出来的东西都是歪扭的。他不知是从哪一个谁也没有听说过的鱼塘里冒出来的,最近他还长了化脓的疖子。这个特恩诺爱上了富有的年轻地主,他是不会让他离开他身边的,否则他就没钱用了。劳尔夫·安格斯从前是一个十分浮华的人,他平常留着漂亮的红色卷须,像褐色马的颜色。如果不是因为他现在很感激特恩诺的友谊,会觉得这种友谊是很可笑的。他发现他们有不少可谈的东西。他们可以谈天气,谈肚子,谈完之后,两个人都受到鼓舞。他们会像狗那样叹气,享受寂静的环境。如果说两个人都有些不愿告人的事,那就是:特恩诺为人狡猾,有时偷点东西,甚至说不定杀过人;而安格斯则见识过帕拉第奥①建筑的光彩(他的教母是一位伯爵的女儿,这位伯爵为他擦过鼻子),他的父亲弄到了几千英亩殖民地的土地,是用诚实的方式搞到的。长途跋涉把这两个朋友变得无足轻重了,因此也就把他们过去生活中的这些创痛顺利地治愈了。

下雨的那天晚上,他们舒舒服服地躲在那块突出的岩石下面,显得十分团结。这位杰出的、浮华的绅士,现在肤色和肌肉都已变成椰子那样了;这位下流坯的黄色的身体,通过那些疖子的口不停

---

① 十六世纪意大利建筑家。

地发出抱怨。他们点燃了小小的火堆,仅仅是火焰爆出的火花就足以给人安慰了。他们彼此说了些令人愉快的话。

"这是一点茶叶,"特恩诺说,"你拿你的水罐,劳尔夫,给自己冲杯茶。我没有胃口,连杯热茶都喝不下去。"

"可是你在吃东西。"安格斯指出。

"老天爷,我是在吃东西。我向你保证,这只是出于习惯。"特恩诺说,因为离这位绅士很近,把手指微微地弯了起来。

"那么你也可以出于习惯喝一杯茶,傻瓜,"安格斯说,"否则我就把茶倒在地上。"

"那么就劳你大驾了。"特恩诺说,有礼貌地顺从了。

水罐很快就在潮湿的树枝上叹起气来了。水里冒出泡沫时,两个人就把它去掉。他们盘腿而坐,把食物碎块放进嘴里,专心致志地注视着杯子,有时也看看对方的脸。

正是在这个时刻,这个位置,他们朝外面观望,看见骑手骑着马下山的。

他们一向怀疑的事,如今电光一下子就使他们明白了:骑手和他们不是一类人。甚至在他离开之前,洞里的两个人都已经生了气,都希望谈一谈自己愤怒的心情,他们比以前更加接近了。两个人都不知道对方看到些什么,但都不敢去探索对方看到的东西的性质。当思想用绿色的闪光把心田照亮时,使人感到很不安。

勒·墨舒尔走后不久,特恩诺还在剔牙和消化他吃下去的食物,这时他说。

"我不能理解这个人,劳尔夫。"

年轻的地主退缩了,他不愿意批评一个可能和自己同一阶级的人。

"他是一个老式的人。他和别人不一样。"最后他回答道。

"和某些人没有什么不一样。"特恩诺说。

"你这话什么意思?"安格斯问道,他不怕卷入任何不愉快。

他是一个你会称之为"快乐的小伙子"的人。谁都对他没有恶意。现在他对他们轻率的友谊有点儿后悔了。

"啊?"特恩诺不满地咕哝。

"那么,你说的是谁?"

"我说的是沃斯和勒·墨舒尔。"

安格斯生气了。

"在这个人们称为探险队的组织里,"特恩诺说,悄声地说,这比较确切,这是他的习惯,"你可以说,我们是油和水组成的,永远也不能合到一起。"

年轻的牧场主的眼白依然很清澈。

"我十分希望,"他说,"和沃斯先生同舟共济,他是探险队的队长。"

"油和水。"特恩诺重复说。

火堆发出嘶嘶声。

"我们彼此了解,劳尔夫,你和我。"

富有的年轻牧场主的确真诚地想了解他的朋友。

"就像我了解那是一只一夸脱的水罐,这是不会错的。"特恩诺向他郑重地说,而这个黑色的水罐也很有说服力。"可是那个勒·墨舒尔,"说话的人是多么恨这个名字呀,他大概让它在舌头和上颚之间打滚了,就像把嘴里的臭味收集起来,把它吐出去那样,"那个勒·墨—舒—尔会让你猜上好几年。然后有那么一天,你清醒过来,发现水罐一点也不是你我所想的那样。"

牧场主被这个水罐吸引住了。

"怎么会这样呢?"

他脸上装出笑容来掩饰他那强烈的好奇心。

"他们那种人将要把你我所了解的世界毁掉。这是他们的一种疯狂的表现。"

年轻的牧场主用舌头和牙齿发出啧的一声。他又不高兴了。另外,雨水的水滴流进了他的脖颈。他得躲来躲去。

"我知道会这样的,"特恩诺说下去,"因为我看了那个本子。"

"什么本子?"

"唔,就是佛兰克老是在上面写东西的那个本子。"

安格斯并不知道有这么一个本子,不过他假装知道。以此来隐瞒他对许多东西都一无所知。

"如果这是他私人的东西……"他低声说。

"哟,哟,劳尔夫,"特恩诺说,"他说什么?"

年轻人脖子后面的头发竖了起来。他不回答。

"本子里写了些什么?"他不高兴地问。

"疯话。"特恩诺回答,"要把世界炸毁,总之,是把你我所了解的世界毁掉。诗和这一类东西。"

"诗可以是十分有趣的。"安格斯说,想起了晚饭后年轻的姑娘们坐在灯旁的情况。

"这我不否认,"特恩诺马上同意,"我自己也喜欢听人朗诵诗。可是劳尔夫,它们都像、像圣经上的某些片段。它们像是割裂的,只能给你捣乱,不能让你理解。"

因为特恩诺自己特别喜欢捣乱,谈到捣乱,他就嘴流口水,眼睛发光。

"你知道我们无权做这样的比较。"安格斯坚持说,他愈来愈对他的朋友怀疑了。

"说下去,劳尔夫。"特恩诺说,"如果一个人不去争取自己的权利,别人是不会给你送上门的。"

年轻的牧场主朝外边的黑夜瞭望,月亮已经升起来了。黑色的翅膀不断地从银白色的大地掠过,这当然是风在驱赶云彩。不过,旅途中有几次他自己的思想也长上了翅膀,几乎使他无法控制。

"这就是我的想法,劳尔夫,"特恩诺说,"我们是好朋友,我把心里话告诉你。我想,到头来,勒·墨舒尔会和沃斯勾结在一起的。是因为石油,明白吗?还有那个傻头傻脑的孩子。唔,那个不会伤害一只苍蝇的哈利,可是为了石油,石油,明白吗?他也一定会跑到他那边去的。"

劳尔夫·安格斯把一度很漂亮的头扬了一下,就像驱赶三月苍蝇的马那样。

"我不和你讨论沃斯先生,"他说,"此外,不存在跑到他那边去的问题。我们全都站在他一边。"

"讨论沃斯先生吗?"特恩诺吐了一口唾沫,"你没法讨论那不……"

他的唾沫热得冒烟了,它在行将熄灭的余烬上蜷缩、扭动。

"你相信上帝吗,劳尔夫?"特恩诺问道。

"我想很少有人可怜到不信上帝了,"正直的年轻人回答。

"我不信上帝。"他说。

一粒水珠滴在无知的寂静上。

"我不相信我摸不到的东西。"

他愤怒地捅了罐子一下。

"在沃斯装模作样的时候,你觉得他能看穿我吗?他可骗不了我。"

"你非常不愉快吧?"安格斯问道,他听了特恩诺的心里话感到相当震惊。

"噢,我还可以相信很多别的东西。"特恩诺喊道,苦恼地看着他朋友的脸,不过这张脸却躲开了他。

"我要说,那个魔鬼不信上帝,带我们陷进这样一团糟的境界。你瞧!"愤怒的人大声喊道,"这就是我对这位不可一世的沃斯的看法。"

年轻的劳尔夫是这般震惊,他觉得自己的大男子气概也帮不了忙了。

"波尔费雷曼先生相信上帝。"他想起来了,像一个虔诚的小姑娘那样松了一口气。

"噢,"特恩诺耸了耸肩膀,"波尔费雷曼先生是一个好人。"

结果,他就不再提了。

在月光下,岩石看起来像是要裂开似的,但是却没有裂开。

"还有阿尔勃特·嘉德,"特恩诺喃喃地说,仿佛梦呓,"他是我们的人,劳尔夫。他会把我们带出去的。他是一个男子汉。"

"我十分信任嘉德。"安格斯同意,又移动了一下身体。

"你当然信任他,"特恩诺喊道,"只需要看看他的双手。"

年轻人感到内心的深处很不舒服。他不能把自己交给那个罪犯,应该说两句不太客气的话。

最后,他一笑置之,露出了洁白的男人的牙齿。

"我们真是在胡说八道!"他抗议,"我觉得所有人都有点儿发疯了。"

不过特恩诺却不得不在梦中挣扎,他张开了嘴,嘴唇上留有生活的痕迹——一点点盐的白色结晶,它同时也给梦加上了苦味。他断断续续地在打鼾。

接着,年轻人意识到从帕拉第奥大厦楼前的绿茵到这个沙漠地带,他已经走了有多远;意识到,他几乎是愉快地把自己的身份降低到和这睡着了的伙伴同样的水平。即使他觉得生存的地位比自己的出生地高,他也会对他们皱起眉头来的。他打盹儿了,渐渐地不知身在何处了。他很快地朝睡着了的特恩诺看了看。他为自己的思想忧虑,怪罪他的朋友。因为这时,坐在劳尔夫·安格斯身旁的却是那个罪犯,他们在一起修补拴马链。叮叮当当的链子像儿童玩具那样讨人喜欢。罪犯能做许多简单但迷人的事：他会变戏法,他懂诗歌,会用魔术摘掉一个疣。这时,年轻人从外面跨进梦圈,看着那双手拿起绳索,套住栗色马。嘉德解释说,他这是在莫尔顿湾学的。马拼命挣扎,光滑的脖子上的血管都胀裂了。

暴风雨后的早晨嵌上了一层珐琅的光彩。两个僵硬的人在做早祷时,几乎是神气活现的。后来,他们宰了两只比较像样的绵羊,或者不如说是安格斯宰了两只羊,特恩诺在旁边指导,他装模作样,仿佛也亲自动手了。这个手艺是他在悉尼做工时学会的。

绵羊经过处理,切成合适的肉块之后,他们便尽量把它们放上马背,准备带过山去,在大营晒干。

天气和比较舒服的前景使得特恩诺十分快活。他把那些已经又蹦又跳的山羊赶到一起。他相信山羊会随探险队前进,因为他们没有接到抛下它们的命令。他一边用手使劲拍打马臀,一边唱道：

再见,再见啦,温柔的绵羊,
要命的时刻已经来啦……

"可怜的东西,"他加上一句,"以后再看不见它们了,这让我有多高兴呀!"

他在马鞍上坐稳,准备登山。

他们慢慢地赶着一小群山羊往上爬时,劳尔夫·安格斯回过头去看站在原野上的阴郁的绵羊,不过马上转过头来。因为他不愿意对它们表示亲切,必须把它们看作商品,而不能看成动物。这个年轻人十分庄重,不用说,允许他透露出来的感情是有限度的。

短程的旅途中没有发生什么不愉快的事,只是两个骑手不久就陷入了一群苍蝇的黑色罗网。它们落到挂在马鞍的羊肉上。这使特恩诺又骂又踢。结果,他的马横过身子,尥起蹶子,弄得彼此愈来愈恼火。

"老天爷,"这人冲马尖叫,"不是你就是我,准会摔断脖子的,而且我们全都会落满蝇卵,我已经可以感觉到蝇蛆在我身上乱爬了。劳尔夫,你没感觉到吗?"

劳尔夫做了个鬼脸,湿润的土地开始冒出水汽,他的心已经十分忧郁,他觉得没有必要回答他的朋友。除此之外,这种友谊有一种好处,那就是:只要你愿意,你就可以保持沉默。动物是不讨论问题的。于是两个人艰苦地前进,由于他们欣赏自己的缺点,也就原谅了对方的缺点。作为在同一个山上的两个小人物,他们相似的地方就更多了。

两个人终于到达了露营地。他们发现沃斯、波尔费雷曼和那个土著孩子出去完成某种科学任务去了,并没有指定由谁来指挥,但嘉德却担负起非正式的指挥的责任。这个罪犯立刻决定把羊肉切成长条,生起一堆火,让羊肉快一些烘干,同时也把苍蝇熏跑。这一切都是他一个人完成的,因为别人全都不感兴趣。否则他们就会听他调遣了。

大雨消除了人们许多的疑虑,营地充满了宁静的气氛。河床上流淌着混浊的、打着漩涡的黄水。大地也迅速地铺上绿色,地上明显地长满了青草,远方卷起一阵巨大、模糊的绿雾。除了流水汨汨的声音之外,还有潮湿的土地多处发出的滋滋声,牛群鼓胀的面颊发出的反刍声和受到摧残的马的叹息声。看起来,它们终于吃饱了,也老练了。牲畜丰满的绿色新粪堆发出好闻的香味。这一片景色与其说是一幅风景画,不如说是一片闪烁的微光,在它上面飞舞着非凡的蝴蝶。至今还没有见过能够和它们的颜色比拟的东西,它们的翅膀张开,合上,张开又合上。有了这些翅膀,外在的世界和梦幻的世界连接起来了。

然而,嘉德一宣布经过烟熏日晒,羊肉已经干透了,沃斯便决定翌日拔帐起程,虽然没有一个人不想躺下来欣赏景色。德国人自己呢,雨后已经恢复了活力,正在吃力地开一些小玩笑。在那些大地转绿、阳光柔和的日子里,罗拉已经说服他要采取一般人的姿态,至少暂时这样。就像这片满足的大地,他终于享受到结婚的甜头。他的脸颊甚至丰满了些。

在他们离开河边营地的那天晚上,沃斯和波尔费雷曼碰巧坐在洋槐树荫下忙着整理他们收集到的标本。波尔费雷曼整理鸟皮,沃斯整理蝴蝶。如果让这些蝴蝶进入画面,它们一定会破坏图画的单一色彩。尽管它们是死的,它们依然是欢乐的。

"告诉我,波尔费雷曼先生,"沃斯要求说,"告诉我,作为一个基督徒,你的信仰能一直维持到你进入天堂的那一天吗?"

"我不是一个好基督徒。"波尔费雷曼回答,他正在处理一只颜色单调的小鸟,"此外,"他又说,"天堂很可能只是海市蜃楼。"

"这是公认的,"沃斯哈哈大笑,因为这是一个愉快的日子,"我自己就是一个怀疑论者。"他说,挥起手拥抱眼前的景色和死蝴蝶的拼花图样,"尽管我承认我对幻想着迷,也对信教的人着迷;可是,看起来,你并不信教。"

他说这话时是很和气的。

"我信教,"尔费雷曼终于回答说,"我信教,虽然在它们最后得到证实之前,有许多地方我是暂且相信的。我知道它是会被证实的。"

"这可真是信仰。"沃斯说,同样是很和气的,因为绿色的大地把它的斗篷盖在他的身上。

"我的妻子就是这样说的。"他加上一句,这句话仿佛是远方传来的。

"那么你有一位妻子啰?"波尔费雷曼抬起头问道。

"不,不!"沃斯坚决地说,显然觉得很有趣,"如果她存在的话!"

他笑着说,"这是语法上容易犯的错误,我用错了时态,于是有了一个妻子。"

波尔费雷曼不大相信他会这样无知,同时知道语法上的错误会使德国人十分开心。

德国人问道:

"你呢?波尔费雷曼,你没有妻子吗?"

"没有。"禽类学家承认。

"连语法上的妻子都没有。"他的伙伴低声说。

这与其说是一个问句,不如说是一个陈述句。他欢快的心情显然减退了,不自然的笑声掩盖了他合理的语言。人们会记住他的声音,而又时常、不经意地被他的笑声吓到。

波尔费雷曼似乎也情绪低落了。他放下手边的工作,把标本和工具放进旧木箱里。他以前一度认为很美好的独身生活,突然变成很不幸了。

"没有老婆,"他说,用一个锋利的铜钩子把木箱牢固地钩紧,"我在家的时候一向和我叔叔住在一起。他是汉普赛尔的牧师,我姐姐替他管家。"

说到这儿,波尔费雷曼停了下来,沃斯虽然天生好奇,但不愿催促他。两个人都意识到如此地不了解对方,因为不愿泄露自己的私生活,所以对别人的私生活也十分尊重。此外,这地方很吸引他们,现在,在洋槐树丛旁,夜色逐渐加浓。他们都羞于谈自己的身世。

不过波尔费雷曼已经开了个头,被往事可怕的潜流吸了回去,因为他没有被解救的希望,于是他接着说下去。

"任何一个想找一所普通房子的陌生人,都会对我叔叔的教区牧师住宅大吃一惊的。这并不是说,这所房子真的暗示它是一个没有得到充分报酬的上帝忠仆的家。当然,可以看得出,它那灰色的石头提前崩坍了;葡萄藤裂开还是缠在一起,也很难说得清楚。不过有迹象可以说明这些情况不是不可避免,而是由于没有人留意。如果屋顶坍下来(这很可能),邻居们准会被最可怕的玻璃粉碎的声音惊醒。因为每间屋子都摆满了玻璃器皿,五彩缤纷、精致悦目,还有一些体积庞大,里面满是气泡;还有里边装有贝壳和蜡花的钟,更不必说一箱箱的蜂鸟了。你看,我叔叔虽然是一个全心全意的牧师,却从一位远亲那里继承了一小笔财富。有人说这是他没落的原因,因为他经得起疏忽大意;可是我的姐姐,她又穷又不能自立,也犯同样的毛病——这是由于她体弱多病,这事后边我要告诉你的。"

看来,叙述者的生活是这样乱糟糟的一团,他难以从那些威胁着人的玻璃器皿中通过。

"我姐姐很少待在家里,屋子里有些什么,恐怕她很难记全。我想,如果让她开一个清单,第一件就是尘土。我相信她的朋友们一定会觉得奇怪,像她这样一个容貌衣着如此整洁的人,竟能忍受这无处不在的尘土。此外,感谢我叔叔有一笔可观的财产,家里有两个女仆为她服务。她的评论家忘记了一点:在她匆匆忙忙地跑到外边,跑到花园或树林去时,经常忘记给两个懒散的女仆交代任务。我姐姐特别喜欢森林和栽成树篱的灌木花朵:紫罗兰、樱草花、银莲花等等。最坏的天气里,她也要披上一件灰色的旧斗篷冒险出去看她的花朵,回来时常常带回一大把她无法抗拒的饰带花,或者在脖颈上挂一串鲜红的泻根草。

"由于我叔叔具有类似的嗜好:他总是把苔藓带回家来晒干,把叶子压扁;而教区遭到最惊人的忽略。可是群羊仍旧爱它们的牧羊人,尽全力去保护他。我注意到,如果一个人被一种所谓'诚实的缺点'所折磨,人们会容忍这些过错而且爱它的受害者;这并非由于人们忽略了这种缺点,而是,由于它的存在。正如我姐姐的体弱多病。"

德国人觉得她的弟弟也是如此。

"我姐姐比我大好几岁。她变得相当虚弱,可是仍旧用惊人的意志来鞭策自己。她是一个很热情的人。她会故意打碎东西,事后为之哭一场,再设法把碎片黏合。她打碎的是我提过的那些玻璃器皿中的一部分。我还是一个孩子的时候,有一次,她勃然大怒,从楼上的窗户把我推了出去。事情是这样的:屋子里一点声音都没有,很可疑,于是我偷偷地走了进去,发现姐姐坐在镜子前边。她正在用红墨水把整个嘴唇都涂满了,涂成完美,但极其可怕的弓形。我怕极了,她一看见我这副模样便深受刺激。她一时冲动,立刻跑过来,把我推出窗外。当我躺在地上声嘶力竭地叫喊说我的背脊摔断了的时候,她跑了下来,尖声叫喊说她杀了我,要么我好了以后,一辈子都会像她一样。她的意思是说,肩膀像她一样。"波尔费雷曼解释说,"我姐姐的身体是畸形的。"

波尔费雷曼小姐十分关心这两个男人。她在揪一把小花,可能是紫罗兰,这是她的礼物,但因猛地一揪,花瓣落下来了。晚上在所有难看、畸形的东西中,最难看的就是地上她驼背的影子了。

"她吻我,哭泣,责骂自己,一瘸一瘸地走着。"波尔费雷曼说,"到后来,她的爱比我的痛苦更可怕,特别是疼痛过去之后。我站了起来,因为摔这一跤只是摔出一个屁。于是,我的姐姐觉得难为情了。我们都很难为情,只是同时她也很生气。后来仔细想想,我相信她想要我变成她的样子,就像她说的那样。这样,我就完全属于她了。我能为她做的最多是经常祷告,希望可以为她分担一些痛苦,并且按照她的需要报答她的爱。不过到现在为止,我并没有做到。我看着她在花园边缘弯下腰看花,或者拔掉一棵青蒿或迷迭香,闻一闻,把它扔掉,无精打采地向两边看看,又继续往前走。这时我就知道我没有做到了。有时她飞跑着去尽她忽略了的责任:教区工作,还有教区居民的事儿。比方说,有些没有受过教育的人继承了他们不会读的书。尽管她很古怪,他们还是欢迎她到他们那儿去,这使他们感到骄傲。不幸的是,这些事情都不能减轻我姐姐的痛苦。她觉得她注定要孤独下去的。我忘记说,她把屋子里所有的镜子都搬走了,因为她的影像是她痛恨的幽灵。当然,我上面说过,还有别的玻璃器皿。不过她说,它们反正是歪歪扭扭的。"

"你的叔叔,"德国人问道,"他没有注意到镜子失踪了吗?"

"我叔叔多年来忙于《圣约翰启示录》的注释工作,不要说一面镜子,就是我姐姐失踪了,恐怕他也不会发觉的。"

两个人坐在那里,黄昏逐渐消失。绿雾自然而然地被黎明所取代。他们坐在大树下,彼此望着对方,就像船沉之后水手望着木筏那样。

"我最惨的失败是,"波尔费雷曼接着说,"不能把我姐姐从她的幻觉中救出来。她不相信她能得救,因为她觉得上帝不肯接纳她。上帝不喜欢她的迹象太明显了。最后,她想切开血管自杀。"

"她拖着脚步慢慢地穿过一间间摆满了玻璃珍品的屋子,"德国人想象着,"披上温暖的灰斗篷,使她的驼背不那么明显。你赶到她身边时,她已经相当虚弱了,身上的鲜血闪闪发光。她的鲜血洒在蜂鸟和其他音乐玩具上。"

"是这样。"

"而你去拯救或谴责你的姐姐,"沃斯指责他说,"否定她那种哥特式的辉煌死法。她的意图是壮丽的,而你却跑过去给她绑上止血带,可你应该提供的是你自己的幻想。"

"你不能毁掉我,沃斯先生!"波尔费雷曼坚决地说。

"后来,"沃斯接着说,"不久之后,你离开家做了截然相反的事。从你的失败退却,愈来愈远,终于和我一起坐在这棵树下,当然到处是危险,但都是极其一般的危险。"

"没错儿,"波尔费雷曼说,"没错儿。"

他折断了一根树枝。

"我想,这一切我都已经意识到了,"他说,"我知道我受不了,必须改变生活。"

沃斯看着他同伴的变得模糊的脸,知道波尔费雷曼永远不可能拯救他了。在讲驼背姐姐的故事时,他几乎抱着这种希望。德国人觉得,虽然弟弟可以由于他的幻想得救,可是驼背姐姐和他本人却是要接受哥特式的辉煌死法的。月亮从洋槐树丛中升起,在罪人的眼睛里闪烁。

第二天早晨,探险队起来了,并且沿着复活了的小河南岸前进。小河弯弯曲曲地向西奔流。绿草把隐藏着危险的土地伪装起来,降过大雨的地方,驮畜常有陷入泥沼的危险,事实上这种情况已经不时发生了。后来,德国人对骡子的仇恨发展到难以控制的地步。他会离开正道,跑上一百码去采一根树枝。在这种时候,骡子老远就会嗅到危险,它们浑身发抖,大汗淋漓,抗议他回来;甚至有些骡子在他经过时用它们的长牙齿咬他,并且转动着瓷器般的眼睛,弄得马嚼子山响。

不过,沃斯对狗却十分满意,当它们的爪垫裂了口,因为和袋鼠打架撕破肚子,或者干脆在旅途中死掉时,他都会为它们难过。有人想赢得他的狗的感情,这也会引起他密切注意,醋性大发。最终,他忍受不了只好走开,而且听说还用石头去打那只不忠实的畜生。不过,一般说来,这些狗对别人友爱的表示都不予理睬。它们只忠于这一个人,整天缠着他。因此,这是很不错的。沃斯对它们温暖的舌头的抚爱感到病态的愉快,尽管他不让别人看见他回报它们的热情。

旅途到了这个阶段,只剩下两条狗了。一条是凶恶的猎犬,另有一条是纽芬兰大杂种狗吉波,在放牧的年代,它可是一条很好的牧羊犬。

"吉波身体很好,先生。"有一天在他们一起骑马前进时,嘉德对沃斯说。

他知道队长喜欢这条狗,暗想用这种话来让他高兴。

自从放弃了羊群,土地变软了之后,这条黑狗的确健壮起来了。它活得很愉快,用富有弹性的腿来回地小跑,伸出粉红色的健康的长舌头。它的身上闪烁着乌黑发亮的黑点。

"它从没有这样好过。"嘉德冒昧地加上一句。

"当然。"沃斯回答。

他骑马往回走去找人作伴,现在感到他做错了,他要为此付出代价的。

"是的,"他提高声音说,"它好吃懒做。我已经想了好几天,为了大家的利益,我必须采取什么措施。"

两个人都不说话,冷静而着迷地看着这条瞎忙乎的狗。它正在那儿跑来跑去,有一次还向他们笑了。

"我想过要杀掉它。"看得入迷的沃斯说,"我们没有羊了,因此,吉波就再也没有什么用了。"

嘉德没有回答,但离他们不远的,在牛后边的哈利·罗巴茨抬起头抗议说:

"啊,不能,先生!你要杀吉波?"

他已经声音发哑,眼睛发红了。

别的人听到了这个决定也同样动了感情。连特恩诺都建议:

"在吉波自己找不到猎物的时候,我们全都分一点吃的给它。用我们自己那份粮食喂它,先生,这样就不会消耗储备了。"

沃斯痛苦地咧开嘴笑了。

"我真希望能够享受多愁善感的乐趣。"他说。

接着,当他们中午休息时,德国人把狗叫来,它跟着他走了一小段路。他对它说了几句话,注视着它充满了爱的眼睛,他扣动了扳机。他浑身冷汗,真想打掉自己的下巴,然而他痛苦地说服自己,他做对了,并且将来遇到严厉的试炼时要做得更好一些。

他挖了一个洞来埋葬他的狗。因为洞很浅,他在上边压了几块石头,并且从河边的乱蓬蓬的栎树上折了一些枝条铺在上面。

远处,他的队员很可能在注视着他。

"这有什么!"特恩诺终于说道,刚才为吉波辩护时叫喊得最厉害的人当中就有他,"它不过是一条狗,不是吗?而且可能成为累赘。他杀死它可能是对的。只是,在这种环境里,我们都是、每一个人都是狗。"

有好几天,沃斯像幽灵似的走来走去,他终于得到安慰。把其他的动机和狗一起埋葬掉,他觉得他这样做只能是为了大家。即使他令他的队员感到疑惑,但保守秘密是他的特权。如果罗拉不同意,那是因为她自己是像狗那样看问题的可爱的人。

他们骑着马继续前进时,他向生活在他身体里的爱侣解释:他只要把狗的嘴靠近他的头,就能把她争取过来。可是到了晚上,他就为狗的垂死挣扎感到浑身难过,直到永远相爱的这对情侣伸出手去握对方的手,听到戒指的碰撞声,这才觉得好过一些。真的,他们已经结婚了。不过我不能,他说,在床上翻来覆去,杀了它同时还占有它。他受到那件爱的柔软的外衣的折磨。于是他立刻离开它,走了。他又恢复了原来的模样,瘦削而结实,心里充满了烦恼。

如今到了晚上,就会下起倾盆大雨。雨点落在火堆的余烬上,打在帆布帐篷上,睡着的人辗转反侧,就像雨点打在他们的身上似的。这里大多在晚上下雨,不过有一次下了一整天,人和牲畜都被它弄得整天驼着背。他们的苦难持续到晚上,后来,天空忽然晴朗,露出了冰冷的星星。

接着,又下起雨来,而且下个不停。除了雨,没有人可以想象得出什么是永恒的了。

人和牲畜头顶着密密麻麻的雨,变得非常瘦了。有些人比什么时候都互相仇恨。当然,人们对牲畜的仇恨没有加深,因为对它们不可能恨得更深了;不过,人们彼此之间却恨得脸色发青。地上布满绿色的泥泞,人们在上面挣扎前进。河的这一边是发光的绿树,长着深色的尖叶子,它们威胁着人的眼睛和耳膜。然而他们现在的处境使得他们的心灵比肉体更容易受到创伤,有一两个意气最消沉的人竟认为死是最大的幸福。

因为到了这个季节,大地逐渐冷下来了。白天有时寒冷,有时散发出一阵阵蒙蒙的水汽;而晚上总是很冷的,寒风拍打着帐篷的破布,也钻进人们可怜的身体。另外,队伍里还爆发了寒热病。很少有人不在用力擦热他那已经磨破了的发抖的身体。他们的身体早就枯干得像腌鳕鱼一样了。黄绿色的牙齿在脑壳里咯咯地响,人们抬起脑壳往外看,外边光明灿烂,然而是假象。

佛兰克·勒·墨舒尔情况最糟糕,他病得最早,其实那天晚上他骑着马越过山去给放牧人传递队长的口信时便生病了。不久之后,他便咕咕噜噜地说嘴里有干豆子吐不出来,嵌在疼痛的口腔里。他还说有一些宝藏,一些在他胸腔里燃烧的大块矿石;如果他想把它们拿出来,就会刺伤他的手的,他要不惜任何代价保住它们。

他变得十分瘦弱,皮肤透明发黄,看起来像一朵黄百合花,只不过多毛而且发出臭味。有一天,沃斯注意到他在马鞍上摇晃,在下一个休息的地方便命令他同住在他的帐篷里。他自己给他吃奎宁,用自己的毯子把他裹起来。他对病人十分热情,仿佛必须显示出他最大的能量似的。他突然想起要施与爱。如果没有人深受感动,并非因为他们怀疑沃斯伪善,而是因为他们认为无论什么事情沃斯都干得出来。对于爱护病人这件事,期待他就像可以期待上帝那样。在他们心里十分混乱的时候,不论是一个人的行为还是动机都是很难看清的,也很难去问为什么上帝要一分为二。对只看到困难的人来说,亲吻和杀戮是近似的词语。因此,在德国人照料病人时,其他人都严肃地注视着。医生把背向着他们,因为他自己也在颤抖。由于不断地被雨淋湿,他浑身疼痛,但更怕的是:他的爱心会枯竭,或者被别人看出不是尽善尽美的。

天终于黑下来了。因为大多数的人都带点儿病,他们很早就扎营了。沃斯命令杰基跟他去捉几头最近下仔的山羊。黑人紧紧地抓牢捉到的山羊,沃斯挤下山羊奶——不客气地说,他的动作笨拙可笑——赶快回到病人身边,雨点打在满是泡沫的钵上。天黑之后,沃斯劝勒·墨舒尔喝几口温暖的、里边有毛的羊奶,奶里还加上一点甜酒,那是这位深谋远虑的德国人贮藏起来的一点儿酒,留着治病用的。

病人用舌头尝羊奶的时候,沃斯在拉紧的帐篷里,跪在砸实了的土地上热切地看着他。

"告诉我,佛兰克,"他问,"你觉得好些了吗?"

"没有,"黄脸汉回答,脸上挂着一道羊奶,"真令人苦恼。什么都在动,我的身心也不和谐。"

因为雨下个不停,德国人很早就睡了。这样,帐篷里充满了两个人散发的热气。不过沃斯感到轻松一些了,因为他是爱的施予者,这对他本人要比对病人更有好处。于是,他用爱的白色油膏继续给病人涂抹。这一次她穿了一件带兜帽的长袍,是用密密的、温暖的灰雨织成的;除了脸,整个人全都包在长袍里。他可以从经验上诊断她患的是过独身生活瘫痪症。不过她那石头的形体没有提出抗议,也没有提出期望,只是等待着她的含蓄的医生。病情发展到这个阶段,他说,我要给你这种白色小药丸,进了肚子,它将会长得很大。请注意,施与没有接受那么丢人。你能接受将来必须承担巨大痛苦的东西吗?他看见蜜色的石像露出了微笑。如果我已经容忍了圣父,她笑着说,我就可以容忍圣子。他立刻意识到这事已经达到情欲的部分,他感到恶心。他不是穆斯林。他的裤子不是为分娩设计的。我是独一个,他抗议说,有说服力的嘴形成一个大圆圈,把药丸扔到地上。但她不屈不挠地继续微笑,这表明他们已经结婚不知多少年了,那些石像的年龄要比土耳其的历史还悠久。

醒来之后,德国人发现他们依然在茫茫的夜雨中。帐篷有时跳动,有时拉紧,绳索在呻吟,帆布在颤抖;但在黑暗的屋子中央,摆了一支牛脂蜡烛,那是他留着救急用的。很明显,是勒·墨舒尔点燃的,希望用它来击退混沌的世界。黄色的光锥是一个现实。

"噢,先生,我病了。"他在意识到被人注意时抱怨说。

"你没有必要告诉我你病了,佛兰克。"沃斯说。

"我不知道怎样照料自己,我连一只苍蝇的力气都不如了。"

事实上,接着他就躺下了,躺在自己的苦难之中。

可怕的臭味很快就使沃斯明白他的朋友大便失禁了。在这种情况下,他必须马上给他洗干净。于是他开始笨拙地动起手来。他认为未来的圣徒也会争夺这种机会的,因为到处是绿的、黄的、泥土、黏液、失控的粪便和不停地呕吐,这一切真像是地狱。

做完之后,他把铁盘子放下来说:

"不过我不是圣徒,佛兰克,我这样做是因为有必要,也为了卫生。"

勒·墨舒尔遮住眼睛。

"你欠了我多少债啊!你听见吗?"德国人笑着说。

病人听出这是一句笑话,看了他一眼,喃喃地说了句什么,心里很感激他。

沃斯把盘子倒干净之后,给病人吃了点大黄根和鸦片酊。病人开始打瞌睡了,不过时不时他的思绪会从远处浮现。

有一次他坐起来说:

"我将来要报答你的。我不骗你。"

还有一次:

"有一天我会还清欠你的账的,说不定会提前,在我们还在洞里的时候。沃斯先生,我们把水烧开好吗?"

"在下这样倾盆大雨的时候可不行,"德国人回答,"我们永远生不着火。"

"不过,我们是在洞里边。"病人坚持说。他显得很热情,并且又说:"可是你得把它给我,为了安全,我要把它摆在毯子底下。"

"给你什么?"沃斯问道,这时,他又打起瞌睡了。

"那个本子,"勒·舒墨尔说,"它在我的鞍袋里。请把它给我,沃斯先生,边上有大理石花纹的那个本子。"

像山茶花,沃斯想起来了。

"我可以看看吗?"他小心地问。

看看过去吗? 还是未来?

"不,"勒·墨舒尔说,"为时尚早。"

沃斯在鞍袋里摸索,在干面包屑和硬肉末当中找到了那个本子。

他拿着那个本子跪在那儿时觉得自己十分强大。以前他从没有这样把一个人的灵魂抓在手里。

"你要用这个来报答我吗,佛兰克?"他问道。

"我还没有准备好。"勒·墨舒尔说,"你记得那天晚上在杜梅因大树下的情景吗? 我最后只能把你给我的东西还给你。但你不知道它是怎样从我心里拽出来的,否则你就不会问我要了。你看不出来它的根在流血吗?"

"现在睡吧,"沃斯劝他说,"这件事改天我们再谈吧。"

"好的,"勒·墨舒尔同意,好像是想睡了,为了安全,把本子塞进毯子里。

不过他又坐了起来,几乎是立刻坐起来的,并且神志相当清醒地说起话来——先把焦干的嘴唇舔湿,怕它会妨碍说话:

"开头的时候,我常幻想如果我能准确地描绘什么东西,比方说,这个边缘模糊的小光锥,或者这个普通的铁盘子,那么我就能描绘一切真实的东西了。可是我不能。我这一辈子是失败的,生活在最丢脸的环境里,生活没有目标,常常每况愈下。成功本身就是目的,它不能揭开生命的秘密;你必须在失败中,在永恒的斗争中,在发展的过程中揭开生命的秘密。"

沃斯并不想听别人谈他的秘密。他喜欢凭自己的直觉去探索,然后猛扑过去抓住它。现在他没有机会。

于是他说:

"你知道你有点发烧,最好试一试去睡吧。"

他也为自己的秘密担忧,现在这个年轻人好像已经掌握了它。

"睡觉!"勒·墨舒尔大笑,"我得再一次提醒你,在杜梅因的那个晚上,我们是多多少少都承认我们共有的保护神的。"

在这种时候,这个地方,德国人想不出办法来扑灭这火焰。

病人继续烧下去。

"当然,我们都是失败者。"他说,这句话就像是爱的自白。

他们躺在那儿听淅淅沥沥的雨声,雨下个不停。

"如果你不是病了,佛兰克,"沃斯终于说,"你不会相信你自己的耳朵的。"

可是,很显然,现在这个年轻人的眼睛是看得很清楚的。

"这是药引起的。"沃斯解释,他自己很快也屈服了。

"因此,你会很快把你说的全都忘记。"他又干巴巴地说,一边扭动他那瘦削的脖子,"我同意这也可能是真的。"

这两个人终于一体同心了。

勒·墨舒尔相信他的任务是从他们的交情里挤尽最后的一滴血,他探身向前问道:

"我奉命谴责人类,并且要忠实地说出我内心的感受。你会坚持到底吗?"

"我义无反顾。"沃斯对睡在床上的伙伴的灰绿色身体说。

德国人原想看那本日记,但由于反感又忍住了,他有点怕检视自己的思想。过了不久,在白镴色的烛光下他也睡着了。

第二天早晨,探险队长决定只带那个土著男孩去找一个比较合适的地方来避雨和治疗病人。他们只走了几英里,便看见河对岸好像有几个山洞。

"杰基,你去,"沃斯说,"弄清楚那个地方是不是干燥的。"

可是,这个黑孩子赤裸的身体却在一块潮湿的硬帆布里哆嗦着。他立刻回答:

"太黑啦。我这人进去要迷路的。"

"杜格尔德就不会害怕。"沃斯说。

"杜格尔德不在这儿。"杰基老老实实地回答。

沃斯诅咒所有的黑猪,不过立刻就对自己说,是雨使他容易发火的。因为他深信,他王国里的这些臣民,在所有的白人离开很久之后,会继续与他同甘共苦的。

因为这是无法避免的,他驱赶那匹不高兴的马沿着黄色的河岸前进,并且走进河里。使人冷得喘不出气的河水把一切思想和感情都吞没了,否则他们在河里漂流会觉得很有趣的。什么梦都不能比这个更美妙、平静和逼真。不过,这匹可怜的马好像是在踏水或者是在游泳,最后它终于找到了一块落脚地,站立起来,挣扎着朝对岸走去。它上岸之后,抖动着身子,直到它和骑手的骨头一起猛烈地发出咔咔的响声。杰基跟在后边,抓紧棕色阉马的尾巴,很快也站在那儿了。他一边微笑,一边冷得发抖,赤裸的身体流淌着水和光。他失去了他的帆布外套。他的棕色皮肤不像大多数黑人那样乌黑,恐惧和寒冷把他的皮肤变成更美的金色。这使沃斯和他的奴隶言归于好了,特别是因为,他是靠自己的勇气渡过这条河的。

"现在,"他说,"我们来检查这些山洞。"

黑孩子没有拒绝,可是不肯走在具有驱除妖魔法力的白人前边。黑夜虽然可怕,但也不像这些山洞这般让人束手无策。他不愿意不带火把走黑路。连月亮都是靠不住的,仿佛存心不良的长毛动物,还有危险的牙齿,会一下子咬住黑皮肤的。

"黑人了解这些山洞。"杰基说,开始察觉点什么了。

"怎么了解?"沃斯问。

黑孩子无法说清楚这是他的本能,于是他笑了,摇晃着脑袋,避开他上级期待的目光。

"我们很快就会知道了。"德国人说,他弯下了腰。

他立刻走进山洞,有几只蝙蝠迅速飞过。它们飞出洞口,在雨里尖叫、盘旋;因为别无选择,只好回到受到打扰的黑暗中去。黑孩子一个人站在那里,他开始觉得跟随蝙蝠去和他的主人重新聚合,可能是比较好的办法。他有一个主人是多么幸运啊。雨和他一起叹息。

这些山洞都不很深,也不很黑,大体上很浅。一条竖井穿过峭壁通到一个最重要的山洞里,并且有一柱灰蒙蒙的光线顺井而下。洞里边的地上布满尘土,在上面走路连脚步声都听不见,使人产生了敬畏之感。洞里充满了尘土和陈腐的气味,也许还有人体的气味,不过是古代的人体,后来就没有人来过了。

受到这庄严的光线的影响,黑孩子喃喃地说了些什么,不过是用土语讲的,因为他被它感动了。现在,山洞里开始有他的生气勃勃的、年轻的身体的气味了。从他毫无防备的脸和漂亮的肌肉来看,这地方是充满了善良的魔力的。

现在沃斯看见了一些图形。

"这些图形表示什么,杰基?"他问道。

男孩用土语解释,用一只食指指点着。

"该死的语言!①"德国人嚷道。

因为他被语言牢牢地卡住了。

男孩子依然很平静。他只好改变态度。他注意观察。

"蛇。"杰基解释说,"祖先,我的祖先,全是黑人。"

"勇气。"男孩加上一句,特别为德国人加的。

这个字把整个洞都照亮了。

沃斯沉醉在朴素的图画里。从今以后,一切文字都是骗人的,只有必需的文字,语言的护卫者,才是例外。

"袋鼠,"男孩说,"老人。"他笑了,用手抚摸某些地方。

它们都是凸出的,并且很明显的。

虽然德国人同意进入图画的神秘领域,图画的细节也很能满足需要,不过他还是离开了袋鼠。

现在他很一本正经地说:

"是的,画得很自然。② 不过我更喜欢这些。这是些什么东西?"

那些好像是一堆歪歪扭扭的骷髅,或者是一堆骨头和被风吹动的羽毛。沃斯想起了小时候他把信绑在风筝尾上,放上天空的情景。有时线断了。如果断了线的风筝在天上没有散架,就一定会把他的信息传到远方,但不管是到了哪儿,他从来没有收到过回信。

不过现在,看着这些风筝似的画像,他心中燃起了希望。

"男人走了,全死了,"男孩解释说,"死尸到处都是,"他挥了一下手臂,"在石头和树的旁边。死绝了。"他说,开始用手梳理光线,就像梳头发那样,"什么都完了。就像这样,你看见吗?"他把脸枕在手上,像一颗种子,眨巴着眼睛,"大风,它拿晚上当白天,这时,这些家伙都死了。他们走出来。我们看不见。哪儿都有他们。"

山洞的墙壁发出纠缠在一起的风筝一般的嗡嗡耳语。人的灵

---

①② 原文均为德语。

魂只等着机会跑出来。

"现在我明白了。"沃斯严肃地说。

他明白了,彻底地明白了!他感到无比快乐。

为什么不能总是这样呢?他惊讶地问永远锁在他心里的那个女人,而她就通过她的梦幻般的长发来回答他。她启发他说:我们认识的那些人的灵魂也许和他们的话一样,不能和我们沟通了。如果你们绕进绑着他们的绳子里,是安排你们去把绳子剪断;为的是让解放了的灵魂把希望的信息带到波希米亚、摩拉维亚和沙索尼去,如果雨没有把它抹掉的话。在那样的情况下,那么发现者就只好满足于猜测了。

在洞里的男人应该感到又湿又冷又疼,可是那个女人天生温柔的灵魂给他那固执、斗志昂扬的精神以抚慰。他秘密地——何必要秘密地呢,男孩子不会懂的——想用浓艳的赭石在岩石的画上添上一个幸福的字母——L。

不过时间在消逝,蝙蝠在活动,男孩子已经对图画不再感兴趣了。他站在洞口处,想起了那只袋鼠,十天前他把最后一块烤焦的袋鼠皮塞进了肚子。现在他肚子饿了。

"现在我们必须回去了。①"沃斯说,从沉思中清醒过来。

不同的语言不会令黑孩子感到困惑,这就是说,他一般根本不听。现在,他等待着沃斯行动,然后跟在后边。

下午,探险队全体到达了这个上天安排的山洞。勒·墨舒尔仍然很衰弱,在马上摇晃着。特恩诺、安格斯和哈利·罗巴茨现在也很衰弱了,虽然不像墨舒尔那样严重。到达沃斯和土著孩子渡河的地方时,他们决定建造一个木筏,用来把怕水的东西送过去。附近一带有不多的树苗,而且不太直,嘉德着手砍树,不过他可以砍到

---

① 原文为德语。

勉强够用的木材。雨水不能限制他的行动。他那闪光的斧头在树丛中游走,他被雨水湿透了。树苗很快就被捆在一起,并且用皮带绑在用中空的圆木做成的浮筒上;皮带是用牛皮切成的,那是嘉德留下来,在遇到这种情况时使用的。

这时,人们开始吆喝,用棍子抽打牛、骡和备用的马,把它们赶进水中。这些牲口大声哀鸣,乞求怜悯,不过终于弓起背跳进水中。然后是山羊,它们在奔逃了一阵之后也被赶进水里了。他们这样做几乎像是谋杀,因为这些有理性的动物大声哀鸣,就像刀子搁在它们的脖子上。真的,有些屠夫马上就感觉到刀子也在自己的脖子上了;不过山羊却在水中浮沉,它们的犄角徒劳地撕开空气,后来,人们看见至少有五只山羊没能爬上对岸,它们被水流冲走时,有一只有角的老母山羊在向沃斯发出哀鸣。沃斯大声喊道:

"嘉德先生,木筏还没有做好吗?在天黑之前,我们来不及过河和烤干了。"

他这样喊叫,因为无法帮助山羊。

"嘉德先生,"他嚷道,"你知道面粉在水里会变成糨糊的吗?把它放在木筏上!"

德国人对山羊的命运感到这般绝望,他假装不看那些庄重的动物下地狱的情景,决心让每一个队员恨他。

现在轮到木筏了。由于河岸陡峭和湿木沉重,使它下水相当困难。特恩诺抱怨说,他的肠子都要断了。不过,最后木筏还是在水上颠簸起来了。木筏上装的大部分是面粉,弹药,波尔费雷曼先生的鸟类标本,还有沃斯的植物和昆虫。有几双手稳住这个摇摆的木筏,嘉德和杰基骑马过河,把事先系在没有把握的木筏上的绳子带过去。

这时,沃斯已经预见到一场大灾难就要突然降临了。他几乎要大声呼喊,但心情太沉重了,被这命中注定的木筏深深地吸引住,他呆呆地看着它。他几乎确定,想象中担心的事是一定会发生的。于是他注视着,把下巴埋进一条旧羊毛围巾里,那是因为天气突然变冷他才围在脖颈上的。

嘉德和黑孩子把系木筏的绳子绑在对岸一棵树上。计划是这样的:探险队其他的人骑马过河,帮助把木筏拉过去。但这行不通。手一撒开,木筏就被急流俘虏了,它头重脚轻地在绳尾上下跳动,急流庄严地把它翻了个身。这个景象正是沃斯在前一刹那间看到的幻象。现在探险队的每一个人都看着木筏的怪样子,由于无能为力,只好承认这是势所必然的。

"哎呀!"特恩诺终于喊道,"我们的面粉完蛋了。我们至少可以用它来糊那个讨厌的山洞的墙壁,看来我们得在那儿住上一段漫长的时间。"

下令把面粉装上木筏的沃斯一语不发,嘉德也没有说话。

探险队里边有些人好像并不在意,他们不顾一切地把马赶下河去,因为,无论如何,依然得渡过这条和他们结下梁子的河流。

"你能对付得了吗,佛兰克?"波尔费雷曼问道。他已经强迫自己容忍失掉标本的这个损失,以此作为对自己的一种惩罚。

勒·墨舒尔在刚才大家行动的时候,下了马坐在一块石头上,双手托住头。他看起来病得很重。

"我不能再坐在马上了。"他说。

"你得这样做,至少再坐几百码,"波尔费雷曼回答。

"你要抓住马尾巴,让它拖你过河去。"沃斯命令道,他继续解释,把大家组织起来。

特恩诺、安格斯和哈利·罗巴茨正在把模糊的眼睛上的水珠擦掉。他们和嘉德组成一个小组,彼此用身体掩护,并从对岸朝这边看。

"如果你想死,佛兰克,"沃斯说,"死在山洞里比这儿舒服。"

"如果我在这儿躺下死去,我也不在乎。"勒·墨舒尔回答。

不过,他们把他扶了起来。

于是,探险队的最后几个人一个一个地、默默地、缓慢地渡过河去。沃斯和波尔费雷曼漂浮在两边,都抓住自己的马的尾巴;可是那个夹在当中的人,或者说人头,却使观看的人喘不出气来并引起充分的想象。勒·墨舒尔像水一样苍白。有些观众竟怀疑他们从前是不是认识他。他把左手的黄手指插进漂亮的、蓝色的马尾,用右手把一个包在防水布里的本子高举过头。他那副样子更像一个人在举行最庄严的仪式。

这次神秘的渡河是这样激动人心,致使病人一踏上陆地就感到无比的激动。马匹猛向前冲,病人从恍惚的状态中清醒过来,如果没有扶住他的手,他很可能掉在泥浆里。

波尔费雷曼看见每一个人都平安地过了河,很想做一次祈祷,只是,他觉得这样做不太合适;另外,因为他刚才浸在水里,他不知道能不能说出话来,他浑身冷得做不出反应。他陷于麻木慌乱之中,心里开始探索用以表达感激之情的代替祈祷的办法。他碰巧看见一个旧水壶和一个裂开的、鼓胀的鞍囊。这些东西,式样朴素,用处不大,暴露在前面已经强调过的自然环境里。它们加强了他的感激之情,并且使他信赖到如此地步,他决定要把它们献给上帝,并且立刻就从中得到安慰,因为他知道上帝同意了他的意图。

与此同时,所有能够出力的人都一起用力拉系在沉船上的绳子,经过一番努力,把它拉上了岸;而在翻船之后,绑在木筏上的东西的情况十分糟糕,很难说它们能不能再有什么用了。剩下来的面粉变成了一摊浅蓝色的浆糊了。

"沃斯先生,我必须告诉你,我冒昧地把面粉分成了两半,有一半已经用骡子驮过去了。结果如何,还不知道呢。不过先生,当肚子咕咕叫的时候,其中一部分也许可以填填肚子的。"

沃斯对此郑重地回答:

"你做得对,嘉德,你有远见。"

不过,他不愿意对这事再谈下去了。

现在每一个人都是最穷困的了。骡子和马匹被卸下货物和马鞍,拴好了,变得自由自在了;所有的人都乐于挤在山洞里。当天色黑下来的时候,他们生起火,烤干衣服,吃一点嘉德能够做的面糊糊,在这之后,他们才真正注意到石头上的图画。淡红的光线在墙上移动,图画就显得十分巨大,象征的图形的简明性和真实性有时很明显,每个人都按照自己的需要和水平来理解它们。

于是特恩诺就想起了一些下流话,他吐了一口痰,说:

"没错儿,画的是大袋鼠老兄。他们已经想到这个了。"

他又吐了一口,这一次是吐在画上。可是石头和赭石很快就把他的唾沫吸干了,没有人感到被羞辱。

"还有女人,嗯?要么是些板球球板?"

于是,他在火光中盘算怎样才能不忠实于他的独身生活。

劳尔夫·安格斯坐在他这下流朋友的旁边,扫了这些图画一眼,几乎马上就转移了视线。如果他没有很快地说服自己他不会为之动心,这位年轻的地主对他所看见的东西会害怕的。

另一方面,哈利·罗巴茨马上就明白那些图形想要表达什么。饥饿削弱了他的体力,但却增强了他的幻想和质朴。因此,他和那群红褐色的猎人一起穿过枯萎的草地。黎明悄悄地降临到树丛中,一切声音都被珍珠色的雾包住了,是那种靠近地面的雾。他们无力的脚板被露水弄得很冷。

有时,站在另一个图形面前,他解释道:

"你们看,这个人快要死了。他们把一支长矛刺进了他的心脏。它是从后边、从肩胛骨刺进去的。"

事实上,这仿佛是一根淡褐色的小鱼刺,刺进一个干枯的梨子里,它很快就会在里面格格响的。男孩把手指头伸进横条,想去摸一摸这个坚韧的东西。

"你肯定这矛是从后边刺进去的吗,罗巴茨?"德国人讽刺地问。

"噢,是的。"罗巴茨说,"那样,才不会知道它就要刺过来了。别人在他背后策划了一个阴谋。"

"别人不喜欢这个人,画完了画,这个人就死了。"杰基说。他蹲在地上,把下巴靠在膝盖上。

"方便得很!你只要画一个敌人的像,特恩诺,他就会死了。就这样简单。"沃斯说,并且笑了。

他虽然是对特恩诺说的,可是也是说给嘉德和安格斯听的,他们坐在同一个火堆旁。

可是有时别人不愿意听沃斯的笑话。

于是沃斯喊那个黑孩子,走进雨和黑暗之中去寻找还活着的山羊。他们找到了两只,挤出了一点点的奶。这剩下的黄昏,他便忙着照顾他的病人了。从下午开始,他的病人便昏迷了。

勒·墨舒尔仿佛在搬动很重的东西。他呻吟着,把脸上的汗擦掉。他从头发的森林里穿过。大树垂下它们的尾巴,但对它们自己的慷慨又感到后悔,于是把他双手潮湿的皮完全割破了,皮肤不断地发出了抗议和尖叫。

"我不能躺在这儿听他喊叫。"哈利·罗巴茨大声说,同时跑到远处蝙蝠拉粪的角落。那里十分安静,他觉得好了一些。

别人也在抱怨,不过还顾体面。

接近天亮时,勒·墨舒尔和他的大蟒王搏斗。它的无上权威并没有被它的土色的鳞所掩盖。多日的摩擦已经把它的毒牙变成灰黄色,不过它可以在泥浆里像一条彩虹那样弓起身子。有一次,在他挣扎时,病人,或者说空想家,吮吸从大蟒嘴里流出来的黏液,立刻吐出雨一般的钻石。

"不会有人来抢我的。"他大声嚷道,用黄色的手指头收集尘土,一直摸到火堆旁边。

他甚至收集余烬,直到沃斯起来制止,并且给他吃了剩下的鸦片酊里更浓的一剂。

在这个折磨人的山洞里,德国人只是一个皮包骨头的身影。他那光着的腿上偶然有几根毛,可是他的影子却占满了洞壁。

人们围着两个分开的火堆睡觉,只有波尔费雷曼例外,他把毯子铺到别的地方,离两堆火的距离一样。过了很久,他还不能入睡,或者睡着了又醒过来,翻来覆去,又开始打瞌睡。他非常希望能够保持镇定,真的,那是他所想的和希望的。他是一个弱小无能的人,是那个被他姐姐扔在紫罗兰花坛上的人;躺在令人窒息的小花朵上,他辜负了她的吻,可是他愿意作为另一个牺牲品把自己献给别的长矛。狭窄的山洞加强了他的渴望。一边是沃斯,另一边是他那高贵的姐姐,她身上披着灰色的斗篷。天快亮的时候,她用那只变形的、关节突出的手拉住他的手,他们走进远方的余烬里,那里使他很痛苦,但由于对任何别的东西都不能适应,他只好忍受下去。

差不多在同一个时间,沃斯走到洞口。他用灰毛毯小心地把自己裹紧,可还是浑身发抖。这并不是因为他胆怯了,而是每天早晨他的第一个动作,像一个创造性的行动。于是他按他的关节,耐心等待。雨暂时销声匿迹,但一阵叮叮当当的水滴声暗示大地可能进一步受到惩罚。首先,黑暗中什么地方有一只动物死了。接着,灰色的光散漫地爬上了娇嫩的树丛,从这个枝头到那个枝头,越过岩石,在水面上画出很自然的圆圈。地上慢慢地升起一片雾,它不情愿地被无形的绳索捆在那儿,轻轻地挣扎。造物主叹息了,刮起了一阵令人满意的微风,甚至从洞口刮进来了。现在,明亮的光线可以从伟大的容器里倾泻出来了。如果火没有突然爆发,那么这永远纯洁的白光也许一直可以称为创造性的杰作。因为太阳现在升起了,尽管还浸在水里。它对水发起挑战,而黎明的曙光则是另一种水。浸泡在水里的太阳发出一阵嘶嘶声,它挣扎、旋转、游泳、下沉、淹没,它那怒冲冲的脸变成一个水球。

因为现在又下雨了,看起来,只有一个元素。

事物的自然安排使这位洞里的领导人得到一些安慰,要不是这个黏糊的、半是人为的世界过于逼近,使他忘不了不愉快的事情,他很可能会进入梦乡的。他没法儿不想起前天晚上罪犯用藏在骡背上的面粉做的汤。这个黏黏糊糊的东西在记忆中变得更难吃了,而厨子比他的汤更可恨。于是,这位从前的创造者神经质地摆弄他的毛毯袖子。另外,他开始有了一种模糊的想法,想起了他晚上在帐篷里、在鸦片酊的影响下用通情达理的措辞所做的忏悔。

于是神圣的灵魂飞出去了,飞到棕色雨的漩涡里。留下来的那个人继续在看眼前急流的闪光的灰色泥汤。因为没有更有意思的事可干,他把一条蚯蚓捏死了——它为了安全,爬到了他坐着的石板旁边。

在这种情况下,出现了一个人影,而这个人影竟然变成嘉德,这并不完全出人意料。他在刚下的棕色雨里低下头,手里拿着一个罐子。

"我睡不着,那时并没有下雨。"罪犯靠近时解释道,"我决定去找那些山羊,为勒·墨舒尔先生挤一点羊奶。"

沃斯非常生气。

"也许喝这么多羊奶对一个肠胃有病的人不合适。"

嘉德没有立刻回答,当他回答时,他说:

"不管怎么说,羊奶在这儿。"

他把罐子摆在山洞的地上。

早晨的时候,沃斯从用掉不少的鸦片酊和大黄里取出另一剂药。在考虑了是否把嘉德罐里的羊奶倒掉之后,他决定采取相反的办法。他看见罪犯坐在附近,在补一个破鞍子。德国人说服那个不情愿的勒·墨舒尔喝下这引起争论的羊奶,结果是病人肚子泻得更凶了。

"正像我所料想的那样。"医生评论说,又一次当着罪犯的面把奶倒掉了。

嘉德以前遇到过坏脾气的人,他没有开口。

"要么就是,"沃斯说,他不肯就此罢休,"有一只山羊病了。"

然后他开始平静地,甚至带着热爱把病人的污物弄干净。最使他兴奋的是这种抱着可疑动机的高贵姿态。如果他们听任他消瘦下去,就像他受到了苦难——他知道自己也具有人性——那么,他最好也和别人一起受苦。

要不是有人写日记,探险队队员很难感觉到时光的流逝。每天都很相似:疾病,下雨,寻找木柴。人们慢慢地全身湿透,或者受到阵阵渴望报复的狂风的吹打,或者一连好几个小时一动不动地站在那里。这时能听到的只有闷湿的雨声。不过有时情况也有所变化,大多数是很小的事情;但也许由于缺少活动,心里不自在的人们把这些小事看得很重。

比方说,有一天早晨,他们的牛群丢了。那些牛不如说是骷髅,只是毛还没有脱光。于是,每一个已经被遗弃的、邋遢的人开始神经错乱地到处徘徊;大拇指插在裤袋上,通过牛粪和一些迹象,寻找牛群的行踪。他们没有彼此交换苦恼的心情,因为他们太苦恼了,一个陌生人都可以在任何一个人的脸上看出来。当这些沉默的人蹒跚地走来走去,寻找那一群牲口的时候,他们的脸都是一样的。

整整两天,沃斯、嘉德、安格斯和那个黑人相当彻底地把这地方搜查了一遍。在整个探险队里,这几个人的身体是最好的。就沃斯来说,他不会让自己显得比别人差。他要努力让人们继续钦佩他们的领队。嘉德也是这样努力的,因为罪犯是一个正派的人,他的确是这样做的。于是他们继续在水边漫步,寻找丢失了的牛群。有一段时间,他们的工作似乎毫无进展。

后来,杰基也不见了。

劳尔夫·安格斯诅咒起来。

"这些黑人全都一样。"他抱怨说,黑人没有出现,他就拿马嘴来出气,"在任何情况下,他们都是靠不住的。"

"有些白人也会卷起铺盖的,"嘉德说,"如果有路可走的话。"

"我对这个孩子充满了信心。"沃斯说,情愿一直盼到底,因为对他来说,最必要的是尊重人类。

几个白人骑着马回家了,就是回那个山洞。现在有几条小路从洞口弯弯曲曲地向外伸延。哈利·罗巴茨已经洗完衬衣,正在把它晾在火堆旁的一根绳子上。

德国人看到这个情景,心里充满了回家的渴望。他毕竟是一个身心都很脆弱的人,因此,一走进山洞便又立刻转回到外边去了。他宁愿和阵雨为伴也不愿把自己的弱点暴露在人们的面前,也许只有他的妻子是一个例外。

她身穿粘上泥的骑马服,脚蹬男人的厚皮靴,又坚强又令人钦佩。她用自己柔软的、极其壮健的双手把他的弱点接了过来。不过她的脸依然保留着那种感情,那种尽管他性格复杂可还是接纳他的焦急的表情;毫无疑问,那是一张女人的脸。

啊,罗拉,亲爱的罗拉。他在恳求,也许在抗议。

他站在洞口,把额头靠在一块突出的冷石头上。

这样,他被佛兰克·勒·墨舒尔看到了。墨舒尔已经恢复了一点精力,正在床上移动着,寻找一个可以彼此同情的人。这时,他看到了他们的队长。没有别人注意沃斯,这使年轻人很高兴,因为只有那些最不了解他的人才会不知羞耻。由于某种模糊不清的理由,就像他经常会在那些沙漠地带想起的那样,现在他也想起了骑着马到码头来的那位卓越的年轻姑娘。他记得她肿起的嘴唇和隔着一段距离望过去眼睛下面的阴影。她用那件硬挺的骑马服把自己裹得多么紧啊!她歪着头和波尔费雷曼谈话时,显得多么诚恳啊!她内心保持着一种超然的态度。

由于某些更加模糊的理由,当这位姑娘骑着马回到他的心里时,这位幻想家觉得和他的队长更接近了。他裹在毯子里,让月光践踏他,心里充满了爱和诗意。在一阵阵痛苦的间隙中,这是唯一正确的存在。

那天晚上,当如网一般柔和的月亮在云层当中升起时,杰基赶着丢失的牛群回来了。尖尖的牛角上闪着月光;有时,光是圆的,和月亮一样。男孩子不高兴地、害怕地坐在浅黑色的马上,他的皮肤镶上了发光的珍珠母。

他们朝外边看,看见了他。

"杰基回来了。"有人说。

沃斯立刻磕磕绊绊地从人群里穿过去,到洞口去证实。

他是多么高兴呀!

"丢了一头牛。"男孩子说,开始抱怨不久之前让他害怕的黑暗。

他赤裸裸的身体从马背上滑下来,把马惹怒了。

"即使是这样,你也干得不错。"德国人说,别人无法想象他得到了多么大的安慰,大大地超过了完成这件事本来应得的报酬。

在别人面前,他不好说什么,只是给了杰基一块他们晚餐剩下来的硬烧饼。

"唔,"肚子空空的男孩子说,几乎生气了,"只好将就了,因为没有别的了。"

德国人立刻回到他的床边去了。在所有在场的人当中,只有这个土著孩子没有把他们队长的行为看作是傲慢的表示。他已经习惯于别人的沉默了。

这件事就到此为止了。沃斯不加评论地在他的日记中写道:

五月二十八日,杰基晚上赶着牛群回来了,少了一头。在睡觉之前,给这男孩子一块硬烧饼作为报酬。他相当高兴。

几乎与此同时,发生了芥末和水芹事件。

特恩诺曾用下列的口吻表达自己的想法:

"为了一盘美味的蔬菜,我什么代价不愿意付呀!卷心菜或菠菜,必要时,甚至萝卜叶也行,把水挤干之后,抹上一块新鲜奶油,或者抹上从一块新鲜肉骨头取下的骨髓。不过,只要有蔬菜也就行了。"

他们有不多的蔬菜,有时他们也煮一种灰菜。不过尽管加上这点菜,特恩诺还是患上了坏血病,看上去令人讨厌,而且臭气熏人。

波尔费雷曼先生无意中听到这个家伙的话,想起了在他带来的东西中有一点芥末和水芹种子。起先因天旱,没能播种,后来在下雨之前早就把它忘记了。

如今,特恩诺最讨厌这个过分讲究的波尔费雷曼。在正常的情况下,后者会很注意手的卫生,并且每天换衣裳。在这方面,波尔费雷曼的姐姐曾经鼓励过他。她那干净的老太太的皮肤总是发出熏衣香水,或她自己蒸馏的玫瑰香精的香味;而她的桌子上面有惹人注目的小盆的百花香,衣橱里填满干百花香束或龟裂的黄马鞭草。他从她那里逃走了,但由于她那热情而极端的天性,使得他总是在想怎样才能为自己恶劣的态度赎罪;使他不管在精神还是肉体上,总怕被人污染。在坏透了的特恩诺——乱蓬蓬的胡子根上长着发绿的疮痂,以及他暧昧的罪恶的历史——出现之后,他似乎找到了赎罪的办法。

有一次,在充满了灰烬和疾病气味的山洞里,这位鸟类学家建议给他刮脸。

"把你的脸刮干净,给它一个好起来的机会吧。"

特恩诺哈哈大笑。

"在我们迷路之前,我倒是可以让你给我刮脸的,波尔费雷曼先生。"

"你不认为现在我们已经找到路了吗?"波尔费雷曼问道。

特恩诺说了一句什么,但终于答应了。

这是一个痛苦而费力的操作。

刮完之后,波尔费雷曼都冒汗了。

"现在是星期六晚上,"特恩诺威胁说,"我得赶快去找一个女人,和我一起躺在湿草上,好得风湿病。"

波尔费雷曼把肥皂和胡须那些脏东西扔进火里,它们发出了咝咝的声音。他姐姐纯洁的灵魂皱起了眉头;要么,是他自己?

过了些时候,特恩诺自己说出他渴望吃蔬菜。波尔费雷曼小姐的弟弟想起他姐姐喜欢木樨花,也喜欢种几盆芥末和水芹。他的行李中有种子,放在一个亮漆的旧眼镜盒里。他马上产生了一个想法:为特恩诺和勒·墨舒尔种一些。就在当天,他冒雨去找一个合适的地方,在距离那不朽的山洞几百码的地方找到一个石头凹地,上面有一片淤泥。

波尔费雷曼在这儿播种,这些神奇的种子发了芽,灰白的细茎挺立起来,然后展开了叶子。这很简单,也很快。在那决定性的日子,他一天几次从山洞走出来照料它们。它们是非常重要的。

因此,当他发现不知什么东西把他的秧苗几乎吃掉一半时,波尔费雷曼的耳鼓雷鸣般地响起来了。他开始注意是否有飞鸟或动物,在灰色的雨中逗留。在泥里行走的时候,他的脚发出吮吸的声音。尽管环境恶劣,没有被吃掉的秧苗继续茁壮成长,甚至长得更粗壮。

可是,鸟类学家舍不得去挖它们,好奇和怨恨阻止了他。直到有一天,他在附近观察时,看见沃斯走近这个菜圃,从口袋里拿出一把小刀,弯下腰,顺着拇指底部割下一大把。他站在那儿,把绿菜塞进嘴里,就像一只动物。

波尔费雷曼大吃一惊。

"沃斯先生。"他终于走过来说道。

"啊,波尔费雷曼先生!"沃斯天真地低声说。

于是,波尔费雷曼抓到了一个梦游者,但却不能理解这一切。

"你没有想过,这些蔬菜怎么会在这儿生长的吗?"波尔费雷曼问。

"味道好极啦,"德国人说,又弯下腰去割菜,"不过太少了,不能令人得到最大的乐趣。"

波尔费雷曼几乎要问队长知道不知道这是由人种的,但是没有这样做。他并不愿意听到他怀疑的认可。

沃斯吃完之后,用大拇指和食指把刀上的菜汁擦干净,然后折起刀子,把它放好。

"告诉我,波尔费雷曼,"他问道,"标本丢失在河里,是不是使你十分苦恼?"

"它们并不重要。"禽类学家耸了耸肩膀。

"它们是你参加探险的目的呀。"沃斯纠正他。

"我倾向于另外的目的,"波尔费雷曼回答,"最重要的事还没有出现。"

沃斯提出的这个问题使他感到很痛苦,但不愿一时冲动去相信队长的态度或丢失标本会是最大的考验。

沃斯注视着他。

"我们回山洞去好吗?"波尔费雷曼问道。

他已经下了决心要喜欢这个人。

沃斯同意,待在雨里没有什么好处。

他们走近山洞时,他转过头对波尔费雷曼说:

"我希望你坦率地告诉我,你站在嘉德那边吗?"

"嘉德那边?"

"不错,嘉德要自成一组,早晚会和我闹分裂的。"

"我不会闹分裂,"波尔费雷曼忧伤地说,"我不参加任何一伙。"

"啊,你躲不开。"

"也许我没有说清楚,我们这样说吧:我属于所有的组。"

"这就更糟糕了,"沃斯喊道,"你会被撕得粉碎的。"

"如果这是必要的。"波尔费雷曼回答。

沃斯、波尔费雷曼和罗拉继续往山上走去。这两个人的忘我精神对德国人来说是一个可怕的诱惑。有时,他真想去摸一摸他们的高尚的献身精神,它具有狗毛的柔软和光泽。其他时间,他们蜷缩在他们身体里,翼对着翼,等着他和他们一起翱翔。可是他不会受他们的诱惑。

"我不考虑个人对爱的渴求,"他说,"在任何情况下也不会放弃我横越这个国家的意图。"

沃斯走进了山洞,波尔费雷曼跟在后边,样子很烦恼。

因为雨下个不停,这些囚犯受到了进一步的考验,但还只是小考验。

只要他们在一个营地长期逗留,嘉德一定会活跃起来。他立刻发现——他的队长会说发明——有许多重要的事需要做。他成了这些事物的主人。因此,他们在山洞中自己的角落里安顿下来不久,他就决定检查他们所有的皮革制品:马鞍、马勒、鞍袋等等。人们可以看见他坐在小火堆旁边缝缝补补。从他们用作烟筒的山洞的隙缝洒下一股灰蒙蒙的黄光,正好照射在火堆上。要么他就缝补衬衣,或者用油布做一套小袋子来装在冗长的雨季里逐渐减少的药品。

流浪汉特恩诺很想和这个人交朋友。他以前住在街上,就在街上交朋友,不过只是大兵式的交情,不会持久。他从来不知道也不渴望友谊。事实上,他喜欢变来变去,凡是限制他的东西,他都不喜欢。

然而,如今在这里,他却渴望和这块石头交朋友。

"我们这次探险回去,"他说,伸出并交叉起双腿,因为特恩诺永远是不干活的,"受过奖励和欢迎之后,我一定打扮得像个真正的绅士,阿尔勃特,到你的田庄去进行一次愉快的拜访。"

"如果你要寻找快乐,那么你就找错地方了。"嘉德回答,其实他对他的田庄显然是热爱的。

他拿起一根针,眯起眼睛穿线。

"噢,你用不着担心羽毛床,也用不着担心你做过的描绘。"特恩诺连忙改口,"我可以和别人一样在地板上睡觉,比方说,在你老婆做奶油的那间棚屋的地板上睡。"

因为,通过谈话,那个地方在特恩诺的心里的确是实实在在、恼人地存在的。

这些想象的,但是谦卑的计划使劳尔夫·安格斯急躁和厌烦,因为他自己的庄园相当大。

"如果有方木桩的话,你就是一个。"这个地主说,他屈尊为嘉德给线上蜡。

"我不是,"特恩诺抗议,"我会学到东西的。"

如果有必要,就回到童年去吧。因为那样可以依靠别人,似乎那是唯一的理想处境。那时,他正在把自己的名字刻在那些散乱地长在小木屋四周的栎树树干上;他虽然是一个人,但并不孤单,因为附近总有他的朋友。

"阿尔勃特,再给我们讲一点吧。"他说,他们此刻坐在山洞里,"告诉我们大火无法控制,把羊毛木屋烧着了的故事吧。"

"羊毛木屋?"安格斯笑着问。

"不错,"嘉德说,"那间木屋,那是我和我几个儿子剪羊毛的地方。"

"噢。"富裕的年轻人说,露出怜悯的样子。

"给我讲讲你带回家的那只狐狸,你把它锁起来,想驯服的那只。"特恩诺纠缠说。

"没有什么好说的,"嘉德说道,把满嘴的线吐出来,"我把它锁起来,始终没能驯服它。"

"后来怎么办了?"特恩诺问。

"我一枪把它打死了。"

"说下去。"特恩诺低声说,仿佛看见了整个经过。

"它是一只又病又脏的东西,"安格斯说,"如果它是我在嘉德家里看见的那一只。"

然而,这个年轻的地主慢慢地喜欢上这个当过囚犯的牧场主了,这一点他自己也知道。嘉德为他的狐狸难过起来,这种感情有时会出现;在黄昏的时候他曾亲眼看见它,在灌木丛边上被尖木桩围住。

有一天,在可悲的芥末和水芹事件发生后不久,沃斯走近这三个人,他们像往常一样坐在火旁;特恩诺和安格斯正闲着,便立刻目不转睛地看着燃烧的树枝,嘉德继续缝帆布水袋的下部。

"嘉德先生,"沃斯说,"我一直在想,我们应该采取措施来防止导航仪器受潮。"

他等待着。

后来,嘉德回答了,同时把针用力穿过帆布。

"什么都不能防止我们的仪器继续受潮。"

"怎么会这样呢?"沃斯问道,虽然他有可能已经知道原因了。

"它们在木筏上丢失了。"嘉德说。

这的确使他痛苦。他真想扎痛自己而不去想这件事。

"很遗憾,"沃斯说,"你没有把你的才能用在仪器上,而用在面粉上了。"

"啊,那些面粉!"嘉德喊道,的确就像预期的那样感到痛苦,"你不能不提这事吗?"

这个粗壮的人浑身发抖。

"我觉得你太敏感了。"沃斯叹了一口气。

不知道他是否达到了全部目的。

"这是我的一块心病,先生,"嘉德说,"那些仪器。"

火上发出滴水的咝咝声,那是从石缝,或者说烟筒上非常规律地滴下来的一滴水。

"那个罗盘,先生,"那个又成为罪犯的人承认,"我把它放在我自己的鞍袋里了。"

"一个罗盘?"沃斯说,"如果为了某种原因,我们被迫分成两队,那可真让我们为难了。"

由于这话的言外之意是如此狡诈,他没再说下去,便回到山洞的另一边。那里几乎是一个小壁龛,是他和勒·墨舒尔合用的。

劳尔夫·安格斯同情那个罪犯。他开始在心中和人们要求他尊重的习俗做斗争。不过,他一向以男子气概著称,他终于说:

"我必须向你道歉,嘉德,我是说,为别人的行为道歉。"

他自己过去的行为也是错误的,这使本来就呆板的语言更加笨拙了。

"哼,"特恩诺吐了一口唾沫,"分成两组。如果发生这样的事,我们站在你一边,阿尔勃特,不管有没有罗盘。不是吗,劳尔夫?"

安格斯没有回答。现在他还不知道他要坚持到哪一步,为此感到很不愉快;尽管从那时起,他更接近特恩诺和嘉德了。

事情没有再发展下去,或者看起来是这样。还有别的问题,勒·墨舒尔的病并不是唯一的麻烦。病人逐渐地复原了,但依然很弱。他已经可以穿上衣服再坐起来,衣服显得太大了;双手的指头不能张开。他的肤色变得很黄,他从洞口往外看着灰蒙蒙的雨和一棵棵的树,他多毛、消瘦的脸上的眼神变得如梦幻般。

现在,他觉得,雨水真的时不时地使一些永存而非常坚固的东西浮起来了。接着,在静寂中,灰色和蓝色融为一体了。日中,被淹没的大地似乎浮到水面上,小岛屿增多了;一群黑压压的鸟飞过天空,好像预示好运即将来临。

沃斯一直在观察他的病人,有一天看到他试图蹒跚地走上几步,感到很受鼓舞。

"这就对了,佛兰克,"他说,"你做出努力,这就很好。在雨季过去之后,你就可以和我一起前进了。"

"你会吧?"他加上一句。

在勒·墨舒尔的心里从来就不能有第二种想法,他没有要求他解释,只是平淡地回答,这很符合下午到处都是的蓝灰色水的情调。

"当然。"

不过他没有看沃斯。

这个受热病折磨的人,有时觉得他的领队对他们共同的命运并不敏感,因此他必须为他观察,为他试探。现在他能观察生命和大地最微小的震动,把它们记录下来,这恐怕就是他活下去的唯一原因了。

他走了头几步,就已经筋疲力尽,当天晚上他很快便睡着了。沃斯仔细地听他伙伴呼吸,听了很长一段时间,又注意地观察山洞里四周的人逐渐睡着了的模样,终于决定检查那个笔记本。一旦克服了良心上的不安,事情就容易办了,因为笔记本正从一个鞍袋里探出头来,很容易拿到,而且它的主人正在睡觉,顾不上它。暗淡、宁静、鲜活像一颗布满尘土的石榴石般的灯火发出红光。在这样的灯光下,勒·墨舒尔显得烦躁不安和天真无邪。

沃斯拿起笔记本。然后,他犹豫了,就像要照镜子,而镜子里显示的却是他最怕见的丑恶的畸形。

他是一个除了偶尔,做事从不事先经过深思熟虑的人,他当然看了,并且立刻感到仿佛回到可怕的童年时期,心跳声震耳欲聋。为了保护他自己,他断定这是疯子写的诗;如果笔记本不是终于到了他手里,他甚至很可能对诗人无礼。他没有,他必须看下去,特别是勒·墨舒尔写了一首名叫《童年》的诗,题目下面划了一道深沟般的线。

沃斯读道:

他们用刀子把我们剖开之后,便把我们的心掏出来。有的人把它放在帽子里;有的把它们压干以便长久保存;有的吃了,仿佛它们是玫瑰花,他们全都很高兴。直到发觉它们已经开始腐烂,他们才害怕了。他们很快、很快地把它们的花挂在一棵黑树上。

至于那些孩子,他们不再哭了,把泪水放在父母的手里。父母哭得多么厉害啊,他们恢复了天真。枯死的红花快乐地漂在水上。河边铺了一块白桌布,用来举行孩子们的宴会。所有的人都在聊天,蜜蜂嗡嗡地飞进金色的隧道。甜甜的蜂蜜把孩子们收买了,使他们忘掉了一切。黏糊糊的嘴不再在乎了。不久,孩子们就忘掉是谁教他们使用刀子的了。

房子的另一边有几棵松树。出现了互相矛盾的消息,有些用长低音的歌声来传达,有些像刺耳的狗叫。我们剖析我们的意图,但失掉了线索。因此树上挂满了秘密和苔藓。

我们并不知道我们可以在随便哪一个下午飞过树顶。我们只等着把杂色的翅膀插在背上。父母和家庭女教师聚在一起观看。有些老人也许看见了。我们奔跑,拍打翅膀、欢呼、飞腾——有一英尺高吗?每一个人都拍着手,装模作样,散开了,没有注意我们已经飞越树顶。我们欣赏梦境中无比的自由,梦中没有人相信——除非作为笑话——会真的飞下来分享早餐。

荨麻围绕的房子就更可怜了。荨麻把它堵在里边。窗户下,它们长得很高。灰泥从屋檐落下,夏天的下午总爱下雨。

男人、女人交换意见,生气了。如果能够,他们会更向前探过身子的。他们同意,切面包和黄油的刀子不能切别的东西,想用别的东西来代替。这些东西在寝室里,你注意到粗大的、有思想的脖颈上的血管了吗?

不期望儿童能够思考,但允许他们受苦和预演未来的事,甚至在棉布床罩上练习接吻。窗子内外漂浮着又热又湿的荨麻和漫长夏天的气味。黄色化妆台的抽屉发出空抽屉的气味。我们没有整理我们的东西,我们在这所房子里不会待长的。

噢,月光、智利松和结实的雕像的童年啊!我为了证实有多结实,便打断了一只胳臂,伤口发出火药和霜的气味。砾石路上的脚步声往往不是我的,而是紫杉和月桂树交叉的声音。别的声音将传送我的歌,这是我控制不了的。这些面孔不是我熟悉的面孔。一切都在舞蹈中严肃地旋转,只有我是石头的囚犯。

当我不再存着希望时,我却明白了事情就是这样。我们只是远远地相见,而梦却是缩短了的距离。光辉的早晨是些奔腾的马群。救命绳变成了头发。祷告的人的确比较强壮,但什么是强壮?

噢,童年,噢,幻想,时间不会砍断你彩色的手帕带,也不会制造竖起羽毛的鸽子……

在读这首诗时,沃斯对它又怨恨又讨厌。好像疯子走进大街,在那里呆呆地观看,进入人们的第二心灵,和最隐秘的思想混在一起,并且能够理解它们;同样,这首诗也对读者发出突然袭击。沃斯正在咬他的手指甲,他发觉自己受到了谴责。

尽管他继续看下去,看那些有污迹的、纸边都起了毛的书页上潦草的黑字,他不再那么迫切了。说真的,他并不想看下去,但又必须看。柔和的火光十分顽强。

在他翻阅这模糊不清的笔记本时,他呼吸很急促,在夜间的这种时刻,声音微弱而可怕。连那些睡着了的人都变成了石头,在他们僵硬的身上布满了柔弱无力的、睡神的浅棕色尘埃。

后来,沃斯找到一首诗,为了看得更清楚,他把笔记本撕开。诗人给这首诗的题目是《结局》,出自同样相当羞怯的手,题目下面划了一道深沟般的线。他写道:

1

人是国王。他们在他身上披上一件蓝天的长袍。他的王冠已经溶化。他骑着马横跨过他的尘土的王国。整整三个月,它用茉莉花、百合花和水的幻象来向他致敬。他们把他的神秘事迹画在石头上,但怕他会来,全都跑光了。因此他领情了。他继续往前走。早晨他把太阳托起,晚上月亮是他的仆人。热病把他从人变成了神。

2

我在看我手上的地图,上边的河流流向东北方。我在看我的心,它在图的中心。我的鲜血将灌溉大地,使它绿化。风将传播烟的传说;为了愿景啄眼的小鸟,将把它们的秘密扔进岩石缝里;树将发芽,用它们的绿叶来歌颂神。

3

谦让是我的洋槐树,我必须记住这一点。我可以在这儿找到稀疏的树荫坐在下面。因为我愈来愈弱,所以我要强壮起来。因为我干瘪了,我将惊奇地回忆爱的幻想、万马奔腾、快要淹没的蜡烛和饥饿的绿宝石,只有美德才能吃饱。

在太阳把我从躯体里解救出来之前,风侵蚀着我那倒霉的肋骨,我的头骨被绿色的闪电劈开了。

现在我什么也不是,什么也不是,在所有的语言中,"爱"是最简单的。

4

那么我不是上帝,只不过是人。我是在肋部插进一根长矛的上帝。

因此,在点燃了火之后,烟和灰的气味超出尘土的气味,他们带走了我。蚁人在等着举行它们的小小仪式时,失败的长矛在啃我的肝脏。

噢,上帝,我的上帝,如果苦难是用灵魂来估量的话,那么我就永世不得翻身了。

天擦黑时,他们撕下我的一条腿。我那好吃的、讨厌的杏仁糖肉做的腿。他们用皮包骨头的手捏我的心。

噢,上帝,我的上帝,让他们用它来做成忍耐的容器吧。

在经受时间的考验之后,肉是需要放在架子上晒的。这可怜的、磨损的肉啊。他们追赶这只大袋鼠,他们把它的骄傲切下来,啃它的烧焦的骨头,用赭色把它画在墙壁上来赞美它。它的灵魂到哪儿去了?他们说:它出去了,它已经走了,它无处不在。

噢,上帝,我的上帝,我希望你把我的灵魂从我剩下的躯体中取出来。在你撒播它之后,相信到处都会有它,在岩石里,在空的水坑里,在所有人的真挚的爱里;最后,上帝啊,在你的身上。

沃斯看完了这首诗,啪的一声把笔记本合上。

"神经病！①"他的嘴说。

他用很重的喉音抗议，是从喉咙里边、他身体的最深处、生命的源泉发出来的声音。

他断定，这可能是一个病人用来消磨时间而喜欢采取的方式。

不过，一个精神健全的人在一个密闭的山洞里是不能很好地表现自己的。

他又浑身颤抖地躺在毯子上。他的嘴和喉咙像一个用干皮做的漏斗。

我垮了，他解释说，身体垮了。是这样的。

只剩下意志了，它是一个忠诚的工具。

夜间她来过一次，把他的头抱在怀里，尽管他呼喊：罗拉，罗拉。但他没有看她。

一位母亲把在梦中的孩子的头抱在怀里，但她自己却不能进入梦中；梦只能是孩子的，并且会一再发生。

罗拉在这个人的梦里实在无能为力。

---

① 原文为德语。

第十一章

那一年冬天,女王陛下的海军在南方海面巡航,开进悉尼进行整修,居民们立刻觉得长期以来他们的生活缺少了一些重要的活动。不管是做生意还是风流韵事,都取决于性别和性情,但有许多市民身穿讲究的本色布衣或新羊毛衫,在海边散步。当军舰在随和的微波上笨拙地停泊时,他们心里都秘密存在着希望。如果会有那么一两个职业的无神论者——可能是爱尔兰人的子孙,说瑙提勒斯和塞姆法埃号无足轻重而且十分破旧,那也没有人去听他们,因为没有人愿意听。此外,谁都知道一层油漆就会产生奇迹,这些堂皇的船只,船身有着很好的比例和鼓舞人们的线条,它们坚定了人们对人类是勇敢的和努力奋斗的信念,就像有一位年轻的女士在日记上写的那样。

没过多久,悉尼上流社会人士就和军舰上的军官建立了深厚的友谊。他们发现这些陌生人具有英国男子最好的品质,这减轻了他们自己的寂寞无聊和对故土的思念。波林格太太就是其中的一位,她虽然怀了孕,但简直可以把瑙提勒斯的舰长吞下肚子。

"我觉得怎么赞美他都不过分。"她把秘密透露给波恩纳太太,"这样真正的机智和可敬的坚定不移是很少存在于同一个人身上的。波林格先生,"她犹豫地加上一句,"很喜欢他。"

"你在结识朋友方面交上这样的好运,真让我高兴。"波恩纳太太咕哝说,她到现在为止还没有机会结识一个到悉尼来的军官。

"你是在自己家里接待他们的吗?"她有点慢吞吞地问波林格太太。

"在星期五晚上,有好几个人呢。"波林格太太回答,"都是些有趣而殷勤的小伙子,我们准备了混合甜饮料和几个冷盘。时间太仓促了,亲爱的,没有机会去邀请你的姑娘们。"

"星期五晚上,"波恩纳太太说,"我们的姑娘们另有约会,两个星期以前她们就答应了艾斯沃斯家了,尽管出发前罗拉不肯去。"

现在轮到波林格太太咕哝了。

"婴儿还好吗?"

波恩纳太太已经对波林格太太不再感兴趣了,但她认为和她保持友谊是有策略的。

"噢,是的,谢谢你,婴儿很好。"她高兴地大声回答,然后相当技巧地把调子降低到郁郁不乐的程度,"我希望我能对罗拉也这样说。她这般无私地把自己献给孩子,到头来一定会毁了自己的身体。"

波林格太太以某种文雅的方式歪着头。虽然亲爱的罗拉的孩子在他们自己最接近的圈子里已经成了名人,但她知道在别的地方,特雷维延小姐的孩子常常受到令人不愉快的评论。

因此,就波林格太太而言,过后几天,派了乌娜和阿贝小姐到波恩纳太太家请她们参加野餐,这就完全出于宽宏大量了。

"仓促得很,"乌娜说,"不过妈妈想,你们也许没有别的事儿。"

他们全都坐在客厅里,也就是说有波恩纳太太在,她决定要隐瞒感激的心情。贝尔,刚刚洗完头,几乎来不及梳头;乌娜·波林格,戴着新手套;阿贝小姐,是接近四十的一个女家庭教师;巴德格瑞大夫,是瑙提勒斯舰上的军医;还有一个海军军官候补生,他太害羞了,没有人听清他叫什么名字。这两个人上岸度假,来到波林格家,虽然不情愿,但马上被派去陪伴两个女士作早晨的访客。

"星期四下午,在威沃利。"乌娜·波林格接着说,来完成她的任务。

"亲爱的,你现在能确定是星期四吗?我记不清你妈妈是怎么说的了,我觉得可能是星期三。"阿贝小姐插嘴说,她会在谈话当中这样找机会插话,希望别人佩服她。

乌娜·波林格对她妹妹的家庭教师置之不理。

"妈妈建议我们全都在我们家集合。这样,去野餐时彼此可以得到保护。"

"天啊,你觉得有这个必要吗?"阿贝小姐笑着说,并且看看那两个绅士。

她想说一句聪明话,但找不到词儿。

"我是说,"她说,"据说要遇到的流氓,现在再也遇不到了。"

客厅里鸦雀无声。

波恩纳太太皱起眉头,叹了口气,让别人觉得她在计算一种比较高深的数学问题。

"让我想想,星期四吗?"

她在仔细考虑整个星期的安排。

"那么,如果是星期三,星期三总是不方便的。星期五呢,根本不能考虑,腊斯特小姐要给贝尔改衣服,结婚礼服。巴德格瑞先生,我的女儿就要结婚了,这个消息你也许还没有听到过,和拉德克利夫中尉结婚。"

"哈!"璐提勒斯号的军医喊道,并且因听到自己咂嘴而吓了一跳。

在座的全体女士对这个突如其来的声音听得一清二楚,比较宽厚的人心里立刻归罪于白葡萄酒。波恩纳太太请大家喝了一杯,而且是新近进口的。也许是白葡萄酒,也许是饼干,一块干饼干的确是会妨碍舌头活动的。波恩纳太太重新打量了这位外科医生,他是一个相当结实的人,肤色健康,头发弯曲。如果他不是一个十分文雅的人,至少他的眼睛是诚实的。

"拉德克利夫中尉,"老练的女主人接着解释,"在婚期前不久,将办理退役手续。这对年轻人打算住在亨特谷。"

"噢,妈妈,你变得令人厌烦了!"

贝尔涨红了脸,显得十分漂亮。

"亨特谷吗?"军医说,"我必须承认,我几乎对新南威尔士的一切都一无所知,但希望经过时间和学习能够得到补救。我注意到这里的贝壳特别好看。"

令人惊奇的是,在知道一个人并不像他令人觉得的那样呆笨之后,人们对他的看法也一点不会改变。

"巴德格瑞大夫喜欢读书。"乌娜·波林格提出这个话题。

"啊,"波恩纳太太响应说,"我的外甥女罗拉是一个爱读书的人,她一会儿就下来了。她相当有学问,巴德格瑞先生,尽管这话是我说的。当然,大多数男人对女人受教育怀有偏见,有些人甚至觉得不合适。不过,总的来说,男人都是缩手缩脚的,请不要误解,巴德格瑞先生,其中当然也有例外。然而,我认为,羞怯在某些场合会使一个男人增加男子气概,就像智慧会使女人更加迷人和可爱一样。我们的罗拉就是这样的。"

噢,妈妈。贝尔几乎透不过气来了,她想不到她母亲说话这样有启发性。

"罗拉很可爱。"乌娜·波林格照别人教导的那样说,同时检查着她的羊皮手套,它发出一股特殊的气味,"那个婴儿好吗?罗拉有一个婴儿。"她体贴地为巴德格瑞大夫解释。

"一个婴儿?"

军医觉得他的惊奇表现出的不文雅比不礼貌更为严重,他再次感到极不愉快。

幸运的是那个军官候补生把饼干弄碎了,在他把地毯上的碎片拢在一起时,每一个人都可以睁大眼睛看他那冷色的、孩子般的大手。

"不错,"波恩纳太太说,候补生意外制造的饼干屑十分吸引她,"一个婴儿。这是一个动人的故事。罗拉自己会告诉你的。"

她这样授意乌娜·波林格不要再说什么,而乌娜也没有再说下去。

接着,巴德格瑞大夫看见一位浅黑皮肤的年轻女人走进屋子,意识到所有其他的人——虽然也很雅致,不过是在主曲之前的铜鼓声罢了。所有的人很快都看着她,因为这时她已经关上了门,不得不面对他们。同样,两个陌生人也不得不面对着特雷维延小姐,因此屋里的墙壁都给人一种隐藏着雷电的感觉。

"请坐。"罗拉并没有命令他们,只是用一个权威的女人的口吻和他们打招呼。

她还向他们微笑,但因她不再欠巴德格瑞大夫的情了,便用悦耳的低声和乌娜·波林格谈她的兄弟姊妹。

"还有格雷丝呢?"罗拉问。

"格雷丝患了假膜性喉炎。把我们吓坏了。"乌娜说。

"不过,好些了吗?"

"是的,好些了。"

巴德格瑞大夫看着特雷维延小姐的手,它从椅子扶手上垂下来,显得十分可爱。手有时缩回去,缩到她大腿上;有时托着下巴。她在一个手指上戴了一只小玛瑙戒指,有时突然会去转动它。她的双手很少长时间静止不动,然而一直保持着权威和文雅。如果它称不上是十全十美,那是因为干了一些活儿而变红了。

"我们忘了……"罗拉勉强地说,"招待巴德格瑞大夫了。他会带着对悉尼的妇女最坏的印象走了的。"

当然,这是装模作样的话,他是不会相信的。

她立刻闭上了深色的嘴唇,她觉得这个陌生人可能在观察她,于是用手帕捂上嘴,但也只能遮住脸的下部。

事实上,巴德格瑞大夫是一个生来相当敏感的人。他很愿意把他观察到的令他很欣赏的东西说出来,但由于习俗和面前有太多的女士,他一时变得很笨拙。

这时,姨妈看见外甥女的模样和自我控制的能力,心里很高兴,她忍不住说:

"巴德格瑞先生很想研究新南威尔士的地理,罗拉。他也是一个爱动脑筋的人。"

这种恭维话很容易变成谴责。

"我不认为我在这一两种业余爱好上非常擅长。"军医开始生气了。

他不再说下去了。如果这个年轻的女人和他一起辩护,那将是一件愉快的事,但他明白由于某种原因,她不希望他说下去。事实上,她恳求他不要以任何方式把她扯进去。

显然,他们之间已经互相有所了解,他对她的愿望立刻表示尊重。按说是应该可以增进那种了解的,但在罗拉这方面却感到很尴尬。她发觉自己呆呆地看着他的那只相当粗糙但很亲切的手,放在他不自在的粗壮的腿上。那位军医也将在自己苦恼的心中记住她的某些丰采。

"我们把野餐给忘了,波恩纳太太。"乌娜·波林格不高兴地把话题扯回来访的主要问题上。

这个男人对罗拉来说就够好的了,她以高雅女士所具有的残忍性格做出这个结论。

"啊,野餐。"波恩纳太太说,"乌娜,你可以告诉你妈妈,这太好了,我们全都很高兴。"

看起来,确实好像她保留了她的决定,为的是得到最后做决定的微妙的满足。

尽管每个人都希望罗拉表态,但她没有说什么。

除了做出最后相会的安排,再没有什么好讨论的了。接下去就要无话可说了。乌娜·波林格和两个男人站了起来,不过她一点儿也不理他们——她和他们来往就够给他们面子了。这是原则,同时也因为她正在想更有用的事。

"那么,星期四见。"

罗拉表示同意刚才的安排。只到这个限度。

"星期四见。"乌娜重复了这句话,把脸贴在她朋友的脸上。

阿贝小姐不能不赞美罗拉的衣服,不能不摸摸它。

"多可爱的衣裳呀,"她不能不这样说,"上面还有最可爱的小的枝形饰物,它们会不会是天芥菜花?"

别的女人都讨厌这个女家庭教师。可怜的东西,她是布里斯托尔地区牧师的第四个女儿。

罗拉找了些借口没有送客人到台阶上,把他们交给了贝尔,她很少不是和蔼可亲的。艾美姨妈呢,她愿意接待整个世界。

每一个人对这情况好像都很满意,除此之外,那位海军军官候补生也感到得救了。

到了外边,他用最近才形成的可笑、粗重的男人声音把这种得救的感觉表露出来,他把他的意见对军医一个人讲了。他跟在两个女人的后边。沿着侧厅,绕过这所房屋,也可以听到军医的说话声。罗拉注意听所有人的谈话,但说得很多的是巴德格瑞大夫。他那相当粗的喉音好像冲不出沿着小路栽种的玫瑰丛多刺的枝叶。

罗拉·特雷维延有点内疚地说服自己放下包袱,斜靠在室内最舒适的装饰用家具上。

走近前门的时候,军医抚摸了一朵几乎是最艳丽的玫瑰花。温暖的太阳穿透了他的厚衣裳,他感到很疑惑。

"你喜欢巴德格瑞先生吗?"艾美姨妈后来这样问——事实上是在星期三,波林格家邀请他们的时候快到了。

"他不可能不招人喜欢。"罗拉回答。

"以某些标准来衡量,他不像是一位绅士。"艾美姨妈叹了口气。

接着,她好像刚想起来似的又加上一句:"不过我们不应该很快就断定,那些标准是很合理的。我想你会了解男人的,因为你是一个实事求是的姑娘,亲爱的罗拉,男人是由女人塑造的。"

此刻,波恩纳太太正在数银器,对她的判断觉得很满意。

"那么,我们要不要假定,可怜的巴德格瑞大夫的太太还没有完全把他毁掉呢?"罗拉问道,她喜欢在她姨妈最疼爱她的时候戏弄戏弄她。

"这样的假设最蠢不过了。"艾美姨妈回敬一句。

她很生刀叉的气。

"一个年轻的姑娘,只要她是一个有教养的人,就一定可以假设一位绅士是个单身汉;除非有人能够发现真相,告诉她相反的结论。"

波恩纳太太把事情说得很清楚之后又高兴起来了。

但星期四那天,她的希望破灭了。

因为只有贝尔一个人到楼下来,她戴的帽子使她显得更加漂亮。

"罗拉在哪儿?"作为姨妈和妈妈的波恩纳太太问道,出于习惯,亲了亲她女儿,但却是心烦意乱的。

"我不知道。"贝尔回答。

她不愿意说,她飘浮在自己的白云里。她现在心不在焉。

"罗拉!"波恩纳太太喊叫,"多么让人生气呀!罗拉,我们不能让那些马匹无期限地等下去,你知道那会产生什么结果的!"

"汤姆来了吗?"贝尔问道,她在戴好野餐用的旧手套,她的脸蛋很可爱。

"好像她没有尝过等久了的仆人的脾气似的!这是最大的风险。罗拉!"波恩纳太太固执地说下去。

"来啦,姨妈,"外甥女说,出奇温顺地走了出来,"我不会让任何人再等一分钟了。"

"可是你没有准备好呀。"

"因为我不去了。"

"你不会夺走我们的这种快乐吧?"汤姆·拉德克利夫问,他是刚刚到的。他没有看这位带刺的表姐,而是看着他的宝贵的所有物。

"在我们全都希望你去的时候!"波恩纳太太抗议。

她宁可锯掉一条腿也不愿偏离原来的航线一英寸。

"我的婴儿肚子胀。我必须留下来。她需要我是最充分的理由。"罗拉严肃地回答。

"你真的也学会给婴儿排气了吗?"汤姆·拉德克利夫问。

但波恩纳太太心里所想象的悲剧比刚才提出的肚子胀这样的小事要严重。

"你的婴儿,"她忍住了,"让我扶着你的胳臂,汤姆。我需要它。"

然后她哭了,他们把她送上了马车。

现在罗拉自由了。她用围裙擦手(观察力敏锐的巴德格瑞大夫曾看出她那双手太红了)。她刚刚用它们洗了几件婴儿的衣物,因为一开头她就决定这是她义不容辞的责任,现在她回到楼上去了。

那天下午,这个健康的婴儿只是暂时有些烦躁不安罢了。年轻的姑娘站在那儿注意地看着她。再不会有人怀疑她们两个人之间的关系了。她们彼此非常理解地看着对方,用手指触摸对方的皮肤和脸。她们被朦胧的银丝般的微笑笼罩着。于是血液开始奔腾,母亲的脸上掠过一片阴影,突然,她抱起孩子,来回地走着。

年轻的姑娘来回地走着。可是,在这间熟悉的屋子里,在这些呆头呆脑的家具之间,这两个人却被一阵比人类的热情黑暗得多的风暴压倒了。她们一起摇晃、颠簸、挣扎。孤立无助和绝望使姑娘的皮肤变成了难看的棕色。她该怎么办呢?婴儿开始意识到,她已经被卷进一种超自然的危险的漩涡之中,她至少可以发出呼救,让她的母亲来救她,并且可能相信她会得救。可是,母亲却不能得到这种信念带来的安慰,此刻只能认为她们是束手无策的。

"我的宝贝,我的宝贝。"罗拉·特雷维延低声地说,一边吻着婴儿,"我害怕。"

亲吻使婴儿产生安全的幻觉,她安静下来,终于睡着了。母亲注视着孩子,看见她得到上天垂怜。后来,年轻的姑娘觉得她可以祷告上帝祈求更多的爱和保护;但她犹豫了,因为她意识到自己没有能力去救那个信任她的孩子。到了傍晚,她才发觉她亵渎神灵有多严重,因而感到十分空虚。

当她终于能够祈祷时,她没有跪下,只是胆怯地蜷缩在一张直背椅的旁边。她说得很慢,很清楚,希望这样一来,她的话可以超过她的智慧。可惜她不敢存有这种希望。但她还是祷告了。不是为了她自己,她已经自暴自弃了,也不是为了她的孩子。毫无疑问,在最后审判的日子,她一定会得到赦免的。她在为那个人祷告,她的爱的方舟是为他建造的。她一遍一遍地为佐哈恩·乌里屈·沃斯祷告,直到她用普通的语言食粮,得到神圣的营养。

当天晚上,罗拉·特雷维延坐在她姨妈的柔软的头发下面听她给姨父讲波林格野餐会的细节,虽然每个人心里都明白她想把话题引到什么地方。

"空气清新极了,"波恩纳太太说,仍然满不在乎地用力吸气,"每个人都很亲切愉快,有些人甚至消息很灵通,因为走过许多地方的人不可能得不到有用的小消息。我有没有忘记提瑙提勒斯和塞姆法埃号军舰有几位军官也来了?要是忘了,那也不足为奇。从这儿到威沃利的路上,我都要散架了。颠簸得这么厉害,最糟糕的是,最后我们到德·库尔西法官的家去的那条狭路实在太可怕了。法官的太太是一位贵夫人,她好像在莱斯特郡有极好的社会关系。他们带我们参观了温室和花园。在这次小小的游览当中,巴德格瑞大夫给我上了堂非常有趣的灌木修剪法的课。你会听说的,波恩纳先生,他是瑙提勒斯舰的外科医生,上次就是他陪乌娜·波林格来的。"

波恩纳先生可以整个晚上坐在那儿一声不响,但他们彼此了解。

"看来,德·库西太太认识巴德格瑞先生,是通过他的母亲认识的。他有很好的社会关系。他在家乡时和母亲住在一起,因为尽管他有许多优越的条件,可是他还没有结婚。"

罗拉尽管也有这个决心,但也没有沿着两旁围着坚固的、修剪过的、雄赳赳的树篱笆散步,没用手去抚摸它们。一切坚固的东西都会时常令人心生向往并引人留恋过去。

波恩纳太太停下来,在线上打了一个需要打的结。

"很抱歉,罗拉,我没有问起墨赛。"她说,"下午,我的心情不好。"

"姨妈,如果我们使你不愉快,我很抱歉,"罗拉回答,"碰巧只不过是小病。不过我不能冒险,不能忽略我发过誓要做的事情。"

波恩纳太太不知说什么好,可是她丈夫却在这一点上激动起来。一个陌生人也许不会察觉这对夫妻之间微妙的互相感应。作为夫妻,即使是恼怒的事,也会被坚韧、缠结、牢不可破的本能联系在一起。

于是,茶送来之后,波恩纳先生开始了。他站在房间中央的火炉旁边。火炉里的木头已经燃起一堆小火,因为夜晚依然是寒冷的,他说:

"唔,罗拉,你是一个明白道理的姑娘。对于这个孩子,我们必须做出决定了。"

罗拉没有回答。她觉得很冷,一边注视着火焰在那毫不在乎的壁炉里翻滚,一边把手指扭到一起。

"你一定得明白,照料别人的孩子,不管你的动机多么值得称赞,你自己的处境却令人难以忍受。"

"一个年轻的姑娘,变得这样执着地依恋一个孩子,这是不正常的。"波恩纳太太叹了口气。

"如果我是一个结了婚的女人,"罗拉·特雷维延回答,"我也不认为这有多大区别。"

可怜的炉火蹿起了细小、锋利、猛烈的火舌。

波恩纳太太喷了一声。

"可是一个没有姓氏的婴儿⋯⋯"她说,"退一步说,我很惊奇你没有觉得值得为我们考虑一下。"

"我知道我欠着你们的情,并且打算报答你们。"罗拉回答,"不过,求求你们,求求你们,用别的办法。由于墨赛没有姓氏,犯了罪,冒犯了你们,至少我能把我的姓给她。当然,我该想到这一点。"

"不过你想想将来,走出这一步会多么影响你的前途呀。"姨父说。

"我的前途,"外甥女大声说,"掌握在上帝的手里。"

她抱着头,燃着的木头长时间地冒着浓烟,简直让人受不了。

她坐在椅子上,把身子往前挪了挪说:

"当然,你们无论怎么样对待我都行。我都能忍受。"

波恩纳太太朝她这间普通的房间四周飞快地看了看。

"噢,她有点歇斯底里。"她说,把连接针和布的无辜的线猛地拉了一下,然后说,"我们只希望帮助你,亲爱的罗拉。我们爱你。"

他们确实爱她,这就更可怕了。

幸运的是,正在这个时候,贝尔越过平台,跑进屋里来。她陪着波林格一家回去吃晚饭,是乘两位安文斯小姐的四轮马车回来的。她们也住在波滋角。

"我是不是打断了一个重要的会议呀?"贝尔漫不经心地问。

波恩纳先生皱起眉头。

"快要结婚的年轻姑娘该一步步地走进屋子,"她母亲说,"她们不跑。"

不过出于习惯,她加上了一句,也因为她永远希望听到一些可怕的消息:

"有什么新闻?"

"新闻是,"贝尔说,"乌娜终于决定抓住沃布恩·麦克阿利斯特了。"

"抓住。"不高兴的父亲抗议说,他在家里保持很高的伦理标准。

"钱对钱,唔,就是这样。"波恩纳太太说,"不过,可怜的人,他确实在做畜牧生意了。在那些已有的牲畜里又加上这样一只愚蠢的鬈毛羊。"

她丈夫指出乌娜·波林格是他们的朋友。

"她是我们的朋友,"波恩纳太太说,一边咬她的线,"这我不否认。正因为是我们的朋友,我才能了解她。"

"我想去睡了,"贝尔宣布,她并不饿,但从银盘子里拿出一块小饼干一点一点地啃,"我累死了。"

她的眼睑发重。她是一只宝贝的小动物,只要一蜷缩起来,就马上睡着了。

在这之后,大家都走了。这样,牺牲品留待将来再说。

随后的几个星期,再也没有人说什么了,如果罗拉对这种沉默没有产生疑虑,她会感到快乐。她还做了梦。她想记住这些梦,但是办不到,只记得她做了一些非常重要的事,远远超出她的智慧和冰冷的四肢所能做的。

要是说黑夜是可怕的,那么白天则是平淡乏味的。白天,每一个人都为贝尔结婚的准备工作奔忙。

"我结婚时要穿白色的衣服,"贝尔说道,"不过我坚持要穿薄纱衣服。有谁听说过一个穿着绸缎的新娘子在树丛中散步吗?"

"当然,薄纱衣服很实用。"波恩纳太太说,她心里是喜欢闪光的衣服的。

父亲感到很生气,因为他为女儿花得起买绸缎衣服的钱。

探险队走了之后,这是这位商人家里最大的事了。腊斯特小姐来了。每样东西都有好多码;女傧相不停地吃吃地笑;查提·威尔逊被针扎了。所有这些女人,不管是跪在零碎东西之间的迟钝、谦卑的人,还是富于献身精神、穿着薄纱衣裳、站在贝尔四周,注意力集中的一群群少女,全都在动手创造这位新娘,并低声传颂贝尔·波恩纳的神话。因而很少在场的人会看着她,不感到一种欣欣向荣的气氛。女士们忙乎的时候,结婚仪式的缘由被遗忘了。她们做一行行神圣的白色的褶皱时,又辩论又流汗。她们打开一板板的花边,就像打开绳子。她们把珍贵的东西往珍贵的东西上面堆,贝尔笑着服从了,并不感到累(她是一个十分健康的姑娘),直到变成了一个纯洁、雪白、美丽的象征。她看到了这象征本身的重要性,不由得浑身颤抖。

就这样,探险家的幽灵(当他在场时,这位衣衫褴褛的人完全统治了这所住宅,就是在他走了之后,也还在这里作祟)被这位闪光的新娘无情地驱逐了。谁还会去想他呢?也许只有露丝·波申,如果她还活着的话,那是出于她的单纯;还有这位商人,那是出于一阵阵不满,因为他的钱肯定是白扔了;再就是罗拉·特雷维延。新娘子当然已经忘掉这个使人困惑的人了,可是她爱她的表姐,所以在她透过花边和围绕着头发的一片灿烂的小珍珠的迷雾往下看时,心里也感到苦恼。

两个姑娘都觉得喉咙发紧。两只小猫在阳光下一起玩一只球,不可能比这生活得更亲密了。不过,她们很少同甘共苦。现在两个人要分开了,贝尔开始从心里搜索出一个小要求,最好是保密的,向她表姐提出,来证明她对她真挚的爱。

"罗拉,"她终于说,"我们还没有考虑那天我拿什么花呢。到处都是花,可是似乎没有合适的。要我说,必须由你做出决定。"

罗拉没有犹豫。

"我要选择梨花。"

"可是那些花枝!"新娘子不同意,"它们不好处理,而且不好看。"

这正像罗拉,她自己有时就很僵硬和笨拙,她才能建议用这样呆板的东西。

"你不是真心诚意的吧?"贝尔问道。

"我是的。"罗拉说。

她看着她的表妹,表妹十足的诗意胜过她固执的怀疑。这时,梨花已经被她用指尖和手臂折断了。

这样一来,贝尔知道她必须照罗拉的意见办了。

"也许,"她小声地说,"在婚礼之前,风不会把它吹干的话。"

所有这一切,本身都是些琐碎小事,都是在当着围在新娘身边的、忙碌的女士们说的。只有两个姑娘心里明白这些话的含义,并且立刻把它锁在心里。

这一个时期,波恩纳太太有充分的理由感到满意,但她的天性要求整所房子全都井井有条。她必须做最后的努力。怀着这个目的,有一天她走近她的外甥女,她正好抱着孩子站在那儿。波恩纳太太说:

"你一定得进来,亲爱的,见一见阿士包尔斯夫妇。"

"阿士包尔斯夫妇?阿士包尔斯夫妇是什么人?"

"他们是好人,在扁里奇有点儿产业。"艾美姨妈回答。

但罗拉开始挺身自卫了。

"我没有穿会客的衣服,"她抱怨说,"我也不愿意把墨赛扔在厨房里。"

"那么,就现在这个样子,"姨妈笑着说,她心情不坏,"你还可以带着墨赛去。他们是很朴素的人。"

"这些阿士包尔斯,"外甥女在拖着裙子走到那边时问道,"你认识他们很久了吗?"

"不完全是这样。"波恩纳太太说,"不过,我已经认识他们,唔,时间不算短了。"

这是实话。一路上,罗拉的聪明的孩子一直看着那位年纪比较大的女士。

接着她们走进那间很少使用的小客厅,客人们正在里边等着。这小客厅对来自扁里奇的,很朴素的人是很合适的。

阿士包尔斯太太站起来恭敬地向她们行礼,她是一个高大、安乐的人,太阳还没有损坏她那粉红色的面颊。相反的,她丈夫在两个国家里都暴露在各种天气之下,已经晒干了,是晒干了的红皮革,并且已经开始皱缩。他们的脸上这样清楚地写着"正直"两个字,向这对夫妇提些问题来证明他们的"正直"会让人感到自己"不正直"。

不管怎么说,当每个人都坐下来,羞怯也消失了以后,一场愉快的谈话开始了。在谈话当中,阿士包尔斯太太不由得惊叹:

"这就是那个小姑娘了,她有多可爱,多结实呀。"

婴儿最近才穿起外衣,确实是一个标致的孩子,她有着粉红色的皮肤并显示出毫不畏缩的性格。

"到我这儿来好吗,亲爱的?"阿士包尔斯太太问道,她把带着灰手套的双手犹豫地放在令人感到舒服的双膝上。

墨赛好像没有不愿意,很快就安坐在客人的腿上了。

"你是一个像你的名字那样的基督徒吗,嗯?"做丈夫的问,一边用他诚实的手指头摸孩子的脸蛋,一边咧开嘴露出黑牙齿的牙缝,友好地笑着,"我们需要这样一个小姑娘,嗯?"

"噢,是的。"女人说,仿佛这些年她一直渴望着。

罗拉也像阿士包尔斯先生那样笑着,不过是在傻笑。她觉得很不舒服。

"我相信,她一定会被宠坏的。"波恩纳太太说,一边摆弄着她帽子上的丝带。

姨妈记得从前看过的一出戏,戏中所有的演员站成一个半圆,等着表演戏剧家非常巧妙地安排好的一幕。波恩纳太太希望能够像戏剧家控制着他的局面那样,控制着她的局面;可是忘记了她不是一个戏剧家,而她本人只是这出伟大的戏剧中的一个演员。

"阿士包尔斯家,"艾美姨妈说,面向罗拉,但垂下眼睑,而且眨巴着眼睛,仿佛光线太强似的,"阿士包尔斯家,"她重复说,"在扁里奇有一群最好的奶牛和最漂亮的住宅。还有最好的家以及最好的猪。不过最引人注意的是那所房子,罗拉,我是这样听说的,春天的时候,果树上鲜花怒放。阿士包尔斯先生,果树开花是非常悦目的,不是吗?"

"是些好树。"男人回答。

"在这样健康、可爱的环境中,一个小姑娘一定会幸福地成长的。"波恩纳太太提醒说。

阿士包尔斯太太舔了舔嘴唇。

"你自己没有孩子吗?"罗拉问,她的手脚都不听她使唤了。

"噢,没有。"那女人简短地回答。

她正在朝下面看,忙着整理孩子的短裙,摸摸这儿,理理那儿,但显得有点内疚。

"这一定使你很悲伤。"罗拉·特雷维延说。

没有孩子的女人感觉到她的同情,现在抬起头,对她报以热情。

波恩纳太太觉得什么事正在发生了,但她弄不清楚。于是她几乎弓着身子说:

"你不准备把墨赛交给阿士包尔斯太太吗,罗拉?"然后以适合那个场合的认真的态度说,"我确信,这个可怜孩子的不幸母亲看见她的孩子待在这样好的地方,心里只能是太感激了。"

罗拉说不出话来。她觉得在这一点上必须做出决定,或者这样,或者那样。可是只能由神来决定,她自己决定不了。

"你要她吗,丽兹?"阿士包尔斯先生拿不准地问道。

他的妻子一边考虑,一边弄乱了孩子的头发,好像在做好准备,准备去做一件极其残忍的事。

孩子没有退缩。

"她知道的,"这女人说,凝视着那双顽强的眼睛,"她知道我不会伤害她的。我不会伤害任何人。"

"可是你要她吗?"男人问,他急于想弄清真相。

"不,"女人说,"她不属于我们。"

她的嘴巴,在那张和蔼可亲的乡下人的脸上,忽然变得很难看了。因为她做了那件残忍的事,只不过这样做是违反她的心愿的。

"噢,不,不,"她说,"我不要她。"

她站起身,把孩子很快地,但体贴地放在年轻姑娘的腿上。

"这样,她会有太多的母亲了。"

大家都把波恩纳太太忘记了。在那种场合,除了送阿士包尔斯夫妇出去之外,她已经无关紧要了。她做了这件事,接着马上转身上楼了。

因为她也无能为力,罗拉·特雷维延继续坐回刚才坐的那个地方。起先几乎没有注意这个固执的墨赛。孩子留下来了,虽然很重要,但她这次相当大的胜利绝不是最后的胜利。闷闷不乐的罗拉知道,世界上没有最后的胜利。在她的幻觉里,她看见远处的沙漠热情地抚摸他的脸,抚摸那皮肤和胡须交界的地方。小姑娘害怕起来了,最初是怕她母亲的眼睛,然后是那过分的热情,她要求放开她。

她们没有刻意回避彼此,尽管也用愉快的声音打招呼,但由于波恩纳太太自己口是心非,她有点儿怕她的外甥女。在举行婚礼之前的那些日子,是很容易彼此回避的,有那么多要办的事。

婚礼前两天,波林格家为贝尔·波恩纳举行了一次舞会,贝尔是谁都喜欢的。为了让那些要从北岸坐船过来的客人方便一些,舞会决定在伊丽莎白大街的布莱特舞蹈学校举行。由于租了这么讲究的学校,并参照组织者无意中说出来的其他细节办理,很显然,波林格家准备破费相当大的一笔钱。结果,他们的舞会闹得满城风雨,被邀请的人谈论它,没被邀请的人谈论得就更多了。其中有些人发表意见说,女主人有这样的条件还要出头露面,未免太欠考虑了。后来有些站在她那边的人指出,如果按照这个原则,这位不幸的女士只好永远隐姓埋名了。

在举行舞会的那天早晨,深受身体过重之苦的波林格太太还是到舞厅去了,她的两个女儿乌娜和佛罗伦丝陪伴着她。她们在那儿摆设大量的爪叶菊,或者不如说,指挥两个强壮的园丁把花盆艺术地摆在一起。她们自己歪着头看看效果如何,或者走上去把文竹插进看得见的空隙。舞蹈教师布莱特先生,对指导舞会或这一类活动很有经验,提出了很多有用的建议,并且在指挥他们的行动上做出无法估计的贡献。比如,和塔普先生商量聘请乐队的是他;有一位女士可以使波林格太太免除为这么多宾客准备晚餐的麻烦,通知这位女士的也是他。至于布莱特先生和这位包办酒席的女士有多深的交情,做这样的安排是干了多大的好事,这就不得而知了。对波林格太太来说,他总是无所不知和精力充沛的。他的两个年轻的侄子在给地板打蜡时表现出值得称赞的气力。他们在蜡烛屑上滑动,直到地板在他们靴下发光了,那个比较小的孩子还重重地摔了一跤。

黄昏来临,华灯初照,休息室和餐厅热闹起来了。在那里,为了方便女士们,尊敬的、穿黑衣的女性为她们送去这样的紧急帮助:科隆香水、咳嗽糖、别针、针线;为了招待男女客人,殖民地能够供应的各种各样的肉食,精美而不粗俗;另外还有切成美妙形状的蔬菜,葡萄酒、蛋糕和在奶油下面颤动的果冻。

只有所有屋子中最大的一间——跳舞用的屋子还空着,在蓝色的、发出嘶嘶声的煤气灯光下显得神秘迷人。这时,门廊上看不见的乐队开始选择第一批脆弱的音调。这就是在寂静和期待产生的压力,如果墙壁在金色迷雾和浓密的蓝色的压力下倒坍,魔镜也被粉碎,爪叶菊的叶子也因而散落成不寻常的珠宝,这也没有什么可奇怪的。

不过,波林格家的客人还是开始进场了,先是慢慢地,接着像流水,最后像急流。该来的全都来了,还有一些,坦率地说,不该来的也来了。比方说,有几个醉鬼从街上闯了进去。他们用长满疙瘩的面孔低下来看了看一堆堆的紫花,他们对这些花表示惊讶,对另一些表示愤怒,他们是些善于把自己生命中丑恶的东西表现出来的人。后来,秩序恢复了。侍者把从外面黑夜中闯进来的人赶了回去,从而结束了这件丢人的事情。在陆军军官的英勇姿态,海军军官的文雅风度以及年轻姑娘顺着大厅的边缘漂浮或聚在凉快的屋角所形成的朦胧色彩中,很快地也就被人们忘记了。

音乐响起来了。这群人开始不慌不忙地跳起舞来。

波林格太太穿了一件带绿叶的礼服,走了特别远的距离来拥抱她最亲密的朋友——波恩纳一家,身上响起了一片缟玛瑙和肉红玉髓的碰撞声。

"亲爱的,"波恩纳太太在完全摆脱了珠宝的纠缠之后说,"我一定得祝贺你,在口味和欢乐气氛方面,看来都很成功。"

这一次,波林格太太的事业心使她没有注意到她的朋友不遵守时间。

"我得记住在合适的时候告诉你什么事把我们耽搁了,"波恩纳太太低声说,并且微笑地做着暗示。然后提高了声音用相当快活的声调说,"但迟到并没有减少我们的欢乐,我一看就知道了。"

没有人会想起以后要提醒她做出解释,这也许是女士们彼此尊重的策略吧。波恩纳太太相信在别的东西都开始枯萎的时候,鲜花是会引人注意的,因此她参加舞会总要迟到。

"贝尔简直是光芒四射。"波林格太太说,接受了要她扮演的角色。

"贝尔看起来挺好。"她母亲说,好像她刚刚注意到。

"你不认为她是悉尼市最可爱的姑娘吗?"波林格太太问,她能够表现得很大方。

"可怜的悉尼!"贝尔抗议。

她有时会像一个讨厌的男孩子那样做鬼脸,但连这个也是被人接受的。不过,在目前这种场合,她很快就恢复了她原来的那种白云般的高雅的面色。

"还有罗拉。"波林格太太亲切地加上一句。

因为罗拉也在场。

贝尔·波恩纳立刻就步态优美地和波林格先生走了。波林格先生是一个丑八怪,一身烟臭,但因为他有钱有势,备受尊敬。今晚贝尔穿的是缎子衣裳,比音乐还要柔滑,比寂静还要洁白。大多数男人,甚至非常漂亮的姑娘,在她走过时都停止了说话。在她们全神贯注的时候,熟悉她的人们没有勉强别人相信她们之间的关系,她们只想用自己平凡的双腿站在那儿看着贝尔轻快地走过去。

这里还有罗拉·特雷维延。

罗拉穿的是什么衣服?如果事后要问,没有人想得起来。只有经过再三考虑,并且觉得她们是被迫说出来的——说出来对她们也不太合适,有些人这才回答:她那件衣服大概是灰色或某种土著树皮的颜色。当然那件衣服并不像她们所描述的那样,只不过穿这衣服的人的严肃脸容和相当骄傲的头部姿态确实给人一种忧郁的印象罢了。虽然罗拉对所有敢于和她打招呼的人都用礼貌的坦率简单的话来回答,但很少人和她说话,因为她们觉得她的话里有些不明确的、含糊的地方,而这些地方她们又看不透。更糟糕的是,她们开始怀疑自己的灵魂里也有含糊的东西。因此,在她们再次被隐蔽的乐队的疯狂音乐赶到一起之前,她们一直在按摩皮肤,对着镜子将粉红或蓝色的薄纱打起褶裥。她们是生活中的飞燕草,只有成堆时才被人赏识。

罗拉走到一个地方,查提·威尔逊向她迎了过来。查提是一个丰满和相当爱管闲事的姑娘。她总爱给人出主意。她无所不知,无所不在,老给别人当伴娘,但现在好像是被人忽略了,因为她是这样显而易见地一个人站在那儿。

查提问道:

"你玩得不痛快吗,罗拉?"

"不特别痛快,"罗拉回答,"十分坦率地说。"

查提哧哧地笑。承认玩得不痛快是一桩罗拉永远不敢犯的罪行,所以查提假装不相信。

"你也许不太舒服吧?休息室里有一张相当大的沙发,很干净。你可以把脚在上面放一会儿。要是你愿意,我可以来陪你。"

查提非常愿意为她的朋友服务。尽管她不断追求享受,但她也有点感觉到,不断地追求享受,就会遭到它的拒绝。

罗拉回答:

"你真的能够躺在沙发上治好病吗?啊,查提,我多么妒忌你呀!"

这是人们不喜欢罗拉的地方。查提哧哧地笑着用手帕把上嘴唇的汗珠轻轻地擦掉。

"噢,好吧。"她说,又用吃吃的笑声来防止谈话中断。

不过,罗拉对她这位圆滑朋友还是很感激的。

"来,"她说,拉了查提一下,因为这是需要她做出努力的,"我们站到那边去看,靠近那根柱子,在那儿没有人会看见我们。"

"噢,老天爷,不。"查提说,对她来说,最重要的是受到注意。她把她的朋友推上通向一个小高台的短楼梯,每期舞蹈班结业时就在这个高台发奖,高台上花荫处安排了一些椅子。一个人接受邀请来参加舞会,可不只是为了躲在柱子后边的。

"像靶子一样坐在暴露的地方对我们有什么好处呢?"罗拉问道。

查提知道靶子是用来受箭的,但她抑制了这种想法。

"即使我们不能得到什么真正的好处,也不会有什么实际的害处。"她小心地说。

于是,她们坐下来了。

那个晚上是属于贝尔的。贝尔无处不在,她穿着白衣裙几乎总是,也必然是在汤姆·拉德克利夫的怀抱里。其他跳舞的人给他们让路,鼓励她到他们中间来,仿佛她是一个带来好运的避邪物,而他们很想摸一摸她的魔衣。她跳舞的时候,有时会在音乐声中闭上眼睛,但更多的是睁开眼睛,用这样清楚的目光来表达她的爱,致使有些做母亲的认为这样很不正派。而罗拉,看到那双非常蓝的眼睛发出的动人的真挚感情,担心她的表妹会遇到不幸,很想出来保护她。

说不定需要担心的是她自己。她战栗地意识到,他们的爱也许不能继续隐瞒下去,她神经质地把头转向这边,又转到那边。她非常惊慌地、呼吸困难地暴露了自己的心情。她的脖子上显出了斑点。

当这个男人如此沉着地走过来,如此彬彬有礼地向她鞠躬时,她几乎喊出声音来挡住这个来人。从他那十分谦逊和通情达理的态度看来,他也许会理解她。

"谢谢你的好意,"她说,声音又响又难听,"谢谢,但我现在不想跳舞。"

"我不怪你,"他回答,"有人不想跳舞是永远不会让我感到惊讶的。首先,它对交际不利。一个人不可能一边跳快步舞,一边清楚地表达自己的思想。"

"噢,"罗拉说,"人家总是告诉我,表达思想对交际是最最不利的。"

查提·威尔逊相当痛苦地笑着,她现在痛恨一切。

罗拉·特雷维延把巴德格瑞大夫、瑙提勒斯军舰的军医,介绍给查提·威尔逊小姐,并且觉得再没有自己的事了。

但是他的表情让她不得安宁。虽然他在和查提·威尔逊说话,但他问的却不是查提。

"请告诉我,查提小姐,"他说,"你对这个地方熟悉吗?"

"噢,老天爷,不。我很少到丛林中去。当然,要是结婚了,情况就不一样了,也许会成为必要的了。"

威尔逊小姐不打算在巴德格瑞大夫身上花很多时间,他既不年轻,又不漂亮,估计钱也不会很多,而且不大像一个绅士。如果她没有看出他富于同情心,那是因为她还没有到绝望的地步。

"为了满足我的好奇心,我愿意出任何代价。"他说。

"你应该参加一个探险队。"查提建议,非常想得到一个好人的赏识。

"就像去年离开的那个,"她又说,因为她是受过很好的教育的,"是那个德国人,沃斯领导的。"

看来,没有什么探险队可以挽救查提·威尔逊。

"啊,"巴德格瑞大夫说,"我听说过,给我谈谈他吧。"

他目不转睛地望着查提,不过罗拉知道,他会随时转过身来窥探她的痛苦。

"我不认识他,"查提回答,但马上想起来了,"不过罗拉认识。"

于是巴德格瑞大夫转过身子,稍稍用了点力气,就像四十岁发胖的男人那样。他满怀希望地看着罗拉。从那位浅黑色的年轻姑娘的嘴里无论说出什么样玄妙的话,他个人都不会感到奇怪的。

罗拉已经掉过头望着别的地方,但仍然意识到他那相当浓的眉毛。

"你认识他吗?"他问道。

他在等待着。

"是的,"她回答,"应该说,在资助沃斯先生探险队的人当中有我姨父。"

"那个德国人是什么样的人?"

"我不知道,"罗拉说,"我不能根据表面现象来判断一个人。有时,"她又说,她已经岁数不小了,"甚至一切现象似乎都是表面现象。"

"我听到过有关沃斯先生的,非常离奇的传说。"这位军医说道。

"那么,毫无疑问,"年轻的姑娘说,"你比我知道得多。"

谈到这儿,巴德格瑞大夫想起他该请威尔逊小姐跳舞了。而她,因为没有更好的机会,便很和蔼地接受了邀请。他们从高台上走了下来。现在这位军医,这位普通的快活人,这位在年轻姑娘的母亲放弃了他很久之后还给姑娘们写热情信的军医,卷入了波尔卡舞可悲的狂欢之中。狂欢的人们像是被苦难的潜流从至今尚不为人所知的内心深处喷射出来了,也许他,只有他,还没有被波及。

这是在他恢复了责任感以前发生的事。

"你熟悉威沃利吗?"跳着快步的军医问道。

"噢,老天爷,是的,威沃利。"查提·威尔逊小姐一边跳,一边叹道,"这一带我全熟悉。可是,当然啰,有些地方人们是不能去的。"

"最近我去了威沃利,德·库尔西法官的花园。你认识他吗?"军医问道,他听说这样问是合乎礼仪的。

"他的妻子是我婶母的远房表姐。"

"这里每一个人都有亲戚关系吗?"

"差不多是这样。"查提叹道,"当然,有些人不是这样的。"

"在威沃利时,我和波林格一家在一起。波恩纳小姐和她母亲碰巧也参加了那个宴会。"

"贝尔,"查提说,"是一个最可爱的小姑娘。她是这样漂亮。她对她的好运受之无愧。没有人能妒忌贝尔。"

"特雷维延小姐呢?"军医提醒她。

"罗拉也很可爱,"查提叹了口气说,"但很特别。罗拉很聪明。"

他们继续跳舞。

也许,军医又在穿过威沃利修剪过的树篱的隐秘迷宫。第一天他就知道他已经把自己奉献给罗拉·特雷维延了,不管她隐藏的是什么忧伤。于是,他们在黑暗的河流里逆水行舟,她垂下手,转过脸去;或者他们在树篱的曲径中散步,以他的经验他知道他们的感情并没有交流。

罗拉·特雷维延从她坐着的地方观看这位胖军医的滑稽动作。这是一个靠不住的人,如果没有大量的经验和音乐在他们之间漂流,她说不定能学会爱他的。

跳舞的人们停下来了。人人都用他们发热的手套为这第一流的音乐鼓掌。

此刻,罗拉在满屋子的人群里是很孤单的,但因为她已经过了怕交际的年龄,她不想躲藏起来。正好她看见了威利·波林格,他开始长出了一簇簇不像样的头发。

威利慢慢地穿过了自己的一伙人,最后来到罗拉的跟前。

"我不喜欢舞会,罗拉,你呢?"年轻人张开傻气的、难看的嘴巴问道。

"你是主人。"罗拉和气地回答。

"上帝啊,我不觉得我是主人。一点儿都不。我不知道我是什么。"

他母亲没有意识到在他成熟之前,他经常就是这副样子,她总是把他的低能归罪于他长得太快。

"也许到时候你会知道的,你会干一番惊人的事业。"

"在一个律师事务所里?"

威利怕的正是他偶然会想出并做出惊人的事。但与此同时,他喜欢和比较大的女孩子在一起。没有多少话好谈,但可以看着她们。通过一些秘密和静默,音乐和服装,他可以感觉到女孩子在场时产生出来的神秘感。在一个舞厅的角落里目不转睛地看着她们彩虹般的生活,或者在一个风景优美的地方,坐在大树下,被她们纯洁美丽的形态迷住。遇到了不能使她们的影像不朽的镜子,他常常都背过脸去。

"不在一个律师事务所里,"他听见罗拉表示同意,"如果我们被四面墙围住,那就太可怕了。"

她好像在强调"我们"这两个字,这让威利很快活,尽管他皱紧眉头来表示快活。

"我们跳舞好吗,罗拉?"他有点迟疑地问道。

对罗拉来说,这是一种完全想不到的愉快的境界。

"让我们跳吧,威利,"她说,为了即将到来的微小的快乐而笑起来了,"这一定很有趣。"

和小时候就认识的朋友威利跳舞,可是无可非议的。

于是他们拉起手来。沿着相当优美的音乐的愉快通道移动,使这位年轻姑娘产生了这样一种天真无邪的幸福感,刹那间,她竟感到眼睛里充满了泪水。她朝一只玻璃杯看了一眼,看见在她苍白的脸上,眼睑已经发红,鼻孔也张大了。今天晚上,她不好看但挺快乐。

这样,两个奇怪的人文雅地在一起跳舞。起先除了那位军医,再没有人注意他们,那位军医又变成怨天怨地的了。

后来,贝尔看见了,她的喊声越过了别的跳舞者的几重波浪。这波浪把两个表姐妹分开,就像在所有的舞会上那样。

"罗拉!"贝尔喊道,"我一定要到你身边。"

她笑着游过薄纱的海洋,穿着白色闪光的衣服从泡沫中升起。别人在保护她们皮肤的粉红和白色时,贝尔可是让她的皮肤晒成金黄色。在亲近的朋友圈中,她从女神变回动物,被有些人称为"贝尔·波恩纳"的棕色皮肤上面长了些细小的金色汗毛。有的母亲确实预言贝尔将来的容貌会变得很粗糙,可是现在她仍然充满了青春和燧石的气味,阳光可能曾经懒懒的晒在她的脸上。她和蔼地接受别人最愚蠢的恭维。不过她并不相信这些话。她一笑置之。

现在表姐妹在中流相会了。又挣扎,又冲撞,她们在一起摇摆,她们粘在一起,她们通过眼睛看到彼此的内心,并且久久地注视着。她们看到的全是和她们自己最密切相关的东西。

贝尔咯咯地笑了起来。

"提醒我告诉你,"她说,声音太响了,"关于德·库尔西太太的头发的事。你没有闷闷不乐吧?"

"我为什么要闷闷不乐?"罗拉问,她那忧郁的胸怀,开始和她通常穿的孔雀蓝衣裳一起发出沙沙声。

贝尔突然跑去和法官庄严地跳起舞来。

威利茫无目的地走开了,几乎每一次,特别是在舞会上他都是这样。只剩下罗拉和她自己的音乐,她大着胆子低声地哼了一两句狂热的歌词。挂在她那暗淡衣服肩部装饰上的金属珠子在威胁地颤动着,并发着光。在谨慎的眼睑后边,凹进去的眼睛发出了两道剑光。

因此,当汤姆·拉德克利夫走近他未来的表姐时,心里存在着两种想法。

"我猜你不想跳舞。"他开始说。

"如果你认为那样,"罗拉微笑着说,"我愿意使你安心。"

她知道天生好心肠的贝尔给汤姆作了一些安排。

"你知道问题不在那儿,"他脱口说道,"我想你比较喜欢谈谈。"

"这就更糟了!不是吗?"罗拉哈哈大笑。

如果她没有皱紧眉头,他也许能更好地表示他不计较。

"这样,"他说,脸都红了,"不如让我们跳舞吧。"

如果不是他身强力壮,别人会怀疑汤姆·拉德克利夫是一个有点儿胆小的人。考虑到他的部队经历,事实上,这样的猜测只能是很荒唐的。

罗拉摸了摸他的袖子说:

"我对这个新的礼服很不习惯。"

"我对自己很不习惯。"他相当忧郁地说。

因为汤姆已经退役,现在是一个平民了。这也许是他最感到尴尬的地方。他还没有适应褪去制服的生活。

他们在一起跳舞的时候,这一男一女简直像抱在一起的两把剑。

"你会对贝尔好吧?"罗拉问道,"你要对她不好,我一辈子也不会原谅你的。"

从一种光线底下观察,所有跳舞的人都带着一副苦笑。装饰她那冷酷的衣裳的重珠子,在他手里给人一种冷冷的金属的感觉。

"可是,贝尔和我彼此相爱。"

男人们变得像小孩儿似的。

"不爱别人的人是永远不会受到伤害的。"罗拉说。

"我们要有理性。"他用命令的口吻说,用以维护他男性的尊严,"因为你受过伤害,并不能说别人一定也会这样,即使你可能希望这样。"

"你误解我了。"她说。

由于她正在从他的肩头望过去,她的话听起来挺谦卑的。她的这位刚才有些慌乱的对手,很快抓住了机会。

"你知道我是一个普通人,"他说,他可以巧妙地利用他的单纯,"我把才智用在实际工作上,至于想象力,你可以说我的想象力没有发展到令你赞美的程度。"他说话那么快,简直不能给人做出应有反驳的机会,"也许,我甚至缺少想象力,我为此感到很高兴。你知道,像有些人那样,靠幻想来生活,这是有很大的诱惑力的。"

他的声音过高,弄得他喘不出气来。但他说个不停,他一直往前冲,事实上已经冲到悬崖的边缘。

"你对沃斯指望些什么?"

他咧开傲慢的嘴唇,对自己的大胆发出微笑。

罗拉·特雷维延第一次面对这个幻影,现在它已经出现了,因为它来自那个地方,这就使得事情更加可怕了。愚蠢的、看不见的音乐突然被她自己的心跳声加强了。一阵阵大喇叭声波浪似的穿过了木与灰泥构成的墙壁。

"沃斯?"她大声说,声音和音乐很不谐调。

现在,金属珠子在他手底下熔化了。

"指望?"她回答,"我对任何人都不指望什么,我对面包屑表示感激。"

汤姆·拉德克利夫没有理解这句话,不过仍然傲慢地微笑着。

两个人跳了又跳。

现在既然他主宰着一切,他便提出:

"如果为了贝尔,我在哪方面能帮助你,罗拉?"

"为了贝尔或任何人,"罗拉回答,"你都帮不了我。即使由于你的嗜好,你自己愿意,你也帮不了我。因为沃斯先生已经失踪了。"

难听的音乐和对手蹒跚的舞步使他大吃一惊,他说出的这件事使得他坚持己见,他怒冲冲地说:

"如果是超人的视力使你这样消息灵通,那么我们所有的人都很危险了。"不知道是为了发挥威力还是由于激动,他每隔一个字就强调一下,可是罗拉没有为自己辩护。她几乎马上离开了她的舞伴,笔直地走进了休息室。查提·威尔逊看到了这个情况,不知道该不该去陪伴她的朋友。罗拉的脸皱缩得像一个黄色的骷髅头。

舞厅里音乐继续痛苦地演奏着,直到晚餐的时候。

当两扇门被冲开,她的客人们进了餐厅时,波林格太太大功告成了。如果"冲"不是一个文雅的字,它却是一个不可不用的字。因为那些品德端正又精明的人早就悄悄地占好位置,这时被一群不负责任的人从后边往前推;这一群人本来还在跳舞、闲扯和谈情说爱。突然之间这两群人都想到一块儿去了,只是表达的方式不同。虽然精明的人群提出抗议,甚至往后倾斜身体来抑制那奔跑的、冲动的、不负责任的、继续从后边朝前推的人群,但他们共同的想法在最后进攻的时候占了优势。一堆搅拌在一起的身体一直冲到长桌旁,威胁着玫瑰色的火腿和血淋淋的肥牛腰。

"这真丢人,"波恩纳太太笑着说,"一群上流社会出身的人竟会表现得像一群牛。"

不过,她真的宁可赞成一切动物健康的表现;如果他们表现得像一群人,她倒可能会担心起来。

她的朋友——女主人波林格太太,由于身体情况,起先感到很害怕,躲在一棵剧烈震动的棕榈树后边,现在走了出来,在客人中间走动并且提出建议,比如:

"我劝你尝一尝这种肉冻鱼。"

或者:

"我可以向你推荐这个法国式的色拉,赫色灵顿小姐。"

波林格太太曾经在友谊的名义下伤害过许许多多朋友,现在她的殷勤款待却受到以野蛮方式进行的反击。有的朋友以前也许从来没有见过她,而另一些人的表情又暗示他们确实意识到什么是他们必须强迫自己忍受的东西。在下定决心的波林格太太谦恭地尽她的职责时,她总是把他们伺候得很舒服,而客人们却胡须里藏着卷曲的莴苣,满嘴蛋黄酱地对她皱眉头。

在那些朋友当中,也许只有波恩纳太太是真心感激她的,并且奉承起她来了。

"亲爱的,让我给你弄一些果子冻吧。"她恳求说,"即使像你说的,你没有胃口,可眼下,一点甜酒果冻只会增强你的体力。"

因为波恩纳太太长了一个善于计算的脑袋,并且开头就是用正当手段来赚钱的(事实上,知道她帮丈夫记账的人并不多),养成了计算费用的习惯,而且豪华的场面总会使她高兴的。

每一个人都这样忙,罗拉很容易就回到朋友当中去,没有引起别人的注意。她表面上已经恢复了镇定,如果在安排东西时,没有发现自己站在巴德格瑞军医的旁边,她会维持这镇定到晚上的。然而军医不会让她再伤害他,也不会让他的注意力偏离一块牛肉。他很可能继续站在那儿,不理睬他真正关心的人,如果他们的手没有在这不愉快的时刻同时伸进面包篮的话。

"那么,你跳得很愉快吧,特雷维延小姐?"军医终于问道,同时暗示他很重视她的回答。

"不,"她说,"不,不,不。"

他听得出,这是揭开男人的伤疤时他们发出的喊声。

"你为什么一定要再去跳舞呢?"

巴德格瑞大夫在吃他的牛肉,他开始深深地感觉到他说的话太夸张做作了。另一方面,一种奇怪的碎裂声(他的上下颚在嚼东西时永远会发出这种声音)把寂静变成一种可笑的讨厌东西。

"我接受了两个人的邀请。"罗拉承认说,"一个是因为我们曾经一起度过快乐的童年,另一个是因为,至少现在,我们的关系是逃避不了的。"

"这一切都很好,"军医说,"既充满了柔情又能忍受痛苦。过去值得向往,很可能是这样的,因为对它不能提出什么要求。你觉得机会是均等的吗?"

他的嘴巴藏在弯曲的胡须里,长着一口相当钝的白牙。

"我觉得,"她缓慢地说,对她将要承认的事已经感到害怕了,"我已经完全不能控制我未来的生活了。"

就连那位可靠的巴德格瑞大夫也不能从这片海里把她救出来了,尽管她多么希望这样。必须记住,她希望的是对他合乎情理的判断,以及对他的品德的尊重。然而,男人的合情合理的判断却是暂时的;而品德呢,不是太少就是太多。

于是,过了不久,军医就回到船上去了,很快就恢复了规律的生活,除了有时出现了深蓝色的水渗到船骨中间的情况。他欢迎它们。他愿意和她一起淹死,显而易见的不安拖着相同颜色的长长的鳍,在他们的头脑里闪烁。

和罗拉·特雷维延最后在一起的那天晚上,巴德格瑞大夫在他那间包了黄铜的军官卧室已经熟睡了很久。可是波林格家为贝尔在伊丽莎白大街布莱特舞蹈学校举行的、人们谈得很多的、传奇般的舞会仍然十分热闹。啊,音乐的海洋,长长的梦幻似的蓝色巨浪,轻浮的粉红色的小波,它们席卷一切,使一切上下漂浮,理所当然的唯一做法是游泳。这时,小提琴继续轻轻地掀起金色的浪花,尽管天愈来愈亮,问和答都已经听不清了。

"你实在太辛苦了,亲爱的波林格太太,"波恩纳太太说,"让我来叫马车吧。你不能干脆溜走吗?要么,我到跳舞的人当中去,对一两个可以信赖的姑娘暗示天快亮了?我相信她们会讲道理的。"

噢,道理,噢,波恩纳太太,去跟玫瑰和木樨草讲道理吗?它们宁愿被践踏,或在清晨的银色海洋里和节目单、用过的餐巾一起浮沉。

"噢,波林格太太,那是最最美好的舞会了。"贝尔·波恩纳从美妙的舞蹈梦中清醒过来时说。

她的面颊还在发热。

"谢谢你,波林格太太。"罗拉·特雷维延微笑地说。她直率地伸出手,像一个男人,然后又加上一句,"我玩得非常开心。"

因为她是一个女人,在真正需要时,她也不说实话。

接着,所有的跳舞的人都走了。有些姑娘,虽然和波恩纳家很熟,却小心提着裙子从罗拉·特雷维延身边走过。罗拉整个夜晚都像站在一个海岬上观察她们,她的眼睛有了黑眼圈。

那天早晨,当波恩纳太太、小姐们回到家之后,她们亲过吻、叹过气,回到自己的屋子。罗拉坐在书桌前,仿佛她一直在盼着要满足一个愿望,她在满盘的钢笔里摸出一支,立刻开始写信:

亲爱的佐哈恩·乌里屈·沃斯:

我们刚从舞会回来。在那里,我是这样为你难过。我不知道用什么方法来寄这封信,但我一定要写。除非发生奇迹,它是不会寄出的,因此,恐怕我是傻得没法再傻了。

　　但我必须写。如果你,亲爱的,没有希望收到,可是对我来说,写信却是最最需要的。我想,如果我诚实地检查自己的思想,我将会发现自我怜悯是我的最大的罪恶。我不记得过去有这种毛病。有时一个人很坚强,可又总是多么软弱呀!难道一个人过去似乎具有的坚定、正直、可靠的性格只是一种神话吗?……

淡红的朝霞已经开始照进这所熟睡的房屋的各个房间里。这些温暖的屋子颇像透明的鸡蛋,保护它们的蛋壳已经被剥掉。

　　这位眼睑已经变成两块硬麻布的年轻姑娘在红色的屋子里写信,她写道:

　　……人类道德,除了对个别的人(他们与世隔绝,忍受一切,为人特别或毫不在意),看来只是神话。那么,最亲爱的,难道你也是一个像人们以前说的,也是一个神话吗?……

难以忍受的清澈的晨光使得年轻姑娘僵硬的眼睑变得发红和透明,她开始用破旧的刮纸的笔在纸上飞快地书写。

　　啊,上帝,尽管我不是永远这样,但我确实是有信仰的。

　　一大堆古怪的祷告涌上心头,她磕磕绊绊地在那被红光弄得可怕的、整洁的屋子里走来走去。她在撕,或想撕那张坚韧的信纸——那是很结实的高级信纸,她姨父不让她用别的信纸。结果,信纸只是皱成一团。她气喘吁吁,感到恶心。

　　幸而,她很快就躺在床上睡着了。在睡眠中,恢复了只有自己才知道的那种美,许多人是从来没有见过那种美的。

好像没隔多久,贝尔·波恩纳就在一个有大风的日子,在圣詹姆斯教堂和汤姆·拉德克利夫结婚了。如果说,波恩纳太太很重视举行婚礼时物质的重要性,并为之趾高气扬,那么这位不信那一套的父亲,在陪伴女儿走上教堂的通道时,就显得有点畏畏缩缩的了。贝尔有什么感觉?这是每一个人都一直关心的事,难道新娘不是他们一切欲望的象征吗?的确,也许贝尔自己没有什么感觉,只是在震颤的白茧里发抖,她将从那里脱颖而出,变成一个妇人。一种默默的、模糊的狂喜遮盖了她正常的面孔。作为伴娘的罗拉·特雷维延和其他的人有点格格不入,她无法再和她的表妹交谈。如果她不和别人一样,不暂时变成一个麻木的庸人,那么她将来准会更加恼恨,而且她们之间有可能会永远失去原有的亲密关系。

于是绸缎发出叹息声,嘴里的咳嗽糖被谨慎地吮吸着,喷香的管风琴的琴声沿着旋律优美的花丛袅袅响起。

突然之间,响起一阵钟声。

谁都同意,波恩纳家的婚礼是在这个殖民地所看到的最可爱和最高雅的。后来,在台阶上,人们的感情和表情无疑变得更强烈了。这时,大风把面纱、头发和围巾刮了起来,米粒把人刺痛,马车挤成一团。吃得太饱,又很兴奋的马匹在大街中央大量地拉屎撒尿。还有一个不光彩的,关于粉红缎鞋的插曲:人们交头接耳地说,查提·威尔逊的隔房表兄弟,一个年轻风流的中尉从一位意大利女歌唱家的化妆室抢去一只缎鞋。许多妇女听说之后脸都红了,有的还哭了起来,就像最近在戏院时看了一出悲剧那样。另外还有一些人批评新娘不该戴一束梨花,这至少可以说是别出心裁。

罗拉·特雷维延,站在大风中教堂的台阶上观察她的表妹。她的胳膊里茫然地夹着那束黑色的花枝,上面的花朵眼看都要被风刮掉,带走了亲切、纯洁、微妙,一切幸福的神话。

第十二章

虽然刚过去的冬天在几乎所有的地区都异乎寻常地潮湿,但佐哈恩·乌里屈·沃斯的探险队被迫驻扎的地方在队员们看来无疑是最潮湿的,因为人们在生活中早就相信大自然的暴行是为了使他们为难。有些经历过考验的人使自己相信通过本能,或通过理智,始终意识到存在着上天伟大的设计,然而可能只有最聪明和最天真的人才能开头就不受骗。

如今,冬天已经变成春天,探险队的队员开始爬出他们的洞穴,懒洋洋地观察灰色的水慢慢缩小,变成黄泥浆。他们不再认为,困境是由于自己的罪恶造成的了。他们虽然身体虚弱,臭味难闻,但很快又以人类善变的本能,妄自尊大起来。他们衰弱的眼睛和较强的阳光做斗争。较高的地方已经显示出好季节的兆头。于是人们舒展舒展肌肉,由于活了下来,便认为大地的一切好东西都是为了他们生长的,甚至认为这是他们受苦之后的收获。有一天,一只灰色的小鸟用嘴去啄挂在洞口旁的树枝,这似乎使他们在已经恢复了自信上产生了一些怀疑。

显然,这只无畏的小鸟不可能设想大自然关心的只有人类,即使特恩诺杀死它,它也不相信。

波尔费雷曼向这位成功的猎人提出抗议时,后者兴高采烈地

回答:

"这有什么不一样!我不打死它,别人也会打死它的。"

太阳发出金喇叭的耀眼光芒。在又霉又臭的洞里待了好几个星期,现在浑身被染上金色,这家伙忘记了他以前是一只阴暗的小虱子了。

于是他清了清嗓子,加上一句:

"你们搞科学的绅士应该知道,小鸟只不过是小鸟。"

他那双几乎是胎儿般的眼睛在那儿直眨巴。以前,他从来没有觉得他和一切人都是平等的。

波尔费雷曼感到很痛苦。

"可怜的东西。"他说,用脚尖碰了一下死鸟。

"别跟我说你从来没有打死过小鸟!"特恩诺嚷道。

别人的同情使他觉察对方的软弱。如今,他也许比一个绅士还高明。

"我知道我打死过许多小鸟,"波尔费雷曼回答,"也许我该为我没有认识到的许多事情负责。"

他说话时的神情,仿佛是要退出探险队似的。

特恩诺生气了。他朝着死鸟就是一脚,把它踢到烂泥和污水的那一边。他迈着滑动的步子走了,越过岩石,去找别的可以杀害的东西,可是行动依然受到大片湿地的限制。

波尔费雷曼希望他能够做一些这类轻松的体力活动,从而重新发现一个目标。有时,一个人老实到不愿在妄自尊大的幻想里逃避现实的程度,他就会痛苦地悬在天地之间,就会容易做祈祷。

这个季节在旱与涝之间,由于天空和水面造成的某种假象,地面的确显得非常平坦,特别是在清晨的时候。这时,探险队的队长沃斯先生走出去试探一下地面的情况。他把裤子卷到膝盖下面,上身穿了一件结实的双排纽扣的短外衣,因为早晨依然相当冷。他笨拙地在泥泞里向前走着,不久就陷入了泥沼。他把脚朝空中猛踢,把可怜的袜子甩掉。站在山洞前铺满丘石的平台上观看的人们,在不同的情况下,可能会觉得他的这副模样十分滑稽可笑;然而现在他们可不敢笑,怕笑出声音来。他们也不像以前那样多嘴多舌了。不该说的话——说明真相的、真实坦率的话——很容易溜出口。

走了一段距离之后,队长认识到继续往前走是愚蠢的,他一动不动地在那里站了一会儿,在浑水或者说泥泞里思考。那么,我必须得回到人们那里去了,他意识到这一点。然而这想法太可怕了。再没有比他们是人更可怕的了。

终于在泥泞里找到了一片硬地,于是探险队能够继续前进了。

此外,绿草轻轻地摩擦着马的肚子或成排地横在地上,硬地用这个方式来显示它的存在。马在不停地啃草,吃得饱饱的,直到肚子发胀,拉下绿色的稀屎。同样,虽然人们仍然像情人或孩子那样边骑边唱,他们的眼睛饱享疏树草原的绿色美景。他们唱那些还记得的、有关动物的童年时代的歌曲;或者唱那些傍晚时分倚在门框等待亲人时,闭着嘴哼出来的生气勃勃的歌曲。这些歌更难记住,他们从不唱歌词。唱这些歌的时候,歌唱者开始颤动或摇晃着身体。这样,在马队通过这绿色大地时,爱与期望给了他们灵感,事实上大地仍然是一片沼泽。头卜传来小鸟美妙多情的啼鸣。清凉、光滑、肉色、挺拔的大树竖立在行进中的骑手前面。不过虽然这些骑手自由自在,并且唱着欢快的歌,却只能让人想起很久以前他们吃过的肉。如今,他们贮存的食物确实很少了,不过现在是很好的季节,有丰富的野味。他们利用这个机会捕食野味,但只是为了维持生命而已,因为失掉希望、前途茫茫,使他们丧失了食欲。萎缩的胃对食物不适应。他们宁可以梦为粮,但吃梦却不能长胖,而且恰恰相反。

在这个绿草、打猎和歌唱的季节里,出现了别的生机勃勃的征象。一个土著人站在一小块灌木丛中唱歌和跺脚,手里挥舞着一支长矛,矛头的倒钩使人想起了鳄鱼嘴。三四个伙伴在灌木丛的树荫下围在歌唱者身旁,但其余的人更害羞,要么他们缺乏表达欢乐的才能。

"无疑,他是一个诗人,"沃斯说,他变得很兴奋,"他的歌的主题是什么,杰基?"

但杰基不能或者不肯讲。他转过脸去。他的喉咙发紧,也许是由于困惑,也许是由于渴望。

队长的热情引起几个白人的不满。

"这孩子没有理由一定得懂他们的话。"劳尔夫·安格斯说,他自己竟然能有这种见解,心里觉得很奇怪。

不过,沃斯还是像一个孩子那样微笑着。

"当然,"他回答,对指责他的人没有生气,"不过,我要过去和这位诗人谈谈。"

队员们石像似的服从了。

沃斯策马过去,心里存着一个信念:他必须直接和这个黑人交谈,最后用胜过语言的同情来征服他们。他那平静的心深信自己会弄清楚那支歌的含义的,并且可以提供所有进一步商谈的钥匙。

可是黑人们全跑了,在那小块灌木丛中留下一股体臭。

被拒绝的统治者回来时,依然宽宏大量地微笑着,并且说:"土著人不能感觉出从放松的肌肉和一颗博爱的心发出来的同情,这真叫人奇怪。"他的队员没有笑。

不过,他们的沉默更令人难堪。从他们洞穴般的鼻孔中露出来的毛,每一根都很独特。

在以后的日子里,一群群黑人显然在跟踪探险队。虽然人数不很多,每次总有那么几个黑皮肤的人在浅绿色的草丛中穿过,或者在静止的树木间突然活了过来。夜间经常能听到笑声、砍断树枝声、更多的歌声,还有大地上的跺脚声。

沃斯继续盘问杰基。

"他们没有透露出一点点意图吗?"他有点无可奈何地问道,"黑人没有说出为什么到这儿来,为什么歌唱吗?"

他们很快乐,男孩子说。

在太阳西下的时候,似乎经常发生这样的事。黄昏降临,德国人看见一只手将一把把红的、黄的赭石抹在已经是黄色的草上。每一个黄昏,黑人们都歌颂神的慷慨恩赐。接受敬礼的神虽然面带淡淡的笑容,却是十分热情的。

黑孩子虽然不像他的主人那么会欣赏宇宙的景色,但他希望太阳慢些西下。大部分时间他都待在德国人的身旁,可是现在,夜幕降临之后,他就在小帐篷的门帘外边缩成一团,那里原是那条猎犬躺卧的地方。

这条狗看起来像一条猎犬,事实上是一条勇敢的杂种狗,是早先一个新英格兰移民送给沃斯的。人们突然发现它失踪了。

"它也许困在哪里,也许被一只袋鼠撕碎了。"沃斯说。

他在外边漫无目的地找它,呼叫迷失的廷克,但一会儿就不再找了,这样一件无足轻重的事不会占据他的心多久的。

"你当然知道那条可怜的杂种狗发生什么事啦。"特恩诺对嘉德小声说。

他经过考虑,选择了他一直信赖的嘉德。

不过,这时嘉德并没有注意听特恩诺所做的结论。他在想自己的心事。

此后不久,他们经过的肥沃的土地开始变得贫瘠了。先是出现一片片连绵的黄草丛,接着便是灰色的滨藜,显然,这里没有下过雨。甚至偶然露头的石英。在这片浅黑的大地的胸膛上也显不出珠光宝气。

一天早晨,特恩诺大声叫喊起来。

"我受不了,受不了啦!"

已经好了的疖对即将再度进入沙漠提出抗议,激动之下,他的牙床流出了鲜血。

别人几乎没有理睬他,或对他的嚷叫只是稍微表示反感,那是因为每个人心里都在为前景烦恼。没有听众,特恩诺便安静下来,摇摇晃晃地接着往前走了。

"我们至少可以摆脱我们的黑朋友,如果他们有理智的话。"劳尔夫·安格斯说,"有理智的人不会离开肥沃的土地到沙漠去。"

"这你不会明白,劳尔夫。"沃斯咧开嘴微微一笑说。

"我有权坚持自己的看法,"年轻人喃喃地说,"不过以后我会把这种想法藏在心里。"

沃斯依然咧开了嘴,他已经瘦得连微笑都办不到了。

这样,探险队进入了地狱的大门,除了滨藜在风中互相摩擦发出的响声和马蹄声外,沙漠中一片寂静。

这个魔鬼般的地方,起先是平坦的,不久就变成弯弯曲曲的冲沟;不特别深,但足以使必须通过的马匹扭伤背部,而这种疯狂的动作也足以弄得人们的身体和神经疲惫不堪。想绕过这个混沌世界是不可能的,必须经过这些冲沟,而远处又会出现另一些弯弯曲曲的冲沟,仿佛在整个大地上匆匆忙忙地建筑起大堤来保卫远方的土地似的。

在远征的过程中,所有有关人员都开始露出心不在焉的样子。在最近骑马越过那片抒情的草原时,他们高声歌唱,已经把青春余留下来的活力唱光了。现在,他们沉默不语,甚至不再去数身上长了多少疮,他们几乎不再关心他们的衰老瘦弱的身体了。黄昏时节,他们感到筋疲力尽,只有意志在头脑里闪烁。它会不会光芒四射地显示出来,还有待分晓。

有一天,他们在黄昏时爬上一个红山脊,一匹马,或者说一匹阉马骷髅(它的眼睛长了白翳,模糊不清,身上只有深红色的伤疤带有一点生命的迹象)绊了一下,无力地叫了一声,跌到山沟里去了。它躺在那里,挣扎着,继续嘶鸣。

除了队长,每一个人立刻提高了声音,咒骂、命令,或者提出什么建议。他们一起嚷了起来。他们大喊大叫,想达到什么目的,自己也说不清楚,只是禁不住要和马一起表示出大家都有的痛苦。

沃斯说:

"嘉德先生,我建议你用枪打死这匹马。"

嘉德下了马,取下肩上的枪,走下坡,很快地把这匹可怜的马杀死了。这是理智可以采取的,唯一的人道行为。不过,罪犯把驮鞍从死马身上卸下来时,他使尽了全身的力量,一度很强壮的身子剩下的体重几乎把他拖倒。他捡起几块石头,用它来砸那匹死马。他缓慢地、恶意地砸,把宽宽的背对着他的同伴,石头砸在马皮上,发出缓慢、沉闷的声音。

沃斯终于用坚决的口气对他说:

"上来,嘉德先生,这样浪费你的精力是很愚蠢的。"

看起来这确实很蠢,也许还很可怕。哈利·罗巴茨尊敬,甚至爱他的这个伙伴,现在觉得他挺可怕的。可是,可怜的孩子,他是一个很单纯的人。

嘉德恢复了以往一贯的镇定,他一回到他的坐骑跟前,探险队就立刻挣扎着继续前进了。他们爬到一个看起来相当大的高地,当然是干旱地,但幸亏是平坦的。

"我想,咱们就在这儿扎营吧。"他们来到几棵歪扭的树下时,沃斯做出决定。

他没有再说什么。有时他不那么乖僻。在这种时候,他是会尊重别人的感情的。

所有的人全都在薄暮中坐下了,用一点温水润润口。水带着粗帆布的味道,或者说,带着一种忧郁的、逝去的文明的味道。

然而,哈利·罗巴茨却跑到月亮沙漠里去游荡,东歪西倒、摇摇晃晃地走着。当真正的月亮升起时,泪水在这个孩子苍老的脸上的皱纹中冷冷地流淌着。他一边漫步,一边啜泣,一边回忆他受到的恩惠。这时,他想起了他的伙伴,那个罪犯对他做过的许多好事。这些显得更加令人难以忍受,也许,这是因为一切人际间的牵挂都必须被砍断的缘故。

在黑暗和月亮交错的地方,这个男孩子突然发现对着他的是一双野兽的眼睛。在感到害怕之前,一切看起来还只是客观存在而已。接着,男孩子才看清楚,那是一双黑人的眼睛。他蹲在一个坑里,身旁有两个女人,她们和他同样地光着身子,同样感到惊奇。她们正在用一根引火棍点燃一把干树枝。这些人的姿态都太傻气了,不可能这样保持下去,男孩子用脚跟磕磕绊绊地往后退着,嘴里喃喃地骂他学会的粗话。黑人一跃而起,比光还快,比夜还黑,跳进最近的冲沟,后边跟着他的两个女人和几乎是独自行动的乳房。

男孩子还在咒骂他遇到的惊吓,以及他一直希望得到的、和他体力相匹配的勇气。这时,他听到土著人的呜咽和远处传来的响应他们的模糊的叫声。后来在他告诉别人这件事的时候,他还记得看见更远处的、第二堆被扑灭之前的火光。

"这样看来,我们并没有甩掉这些可恶的黑人。"哈利·罗巴茨气喘吁吁地对他自己帐篷里的伙伴说。

和他的队员相反,沃斯独自坚定地保持着乐观的态度。

"没有理由不相信,这些黑人不是这块地方的土著,"他说,"这说明我们来到比较好的地方了。"

这种逻辑说服了那些愿意被说服的人。

"这是说不过去的。"沃斯笑着说,"事实上,我们已经不再理睬那些土著人了,现在却突然像一群神经质的女人了。"

"那个时候我们很强壮,"嘉德激昂地说,"而且抱着希望。"

"在所有的人里,你是最清楚放弃希望是很不明智的。"队长回答。

在这种也许是极端困难的情况下,找一些富于人情的格言来安慰他,只能使说安慰话的人自己加强了信心而已。

沃斯掀起门帘走进帐篷时,罪犯嘉德低声对自己说:

"那些日子,我知道我能做多大和多小的事。我知道我要朝哪儿走。现在我却不知道我们该怎么办。"

在这之后,每一个人都上床睡觉了;身边摆着枪,不过睡得很死,因为他们都筋疲力尽了。

早晨,大地铺满了亮晶晶的、冷冷的露水。朝那质朴的高地望去时,就连那些旅行者也感到精神振作了一些,即使只是由于睡眠的原因。

沃斯起得最早,到处用海绵吸收露水,把它挤进一个罐子里,为自己收集一切可能收集到的水分。不久,波尔费雷曼也来参加了他的工作。

"这可以是很富于诗意的,"鸟类学家说,"如果我们低下头,把精力完全集中在这些珠宝上。"

"我知道有些人就是这样得到宗教信仰的。"德国人回答。

信仰受到相当大损害的波尔费雷曼准备接受这个说法,拿它作为一种惩罚。

"是有些人。"他表示同意。

"啊,波尔费雷曼,"沃斯说,"你很谦卑。对男人来说,谦卑是丢脸的。我为你感到羞辱。"

因为波尔费雷曼没有回答,他又加上一句,尽管这句话更多的是说给自己听的:

"我想,不久我们就会知道谁对谁错了。"

如果不是这时从附近的帐篷里传来鼎沸的人声,他很可能继续侮辱那位不抵抗的朋友,并且在金属般的阳光下把自己吹捧一番。因为早晨依然冷得厉害,并且对身体敏感的部分很有传导力。他和波尔费雷曼跑去询问,同伴告诉他们,一把斧子、一个笼头和那个幸存的罗盘在夜间不见了,的的确确是从帐篷里被拿走的。

"先生,是那些黑人干的,"嘉德断言,"如果你允许,我这就去搜查他们。"

"没有证据,我们不能谴责那些土著人。"沃斯回答。

"我很快就会找到证据的。"嘉德说。

"他们不必太费事,只要拉开帆布门帘就成了。"特恩诺唾沫四溅地暴怒地说,"偷我们东西的如果不是他们,那会是谁呢?"

特恩诺和嘉德想起了在吉尔德拉发生的事,浑身颤抖地想说些什么,但因为缺乏勇气,没有再说下去。会不会是沃斯干的呢?沃斯看见发抖的、高大的嘉德,精神振奋起来。

"你看,土著人自己来了。"波尔费雷曼打破了尴尬的局面。

每个人都朝那边看,他们看见几个黑人聚集在不远的地方。阳光和很低的一片雾使他们像是站在一片云彩上,把他们变高了,而且他们瘦小、深褐色、拉长了的身体还给景色增加了原始的纯朴。沃斯被深深地吸引住了,大多数白人也都沉默了。

"很好,"他大声说,"这是满足嘉德没完没了的、追求实质性证明的一个极好的机会。"

"我不明白,"激怒的嘉德喊道,"我可以拿出同样有力的证据。我要朝他们的人群开几枪。"

"等一等,阿尔勃特,我和你一起去。卑鄙龌龊的黑鬼。"纯洁无瑕的特恩诺支持他说,"不过我得先去拿枪。"

"你们不论谁都不能做这样蠢的事。"沃斯厉声说,"我去。你们等在这儿。杰基,注意啦!"他招呼那个土著孩子。

"你和黑人亲近会带来许多麻烦的。一向都是这样的。"嘉德喘着粗气说,"我不能再做梦了。你没有看见我们这些受骗的人瘦得像骷髅吗,沃斯先生?"

"如果你胡思乱想,那是我们不可避免的身体情况引起的。"德国人一本正经地说。

"啊……"嘉德发出呻吟。

可是谁都不说话,就连嘉德也不吭声了。这时,优越的、几乎具有天神风采的土著人在云端上等待着,仿佛在等着给他们宣布判决。

"因为我们的朋友嘉德,对我打算在土著人和我们的心灵之间建立理解和同情的企图产生猜疑,"沃斯终于说,"我要请波尔费雷曼先生到他们那儿去调查我们被盗的事。他至少是不存有偏见的,他会精明地处理这事。"

有人发出叹息。可能是波尔费雷曼,他突然被提到,不由得大吃一惊。他的脸都黄了。

"我当然没有偏见,"他说,淡淡地一笑,"我去。"他同意了,"我只希望能够忠实地执行任务。"他又加上一句。

他不再说了。每一个人都发觉,他——一位有教养的绅士——已经不再能够控制自己的语言了。

"好极了。"沃斯称赞说。

他们所处的境地使他不能湿润他的嘴唇,不过他很有信心,由于一个精彩的偶然事故,他发现了一个揭露心灵真相的方法。

"拿去。"嘉德说,把自己的枪交给波尔费雷曼。

"你要带枪去吗?"沃斯垂下眼睛问道。

"不,"波尔费雷曼说,"当然不。我不带枪。"

"你至少带那个土著孩子去吧。"

"我怀疑他们是否能听懂他的语言。"

"多半不能,"沃斯说,"不过他的出现……"

"不,我去。我把自己交给上帝了。"

他的声音很小。沃斯听见了很高兴,并且悄悄地看看别人的脸。这些脸太瘦了,无法明确地表达任何感情。

波尔费雷曼戴上曾一度是他的棕榈帽的那顶大帽子,确实显得很瘦小。他朝着那群黑人走去,不过步子相当大,很慢、很沉着,仿佛在进一步核实一小块重要的土地的长度。在他往前走的时候,他完全脱离了周围的事物,心里在想着许多不相关的事,有快乐的,也有悲伤的。想到他拒绝接受的他姐姐的爱;想到那个温暖的早晨,他站在那里,抓着马笼头和特雷维延小姐说话;甚至还想到替特恩诺刮酿脓的脸时,两个人得到的满足。因为他为一个特定的目标而献身的决心已经十分明显,过独身生活只能是理所当然的结果。他迈着弹性的、夸张的步子在干地上往前走。在这次奇怪的行进中,他心里是平静的,并且充满了对伙伴们的爱。两边的人都看着他。土著人可能和树一样,但探险队的队员们由于如此不安、渴望、爱或憎,又都变成了人。他们全都想起了在生活的某一瞬间看到的耶稣的面孔,也许在教堂中,也许在幻想里。那时,他们还没有不相信他们所不理解的"人中有耶稣、耶稣中有人"的奇谈怪论。他们全都被这个对某些人来说可能是能够见到的最后的景象迷住了。他们不能再往前走了。

沃斯用一条黑树枝敲打他的腿。

波尔费雷曼继续往前走。

要是哈利·罗巴茨能发出声音,他一定会大声叫喊的。

然后,我们真要倒霉了。佛兰克·勒·墨舒尔心里明白,他的梦逐渐变成现实了。

波尔费雷曼继续向前。

如果他有足够的信仰,他会知道该做些什么;但他怕极了,心里一片空白,他只能诚实地说,他爱一切人。他把手掌给土著人看。手里当然是空的,只有写在上面的命运。

黑人们仔细地看着闯入者的白色的手掌,看长着奇怪眼睑的眼睛,被它们强烈地吸引住了。所有的人,包括闯入者在内,都把注意力集中在一个神秘之谜的核心上。黑人很快就可以看见白人皮肤里的东西了,白人的皮肤被早晨的阳光所美化,变成了透明的,像清澈的水。

有一个黑人非常庄严地打开白人之谜。他投出他的长矛。它刺进白人的肋部,垂了下来,颤动着。一切举动现在都显得很笨拙了。笨拙的白人脚尖朝里地站在那儿。肌肉发达、感情冲动的第二个黑人,拿着一支短矛,也可以是刀子,冲了过去,把它刺进白人的肋骨中间,很容易就捅进去了。

"啊,哈……"波尔费雷曼笑着,因为他不知怎样才好。

他脚尖朝里。

但死死抓住生命的碎片。

两个圈子已经在转了,白人的圈子是蓝色的,愈转愈快。

"啊,主呀!"他说,跪了下来,"要是我健壮一些该多好。"

不过他的声音像水在冒泡。他的血痛苦地从一个洞口流了出来,苍蝇已经嗅到血腥味了。

极大的压力从上面压了下来,迫使他耗尽最后的一点气力,在这之前他心里重复着:啊,主呀,主呀,主呀!显然,他失败了。

这时,哈利·罗巴茨喊出声了。

接着,嘉德开枪了,没有特别瞄准,但那个肌肉发达的黑人慌乱地捂着肚子在地上打起滚来。

沃斯高声喊叫。

"谁都不准开枪,向这些人开枪只能使情况恶化。"

因为这些人是他的人。

不过,所有的黑人都从那儿飞快地跑掉了,只有那第二个凶手绊了一下,摇摇晃晃地叉开双腿站在一块石头上。接着,失去控制的暴动的人群把他扔进一条涧谷里。

探险队员来到波尔费雷曼先生身边,还没把他抬起来,他就已经死了。没有一个幸存者不觉得自己那一部分已经死了。

人们在极硬的土地上掘了一个墓。这时,死人的眼睑已经变厚了,黑色的血已经在伤口凝结了。死亡把他变成了蜡像。

沃斯憎恶地想起,虔诚的农民为了礼拜类似的偶像,把膝盖都磨破了。在蜡烛中间,罗拉·特雷维延也很像蜡像,屠杀的惨剧发生的时候,她的脸曾产生过谴责他的表情。不过他把她和苍蝇一齐赶走了,并且说话时非常烦躁,因为肉体和蜡烛一样,原来就是要融化的。

"愈快把他埋葬愈好,"他说,"天气这样热。"

"我们一定要举行葬礼。"嘉德咕哝。

"我觉得不举行的好。"沃斯回答。

"我做不到。"嘉德回答。

佛兰克·勒·墨舒尔的消瘦的脸淌下黄色的汗,拒绝了。

"我做不到,"嘉德一边跪在石头上,一边重复说,石头旁边的壕沟就是准备用来埋葬死人的,"如果我读过书,我就会主持的。"

他得承认,这一点使他非常痛苦。

最后,劳尔夫·安格斯读祷文。他一再改正,因为祷词太深奥,他不能理解。他受到的是绅士教育。

可是,真理却以炫目的光芒照亮了愚昧的哈利·罗巴茨的心田。他懂得祷文的含义,在他们把波尔费雷曼先生的遗体放下壕沟时,他看见白鸟从他肋部的洞口飞了出来。

至于嘉德,他为人类的苦难而哭泣。如果他还没有受尽所有的苦难,至少也受过相当多的苦难。

当天下午,队长出来寻找那个黑人的尸体,他说他们也应该把他埋葬,但看来土著人已悄悄地带着它走了。于是沃斯转回来,罗拉·特雷维廷的忠诚以及苍蝇都使他十分恼火,赤诚的心不允许她不去照顾他。她在他后边吃力地慢慢前进,越过许多石块,还有基督的像。他很想大声叫嚷。

可是当他来到距营盘一百码左右时,他的注意力被什么东西的闪光吸引住了,那是玻璃,里边是被人偷走的罗盘的针。

"嘉德先生!"他洋洋得意地喊道。

嘉德来到之后,他指着那块地方。

"这就用不着我们来决定谁拿罗盘了。"

他哈哈大笑。可是嘉德已经被折磨得够苦的了,他默默地站在那儿,注意看一直指着光秃大地的那个小箭头。

天色已经很晚,由于最近遭到巨大的灾难,每一个人都浑身疼痛,就像骑着马在最最崎岖的原野上跋涉了很长距离那样。于是,大家决定第二天早晨再继续往前走。下午的时候,嘉德沿着牲口走过的路(大致在营地的南边)往前走,发现它们聚集在河边。一般说来,路是干的,尽管路上还有一些可以走过去的水坑。牲畜是被水坑吸引来的。瘦马站在那儿,让一只疲倦的马蹄得到休息。它谦卑地颤动着它的感恩的卜嘴唇。一只残存卜来的山羊一动不动地注视着新来的人,暂时允许他加入牲畜的队伍。

这只人兽参加了它们的队伍,在灼热的河岸上坐了一会儿。也许是和牲畜相处终于唤醒了他的人类的智慧,因为和他们在一起的时候,他体会到刀的威胁,它总在牲畜的喉咙旁。

"我一定不!我一定不!"他终于喊道,消瘦的身体颤抖着。

不是神秘的沙漠,也不是耶稣的变容,只有他自己肥沃的土地才是一般人的归宿。因此,他非常怀念他妻子饱满的胸脯,那个即使脱掉衬衫也会散发出新鲜的面包气味的胸脯。

那天傍晚,为了翌日一早就出发,人们已经把帆布水袋装满水,正在心不在焉地啃硬饼和干肉。嘉德走到他们的队长跟前说:

"沃斯先生、先生,我觉得我们不想再往前走了。我考虑过这个问题,决定现在就转回去。"

有些人听到有人表达出自己的想法,都屏住了呼吸。他们朝前坐了坐。

"你不知道你是在我领导下的吗?"沃斯问,不过态度很冷静,现在事情终于发生了。

"我不再是了。"嘉德回答。

"你太累了。"队长断言。

他最害怕的事情得到证实之后,倒使他坚定、清醒,甚至有点儿高兴。

"现在睡觉去,"他说,"我不能允许自己去怀疑一个勇敢的人变成胆小鬼。"

"如果前后都是地狱,中间无路可走,这不能说是胆小。"嘉德抗议说,"我决定回家。即使路上遇到灾难,我也要回家。"

"那么,我对你不再存什么希望了。"沃斯说,"在大事业面前,没有大志的人畏缩了。这样回去,但愿他能受得住孤单一人归途中的艰辛。"

"我是一个平凡的人,"嘉德说,"不大懂得不平凡的事。不过我可以信赖自己。"

沃斯大笑。他坐在那儿从一个小石堆里挑选石头。

"我要回去了,"最后嘉德说,"我带领和我同心的任何人。"

"那么,考验的时刻来临了。"沃斯把一块可恨的石头投向黑暗的空中。

特恩诺马上跳了起来,扯大嗓门叫喊,像一只从砧板上逃脱的母鸡。

"你可以指望我,"他嚷得太快了,"劳尔夫也来。"

"替你自己讲话,"安格斯厉声说,被这样一个还算是他朋友的废物剥得赤裸裸的,他觉得很羞耻。

"毫无疑问,其他人必须在明天早晨做出决定。"沃斯说,"先生们,晚安。你们还有几个小时。晚上还凉快,便于思考。"

说完,他爬进了他的帐篷,他的举动并不显得太笨拙。

在星光之下,即使是痛苦的,但情况明朗化了。到了第二天早晨,每一个人就会知道他必须招供什么了。有时,结论太明显了,不用说人们也知道。比方说,佛兰克·勒·墨舒尔,除了跟着队长走,别无他途;而沃斯在看过他写的东西之后,连做梦都不会怀疑他的忠诚,要他拿出证据。佛兰克正在忙着把东西捆绑和扣紧。他仍然很看重他的那个本子,他把它收藏在什么地方了;不过他不再写了,似乎什么都写完了。

特恩诺在喋喋不休地说个不停。恢复清醒的头脑之前,隐藏在所有人心中的疯狂特色都显示出来了。

"我不吃东西,阿尔勃特。"他狡猾地说,"我们不用带那份粮食就会大大减轻载重量了。一个人只需要多么少的一点食粮,这真令人吃惊。我将成为一个聪明人,你就瞧吧。他们说,粮食只能使头脑麻木。"

正在这个时候,德国人走过来了,他坚持公平地分配他们的物资。在这苍白的早晨,他和嘉德很自然、很友好地处理这些事。虽然他们身上发抖,牙齿打战,那是由于天气寒冷。

"还有罗盘!"沃斯笑着说,他已经变成一个瘦瘦的、高雅的、通情达理的人。

"我不需要什么罗盘。"高大、快活的嘉德笑着说。

劳尔夫·安格斯走近他们时,显得摇摆不定,很需要马卡油——这种发油可以让一位年轻、漂亮的绅士增加一半信心。

"我已经决定了。"他说。他整夜都在做决定。

"是吗?"沃斯问道,他心里明白,也愿意原谅他。

"我决定和嘉德同命运,"安格斯说,在冷风中流着汗,"我跟他走。我觉得再往前走,深入荒原,是有问题的。我有足够的土地。"他突然顿住了,没有提土地的面积,因为这样就显得格调太低了。

"那么你很富有啰?"沃斯认真严肃地说。

"我是说,"不快活的年轻人结结巴巴地说,"沿海一带有着大片土地,足够任何人合理的要求。"

这时,成为他领队的罪犯嘉德把强有力的手放在这位地主的臂上,要他去做点什么事。

"好吧。"劳尔夫·安格斯粗暴地说,但表示出绝对服从的意愿。

他去做了,与此同时,也把自己交给了嘉德。因为嘉德的双手是有力的。这可能是一个聪明的做法,尽管这位年轻人自己认为他背叛了他的阶级,现在是,永远是。

在最短的时间内,一切都准备好了。他们为离别做准备时,几乎一直是平静和友好的,这一点,没有非议。不过,到了分别的关头,人们的动作变得粗鲁和不自然了。两队人分手的时候,每个人都记得别人太熟悉自己了。结果,没有人心里真正想回过头去。

只有哈利·罗巴茨喊他的朋友:

"那么,再见了,嘉德先生。"

他们忘记了哈利。当然,他是个孩子,而且是个傻瓜。连嘉德都忘掉了他。嘉德感觉到孩子对他的爱慕,同时,也一直知道他一定会失去他的。

"啊,再见啦,哈利。"罪犯回答,现在他感觉受到了指责。

他清了清嗓子,声音不太清楚地加上一句:

"你离开我了。我没有想到。"

虽然事实并非如此。

"我原想跟你走的。"孩子开始说，又犹豫了。

那么，为什么哈利没有跟他走呢？没有理由，除了他不情愿。

"要是我愿意，我就会跟你走的。"他冲他的朋友嚷道。

他用脚后跟去踢马的肚子。

"不过我不愿意，"他嚷道，"那么，走吧！啊，走吧！否则我要踢断你的肋骨！"

两队人马现在向相反的方向走去。除了哈利·罗巴茨——命运在折磨着他，其他的人，精神多少恢复了。黑人杰基仍然在德国人的右边，在他跳上蹒跚地往前走的瘦马时，咧开嘴笑了。有许多事，这个年轻的土著是不能理解的；不过，至少他没有死。这条联结马队的、看不见的线慢慢地断了。最终，除了一个写着"波尔费雷曼先生之墓"的圆锥形小石冢之外，大地上没有再留下探险队一点点痕迹。

第十三章

尽管波恩纳先生挣的钱足以让他从卑微的出身中解脱出来,不过他倒从没企望取得绅士门第的资格。他把这种奢侈留给他的夫人享用,而她则既因此大得荣耀,也为之受过不少惩罚。这位商人从前吃过当小听差的苦头,领略过当替罪羊的下手的滋味,也尝到过给好几个严厉的上司当机要职员的味道,因此他能充分享受钱的妙用。唉,他的确钟爱那使他免受生活打击的财产,他心里这么想。在生活的历程中,他竟然忘记了人其实比一个掉了硬壳的牡蛎还容易受伤害。生前安全,死后安全——商人最喜欢的莫过于这种感觉了。因此,他总是算计着花多少钱,从谁那儿,有可能用钱换取对他自己的拯救,以便保证他最后走进的是对头的杉木门。他早就私下开始为各种各样的教派大笔捐款,包括那些他赞成的教派。

不过对男人来说,探求知识并不是什么需要严肃对待的事情,更不要说精神上的探求了。他乐于让女人们,或者是有点滑稽的什么专家去想这些。如果说他体验过任何精神上的渴求的话,那就是他走出屋子为他的山茶树摘去多余的花骨朵儿。这活最能使他的精神渴求得到满足,虽说还不是彻底满足。这些漂亮的、闪光的、严严密密的、不透风的山茶树是他亲手种下的,它们随着他的发迹长得越来越大。尽管这些花最终由于被照顾过头而不无缺陷,随着季节的变更,那总也不变的常绿的魅力也变得让人腻烦;然而对他的期待固定不变的报答,恰恰是他所欣赏的。再比如说,他心目中的上帝。如果波恩纳先生的上帝不曾使人腻烦,那他也许早就怀疑上帝了。正相反,他对神的意旨的尊重,十分接近他对自己意志的尊重。他多年来一直干着他认为是人们称许的好行业,直到现在,这位布商才开始感到有什么意料不到的可怕的事将要发生了。

是波恩纳先生的外甥女罗拉·特雷维延,使他充实的世界受到了震撼。

"我们想劝特雷维延小姐试试海水浴。"

这一次,他转过玻璃隔墙,等着他的主要助手帕勒硕彼合上手里在翻动着的那本总账。

"你觉得海水浴怎么样,帕勒硕彼?"波恩纳先生问道。这在他看来实在是不耻下问了。

帕勒硕彼从年轻时候就认为,发表任何看法都是危险的,便小心翼翼地答道:

"先生,照我说,这全得看这个人的身体状况了。"

"很可能是这样。"他的老板不无失望地附和道。

"不研究一下身体状况,就不可能提出任何意见。"

帕勒硕彼暗自希望他就此得到解脱。

可波恩纳先生把裤子里的钱弄得当当响。他的当当响的钱,帕勒硕彼就是从这中间得到他那用任何标准计算都不算低的工资的。这商人还算慷慨,因为他讨厌争执,讨厌不舒服。这会儿,很自然,他觉得自己的权力被人愚弄了。

"可你认识我外甥女。"他叫道,多少有点不耐烦。

耽误时间总是使他恼怒。

"的确,先生,"帕勒硕彼承认,"我认识这位年轻的女士,但只是一面之交,而不是通过科学研究有所了解。"

没人能不同意帕勒硕彼的话,但其结果就是他在事业上的发展到此为止。

他没有野心,殖民地的空气并没有摧毁他为某个主人服务的愿望。他和他的夫人都属于"脚垫子阶层",当然是属于那些高质量的完美的脚垫子一类。这两口子有时也议论议论踏在他们身上的那些脚,或者更准确一点说,两人互相摆摆情况;因为议论就隐含着批评,而帕勒硕彼夫妇是从不批评任何人的。

例如,帕勒硕彼太太会这样拉开话题:

"我真觉得,这条佩斯利细毛披肩比我原来想的还要适合我。帕勒硕彼先生,你难道不觉得这披肩实际上很适合我吗?"

"当然,当然,很适合,是很适合的。"她的丈夫热气腾腾地答道。

因为这会儿,和平时一样,他们正在抿着茶。他们两个既近又远。帕勒硕彼夫妇两人在一起时总是这样的。

"这种图案很适合我,我比较苗条,所以披着特合适。而胖太太们,我可不是在批评谁,你知道我可没这习惯,不过波恩纳太太总是忍不住要买大花图案的。"

"波恩纳太太生性慷慨,几乎可以说到了一种令人发窘的地步。把披肩送给别人,这简直是慷慨的表率。"

"噢,我是很领情的,帕勒硕彼先生,这举动简直是慷慨之至。波恩纳太太的性格当中最根本的就是慷慨给人东西。她总是硬塞给人礼物。"

"而且又只用过那么少的次数。这条佩斯利披肩是六月份买来的那批东西里头的,我记得很清楚。有些女士的确觉得这图案有点太花了。"

"可是个人品位不同。"

"即使是高雅的口味也可能不同。我们不能否认波恩纳太太的品位是完美的。是不是,伊狄斯?"

"噢,别让我难受。帕勒硕彼先生,好像我会有这个想头似的,品味不完美!"

"贝尔小姐也一样。"

"咱们也别忘了可怜的特雷维延小姐。"

"不会的。"

"当然,她是个很有思想的年轻姑娘,有时候未免太文静了。"

帕勒硕彼夫妇抿着各自的茶。

"那小姑娘长得漂亮起来了,不过人们会说她太严肃了。"帕勒硕彼先生重又提起话头。

"活脱脱的就像,恕我直言,就像特雷维延小姐。虽然啦,这纯粹是个巧合,那小姑娘又不是她生的。"

在这种气氛下,帕勒硕彼夫妇的确喝茶喝得热气腾腾。

之后帕勒硕彼太太问道:

"你说探险队走了有多久了?"

"我的确把这记下来了,就像我把所有要紧的事都记下来了一样,不过不翻翻我的日记,没法儿给你个准日子。"

"那我就不麻烦你了。"帕勒硕彼太太答道。

她搅动着杯中的茶。

"帕勒硕彼先生,那个沃斯先生,我从没问过,可你不觉得他,至少有点像个,唔,我不想显得俗里俗气,像个相当奇怪的人吗?"

"他是个德国人。"

帕勒硕彼太太这时便以超凡的勇气问道:"你觉得波恩纳先生会接受这么个德国人吗?"

她丈夫换了个姿势。

"我不知道,"他说,"我也不便于去打听。"

等到他夫人完全折服了,他又接着说:

"不过,通过长期与我的老板的相处,我所确知的是:波恩纳先生对他所不想看见的东西总是视而不见的。整个悉尼都在等着他摘掉遮眼罩呢。"

帕勒硕彼先生尖声笑了起来,充满了感情,简直有些不像他本人了。

"整个悉尼?瞧瞧,这难道不有点夸张吗?"

"我亲爱的伊狄斯,"帕勒硕彼先生说道,"如果不让一个人有片刻的放松,那么他到哪儿去找娱乐呢?"

他的夫人叹了口气,表示赞同;她总是表示赞同,因为她对他实在是太满意了。

而后,帕勒硕彼夫妇继续抿着他们的茶,他们自己的肤色属于那种高贵的乳白色,就像他们从老家带过来的杯子一样,绝不是质地粗糙的货色。他们静坐着,倾听着肚子里发出的有些感伤的伴奏。很快,他们便冒着雨到福拉姆那一带散步去了,那一带是他们陶冶心情的环境。

没有人能挑帕勒硕彼夫妇的刺儿,这就使他们越发让人恼火,正像波恩纳先生如今原想听点别人的意见时所感受到的那样。帕勒硕彼察觉到了这一点——他总是能察觉到的,因而他赶快抚慰对方。

帕勒硕彼说道:

"我相信,短期的海水浴对这位年轻小姐的身体会有好处的。"

"不是为了她的身体,帕勒硕彼。"商人答道,"或者说,既是,也不是。"

"噢?"他的下属似有所悟,带着那种了解上层信息所特有的声调。

"整个来说,我不知道这是怎么回事。"

而后,那商人便走开了。他很是失望,不再过问这件事情。

波恩纳先生登上了正等着他的四轮马车,这车每天这会儿总是等着他。他把腿脚在车上摆好,然后把腿伸了出去,对车夫说要在陶德曼店前停下。就是在这儿,他们用那三个梨子大敲了他的竹杠,那是装在一个小盒子里,好好地躺在叶子中的梨子。这时他坐在昏暗的关着门的马车里,手中拿着这一盒昂贵的梨子,他被梨子浓郁的香气围绕着,甚至逐渐被梨子的金色光泽所笼罩。他希望他准备给他外甥女的物质礼物能够表达他的声音和表情中所缺乏的那种感情。在这马车中,他感到有些孤寂。

他们走上了通往在泼滋角的住宅的石板路,这地方早已不再让他觉得愉快,这时他本想叫住马车,徒步走上车道,好能延缓到达的时间;但他叫车夫的声音由于马车吱吱咯咯作响让人听不清楚,因而他的声音小得只有自己能听见,况且他也不愿意掀起隔在他和车夫间的布帘子跟车夫说话。因此,马车继续拉着他往前走,他很不高兴,直至到了那里,马车嗒嗒的在门廊下停住。

车门已经打开了。

"噢,先生,"贝蒂打着招呼,她是来接替死去的露丝的众多姑娘中的最后一个,"罗拉小姐真的病了。"

那商人刚从马车中好不容易钻了出来,表情有点不自然,手里还捧着他的梨子。这是一个灰蒙蒙的令人不舒服的下午。

他不愿意给这姑娘一个由头让她说起来没个完。她瘦骨伶仃,穿着件别人给她的裙子。于是他只嘟囔了一声,发出来的不像是人声。

"啊,波恩纳先生,"他的夫人站在楼梯上冲他招呼道,他就更不好躲开了,"我正要派人叫你去。是罗拉,她病得不行了。我叫了巴斯大夫,他刚走,一点也不管用。那个年轻人,我要告诉我所有的熟人,他竟然当着我的面查一本书,未下诊断。任何一个有经验的人,甚至连我都知道这是脑膜炎。波恩纳先生,老实说,我真简直要急疯了。"

的确,她的戒指正蹭得他极不舒服。

波恩纳先生顺着软软的楼梯往上走。熟透了的梨子在小盒子里松动起来,尽管它们的质地让人无可非议,但仍然在盒子里又跳又蹦,好像是什么硬邦邦的便宜货。他早就不喜欢这幢房子了,自从贝尔去了以后——金色的贝尔,闻上去总像熟透的梨子;他大概是糊涂了,那些在可恨的夏天和可恶的冬日之间的无忧无虑的日子。

"那么,我们去叫克尔维宁大夫好了。"波恩纳先生听到自己的声音奇怪地响着。

"噢,亲爱的,你真是个好人,我们早就知道的。"他的夫人正戴着一手戒指,用一小片细麻纱抹着眼睛。

波恩纳太太的熟人中,没人不知道克尔维宁大夫会要出什么价来,这大夫也因此成为市里最好的内科大夫。

波恩纳夫妇走向他们外甥女房间的时候,两人可说不上是在互相慰藉。生活已经超出了他们所能应付的范围。

罗拉正躺在她那漂亮的床上,茫然的眼睛四处张望。在紧急的情况下,还没有人把情况给那依然莫名其妙的商人讲个明白——波恩纳太太把她外甥女的辫子解开来。这会儿,那乌黑的、散着热气的头发让做姨父的很不舒服,他这个人不喜欢任何有点不整齐的东西。他也记不起是什么时候,最后一次踏进他外甥女的房间的。当时,这房间给他的印象是小小的秘密扔得哪儿都是,以致他不得不小心翼翼地走路。他的每一步似乎都含有歉意,他那肥墩墩的、厚实的身躯看上去十分古怪。

罗拉不得不转过头来,她说:

"我很抱歉给您添了许多麻烦。"

虽然说话很困难,不过她还是用薄薄的嘴唇说出了这么一句莫名其妙的话。

波恩纳先生喷了喷嘴,更加小心翼翼地行动,以弥补他的不足。

"你该静静地躺着。"他小声地说,模仿他以前在病房中听到的,别人说过的话。

"其实没有什么,"罗拉说,"不过又是一次莫名其妙的小病,说不清楚是怎么回事。"

她的下巴讲起话来是那么沉重。她那僵硬发烧的身躯到现在已经没有什么要紧了,她可以在其中自由自在地游动,身躯的确是无足轻重的。然而,在阵阵高烧的间歇中,她却像个白痴似的那么自在,甚至能听得进去她姨父和姨母很费劲说出来的安慰她的话。

"噢,亲爱的,亲爱的,亲爱的罗拉,"艾美姨妈喊道,"我们竟要受这种痛苦。弄不清楚到底是什么病,这我可真受不了。不过你姨父就会叫来好大夫的,他会解释明白这一切的。"

在紧急情况下,波恩纳太太总会把她自己那种简单思维转移到她身边其他人的身上,对他们说话就好像他们真是小孩子似的。

"你就会知道的。"她接着说。

她在抚摸——抚摸她年轻的外甥女,为了把她保护起来,或者为了给他们的痛苦找出个原因。

她透过悲剧性的距离看着这两个老孩子,罗拉·特雷维延觉得自己更老得不可忍耐。要是她能给他们干点什么就好了,可她却不能。即便彻底恢复健康,她明白,她还是没法为她姨父、姨母干任何事。

这时,波恩纳先生清了清喉咙。他夫人的话拯救了他,他用年轻人的声音说道:

"对了,叫大夫。我这就把吉姆叫来。他要不了两秒钟就到。嗯,我马上写个条子。"

"要是他正吃饭呢?"他夫人忽然想起。

"我会让他觉得不吃饭是值得的"那商人说道。

在适当的场合,他是个有魄力、有影响的人。

这会儿,他开始干他的事,他已经把那些不幸的梨子丢在屋子暗处的壁桌上。这些柔软的、无辜的水果似乎要把它的弱点公布于世,而他则希望能将它隐藏起来。

那些梨子反正就在那儿了,即便罗拉·特雷维延和波恩纳太太一时没注意到。波恩纳太太继续焦急地照顾着她的外甥女,一会儿端进来一点温水;一会儿端进一碗又香又浓的肉汤,这汤被从厨房端出来时泼洒了不少;一会儿又端进一碗形状很好看的牛奶冻。当她外甥女拒绝吃所有这些东西时,她充满感情地大叫道:

"我还能干点什么呢?亲爱的,告诉我,我一定去干。"

就好像她们之间有什么怨恨似的。

"我不要你做任何事。"罗拉·特雷维延说道。

她早闭上了眼睛,脸上挂着一种波恩纳太太极想知道是什么意思的微笑;但这姑娘其实正被内热和极度衰弱的身体煎熬着,甚至不可能对她抱有任何想象中的怨恨。

即使如此,她外甥女低垂无力的眼睑使波恩纳太太又一次悔恨交加。

"那些生病的人,"她抱怨道,"他们倒还舒服些。他们可以躺在那儿,而我们这些身体健康的只好受罪。我们才是软弱无助的人呢。"

作为她无可奈何的最后一招,她在她外甥女额头上敷了一块浸了过多科隆香水的手帕,同时继续不断地发掘着她那些深埋着的罪孽。

就这样,这一夜在繁忙和焦虑之中度过了。克尔维宁大夫到了,巴斯大夫也转回来了;男人们的靴子在楼梯上响个不停,而男人自视清高的特性也得到了充分发挥。如果说年轻的巴斯大夫的无知尚可以指责,那么克尔维宁大夫的知识与经验究竟能做到哪一步也还有待发现。当然这个显赫的内科医生自己曾几次暗示,同时不断地微笑,说他是专为女士们求医问病的。再说,波恩纳太太对他漂亮的袖口抱有极大的信心,这些袖口用纯金的菱形袖扣扣在一起,中间镶有红宝石,当然宝石的大小是恰到好处的。

"再就是饮食要清淡,"那地位显赫的医生说道,"要喝汤。"

他微笑起来,"汤"这个字立刻变成个很神秘的字眼,就如同从他的舌上雾气腾腾地升出来一般。

波恩纳太太不得不向他微笑。

"这多有营养啊。"她叹息道,她自己这会儿似乎已经获得了营养。

可她丈夫不愿意对这样的治疗做出反应。他开始显得狡猾,他把眼睛眯缝起来。克尔维宁大夫后来私下里对他熟识的一位太太说,那商人说话是那么直截了当,简直像个平民老百姓。波恩纳先生这时说道:

"是的,大夫。不过我外甥女究竟得的是什么病?"

他夫人开头担心,他这么莽撞会让人不高兴。

"波恩纳先生,"大夫说道,"要确切诊断是什么病,现在还为时过早,也许是几种热病中的一种。我们还得观察,还得照料病人。"说到这儿,他对波恩纳太太笑了笑,她也十分忠诚地回报他一个微笑。

"噢。"那商人答道。

"我还是觉得这是脑膜炎。"波恩纳太太冒出来一句。

"这很有可能。"大夫叹息道。

"我想知道这发烧的原因,"那商人说道,"什么事都得有个缘故。"

这时,大夫放声大笑,他拍拍波恩纳先生的胳膊,便上了路,后面跟着巴斯大夫。波恩纳太太这会儿早已忘了他那让人脸红而又实在的无知。

　　罗拉·特雷维延被高烧整整折磨了一夜,她不断地高喊说头发割痛了她的手。她自己的头发确是又热又重,但却很柔软。波恩纳太太几次试图把她头发整理一下,好让病人能舒服一点。

　　"噢,太太,这太可怕了。"新来的女用人贝蒂说道,"想想看,他们兴许会把这头发剃掉,这太可怕了。这么漂亮的头发呀。韩拉汉小姐就是得了猩红热,结果把一头头发全剃掉了。不过是卖给一个想给自己头发做衬垫的太太了,所以也不算真的白扔。韩拉汉小姐她自己又长了一头漂亮头发。"

　　"睡觉去吧,贝蒂。"波恩纳太太说。

　　"我想陪特雷维延小姐一夜,如果您允许的话,太太。"女用人提议道。

　　但波恩纳太太下定决心要自己来背那沉重的十字架。

　　"我永远不会原谅自己的,"她大声说,"如果出事的话,这是我亲外甥女呀。"

　　女用人走后,她像是要远行似的,着实准备了一番:大披肩,苏格兰斗篷,还有一本她在任何紧急情况下都拿在手里的布道书。一会儿,她的丈夫走了进来。他独自一个人坐在像沙漠般的房子里,感觉无法再忍受了。这种感觉并非突然之间,也不是今天一晚上才有的;也不只是波恩纳先生一个人的感受。这两个人,不时地互相看着,希望得到拯救;他们开始意识到,他们的生活是个一直不断受侵蚀的过程。感情的绿洲使得沙漠稍能被忍耐,直到这会儿无名的烈焰威胁着要烤干任何这样的避难之地。

　　波恩纳夫妇就这样无助地游荡着,想着他们那个被毫无心肝的大自然带走了的,白得几乎透明的孩子;也想着这个肤色略暗的、看不透的孩子。这孩子从来就不曾真正属于他们。

　　夜里,有一次罗拉·特雷维延拼命想控制住床单,抬起身来向前倾;倾得太厉害了,很自然地,她的脸被正抬起头的马撞了一下。她觉得自己再忍受不了那痛楚了。

"缰绳!"她叫道,她极力让自己毫不畏缩,"我们把缰绳忘在休息地方了。"

当她多少镇定了一些后,她很安静地说道:

"你们不用害怕。我不会让你们失望的。即使有时候你希望我让你们失望,我也不会的。"

她继而又说,带着明显的欢快:

"是你的狗,它正舔你手呢。可你皮肤真干燥啊。噢,湿润真舒服呀!"

这样说着,她的头在枕头上转动着,充满着喜悦和感激。

这种情况会使帕勒硕彼夫妇很高兴,而会使波恩纳夫妇感到困惑不解;不过前一对夫妇不在场,而后一对却正在他们的硬红木椅子中睡得时而蜷成一团,时而来回摇晃。

这一帮人从波恩纳空荡荡的房子里顺着可怕的黑大理石楼梯走了下来,继续往前走着。马蹄时而会在崎岖的突兀的岩石上敲出火星来。

自从探险队分为两支以后,由沃斯率领的一支似乎以更轻松的步伐向前挺进。很明显这是必然的。所有在他指挥下的人,包括那土著男孩,都被他们那带头人的炽热的感情所触动。他们喜爱那个干瘦的、长着胡须的脑袋,并强制自己不去理会这一点:这个骷髅里头的蜡烛很快就要烧尽。

在人们和谐一致的氛围中,任何一件可能影响人类尊严的事——例如木排的意外,或是指南针的遗失——都被遗忘了。这一帮人中的每一个,甚至包括不愉快的哈利·罗巴茨(他内心经常充满矛盾)都成为那个人,即他们的队长的替身。那黑人就不大好说了,或许除了队长他自己以外,没有人不想甩掉他。事实上,其他人都盼望着能减少一个人,这样他们就能享受三位一体的状态了。

真正值得同情的是那些骡子和几匹苟延残喘的马,这些牲口是毫无幻想的慰藉的。它们忍受着命运,骡子阴沉沉的,马则疲惫不堪地忍耐着,它们再也不去找那根本不存在的植物了。如果能允许它们去死,它们会很情愿,可是时不时地,它们又得到一星半点的希望。有一次在一块红沙堆上有一小片灰蒙蒙的草;又有一次它们把几间土著人的旧房子顶上铺的草吞了下去,一边咽一边呻吟。吃完之后,便站住不动,干瘪的唇上长着的不自然的长毛颤个不停。暂时,它们的肚子填满了,但是漫长的白天却还是无法打发。

相对说来,夜晚要更短暂而且更细腻一些,不管是对人来说,还是对牲口来说。因为这时各种欲望和打算不再那样令人难以忍受,这都让位给同志情谊、梦想和占星术了。这当然是对人来说的,对马来说,则是纯粹的生存。当他的绿色的肉体受到露水的浇灌,每夜产生着天堂般的植物时,除了沃斯,再没人关心他的骨头是否会从土地上再次爬起了。

他们丢掉了帐篷,因为他们过于衰弱而且疲劳,不管怎么样都不会有力量支起帐篷来的。于是,三个白人便一起蜷缩在火堆旁。同样只剩下空架子的马似乎也因为相互靠近而感到舒服,它们的脊背高高拱起对着黑漆漆的露天,卧在一起,和它们失去理智的主人相距不远。那时,一切都结合在一起了,在汗的气息中,在肉体微弱的温暖中结合在一起了。

沃斯有一次这样说道:

"哈利,你没和你的朋友一起回去,你不遗憾吗?"

"什么朋友?"那少年含含糊糊地问道。

"当然是嘉德了。"

"他是我的朋友吗?"

"我怎么会知道,如果你自己都搞不清楚。"

德国人一半在恼怒,一半在欣慰。

这时,少年又开口了,眼睛盯着火堆:

"不是的,先生。如果我一起走了,等到了那儿,我会不熟悉的,就不知所措了。"

"你会很快重新学会的。"

"我也许会学会给你擦靴子,要是你也在那儿的话。可你不会在那儿的。那也就不值当了。在你教了我好些事儿以后就不值当了。"

"教了你什么事?"沃斯轻轻地问道,在脑子里他是大声喊的。

少年安静了一会儿,有些不好意思。

"我说不清,"他终于怯生生地说,"我说不出来。可是先生,我想,我知道为什么活着。"

黑暗中他的脸羞红了,因为他的话是那样地不能表达他的意思;然而他那衰弱的、发着烧的身体却在像一颗星星一样时明时暗地活动着——确实,他还活着。

"活着?"德国人笑道。

他大声地笑着,以掩盖他由衷的喜悦。

"这么说,我教给你了些可耻的东西。他们可该大骂我了!"

"我很高兴。"哈利·罗巴茨说。

冷风从无际的黑暗中刮进来,德国人打着哆嗦,黑暗中有几个小亮点在闪动。这样,由于被他征服的人的这一番话,他延伸了开来,直到他占据了整个穹苍。这么说是真的了。他所有的疑虑都冰释了。

"那么你呢,佛兰克?"他说道,或者说是不顾一切地再次喊道,以致一匹老牝马惊得竖起了耷拉着的耳朵,

"难道我没教给你什么东西吗?"他问道。

"教给我去等待上帝的惩罚。"勒·墨舒尔没怎么太想就答道。

他们坐在无情的大沙漠中,这样的回答在这里听起来倒也是很合乎逻辑的。就像物质正是其自身的精髓一样,而探险者们所剩无几的东西在这样的一种生活中也是足够的了。

但是,沃斯常常被理智的回答所激怒。这时,他皮包骨头的脖子上青筋都暴起来了。

"人就是这个样子,"他叫道,"他们总是把目标定得很低,然后轻易达到他们所期待的。那就是你最大的愿望吗?"

要不是勒·墨舒尔没听见,那就是他的某一个自我拒不接受熟识的各种义务,或是少年按他自己的需要回答了他的问题。

"我很想吃一盘肥肥的排骨,"他说,"再加一盘新鲜的无花果,那种紫色的。当然苹果也行,我也还喜欢苹果,吃苹果也行。"

"这就是你要的答案,"勒·墨舒尔对沃斯说,"从一个将赴刑场的人那儿得到的答案。"

"唉,要是人家问我最后一顿想吃点什么的话。"男孩说,"谁又会不愿意吃呢? 你挑什么吃?"

"什么都不要。"勒·墨舒尔说,"我不会吃的,因为我怕错过什么发生在我身边的事。我想感受一下最后一只苍蝇在我皮肤上爬行的感觉,还想扪心自问一下,没准儿会想起什么秘密,通过那个体验,说不定我能创造点什么。"

"那也没什么用,"哈利·罗巴茨说,"反正你也要死了。"

"死亡也是创造。肉体创造出新的形式,灵魂由于其脱离肉体的方式而获得灵感,然后转入其他的灵魂中去。"

"那些遭受天罚的人的灵魂也是这样的吗?"沃斯问道。

"在燃烧的过程中,从黑的东西里会炼出金子。"

"这样的话,他得炼出最纯正的金子来了。"沃斯说。

他指着他们一直忘了的土著男孩的身体,他正躺在火堆亮光近处,蜷成一团睡着,像个小动物。

在这三个奉献给他的灵魂中,沃斯最爱的是那男孩的灵魂。唯有这种完好无损的纯洁才是最忠实的。而哈利·罗巴茨的单纯却不那么让人相信——这单纯确实是在等待着末日——而佛兰克·勒·墨舒尔的成熟的表现很可能是主人自己思想的令人吃惊的回声。

因此,沃斯正以异乎寻常的感情凝望着那土著孩子的黝黑而金黄的身体。

"他将是我的脚凳。"他说,然后便睡着了,仍在为那黑人赤诚的谦卑,以及与天堂般的完美的对比而十分兴奋。睡眠确实能使汗淋淋的脑袋进入虚无缥缈的境界。

但到了早上,杰基却不见了。

"他也许是去找一匹走失的马了。"沃斯开头这样说道,他把事情看得十分简单,应付当时的情况正需要这样。

"马?"哈利·罗巴茨叫道,"我们的马早就没有力气走失了。"

"没准是找水去了。"沃斯接着又说。

"水眼早已他妈的干了。"勒·墨舒尔说。

"那他会回来的,"沃斯说,"迟早会回来的。"

在他们的帆布水袋里还剩下一点黄褐色的泥水,他们把这泥水小心翼翼地含在嘴里。他们等了一会儿,尽管所有的人都看得出:土著人是否回来是无所谓的了。

他们看到有一匹马站不起来了,马鬃散摊在地上,马的骨头勉强支撑着它那破烂的皮囊。当这队人走开的时候,那马肚子里的气胀了起来,作为最后一次的抗议。

当太阳升到头顶的时候,他们自己的血管也燃起火来了。他们的头这时和那金色的镜子一模一样,他们不敢互相细看,不然,会看出自己正在受的痛苦。

直到哈利·罗巴茨的头被炽烈的太阳烤得彻底迟钝了,无论在形象上或是在实质上,他都像是一个巨大的、有回音的青铜锣。

"我不想抱怨,"他咕哝着,"可这总是没完没了。"

突然,他被打了一下。

"有人打我?"他大喊,青铜般的,预示着死亡的声音在重重静谧之中发出回声。

"听,"沃斯说,"你没听见远处有什么声响吗?"

他的嘴唇只能发出来一些单音节了。

"只能听见自己脑子里的声音。"勒·墨舒尔说,"我已经听了有一会儿了,想找出个什么办法。"

他也不把眼睛从熟悉了的凄冷的大地上移开。他没有更多的要求。

"是魔鬼。"哈利·罗巴茨尖叫道,"他正在一匹实实在在的火马上翻滚。"

一般,总是这单纯的男孩第一个看见什么,无论是物质的东西还是其他的。这时,德国人自己也透过那热雾注意到更浓重的一片雾,然后是一些明显的黑色的形体,但离他们还有相当一段距离。这些黑色的形体一直在变换形状,像是些有形的黑影子。

沃斯竟然微笑了一下。

远征队继续向前走,两边各有一队人护卫着。

"我们跑到一块的时候,"勒·墨舒尔说,他的注意力被吸引住了,"那将是大火的中心。"

然而就现在来说,看不出这三支人马要走到一起的迹象。

那些白人,以及他们那剩下的一小队驮畜,几匹皮毛不全的老马,跌跌撞撞地在白日的炎热中走着;那些黑人则轻声而坚定地行进。有时,他们的身体会像木头那样坚实;有时,又会化为一团黑色的尘土。然而,不管是无形的还是完整的,他们表现出的是不屈不挠的自信。到了这会儿,两方面都已互相接受了对方。女人们也走上来了,走在男人们后面。还有好几只狗,发亮的长舌头耷拉着,从舌尖上滴下闪亮的钻石般的口水。

沃斯觉得他胯下的马在颤抖,便低头看马的瘦弱的肩隆,看那从鞍子的前鞒下显露出来的溃疡。而后他确实有些踌躇,最后终于露出了他自己一直隐藏着的溃疡。蛆虫围着腐烂的创口蚕食。他肠子里的已经干缩的寄生虫在作梗。他就这样在骑着马通过地狱,直到他感到她的抚摸。

"我不会让你失望的,"罗拉·特雷维延说,"即使有时候你这样希望,我也还是不会让你失望。"

他的溃疡被涂上了绵绵细语的软膏,但他并不去看她,因为他还没有准备好。

尽管他努力控制,他们的马镫还是互相碰撞着。咸渍渍的热汗滴在马破了皮的肩隆上,尽管马很衰弱,但仍痛得扭动着身体。

就这样,他们在地狱中骑行着。地狱散发出枞树的香气,头发在飘动。他嘴里塞满了泛绿的黑发梢,那是一种极为细腻的苦味。

"你没控制住你的五官。"他终于对她说。

"我的五官是什么?"她问道。

然后,他们一起漫无目的地骑行。他们以共同的肉体一起受着地狱的煎熬,对这肉体他曾常常试图予以否认。她正给他裹上一层柔白色的套子。

"你现在明白了吧?"她问道,"人是被斩了首的上帝。这就是为什么你在流血的缘故。"

暗红色的热血一滴滴流到他们的手上,但他还是不看她的脸。

他们来到了一个小圆石子铺的开阔地,至少有一部分石子是石英石;因为当利剑般的阳光刺破石子的表层时,一片亮得刺目的光便会反射出来。这些纯粹的光的反射,尽管量很少,强度却极高,使三个白人失声叫起来。但罗拉·特雷维延自己体验过更尖锐的利刃,这时是安静的。她骑开去,静等着。

当这几个人从惊异中醒过来时,他们看到那两行土著人已经跟上了他们的队尾,现在正在他们后面整齐地站着,犹如一个凝聚的静寂的弧形。沃斯下了马,等待着。好长好长时间,所有人都站在那里,似乎除了这个静寂的混合再也不会发生什么别的了,正在这时,在黑人队列中出现一阵躁动,有一个人被推向前来。他走过来,眼睛盯在地上似乎在找灵感,当他走近时,沃斯对他说:

"啊,杰基,我不怪你,"他说,"我早知道事情迟早会如此,下一步呢?"

但杰基不肯抬起头来。那些他学会思考的细腻的思想,那些别人的思想,把他的头颅搞得过于沉重了。然而他的身体放射着重生了的纯洁。

过了一会儿,他说:

"不是我。杰基没干什么。这些黑人要杰基。我去了。黑人和白人一起没好,这是我自己人。"这背叛者挥了一下手臂,很生气的样子,好像是冲着他身后的队列,"杰基属于这里。"

沃斯听着,抚摸着他的胡须。他在微笑,或者说,他的脸显示出那么一种笑的样子。

"我如果不属于这里,我属于什么地方?"他问道,"告诉你的人,我们是相互不可缺少的。黑人和白人在一起是朋友。"

"朋友?"杰基问。

这个词在空气中颤动。他忘了这词的用法了。

这时,土著部落的人们开始低声说话,不知道是提问、鼓动,还是建议。

杰基变得更加阴沉了。他的脖子上满是小疙瘩。

"黑人被白人弄死过。"杰基终于挤出这句话来。

"他们想要杀掉我吗?"沃斯问。

杰基站在那里。

"他们不能杀死我,"沃斯说,"这不可能。"

尽管他的脸颊在抽搐,就像男人的脸那样。

"告诉他们我不会死,如果说这让他们少了一种乐趣,我用友谊来代替。我是黑人的朋友,你明白吗?这是友谊的标志。"

这白人把男孩子滚烫的、漆黑的右手攥在自己的双手中,用力握着。一阵悲哀的、温暖的魔力,一阵对过去的事情的向往向那黑人袭来,但因为白人干枯的手软弱无力,尽管很温暖而且精神上有力,男孩子还是把自己的手抽回来了。

他开始急促地说着什么。两个男人、两个老者和一个年轻而强壮的土著人走上前来,与杰基交谈起来,有时用语言,讲不清时,就用手势。他们所说的具有极大的重要性,这些事即便会因一些困难而延迟,但看上去终究要发生。

然后,杰基抬起眼睛,他的处境显然令他无法忍耐,他说:

"没用,沃斯先生,"他接着说,"这些黑人说你和我们一起走。"他这时还笼罩在那白人的魔法之下。

沃斯深深地低下了他的头。因为他对卑下的姿势很不习惯,所以努力回想波尔费雷曼在同样的情况会怎么干。但在那样的环境下,在那种光线中,记忆也无法提供任何避难所了。

黑人们的眼光集中到他的身上,他们身上的青筋和乳头都暴起来了。

他们看着。

那白人正在像一把干草那样晃动,他正要骑上马去。

他极度衰弱,眼前的事犹如梦幻,当他抬起身来登鞍时,他觉得靴子里的一个脚指头在脚镫上滑了一下。他觉得有什么铁的东西,想必是一个套扣,把他的下巴很快、很疼地划了一下,然后他就又站在地上了。这事故要是发生在以前,准会让他显得相当滑稽。

但那些黑人没有笑。

然后沃斯注意力集中了一下,终于成功地坐上马鞍,摇晃着,微笑着。他下巴上流出的血在干燥的空气中已经凝固,不少苍蝇在干了的血迹上叮着。

即便如此,那女人还是骑近他,正要试图擦净那伤口。

"让我走吧。"他唐突地说,甚至有点粗鲁,虽然那粗鲁是冲着他自己的。

现在,这队人开始在石英的平原上往前走,在这平原上能看出有一条黑人们以前推开石头清出的小路。在这条灰白的、尘土飞扬的小路上走还是可以忍耐的。一部分土著走在前面,但多数跟在后面。

这时,肤色之间没有什么区别了,甚至于人与马也分不清楚。距离使得一切细节都变得模糊了。

"上帝啊,先生,会发生什么事呀?"哈利·罗巴茨问道。

"他们大概知道吧。"德国人答道。

"上帝,先生,你就让他们这么干?"那迷惑不解的男孩叫道,"上帝,你就不救救我们吗?"

"我不再是你们的上帝了,哈利。"沃斯说。

"我不知道哪里还有什么别的上帝。"男孩说。

沃斯再一次为男孩子单纯的忠诚由衷地感激。然而,他在他所面临的这样一种情况下,能够允许自己接受这忠诚吗?

在他正为此反复思考的时候,罗拉·特雷维延和他并排骑着;尽管在这条狭窄的小路上,几乎容不下两匹并肩行走的马。

"这么说你不会离我而去?"他问。

"一会儿也不会,"她说,"永远不,永远。"

"如果你的教诲强迫我放弃我的力量,那么我想我们将毫无疑问地一直相伴了。"

"或许我们会被稍微分开一段时间,但那我们已经体验过了。"

他们继续往前骑着。

"我要想个法子让你相信,"她过了一会说,"让你相信什么都是可能的,只要我做出牺牲。"

这时他看了看她,发现他们把她的头发剪掉了,在剩下来的让人惊异的发茬下,他们把她脸颊上的肉削去了。现在,她差不多是裸体的,她很美,她的目光沐浴着他。

他们就这样在尘土中向前走着,在这尘土中书写着他们自己的传说。

贝蒂姑娘在遵照克尔维宁大夫的指示给特雷维延小姐剃去头发的时候,一直是眼泪汪汪的。她说,小姐的头发是那么漂亮,她要把它保留起来,塞进一只小枕头。

"这太不正常了,贝蒂。"波恩纳太太说。

但女主人还是准许她保留了那些头发,因为她有些感动,也因为阻止别人实现自己的愿望已经不再使她感到自己确有力量。

当他们放好那把做衣服的剪刀时,罗拉·特雷维延将被亵渎了的头倚到枕头上。她闭着双眼躺着,她现在经常都是这样。克尔维宁大夫正在摸她的脉,这样做能填上空当,又能阻止尤知的人乱说。

在所有目睹剪头发的人中间,波恩纳先生是最吃惊的,他从没见过一个没有头发的女人。这使他轻手轻脚地走路,剪完发后不久,他走出了他外甥女的房间,心想大概没人会注意到他不在场。

当他的夫人终于陪克尔维宁大夫一起走下来时,他正在楼梯底下踱步,靠近楼梯的橱柜。准确地说,好像他是个闯进他自己的屋子的陌生人。

医生准备穿着他那漆皮鞋以最快的速度离开这里。

这些胖胖的老年人,这几天瘦下去了,他们拖住他不放。那位有些俗气的老女人简直要抓住他的袖口了。唉,他那名医师的身份也并不能使他摆脱很多令人不愉快的场面,要说的话,他要的出诊费似乎只是使一些人决心要让这钱花得值。

"可你告诉我,大夫,你认为这病是会传染的吗?"波恩纳太太问。

"要是在法庭上,波恩纳太太,我未必会下这个保证,但是,我们这样说吧,还是不妨注意一下预防传染的可能性。"

克尔维宁大夫富有弹性的小牛皮靴总算把他带到了楼梯底下,在这儿他碰上了波恩纳先生,两人相互点了点头,好像他们刚见面似的。

波恩纳先生痛恨克尔维宁大夫。他真想对着他的鼻子打上一拳。

"啊,天呐,这么说真是会传染的了,"波恩纳太太叫着说,"那小女孩就危险了。"

"我并没有说一定会传染。说真的,按说不该传染。"克尔维宁大夫笑着说,"可上帝的意志,你知道,常常是压倒大夫们的看法的。"

"这样的话,"波恩纳先生说,再也忍不住了,"总是什么地方有点问题。如果一个大夫像有些大夫那样收费,他就该提出上帝也会表示敬意的观点。如果这是亵渎神灵,克尔维宁大夫,我可没有办法。这是你把我逼的。"

波恩纳太太吓坏了。克尔维宁大夫舔了舔他那丰满的嘴唇——这对不少女人来说是很有魅力的,然后他露了露他那漂亮的雪白的牙齿。

他说:"你自己性格不好不要来责备我,波恩纳先生。"

然后前门"乒乓"响了一阵。

"他总算走了,"商人说。

"而且可能再也不会回来了。噢,天呐,波恩纳先生,看看你干的好事。我还老想着那小女孩呐。当然我还是要说,这可能是种简简单单的脑膜炎;要说是简简单单么,倒是经常有好多人得这种病死掉了。"

波恩纳太太还是感到不安心。

她总是在洗手,但还是不能把她的罪孽洗去。她让贝蒂拿着把燃着硝石和硫酸的火红的铁锹在屋子里来回走,有人说过这是最灵验的了,不过波恩纳太太忘了是谁说的了。然而,当铁锹上的烟雾升起来的时候,神秘的气氛更加浓厚,屋子里所有的人都更不高兴了。

也许,只有墨赛那小女孩一个人除外。只要她还没有进入梦境,她的世界还是充实的。她尤其喜欢贝蒂玩的烟火的游戏,她总是试着抓那烟。她极喜爱鸽子。她也极喜欢单人游戏用的弹子。如果说她爱母亲不如爱这些东西强烈,那是由于她最近一直没有见到她。

但她的姨姥姥的确代替母亲来了。

开始的时候,波恩纳太太照顾了罗拉的孩子,也许是一种赎罪的举动,但很快她就变得很热心了。在履行她的职责前,她当然总是要使劲地消一通毒,总是要把她的戒指放到 边去。她自始至终颤抖着,直到她拖着等得不耐烦的长裙快速地走过楼道;直到她能够自由自在地吮吸孩子小脖子弯那股干净味。这年长的妇人总是被这些亲吻弄得有些醉意,尽管她这秘密的行为带给她的不过是一种复杂的幸福感。因为这会使她想起她自己的孩子:她活着,但嫁出去了,还有另外几个在襁褓时就死去、被掩埋了的孩子。

"我是谁?我是谁呢?"她这样问,手在孩子的肚子上搔痒,同时眼光从她的肩膀上扫过去看清楚有没有人看见或听到,"我是你姨姥姥,你的姨姥姥。"

孩子知道。

这样,波恩纳太太便感到了抚慰。

在罗拉·特雷维延生病的前期,她好像把墨赛忘了;但在他们剪掉她头发的那天晚上,她抬起头来,说:

"我想见见她。"

"谁?"他们问。

"我的小姑娘。"

"但这很不明智,亲爱的,"姨妈说,"万一要是有传染的可能呢?克尔维宁大夫可以给我作证。"

病着的女人正在想着什么,她的脸上显出痛苦的神情。

"可万一是最后一面呢?"她问道。

"这是胡说,"艾美姨妈说,"克尔维宁大夫正在为你的好转高兴呢。"

可罗拉·特雷维延开始笑起来,只是她笑不出声音。

"噢,我不会死的,"她勉强说,"或者说你们不肯埋我。"

"罗拉,罗拉!"姨妈大叫着,被那烧白了的嘴唇中吐出的窒息的话语给吓坏了。

"因为,你知道,我是你们中间最后一个死的。"

"我要是端点凉肉汤来,你想喝吗?"波恩纳太太问,引开了话题。

虽然她外甥女没有回答,她还是把汤给端来了;而当外甥女不肯喝的时候,也没有像往常那样担忧,好像喝汤本身只不过是次等重要的事。

这时,罗拉又开口了。

"还是让我们再谈谈墨赛吧。你还记得那些人吗,阿士包尔斯家的人?"

"你说了我才记起来。"艾美姨妈说,喘息着咳了一声。

罗拉相当一段时间没说话,直到波恩纳太太开始疑心是不是又要出现什么大的危险。况且,这屋里还有一股浓厚的让人发腻的气味。这气味使她又气又恼,尤其因为她不知道这气味是从哪里发出来的。她外甥女的沉默和那股霉腐味真使这屋子弥漫着不祥的气氛。

罗拉睁开了眼睛。姨妈从来没有见过这双眼睛这么漂亮,这么富有表情。正是因为这个原因,波恩纳太太没法与它们对视。她开始整理梳子。

"如果我做出一个大的牺牲,"罗拉在说,"我不能做出足够的牺牲,这很明显,但可以是一种个人性质的牺牲,这会使一个动摇的心灵稳定。只有人的牺牲才能说服人们——他不是上帝。"

她开始咳嗽。波恩纳太太吓坏了。

"啊,天呐,我的嗓子。他在模仿的是那可怕的太阳。那就是我所必须相信的。是一出戏剧。因为任何其他别的什么就是亵渎神灵了。"

姨妈把水端到她的唇边,这时罗拉似乎已经烧化了的头上的眼睛大大地睁开了。

她说:"这样,我们必须做出牺牲。如果必要的话,一次又一次地做出牺牲,直到我们伤痕累累,鲜血直淌。她什么时候走?"

"谁?"

波恩纳太太哆嗦着。

"墨赛。"

罗拉·特雷维延润了润她的嘴唇。

"到阿士包尔斯家里,像我们原来安排好的那样。她是个心肠很好的女人。

"她的脸颊总是凉凉的,还有李子树,对吗?你看,我愿意放弃许多东西来证明人的真理同时也是神意。这是基督的真正含意,阿士包尔斯太太会这样告诉你的。她一定会的。这是我们两人之间的秘密,这么长时间了,既然她不肯看着我,而我明白这只是一个谁来做出牺牲的问题。"

波恩纳太太心慌意乱。

"她什么时候走?"罗拉问。

"我们以后什么时候再谈这事吧。"波恩纳太太喘着粗气说。

"最晚不超过明天,"罗拉答道,"我今晚要专门积攒力气。"

"好的,好的。休息吧。"

"这样我明天就能有力气了。"

波恩纳太太简直要被悲伤和那股奇异的气味闷死了。

罗拉看上去像是睡了。只有一次,她睁开眼睛,痛苦地大叫道:

"啊,我最亲爱的小姑娘。"

后来,当波恩纳先生走进屋来时,他发现他的夫人情绪有些激动。

"闹得这么厉害!"波恩纳太太小声说,"她下了决心,不知为了什么原因,她要放弃墨赛了。作为一种什么牺牲,要把她送到阿士包尔斯家去。"

"按她的意志去做,不好吗?"那商人很不愉快地建议道,"尤其是她的想法又与你的巧合。"

"噢,可她现在神志不清啊,"波恩纳太太说,"这样是不对的。"

波恩纳先生很少试图探究他夫人的道德准则。

"再说……"她补充道。

但她并没有再说下去。相反,她显出一丝算计的神情,来掩饰她开始和罗拉的孩子分享的生活。

波恩纳先生很愿意能继续沉默下去。

"哎,可这儿有一股让人没法忍受的怪味!你没闻见吗?"性情温和的女人突然说道。

"闻见了,"波恩纳先生说。"我想是那些梨子。"

"什么梨子?"

"我给罗拉带回家的那些梨子。噢,那天晚上,她生病的第一天,就放在那儿的。是的,它们还在这儿,亲爱的。在慌张中你没注意到这些梨子。"

"我没注意!"波恩纳太太叫道。

这里的确有些黑色的梨子,有点黏糊糊的,躺在一堆干枯的叶子中。

"恶心死了!请你把它们弄走吧,波恩纳先生。"

他很情愿干这事,他是个失去了力量的强者。

当波恩纳太太把那些发臭的梨子打发掉了,剩下独自一个人坐在睡了的外甥女身边时,她才又能思考问题了。我要想想。她常常这样说,但她整个一生都没有发现思考这个过程的秘密。这对她来说是十分恼人的,当然多数人不会猜到这一点。

整个晚上,她一阵阵醒来准备想起点什么,但什么也想不出来。这么说我是个脑子空虚的人了,她无可奈何地承认。然而,年轻时她曾是个漂亮的姑娘。

到了灰蒙蒙的早晨,所有的快乐和安慰似乎都离开了这个老妇人;除了他们的孩子,但她也要离去了。

于是太阳升起的时候,她便也很快地起身,把华丽的袖子胡乱地一卷,便闯进了墨赛的屋子。小姑娘已经在鸽子的叫声中醒来了。

"哈,"波恩纳太太说,"我们又在一起了。"

孩子似乎很同意的样子。她的身体是多么和谐啊。窗子外边,鸽子咕咕叫着,给人以慰藉。清晨的阳光洒满了清凉的院子,看着这些,波恩纳太太忘记了她不想记起的过去的那些事。她抱着孩子,用孩子的肉体抵挡着眼前的一切。所有那些阴暗的、可怕的事情,所有那些她自己无法理解的事情,都可以抛到脑后,只要她能留下这孩子。

"看你把口水滴得哪儿都是,"她说道,几乎是在赞许,"小脏孩儿。"

她就是这样和她这个身世不明的孩子讲话的。

而墨赛透过那皱纹密布的脸可以清清楚楚地看见更大的缺点,因为那些缺点在孩子面前是没有必要隐藏的。

那天早上,波恩纳太太重又戴上一顶干净的小帽而重整旗鼓,她走进外甥女的房间,显得很是轻快活泼。

"我说你可睡得真香啊,罗拉。"她说,同时用能干的手整理着枕头。

罗拉没有反驳,而是听之任之,因为她的内心不会再受到伤害了。

很快,她的姨妈便开始发抖了。

"我给你梳头发好吗?"她问。

"可我没头发了。"罗拉答道。

波恩纳太太有时会感到心悸,她在觉得合适的时候会告诉她的丈夫。可现在,她明白他已经出门了,整个早上都是她一个人,随她的意愿安排。

罗拉转过眼来,因为头发被剪去了,那张脸上的表情更是一览无余的清晰,她说:

"你会发现一切都整齐地装好了,姨妈,因为我不想留下个坏印象。杉木箱子里差不多什么都有了,除了那六件睡袍——你记得我们睡袍太多了——还除了乌娜·波林格送的那顶有褶皱的帽子。这些东西在楼梯平台上的高脚橱柜的最上面一层。"

波恩纳太太的脸明显地鼓胀起来,这脸在她还是个小姑娘的时候还算得上漂亮。

"我不知道,"她答道,"你得跟你姨父说。他不会同意的。一个人不能把一个孩子像丢掉一个包袱那样打发掉。"

到了下午,罗拉又说:

"我想他们会叫辆马车的,或者是什么舒适一些的车。他们总不能把孩子放在一辆运货马车上。一直要到扁里奇。"

波恩纳太太正在织一块花边。

快到晚上的时候,罗拉从枕头上抬起头来说:

"你没看见我会为这痛苦吗?没看见我会为这死去吗?可我非得这样做不可。因为这样他才能明白。"

"谁?"波恩纳太太叫道,她的呼吸由于她的痛苦而变得恶臭,"是谁?"

她放下手里的活儿,望着她外甥女乌黑的眼帘。

罗拉·特雷维延这会儿到了她病痛的高峰,她简直要烧干了。

"噢,耶稣啊,"她哀求道,"发发慈悲吧,啊,拯救我们吧。要是我们不该被救,那就让我们死去吧。我的爱如此强烈,我实在忍受不了。说到底,我还是软弱的。"

那天晚上,波恩纳先生走了进来,很不情愿地问道:

"有点儿好转吗?"

他夫人答道:"别问我。"

克尔维宁大夫出乎意料地又来了,这多少给他们带来了点慰藉。他嘴里散发出一股葡萄酒味,这是因为他刚在前一家被请喝了一口;不过在眼前的这种情况下,波恩纳夫妇还是原谅了他。

克尔维宁大夫控制着他那带酒味的呼吸,宣布说,他明天准备给特雷维延小姐放血。他离开屋子的时候,一个总关不严的衣橱门"乒乓"响了一阵,嘲笑着屋子里的静寂。这件家具不大好,不过波恩纳太太的的确确爱她的外甥女,虽然还是把它放在她的房里了。

整个晚上,两个老人像摇来摇去的棕榈叶子似的在屋里跑来跑去。

那病着的女人有时显得那样富有理智的冷静,这反而使她的幻觉——当她觉得非得讲出来不可时——变得越发可怕了。

"我想,"她宣布道,"我不再见墨赛可能更好些。终究还是这样。也就是说,早上她走的时候我不去见她了。你要特别留心只能让她吃一点早饭,姨妈,因为路上车太颠了。她还得穿件保暖的衣服,到了中午好脱下来。"

然后她说:"你会照料这些的,姨妈,是吗?"

"好,好的。"波恩纳太太答道,她正与她的良心拼命搏斗,这从来没有过。

不知是为了换换空气还是为了分散一下注意力,她走过去把窗帘拉开了。她总是埋头于这尘世上的事,以致经常注意不到天空。现在天空就在眼前,几乎可以触摸到,天色是一种沉重的阴暗和珐琅的蓝色的混合;或者说是黑色的,黑得像井水,那股冰冷劲是她身体所无法忍受的。可那华丽的满天星斗却使她身上的一点童心感到十分高兴。这是个很奇特的现象。她的眼光追踪着宽阔的光的河流,这时她几乎大胆地希望这星海能把她从人类混沌的状态中带出去。

"看呀,罗拉,"她叫道,一边把窗帘拉开,眼睛有些湿润,"看这是多么异常又多么精彩啊。"

她站在那里,讨好地把自己贴在窗帘的边上,指望病人只要一转头就能看见。

"你就不想看看吗,罗拉?"她哀求道。

可罗拉·特雷维延这会儿早已又闭上了眼睛,她只说:"我早就看见了。"

"傻姑娘,"艾美姨妈说,"可我刚把窗帘给拉开呀!"

"这不过是彗星。"罗拉说,"它救不了我们,除了短暂的一刹那,可怕的就是这一点:什么事情都是一旦开始,就没法让它停下来。"

当波恩纳先生重新进屋的时候,他的夫人还拉着无可奈何的窗帘。

"啊,"他说,从他的眼睛可以看出,他也曾希望借着天堂的光辉的路逃脱,"你们看到彗星了吗?他们都在谈这个呢。据说连着好几天都能看见。"

"我正要让罗拉注意到它呢。"波恩纳太太说。

"在没有一个官方的天文学家的情况下,温斯罗先生在记录他的观察。"商人讲述着,"他还要在第一班邮件中送一份报告回英国老家。"

而后,两个老年人相当恭敬地观看着这个历史性的事件。在那灿烂的光彩中,他们缩小为两个小黑点。银光洒进屋里,不断增大着,侵入了房间;甚至连罗拉·特雷维延,在她干枯的眼睑下,也暂时地沐浴在群星的清辉之中。

下午快过了的时候,地平线的边缘重又变得清晰了,尘土中的各种形状逐渐开始显形。他们似乎到达了平原的另一头,这里出现了一个急斜坡。这队人缓缓地走近斜坡一层又一层的灰地,最后终于被一个大裂缝吞下去。这裂缝里有三四株灰色的、可怜巴巴,然而却是活着的树,其中对人似乎最热情的要算是一块看上去像不规整的布头,是块掉了色的、绿的、补丁压补丁的绒布。

所有的牲口突然都活跃起来了,拖着脚步的马的干焦的鼻孔甚至开始显出了一些水分。马原来干润的眼睛也多少有了些它们自然的光泽,嗓子里也发出一些柔软的咕噜声。

如同奇迹一般,这里竟然有水。

紧接着,便是一阵混战、冲刺、呻吟,马上的人们几乎摔下来,但都由于运气或是出于本能,勉强没掉下来。那些黑人张着大嘴放声大笑,在牲口群中飞快地跑着去拉牲口,但很快就放弃了,只站着笑,或者站在那里抓痒。经过这样一段艰苦的旅行,经过了和白人相遇这样的感情冲击,他们自己现在倒并不在乎发生什么事了。

倒是他们那些群蚁般的女人被生命的持续吸引住了,是她们在一片尘土中走出一条条的小路,是她们献身于火与水的宗教仪式,是她们把蛇和蜥蜴从那令人作呕的网袋中抖出去,是她们把吃奶的孩子挂在她们又长又脏的乳头上。至少就这会儿来说,看来男人只是为黑暗的时光造就的。

对白人来说,他们被这纷乱的行动搞昏头了,情愿被分开。这时,很多双手,或者是动作迅捷的黑鸟用树枝在他们头上搭了一个顶篷。很快,他们四周就全被树枝围上了,围子外边可以听见说话的声音,好像在争论下一步做什么;有些黑人愿意干,有些不愿干,有些疲乏了,有些眼中则闪着灵感和渴望的光芒。

这时,杰基走过来和白人坐在一起,他很熟悉白人的做法,但很快大家从他那闷闷不乐的神情看出来,他不过是在执行命令罢了。

"他们要把我们怎么样,杰基?"勒·墨舒尔问,"不管是什么,要干就快点干。"

然而杰基并不打算理会。

而勒·墨舒尔继续坐在那里,漠然地盯着自己那脆弱、发黄的全是骨头的手。

不少黑人进来又出去了。一个年轻的女孩,长着一双漂亮的、刚刚发育成熟的乳房,和一个年纪较大的、异常丑陋的女人在杰基身后坐了下来,暗示着一种新近建立的关系。男孩子尽管看上去占有欲很强,但对这两个女人却是傲慢无礼的。而女人们则很羞涩。

一些男人走了进来,他们的身体画满了花纹图案。他们一进来,小树枝篷里便充满了干泥的气味,同时,还有一股他们身体的纯粹自然的、浓烈的气味以及蚂蚁的气味。在后面什么地方,在他们宿营的斜坡缝里,水坑边的泥踩得稀烂,在这里对着清冷的蓝天响起了歌声。这时,在树枝篷里的两个女人神经质地玩着她们腋下的长毛,她们的眼睛在黑暗中一闪一闪的。

那歌声如同灰色的大地、灰色的森林一样单调,一阵阵突然激昂起来,然后又低了下去,低下去,像炭火一般。灰土的声音一下子就消失了,然后又唱起来。有一个单独的声音,像是插上了小鹦鹉的羽毛欢快地唱了起来,洪亮而低沉的鹈鹕般的声音似乎缓慢地在张开翅膀。也有一些年轻人大笑的声音,还有黑女人咻咻的笑声。

"至少我要观察一下这个仪式。"德国人宣布,他记起了一个模模糊糊的科学性质的使命。

他开始把僵直的腿放下来。

"不要,"杰基用一种异常尖锐的、失而复得的嗓音说,"不,不,不是现在。"

于是他们继续坐在那里,透过漆黑的树枝顶的裂缝,能看见浓重的湛蓝,无法丈量有多深。一个个亮点在飞翔,也可能是星星。他们能闻见滚烫的木灰和冰冷的星星。

在末日来临之前……

会有一个确定的结果的。

"你听见了吗,那些黑异教徒们停下来了?"那笨拙的白男孩哈利·罗巴茨说。

杰基从这里走开了,他的两个女人跟着他,这会儿显得像蜥蜴一样冰冷。

那静寂似乎是给予这三个白人的三位一体的自由。沃斯走到门边,往外看着。

"看哪,佛兰克,哈利,"他叫道,"看看这仙境般的奇景。不管会发生什么,也不能不看看这个,它太美了。"

他的声音因为要奋力打破语言的束缚而颤抖了。原来那股木呆呆的劲头正在消失,他正置身于光的世界。

"上帝,先生,那这到底是什么呢?"哈利·罗巴茨问。

"显然这是一颗彗星。"勒·墨舒尔说。

哈利不好意思让他再做进一步解释,却沐浴在他那敬重别人的无知之中。这太漂亮了。看着它,他觉得自己空虚起来。

这时,黑暗中充满了疑问和几乎听不见的声音,是树干,或者是黑色的手臂在抽动。同时,沃斯继续观察着那迅捷的漫游者。这漫游者在那不可丈量的天幕上,由于距离太远,看上去几乎是一动不动的。他的嘴,长时间以来一直很干渴,这时便把这深蓝吞咽下去。

"是的,一颗彗星,显然是。"他有些哽咽。

这时杰基正站在黑暗里。

"你为什么害怕了?"沃斯问。

那黑人很冷漠。

但是,用他黑色的身体以及极少的几个字,他开始讲起巨蛇的故事:巨蛇是所有人的祖父,是满怀着愤怒从北方来的。

"那么我们该等些什么呢?"沃斯幽默地问,"这个愤怒的蛇要干什么呢?"

"蛇吃,吃。"那黑孩子大叫道,雪白的牙齿在黑暗中格格地响。

沃斯高兴得大笑起来。

"这么说这些黑人不会杀死我们啦?"哈利·罗巴茨问,"我们得救了?"

"如果我们不被黑人吃掉,"沃斯答道,"不被巨蛇吃掉,那我们早晚会被什么人吃掉。也许是被一个朋友吃掉。人是个很引人垂涎的东西。"

哈利听不懂这些,他只为眼前的处境感到些安慰。

沃斯对那土著人说:"你们想要白人把黑人从巨蛇那里救出

来?"他还在笑,他是那么轻松。

"蛇,魔法很大,沃斯先生没有用。"杰基答道。

"这么说你不信任我?"德国人说,他突然间清醒了,似乎他早就真的希望有什么旁的人能换下他自我估价中的自我。

那天晚上很安静,黑人们躺在火堆旁,躺在蜷绕着的巨蛇身下。他们有时也抬头观望,但更希望老人们用他们能理解的方式解释一下这一切。不过,老人们和他们一模一样,也十分不高兴。他们一辈子都被各种鬼神缠绕着,那些各种不同的鬼神都是五色的,看不见的,而且是比较和善的。即使是捉摸不定的黑暗的神灵,也是按照一定的常规行动的。而现在这个巨大的愤怒的神灵来了,威胁着人的弱小的灵魂,或是痛苦地蜷绕在那些更有权威的人的肚子里。

晚上,沃斯曾爬上前去,往树枝小篷门口点的火堆加一些柴火,然后,勒·墨舒尔轻声问:"那么你的计划是什么呢?"

"我没有计划,"沃斯答道,"只有相信上帝。"

他扭曲着嘴说,因为这些话是什么人塞到他嘴里的。

勒·墨舒尔听到他们的领队承认这一点,非常吃惊,尽管他当然早就知道这一点。在心里,在梦里,他早就知道,并且在那些写得不怎么样的,但淌着鲜血的诗中也承认过。这些诗他是费了很大的劲才写下来的。

这时他坐在那里,目光向着那个并非上帝的人,顺便考虑着他自己的前景。

"这对我们来说可真是个不错的前景呀。"他可怜的门徒气急败坏地说。

"这得怪我,"沃斯说,"如果这样承担下来能有所裨益的话。"

他谦卑地坐在那里,手里拿着一片小树叶。

"如果你撤下来呢,"勒·墨舒尔又说。

"不是我撤下来,而是我被撤了下来。"沃斯答道。

"没法给我们一点希望吗?"

"你最好从你自己那儿努力找出点儿来。到了最后的时刻,这是人们唯一可能做到的。"

他揉碎了那片干叶子,勒·墨舒尔听到了。

勒·墨舒尔对手的期望太高了,这些手其实不过是骨头。天渐渐发白了,他发现自己凝神望着自己透明的手掌。

这时候,那愤怒的巨蛇又怎么样了呢,当他们忙于各自白天的工作时?当他们或在打猎、挖甘薯,或在补网、串门时?这个清醒了的部落里的大部分人的看法是:巨蛇钻到柔软的天空中去了,把它来地上周游的疲劳劲儿睡过去。没人来管白人,因为他们比较起来已不重要。事实上,所有的人不过都像孩子手中的虫卵一样,整个部落一直沉浸在一种恍惚的境地中。他们在继续等待时,他们的声音比尘土还轻,他们的肩头随着滚圆的、沉重的太阳的升起而越来越弯曲下去。

没有人给树枝篷里的白人任何选择。在整个白天,在静寂中,他们倾听着大地更深的干裂声,而他们自己的脑袋在炎热中也要裂开了。

佛兰克·勒·墨舒尔开始清理他的东西,从打火石、火绒、针头线脑、扣子到发着臭味的破衬衫、碎屑、食物渣、泥土,自始至终寻找着他不知放在哪儿了的什么东西,最后终于找到了。

这本子简直没法看了,虽说他的全部生活就包括在这几页纸中:印着漂亮的乳白色的凹雕,有大片大片的呕吐,一串串静止不动的弹子,信仰与愿望的闪光。这里有戴着皇冠的帝王。起先他很崇拜他,后来又总怀疑他将要退位。这里有最初就被废黜的"人",还有黄金;黄金、黄金,正在失去光泽,变成劣等的金属。

那天下午,这个看不出年龄的骨头架子蹒跚地在噼啪作响的炎热中走着,离开了宿营地的边缘,似乎被召去安慰自然。他看见有一棵骷髅样的树,露着白生生的、掉了色的木头。他能看到清晰的土粒,他在树下坐了一会儿,什么也没干,然后开始撕那个本子,好像把一块一块的肉撕下来一样,可又是干的、干的。他的嘴唇剥落了。他想,血一定会很快干掉的。

血也的确很快就干了。

佛兰克·勒·墨舒尔靠在树上,开始用他的一把刀割开喉咙。他现在还有的那点血,开始竟忘乎所以地涌流出来。这是他最后一次写诗的努力。然后,用余下的一点力气,他把那伤口割大,直到他能够爬出去,走进那无限的寂静。

勒·墨舒尔的躯体又扭动、呻吟了一会儿,然后就停止不动了;即便这时,还有一只脚腕在抽搐,这只脚从他的大靴子里脱出来了。没有缩小的一切都变得太大了。

哈利·罗巴茨被刮得到处飞的纸片吸引着,终于这样发现了墨舒尔。罗巴茨飞快地跑着,跌跌绊绊。他被吓坏了,哭叫道:

"我早说过!我早说过!"

他到处游荡着,但不管怎样,必得回到他的领队那里去。

他走进来的时候,沃斯眼睛都没抬起来说:

"是可怜的佛兰克的事吧?"

那男孩像张纸样地抖个不停。

"血哗哗地流!"他哭叫着说,"噢,先生,他割断了自己的喉咙。"

他从没想到过一个绅士也会像牲口一样倒在真正的血泊里。

"我们看看是不是这会儿能把他埋了。"沃斯说。

可两个人都知道他们没有这个力气,于是就没有再提起这件事。他们能蜷缩着靠在一起就感到很高兴了。这样,他们能从人性的交流中获得一点安慰。

那天晚上,男孩子爬到篷子门口,宣布彗星在天上移过去一点了。

"我很高兴看见了它,"他说,"真好看,像蒲公英样的柔软。"

沃斯建议他还是进到篷子里面来的好,不然深夜的冷气会对他身体有害的。

"我不会感觉到冷气的,"哈利说,"我会挺得住的。再说,在这儿我能更好地保卫你。"

沃斯大笑起来。

"我没剩下什么可保卫的了,真剩下的也不怎样,没谁会感兴趣。"

"我在罐子里装过一只蝾螈,我跟你说过吗?"哈利·罗巴茨问,"还有过一只鸟,关在笼子里。那鸟并不像人们说的那么会唱歌,不过我后来变得很喜欢它。直到他们把门打开了。先生,天上的这个东西会老在这儿吗?"

"不会的,"沃斯说,"它会过去的。"

"真可惜,"男孩说,"我本可以习惯它的。"

"睡觉吧。"沃斯小声说。他有些恼怒了。

"我睡不着,有些晚上,凡是我以前看见过的东西都跑到我脑子里来了。你还记得你的那个箱子吗,那个我在伦敦河上搬到船边上的箱子?"

那人不肯回答。

"你还记得那些飞鱼吗?"

"记得!"

那人终于被激怒了。

"你到底睡不睡?"

"噢,会有时间睡觉的。睡觉不会过去。除非野狗来刨。它们也不过到处抛撒些白骨罢了。"

"你就是那狗。"那人说。

"你真这么想吗?"男孩困得迷迷糊糊地叹了口气。

"而且是只疯狗。"

"舔人家的手。"

"不是的,是撕扯人家的思想。"

两个人逐渐睡去,或者说是进入一种肢体麻木,近似睡眠的状态。这时,沃斯相信他是爱这个男孩的,是爱所有人的,包括那些他曾经恨过的人。这是最难达到的爱,因为一个人自己总有错处。

然后,睡眠压倒了一切,黑人们口中时而发出几句呓语,这些人还在巨蛇的控制之下;他们身边的那一堆堆人间的火焰,时而在发出响动。人们躺在那里,树枝在黑暗中噼啪地折断,似乎是由于时间的重压。

他们睡觉的时候,有一个老头走了进来,跨过哈利·罗巴茨的身体。他坐在篷子里,不知是为了观察沃斯还是保护他。沃斯时常醒来并意识到老头的存在,但并不感到奇怪,谁来都在他的意料之中。在营火的变幻中,那干瘦的老头成了一道孤独的、笔直的黑影;在凌晨灰色的清光中变成一种隐忍而灰白的模糊一团。

沃斯时睡时醒。他在那灰白色的光中漂浮,这光绝妙地柔软,一片片的像灰。这一切使他对所有有关的人都感到由衷的感激,曾有一次他举目向上看,想要表达他的感恩之情,这时那老头——或老妇人俯下身来。在这灰白的光中,那人逐渐显示出女人的形体,她的双乳悬垂在白人脸上,好像两个空荡荡的皮口袋。

被监禁者发现了自己的错误,不清不楚地道了声歉。于是,那灰白的形象又继续着守夜;但这是不必要的,因为两人之间的理解已经开始发展了。当那女人坐在那里望着自己的膝盖的时候,她灰白的皮肤开始复苏了,直到她丰满的、洁白无瑕的身体成为一切光的发源地。

在这灿烂的亮光中,他终于认出了她的面容。如果可能的话,他就会走到她那边去,但这不可能,他的身体疲惫已极。相反,她走到他这边来了，立刻他就沐浴在光明和记忆中了。她躺在他的身边，于是他的少年时代在一阵哗哗的水声和一条粗糙的毛巾中溜过去了。他们是在一个平静的夏天里。她的唇中有些树叶子，他把叶子衔下来，在她的胸前是圆润丰满、如绸如乳的花骨朵。他们捧着对方的头，正相互看着，简直像孩子们注视着秘密一样无情地审视着彼此。一切尽在眼底。但和孩子不一样，他们碰在一起是为了认识他们的缺点。

这样，他们一起成长着、爱着，她以她的温柔抚摸着他身上所有的脓疮伤疤。他则亲吻她的伤口，包括那些最深的伤口，以致他使自己也传染上了，躺在那里化着脓。

要是有足够的时间，这一男一女或许能相互医好创伤。而没有时间是他们唯一的悲哀。然而时间本身就是一个不肯愈合的伤口。

"这是什么，罗拉？"他问道，手抚摸着她鬓角的发根，"血还在流。"

可是，她的回答他却没有抓住。

他又重新回到了这个早晨。

一个老而瘦的黑人坐在树枝篷的地上，看着那白人，一边用手捏死早晨的苍蝇，过了不一会儿，他吱吱嘎嘎地站了起来。跨过男孩堵在门口的身体，走了出去。

经过了一个可怕的夜晚，波恩纳太太一定要吉姆·波冉提斯去找克尔维宁大夫来。

"能干点什么就干点什么吧。"

她的丈夫说："我们还不如一直找一开始找的那个朴实的年轻人，何必在一个穿漂亮衣服的大傻瓜身上乱费钱呢？"

两个人都在想这是谁的错，可这么一大早儿，也没法把错归在谁身上。

"他有很高的声誉。"波恩纳太太叹了口气说。她把所有的戒指都戴到了手上,就像海船失事或是大火中淑女们常做的那样。因为这正是她有条不紊、平平淡淡的生活的大灾难。

"愚蠢的女人要是喜欢一个大夫外衣的裁剪样式,就会说这大夫好得不得了。"那商人抱怨说,"对有些人来说,没有什么比一个绷得紧紧的,又黑又肥的后背更迷人的了。"

"波恩纳先生!"他的夫人抗议道,虽然她也不是不欣赏有一点粗俗的人。

在那种光线中,他的两腿显得又白又细。不过他那双小牛皮靴还是很有老爷样子,他的睡衣的花边垂在他坐着的两腿之间,是种珍珠般的灰色,是最好的料子缝制的。

由于他是她的丈夫,这老妇人感到了一种略带悲哀的感觉。

"有的时候,"她说,"你会说些最令人伤心的话。"

她的话恢复了他的一部分力量。他清了清粗哑的喉咙,声明说:"我这就去告诉吉姆,让他用小轮马车把克尔维宁大夫接来,这样就用不着这么一大早地折腾其他马了。有些人总会出难题。特别是要医生的马夫出门。要是不要用马,也不要用人,就大不一样了。"

波恩纳太太在那里大擤鼻子,她鼻子上的毛孔由于时间和感情冲动而变得大了些。

同时,她向她外甥女的病床瞥了几眼,她并不常常往那边看,因为她没有那个勇气。她已经被这幢房子里的神秘气氛给吓住了。

不过,等车夫接了克尔维宁大夫,把车赶过了亮闪闪的灌木丛,让他在结结实实的沙石门廊前下车的时候,主人和主妇都早已经穿得整整齐齐,神情也镇定下来了。

大夫自己穿得特别整洁,尤其是他那完美的、穿着剪裁得很好的黑衣的后背,显得更加整齐,但波恩纳太太已经下定决心今后再不去注意他的背了。

他手里拿着一个硬纸壳小盒子。

"我建议放一放血,"他解释道,"我指现在。虽然我本打算等到今天晚上再说的。"

那对老夫妇倒抽了一口气。

波恩纳太太也不肯看那些裸露着的水蛭。小盒子里的那些水蛭待在水淋淋的草叶上。

这天看上去要变得极热,他们于是早早地把窗帘拉上遮住太阳,因而阴影使那年轻女人由于痛苦而消瘦的脸越发棱角分明。除了还能痛苦地呼吸以外,简直可以说她已经不存在于她那发绿的肉体之中,因为看上去她感觉不到周围发生的一切。她听任大夫放置那些水蛭,就像这不过是日常生活中很平常的事情一样,等到他放好了,她才似乎开始关心起灰尘来。她说,风从快熄灭的火上把灰尘吹到他们的脸上了。

一次,她抬起身来问:

"大夫,我会不会因为失血而衰弱?"

大夫噘起嘴唇,哄她道:"正相反,你会强壮起来。"

"这要是真的就好了,"她说,"因为我需要所有的力气。可惜,人们总是喜欢让真理适合情况的需要。"

后来又说:

"我想,所有一切东西中我最爱的是真理。"停了一会儿,又说,"可你知道,也不全是这样。我们并不怎么能讲真话。"

水蛭在这当儿一直吸着血,直吸到抽不动尾刺的地步。波恩纳太太真给吓呆了,一方面是由于那些她听不明白的话,另一方面也是由于那个吐出这些话的蛇发女怪样的头。

罗拉·特雷维延说:"亲爱的上帝,现在我总算理解了你受过的痛苦。"

医生皱了皱眉头,倒不是由于他病人的结论有点像亵渎神灵,而是因为他自己的天性是世俗型的。尽管他也去教堂,一则,因为这样对他的职业有利;二则,也是为了让他那爱赶潮流的妻子高兴。然而任何有组织的信仰框框外的表达,则使这个根基稳固的人反感,甚至恐惧。

"你可看见,"他轻声地对波恩纳太太说,"那些水蛭是怎样在吸血吗?"

"我宁可不看。"她答道,同时禁不住打了个冷战。

罗拉的头颅——她现在所剩下的那一点生命力,仿佛全集中到她头颅中了——这会儿正为了一个简单然而伟大的想法挣扎。

她睁开眼睛时这样说道:

"理解那三个阶段是多么要紧啊。从上帝变成人的阶段,人的阶段,还有人重又变为上帝的阶段。你发现没有,大夫,有那么一些信仰,教士可以从我们幼年开始便一直向我们解说;但我们只是理论上懂了,直到突然有一天,几乎没有什么道理,我们一下子悟出来了。在这儿,突然之间,在这个屋子里,我以前认为我对这个屋子的每一个角落都了如指掌的,我突然领悟了!"

大夫本打算很严厉地回答她,但他看到她并不需要别人回答,这使他感到很轻松。

"亲爱的上帝啊,"她叫道,喘着粗气,"这真太容易了。"

窗帘外,太阳火烧火燎,病床上的女人也同样火烧火燎。

"可惜,"她接着说,她的嘴嘲讽地咧着,这嘲讽使她所感到的同情变得更加深切,以致这时不能不表达出来,"可惜那人太虚有其表,太可厌了;又贪婪,又嫉妒,还固执无知。我死了以后,谁还会爱他呢?我唯有祷告让上帝来爱他了。"

"噢,主啊,真的,"她祈求道,"他现在已经变得谦卑了。"

克尔维宁大夫不得不用他那肥胖有力的手去把水蛭扯下来,它们正非常贪婪地贴在那病妇人的蓝色的静脉管上吮吸。

"清楚了吧,大夫?"她问道。

"什么?"他嘟囔道。

面临的这种情形早已使他变得束手无策了。

"当一个人真的变得谦卑了,当他明白了自己不是上帝的时候,他就离成为上帝不远了。最后,他或许会进入天堂。"

到了这会儿,克尔维宁大夫的袖口早已搞得皱巴巴的了。大衣后背也出现了不少褶裥。离开的时候,他相当真诚地说:

"看来在这个病例中,药物是不会有什么用了。我建议特雷维延小姐能否找一个教士谈一谈。"

但当这个建议被提出来的时候,罗拉笑了起来。

"亲爱的姨妈,"她说,"你总是不断在给我送汤,现在又要送个教士来了。"

"我们只是想,"艾美姨妈说,又补充道,"我们干的一切,用意都是好的。"

这太不公平了,谁都跟她过不去,就连不是她的主意也怪她。

但罗拉暂时被某些幻象慰藉着。或许是水蛭的功劳,她姨父这样希望,尽管他平素是倾向于怀疑的。不管怎么说,她在下午的确休息了一会儿,到了下午四点钟左右,凉风和平时一样起来了。带咸味的海风混着凉爽的玫瑰花香吹了起来,这时她疲倦地说道:

"墨赛该到了。她们正把她从车上接下来。但愿那儿没有黄蜂,因为她自然会经常在果树下玩的。我可真想把头枕在那长长的、凉凉的草上啊,哪怕一会儿也好。"

忽然,她把目光集中在她姨妈身上,她的眼睛总好像比别人的眼睛能看见更多的东西。

"墨赛走了吗?"她问道。

"那是你的意思。"艾美姨妈说。她舔了舔嘴唇,把手帕握成了一个紧紧的小团。

"我很高兴,"罗拉说,"我的心平静了。"

波恩纳太太想,她自己是不是毕竟比她外甥女更坚强一些。

沃斯曾试图记住日子,可连最简单的数字也会膨胀成为对宇宙时光的计算;这样的无边无际,就像往他嘴里塞了个粉乎乎的土豆似的,冷是无疑的,可大得让人没办法。

有一次他问道:

"哈利,我们在这里待多久了?① 多少天了?我们得去抓住那些马,不然我们会在这个地方待着不动,会烂掉的。"

就好像烂掉是可以避免似的——只要动动窝。但这不可能。

"我们活着就一定会烂掉。"他叹了口气。

恩赐的唯一标志是腐烂过程的快慢问题,还有就是,有些灵魂被允许在腐烂时所表现的美丽颜色。因为,归根结底,一切都是肉体的,而灵魂在形状上是可以被忽略的。

在这些天里,很多人进过小篷子。他们总是跨过白人孩子的身体,站在那里注视着这个男人。

有一次,当着一群人的面,那个年老的黑人——他们熟悉的那个护卫——往这白人嘴里塞了一整条幼虫。

他的动作具有极为庄重的含意。

这个白人感受到了那一撮又白又嫩的肉,但更注意到了那滋味:略有点像杏仁,当然杏仁味也是不完全的。他闭着嘴嚼了一阵,然后试图吞咽下去,立即,这软软的东西变成了他少年时期总是难以下咽的圣饼,那圣饼无用地把他滚热的口中的口水吸走,可又咽不下去。和那时一样,他生怕他这犯罪行为被发现,那被消化了一半的圣饼躺在他面前的地上。

---

① 原文为德语。

不过,他还是及时地把幼虫咽了下去。

那些严肃的黑人们开始对这个白人的存在习惯起来了。和巨蛇一起出现的这个人也许并非凡人,因此必须得到尊敬,甚至得到爱戴。爱暂时换得了安全。他们甚至于带了孩子来看这个白人,看这个闭着眼睛躺在那里的人,他的眼睑是淡金色的,和天上的巨蛇的肚皮是一个颜色。

这男人有时努力在那种宁静的、哥特式的朦胧中走;在冰冷的瓷砖地上,在金色的叶子下,在灰蓝色的天穹下走着。在这朦胧中,有种香气在升腾,也许是来自浓郁的安息,再加上水仙的香味。他推断大约还有圣徒的尸骨,也散发出圣洁的气息。其中有一朵发着臭气的水仙,也许是个信仰并不坚定的圣徒。

这味道开始压倒一切了。

在一个炎热的下午,黑人们把白人男孩腐臭的尸体拉了出去,尸体已经在躺着的地方胀起来了。他们高叫着,踢了那令人恶心的尸首不少脚。尸体肿胀起来了,变成了一个绿色的女人,他们把男孩尸体和另一具白人尸体一起扔进那条干沟里,那人已经释放出了自己的灵魂。

在干沟中,那肿胀的尸体和干瘪的尸体并排躺着。

让这两具尸体在那里生蛆,有个黑人大叫——他是个诗人——让它生白蛆吧。

所有的人都大笑起来。

尔后他们开始唱起来,尽管用的是一种低低的、尊敬的声音唱,因为现在还是那能够吞食他们的巨蛇的季节。他们唱道:

　　白蛆干瘪了,
　　白蛆干瘪了⋯⋯

沃斯听到他们的歌声,发现自己平素发黄的手掌仍然令人吃惊地发白。

"哈利,"他孤独地喊道,"过来给我读点书啊。"

过了一会儿,又说:

"一个好青年。①"

又过了一会儿,他仍旧对自己那令人吃惊的手大感兴趣:

"咳,哈利,他当然已经死了。"

只剩下他一个人了,只有他一个人能忍受得住,而这正是因为他终于变得谦卑了。

这样说来,圣者只有到只剩下骨头时才能变得神圣了。

他哈哈笑起来。

这事说容易也容易,要说难也够难的。因为他仍然只是一个人,被他的命运的绳索束缚着,一大堆乱绳索。

到了晚上,他躺在那儿,穿过小树枝望着星星;更多的是看着那颗彗星,这颗星看上去已经快走完它该走完的路程了。它的光已经在减弱,要不然就是他的眼睛不行了。

他说:"哈利,那就是十字座,我相信,在主桅的南边。他们的巨蛇肯定就是要从那儿钻进去了,我们也就看不见他了。"

"你害怕了吗?"他问道。

他意识到他自己一直是十分害怕的,甚至在他的神圣权威处于高峰时也是一样。那是个处在摇摇欲坠的皇位上的虚弱的神祇,他害怕打开信,害怕下决心,害怕骡子眼里的那种本能的智慧,害怕好人纯洁无罪的眼光,害怕激情的善变性,甚至于害怕几个男人、一个女人和若干条狗对他的忠诚。

现在他只剩下了一个人的骨架子,他起码能够承认这一切了,

---

① 原文为德语。

能够在黑暗中静听自己牙齿打架的声音了。

"噢,耶稣啊,"他叫道,"我亲爱的,救救我吧!①"

他也非常害怕武器、棍棒,从永恒之树上被打下来,害怕血泪和蜡烛。害怕巨大的传说会最终变成事实。

快到晚上的时候,那个曾经坐在探险者身边的老者小心翼翼地试着把探险者的上臂划开,看看血还会不会流淌。血还是流了,尽管流得很缓慢,那老者用一个手指在黑色的、稀薄的血液中沾了一下,又闻了闻手指。然后吐了口口水在手指上,好抹掉血迹。

第二天,证明是最后一天,热得能烤死人。那些黑人前一夜一直在望着巨蛇,等着它消失,到了白天,都特别阴郁。似乎他们经历了一个骗局。只有女人们是无所谓的样子,她们从尘土和丈夫们的欲求下起了身,和往常一样挖起甘薯来。唯有一个年轻女人是用不着的,她被天堂的景象累坏了,几乎有些颠倒了,模模糊糊地梦见黄色的星星掉了下来;梦见那温和的、金黄的肉体,充满了对她的柔情,她还亲手抚摸了。

于是,因为她对某种秘密获得了神启,这年轻女人仿佛是个老者,在别人的眼里,她的重要性大大提高了。她的同伴们以致不好意思和她闲聊。她们在她周围说着话,而不敢对着这个年轻的、刚受启蒙的女孩说话,这姑娘不久前也不过就是个给了杰基——那东边部族来的男孩——的小丫头。

那天男人们比平时狩猎回来得早些,他们都在问倒霉的杰基问题,他则忍受着懂得一种语言的痛苦。可他们从他缄默的口里挖不出什么。他一直是个很不高兴的、沉闷的小伙子。

这时,那划开白人手臂的老头来到他们中间,举起手指给他们看。所有成年了的人都仔细观察了这老头的手指,尽管手指上早已

---

① 原文为德语。

没有血迹了。到太阳下山时,所有的人都又气愤又阴郁。

探险者静等着,他并不惧怕肉体上的折磨,因为已经没有多少肉体可言了。他担心的是,他也许会没有力量忍受某种精神上的最后蹂躏。那天晚上,他有很长一段时间不敢抬起眼来望望天空,等他最后终于看上去的时候,他发现钉子正在往十字架里面钉;而彗星,则已经消失了。

脚步来回走、来回跺的声音几乎持续不断。黑人们已经很明白他们已经获救了,这本该使他们想表达单纯的愉快;然而这些天来,他们一直被那巨蛇和这个白人给骗了。因此那些黑人是非常气愤的,当然另一方面也很高兴,因为使他们上当受骗中的一个还在他们的掌握之中。

沃斯聆听着。

他们的脚锤击着地。男人们用大地的暖色涂抹了全身,这是他们通过一个又一个的图腾所熟悉的。这暖色终于战胜了冰冷的、模糊不清的星星的王国。简朴的精灵跳起舞来了,这些精灵使黑暗中那些可怕的精灵消失了。各种动物又出现了,披着柔软的、带着麝香味的皮毛和羽毛出现了,他们也在为生命跳着自己的舞。他们脚下的尘土是滚热的。

沃斯能听见这一切。他的脖子现在只能挪动一两英寸了,因此他只能闻到他们的腋臭,而不能看见他们。那些黑色的躯体的每一个毛孔都在流汗。

然后,他听到了第一声尖叫;他听到了链子的碰撞声,心里很明白。

在这夜晚里,黑人们正在屠杀白人们的马和骡子,因为他们有了这个权力。这些瘦弱的牲口站都站不起来了,但还试图用绊住的前腿反抗一下。有些牲口十分滑稽地侧着倒下去。它们的眼睛映着红红的火光,闪着恐惧,鼻孔都僵住了,血哗哗地流着。那些闻见血腥气,还没有被杀的牲口嘶叫得比那些已经奄奄一息的还要可怕。舌头伸了出来。骡子比较安静些,也可以说它们更加绝望,像是被扯住了的大鱼,在河岸上跳着、扭着,但它们的目光最后终于变得模糊了。

这些,沃斯都不曾目睹,但有一段时间,那长矛似乎是穿透了他自己的身体。从他那细小的喉咙,通过干瘪的小舌头,发出了一声尖叫,为他所有的痛苦而尖叫。

啊,主啊,让他忍受这一切吧。

很快,将死的牲口的内脏的气味充斥了夜空,它们那闪着亮光的、发绿的肚皮被切开了;黑人们被恶臭的气息冲昏了头脑,在牲畜尸体中来回跑着,把干瘪的肝脏扯出来,把粗糙的舌头砍下来。

他们手上的血迹还没有干,便开始疯狂地大嚼起来。似乎过了不大一会儿,便开始吮吸烧黑了的骨头,有些人正为吞不下去最后一片烤焦的兽皮而干咳。总的说来,这是相当差劲的一餐,但每个人的肚子都鼓出来了。要是说他们是不可原谅的,那也是他们贫瘠的生活造成的。

沃斯听得见火堆边吮吸手指的声音。这时,这些黑人开始安静下来,一个个昏昏入睡,越来越静;而且距火也近了,他们自己的皮肤几乎也要在炭火上烤焦了。

至于他自己,这时感到一阵梦幻的清风抚过他的脸颊,看来他似乎可以逃离他已陷入的炼狱。在他焦干的胡须上的脸颊是柔软而陌生的。那匹健壮的骟马站在那里,用它的口鼻在前腿上蹭痒,伴着金属和谐的乐音;这乐音在他跨上马以后一直在响,他一旦骑走,就不再回头看过去的一切,他对未来充满着巨大的信心。

他是如此充满着希望,很明显,她一定是在他身边的。而且,事实上,他的确听见另一匹马在打响鼻,那声音的高亢让他一听就知道是清晨到来了,何况乳白色的天色也明确地告诉他们第二天到了。他们继续往前骑着,山谷开始呈现出一种令人震惊的深重的红色,两边齿状的群山中穿插着极为细腻、美丽而精细的,莱茵河式样的角落。他们一度来到一条清澈见底的河边,并没有必要用这水来解渴。清风是那样沁人心脾,搔人肌肤,他们于是下了马,在岸边采摘长在那里的水仙花。这些花儿是一段段的祈祷,她说。在他们后来骑向他的加冕典礼的路上,她把它们扔掉了;而当那个仪式被取消之后,这些花又长出来,使他们在回程寻找人的地位的长途跋涉时聊以充饥。她建议他尝一尝这些滋养的花朵,于是他们站在那里大嚼了一阵。水仙花的味道有些像白面,但很有营养,他甚至还认为根茎中的汁水可以使这花很容易熬成黏糊的浓汤。但更重要的是,他终于能够将自己的爱的语言放进她的口中,而她的信任异常巨大,以至她接受这些雪白的圣饼时竟毫不感到惊奇。

　　面对着他们的发现待了一会儿后,这两个人重又骑上了他们健壮的马,继续向前走去。尽管旅途漫无止境,他们却不受影响,也并不感到在这巨大的原野上他们自身的渺小。他们一直不断地研究着各种令人惊异的东西:金合欢树身上的伤痕,他们记得以前在哪儿见过,还有能冒出野蜂蜜的石头。另有一次特别值得纪念,他们发现一种灵魂,形状是椭圆的,质地和人的肉体差不多。从这灵魂不断生长出新的刀来,拔掉一把,长出一把。

　　丈夫不断向妻子讲解这些有着科学价值的东西,妻子则表现出很大的兴趣。尽管有时她感到十分枯燥,这看起来还是挺动人的。

　　早上,沃斯从这光明的境界中一度回到了现实中来。他头脑很清醒,能够支撑得住,他觉得自己能够以相当的勇气和坦然的气概迎接最严重的危机。

　　整整一个晚上,黑人们尽管因为吃得过多而昏然入睡,但他们在火边一直翻来覆去,似乎肚皮虽然饱了,但并没有最终满足似的。天刚蒙蒙亮,几个老者和武士们便起身了,他们的身体几乎立即显出要去做某件事情的样子。白人的看守者也加入他们的行列中,他走过去叫醒了杰基。

这时杰基——不管他是不是睡着了——马上显示出清醒过来的样子,他模仿着做出很有打算的样子,同时身子抖得像一潭黑水。他的身体依然是异常柔软而年轻的。他的左颊还留着一把骨柄折刀的印子,这是沃斯先生送给他的,他一直枕着它睡。也许正是这个令人伤心的宝贝使他十分忧闷,然而他却准备好为他的单纯赎罪了。

所有这些人都很快地走向树枝篷,在微微的光线中如同一团不祥之云。杰基走了进去,收留他的那个部族的人也随着拥了进去,他们仍然不很相信他的诚实。但这个地方的精灵对杰基是很好的:他跪在了沃斯先生身边时,他们托住了他的腋下。

他只能看见那白人灰色的眼睛正向外望着,不知是望着他呢还是穿过他向更远的什么地方望。他也并不试图搞清楚,只是憋着气飞快地用刀捅了进去,从他的气管和脖子肌肉部分当中捅了进去。

他的观众们发出一阵嘶嘶声。

这男孩子以他增长着的却又是混乱的男子气概又是捅又是锯,又是切又是打。他必须破除一直无情地把他和白人拴在一起的魔法。最主要的是打碎。

当杰基把头摘下来后,他跑了出来,后面跟着目睹现场的人。他把那东西扔在老者们的脚下,那些老者是很聪明的,他们都留神,自己不去干这件事。

男孩子在清晨的星空下伫立了一会儿,整个大气都在他皮肤上颤抖。而那个头颅样的东西,撞在几块石头上后躺在地上,与一个瓜没什么两样。还有多少像它所不再代表了的那个人呢?他的梦想飞入空中,他的血流入干涸的地下,土地立即就把它吸干了。究竟梦会不会繁衍,究竟大地对一品脱的血液会不会做出什么反应?

死亡的一瞬对这些问题并不做出解答。

同样,那天清晨,波恩纳太太从她外甥女房里的椅子上惊醒过来。与其说她刚才睡着了,还不如说她在一串可怕的、有形的思想中挣扎。她跳起身来,全糊涂了,发现是罗拉刚才把她救了。这年轻女人正在病床上无力地扭动,同时轻声地叫喊着,这时她已经被放过好几次血了。

姨妈看了看外甥女,心里希望她自己能知道该干什么。

"怎么了,亲爱的?"这吓坏了的女人哀求道,"我知道我很愚蠢,但我祈求能够变得聪明些,就这一次,只要你肯说说。"

波恩纳太太心里知道有些事是不会让她参与的,因此她的脸上带上了一种糊涂的,甚至是愤懑的表情。她站在那里注视着她的外甥女。外甥女想倾吐心中的一切,这很明显,因为她脖子上青筋暴露,脸上冒出微汗,闪着一种奇怪的、灰色的光。后一种现象无疑是清晨的光线引起的。这光线从窗中射进来,又被玻璃、镜子以及各种装饰玻璃折射出去。

"噢,上帝,"女孩子喊道,好不容易吐出了声音,"都完了,都完了。"

她一边说着话,一边打着冷战,脸上闪着光。

姨妈用手去摸外甥女的皮肤,皮肤挺湿的。

"退了,"艾美姨妈说,"烧退下去了!"

她自己也因为这个变化出了一身汗。

罗拉·特雷维延这时哭了,她停不下来。波恩纳太太从没听到过这么像动物的声音,也没听到过这么一种痉挛的哭声;但她现在已经不怕了,也不再停下来感到吃惊了。

"啊,天呐。"一放下心来,这老妇人啜泣起来,"烧下去了,我们得感谢上帝啊。"

"永远。"她又加了一句,这后一句显得特别肃穆。

但罗拉·特雷维延还在哭。

过了一会儿,她安静些了,于是说:

"起码,我不久以后有希望见到我的小姑娘了。"

"这么说,你知道我没按你的意思办?"艾美姨妈哽咽地说。

"我知道我的意志动摇过,我希望在这点上我能得到宽恕。"她的外甥女答道,"他会宽恕的,因为有着这样远的距离。我相信只要动机是好的,失败是可以被理解的。"

"谁将会宽恕,谁将会谴责,这我不知道。不过,从没有人承认我的判断能力。"波恩纳太太抱怨道,"哼,我是个管闲事的人,这都成定论了,就连我家里人都不承认我有时候管得是对的。"

罗拉这时已经累得无法再承受更多了,她睡着了,显得很安静;起码听起来、看上去是很安静的。

波恩纳太太用一块像是擦盘子布的爱尔兰手帕擦了擦汗津津的脸,第一个想法就是去把她丈夫叫醒。她心里真松快极了,急着想告诉他:外甥女现在有希望从这可怕的病中好起来了。她的确走了几步,然后又好好想了想。因为波恩纳先生是个感情冲动时很能节制的人,他没准会对这样一个情况无动于衷。于是,在早晨宁静的灰房子中,她独自享受着这喜悦,让她丈夫继续睡着觉。

第十四章

三位是好朋友的小姑娘,梳着小辫,在月桂树丛的隐秘处摇头晃脑。这是她们的一个秘密的小窝,是订各种盟约的地方。她们几乎总是带着林斯利小姐上午十一点钟分发给孩子们的油光锃亮的小面包来到这儿。

"我爱吃土豆。"玛利·赫普顿说。

"哦?"玛利·柯克斯应了一声,有点儿将信将疑。

"我最爱吃南瓜了。"玛利·黑利说了一句。

"嗬,好哇,最爱吃!"玛利·赫普顿顶了一句,"谁说最爱吃的了?"

她们三人一边蹦蹦跳跳,一边舔去那淡而无味、光溜溜的面包上黏着的几粒糖渣儿。同时做几件事是她们的习惯,只因为自由自在的时间实在是短得可怜。

"那我最爱吃草莓。"玛利·赫普顿往前跳着,喘着粗气。

"草莓!"玛利·柯克斯尖叫起来,"谁搞得到草莓?"

"我可以,"玛利·赫普顿说,"但是我不应该说出来。"

"这又是一件你希望我们会相信的事,"玛利·黑利说了一句,"就好像我们是傻瓜似的。"

"浅浅的酒窝长了一个小包儿。"玛利·柯克斯唱了起来。

"小傻瓜,唱个啥。"玛利·黑利也用她那很纯的嗓音唱了起来。

"那好吧,"玛利·赫普顿说,"我已经漏出一句了。但现在不能再说了,是你们让我说的。他们不能说是我不信守自己的话了。"

玛利·赫普顿停了下来。她一脸神秘地晃动着头上的小辫儿,然后开始去吸她手上那块墨迹。

"老吸墨鬼!"玛利·柯克斯骂了她一句。

"今天下午我要喝果子露。"玛利·赫普顿说。

她伸出手指头,冲着光。那块吸了一番墨迹的地方在发亮。

"你能喝得着什么?"玛利·黑利说,"买来的东西,你什么都喝不着。"

"好吧,"玛利·赫普顿喊了出来,她受不了这种话,"我告诉你们。"

所有的小辫儿一下也不动了。

"我要去参加威沃利那儿举行的一个聚会,是为大人开的,在德·库尔西太太家,她是我爸的一个远房表妹。"

"上学的时候去一个聚会?"玛利·柯克斯深表怀疑。

"既然是为大人开的,小孩去干吗?"玛利·黑利问道,"我才不信呢。"

"这是个特别的场合。跟你说,绝对是真的。"

"你跟我们讲了不少了。"玛利·柯克斯说。

"但这次是真的。我用双重的名誉起誓。这是为我伯伯开的晚会,他刚回来,去找那个迷了路的探险家去了。就是那个德国人。"

"呸!"玛利·黑利说,"德国人!"

"你认识德国人?"玛利·柯克斯问。

"不认识,"玛利·黑利答道,"我也不想认识。因为我不会喜欢德国人。"

"你真是傻瓜。"玛利·赫普顿断言道。

"我爸说过,如果你不是英国人,你可以做个苏格兰人。而爱尔兰人和其他所有的人都叫人讨厌,"玛利·黑利说,"尽管荷兰人很整洁。"

"可我们不是英国人,不是正式的英国人,不再是英国人了。"

"哦,那可不一样,"玛利·黑利说,"你自己从头就不一样。"

"反正是。"玛利·赫普顿说,"如果那个德国人没迷路,我伯父又没去找他,那就不会有这个聚会了。"

"可如果你伯父没有找到那个德国人……"抱怀疑态度的玛利·柯克斯说了一句。

"那还是件了不起的事。"玛利·赫普顿回答说。

"我爸爸说,"玛利·黑利说,"那人德国人让黑人吃了。这也是件好事儿,要不然,他就会给另外一大帮德国人找着土地了。"

"听着,玛利,"玛利·柯克斯说,"你能给我们装一包点心和其他什么东西回来吗?如果你真要去的话。"

"那不就是偷了?"玛利·赫普顿回答说。

"但你可以从你的表哥那儿偷,"玛利·黑利说,"只要几块点心就行。我们净是吃煮羊肉。"

"那我试试。"

"你怎么去呢?"玛利·柯克斯问。

"租一辆四轮马车,和特雷维延小姐一道去。"

"噢——!"那两个没有如此好运的人呻吟起来。

"你这个坏蛋!"玛利·柯克斯喊了起来。

"我告诉你一件事。"玛利·黑利说。

"什么事。"

"特雷维延小姐让我梳她的头发来着。"

"不信,什么时候。"

"那天晚上我脾气特暴,因为我紧张得很。因为妈妈回英国老家了。"

"那是因为穆德·辛克莱做的糖浆太妃。"

"反正,"玛利·黑利接着说,"特雷维延小姐带我到她的屋子里,让我梳她的头发。真好看。从前有一次她的头发全给剪了,后来又长了出来,比以前厚多了。"

"我听我姑姑们说过,特雷维延小姐有点滑稽。"

"呵,说的那个!全是胡扯。我当时想,要是我能剪掉她的一些头发拿去多好。她当然是转过身去的,不过我胆儿小。"

"瞧,她来了!"玛利·赫普顿用手一指。

"在哪儿?"

她们在隐秘的月桂树丛里转动着,心情很紧张。随后,她们抖动着平常穿的围裙,撒腿跑起来。

"看我不揍你们。"玛利·黑利尖声叫着。

"姑娘们!"上了年纪的林斯利小姐喊道,她正在晒热了的阳台上搓着发冷的双手,"年纪再小也得学会自我约束。"

年纪大一些的姑娘们,或者说是更训练有素的年轻女士们,正在漫步闲聊,三个小玛利踏起的一路灰尘使得她们都皱起了眉头。要比这些大姑娘更典雅的女士那就支持不住了,自然的法则会是这样的。她们那瓷器一般的脖颈是完美无缺的,修长、冰凉的手总有一股肥皂味。很大但很整洁的书被灵巧地夹在胳膊弯里,贴着纤纤细腰:钢琴和竖琴练习曲集、英格兰历史、植物学,还有几扎吸水的绘画纸。星期五的晚上,她们学习举止仪态。

"谁管得了玛利·黑利?"丽洁·艾卜斯沃斯眉头一皱。

"我有个印象,"奈丽·胡克姆开口说,压低了嗓门,因为她要讲的东西实在是很严肃正经的事,"我从前总觉得黑利这一家是罗马天主教徒。"

然后她转过头去。

"呵,不会吧,"穆德·辛克莱说,她长得不漂亮,但心地善良,"我姑姑认识他们一家。黑利这一家没问题。"

"这一位当然是得到特雷维延小姐的鼓励的。"奈丽·胡克姆说。

"正是,"丽洁说,"她来了。"

三位小姑娘站在那瞪大眼睛看,脖子很美丽地伸着。

"真可怜。"穆德·辛克莱说。

"怎么?"

"这,你知道的。"奈丽·胡克姆说。

"可我们真的知道吗?"丽洁·艾卜斯沃斯问了一句。

"她受过苦。"穆德·辛克莱说。

"她让人讨厌,"丽洁说,"她在数学课上说话带刺儿。"

"她确实很怪,"奈丽叹了口气,"我不敢跟她讲任何有意思的事。"奈丽说,"说实话,任何严格说来都没必要的事我都不敢跟她讲。"

"她挺可爱,真的。"穆德说。

"确实,她有时是很严厉。"穆德承认这一点,"可是,可怜的人,我想这是因为她太失望了。"

丽洁·艾卜斯沃斯很害羞。她笑起来。

"你以为她多大了?"

"二十六岁。"

"至少是。"

一片沉默。

"你们知道吗?"丽洁说,"我收到了玛利·赫普顿的大哥来的一封信,我去年冬天在波林格家碰上了他。"

"哦,丽洁,你没跟我们说过。"

"他是什么肤色?"

丽洁在小心翼翼地摆弄着树枝。

"我想,没人会说他的肤色有任何特别之处。"她想了一想回答道。

"我喜欢红肤色的男人。"奈丽·胡克姆把真情吐露得太快了,脸一下子红了起来。

"呵,可别。"

"嗯,我指的不是红得像颗熟板栗似的。"她回嘴说。

她的脸红得更厉害了。

"我知道奈丽的意思。"穆德说,一副若有所思的样子,"我能说出好几个红肤色的男人来。例如可怜的劳尔夫·安格斯就是一个。"

"他是我表哥,已经故去了。"奈丽说了一句,然后便整理她的书。

其他的人都吃了一惊,很同情的样子。

"太悲惨了,"丽洁说,她常常陪她母亲上午去人家拜访,"而且他还有那么大的庄园。"

"我父亲认为他们在大陆中部某个地方发现了一个天堂,因此不忍心回来了。但这当然只是种说法。"穆德说。

"我想劳尔夫不会这样缺乏人的本能。"奈丽脱口说道。

"但那德国人……"

月桂树叶抖动摇晃起来。树丛分开了,一个小姑娘犹犹豫豫地走了出来。

她的一身衣服很耐穿,就跟树叶一样的颜色。这不是那种人们会给小孩穿的衣服。

"哟,这不是墨赛嘛。"她们说。

穆德放下手里的书,似乎准备把她吞下去。

墨赛尖叫起来。

"你不亲亲我吗?"穆德问了一句。

"不亲。"墨赛又叫了一声。

"那你给我什么呢?"

"什么也不给。"墨赛笑了起来。

"如果你这么坏,我就要拿走这个。"穆德戏弄地说,摸了一下小女孩手里的一块大理石,石头也是绿色的。

"不。"

她会护着自己所有的一切。

"那你起码应该好好地和我们说话。"奈丽在寂静里哄了一句。

"你妈妈是谁?"丽洁问。

大姑娘们都等着,这是她们最爱玩的把戏。

"罗拉。"

"罗拉,谁是罗拉呀?"

"特雷维延小姐。"

"小姐?"丽洁问。

"哎,丽洁!"穆德喊了一句。

墨赛笑了。

"那你父亲呢?"奈丽问。

"我没父亲。"墨赛说。

"呵,天哪!"

大姑娘们咯咯笑着。她们白白的脖颈因为愉快加上害羞涨得草莓一样红。

"这是什么?"穆德问。

"这是我姥姥给我的大理石。"

这其实是波恩纳太太首饰桌上的一块大理石。

"这么说你有个姥姥啰?"穆德说。

"她几乎是什么都有了,你们瞧。"丽洁咯咯笑着说。

这很滑稽。如果她们并不喜欢这小女孩,情形当然会不一样。但她们对小女孩喜爱的任何其他表示都被特雷维延小姐打断了。她已经在摇铃了。

于是,这些大姑娘收起那些一尘不染的书,摸一摸柔软光滑的头发,看了看无可挑剔的衣服,然后向房子走去,重又开始了为生活而进行的排练。她们的臀部是多么地至关重要,还有她们长长的脖颈,以及非常苍白的手腕。

特雷维延小姐把铃放回老地方。

在林斯利姐妹的女子学院里,特雷维延小姐被雇为住校教师差不多已有两年了。她得到大家普遍的尊重。如果说她太自卑,不敢充分地表现她的慈爱之心的话(特别是在那些又冷漠又高傲的人中间),那么这种慈爱确是存在的,而且不断地被一些鲁莽冒失的小孩所发现。这样,在某些人中间她得到了人家的喜爱。如果说有不喜欢她的人,那总是些觉得公正是不公正的人,还有就是那些害怕或者是痛恨自己不懂的东西的人。

没有谁比波恩纳太太对罗拉·特雷维延有更大的误解了。她的外甥女在得了那样一场奇怪的病,又奇迹般地恢复过来之后,居然决定接受雇用,当一个学校教师。这本可以给当姨妈的带来无穷的担忧,甚至是感到切齿痛恨的,如果她对这事想得深的话;但波恩纳太太是很幸运的,她可以做到把任何心思几乎完完全全地置之脑后。

罗拉第一次宣布她自己的抉择时,应该说她着实吃了一惊。

"人家会笑话咱们的。"她声明说。

对有地位的人来说,没有什么比这个更令人痛苦了。但在调查了解了林斯利姐妹学校的性质之后,发现她们只不过是想给为数很少的一些姑娘,一些最有钱、有地产阶级的小姐们提供一个既有学术气氛又很讲究的家庭环境时,波恩纳太太的反对也就基本上烟消云散了。如果她还咕噜几句的话,那也只是讲讲道理而已。

"这是一位落入困境的淑女不得不采取的一步呀,"她还觉得有必要这样说一说,"或者说是可怜的移民女孩,在殖民地又没什么亲戚。"

"这真让我吃惊,"那位商人说,说话的音调很高,因为有时只要和他的外甥女说话,他的呼吸便会加快起来,"你从来没考虑过自己的婚姻,罗拉,这是很令人奇怪的。这一带有很多年轻小伙子都会迫不及待地抓住一个和如此体面的商号联姻的机会的。"

"这我从不怀疑,"罗拉说,"但我可不想成为某个人和一个店铺结婚的理由。"

"那还不等于一个双重投资?"姨父很献媚地答了一句。

"波恩纳先生,"他老婆发牢骚了,"我只相信在做买卖中不转弯抹角是种美德,但在一家人中这可叫人不舒服。"

罗拉笑了,说:

"如果不转弯抹角为的是好心好意,那倒也的确是一种美德。我亲爱的好姨父,我和那十几个笨姑娘在算术中纠缠不清时,我会记起这一美德的。"

"算术!"波恩纳太太喊了起来,"尽管我天生就有一个搞数字的脑袋,但我一直不相信有哪个女的能正正经经以教数学为业。那是男人们干的事,林斯利小姐应该去请个有绅士风度的男人才对。搞算术最重要的是全面打好基础。"

"这正是林斯利小姐通知我说,我应该教的几门课之一。"罗拉说,又补了一句,"我为什么不利用一下我的聪明?这就是我带到这个国家来的全部。那时我只是个可怜的移民,是的,姨父,除了你的好心肠,我当时就是这样。现在我希望的是能回报一下这个国家。"

"我亲爱的,"波恩纳太太笑了起来,她还是很漂亮的样子,"你总是这样诚挚。"

"国家,"波恩纳先生说话了,"我总是第一个履行我对国家的义务。"

"正是,"波恩纳太太说,"我们都是牺牲品。除了仆人问题,还有那糟糕的气候,这气候对任何人的皮肤都特别有害。"

"我快成为灰黄皮肤的人了。"罗拉承认道,然后站了起来。

"那你对家庭的责任又该怎样呢?"波恩纳先生问道。

"我从来不属于你们,"罗拉讲出了这句令人不愉快的真话,"除非有一阵子,或是偶尔才是。"

"我有时实在纳闷,除了一阵子和偶尔之外还有些什么。"波恩纳太太说,叹了一口气。

"好了,我们还是别谈这些超出我们控制能力之外的事吧。"罗拉哀求道,然后走出屋到花园里去了。

在这个家里,她的感情遭到这种夹着沙砾的风的袭击,以至于都快麻木了。

但还是有许多充满微笑的日子的,其中包括她离开她姨父的家——带着几本书,还有几件合身又必需的衣物,都装在两只箱子里——的那天。如果说她的财产实在太少,这也是她的选择。

"就像个傻乎乎的修女似的。"波恩纳太太最后这样说。

但罗拉却很满足,而且一直很满足。她强加在自己身上的誓言是严格的,与个人生活的一切方面隔绝,当然也隔绝了任何内思反省;不管她是多么期望得到那地狱般的快乐。那位憔悴的男人,她的丈夫,是不会引她到地狱的。如果他仍然在她睡觉的时候拥有她,那么那些从这种激情的果实中得到最大的快慰的人——就跟她一样,是不会意识到这种激情的源泉的。

林斯利小姐有一次确实有所触动,还跟她妹妹赫斯特说:

"我觉得这个年轻的女人给我们这个学校的生活带来了热情的气息,她的专心致志很值得感激,这种专心致志正促使她努力工作。

但你看,她把女孩子们单独叫到她寝室里和她们一起读诗,你觉得这样合适吗?"

"我可不知道,艾丽斯。"赫斯特小姐说,她总是依赖于她姐姐的各种观点和主动性。"她们读的是哪几个诗人呢?"

"我得问问。"林斯利小姐说。

可她并没有问。

虽然一心一意致力于文化事业,但这位风姿犹存的老姑娘对诗却是避而远之,几乎将诗看成是专门写来作为一些精心安排的大玩笑似的。好像诗会突然间迸发出来,把只有衰老的灵魂的她击得粉碎。她更喜欢已被人们认可的散文,但各类艺术都需要学习,即使仅是为了在殖民地那些可恶的男人心目中增添女性的神秘,那么她还是偏好于学习音乐,这比起讲出的话来要周全稳妥得多。她也喜欢素描和水彩,如果这两样东西只是限于花卉、水果,或是美丽的风景的话,还有很难弄的备用科目——制造皮制品,这需要一位上了年纪的绅士的帮助。

这就是她的标准和理想。但尽管这样,她学校里的那些女孩子,或者说是占有上等良田阶层家里的年轻淑女们,却开始呼吸起诗的气息了。她们甚至还写诗,在葡萄藤下,写在几片零碎的香纸上,或是书的封皮里。

有一次林斯利小姐请特雷维延小姐到她的书房里,不是征求意见,只是随便问些什么,这是她常有的习惯。她正巧说出这样一句话来:

"特雷维延小姐,你必须提醒穆德·辛克莱别把她的东西留在大厅里。例如这里有一本她的植物学的书,书的插页上还写了些自由诗。我看是她自己写的诗嘛。"

特雷维延小姐读了一遍。

"是首爱情诗。"她得出个严肃的结论。

"你不觉得这很令人不安吗,年纪轻轻的女孩子竟然在她们的课本上写些爱情诗?"

"在这个年龄是很寻常的,"特雷维延小姐说,"特别是在那些读诗的女孩中间。她们喜爱人家所经历过的一切。除非她们自己也体验到同样的经历,否则她们所能做的只不过是写首诗。难道你在穆德·辛克莱这般年纪的时候就没有写过一首无关紧要的爱情诗吗?"

"我完全记不得了。"林斯利小姐回答说。

她的脸色由黄变成粉红色。她的厌烦几乎就要变成咯咯的笑声,她努力控制她的不满的时候总是这样。

"可你不觉得,这是种极不健康的状况吗?"

"我认为这是一个幸运的小毛病。"特雷维延小姐暗示了一句,"也许,可怜的穆德在她一生中会因为极好的身体没有毛病而受苦的。"

特雷维延小姐实在很有些古怪,但林斯利小姐暗地里却很钦佩她。

因此,她很快便转了话题。

"我收到了一封信,"果然她掏出一封信来,"是一位叫德·库尔西的太太来的,她好像认识你姨母。这是给小玛利·赫普顿的邀请,是下礼拜四。你也知道,我是不喜欢学期当中的什么聚会的。但既然这事不同寻常,是为玛利的伯父赫普顿上校而举行的,他到丛林中探险回来,因此我提议接受这一邀请。"

"噢,"特雷维延小姐说,"是的。"

"有人建议你陪同玛利去。"林斯利小姐接着说了一句。

"我?"

"赫普顿上校表示想认识你,既然你是沃斯先生的朋友。他一直在寻找的就是这位失踪了的探险家。"

"我?"特雷维延小姐重复了一遍,"可我实在看不出我能有什么用,或是有什么使人感兴趣的地方。一切都过去了。刚才讲到的那个人我仅仅是认识,他在我姨父家吃过一次饭。"

"这是上校的愿望,"林斯利小姐说,"而且我不能让德·库尔西太太失望,我听说她是位法官的遗孀。"

"我,"特雷维延小姐说,"我被弄糊涂了。"

她要回自己的房间去,用思考加凉水使自己重新活跃起来,为上午的课做准备。好几位小女孩和她打招呼,都被她的裙子发出的呼呼风响吓坏了,而且看到她的表情也很吃惊,因为她的皮肤已变成了深棕色。可到了她自己的房里,女教师意识到她对自己的了解是多么不够。她确实想让上校询问一番来着,尽管已经在为其后果而战栗了。不管是什么样的后果。

这一天很快便来到了。当玛利·赫普顿戴着顶漂亮的带皱褶的帽子在大厅里等特雷维延小姐和雇的四轮马车时,她想着坐在出汗的石头上也许会使她得病的。但她还是正襟危坐,她那条最好的、上了浆的裙子残酷地嵌进她的膝盖,无论从哪方面看这都是为德·库尔西太太的聚会做出的不小的牺牲。

德·库尔西太太——这位养尊处优的女人,自己也很激动,但并非因为想到她举办的聚会,因为她经常举办聚会。更确切地说,她是因为她表兄赫普顿上校的出现而动心。他是位高大、古铜肤色的绅士,相貌奇丑。他做了一件极为勇敢的事,那就是跑到丛林里去找那位失踪了的探险家。可她觉得这位探险家完全不是个吸引人的人,更何况他是个外国人。

"你可真不爱讲你的探险情况啊。"她抱怨上校说。她早就想让上校讲一讲了,这样她便可以尽情地看着他,并且听到些别的人听不到的事,"你什么也没发现吗?"

"在树下找到了一粒扣子。"上校说,他是没法严肃地对待那些讨人喜欢的女人的。

况且,他还曾一度相信他的表妹是最讨人喜欢的女人。

"一粒扣子?以为我是个白痴!"德·库尔西太太抗议了,"你真是个让人焦急的小坏蛋,雨果。我不会再纠缠不休了,因为我不是那种可以让人信任,让人可以告诉一些重要消息的人。"

"你可别指望一个刚从丛林里回来的男人,在美味的奶油面前会满脑子都是什么重要消息。"赫普顿上校答道。

"满脑子都是。"德·库尔西太太说,而他本来是想使她高兴起来的。

她是个不太聪明的女人,很年轻的时候便用心地去掩饰自己缺乏智慧这个缺陷。这是为了尊重社会的种种苛求,也是因为她喜欢与男人们在一起。虽然她这样不择手段,但也因为她作为女主人并获得各种成功而被认为情有可原。此外还有她故去丈夫的事业上的成功,她曾全力以赴地为他的事业出力。她也赢得了所有男人们持久的崇拜敬仰。大多数女士对她不是冷漠,至少也有所戒备,这也正符合她的脾性。因为女士们一般不被纳入她的生活轨道,除非是为了使社交活动在各种场合下不至于中断。

"满脑子都是。"她一再重复着,拍着裙子上的一个蝴蝶结,她又觉得这东西不太适合于她了。

"我都丢掉了文明生活的习惯了。"上校解释了一句。

"可你简直爱上了乡村旷野!"德·库尔西太太喊道,故意把嗓子弄得沙哑起来,就像是鹦鹉刚学了一课似的。

可今天,他却并不因为这种纯技巧的表现而感到高兴。

"如果你是个男人,艾菲,你也许就成了一个探险家。你的顽强是足够的了。你征服一切的渴望会使你克服最难忍的、真正的干渴。"

"尽管我的性格也许和你说的一样很使人讨厌,但我会完全因为无聊而去探险的。"德·库尔西太太打断了他。

"沃斯探险像是因为受到了某种启示。"

"哦,沃斯、沃斯、沃斯!还有高尚的你?别跟我说你并没有得到启示。"

"我只是试着做个探险家,"上校说,对一个咄咄逼人的男子汉来说完全是一副恭谦的样子,"甚至还称不上。我只是跟着别人的足迹跑跑,更多的是满足好奇心,而不是最终想发现他还活着。"

"你真老实,"德·库尔西太太喊了出来,"这就是我为什么爱你的原因。"

而她没有说出来的话却是:你不再爱我了,而我却没法那么诚实地承认这一点。

相反,她扯开了嗓子说了一句,嗓门很高,简直像是年轻人的嗓音:

"我有让你吃惊的消息。"

上校表示了感激,尽管他不想体验什么惊奇。

"草莓。"他尽义务似的说。

"草莓当然会有,但还有一口苦酒。起码那些知道内情的人告诉我是苦酒。有个年轻女人认识你那位德国人。至于亲密到什么程度,那些和她关系密切的人不愿意说出来。但大家都知道他们当时相互通信。"

"这太好了,艾菲!"上校喊道,终于也不管那些家具了。

"是的,"艾菲说,"好极了。那么我得要求报答了。"

于是她得到了。

正在这时,三个老仆人中的一个来了,他们都服侍德·库尔西太太多年。她来宣布第一批客人到了。女主人一点也不惊慌。老玛格利几乎是又聋又瞎,但她还能准确地履行她的各项职责。

"那我们下楼吧。"女主人对赫普顿上校说,就势在一面镜子里扫了自己一眼,眼睛潮潮的,"我们下楼,让那些体面的人打扫剩下来的东西吧。"

"顺便说一句,这个年轻女人。"她想了想,加了一句,"我还以为是你请她过来的呢。"

"如果真是我而不是你,那么情形便可能会令人尴尬了。"

"我不怀疑这一点,不管是哪种情形。"

上校一边跟着他表妹走,一边赶紧低下头,不然便会撞在过梁上,他没有想再谈下去。

客人们一直在源源不断地到达。那些较有名望的人在花圃四周,或是在有弹性的草坪上站立着,带着一种夸张的兴趣仔细看着周围茂盛的灌木丛——德·库尔西太太的花园正是以这些灌木丛闻名;另外一些人则假装不看早已在一株低垂的榆树形成的自然华盖里摆设好了的茶桌。桌上有一只大银壶,上面装饰着贝壳、花纹和形态各异的神话人物。除了这只壶,桌上其他的东西都被网罩上了,既是为了防苍蝇,也是为了不让人看。这张网上重重地缀满了晶莹的玻璃珠做成的花边,以至于凹陷下去的地方都变成隐秘的绿色,而那露出来的突出部位却是很诱人地洁白。一些客人正纵情沉湎于精神上的欣喜,这种欣喜正是这样的花园通常所带来的;而另外一些人则局促不安,一会儿想自己的扣子是否扣对了,一会儿又犹豫是否和琼尼斯一家没打招呼。而这时候的德·库尔西太太认为一切都必定是很幽默有趣的,穿着她那件很贵重的连衫裙在淑女和绅士之间穿梭般地走动;不愿意看到男女宾客分成两摊谈话,女宾们谈什么太阳帽和蜜饯,而男客们总是议论什么羊毛和天气。这就是女主人的技巧手腕所在,不一会儿大家都很踊跃地混到了一起,包括那些完全不能交谈的人。她也飞快地为他们组织了一场槌球赛。

"即使我们只少一根槌球棍,也让人无法忍受。也许兰金先生愿意到茶树后面的小夏屋去看看,我看他是个能解决问题的人。"

年轻姑娘们尖声叫起来。

凭着她丰富的经验,还有那一阵阵凉爽的南来的风,女主人当然是只可能取得成功了。那些头脑简单的人,那些体面的商人和他们的妻子,还有那些乡下来的浑身一股绵羊和公牛味的男人们,都因为太幼稚而不可能想到去怀疑德·库尔西太太是否可以说过于浮华;而那些和德·库尔西太太属于同一类的人却往往会因为手头事太多而不能注意到这一点。这样一来,靠着别人的无知蠢笨和自己与别人沆瀣一气,她便被大家接受了,而且应该是很心满意足的。但即使是身处这样一个各种习俗决定的圈子里,她有时也会犹豫踌躇,就像一株傲世的百合。当人们的眼光都艳羡地望着她的珠宝和首饰时,她心里很清楚自己更喜欢的是夏天那"最后的一击"。

"几乎人人都像我所希望的那样顺从服帖。"她对上校皱了皱眉头。

"亲爱的艾菲,"他笑了,"如果我使你失望了,那是因为我在某些方面还有欠缺。你得学会忍受人们的缺陷。"

"看,至少可以说,那是使你吃惊的人。"他的表妹说出了这一点,对这种大实话做出了最可能精巧的悲剧性的婉转回答。

"哟,玛利!"上校重重地喊了一声,伸出双臂拥抱了已经印象模糊的侄女。

玛利早已忘记了她的伯父们、她父亲,以及所有可以见到的男人们所特有的那种好闻的气息。因此,她吃了一惊,她既觉得窘迫又感到高兴,告诫她伯父注意她漂亮的帽子。

"怎么!你都这么大了?"赫普顿上校不满地说。

"还有特雷维延小姐,她一路非常认真地伴随着玛利从学校到这里。"

此时,他已经注意到穿着铁灰色衣服的这个人。德·库尔西太太只一眼就把她概括起来,但并不准确。上校习惯于在朝着鸟巢和水坑走时小心翼翼地迈步,为的是不折断任何枝丫引起对方的警觉,因此他很熟练地一步步盘问他的侄女在学业上的进展。他暂时不准备理会这位女教师。

对这种环境,罗拉·特雷维延一点也不感到陌生,可人们不再认为她属于这个圈子了。很少有人此刻认出了她。新来到殖民地的人总似乎是占多数,他们不知道她的底细,而那些已经安安稳稳地成家立业的人则只会想到自己的成功,而不可能去指出一个无足轻重的失意人。罗拉接受了人世的这种决断,而且没有任何受羞辱之感。事实上,她已经找到了很多的补偿,因为她现在已完全变得淡漠了;她看得更深也更真切,往往喜爱她看到的一切。不管是没有生命的物件,诸如一碟费时费工的粉红色蛋白酥皮,还是其他什么。例如说周围的人吧,她注意到有的年轻妻子拼命地想很文雅地掩饰自己怀着孩子的肚子。

这位年轻的女人整理着披巾、手套和一把小巧、缀边的阳伞,带着一副挑衅的神色向女教师走过来,开口说:

"怎么,罗拉,在这儿遇见你真不可思议。妈妈从波恩纳太太那儿得到的印象似乎是你已经看破红尘,与世无缘了呢。"

"噢,乌娜。"罗拉回答说,"如果波林格太太认为我进了某个什么与世隔绝的修道院,那可完全是误解。"

接着,这两位朋友站在一块放声大笑。如果说麦克阿利斯特太太笑得有点过久的话,那是因为她从来没有喜欢过罗拉,而罗拉在生活这场游戏中已经输了。现在是乌娜引出她的丈夫来为她的胜利作证的时候了,她真这样做了;可罗拉马上就认出了在派帕角野餐时认识的那位合格的牧场主。因此,除了日复一日、无穷无尽的日子,乌娜·波林格还能指望更多的什么呢?

"你在坎登该是多么快乐呀。"罗拉说。

"哦,是的。"乌娜只得承认,"尽管房子还有些小修小补的事。就是那种房子,我相信每个窗户格里都有白蚁。"

乌娜的那位橘红色的巨人站在一边,两个拳头放在屁股上,咧嘴笑着。他的牙齿很宽,相互间距离也很大,这很使罗拉着迷。

"而且很孤单,"乌娜·麦克阿利斯特接着说,细细地察看着罗拉·特雷维延,"你是不会相信在坎登还会感到孤单的。"

乌娜的丈夫几乎要把他那件好料子的大衣撑开了。

"你马上就会有个孩子了。"罗拉安慰了一句。

乌娜的脸涨红起来,转而开始说草莓了。

于是她丈夫也跟着说起草莓来,他那股耐心劲完全是一个惯于将一群活蹦乱跳的羊想法弄进羊圈的人才会有的。

这事过后,罗拉·特雷维延还是站在那儿,还是穿着那身铁灰的连衫裙,正好处于一群客人之中。这似乎是德·库尔西太太第一次出现了失误,也有可能故事就是这样安排的。终于,赫普顿上校迈着他很长而且有力的腿走了过来,开门见山地说起来:

"特雷维延小姐,如果你愿意给我十分钟时间,我很想和你就某一问题谈几句。"

由于心里很清楚他将会折磨自己,罗拉·特雷维延直到此刻才抬起眼看看赫普顿上校。他的面孔是和善的。当然,他是否会一直这样和善也许取决于他是否能达到自己的目的。

"我可没设想我能够满足你的什么好奇心。"特雷维延小姐马上回答说,两只手紧紧捏在一起,然后他们向一边走去,"我听说你想问我些问题,我会很高兴的,可……"

他们与其说在散步不如说是在齐步行走,而且她满口说的都是一套套考虑周到的话。

"我不想去捅老伤疤,也不想冒犯你个人的感情。"说话同样刻板的上校补了一句。

尽管很笨拙，但他还是迈着坚定的步子继续朝一座小凉亭走去。他事先就看好了这个凉亭，就在茶树的后面。女教师不得不紧跟慢赶想追上他的步子，几乎像一个男人在走路。她显得很消沉，但看上去放松。

"我很感激你对这件事的关心，"她说道，"但我可以肯定你这种细心体贴是找错人了。如果冷静下来想一想，沃斯先生只不过是认识才几天的熟人，实在话，不过是几个小时呀。"

"是的，"上校说，把手放在她的腰部指引她走进凉亭里，"特雷维延小姐，这是很自然的，哪怕是几个小时，也可留下一定的印象。可是，如果你不愿意告诉我你的这些印象，我又有什么权力来强迫你呢？"

他们仍然站着，尽管周围有些长凳和一个很小的乡村式桌子。当他们推了一下身边的家具，这些桌椅便发出沙沙的响声。

"可我知道得这么少。"特雷维延小姐又回了一句。上校想，好像这一点点还不是所有的情况似的。

他们坐了下来，都把手放在自己前面的桌子上。

"此外，"她说，"如果我的回忆中有一部分并不那么令人愉快，我不愿意跟人家谈关于一个已经——或者说很有可能已经死了的人的记忆。但我确实知道沃斯先生有着某些很令人讨厌，甚至是可恶的地方。"

"这最使人感兴趣了。"上校说。

"不然的话，"她说，"我就无法相信他曾是一个真正的人。"

要是德·库尔西太太讲了这番话，上校便会知道这是个开玩笑的好时机。

但这位女教师正在舔湿自己的嘴唇。

"真是可怕的品质，"她接着说，"你甚至会怀疑，你是否没有按照你对自己的认识和了解来解释这些品质。哦，我不是说你对自己的了解,而是以为对自己的了解!"

她很激动。虽然她还是个年轻女人,也很漂亮,但她显得衰老。就在刚才,他意识到了这一点。她深色的眼睛似乎占满了整个小凉亭,她的眼睛里泪水在打转,几乎溢出来。

"你是否认为你所说的那些不太好的品质有可能激怒了他指挥的那些人,从而削弱了他作为领导者的权威呢?"

她正在打量着四周。这时她没法回避了。这座小凉亭是用编织得很细密的小树枝精细地盖起来的,有一股荒废的气味。

她无法回答他的话,也不看他,甚至连他消瘦的手也不能看。沉默延续着。突然,当沉默几乎就要崩溃时,她浑身颤抖了一下,尖声喊了出来:

"如果让我流血会给你带来什么好处,你可以把我的头砍下来。"

"不是为我,而是为了沃斯先生。"

"沃斯先生早已成为历史了。"

"可历史在经过筛选,找到真情之前是不能被接受的。有时,这一步就永远也无法达到。"

她低下了头。她的心都快碎了。

"是的,永远达不到,"她赞同说,"都是些谎话。只要有人在,就总会有谎话的。我就不知道我自己的真情,除非我偶尔能梦到它。"

"要我告诉你,我知道的事吗?"上校很急切地问,"关于沃斯的?难道你对一个仅仅是相识的人的命运就这么不感兴趣?"

"尽管你很善良,但你是最残酷的人。"她说了一句,眼睛看着桌子。

"在我的旅行中,我在达铃坡地的吉尔德拉农场过了几个晚上,正是从那里探险队开始了他们的历程。主人波伊勒先生很愿意帮忙,但是靠不住,因为他太爱喝朗姆酒了。吉尔德拉来的两个黑人随着沃斯西去。其中一个是老头,出发后不久便回来了。第二个也回到了农场,但我无法算出过了多长时间,因为波伊勒总是迷迷糊糊的。但可以肯定的是,过了相当长的一段时间。那老头让杜格尔德和这个男孩谈了次话,男孩子看起来心情一直十分压抑,甚至有些神经错乱了。波伊勒这么认为。波伊勒盘问过杜格尔德,老头声称从那孩子口里得知那边发生过一次叛乱。然后那个男孩杰基,我想他就叫这个名字……"

"是杰基。"罗拉·特雷维延说。

上校朝他的听众皱了皱眉头,因为她打断了他,然后继续说了下去。

"杰基从吉尔德拉跑了出来,不时回来一次,但他的行踪和举止都是无法预料的。我本想亲自问一下杜格尔德,但他们告诉我说,那个老土著人在我到车站的几个礼拜之前就死了。"

赫普顿上校是习惯于看一些泪流满面的妇女的,但现在却意识到眼前这个女人的痛苦是没有泪水的,像火在燃烧。可他并没有看特雷维延小姐一眼。

"还有一件有意思的事。在探险队明显失踪了之后不久,有一个土著部落因为干旱被迫到了东部。他们在吉尔德拉停留下来,农场附近的土著人接待了他们,农场主人还给他们饭吃。有一次这些西部来客似乎举行了一次土著人的狂欢会,晚会上他们演出怎样屠杀了一批马。同样,波伊勒这家伙几乎时时刻刻抱着酒杯子,根本不可能告诉我任何令人满意的细节。"

沉寂里两人都静听着茶树墙发出的唰唰声。

"那么杰基呢?"罗拉·特雷维延说。

她并没有问。她的心情太沉重了。她的语调不如说是陈述一件事实的语调。

"你知道,"上校说,"这正是我没搞清楚的。我要返回去。特雷维廷小姐,你说服了我,我应该回去。谢谢你。"

"噢,不要,"她哀求道,"不要回去。他们已经死了。事情已经完结了,让他们这样死去吧。我们大家已经受够了。"

"在他们那些人当中,有些人可能活下来了。杰基就活下来了。另外,我们不应该忘记那些反叛者;不管他们的行动多么应该受到谴责,我们都不能抛弃他们,这些可怜虫。"

特雷维延小姐咬住她的嘴唇。

"沃斯就可能是魔鬼,"她好像想起什么来,"要不是他同时又像个十分不幸的人的话。"

上校看得出来这个年轻女人的自傲感已经垮掉了,蜕变成为扭曲了的自怜,这一切是多么不幸。作为一个男人,他对女人极其有兴趣。他对女人总是抱有兴趣,而不是钟情,除了对他的妻子。他对妻子的爱里既有对常规的附和,又有满怀深情的尊敬。

但是,他不能继续看着这个女教师,等着她再次躲进贝壳里去。要说什么安慰的话,也会显得笨拙,于是他索性直截了当地说:"我很抱歉。可能,你情愿让我离开你。"

不过她回绝了他的请求,说道:"一个人总要顶住自己要躲到角落里去的那股劲头。"

然后她站了起来,舒展了一下她挺合身的灰色连衫裙。

他们穿过树丛朝客人走去时,她不断颤抖。德·库尔西太太一直在等待着他们,这时迎上前来,一片愁容。

"我能帮点什么忙吗?"她问特雷维延小姐,语调里充满了同情,同时她的目光在搜寻某种线索。

"没什么,谢谢。"罗拉答道,心中很是感激。

对于像德·库尔西太太如此漂亮和屈尊的人,没有人会不感激她的。

很快就没有道理再待在聚会上了。一度丰盛的茶桌看起来已经有些杯盘狼藉。小玛利·赫普顿在客人的夹缝中钻来跑去,弄得又热又黏糊,这时令人遗憾地成了人人烦的人。

一位老先生一直拿他的手绢叠成各式各样的东西逗她玩,临了她却对他大喊:

"我要是想的话,我能把你翻个个儿。我比你有劲。"

她的家庭教师下决心要把她带走。特雷维延小姐带她走的时候,对德·库尔西太太表示了谢意,因为小女孩玩得挺痛快,不过她却没有和赫普顿上校告别。

"你喜欢我伯父吗?"她们刚在车里坐下,玛利马上就问。

"喜欢,"特雷维延小姐说道,"他特别和气,待人宽厚。"

玛利·赫普顿叹了一口气,可能是为了她认识的所有的男人;也可能是因为她吃得过饱,难受了。之后,在浓重的燕麦和糠皮的气味中她们两个互相偎靠着,这味道把马车和马厩区分开了。

"你打算怎么办?"德·库尔西太太在低垂的榆树下问赫普顿上校。

"我打算明天回巴瑟斯特。"上校答道。

"想到艾米丽娅和孩子们会因为你这个考虑而得到好处,我就高兴。"德·库尔西太太说道。

"不过我很快就要去布里斯班和吉尔德拉。我想起在那些地方还有没完成的任务。"

"你是今天才想起来的,还幸亏是特雷维延小姐提醒的,我很嫉妒。"

"你嫉妒得没道理。我不怀疑特雷维延小姐是个相当有才干的年轻女人,而且还挺漂亮,不过那是一种智慧型的美。"

"这还用得着你说!"德·库尔西太太假装生气地说。

实际上,她从经验中悟出这么一点:现在所有的感情都必须是佯装的。假如他们的关系要继续下去的话,就必得要靠讥讽这根细线来维持。

"你这个魔鬼。"她接着说。

"这话我以前听过。"他大笑着说,他严峻的脸一下子活泼起来了,"不过这回这么说可没道理,确实是没有道理。"

恐怕要骂得比这凶得多,才能压下去他因为即将旅行而引起的高昂情绪。女教师让他泄气的企图倒反而使他更来劲了。从那以后他一直情绪高涨。一个不像他这么虚荣的人可能会深究一下特雷维究竟怕些什么,不过赫普顿上校没这样做。实际上,对于不再对他有用的人,他通常都抛在脑后不再去想。

第十五章

赫普顿上校被迫在巴瑟斯特他的庄园里,在他好脾气的妻子的陪伴下度过了几个月,他妻子的无私无我使得她显得迟钝,而他的孩子却不曾注意到他。他觉得日子过得有些恼人,除了干他自己的事,就是写信给那些和他有同样毛病的熟人,这些人都渴望永远在澳洲的荒原上旅行。最后,当所有的准备工作都完成的时候,上校开始向北方移动,他边走边把人吸收进来。一直到了吉尔德拉,队伍才算集合好。

布雷恩顿·波伊勒早就听赫普顿说,他打算继续找寻沃斯。他的反应和往常一样:炫耀一番他的慷慨。他答应提供一群羊,两个土著牲口把式,还有其他各类物件。这些东西都是他自己会用得着的东西,假如他出行的话。此刻他站在阳台上,裤子都快绷开了线,衬衫顶住他长满汗毛的肚脐眼儿,一直等到远征队来临。队长和主人仅仅互相问候了一下,队员只是活动了一下胳膊腿儿,庄园上的黑人也只看了眼来人的东西,赫普顿就急不可耐地问道:

"告诉我,波伊勒,你有收获吗?"

这指的是上校几个月以前写的一封信中的一段:

关于男孩杰基,最重要的是,如果在我到达之前他落脚在你那儿,你一定要截住他。假如你从别的土著人那里听说他的去向,我请你给他带信:要找到沃斯和他的一行人的尸骨,还有反叛者的尸骨——如果上帝慈悲;如果他们当中有些人还活着的话,那就是找到他们这些人——需要他的帮助。

上校急切地要知道有什么消息没有。

波伊勒大笑起来,出于爱惜他染了色的络腮胡子,他小心翼翼地鼓起了嘴巴,吐了一口痰。

"杰基,"牧场主说,"他确实曾在两三周以前从吉尔德拉经过。"

"你抓住他了吗?"

上校相当紧张。

"抓住杰基!"波伊勒说道,"那简直像是打算抓住一股旋风放进袋子里头。"

"你至少也得盘问他呀!"

"没用的。"波伊勒叹息着说。

上校很想把他这个失职的下级逮捕起来,不过眼下他也只能做出十分高兴的样子,就此作罢。

"我亲爱的,"他大声说道,"你知道你干的是什么吗?你这是把针又扔回到了草垛里。"

波伊勒摇了摇他的胖手。

"杰基疯了。"他说。

"疯,有时候倒是很有意思,"上校尖锐地说。

"我不怀疑你能把牙从病人嘴里拔下来。人人都能,就是我不行。"波伊勒说,他还是那么欢快,"进屋来,赫普顿,咱们坐下来好好喝上一杯。我能给你来点地道的牙买加酒,绝不是那种本地货。"

所以,杰基那时还没有被逮捕。

那么杰基呢?

在他生命中那最重要的一天,这个过早地经历了人生中过多事情的孩子从收容他的部落的住地跑掉了。开始他跑了很久,红光在空旷的早晨越升越高。当黄色的太阳占据整个天空时,逃犯开始走了起来,不过即使这时他还不时地被迫跑上几步,他灰色的脚底的闪动显示了这一点。

这个男孩尽管皮肤黑,但是在没有色彩的景色中的孤独对他来说仍然十分可怕。他空着双手,腰上围着一块树皮,脖子上拴着他一天晚上从嘉德那里讨来的一根绳,绳上吊着一把带骨头柄的折刀,那是队长送的礼物。所以,除了孤身一人以外,他还几乎是一丝不挂。在通常情况下,为使生活过得下去、过得舒服些而干的种种小事会逐渐使他感到不那么孤独。这可以是追踪动物,在草丛或树干当中找吃食,也可以是寻觅水或者蜂蜜,总而言之,总是在找点什么。但是,他的眼睛在短时间内看不清楚了,而他的孤独感因为他头脑中的思想而变得更厉害。思想的利刃被太阳的利刃磨得更加锋利,深深地刺痛了他。夜间,他的模糊不清的思想时而变成了出没在他睡觉的地方的鬼魂,时而与鬼魂纠缠不清。

杰基继续赶他的路。不管他是否生火,他都不能从黑暗中挣脱出来。饥渴时,他挖些甘薯,或是用石头砸死蜥蜴,或是吮吸树根上的浆液,或是舔舔树叶上的露珠,因为想办法解除饥渴是他的习惯。有一次,他偷袭了几只鸸鹋幼鸟,最后总算抓到了一只跑慢了的鸸鹋。他一开始在身上摸折刀,后来突然决定用手扭断鸟脖颈。

后来他怎么丢的折刀,他说不清楚,他索性把断了的油腻腻的绳子也扔掉,对于这样一件有着实际意义的灾难心里反倒有几分高兴。

然而没有刀子的牵累并没有解除他精神上的痛苦。由于他既无义务又没有人盯住他,因此有时他不免要玩耍一阵,似乎他还是个孩子;然而这些短暂的游戏并不真正引起他的兴趣,因为孩子们在很年幼时就已经接受分配给他们的责任。

至少他熟悉活动的自在之处,他一直在走动。有一次,在黄昏时刻,在一堆乱石中间,他发现一块马胯骨,上面还沾着灰马皮,在它旁边有一只锈了的嚼子圆环。男孩不禁想起这精制的马具所显示出的超人的极度完美。这马具在他心中闪着光,就像它在原产地闪着光一样。他触摸了一下这环。在他走近一具残存尸体的发霉的衣服时,他变得小心翼翼,甚至害怕起来。然后他踢了这堆尸骨一脚,还在里面搜寻了一番,他发现这是特恩诺的遗骸。因为他身上有怪味,他过去一直尽量躲着特恩诺,这是所有肮脏的白人身上的一种怪味。

男孩在昏暗下来的沙漠上踯躅,沙漠上有一些破烂的风车和旧伞。在有着玻璃般的锋利棱角的岩石前方,他发现了一撮人发。他拔那撮头发就像是拔什么植物一样,至少它像是从沙子中长出来的。他把头发拔出来时,因为摸到了白人的头发而打了一个冷战,他这是第二次触摸白人的头发。这是细鬈发,在夕阳下是一种炽烈的红色。黑人意识到这是安格斯的头发。他记起来那年轻人的双腿紧紧地夹住马背,他的粉红色皮肤透过湿衬衫在发光。

这光在这块沙漠地方不断地加深。

不管还可能有些什么其他东西,杰基知道已经没有时间再去发现了。他从死尸旁跑开了。天黑下来时,他已经跑了有一英里,跑到一片金合欢树丛,在那里躺了下来。

月亮升起时,月光也没能帮多少忙,整个晚上死者的鬼魂都紧跟着他。特恩诺的精瘦的魂像只鼯鼠一样用尾巴从树上吊下,旁边安格斯像一只巨大而粗壮的柔和的白色光柱冉冉升起,响起了木棍和鞭子般的噼啪声。男孩觉得他再也忍受不了,于是把沙子盖在头上。天亮时,他的眼睛向上翻,眼睑边向外张,像是疯了一样。但是在早晨的炎热天气中他很快就恢复了。他继续朝东走,自言自语,讲述他梦中看到的一切。

当他离开了发现死尸的地方时,他明白了他未能找到嘉德的尸体,他在耀眼的阳光中带着模糊的记忆向前走动,他感到一个高大的白人的形体不时地骑着马和他并行;他的大手背的血脉像树枝一样,他的脸如同另一个赤铜色的太阳。肉体与自然的阴郁实体的联系本身肯定了生活,男孩羞愧而轻松地低下了头。

杰基想到要和老杜格尔德谈话时,心里充满了喜悦。他走近吉尔德拉时开始唱了起来。不过他很失望地发现,杜格尔德已经过于苍老因而又年轻起来;杰基自己由于年龄增长而获得智慧,反而使他承受着很重的负担。所以除了白人反叛的一些无趣的事情之外,他对杜格尔德没再多讲什么。对其他的事,他都缄口不言。

因为在和鬼魂交流之后,就不可能再和人清楚地讲些什么。这个土著孩子在金合欢树丛里时,白色的鬼魂像柔和的毛皮一样擦过他潮湿的皮肤,吓得他发抖。这块土地的秘密逐渐占有了他,远处部落地的鬼魂也附在了他身上。吉尔德拉的孩子们看见他就尖叫着逃开,躲进他们的小茅屋里。他离开吉尔德拉以后,陌生的土著人部落看到他走近,全都敲起了树干。在他向他们叙述鬼魂世界的情景时,他们都不大愿意听,只是围在火边坐着,沉默不语。

但是,他从来不讲附在他身上的那个大鬼魂,这个鬼魂有时候通过他的眼睛从里往外窥视;更多的情况下则是在他身体内部像将要死去的生物那样痛苦地翻腾,要不就像血一般地跳动和涌流。他从来不讲这个,因为除了他自己以外谁也不能知道这个秘密。

就这样,杰基来来去去。在部落中间,他成了个传说中的人物。在他经常游逛的这片土地上,他变幻不定,心思沉重。他的声音从肺里冲出来,与岩石格斗一番,之后又被岩石抛了回来。他常常和死者的魂灵通话,而且愿意把他们的愿望变成他们当地的土话。其他黑人不知道那些愿望的内容,因为他们的恐惧使他们不愿意向先知询问。

赫普顿上校到达吉尔德拉时,与杰基到的时间已经相距一两周。尽管如此,他仍然坚持原来的计划:在山区和沿着西去的干涸河道寻找沃斯。只要有线索,他有决心和足够的给养闯入大陆内部任何的沙漠区。他以这种精神引导他的探险队从吉尔德拉巨大的桉树森林进入十分舒服的秋天。他在马鞍上转过身来看最后的几个屋顶和炊烟时,感到眼睑上的阳光令人惬意。

上校有四位朋友陪同,个个都是有经验的丛林人,此外还有两个土著牧工和一长串驮着给养的马匹。作为队长,他开始预计会取得成功,但是随着时间一星期、一星期过去,走的距离愈来愈长,他们经历了旅途上的各种艰苦。令人沮丧的自然方面的困难有的来自草丛和沙石,有的来自无法与之交谈的黑人,探险者的丑陋的脸愈来愈阴暗。有时,在夕阳西下时,他无法在日记中写下有头有尾的一段,而这是他历来的习惯。实际上,他时常坐下来想念艾米丽娅和孩子们,时常张开惨白的、充满咸味的嘴像马一样打呵欠。

连赫普顿上校都被这反常的环境搞得看上去滑稽可笑,他坚持做人的尊严垮了下来。自然,他没有对他的同伴们透露这些情形;相反,他不断地用有益的甚至可笑的各种建议鼓励着他们,他的一些最聪明的建议有时也令人厌烦。上校本人丝毫没有意识到,那是由于他受过长期的保持自尊的训练。

有一天晚上,他突然决定早点承认失败,而且热切地希望别人也能这样承认。他们在一块斑痕累累的平原的边缘上一个可怜巴巴的池塘旁宿营。他已经跨过沃斯一行向西走过的路——如果他要是知道的话,至少已经跨过了两次。营救者围坐着的那点棕色的脏水本可以延缓一下他们的死期,但是在他们生命的最后一个早晨却没能找到这点水。杰基所发现的反叛者的尸体,还躺在距离被打垮了的上校的咫尺之内,只不过是又减少了一些;然而这具有讽刺意味的情况上校自始至终都不了解。

当天晚上,他最终进入梦乡时,一层薄纱盖在了他的身上,这死亡之地的鬼魂比平时更厉害地纠缠着他。他对这块死亡之地如此热衷,看来是很不聪明的了。陷入困境的探险队员在他们临死的那天早上所受的痛苦可能还感染着周围的气氛,但不管是出于什么其他原因——哪一种解释也不可能说得通——上校不断地辗转反侧,骑马的人似乎一直马不停蹄。

三个骑马人骑个不停,这时透过雾蒙蒙的细黄沙走了上来。有着不祥兆头的尘土刮进他们的嘴里,干瘪的嘴唇上沾满了土。马也尝到了黄土的味道,但似乎从嚼子上的泥黏液里得到了些慰藉。

在那灼人的灰白色的光中,三个人的颤抖的腿夹住利刃一般的马背,但却控制不住它们,只是习惯在起作用。嘉德自然是在稍前一些的位置上骑着,这也适合篡权的领队的身份,但是正如人已经控制不住马那样,领队也不能真正指挥了。他的人继续跟他走,因为他们害怕停下来。

嘉德有时嘟囔一番,抬起像一只被欺骗的老狗一样的眼睛,从沾满尘土的眉毛下面往上看。唉,要是他能抛掉他的躯壳就好了,不管他是在凿石头,收养猫,汗流浃背地穿过热带丛林,戴着锁链,或是在越过沙漠,他的身体对他都是个难题。但是,在末日来临前要与之分手又不被允许。在人间历练的沙漠中,他不得不看着他过去和现在、肉体和记忆中的各种希望化为乌有;他看着他笨拙而可靠的手;看着他妻子在他已经很满的盘子上堆放小羊油饺子;看着马耳朵上无辜的青筋;看着他妻子的两个爱的涌泉,信任地高高地耸着。她在满是尘土的床上不安地睡着,当他咬了一下她左乳房的乳头时,她痛苦地叫了起来,这是多年来一直受欺骗的痛苦。不过他笑了起来。他笑的是:我们所有人最终都要被咬。这是他能欣赏的玩笑。

他重新又变成了一个松垮的老人,他继续骑下去,因为这已经成了习惯。苍蝇叮满了他溃烂的眼眶。透过尘埃只能看到微弱的希望。

"阿尔勃特,"特恩诺叫道,他身体最弱,由于这个原因,他仍很钦佩他的强壮而机智的朋友,尽管是一种幻觉。"你看见了吗?"

"看见什么了?"

"水。"

"我看见水!"

"我们一定要找到水。"

他们静静地骑马走着,互相之间听得见因为尘土抽鼻子和鼻涕的声音。

安格斯现在恨特恩诺了。他一直是个正经、缺乏激情的年轻人,如今这种毫无盼头的情况叫他恨起人来。他恨特恩诺,他也恨嘉德,只是表现形式不同。既然,他由于环境所迫将自己置于嘉德的掌握之中,公开地表示厌恶可能会反映出他自己判断上的问题。他会一直恨嘉德,不管是和他一起站在地狱的洞里,或是在他饭后坐着马车从乔治大街经过,认出他来的时候。

"啊,上帝啊,"特恩诺叫道,"我走不下去了!我不行了!"

"别吭声!"安格斯劝说道,"我们大伙儿都一样。"

特恩诺的鼻子开始抽动,他干咳了半天,然后又干呕。

寂静与孤独侵袭着劳尔夫·安格斯,他在想怎样才能讨好他的可恨的领队嘉德。嘉德同时又是可钦佩的,这一点使他们的关系更加不幸。早在孩提时代,年轻人就发现了他竟会排斥他所钦佩景仰的人。他记得,他穿着一件小连衣裤在他教母的音乐厅里玩耍。正在下雾,柔软如毛皮的树叶擦着他的面颊,他忽然绊了一跤,摔倒在园丁的有皱褶的靴子旁。园丁立刻弯下腰去,把他举了起来,使他进入了浓郁的花的世界。他异常吃惊,并且立刻爱上了那多毛的喉咙的浓重色彩。令人窒息的香气和园丁的异样的气味向他袭来。这男人的手也不同,它能搞出最怪的奇迹。他把他灰白色的嫩指甲埋到这人的陌生皮肤中去,拼命抵挡着他的大笑。有着斑点的花儿的花冠在晃动。

然而,仆人依旧在力量和好脾性方面胜过了他。当孩子被放回到了地上拼命地跑开时,他在想应该把他的什么东西拿来放在这个人的手里。

所以,现在年轻的牧场主知道他必须向这个可恨的、麻木不仁的、有着优越感的(这是最坏的一点)嘉德讨好。嘉德在前面走着。

"嘉德!"他叫道,他的声音原来很低,这时高昂起来,"嘉德,我有个建议。"

嘉德既不回答也不转身,虽然很明显他在等着听是什么建议。

安格斯骑马赶向前去,也可以说是强迫他的马和成为他的领队的这个人几乎并排行走。

"我们把快完蛋的马的血管割开来湿润一下我们的嘴唇。这难道不是个好主意吗?"

嘉德没有回答。

安格斯和流放犯人并不真正在一条线上,他可以退下来,碰撞着他的铁鞍子,为此他感到欣慰。他当年在马上是何等的潇洒,现在他嘴里可以尝到令人恶心的结块的味道。

而一旦他自己骑行,这个年轻人又可能会为他和嘉德之间的距离而大哭。

他们在接近一堆乱石的时候——这些人体残骸不大会再经历这样的事——走在后面的特恩诺感到有一个很大的重量开始把他拖下来。他看见壮丽而又残酷的凸起的石头像玻璃一般锋利,但是,他知道他不会再接触到了。他张开干瘦的手,人在向下掉、向下掉。可能除了使个人的命运停下来不动,没有任何东西能拦得住他。尽管如此,在他着地时——由于他的身体状况,他着地很轻,实际上没有什么伞能比他落得更轻——他还是极其不合时宜地尖叫起来。

"救救我呀,你们这些混蛋!"特恩诺尖叫道,"你们这些魔鬼!你们总不能把我扔在这儿等死吧?"

他的肚肠对于人类给予他的这最后一次不公正的待遇发出了抗议。然后,他伸开四肢躺在了那里,他身上烂的地方已经干枯,脓包已经结了疥,他的皮肤在冷笑。

如今,乱石头堆成了两个幸存者最合适的目标,至于达到这个目标又能怎么样,那就不清楚了。马匹极其缓慢地接近他们的目的地。骑马人的呼吸中有一种极其奇怪的恶臭味。自然,存在着这种可能性:嘉德打开石头的橱柜迈步入内,在那里最终找到自我。但是,劳尔夫·安格斯心里一直很不安,害怕在关键的时刻他可能会不知道怎样死才符合一个绅士的身份。

在这种问题上,他自然是不打算从流放犯人那里得到什么安慰或劝告。此外,他们已经走在了城堡的外缘上。在这里,年轻的土地所有者的马跟跄了一下,他一半是跳一半是被扔下了马鞍,从第一个灼人的金字塔的地狱般的斜坡上滑了下去。直捧到底时,他躺下来,恢复了足够的体力以后——还是有时间这样做的——他开始用脑袋往令人舒适的石头上撞。大锣在他的耳朵里响了起来,劳尔夫·安格斯死去了,年轻、富有的女士用伍斯特瓷杯向他献茶。她们用如同玫瑰和紫丁香般的手指把他很舒服地裹在她们缠人的头发里。他像是个裸裸中的婴儿。他的胡须可能会引人怀疑,但是他已经把胡须抛掉了:它像一棵植物那样独立地从沙地里长了出来。

大沙漠里如今仅有嘉德一人。

如果这个流放犯人坚持了更久才死,那是因为他身体底子好,还因为他决心要找到一块荫凉的地方。

他从马背上滑下来的时候,皮搭扣划破了他白纸一般的手。他开始在石头周围转悠,像一只受惊的猩猩那样踏上这不可预计的旅程;他一边看,一边摇晃,疲劳和云母反射的光使他的眼睛难以睁开。他不断地喃喃自语:

"一小块荫凉,一小块荫凉。"

他绊了一跤。

"唉,天哪。"他叹息道。

他没有停下来考虑他的同伴是否已经死去,更不会去想他们是怎么死的;因为死是需要全神贯注的一桩事,他的心思只能集中于他自己的死亡上。他将要死去,对这一点他是相当自信的,他对于死倒也不怕。对于他的平庸而实际的生命,死亡似乎是唯一正确的归宿。

上帝要是能立即把他纳入石头的怀抱那该多好呀!他真诚地为此而祈祷。他在一生中看到过牲口蠕动一下然后死去,也看到过人这样死去。

如同奇迹一般,他在自己的纪念碑旁找到了很可怜的一小块荫凉,他钻到了石头阴影下面,尽可能地使阴影能遮住自己。这时他说道:

"上帝,假如这是您的意旨的话,请让我现在死去吧!"

两匹马在阳光下无精打采地站着,他闭着眼待在那里。但是,他记起来马需要很长时间才能死去,死的时候也很安静。

马蹄的声音彻夜响个不停。

凌晨时分,月亮还照射在水塘混浊的水面的时候,赫普顿上校已经醒来,中断了一个特别可怕的梦,梦的细节他已经记不清。既然他决定放弃这次探险,很自然的在焦急中等待天明,以便他能告诉他的同伴们他的打算。天终于亮了,很显然探险队员们轻松而高兴地发现,大家的想法都一样。谁也没有想到,别人会有同样秘密的想法。一下子大家都活跃起来,有说有笑。迄今为止互不通气的这些人摆脱了他们的孤独,开始为今后制订计划,边讨论边吃着他们的早饭。早饭无非还是混浊的茶水、满是尘土的自制面包和几小条干牛肉。

两个土著人把拴住腿的马牵了来,他们像往常一样朝来的方向往回挣扎了几步,没费很多时间就做好了启程的准备。只有赫普顿上校最后朝西看了一眼,看了看近处那些很不友好的石头。它们是原野上能看见的一切了,这使他们显得非常可怕。

探险队就这样踏上了归程。

上校很清楚自己已经失败了,但是他并不会怨他自己。他归罪于杰基,由于他的无从捉摸,就更加成为解开全部秘密的关键人物。他们一行人拉稀稀拉拉地朝吉尔德撤退的时候,赫普顿上校暗自下定决心:最终要找到杰基,或者是将他"捉拿归案"——像他当晚在日记中写下的那样。

但是他依旧不满意,假如他要是知道……但有许多事情赫普顿上校不了解,就好像有一个针对他的阴谋。死神刚刚把杰基捉拿归案,他当时在黄昏的雷雨中正在越过一块沿泽地。男孩没有企图挣扎。他躺了下来,最后甘心融化到亲切的泥土中去,只剩下了他的微笑。他的紧闭的、漂亮的白牙齿做出了永远保持这微笑的样子。

第十六章

　　老房子现在的主人——派伯瑞一家去欧洲旅游了,他们不在的期间,拉德克利夫一家在这里至少可以居住六个月。海边的空气对孩子们会有益处,他们的母亲也可以得到在悉尼所得不到的一些乐趣。所以全家都搬了过来:女仆、奶妈、家庭教师,选出来的几个马夫,还有金丝雀——要是留在悉尼肯定会照顾不好的,再就是拉德克利夫太太心爱的哈巴狗。拉德克利夫先生如今长得又红润又肥胖,但仍然很有风度。尽管他要照管在麦瑞维尔的农庄,可还不时地来看看他家里的人。他很高兴他们在泼滋角住了一段时间,他常给孩子们讲二十年前房子属于他们祖父时,生活中的一些幽默有趣的事,有些甚至是带有讽刺意味的。拉德克利夫太太作出的反应则既有好的,又有不好的。

　　贝尔自然总是有些伤感的。她沉湎于过去,还常常把其中有些方面大大美化一番,但她不愿意人们注意到这一点。如果她不是一个讲究实际的女人、体贴的妻子和一心为孩子的母亲的话,她可能会把缅怀过去奉为宗教。这种宗教可能会像佛教那样的美丽、温馨、橘黄。贝尔·拉德克利夫从不喜欢宗教信仰中的什么剑哪,圣人哪,那一套,她不想会依靠皮风箱把她吹到天堂上去。接受、尊敬、活下去——这一切就足够了。她自己的美貌和善良是一个保证,她发现在她周围看到的事物中她的保证不断得到证实。他们回到老房子后,她采了那么多花,这使她的丈夫抱怨她把屋子给弄乱了;而且花粉会让他打喷嚏,他甚至打了个喷嚏来证明这一点。因此,在这件事上,就像在许多其他事情上一样,她不得不控制一下自己,并转而重视回忆。她往往会回忆起她这一次或那一次采摘的花和树枝,甚至对野花也如此。她常常会回忆起与某件事相联系的特殊香味,回忆起她养的小动物,还有她在街上曾经碰到的孩子的眼睛。她对他们微笑过。

"贝尔还是那样完美无缺。"波林格太太有一次说道,她说这话时正在玩比齐克牌戏,也在患气管炎。

"我很高兴地宣布她并非如此。"拉德克利夫答道,似乎他确实是这么个意思。

假如他停下来思索一下,他就能写下他妻子的一长串的毛病。不用纸和笔,他能很容易想起来,并且数落出不少的事情来。譬如他讲话时她很少注意听啦,她鼓励孩子们玩十分吵闹的游戏啦;她对大部分问题都了解得很肤浅,还有她睡觉时睁着眼睛,等等。由于她不管不问,他本人已经变得令人无法忍受;对于这一点——这大概是她最大的罪过——他却一无所知,这也算是一种福气。

贝尔若是有时间考虑的话,可能就不会那么高兴,不过这一年待在她父母曾经拥有的房子里,她生活得非常幸福。

春天的时候,花园深处空旷地方的一棵棕榈树开了花,这成了贝尔经常去看的一个理由;不过这毫无新奇之处,所以没有旁人愿意去。在拉德克利夫太太的眼里,这倒是他们的一个优点。她常常独自去看这棵树,不过最好的时间是在早晨,在她给仆人们下完命令之后,在他埋头读报的丈夫开始下命令之前。她很快就消失在花园里了。她常哼着她过去唱过的歌,在缠住她的怀旧的气氛中,她时而忘记时而想起那些歌词。她甚至很响地吹口哨,尽管这个才能她母亲从来也没有赞许过。她有时弯下腰来轻轻摆好一枝花,或者把缠在一起的枝桠解开。这只不过是随便弄弄而已,别人的花草树木自己又能干些什么呢?整个花园既属于她又不属于她。她急急忙忙赶上前去达到她的目标以便确立自己的地位。她性急的裙子冲下台阶——如今台阶已经不像小时候显得那么宽大,擦过假山(假山中的绿苔已经死去),经过她父亲当年准备花肥用的水桶的角落;一直往下走往下走,穿过常青的记忆的洞穴,直到最后看到棕榈树伫立在光圈当中。在那天,那奇妙的树尖并没有脱离它安谧的、蜡一般的空白幻境;也没有僵硬地抖动,企图摆脱开这一切;更没有只为它身上叮咚作响的水晶珠宝而欣喜。她在凝视时,这一切都反映到了她的脸上。最终,她经过姑娘时代的走廊回到了眼前,她深信由于看到这棵树,使得她精神焕发。

只有最残酷的人才会硬扯开幻景的幕布,然而偶尔在她一夜未眠或是早晨炎热时的确也发生过。这时她的目光不那么真切,似乎遇到了这样一种危险:从得不到的东西中获得的那些又将化为乌有。这时她往往转到一边去揉搓手绢,就像孩子生病时那样搓弄;然后经过令人窒息的租来的花园走回房间去。她走上陡斜而黏糊糊的台阶或碰上蜗牛的时候——踩死蜗牛使她非常痛苦,她提起了裙子。

她就这样恢复了有秩序的幸福生活。她常对自己说,她很有福分。特别是他们来悉尼使她与表姐重逢,她星期日常过来吃中饭,偶尔晚上坐马车过来喝茶、听音乐。

尽管她们截然不同的生活进一步加大了她们性格上的差别,这两个女人之间的感情却依然很深。贝尔的特点是她的好心常常绰绰有余而且乐善好施。她会同意最糟糕的建议,只要她认为建议不会带来很大害处;由于她同意这项建议,人们会喜欢她。她心里经常琢磨别人对她怎么看,她不能忍受别人会对她有不好的看法。而罗拉却性格严肃,别人若是不喜欢她,她倒挺高兴。"你知道,这是她的学校生活造成的,"拉德克利夫太太常常向朋友们深有歉意地解释道,"校长总得有个态度呀。"在林斯利姐妹去世之后,罗拉·特雷维延继承了色瑞山边上的女子学院。

很多人都已经故去了。在一个令人不安的早晨,贝尔·拉德克利夫在她父亲茂密的山茶花丛中意识到了这一点。她很少让自己想到死亡,她总是在忙着接待早上来访的客人,安排晚上的招待会,或是亲吻孩子,或是因为怀孕而小心翼翼地行动。现在,在灌木丛中这短暂的一刻,她的脑子里塞满了过去不曾想到的事,就如同花园里塞满了树叶一般。她想起了她母亲满是皱纹的脸,还有她的一些劝告;尽管她母亲已逝世多年,她的劝告也不都正确。在他们卖掉房子以后,波恩纳先生搬到班特街去居住,那里有一位很正派的女人照顾他。他成了一个兴致勃勃的老糊涂,常跑出去抓住随便什么人谈天气,熟人或者陌生人对他的预言表示不欣赏的时候,他还很生气。天气是他剩下的唯一的兴趣。贝尔·拉德克利夫在理论上是爱她父亲的,但实际上却不得不承认,她觉得他很烦人。

拉德克利夫太太为自己有这样不孝顺的想法而大吃一惊,不过很快她就又心情放松了。一大群孩子上完拉丁语课、法语课或是算术课后,从花园的小路上朝她冲了过来,把他们结实的漆黑的小身体埋在她柔软的胸怀中。

她真爱她身上掉下来的这些小宝贝儿。她和孩子们在一起待多久也不腻,她不时需要提醒自己:丈夫是他们的父亲,也该一同分享。

这时,有几个孩子在边叫边踢。

"我们尝了一点牛奶酒汁!"他们叫道。

"我今天晚上能晚点睡吗,妈妈?"

"我今天晚上要晚点睡。"

"谁说的?"

"我说的。"

"汤姆,你要是还踢我!"

"行了,行了。"拉德克利夫太太说道。

只有作为屈尊的上帝,而不是作为姐姐陪着孩子们的年纪最大的罗拉,像个神似的一言不发。在她满头的成人发卷下面,她把几乎每件事都弄得很神秘。

"每个人都晚点睡。"拉德克利夫太太以一个公正而理智的母亲的声调宣布道,"小不点儿当然不行,其他的按照年龄大小,有的可以睡晚点。你们总是同意这是可以的吧。"

不管他们是否同意她的看法,所有的孩子都一致认为他们的母亲能提出最精彩的主意,而且这个主意就是其中之一。

拉德克利夫太太决定举办一个聚会,她只邀请她喜欢的那些人。她的性格决定了她只看到别人的长处,所以这次晚会肯定会是各种不同类型客人的聚会:富的和穷的(这就够大胆了),过去的和现在的(这就更让人难以忍受了),年老的和年轻的(在这种土壤中能长出少有的怨恨和残酷的种子)。尽管如此,拉德克利夫太太决心试一试。她也没有事先订好让大家娱乐的计划,出于她温柔和信任他人的性格,她决定让客人们自己去寻开心;或是从聊天中得到启示;或是从音乐中得到慰藉;或是用小纸条传递答案;或是放肆地大吃大喝;或是卖弄风骚;或是在凉爽的花园中独自游荡——对于有些人来说,这是参加晚会的唯一出路。

在整个哑剧中,拉德克利夫太太最喜爱变幻的一幕,现在她将上演她的一出哑剧。夜幕降临,一轮明月从树丛后面升起。若不是她手上冰冷的戒指的撞击声,她的手会变得很热,很孩子气。

"贝尔!"她丈夫喊道,"贝尔!"他的声音穿过满怀期待的房间,"你的狗在我靴子上撒尿了。"

"喂,汤姆!很难说是洒的什么水,你亲眼看见狗撒尿了吗?"

"只可能是你的哈巴狗,"拉德克利夫决断地说,"我敢肯定。"

他总是肯定的。

"天哪!"他妻子叹息道,可是她心里在想着别的事。

"你总想找麻烦,我可不负责。"汤姆·拉德克利夫说,他们这时一起站在蓝色煤气灯的下面考虑着晚会的事。

"不需要你负责。"贝尔轻轻抬一下下巴回答道。

倒不是她对自己的能力有极大的信心,而是她相信事情的自然发展。

拉德克利夫先生只能笑笑,既是因为他的理解高出一筹,也是因为她容光焕发。他对他妻子很满意,对于他在选妻子上表现出来的聪敏智慧则更加满意。

她一生中的服饰都反映的是太阳,而在这个场合她却是月光的颜色。由于手巧的裁缝的各种办法,包括很巧妙地使用珍珠,她像蓝色的水一样闪烁发光。月亮要是认出她来,几乎会把月光一股脑儿倾泻在她的头发上。在她飘动似的穿过重新安排过的房间时,一朵被征服了的大白玫瑰掉在她的脚前,花瓣散落在地向她表示敬意。

周围都是浓重的夜色。茉莉和海桐花的浓郁香气从大开的窗户涌入室内,最年幼的几个孩子被香味弄晕了,他们睡意朦胧地抓住妈妈的裙裾免得摔倒。

"你们现在得走啦。"她轻轻地说,把他们紧抓住的小手松开。

然后她在他们被抱走之前一个一个地吻了一遍。她认为,在这种场合小孩子准会堆成一堆,被客人踩着。

不久,客人们开始到达。

看来地位很高的人、打扮入时的人应有尽有,他们十分喧嚣地夸起拉德克利夫太太很明显的美貌,与此同时也忙着搜寻她的美中不足之处。譬如说她的嗓音吧,如今无可置疑地变粗了,其他当母亲的一直觉得甚至是糟透了。如果时髦的人们没注意到她宽容的目光,那是因为宽容会使她们发窘,甚至会破坏她们认为自己拥有的权力。头脑单纯的贝尔私下里很钦佩那些轻飘飘和俗气的人,以为她们获得了她从未享受过的某种自由的钥匙。她永远也不会有那种自由,因为她没有那份胆量。这种羞怯不仅没有减弱她的美貌,在文雅的人们的眼中反而使之得到加强,因为这恢复了她们险些丢掉的那种力量。她们会说:

"我亲爱的,没有人比贝尔·拉德克利夫更标致了,自然和她当新娘时比确是不一样了。你记得吗?"

这时,随之而来的是某种类似腹部严重绞痛所发出的声音。

"不过也可以说,在一定意义上她有所长进。看她那股劲头!"

又是一阵嘈杂的声音,不那么具体,却更加神秘。

"线条硬的人要是有贝尔一半的漂亮就会柔和多了。"

这当口,某个人被彻底打垮。

"你们说拉德克利夫太太是个讨人喜欢的人吗?"

"讨人喜欢?那就看你怎么解释这个词儿啦。我认识的人中有的比拉德克利夫太太更讨人喜欢,当然,没有一个女人是具备所有的品质的,而贝尔待人却是那么好。"

"穿得又那么漂亮,尽管并不是最时髦的。"

"更有独特的风度。"

"我可得说,没有相当的勇气真没法在头上戴那么个装饰。"

"是月亮宝石。"

"月亮宝石?艾菲!是月亮吧!"

"嘘!"

"艾菲,你难道没意识到贝尔·拉德克利夫是扮作月亮来的吗?"

接着又是一阵细细的笑声。

客人们在转着走,同时在想还有哪些人应该回避不见。只有眼中的彩虹在交流。穿着黑色衣服的男人们为了取得保护,互相纠结在一起。

"德·库尔西太太,您能来真太好了。"拉德克利夫太太向前走了一步说。

她从那些善于辞令的人那里学会一些话,但是她学得不怎么好,说起来常有点犹豫。这在瞬间甚至迷住了那些比较刁钻的女人。

"贝尔,你知道我会为你而死。我会为你一个人死去,"老艾菲·德·库尔西说道,她摸了摸发髻,四周张望了一下。

不清楚这位太太准备向哪位先生献上她残存的容貌,但是出于习惯她肯定要这样做的。

大部分人熟悉的可怜虫或古怪的人的无关紧要的身影不知道什么时候开始出现了。有一位巴斯大夫,没人能猜出来这位了不起的大夫除了签名开药方还能干别的什么;还有音乐教师塔普,多年以来不断拜访各家各户,惹得家家户户的女孩子心烦。自然,人们总还招待他一块马德拉蛋糕和一杯葡萄酒,不过是让他单独吃喝而已。还有那位老何利尔小姐,战战兢兢,一身粉红,她能背出许多代的家谱,从她那里能解脱出来的唯一办法是同意买一瓶袪雀斑的药水。这些人物的出场确切无疑地说明事情不大对劲。一位立法院的议员皱起了眉头,几位女士目光盯住她们长长的小羊皮手套,用手使劲儿地拧个不停。人们还注意到孩子们也在场,既有主人家里的,也有其他年轻人的:有矮胖的女孩子和满脸茸毛和粉刺的男孩子。最奇怪的是威利·波林格也来了。自然,威利长大了,这是大家所没有预料到的;至于他仍然滑稽可笑,没有任何人对此感到奇怪。他在法国住过几年,道德表现如何无人知晓。从法国归来后,他一直在作画,眼前还在画,至于画的东西没有人能称之为美术作品。所幸者人们还能对金色的画框说上几句赞叹的话。

威利·波林格一进拉德克利夫的客厅就吻了他的女主人,因为他爱她。在场的客人唏嘘作声,大惊失色。

"拉德克利夫太太能给我们准备些什么余兴呢?"议员向他周围的人说。

拉德克利夫先生可能会和波林格一起表示异议,假如他不是对波林格极度鄙视的话。他也为自己即将公开暴露而感到不安。他妻子的表姐的到来将会使他暴露,他仍然痛恨罗拉·特雷维延。

贝尔·拉德克利夫在客人中间走动,这时令人吃惊地对有些客人——他们对此十分不快——这样说:

"今晚我邀请了大家,因为我对你们每一位都有高度评价,因为你们都有某种特殊的品质。你们大家难道不能发现和欣赏其他客人身上的这种品质吗?这样咱们在这幢漂亮的房子里不就都很愉快了吗?"

这真是奇特至极。

门窗都大开着,蓝色的夜涌了进来。两个脸洗得干干净净,准备参加聚会的小男孩在一个直靠背的沙发上睡着了,但是他们显然在梦着什么特别幸福的事。

几位心肠比较好的客人在女主人讲话之后低声地说:这多有意思,多好呀。但是,多数人立即又自己闲扯起来,把他们的朋友贬得一钱不值,以此作为庇护。

在男人当中,谈话主要环绕着新发现的一个野居的白人,据说他是二十年前一个疯德国人率领的探险队中的幸存者。据说这个人这些年来一直与一个土著部落生活在一起,在他被营救以后被带到了悉尼,出席了那天在杜梅因区为他举行的队长纪念碑的揭幕典礼。

所有的人都在推推搡搡,想靠近莱茵塔的老山德逊和赫普顿上校,他们两个是出席了揭幕典礼的。

"是个骗局吧!"听到有人这么问。

"是故意捏造出来的事,用来诋毁政府开发这个国家太慢。"另外一些人这样主张。

不过山德逊只是微笑,他又说了一遍,说这个人确是探险队的幸存者,而且他认识。老牧场主由于他自己善良的性格和没有见过这样大的场面而有些糊涂了。不过他的这番话使在座的客人颇为不快。赫普顿上校完全置身事外,像是个石头或金属雕像,令人捉摸不透。但是若不是这时发生了另一件事,人们很可能会把气出在山德逊身上。

就在这时,学校校长特雷维延小姐由于学校行政事情的耽搁姗姗来迟。她穿的黑色连衫裙是有些女人穿了只是为蔽体取暖的那种,这一点也没有影响她面部的表情。在场的客人对她的相貌有着截然相反的看法。她朝屋里走的时候,有些满身珠光宝气的女士们中断了她们肤浅的谈话,以一种夸张的客气劲儿或女孩子劲儿向她打招呼。她们厌恶她们过去的种种失礼行为,她们的记忆里几乎全是这类事。在这个女人走过去之后,她们立即拿她的相貌大做文章。她们问对方的意见是为了证实她们自己的厌恶:

"她模样是不是寒碜?可怜的罗拉简直就是丑陋,是不是?这样干真是奇特。就好像当个小教员还不够似的,又偏偏穿着那么丑的衣服来参加贝尔的晚会,而且还迟到!"

与此同时,特雷维延小姐在接受她认识的那些人的问候。她的面色苍白,她的头歪在一边,颤巍巍地一笑。这可能是为了掩盖她的偏头痛或是她的力量。

"乌娜、查蒂、里兹。艾琳娜,我想你好了吧!"

"太太、女士们,在打招呼的这个人是谁呀?"鲁德娄先生问,他是一位朋友推荐给拉德克利夫家的英国客人。

"那是特雷维延小姐。我尽可能地给您介绍些她的情况。"英国人旁边的一位客人自告奋勇地说。

说完这话他立刻转过身去,因为他们谈论的人正从面前经过。说话的这人原来是克尔维宁大夫,穿着打扮比以前更加华贵。他仍然很讨厌特雷维延小姐,她是他极为成功的事业中不幸碰到的几块绊脚石之一。

"我马上就给你讲,"他说道,也可以说是大声地对着墙耳语,"和刚才他们谈的德国探险者有关。"

"真是个叫人见了就烦的人!"鲁德娄先生笑道,对他来说殖民地生活的每个方面都是令人不可思议的,"那个小女孩呢?"

"是她女儿。"克尔维宁大夫依旧对着墙低声说。

"真有意思。"英国人大笑起来,他已经到饭厅去转了一遭,"她是个初出茅庐的女孩儿,长得倒是壮实匀称。可是那个母亲!"

由于特雷维延小姐的社会联系以及旧时的富足,人们还和她打个招呼,但是他们觉得没有必要接受墨赛。他们对她平淡地一笑,但却在眼光中对她毫不理会。她对这类事已经习以为常,她在向前走的时候,下巴很严肃地压低,脸上是某种宽容的表情。她的眼睛盯住了她母亲腰椎上敌人可能瞄准要攻击的地方。

之后罗拉和贝尔见面了,她们是表姐妹,所以她们很快在沙漠的中央树起了一把保护伞。

"最亲爱的罗拉,我要不是去看阿奇,就会来迎接你了。阿奇感冒刚好。"

"在自己家里,我怎么能让你来迎接我!"

"你真的喜欢煤气灯吗?我喜欢那些油灯。"

"可是要坐在油灯旁边读书呢!"

"那是在茶端进来之后。罗拉,你累了。"

"我确是挺累的,"女教师说。

这是由于那天下午她经历的事情,因为山德逊先生考虑如此周到,他给特雷维延小姐送了请帖,请她参加纪念碑揭幕典礼。

"你也应该去的,贝尔。"

"我没法去。"贝尔答道,脸上泛起了一阵红晕。

为小事情编谎话是最难的。

表姐妹来到一把僵直而丑陋的椅子前。这是从平静的生活中被抛出来,扔到了聚会无人知晓也可能是危险的边缘的那种家具,似乎永远被弃置在那里。

"我在这里坐一会儿。"罗拉说。

任何其他人都不敢坐在那里,很明显这个模样严峻的椅子属于它的并不在场的主人。

"你们看出来了吧?"人们在说。

"她像不像乌鸦?"

"倒像是个稻草人。"

"不要把别的客人带到这儿来。"罗拉·特雷维延请求道,"我不愿意给人家带来不方便。我从来也没有学会他们的语言。我坐在这儿看她们穿的各种衣服。"

这个穿着黑色衣服的神秘的中年女性,现在控制着这间和以前几乎断绝了关系的屋子。一个身着梦幻般的白色的塔拉丹薄纱的年轻姑娘从距她很近的地方走过去,近到可以看一看她的距离;事实上她也确实看了,而且两个人的目光碰在了一起。事后虽然她怎么也想不出来到底看到了什么,但是在当时感触的确很深,她立即改变了她走的路线,进入了花园。在花园里她被卷入了树叶和星星、微风和树影,以及她自己的衣服交织在一起的运动中。在这一切当中,她的身体是挣扎的核心。她几乎要跳起舞来,但是,她的脚跟扎在了地上,她的胳膊几乎达到了抽搐的地步。年轻姑娘极力想回忆起这个奇怪女人的眼神所给予的启示,但是她很沮丧地发现回忆不起来,所以也就只好——至少在一小段时间内——自认无能。

罗拉·特雷维延继续和墨赛坐在一起,墨赛不愿意离开她母亲。青铜或者大理石也比不上她们之间牢固和持久的关系。她从一个人身上得到的爱,以及她对于所有其他人的疏远,在女儿心里培植了一种对所有朴素无华的事物的敬爱。这些事物的秘密她一直企图了解。最终,她一定要设法表现出她的伟大的想法,但是用什么方式还不清楚。这种表现将会是真实的,这一点很明显,只需要看看她整洁的棕色的头发、有力的手以及非常讨人喜欢的方方的脸,就能看出来了。

这时,她正坐在母亲脚下一个小凳上,和她讨论信仰罗马天主教的女仆和信基督教的女仆之间的冲突和纠葛,这些冲突扰乱了学校生活的平静。

"我还没告诉你呐。"墨赛说道,"布洛基特把哥楚德的眼眶给打黑了,她还对她说这样就和她灵魂的颜色相配了。"

"居然能把真理的颜色确定下来!我要有布洛基特那样的信念就好了。"

两个女人希望能永远如此,她们对于目前这种谦卑的表现形式已经感到很知足。罗拉对着墨赛微笑。她们就像是坐在自己房间里或是坐在路边上一样,她们把这一小块地变成自己所有物了。

陌生人自然是走来走去,有出于好奇心的年轻人,还有一个有些醉意的英国人,他想仔细看看女教师和她的私生女儿。一个比较喜欢表现自己的年轻人在钢琴旁坐了下来,弹起了梦幻般的华尔兹舞曲;德·库尔西随着劝立法院议员也一试身手;几个年轻人和几位气喘吁吁的姑娘翩翩起舞。

不久女教师开始摸起了鼻梁,在杜梅因广场举行的那个仪式使她十分疲乏。

主席台上坐着官员们和他们的太太,更不提其他有身份的公民。台子咯吱作响。这些公民中有老先生山德逊,人们对漂亮的纪念雕像捐款如此积极在很大程度上是他的功劳。这些人当中还有赫普顿上校,有失踪的探险家的朋友——那位女教师,自然还有最近他们找到的那个人。所有这些人在凉爽茂密的树荫下坐着聆听一段段的讲话。

看来佐哈恩·乌里屈·沃斯到这时已经十分安全、于人无害了。报上登载着绝妙的颂文,像是花环一样套在他的脖子上。人们还将在史书上给他写上一笔。他结实的青铜色裤子上的皱褶已经不再计较时光的流逝。甚至连特雷维延小姐也承认:安全地死掉是最顺当的。主席台上的椅子稍向后倾,这使得坐着的人看上去都更官气十足:双手放在肚子上,下巴缩进去,似乎是在等人照相。女教师很高兴能接近幻觉中的满足;她从来都没有渴求过什么,在跨过良心的沙漠时,她的肌肤从来没有萎缩过。没有任何官员经历过爱的地狱。

州长做完专为这个有历史意义的场合而准备的演讲之后还未站稳就拉了一下绳子,显出了铜像。到这时特雷维延也已经接受了这一神话。揭幕时,她在主席台上垂下了眼睛。究竟她是否看见了铜像,她永远也搞不清楚,但是从掌声来判断这确是一个无可挑剔的城市的艺术品。

之后不久,每个人都又恢复常态,把衣服拉平,相互寒暄起来。特雷维延小姐面带微笑,显出愿意交谈的样子。她注意到赫普顿上校走了过来。

"你满意了吧?"在他们走开一些时,他问道。

"是的,"她叹息道,"我满意了。"她将阳伞柄上坠下来的小丝球放整齐,又说,"我真希望你没有问这个问题。"

"我们之间的关系总是由于盘问而受到损害。"上校笑着说,心里对于自己用词的分寸十分得意。

两个人都回想起在德·库尔西太太家凉亭的那个下午。

"你对于诚实的尊崇,在多年以前就曾给我很深的印象。"他忍不住说了出来,尽管语气是试探性的。

"假如我现在不那么诚实了,那是由于我的年龄和地位。"她大声地说,牙齿几乎都露了出来。她的玩世不恭的态度令人吃惊。

"是的,"她恢复了镇静,"我希望我是诚实的,不过我也是人。"

他把她气得发抖了吗?

为了掩盖过去,她开始以一种平稳而和善的语调很快地讲话,谈的与其说是眼前的事倒不如说是一般的道理。

"我们谁也不要下最后的结论吧。"

"除非那个大难不死的人有资格下结论。你难道没和他说过话吗?"

看上去可能她没有听见,上校又接着说:

"他似乎同意我们第一次见面时你谈的看法:沃斯确实是个魔鬼。"

特雷维延小姐没有和那个幸存者见面,尽管老山德逊甚至答应了一定让他来见她。时间的流逝使得人们对这个不幸事件增加了同情,因此山德逊也模模糊糊地感觉要做件好事。她坐在主席台上听那些正式讲话时,甚至在前面的人中看到了一个后颈,但是她有意不去要求见面。

"我不愿意见这个人。"她说,把她的头巾围好,顶住刚起来的寒风。

"你必须去见!"赫普顿大声说,手紧紧抓住她的胳膊肘。

他好像是可怕的金属铸成的,高高地仁立在她面前,头发杂乱而灰白,心里极其渴望知道真相。她的嘴巴干了。他是不是那复仇的天使呢? 他们扭在一起,那样子确实是很像的。

要是有什么人注意到的话,他们看上去的确不雅观,而他自然是其中的强者。

"放开我。"她张着没有血色的嘴声嘶力竭地叫道,"我求求你,赫普顿上校!"

不过就在这当口,任何有点感情的人都不会伤害的老山德逊带着一个人从围在雕像旁的人群中走了出来。

"特雷维延小姐,"牧场主带着真心的喜悦笑着说,"我确曾相信,我到底还是没能让你们两人见面,而你是最重要的。"

到底还是要见面了。

山德逊先生微笑着继续说:

"我想请你见见我的朋友嘉德。"

树上的叶子在噼啪作响,像是在鼓掌。

她面前站着的是一个上了年纪或者说仅仅看上去老态龙钟的人。他曾一度十分魁梧,穿着他们给他的很考究甚至时髦的衣服,这些衣服他穿着还不习惯。他的大手已经失去了以往的力量,总在那里动来动去,寻找某种使他放心的东西或位置;他脸上的表情如同流水经过沙子一样在不断变化,他的嘴闭起来的时候有一丝微笑。他企图在短暂的片刻保持住这一微笑,但却未能成功。

"噢,这就是流放犯嘉德。"特雷维延小姐说,语气不如陈述事实那样令人难堪,因为她要和他站在一起受审。

嘉德点了点头。

"在探险队出发两年前,不,四年以前,我已经获得自由了。"

所有老的伤疤都愈合了。他能在现在谈这些事了。他能谈任何问题。

他的嘴唇分开了——赫普顿上校颇为贪婪地注意到了。老山德逊沐浴在晚年的黄金色的余晖之中。从他亲爱的妻子去世之后,他从未体验过这样的温暖。

"是的,是的,"他说道,"嘉德在四十年代时是我的邻居。探险队经过的时候,他参加了进去。实际上,这里头还有我一份儿功劳哪!"

特雷维延小姐的注意力集中在她阳伞的金属箍上,她发觉人们在等着她开口。嘉德在等待,垂着的两只手在抖动。自从他归来以后,他已经习惯了接受女士们的盘问了。

"你的家产收回来了吗?"特雷维延小姐透过发紧的嗓子问道。

有件事她想避开,她要一直回避到底。她神情严肃地望着阳伞上的金属箍,继续盘问这个受过苦的人。

"收回?"嘉德问道,他设法控制着他那像鹦鹉一样的圆舌头,"不,全完了。你知道,人们认为我死了。"

"你家里人呢?"这慈祥的女人问道。

"全都死了。我妻子,她先死的。是心脏病,我听他们对我说的。我最大的男孩让蛇咬死了。最小的得了病,我记不得是什么病了。"他摇了摇头,头上一圈白发,头顶光秃而谦卑,"不管怎么说,他不在人间了。"

幸存者的同伴们很得体地表示了同情。

但是嘉德已经不再悲伤了,事实上,使他印象深刻的却是一切事情发生得如此简单。

赫普顿上校这时抓住一只手。他可能一直抓着这个女人的胳膊肘。他说:

"你知道,嘉德,特雷维延小姐是沃斯的一位朋友。"

"噢,"这个老得没牙的人微笑了,"沃斯。"

他看了看地,很快就又开了口。

"沃斯在原野上留下了他的痕迹。"他说。

"这怎么讲?"特雷维延小姐小心翼翼地问。

"当然是树啰!他在树上刻下了自己名字的首字母。他是个怪人,这个沃斯。黑人直到今天还在谈论他。他还在那里——这是他们很多人的诚实的看法。他在原野上,而且永远在那里。"

"为什么?"特雷维延小姐又说,她的嗓音像个男人,她敢于向任何人挑战。

嘉德用手在探路。

"你看,假如你在一个地方生活和受苦的时间很长,你就不能完全脱离开了。你的灵魂还在那里。"

"实际上,像个神。"赫普顿上校说,接着又大笑起来,表示他的怀疑。

嘉德的目光从远处收回来,转而向上看。

"沃斯?不,他从来都不是上帝,尽管他乐于认为他是。有时,他忘记的时候,他就是人。"

他犹豫不决,不知说什么好。

"他不仅仅是人,"嘉德继续说,脸上流露出一种找到了一直在寻找的东西后的满足神情,"据我的理解,他是个基督教徒。"

特雷维延小姐把手绢放在嘴唇上,似乎她的鲜血会直涌而出。

"如果按我对这个词儿的理解,他不是的。"上校无情地打断了他,"从我听说的情况来看也不是的。"

"可怜的家伙,"老山德逊叹息道,情绪又低落下来,"他是受过很多折磨的,现在算是完了。"

嘉德已经开了头,就决心按他的模糊不清的路子讲下去。

"他常给人们洗疮口。在他们生病的时候,他常整夜守着他们,亲手给他们清理脏东西。我对你说,他死后,我哭了。我们看到长矛从他腰间奔拉下来,不断地颤动,我们谁也不敢相信。"

"长矛?"

赫普顿上校的举动像是他自己受了致命的伤。

"可这是原来的说法中所没有的。"老山德逊先生表示不同意,也感到十分不安,"你原来可没有提长矛,嘉德。你从来都没说过沃斯死时你在场,你只是说你反叛了,然后和追随你的人离开了。假如我们对你的理解正确的话。"

"是我给他合上眼睛的。"嘉德说。

上校和山德逊先生交换眼色的当口,特雷维延小姐成功地抑制住了自己。

最后,牧场主搂住流放犯的肩膀,对他说:

"我看你累了。你糊涂了吗,嘉德?我送你到住地去。"

"我是累了。"嘉德答道。

山德逊先生很高兴把他弄走,他把他送到在外面等着的马车上。

赫普顿上校发觉特雷维延小姐还站在身边,他知道他必须面对这个现实。他最终还是尴尬地转过身来对她说:

"你的那位圣人被封圣了。"

"我满意了。"

"仅仅是根据一个可怜的疯子的话,你就相信?"

"我满意了。"

"不要再对我说,你尊重真理。"

她用伞箍在刨坚硬的草根。

"所有的真理都是杂色的,只有最伟大的真理是例外。"

"你的沃斯就是杂色的,这点我承认,完全是喜鹊的颜色。"

特雷维延小姐看着草根上的大蚂蚁答道:

"不管嘉德是骗子也好,疯子也好,或者只是个受苦受得很多的可怜人。我相信沃斯像其他人一样,身上是有些基督的影子的。假如他身上善恶并存的话,他是在和'恶'做斗争的,但是失败了。"

然后,她脚步沉重地跨过草地走开了,她已经是一副中年女性的样子。

他们坐在十分拥挤的屋子里,那里充满了骗人的阵阵音乐和突然爆发的谈话声,只有墨赛·特雷维延一个人知道那天下午的事对她母亲来说多么难以忍受。如果女儿没有询问母亲沮丧的原因,那是因为她已经懂得:有道理的答案很少能解释。再说她自己的身世就解释不清。

在这种情况下,她从她坐着的凳子上向她母亲靠过去。她结实而年轻的喉咙由于想表达的爱而整个肿了起来,她低声说道:

"咱们到另一个房间里去好不好?或者咱们干脆走吧。很简单,没人会想到我们。"

罗拉·特雷维延的手离开了她的鼻梁,她的手指由于一直捏着鼻梁而变得没有血色了。

"不,"她说着微笑了,"我不会走的,我在这里,我要待下去。"

这样,她给自己立下了圣约。

有些很想打听情况却又胆小的人认为有可能获得女校长的知识和力量,开始一点一点地往前靠。甚至她的美都变成他们能理解的了。夜色从窗户和敞开的门涌入房间的时候,她的眼睛里充满着一种爱。这种爱看上去像是超乎自然的,假如没有她的尘世间的躯体作证的话:她脖子上的皲裂的皮肤,一只手套的手指上有一个小洞(由于忙乱,她忘记补上这个洞了)。

最先来见特雷维延小姐的是没有骨气的威利·波林格,据透露,他已经成了一个天才;还有音乐教员塔普,他对于多年前他被迫居住下来的令人不快的殖民地土地十分痛恨。这痛恨之后又发展成为一种奇特的爱,他直到现在还没有很好地表达出来,正因为如此,别人也未察觉他有这种感情。他是一个脾气暴躁的小个子,一个失败的人物,虽然国家对他的打算不予理睬,但他却仍然继续活动。除了这两个人,还有在那天晚上从青春的迷宫中蹦出来的几个胆怯的人,他们激动得发抖,急忙地想学会怎样最好地运用他们得到的自由。

譬如说,穿着白色的塔拉丹薄纱裙的年轻姑娘走近人群,把她的裙子边搭在椅子边上。她的下巴靠在手上,脸色绯红;尽管没有人认识她,也没有人问她的名字,重要的是她自己心里的意图。

谈话是这一伙人最终达到希望的彼岸的木筏。

"我意识到无论是一般情况也好,我们国家的情况也好,我的所见所闻都很少,这给我一种很不舒服的感觉。"特雷维延小姐刚刚承认道,"但是我感觉到,我所看到的比我了解的还要少。知识从来就不是一个地理的问题;恰好相反,它突破所有现在的地图。也许真正的知识要在心里受折磨而死之后才能获得。"

她有些痛苦地笑着。

"你们会懂得这一点的,至少你们中的有些人会发现这点。"她说,然后看了看他们。

他们中有些人确实懂得,这已经令人惊奇;而他们自己意识到他们确实有所了解,这就更加令人惊奇了。

"你们中有些人,"她继续说道,"会表达出别人通过生活才体验到的东西;有些人会学会理解那些不太会表达自己的物质形式中所包含的意思,这些物质有石块、木头、金属和水。我必须把水包括在内,因为在所有物质中,水是最悦耳动听的了。"

是的,是的。那个毛发竖了起来、令人讨厌的小家伙塔普身体前倾地坐着。在女校长的听不太明白的话里,他能听到一种要迸发出来的倔强的音乐。那是石块和草丛的音乐,是空气中孕育的无形的风的音乐,是湍湍细水向无穷无尽的大海流去的音乐。一切都在流动,又都聚合在一起,下面是一片仰视的面孔。

小塔普因为能有如此众多的和声而感到困惑不解。他开始乱摸乱动,抓他的裤管。他说:

"假如我们对于我们民族的平庸不感到悲痛,假如我们不是永远禁锢在我们的躯壳之内的话,那么,也还有这种可能:我们的仇恨心理和食肉的习惯会结合在一起,导致一个合乎逻辑的结论,我们可将彼此毁灭。"

塔普在流汗。在蓝色的煤气灯下面,他的脸化成了点点灰光。

威利·波林格着了迷。

"平庸的灰色,令人沮丧的蓝色,"他说道,与其说是讲给周围人听,倒不如说是为了自己记住。他立刻又接着说,嗓音更高,语气更活泼,"塔普敢于提出一个我常考虑的问题——我们作为一个民族的天生的平庸。我深信他所讲的平庸并不是一个最终的无可挽回的情况,它倒可能是无穷的变化和微妙细节的创造性的源泉。粪堆上的绿头苍蝇只不过是彩虹的另一种形式。普普通通的东西不断地化为光彩夺目的样子,只要我们去探索。"

他们这样谈论着,与此同时,细腻的月光不断地通过门洞泻入花园,潮湿的土壤不断地吸吮着月光。

其他几位先生出于他们自己的需要,参加到大屋子另一头的人群中去。老山德逊虽然已经到达了他简单的生涯的终点,却仍在寻找具体的美好的东西。自从揭幕式上发生的那件事之后,赫普顿上校一直没敢再接近女校长,这时大步走上前来,还是如饥似渴地想了解真情,他说:

"你知道,我是不死心的。"

"我也不认为你会死心。"特雷维延小姐说道,随着把手递了过去。因为他们两人一致的意见是,他们用来切割的金刚钻无论在目的或价值方面都是相等的。

"看你表姐在那儿开庭哪。"德·库尔西太太说道,同时用一杯草莓冰水安慰着自己。

"开庭?是开班吧!"贝尔·拉德克利夫笑道。

她知道她不是,也永远不会是她表姐班上的一员,因此她以她拥有的爱的权利表示了一点不满。

有段时间,拉德克利夫太太在压力之中忘记了她的诺言,把鲁德娄先生请了过来。尽管鲁德娄先生喝白兰地混合酒已经喝得醉醺醺,但仍然保持英国人的风度。几位穿着进口的波纹绸衣服的女士低声议论说,他是男爵的弟弟。

鲁德娄先生说道:

"夫人,对于这样勉强您,我表示抱歉。不过在听了许多赞扬您的话以后,我曾表示希望能和您认识。这是我自己做出判断。"

来访者因为自己讲话的机智而大笑起来,但是特雷维延小姐看上去却很悲凄。

"我一直在你们国家旅行,对一切事情都形成了自己的看法。"鲁德娄先生对他的听众承认道,"我很苦恼地发现,杂七杂八的东西确实到处都存在。"

"我们这些杂七杂八的人对这一点太清楚了。"特雷维延小姐答道,"不过,我们谦卑地希望您对我们的评价会提高一点,假如您待的时间能长一些。"

"要多长?我待不长。"鲁德娄先生表示不同意。

"对于期待尽善尽美的人来说——而我认为您要求的不会比这个低,千秋万世也不算太长。"

"噢,噢!"鲁德娄先生嗤嗤地笑起来,"我一吃南瓜就会噎着。你知道吗,在一个小棚屋里,我面前甚至放了一碗炖乌鸦!"

"您不是也尝过烤爱尔兰人吗?"

"还有爱尔兰人?哎呀!"

"您看,上帝和大自然在一切方面都给我们准备好了,所以我们必须活下去。"

"是啊,这个国家是有未来的,不过未来什么时候来呢?这是我始终感到困惑不解的。"

"现在。"

"什么？现在？"鲁德娄先生问道。

"我们生活、呼吸、热爱、受苦、死亡的每一瞬间。"

"我想起来了，我一直想问你这件事。我们怎么称呼他呢，这个人们熟悉的鬼魂？他的名字如今已经家喻户晓，那个死去的德国人。"

"沃斯没有死。"特雷维延小姐答道，"据说他还在那里，在旷野上，而永远会在那里。他的传说最终会被那些心里不安的人写下来。"

"好了，好了。假如我们连事实都弄不清，怎么可能给予答案呢？"

"空气会给出答案的。"特雷维延小姐说。

这时候，她的声音变得沙哑起来了。她在高声地自问，是否带来了咳嗽药丸。

诺贝尔文学奖授奖辞

阿图·伦德维斯特
1973年,瑞典学院

国王陛下,诸位亲王,女士们,先生们:

瑞典学院将今年的诺贝尔文学奖授予澳大利亚作家帕特里克·怀特。在像历次一样简短的授奖理由上,提到"他以史诗般的和擅长于刻画人物心理的叙事艺术,把一个新的大陆介绍进文学领域"。在有些地区,这句话多少有点被误解了。其实,这句话的意图,只在于强调帕特里克·怀特在其祖国文学中的突出地位;因此,不应该被理解为除了他的创作以外,澳大利亚文坛上就不存在一大批重要作品了。

事实上,澳大利亚文学界已经拥有前后相继的一长串作家,使澳大利亚文学明显地具有澳大利亚自己独有的特色。因此,在世人眼里,澳大利亚文学早就不应当被看作仅仅是英国传统文学的一种延伸。在这里,只要举出亨利·劳森和亨利·汉德尔·理查森的名字就足以说明问题了。劳森是移居澳大利亚的挪威水手劳森的儿子,他在自己的短篇小说中,真实地描写了形形色色的澳大利亚的现实生活;而女作家亨利·汉德尔·理查森,则在一系列重要的长篇小说中,翔实可信、规模宏大地追忆了自己的父亲,通过以其父亲作为代表,再现了残留在澳大利亚的英国生活方式。人们同样不能忽视许多志向远大而有点晦涩深奥的诗人,他们提高了澳大利亚人民对于本国的认识,增强了他们语言的表现力。

帕特里克·怀特的作品,尽管有其独特的一面,但是,不容否认,它们同时体现了澳大利亚文学的某些典型特征,这主要表现在采用了澳大利亚的社会背景、自然历史和生活方式。众所周知,怀特与西德尼·诺兰、阿瑟·博伊德、拉塞尔·德赖斯代尔等杰出的绘画艺术家有着密切的关系。这些艺术家以自己的画笔等创作工具,努力要达到怀特在作品中力求达到的那种表现力。同时,怀特的影响日趋明显,好几个最有才华的年轻作家,从不同的方面师法他的艺术,成为后起之秀,也是令人鼓舞的现象。

然而,同时必须强调指出的是,怀特并不像他的某些具有代表性的同行那样,只把目光盯在澳大利亚特有的事物上。虽然他的小说大多以澳大利亚为背景,但他主要关心的是写人,写那些超越地区和民族界线、其面临的问题和生活环境都极不相同的人。即使在他最有澳大利亚特色的史诗《人树》中,尽管自然和社会扮演了重要的角色,但他的主要目的仍然是刻画人物的内心世界。小说中的人物,与其说是以其典型或不典型的移民生涯,不如说是以其独特的个性而跃然纸上。当怀特陪同他的探险家福斯进入澳洲大陆的荒野以后,那荒野就首先成了演出沉迷于尼采式意志力并为之自我献身的戏剧的一个舞台。

人们会觉得特别的,是帕特里克·怀特笔下的主要人物往往或多或少地置身于社会之外:往往是些侨民、行动乖张或智力不全的人,更多的则是神秘主义者和狂人。看来,怀特似乎发现自己最易于在这些穷困潦倒、无依无靠的人身上发掘出他所神往的人性。《乘战车的人》中的人物就是这样一类人。由于侨民的行为与社会习俗相悖,他们备受迫害和折磨,但从精神上说,他们又是上帝的选民,是不幸中的胜利者。《坚固的曼陀罗》中的两兄弟亦是如此,他们具有矛盾的特性:很能应付自如而又精神空虚;举止笨拙却资质颖悟。从某种意义上说,怀特的最新也是最长的两部小说中,两个贯穿始终的主要人物——《活体解剖者》中的艺术家和《风暴眼》中的老太太——也非例外。在怀特笔下,艺术家的创作冲动被描绘成一种诅咒;这种创作激情使艺术家的艺术产生了毁灭一切的后果,使创作者和接近创作者的人都沦为它的牺牲品。至于《风暴眼》中的老太太,作者则以她在一场飓风中的经历为神秘的中心,从这个中心得出人生的深刻见解,从而揭示出她充满不幸的一生,直到她死。

帕特里克·怀特的作品相当难懂,究其原因,则不但因为他有其特殊的认识和特殊的题材,而且同样因为他别具一格地把史诗的真实和诗歌的感情熔于一炉。在画面宽广的叙述中,怀特采用了高度浓缩的语言,锻词炼句,哪怕是细枝末节也不例外,同时,以极度的艺术夸张和微妙的心理描写,始终如一地追求最强烈的艺术表现力,使真和美紧密相连,融为一体:美,是放射光华和生命、激发天地万物和各种现象的诗意的美;真,纵然一瞥之下可能令人厌恶和惊恐,却是它自身的揭示和解放。

帕特里克·怀特是一位社会批评家,正如一切名副其实的真正作家一样,他主要通过写人来批评社会。他首先是大胆的心理探索者,同时又随时准备提出人生的观念,或者说提出一种神秘的信念,从中获得教益和启迪。他与自身的关系,犹如他与别人的关系一样,是错综复杂、充满矛盾的:崇高的企求和刻意的否定,激情热望和清教徒主义互相抗衡,形成了鲜明的对照;与他自己的高傲气质截然相反,他赞颂谦恭和自卑——一种持续不断的、要求赎罪和做出牺牲的负疚心理。他在高尚地、孜孜不倦地追求理想和艺术的同时,又疑惑两者的前途,因而不断地受到困扰。

由于他的文学创作,帕特里克·怀特已经名扬四海,并在这一领域内,成了澳大利亚首屈一指的代表。他在孤独中,在种种逆境中,无疑也是在迎击强大的反对势力中创作的作品,已经逐渐地赢得了越来越广泛的承认,取得了永垂文学史的地位,尽管他自己或许还不太相信自己的成就。对于帕特里克·怀特性格上极其顽强地表现自我、勇敢地攻击最棘手的问题的一面,人们有所争议;然而,正是因为这种性格,才造就了他无可争议的伟大。不然的话,他就不可能在忧郁中向人们提供这样的慰藉和信念:人生的价值,必然超过当前迅速发展的文明所能提供的一切。

瑞典学院对帕特里克·怀特今天的缺席深感遗憾,但是,我们竭诚欢迎他的代表和挚友,杰出的澳大利亚艺术家西德尼·诺兰。现在,让我敦请您,诺兰先生,从国王陛下手中接受授予帕特里克·怀特的诺贝尔文学奖。

朱炯强　译

人的意志与严峻的自然
——《探险家沃斯》译后记

本书原名《沃斯》,是一九七三年诺贝尔文学奖获得者,澳大利亚作家帕特里克·怀特的第五部长篇小说,出版于一九五七年。本书与一九五五年出版的《人树》均为作者的成名作。尽管澳大利亚评论界对怀特的作品有过争论,人们对《探险家沃斯》的评价却是一致的。一九八六年三月,经澳大利亚诗人与小说家马洛夫改编的歌剧《沃斯》在阿德莱德艺术节上演出,深受好评,被誉为澳大利亚第一出真正的民族歌剧。

怀特是澳大利亚最杰出的作家,也是英语国家最优秀的作家之一。他生于一九一二年,自幼喜爱文学。十三岁时被送到英国一所中学受教育,在怀特看来,这无异于四年的监狱生活。回到澳大利亚后,怀特在他父亲的农场里过了两年,写了三部小说,但都被出版商退回。十九岁时他再次赴英,在剑桥大学攻读现代语言,接触到德国和法国文学。假期中他经常到欧洲大陆旅行。他喜爱戏剧,曾向一个剧团申请做演员,导演认为他顶多能在后台干些杂务,从此他打消了做演员的想法。他父亲希望他大学毕业后回到澳洲,继承家业,做一个农场主,但是怀特却立志创作,在伦敦逗留下来。他结识了抽象派画家德·迈斯特,在艺术观上受到后者强烈的影响。怀特不止一次说过,他是通过绘画和音乐学会写作的。一九三九年,怀特发表了《幸福谷》,这是他的第一部小说,也是他成名后最不满意的一部书,他一直不同意出版商再版,此书因此成为绝版书。一九四一年,他的一部在内容上具有时代特点、在艺术手法上深受意识流影响的新作《生者与死者》问世。第二次世界大战的爆发使他那刚刚开始的写作生涯不幸中断。

在战争期间,他参加了英国皇家空军情报部的工作,被派往中东负责检查军人的信件。北非的荒凉沙漠使他联想起他的祖国——澳大利亚。一九四八年,他毅然回到悉尼郊区定居下来,同年出版了他的第三部小说《姨母的故事》。这是他最得意的一部作品,但评论界反应冷淡,使他十分沮丧,此后几年,他埋头务农,不事写作。

一九五五年,描述拓荒者斯坦·帕克一家三代人的巨著《人树》问世,得到普遍的好评。两年后,《探险家沃斯》出版,至此怀特在文学界的地位得以确立。六十年代怀特的创作进入高潮时期,他除了创作了两部长篇小说外,还发表了四个剧本和一部短篇小说集。

一九七三年,也就是他的小说《风暴眼》发表的那一年,怀特获得了诺贝尔文学奖。对澳大利亚来说这是破天荒第一遭,是文学界的一件大事。但是怀特却不愿去斯德哥尔摩受奖,他委托他的好友——画家诺兰代他领奖,并把拿到的八万美金全部捐献出来,建立了"怀特文学奖金",以鼓舞澳洲作家的文学创作。

在半个多世纪中,怀特的创作数量是很可观的,他共发表了十二部长篇小说、三部短篇小说集、七个剧本、一个电影剧本、一部言论集和一部自传。怀特是迄今最著名的澳大利亚作家。他的小说已被译成中、法、德、俄、西、葡、瑞典、挪威、捷克、保加利亚、塞尔维亚、希伯来等十几个国家的文字在世界各地出版。

怀特对澳洲文坛的影响广泛而深远。有的评论家认为,澳洲文坛的活跃局面与怀特密不可分。这样说是有根据的。他是最早把欧洲现代派写作手法运用于小说、戏剧创作的澳大利亚作家,从而给澳洲文学打开了一个新局面:在劳森—帕默尔的现实主义表现手法之外,又出现了新的现代主义的写法。澳洲文学开始呈现出它的多样性与复杂性。在早期,评论界对于怀特的作品有过不少争论,这是由于澳洲文学具有深厚的现实主义传统,人们对怀特还不理解。怀特是一个诚实而执着的艺术家,他几十年如一日坚持他的艺术观和创作手法,为澳洲文坛贡献了风格独特的一批文学精品。

尽管在怀特的作品中不乏对于现实社会的冷嘲热讽,但是总的来说,他在创作中仍与现实保持着一定的距离。新闻界常常把怀特描绘成性格孤僻、与世隔绝、不易接近的怪人,实际上怀特对于澳大利亚的前途十分关注,对于文化、教育水准的下降极为忧虑。近年来,他越来越多的参与政治活动,对于如何防止战争发表了许多看法,甚至写信给美、英、法、苏等大国首脑,呼吁和平。一九八四年八月他在拉特伯大学的演讲中说:"在我晚年的大部分时间里,我每天都在探求出路,但始终找不到令人满意的答案。"他认为,"生活属于真心生活的人们,这些人常常并未受到很好的教育,然而却富有直感和本能,我本人也是其中的一员。当我想到千百万这样的人时,我才得以摆脱我有时感到的极度绝望。"

怀特早在二次大战期间即已开始酝酿《探险家沃斯》的创作。他在德国轰炸伦敦期间阅读了澳大利亚探险家爱德华·艾尔的日记,之后又阅读了 A.H.齐斯姆所著描写莱卡特最后一次探险的故事《奇异的新世界》。在二次大战中他对于战争狂人、法西斯头目希特勒把自己的意志强加于人类既感到愤怒,又感到困惑;在《探险家沃斯》中,他着意刻画了人的意志与严峻的自然的搏斗,以不同的方式从不同的角度探讨了他在战争中苦苦思索的这个问题。

澳洲是世界上最古老的一块大陆，同时又是"发现"最晚的一片土地。十九世纪四十年代，欧洲资本主义已经蓬勃发展，科学文化达到了相当高的水平，但是澳洲内陆依然不为人们所知，有的人推测大陆中部是一片湖泊，有的人断言内陆有许多金矿。几支探险队曾从澳洲的东南部向北向西进发，探索大陆的奥秘。

　　莱卡特（1813—1848）是出生在德国的科学家和探险家。一八四二年二月他抵达悉尼，一八四四年十月率领一支探险队从东南部的达令坡地出发，沿海岸深入北部，于一八四五年十二月十七日抵达埃辛顿港，旅程五千公里，历时十五个月。一八四六年莱卡特计划由东海岸出发横跨大陆到达西海岸珀斯，由于饥饿及疾病，不得不中途撤回。一八四八年，他再次组织跨越澳洲大陆的探险，探险队员中有四个白人和两个土著人。探险队员深入内陆不久即全部失踪，未留下任何痕迹，有关方面虽多次派人搜寻，但毫无结果，至今仍是澳洲史上的一个谜。

　　《探险家沃斯》是以莱卡特的探险活动为素材创作的，但它并不是通常所说的历史小说。怀特以丰富的想象力对这一素材进行了再创造。

　　《探险家沃斯》的情节可以分为三个部分。第一部分描述探险的准备活动，从沃斯访问他的资助者波恩纳先生讲起，一直到各界人士在海港为沃斯等送行，其中着重写了沃斯结识波恩纳的外甥女罗拉和他们几次见面的情形。第二部分叙述了探险队从出发到覆灭的过程，包括途中经历的艰难险阻以及探险队内部的分裂反叛。在叙述中穿插了波恩纳一家的活动以及沃斯和罗拉的感情交流。第三部分写搜索活动始末，幸存者嘉德的出现以及纪念沃斯的活动。

　　怀特的小说素来不以情节取胜。他曾说，他所做的只是把人物放在一起，让故事自然发展下去，不在情节上大做文章。在怀特的小说中,《探险家沃斯》是故事性比较强的一部,但是,怀特依旧算不上是将故事说得娓娓动听的叙事者,他的故事更多的是为人物服务的。

《探险家沃斯》中出现的有名有姓的主要、次要人物近七十个,他们分别属于不同的社会阶层,其中有商人、农牧场主、政府官员、军人,也有科学家、音乐家、诗人,有达官贵人、绅士和淑女,也有下层的仆人、土著人以及刑期已满获得自由的流放犯人。怀特笔下的人物在言谈举止、音容笑貌方面都各具特点,读来确实令人有呼之欲出的感觉。

探险队由九人组成,除两个土著人外,余下的七个白人分属两个阵营,一边以流放犯嘉德为首,还有农场主安格斯和沾染了一身坏习气的特恩诺。这些人讲求实际,出于各自的目的参加探险,一旦遇到困难,个人利益可能受到危害,他们便决心背弃沃斯,离开探险队。另一边以沃斯为首,包括禽类学家波尔费雷曼、诗人勒·墨舒尔以及四肢发达头脑简单的年轻人哈利·罗巴茨,他们与嘉德等恰恰相反,是一批幻想家,他们参加探险并不是从实际利益出发,而是抱着高尚的目标。不论是属于哪一边,每个探险队员都具有鲜明的性格。自然,怀特着力刻画的是沃斯——他落落寡合,超然物外。对于他来说,探险主要不是为了跨越沙漠去发现什么,而是为了向大自然挑战,与恶劣的自然条件决一胜负,也可以说是为了磨炼自己的意志。沃斯的坚韧和忍耐力是常人不可企及的。他的举动有时也为其他队员所不解。例如,在给养日益匮乏时,他决心处死心爱的狗,尽管所有的人都出面为狗求情,他还是我行我素。他在勒·墨舒尔生病时对他照顾备至,甚至为他洗脚、清理粪便,这反映出沃斯性格的又一个侧面。他把这一切也看作是对自己性格的锤炼。有的评论家认为这部分有浓重的宗教色彩,从这里可以看到基督的影子。怀特在书中几次阐述了这样的观点:每个人身上都有基督的成分。怀特相信上帝是存在的,但他并不笃信基督教或天主教,他对宗教问题不感兴趣,他要阐发的是他自己的哲理,而不是宗教教义。在小说临近结尾处有罗拉的这样一段话:"我相信沃斯和其他人一样身上有基督的影子,假如他身上善恶并存的话,他是和恶做斗争的,但是他失败了。"怀特在作品的主要部分中着意刻画作为"超人"的沃斯形象,但是在这里他通过罗拉的话承认沃斯最终并不是"超人",他和平常人一样集善恶于一身,在他身上既可以看到基督的影子,也可以看到魔鬼的影子。

怀特在小说中反复说明一个道理:真正能认识世界的并不是学者、教授、上层阶级中受过教育的人,而是一些不谙世故甚至怪诞不经的人,例如《姨母的故事》中的希奥多拉、《人树》中的斯坦、《坚实的曼陀罗》中的亚瑟、《活体解剖者》中的画家赫特尔、《特莱庞的爱情》中的两性人特莱庞等。《探险家沃斯》中人物众多,但在怀特笔下真正能领悟人生真谛的是这样几个人:性格孤僻的"超人"沃斯,终生未嫁、与世俗格格不入的女主人公罗拉,在探险途中经常在日记里记一些奇特印象的勒·墨舒尔,头脑简单近于白痴的哈利·罗巴茨;波尔费雷曼和杰基在一定程度上也是这种人。这些人(特别是前四个人)是怀特心目中的"明眼人"。这些人经过一番苦难的磨炼逐步悟出人生的真谛。看来,怀特是相信印度苦行主义者甘地的这段话的:"要取消受苦的法则是不可能的,这是我们存在的一个必不可少的条件。进步以受苦多少为衡量标准……苦难愈纯粹,进步就愈大。"《探险家沃斯》中的探险是作为苦难的历程来描绘的,探险与其说是为了了解内陆的秘密,倒不如说是为了探索人们心灵的奥妙、人生的意义。如果一定要找出怀特小说的主题思想,那就是普遍存在于怀特小说中的探索性。他在写作中也像他在生活中那样不断地探索人生的真谛。他思索、他苦恼、他沮丧、他失望,但是他没有停止探索。这在一定意义上反映了今天资本主义国家许多人的惶惑不安。

《探险家沃斯》另一个值得注意的方面,是小说展示了一幅宏伟的历史画卷,选择了重大的历史主题。尽管怀特不是在写历史小说,但不能否认在《探险家沃斯》中他选择的是澳大利亚历史上一个重要的题材——十九世纪上、中叶澳洲的探险活动。澳洲的开发与探险活动密不可分,因此选择这一题材必然会触及澳洲历史的许多方面,例如当时的社会结构、价值观念、风俗习惯等等。十九世纪中叶的澳洲仍是英国的殖民地,从一七八八年以来英国政府不断把犯人流放到澳洲。当地政府是英国派出的政权机构,除了政府官员和军队外,城市中的商人和农村中的大农场主构成了上层阶级,具有独立政治、经济地位的小农场主属于中层,工匠、农场工人、牧民属于下层,而获得自由的流放犯人则属于更下一层。这个社会等级森严,探险家沃斯和流放犯嘉德之间的紧张关系即由此而来。澳洲的上层人物,不论移民时间的早晚,都依然把英国视为自己的祖国。怀特在描述中十分注重历史细节的真实性,创造了可信的历史氛围。从城市街道(例如乔治大街在当时即已是悉尼主要的商业街道)到房舍屋宇,从衣裳服饰到家具摆设,从举止仪容到言谈话语,在怀特笔下都具有十九世纪中叶的澳洲特色。作者在描绘上层社会时不乏嘲讽之词,有时使人联想起英国小说家奥斯汀。此外,我们还不能不为怀特对澳洲内地的勾勒所折服,空旷荒凉的大沙漠、恶劣的自然条件都写得极为逼真,令人读来不寒而栗。

怀特的文字表现能力极强,他不但掌握了丰富的语汇,句式的安排有时也一反常规,往往一句话甚至半句话就是一段。在本书第十三章之前,故事的两条线一直分开写,交代了一头之后再叙述另一头,但在第十三章中却用一种特殊的写法把沃斯的临终受难与罗拉在重病中的苦痛和梦呓联系起来,造成心灵感应的效果。心灵感应发生在两人精神恍惚之际,作者的语言也是朦朦胧胧的,使人难以说清到底是真实还是虚幻。怀特有时使用诗一般的语言，其中自然不乏诗歌中所允许的违反语言常规的现象。为此怀特曾受到评论家的批评和告诫，甚至有人攻击怀特说，他的写作风格是一种掩饰手段。事实上，怀特既不是想写诗，更不是企图掩盖什么，他的文字风格是他整个创作风格的一部分。对他的文字的这类批评早在四五十年代即已出现，但是怀特置批评于不顾，执着地追求自己的风格，一直沿着自己确定的道路走下去。尽管人们对于怀特的文字有过争论，但是任何人都不怀疑他是一位严肃的作家。他的小说从来不是急就之作，通常他都要三易其稿。初稿用手写，写完之后"冷处理"一段时间再修改，修改后打字。打字后再放一段时间，然后再加修改才定稿。他的一章一节、一词一句都经过仔细斟酌。我们在翻译本书时尽可能忠实于原文，原文中含糊不清之处我们也没有企图把它译得清清楚楚。

澳大利亚文学评论界对于《探险家沃斯》总的评价是很高的，认为这是怀特成熟时期的佳作。当然，他们对书中的个别细节也有所批评，例如有的人认为，嘉德最后出现时讲的一段回忆沃斯的话，特别是把波尔费雷曼的死与沃斯的死混淆起来的地方，似乎有斧凿之痕，读来不那么自然。有的评论家认为对罗拉的描写也有不尽妥当之处，特别是她和她的养女墨赛的关系有些牵强。尽管如此，人们仍然认为，《探险家沃斯》不失为一部优秀的长篇小说。

胡文仲
一九九〇年三月于北京

VOSS by PATRICK WHITE
Copyright:© 1957 BY PATRICK WHITE
This edition arranged with Jane Novak Literary Agent
through BIG APPLE AGENCY, LABUAN, MALAYSIA.
Simplified Chinese edition copyright:
2020 ZHEJIANG LITERATURE AND ART PUBLISHING HOUSE
All rights reserved.
本书中文简体字版版权,浙江文艺出版社独家所有。
版权合同登记号:图字:11-2020-147号

图书在版编目(CIP)数据

探险家沃斯/(澳)帕特里克·怀特著;刘寿康,胡文仲译.—杭州:浙江文艺出版社,2020.10
ISBN 978-7-5339-6198-5

Ⅰ.①探… Ⅱ.①帕… ②刘… ③胡… Ⅲ.①长篇小说—澳大利亚—现代 Ⅳ.①I611.45

中国版本图书馆 CIP 数据核字(2020)第 153303 号

策划统筹:曹元勇
责任编辑:王丽荣
文字编辑:睢静静
封面设计:周伟伟
责任印制:吴春娟

探险家沃斯

[澳]帕特里克·怀特 著
刘寿康 胡文仲 译

出版:浙江文艺出版社
地址:杭州市体育场路 347 号 邮编:310006
网址:www.zjwycbs.cn
经销:浙江省新华书店集团有限公司
印刷:浙江新华数码印务有限公司
开本:880 毫米×1230 毫米 1/32
字数:390 千字
印张:16
插页:6
版次:2020 年 10 月第 1 版
印次:2020 年 10 月第 1 次印刷
书号:ISBN 978-7-5339-6198-5
定价:78.00 元(精装)

版权所有 侵权必究
(如有印、装质量问题,请寄承印单位调换)